Ana María Matute
Los hijos muertos

Ana María Matute nació en Barcelona en 1926. De precoz vocación literaria, su talento narrativo se puso por primera vez de manifiesto al clasificarse brillantemente en el Premio Nadal 1947 con *Los Abel* (Destinolibro 141). Prosigue su carrera con *Fiesta al Noroeste* (Premio Café Gijón 1952, Destinolibro 106), *Pequeño teatro* (Premio Planeta 1954), *En esta tierra* y *Los hijos muertos* (Premio de la Crítica 1958 y Nacional de Literatura 1959, Destinolibro 149). Siguió la trilogía «Los mercaderes» —también en Destino— formada por *Primera memoria* (Premio Nadal 1959), *Los soldados lloran de noche* (1964) y *La trampa* (1969). *Historias de la Artámila*, *Algunos muchachos* y *Los niños tontos* (los tres en Destino) son títulos destacados en su copiosa producción cuentística. Es también autora de las novelas *Olvidado Rey Gudú* y *Aranmanoth*.

Ana María Matute

Los hijos muertos

Premio de la Crítica 1958
Premio Nacional de Literatura 1959

Ediciones Destino
Colección
Destinolibro
Volumen 149

Diseño e ilustración de la cubierta: Opalworks

Diagonal, 662-664. 08034 Barcelona
www.edestino.es
Primera edición: Editorial Planeta, Barcelona 1958
Primera edición en este formato: junio 2004
ISBN: 84-233-3640-9
Depósito legal: B. 24.379-2004
Impreso por Liberduplex, S. A.
Constitució, 19. 08014 Barcelona
Impreso en España - Printed in Spain

A mi hijo Juan Pablo

I. El tiempo

Capítulo primero

En Hegroz, a últimos de enero de 1948, el guardabosques de los Corvo se mató sin querer, cuando la batida contra los lobos. Decían que el arma que usó era vieja y mala, y le estalló en la cara, dejándosela como una esponja. Como era hombre sin parientes ni amigos, únicamente fueron a enterrarle el viejo Gerardo Corvo y los chavales de la escuela, porque les obligó el cura. Los chicos se hartaron de tirar piedras a la caja, mezcladas en los puñados de tierra de rigor, porque les encantaba el ruido al chocar contra la madera de la tapa. Claro que a él, el guardabosques, le daba ya igual cualquier cosa, buena o mala que fuese. Sólo Gerardo, la mirada opaca, el cuello torcido, en sus raídas galas de los días solemnes, le envidiaba su suerte, entre las cruces mohosas y la tierra grasa, aglutinada, del cementerio.

Ayer, los Corvo. Durante años y años, señores casi absolutos de Hegroz. Enriquecidos en América, vueltos a la tierra natal, tirando de ellos con sangre antigua. Ayer, los abuelos de Gerardo, desde la ciudad a Hegroz, en el verano, bajo un sol desapacible, jinetes por los altos caminos de Neva. Llegaban todos los años al pueblo, caravana negra y brillante, entre la doble hilera de álamos de plata verde, chirriantes las piedras bajo las pezuñas. Los Corvo. Sus hombres, sus mujeres, sus criados, sus perros y sus equipajes. Contaban más de veinte caballos, y les seguía siempre un rumor de risas y de ladridos que fustigaban el odio, la envidia, el rencor, desde muchos años atrás. Violentos, sensuales, gentes de aluvión. No eran amados. Su plata americana rodaba insolente, siempre hacia ellos, humillando. Hegroz era un pueblo de jornaleros, de pastores a sueldo, de desposeídos.

Antes que a los Corvo, durante siglos, Hegroz, sus tierras, sus bosques, pertenecieron al Duque. El Duque, para Hegroz, significó solamente un nombre, el tributo obligado, un castillo en ruinas, bajo la pedrisca y las lluvias, entre malezas y ortigas, gritos de niños medrosos y errabundos que buscan zarzamoras, desertores del trabajo o de la escuela. Solamente las paredes del castillo, con su nombre dentro, como un pájaro sin raza ni años.

Entre llamadas de aves nocturnas y alimañas, madreselvas insólitas, de perfume penetrante, cardos y mariposas negras. El nombre sólo, el Duque, vagó por labios de niños y de viejos, con sombra de piedra, sobre cosechas y árboles. Las parietarias demolían las paredes del castillo, se entrañaban entre las junturas de las piedras, hendían las dovelas, convertían la torre en boca sin dientes. El Duque era sólo un nombre: ninguno lo vio, desde hacía doscientos años. Los bosques de Hegroz le esperaron en vano, invierno tras primavera, renovándose siglo a siglo. No llegó nunca su cacería fantasmal. Los bosques, allí estaban, acotados, inútiles, prohibidos. La única riqueza de Hegroz. Los hombres de Hegroz amaban y deseaban aquellos árboles de su tierra, de sus sombrías vertientes, los bosques húmedos y apretados, como cosa propia, sentida. Bosques de Oz, de Neva, de Cuatro Cruces. Deseados y umbríos, en torno a Hegroz —pequeño valle entre montañas— los hombres allí nacidos apenas podían disfrutar de una pequeña asignación de leña para sus hogares. También amaban aquella tierra vieja, dura, que rebuscaban sus arados, picos y azadas. Pero ni la tierra ni los bosques les pertenecían. La sombra del Duque —siempre el Duque, generación tras generación, plural y único, para ellos—, continuó siglo a siglo diezmando sus cosechas, vendiendo u olvidando la madera de sus bosques, lejos de allí. Los hombres de Hegroz nacieron, vivieron y murieron en la tierra del Duque, durante cerca de tres siglos. Trabajaron la tierra, siempre ajena, y vieron morir o nacer, generación tras generación, a sus árboles, apretados en las vertientes, con muerte lenta e interna. Los hombres de Hegroz desgarraron con la reja de su arado la tierra del Duque, y le rindieron la mitad de su fruto. Aunque sólo pudieron verlo en el retablo del altar de la iglesia, arrodillado y pálido, con aureola de oro, como un santo, y largas manos finas, irreales, unidas en oración. El Duque tuvo siempre para Hegroz aquella faz estrecha, aquella mirada negra y fija. Aquel olor a moho y tiempo viejo que impregnaba todavía las tocas de terciopelo de las viejas, durante la Misa de la Santa Cruz, fiesta patronal. Y el dorado, extraño centelleo, con aroma de madera antigua, que culebreaba sobre el sarcófago del Duquesito Muerto. Allí estaba, también, en la vertiente de Oz, La Peña del Duque Loco, asomándose a Neva, junto al barranco del cementerio de los caballos, asustando a los niños rebeldes en el atardecer, con el sol encarnado sobre la afilada cabeza. La roca del Duque se parecía al Duque del retablo, en el altar de los Duques, sobre las tumbas pisadas, disimuladamente orinadas por las viejas de anchas sayas negras, adormecidas en el incienso y los cánticos del Oficio de la Semana Santa. «La tierra ajena...» Los hombres de Hegroz vivían en casas donde nacieron sus abuelos y los abuelos de sus abuelos, y no eran sus casas. Comían, dormían, trabajaban en ajeno. Y al fin, sus huesos se quemaban dentro de la tierra, deseada hasta rozar el odio, como el amor, que fue la tierra del Duque. El Duque, vago, inconcreto, teórico. Pero real y duro, ineludible a la hora de la partición y el tributo. A la hora de las prohibiciones, de las vedas, de la servidumbre. Cierto e irremediable como el sol, como la lluvia, como la sed de cada día. Hegroz vivió al Duque todas las jornadas, de sol a sol, y el Duque no vivió a Hegroz, ni a su hambre, ni a su esperanza. Ni sus noches de agosto enteramente estrelladas sobre el oscuro fango del barranco. Nada supo de las casas en silencio, durante las horas de labor, calurosas y densas, con los hombres y las mujeres, con los niños apenas crecidos, a la tierra. Sólo quedaban las gallinas, picoteando en las ventanas bajas, y el llanto del niño más pequeño, encerrado dentro, demasiado temprano aún para el trabajo. Nada de las callecitas verde oscuro, con humedad de pozo, con el sol estallando, parecía, en los aleros. Callecitas de sombra color arcilla, con charcos y estiércol, con briznas de paja entre las piedras, como un oro olvidado. Calle del Ave María, calle de la Sangre, detrás del cementerio de los niños sin bautizar. Calle de la Reja, calle del Duquesito, camino de la iglesia. Calle de las Santas Ánimas, calle de las Dueñas, calle de los Caminantes, calle de la Santa Cruz. Años de sequía y hambre. Años de epidemia, de heladas, piedras caídas de los muros, escudos devastados en las esquinas, rotos a pedradas, quemados por el sol. Postigos y contraventanas tallados, podridos por las lluvias, guaridas de gatos, de ratas y de golondrinas. Tierra árida, ajena. Y en torno, los bosques, como un grito.

Nacido en la calle de la Sangre, en un año de sequía, un Corvo endeble y rebelde, de ojos negros, voraz y taciturno, alimentado de odio y de pan de centeno, salió para siempre de Hegroz. Fue el primer emigrante, el primer «indiano». Por él supo Hegroz de América, lejana, vaga y atrayente, como un vacío dorado. Aquel

Corvo que se fue, no había cumplido aún los dieciséis años, y en mucho tiempo no se supo más de él. Pasaron años y años hasta que sus nietos, vueltos a la patria, adquirieron casi todas las tierras y los bosques de Hegroz al Duque: un nombre en aquellos momentos más real, más humano; disperso, menguada su fuerza por las generaciones, los entronques, las largas jornadas del ocio. El Duque se fue de Hegroz. Sólo quedó su retrato, en el retablo, arrodillado y grave. Su roca, en la vertiente, enrojecida por el atardecer. Su escudo roto, apedreado en las esquinas, calcinado por las heces de golondrinas y palomas. Y aquel cofre menudo, sostenido por ángeles de piedra, conteniendo el polvo y el moho del duquesito Muerto. Hegroz pasó a otras manos, rapaces y tercas. Los Corvo, de ojos negros y vida exuberante, excesiva, que llegaban todos los veranos, entre el verdor de las primeras hojas, por los altos caminos de Neva, desde la ciudad. Los Corvo, que al pie de los bosques, junto al río y los prados, levantaron su casa en la finca de La Encrucijada. Cerrados, egoístas a todo lo que no fuera su sangre, extraña mezcla de refinamiento y grosería, secos con todo lo que no fuera su tierra, sus hijos, su agua, su hambre y su sed aún no aplacadas. Con todo el rencor, quizá, del hambre antiguo.

Pero ni él, ni su primo Elías, últimos herederos, nacieron en la calle de la Sangre, un verano de sequía. Requemada la tierra entre piedras y cardos, el aceite escaso en los candiles. El pan duro, las moscas acrecidas, arracimadas en los bordes de los platos sucios, de los ojos de los caballos, de las bocas indefensas de los niños.

Gerardo Corvo, arruinado, solitario, refugiado en la tristeza y en el vino, paseaba orgullo sin dignidad, amargura sin pena, glotonería grosera y conformada por el paisaje que le vio joven, distinto. En aquella casa suya, bajo los barrancos, lindante a los prados, al pie de los bosques, junto a la misma agua que relucía al sol en las mañanas de su vida perdida. Manchado de nicotina, los ojos como dos grumos de hollín, devuelto a la indiferencia. Ahora, hoy, vivían en su casa de La Encrucijada durante los doce meses del año. Frescas aún las huellas de los cuadros vendidos, los huecos de las arcas. Excepto la finca de La Encrucijada, Gerardo no pudo conservar las tierras de sus padres. Sólo le quedaban los húmedos, resplandecientes bosques de Neva, de negrura luminosa, de perfume verde, turbador. Gerardo amaba los bosques. Era lo único que amaba, hoy.

Ayer, él y Elías. Volvía el recuerdo, a veces. «Los últimos.» Se lo repetía, como una música obsesiva, constante: «los últimos». Cerraron para siempre un mundo, un tiempo que no pudo volver, que no volvería jamás. Cuando todo se hundió, seguía manando la fuente, tras la pared de piedra, al fondo de la huerta. Cuando todo se hundió, sólo ellos estaban de pie sobre la tierra de La Encrucijada, sólo ellos, Elías y él, los últimos, medio hermanos, casi uno solo, con una vida igual. Los únicos, dueños de la casa, de la tierra, de los bosques. Unidas las palabras, la risa, la cólera, el sueño, la sed, el recuerdo, el hambre de cada día. Los dos, Elías y Gerardo, últimos dueños, enterradores de su mundo. Corvo, los dos: «Ahí van los Corvo». «Sus padres eran hermanos.» Había en la casa grandes retratos de mujeres. Siempre elegían, o para el matrimonio o para el amor, mujeres hermosas.

Alguna vez, ahora, Gerardo miraba el retrato de Margarita. Y en esos momentos parecía que su esposa no había muerto. El cuadro, grande, suntuoso, no valía gran cosa. Por eso aún estaba allí, en la pared de la gran sala destartalada —...«Margarita»...— Con el vaso en la mano, alguna noche, antes de subir la escalera hacia la alcoba, Gerardo levantaba los párpados hinchados, y la miraba. Los colores del cuadro se habían oscurecido bajo un polvo húmedo, pegajoso. Como humo de tumba.

Margarita. Dócil, un poco indiferente, como convenía. Le dio tres hijos: Isabel, César y Verónica. Fue un matrimonio nivelado, perfecto. Él se sabía vital, excesivo, tal vez tiránico. Margarita sumisa, fría, reposada. Fue un tiempo hermoso. «Entonces, aquel tiempo...» Su tiempo, el suyo, el de los suyos, el de su raza. Dentro, un fondo pueril de niño mimado, inconsciente. Y estaba Elías, quince años mayor que él, mesurado, prudente.

Su medio hermano. Entonces. En el otro tiempo. Luego, no. Luego, todo cambió. Pero, entonces... A pesar de su diferencia de edad, a pesar de sus corazones, de sus pensamientos diferentes.

Elías era alto, delgado, de manos largas y finas. Más culto, más refinado, con inquietudes que nunca le rozaron a él. No le comprendió nunca, pero nunca le preocupó no comprenderle. Y se querían. Bien cierto era que se querían. «Ahí van los Corvo...», decían los de Hegroz. La mirada de Hegroz, sombría, pensativa, les seguía el paso. Las pezuñas de sus caballos levantaban el polvo, tamborileando en aquella tierra poseída, cierta, suya.

También Elías se casó. Mucho después, cuando ya había cumplido los cuarenta años. Fue una boda inesperada. La mujer de Elías se llamó Magdalena. Durante un tiempo, él creyó en el mal agüero de aquella mujer, en los absurdos y supersticiones que destiló en su alma la niñera aldeana, que le crió. Magdalena Rocandio era hija de un indiano oriundo de Hegroz, alejado totalmente de su tierra. El indiano Luis María Rocandio emigró a Cuba muy niño. No volvió. Se oyeron historias peregrinas, que nadie creía del todo. Crímenes y grandezas, que el tiempo y la distancia acrecían, como espuma. Elías le conoció en su primer viaje a Europa, después de más de treinta años. Magdalena Rocandio, su única heredera, le acompañaba. «Voy a casarme», le dijo un día Elías, sencillamente. Él se había reído. Elías parecía mayor de lo que realmente era: tenía la cabeza blanca, los ojos tristes. Magdalena acababa de cumplir los dieciocho años. Pero se casaron. Magdalena no conocía a su madre. En la familia, sobre este punto, se guardó un riguroso secreto. En Hegroz solamente se sabía que había nacido en La Habana, que era una muchacha dulce y lenta. Y creció un rumor, bajo como la neblina del río, en el alba: «Tiene sangre negra». Lo decía Lucas Enríquez, que regresó a Hegroz con oro, soledad y avaricia. «Tiene sangre negra, lo conozco en el blanco de sus ojos.» Magdalena tenía la piel clara y los ojos oscuros, brillantes. Su voz cálida, acompañada al piano por Margarita, se ensanchaba, crecía, en la noche de La Encrucijada. Su voz se levantaba, enredándose en el perfume de los árboles de la flor blanca, al otro lado de las ventanas. Canciones de cadencia lánguida, de una somnolencia pesada, espesa como el calor. Los criados se escondían para escucharla. «Dicen que tiene sangre negra.»

Una mañana, marcó el derrotero de los Corvo. Aquella mañana, él sintió dentro de sí el principio mágico, oscuro, de aquella pendiente que seguía, que seguiría, hasta el agujero total de la muerte. No transcurrió un año de la boda, cuando el viejo

Rocandio desheredó a Magdalena: «Su madre era una vieja puta que me estuvo engañando durante muchos años». En un extraño documento, la sirviente María Dulce Alejandría juraba que Magdalena era hija suya y de un cuatrero muerto a balazos en el laberinto de la manigua. Al borde de la muerte, la mestiza confesaba su engaño, porque quería ir al cielo entre rosas de papel encarnado y ángeles de azúcar cande. Luis María Rocandio dijo lo que tenía que decir: «No es mi hija». Lucas Enríquez, sonreía: «Del viejo todo se puede esperar». Elías intentó rehabilitar a su mujer. Nada consiguió. Alguien trajo la noticia de que el viejo Rocandio se casaba, a sus sesenta y ocho años, con una joven mulata de la que ya tenía dos niños. «El viejo zorro», reía Hegroz.

Magdalena se doblaba en sí misma, dentro de un silencio nuevo, blanco. Su voz y su mirada se perdían. Se refugió en La Encrucijada, lejos de la ciudad. A veces, durante la noche, quería salir al prado, huir al río. Se le anunciaba un hijo. La mató, para nacer, una madrugada. «El hijo de Elías, el único hijo de Elías...» Se llamó Daniel.

«Daniel.» Tuvo que repetirse muchas veces este nombre, a lo largo de la vida. Se lo repetía aún. Una sangre oscura, en aquella casa. Muy de ellos, demasiado dentro de ellos, tal vez.

Creció delgado, retraído, con ojos hundidos y brillantes. Trepaba como una ardilla al desván, donde se apolillaba y pudría el resto de la biblioteca de su padre. Leía, como Elías, horas y horas, apenas sin luz, hurtando el cuerpo al trabajo, leía, leía, y verlo leer le encendía una ira roja y dolorida, que no acertaba a explicarse. Una ira que venía de lejos, de antes, de Elías. Del cariño que le tuvo a Elías, del cariño que tuvo por todo, allí dentro, en aquella maldita Encrucijada. «Daniel.» Con los movimientos lentos y ágiles, de su madre, y la violenta sangre de los Corvo. («Los Corvo de la rama oscura, obstinada, como una lanza clavada en la tierra profundamente, antiguamente.») Los Corvo de la calle de la Sangre. No, los Corvo no eran amados. Bien lo sabía él.

Gerardo se repetía nombres. Nombres que fueron, o que eran todavía y le dolían como fuego. «Elías, Daniel...» El invierno pasaba y la primavera brotaba estúpidamente, con una indiferencia tozuda, desde la tierra mojada a las ventanas. (Se quisieron, se quisieron. Medio hermanos. Iban juntos de caza, de vino, de mujeres. Pasaron aquellas noches. Pasaron aquellos años de La Encrucijada.)

En aquel tiempo, al llegar el verano, quitaban las maderas que protegían los cristales de las pedradas aldeanas. Se encendían lámparas, luces. Los caballos piafaban en los box. Brillaban los cañones de las armas junto a los rojos enrubiados o sangrantes de viejos vinos en copas de baccarat. El piano despertaba para Margarita. En el prado galopaba César, torpe y cachorro, esperanza, sobre su poney «Spencer», recién importado de Shetland.

«Ayer, todo ayer. Y ahora, ¿qué fue de todo?» Con sus hombros cargados, con su peso inútil, Gerardo Corvo paseaba en las tardes largas por la pradera, las manos a la espalda, sobre la hierba húmeda, en el mismo espacio que ahora sólo era vacío, un gran vacío por donde las estrellas caen, sin ruta, sin destino. Ayer, la fuente manaba distinta, el río huía de otro modo y los árboles decían otras cosas. Hoy, todo era mudo. Ayer, la casa estaba viva y era su nombre un nombre altivo. Hoy, sólo una casa desmantelada, de habitaciones cerradas, de maderas tristes y quemadas por el abandono. No había modo posible de llenar los huecos. Y el vacío, las otras voces, las antiguas lámparas y la música se encontraban a veces, de golpe, como un fantasma desvaído, al abrir una habitación. Ayer, nada terminado le asaltaba a uno. Todo era presente y crudo, brillante y cierto, cegador. «¡Ah!, en aquel tiempo...» La casa estaba rodeada de árboles de la flor blanca, y por las noches, se respiraba pesadamente, embriagadoramente. Era un olor pastoso, penetrante, que lanzaba su vaho contra los muros, en la primavera, en el verano. Parecía que las estrellas fueran a entrar en las habitaciones.

Hegroz odiaba la casa por sus grandes ventanas, por aquella imprecisa nota de piano, que se clavó un atardecer, volviendo de segar, en alguno que nunca la oyó antes, ni después, ni tal vez después de muerto. Les odiaban por sus flores blancas, como partidas medias lunas colgando de las ramas. Por sus noches, por sus estrellas, por su fuente. Por sus hijos, por sus criados extraños. Por su egoísmo, su holgazanería, su voracidad, su inconsciencia.

La noticia llegó de golpe, un día cualquiera. Un día que parecía como todos los días, y que, sin embargo, lo cambió todo, lo volvió todo del revés. Y ya nada pudo volver a su sitio.

Una tarde apacible para ellos, una tarde caliente y hermosa de julio, en La Encrucijada. Elías y el pequeño Daniel no estaban aún en la casa. Lo prefería: él, su mujer, sus hijos, solos allí. En aquella tarde última. Acababan de comer, estaban en la terraza asomada al prado, al río cercano. Entre las hierbas altas, los lebreles perseguían algo y saltaban, inesperadamente brillantes, como grandes manchas de oro, bajo el sol. Él reposaba, medio echado, entre los cojines de su sillón de mimbres. El café humeaba en las tazas, esparciendo un aroma tórrido. La terraza de La Encrucijada estaba cubierta de césped cuidado, fresco. En el ángulo izquierdo, daba la sombra enrejada, verde sedosa, del cerezo. El sol atravesaba las hojas, caía sobre el mantel, y un tallo minúsculo temblaba cerca de su taza. Él estaba quieto, silencioso, en un sopor dulce y espeso. El habano recién encendido entre los labios, los ojos perdidos más allá de los árboles que estallaban de flor blanca, resplandeciente, dentro del fulgor de la tarde recién abierta. La luz era caliente, dolorosa. La sombra del cerezo se derramaba sobre él. Era su rincón predilecto: oía el manar de la fuente, en el huerto, tras las piedras. Como una riqueza segura, extraña y profunda. Sentía el rumor fresco, la sombra, dentro de sí, con una plenitud, con una seguridad consciente, inamovible. Eran su tierra, su sangre, en pie, en torno a él. Margarita, su mujer, e Isabel, su hija mayor, leían una carta, a su lado. Una carta de estudiante en viaje de fin de carrera: César escribía desde Suiza. Hablaba a su madre y a sus hermanas de sus compañeros de viaje y estudios. Margarita leía en alto, con su voz mansa, tranquila. Y Verónica, la menor, sentada a sus pies, apoyaba la cabeza en sus rodillas. Él cogió entre sus manos la cabeza de la niña. Verónica tenía poco más de doce años. Alta, de cuerpo elástico y vigoroso, con los ojos negros de los Corvo. Gerardo apretó levemente la cabeza entre las palmas. La amaba más porque le enorgullecía. La cabeza de Verónica era de un rubio cegador, bravo. Su orgullo era en aquel momento poderoso y tranquilo, como un toro bebiendo al sol. Su orgullo, mirando a los lebreles, oyendo el manar de la fuente, apretando la cabeza de Verónica entre las manos, se volvía natural y terrible, como el río que esconde la tierra en las entrañas. En aquel momento supo que vivía un momento exacto, cierto como el correr de su sangre, cegador de tan cierto. Miró a su mujer. No la amó profundamente, pero estaba orgulloso de ella. Y pensó: «Ésta es la clave de mi felicidad: elegí siempre lo que más me convenía». Le convino Margarita, dulce, educada, paciente. Siempre, llegaron sin gran dificultad a buen acuerdo. Quizás en aquel momento, él podía decir la palabra «felicidad» en su más exacto sentido. Allí, en la paz achichorrada de las tres de la tarde, con el sol sobre sus tierras, sentía la paz y el orgullo del árbol, de la fuente. Sabiéndose joven aún, y con suficiente trecho de vida recorrido para el recuerdo leve, placentero, que no duele, que no atormenta, que apenas baña de melancolía el corazón. Cumplía cuarenta y dos años.

Por la vertiente de Oz bajaban dos mujeres con un carro cargado de paja. Eran dos campesinas jóvenes, de brazos redondos, tostados por el sol. Con voz gutural, llamaban a los perros, que las precedían. El carro llameaba como una hoguera entre el cardenillo de las rocas. Entonces, precisamente entonces, oyó el galope del caballo. Algo extraño se posó en su corazón. Como un ave negra y agorera que dejase caer la sombra de su vuelo, torvo, lento, sobre el mantel, sobre el cristal de la copa, sobre la flor blanca y las ramas dulces, amigas, del cerezo.

Levantando nubes de polvo, amarillas, acres, un caballo llegaba por el alto camino de Neva. Elías Corvo se acercaba. Cruzó el prado, llevando el caballo de la brida. Venía mirándole, desde lejos. Gerardo y Elías se miraban a los ojos. Y ya entonces Gerardo supo el frío lento de la noticia. Cuando estuvo a su lado le oyó decir, sin sorpresa: «Ha quebrado el Banco Español del Río de la Plata»... Después, como un milagro, el rumor de la fuente. Cercana. Eterna.

Siempre creyeron que Elías era el más sereno, el de nervios más templados. También era el mayor de los dos, el más consciente. «Vete tú, Elías, vete allá, y lo que tú decidas siempre será lo mejor.» (Qué extraño. De pronto se había vuelto como un niño, con los ojos fijos, las manos quietas. Con las manos llenas hasta los bordes de una grande, insospechada, ociosidad, que nunca había advertido. Se quedaba como un niño, y miraba a lo lejos, desde la ventana de allí arriba, en el piso alto de La

Encrucijada, en el saloncillo contiguo a aquella alcoba que, de la noche a la mañana, era distinta, tenía otra luz, otro color, otros muebles, parecía. Y todos los objetos de la casa, aun siendo los mismos, cobraban una densidad nueva, diferente. Y las paredes de la casa y la tierra. La tierra, sobre todo, allí, debajo de sus ojos, extendida, muda, levantando nubes de polvo rojizo, o aglutinada, viscosa, en los bordes del río. La tierra, alargándose, infinita, absolutamente ajena, despojándole de la antigua sensación de propiedad. La tierra, cruel y grande, cruel y larga, cruel y huidiza, alejándose, delante de sus ojos, debajo de sus manos. Sus manos, conteniendo el desolado, el certísimo vacío de la tierra.)

«Las tierras americanas.» Era todo lo que les quedaba. Porque la tierra y los bosques de Hegroz deseaban aún considerarlo como un bien más sentimental que positivo. Las tierras americanas, ganadas con su sudor, con odio, tal vez hasta con sangre, por el primer Corvo que emigró, eran su última esperanza. «Elías, vete allí tú y liquida las tierras...» Partió Elías y quedó el pequeño Daniel con ellos, en La Encrucijada. Esperaron. Nunca, hasta entonces, supo Gerardo lo que era esperar.

Cuatro meses más tarde, llegó la otra noticia, la definitiva. Se había perdido todo. Engañaron a Elías, o pretendió engañar él. Gerardo ya no podía saberlo. *(Elías. Elías.)* Cómo se derrumbó, de pronto. Fue casi hermano. *(«Ahí van los Corvo...»)* Un caballo desensillado, desnudo, pacía libre y descuidado por el prado. *(«Elías. Medio hermano.»)* Hablaron a su alrededor, culparon, desesperaron, lloraron. Él se quedó lejos de todo, royendo el último mendrugo de su mundo perdido.

Se quedó solo, mudo, apretando una contra otra las palmas vacías de sus manos. «La inhabilidad de Elías, la astucia de los administradores, la mala fe de Elías, la rapacidad de los administradores, la estupidez de Elías, la fullería de los administradores.» Las palabras llegaban a sus oídos y volvían, las palabras sólo decían una cosa, dentro de su corazón: «Elías. Elías». Se quedó solo. Todos los días empezaba una nueva soledad, más empinada, más áspera. Todos los días, las cosas nacían delante de sus ojos con un significado que guardaron años y años, y él no supo ver nunca. (Le venía a la memoria su anciana aya aldeana, le venía a la memoria su voz oscura, relatándole historias de príncipes malditos, bajo la luna malévola. Maldiciones y signos, a la sombra alargada de un árbol frutal, debajo de la luna.) «Como nadie se ocupó nunca de nada, como nadie se interesó nunca por aquello, como nadie trabajó nunca, como nadie se tomó en serio la vida nunca, nunca, nunca...» (Pero la vida, la vida, era otra cosa. Otra cosa desesperadamente cierta, otra cosa que él había conocido y no podía recuperar. La vida no se tomaba ni en serio ni en broma, la vida era como era, para cada uno. El sol traía la vida, todas las madrugadas, a los aleros, a las ventanas, a los árboles, a las conciencias, y la vida se ignoraba, la vida no se conocía, la vida era una mentira inmensa, incomprensible.)

Él se quedó solo, mirando hacia la tierra.

Elías Corvo se pegó un tiro el tres de mayo del año siguiente, en el llano pampero. El cuatro de junio, exactamente un mes y un día más tarde, a las tres de la madrugada, el joven Daniel salió de su habitación, descalzo, medio desnudo, guiado por un sonambúlico presentimiento. El fuerte olor de la flor blanca invadía el patio, y allí, bajo la luna, del árbol de plata pendía el cuerpo de Gerardo, una masa negra, en vaivén. Los ojos de Daniel se clavaron en la sombra del suelo, negra y elástica, que daba vueltas lentísimas, como una barca irreal. Daniel gritó, tapándose los ojos. Los criados descolgaron a Gerardo, y el médico llegó de una galopada, con la chaqueta encima del pijama.

Estuvo un mes en cama, y luego, al levantarse, vio como le había quedado el pecho abultado y el cuello torcido hacia el hombro derecho. Como un gesto de duda o de indiferencia.

Algo tenía la tierra de Hegroz, los bosques de Hegroz, para los que nacieron en la calle de la Sangre, del Ave María, detrás del cementerio de los niños sin bautizar. Algo tenía la tierra áspera, ingrata, sufrida, los bosques altos y negros, relumbrando en la lluvia con diminutas estrellas impalpables, para los que padecieron el hambre de la tierra y la sed del bosque. El otro indiano, el rival de los Corvo, Lucas Enríquez, aprovechó el momento. A sus manos de negrero pasó la tierra y los bosques de Oz y Cuatro Cruces. Porque Gerardo Corvo, de pronto, amó el dinero, el dinero tangible, con avaricia de vieja que guarda sus monedas en el fondo del arca. Dinero que lentamente se perdía de nuevo, con el correr sencillo, brutal, de la vida de todos los días. Porque tampoco Gerardo sabía hacer otra cosa con el dinero, excepto lo que hizo siempre: cambiarlo por pedazos de vida. De su vida cara, exigente todavía. Doblada, vencida poco a poco, como la sangre misma, como el deseo. Dentro del tiempo, que también se fue.

La vida continuó, porque la vida continúa siempre. Las uñas de la pobreza rascaron en la casa, buscando en los rincones. Los Corvo se instalaron para siempre en La Encrucijada, a las afueras de Hegroz, entre los barrancales y los bosques. Cerca del río, de la tibieza de las praderas.

Los árboles florecían y se desnudaban, los cuervos cruzaban sobre los bosques de Neva, hacia el cementerio de los caballos. Los box se despoblaron. Crecieron en el jardín la maleza y las jaras. Entraron hombrecillos voraces que hipotecaron y embargaron. Así, año tras año, hasta la presente atonía, en que ya no se podía perder y se iba viviendo. La casa y la tierra sola de La Encrucijada, y únicamente los bosques de Neva. (Los bosques de Neva, sí, allí, estaban. Para acercarse aún a ellos, y mirarlos. Para dejarse morir un día, al pie de una encina, como un caballo viejo.) Algo tenían, ciertamente, los bosques de Hegroz, para los hijos de la calle de la Sangre.

Y llegó el tiempo nuevo, diferente, para Gerardo. El nacimiento del otro mundo, el que vivía aún ahora. La tristeza invadió la casa y la última tierra de los Corvo. La conformidad obligada, el trabajo, el desasosiego.

En diciembre de 1930, murió Margarita. En el lecho alto, con columnas torneadas de madera negra y dosel de damasco amarillo, hijos y criados la vieron por última vez, en la madrugada lívida de la Nochebuena. En aquel mismo lecho donde nacieron todos sus hijos, como fue su deseo. Había un perfume invernal en los quicios de las puertas, en las ventanas que se abrían al prado. Un perfume de troncos helados, de noches ateridas, de escarcha. La hija de Pedro, el aparcero de La Encrucijada, apodada «La Tanaya», vino desde su pabellón de tras la chopera con sus absurdas tortas de azúcar tostado, extraño presente a la muerte ofrecido en tierras de Hegroz. El entierro fue solemne y austero, a un tiempo. Cuando volvían del cementerio caía una granizada breve, brillando tupida entre los rayos del sol.

Un día de primavera. César se despidió de la familia. Gerardo sabía, ahora, lo que en otro tiempo no pudo o no quiso ver. César, su hijo mayor, era un ser anodino, limitado, cobarde. Isabel, en cambio, se parecía a él. (En aquellos días largos de una Encrucijada sin esplendor, sin alegría, Gerardo miraba a Isabel dentro de un silencio hondo, de un silencio que era superior a todas las palabras.) Se le parecía. Isabel tenía la sangre cálida, la pasión y la fuerza suyas. Y algo más, que él no conoció: tesón, voluntad, dominio de sus flaquezas. Y su mismo espíritu dominante, autoritario. Isabel heredó la mesura, la disciplina de Margarita. La ambición, la terquedad, la savia violenta del Corvo de la calle de la Sangre. Isabel fue la que creció, de pronto, en La Encrucijada. Ella fue quien habló antes que nadie a César: «¿Para qué estuviste tantos años estudiando?». La carrera de Derecho, finalizada por César recientemente, estudiada con lentitud y desinterés, creyendo que nunca iba a servirle para nada, le abría, de pronto, nuevas posibilidades. Isabel, apoyadas las dos manos en la mesa, le hablaba. César, como un niño, levantaba la cabeza y la miraba. Tenía el mentón infantil, blando. Con la cabeza levantada hacia su hermana, aparecía empequeñecido, miserable, a los ojos de Gerardo. Una rabia débil le invadía, mirándole, y apartaba los ojos, con un dolor desconocido en el centro del pecho, en el estómago, que no se podía explicar.

Una mañana, César abandonó La Encrucijada. Aun hoy, al recordar aquel día, se abría una herida vieja, honda, en el corazón de Gerardo. Algo confuso, extraño, dentro de su alma, como una estrella caída.

(Un niño corría [un niño que huía, que no volvió nunca], montado en un caballito negro de Shetland.)

César se fue de allí. Era un muchacho pálido, de mirada huidiza. En Madrid, tal como planeó Isabel, abriría un bufete en unión de un compañero suyo, amigo de infancia. Después...: «Piensa que te llevas el poco dinero que nos queda. Piensa que eres nuestra última esperanza. César, ten fe, trabaja. Trabaja. Si trabajas con empeño, tú lo verás, todo se salvará. Mientras tanto, te lo juro, yo levantaré aquí, otra vez, nuestra Encrucijada...» La voz de Isabel era una voz desconocida, una voz extraña en un cuerpo casi adolescente. Gerardo recordaba aún aquella muchachita milagrosamente crecida, endurecida. De pie, apoyando ambas manos en la mesa, inclinada hacia su hermano, que levantaba hacia ella la cabeza, casi temeroso. «César parece un perro», pensó Gerardo. Y por ello, por todo lo que naufragaba en él en aquellos instantes, sintió casi un monstruoso odio hacia la muchacha. Isabel era muy alta. Aún vestía de negro por la muerte de su madre, color que conservó después, casi continuamente. Tenía el talle largo, apretado y un poco rígido. Las caderas estrechas, como las de un muchacho, y los senos breves, picudos y agresivos, empujando la tela del corpiño. Llevaba el cabello recogido en un moño bajo, y unos rizos menudos, de un negro azulado, se escapaban sobre sus orejas finas, de color de ámbar. Tenía, cuando hablaba, los ojos encendidos y grandes, los ojos duros y abrasados de los Corvo. Sí, se parecía a él. Se parecía a él. Una ternura nueva le despertó dentro. Y la escuchó, la siguió también él, como un perro, como un niño, como un viejo, desde entonces.

Los dos juntos, con los brazos enlazados, vieron partir a César aquella mañana. Asomados a la terraza le vieron cruzar el prado, el río, los campos, llegar a la lejana carretera. Se llevaba su última esperanza. Apenas desapareció de su vista, Isabel se desprendió de su brazo y volvió adentro, a la casa, que la esperaba. Gerardo la vio entrar allí, los hombros erguidos, los ojos brillantes, los brazos desnudos hasta los codos. No temía al trabajo, por duro que fuese. La casa la esperaba. «La casa.» Vio en Isabel algo de ama y jornalera, de tierra. Y pensó: «Ella es la dueña, ella es el ama de La Encrucijada. Ella es de mi tiempo». A su alrededor, extrañamente, dolorosamente, en la ráfaga de viento que bajaba de Neva, le pareció que huía su tiempo, que se revolvía en el aire, que se perdía como ceniza, como polvo carbonizado, como viento devuelto al viento.

A los diecinueve años, Isabel Corvo asumió el mando de La Encrucijada. Su mano fue dura, inflexible, impropia de su edad. Su norma de conducta: «sacrifiquémonos, reduzcamos gastos, unámonos en el trabajo, por duro que sea. Hay que levantar La Encrucijada». Amaba aquella casa, aquellas tierras. Despidió mozos y criados, y guardó únicamente lo indispensable. Los aparceros de tras la chopera para el cultivo de la finca y, en la casa, solamente dos sirvientes y el viejo cochero Damián, por no enviarlo al asilo. Ella, la primera, trabajó como un hombre. La casa descansaba en su esfuerzo. Isabel se endureció, envejeció extrañamente. Era una vejez espiritual, una vejez de expresión, de gesto, de voz, cuando aún permanecían las mejillas tersas y el cuerpo indómito.

Siempre amó aquella casa. Su pequeña vida de muchacha retraída, un poco olvidada, se repartió hasta entonces entre el internado de monjas y La Encrucijada. Desde muy niña, cuando en los veranos llegaban por los caminos de Neva, al divisar el tejado cobrizo, tras los chopos, doblado el último recodo del camino, su corazón golpeaba fuerte, y la sangre parecía cantar: «Ya estamos en nuestra casa». A Isabel, de niña, le gustaba oír hablar a su padre de los tiempos pasados en aquella casa. Miraba, a veces, los arreos con cascabeles, guardados en las arcas del desván. Imaginaba a los abuelos (a los otros, a los primeros), llegando a La Encrucijada jinetes por los altos caminos de Neva. «Nuestra casa.» Al asumir su mando, Isabel creció, extraña, casi monstruosamente. Una alegría sorda, en medio de la angustia, la empujaba. Una alegría secreta, terrible, en medio de la pena y la desesperación. «Debemos unirnos. Hay que levantar La Encrucijada.»

Pero también allí dentro, en aquella casa amada, estaba Daniel. Daniel Corvo, nieto de criada y de cuatrero, en las palabras maldicientes. Daniel Corvo hijo de Elías, el ahora maldito. El ahora odiado. Daniel, en la voz, levemente temblorosa de ella misma al decir aquel nombre. Ella miraba a veces a Daniel Corvo, lo miraba en un silencio largo, lo envolvía en una mirada apretada, ciega: como si al mismo tiempo no lo viese. Y nadie lo sabía, nadie, ni tal vez ella misma... «Consentido. Consentido, ni más ni menos, en esta casa. Perezoso, arisco, malvado. Malvado, sí. Es de mala casta, es de mala voluntad. Padre, ¿no ves cómo Daniel rehúye el trabajo? Padre, ¿no te das cuenta que Daniel no ama a La Encrucijada? Padre, todos ayudamos aquí, menos Daniel... Daniel, Daniel, tienes el diablo dentro, eres de una mala sangre. Daniel, dime, ¿qué crees que es la vida? ¿Qué te figuras tú que es la vida?...» Miraba a Daniel, cuando subía a acostarse, cuando escapaba más allá del prado, cuando huía por la puerta del huerto... «Padre, Daniel ha vuelto a escaparse... Daniel anda siempre con los criados, anda siempre con los de la aldea, anda siempre allí detrás, en la chopera, adonde la Tanaya..., con los aparceros, con los jornaleros, con los de Hegroz..., le tira la sangre; es un haragán. Es un inútil, un perezoso... Padre, ¿qué vamos a hacer de este Daniel, qué vamos a hacer? Dios mío, Dios mío, ¿qué voy a hacer yo?...» Y casi parecía que una lágrima lenta, dura como un espejo, le cubría los ojos. Y Daniel, silencioso, arisco, salvaje como un lobezno criado en la montaña de Neva, huía, huía, siempre. Huía de la mirada, de la sonrisa, de la apretada ternura, encendida, callada, ignorada. «Y lo peor, es que arrastra a Verónica con él...» Desde la puerta del jardín, abandonado, con las malas hierbas y las jaras crecidas, como sus propios pensamientos, ella les vio. Ella, con sus manos doradas por el sol, endurecidas por el trabajo, apretadas las palmas una contra otra, los labios cerrados, los veía alejarse, juntos, como alimañas, como malditas alimañas, hacia el bosque. (El bosque, allí cerca alzándose agresivo, de parte de ellos —contra ella, contra ella, ella lo sabía bien—, el bosque, con sus mil aromas y sus mil llamadas a las que ella debía, tenía que ensordecer, que cerrar los ojos. El bosque, verde y negro, húmedo, profundo, con pozos de sombra y altas estrellas, mágicas, rojas como fuego, entre las lejanas copas del mediodía de agosto, abrasado, hiriente, oscuro y aterrador entre las hierbas y las raíces.) Ah, mil lenguas de fuego le quemaban dentro, dentro, allí donde se matan los deseos y nace la duda, la tristeza, el olvido después...

Hegroz murmuró de los Corvo, con saña. Como siempre. Como si nada hubiera cambiado. Dijeron que martirizaban al joven Daniel, que le negaban todo derecho, para vengar la ruina en que les había sumido la imperdonable estupidez de Elías. Dijeron que no le daban de comer, que le encerraban en una habitación y le pasaban agua y pan, únicamente. Todas las lenguas de vieja, envenenadas de rencor y calumnia, tejieron absurdas historias en torno al huérfano de La Encrucijada. Algún pastor, no obstante, y los chiquillos de la aldea, le vieron, libre, merodear por los bosques de la vertiente de Neva, de la mano de la pequeña Verónica.

Y también ella. También ella les sabía, aunque no les viera. Un día y otro, y siempre, tal vez, dentro de su corazón, ellos dos, siempre ellos dos, junto al pozo, mirándose en el agua con las cabezas juntas, o en la pradera, persiguiéndose entre las altas hierbas, como potros bajados de la montaña. Uno y otro día, los dos adolescentes, poco amantes del trabajo, del sacrificio, encendiendo su dolor, su apretado dolor de criatura retraída, prematu-

ramente responsable, severa. La atmósfera densa de la flor blanca, de las estrellas, de las podridas y húmedas hojas, se empapó de celos callados, ocultos como un pecado. Disfrazados de palabras sensatas, convenientes, cuerdas y certeras, como ella misma, el ama de La Encrucijada.

Lucas Enríquez vio un día y otro día, en la iglesia, a la pequeña Verónica. Una tarde, se presentó en La Encrucijada, con traje de seda cruda, en su anticuada y linda berlina de grandes ruedas rojas. Pidió la mano de Verónica, a la antigua, con toda solemnidad. Los ojos opacos de Gerardo Corvo brillaron fugazmente, como en los viejos tiempos. Verónica sólo tenía catorce años, pero era una criatura bien desarrollada, de una belleza deslumbrante. El cabello, dorado, resplandecía sobre sus hombros y su frente. Tenía la piel cálida, entintada por el sol, y los ojos oscuros y limpios, duros, como cristal negro. «Padre, sería tan conveniente... Tal vez, padre, la misma Providencia...» (La voz de Isabel se aferraba, trepaba, como la retorcida y charolada enredadera, adueñándose de las piedras viejas quemadas por el sol, allí donde la fuente, en el huerto...)

Gerardo la miraba, en silencio. La veía, resentida o tal vez prudente, tal vez la única sensata. «Isabel, indiscutiblemente el único espíritu fuerte, emprendedor, seguro, de esta casa.» Nada positivo se sabía aún de César. Nada, y en el fondo de su corazón adivinaba que nunca, tampoco, se sabría otra cosa mejor de él. Isabel advertía con palabras como plomo, con palabras llenas de cordura, como cuchillos, ciertas y brillantes. Pero Verónica les escuchó en silencio, y sencillamente dijo: «No». Como lo decía ella, sin que otra palabra se pudiera añadir después: «Y es por él, padre, por él, que esta loca tira por la ventana nuestra salvación. ¡Él, aún, ha de traer más desgracia a esta casa!...»

Él. Él, siempre, allí, en su lengua, en su pecho. Su nombre encerrado, como un pájaro que no debe huir. «No tiene derecho a nada, padre, no tiene derecho a nada... ¿Es acaso un niño? No, padre, ya no es un niño...» (Ya no era un niño, no lo era, y aunque lo fuese, allí estaba dentro de ella, diferente a todo, distinto a todo, alto como un hijo, como un amor más profundo que un hijo, como un deseo arraigado y cierto, desde antes de nacer. Oscuro, oscuro y cierto. Ella lo sabía bien. Él se escondía, trepaba por la escalerilla del desván, cuando ella no podía detener una sangre desbocada, allí, en su misma garganta. Y le buscaba con pretextos nimios, con pretextos de madre imposible. Ella lo sabía bien. Oscuro y cierto.) «¿Cómo justifica su presencia en esta casa? Padre, no sé cómo no se le cae la cara de vergüenza... Sabe que el trabajo le espera, y él se esconde ahí arriba, en el desván, a leer... ¡Los malditos libros! Todo lo que nos dejó su desgraciado padre... ¡Y César, en la ciudad, intentando levantar la vida! ¡Y yo, aquí, sola, completamente sola, levantando La Encrucijada! Padre, ¿es justo esto, es justo?...» Se alzaba delante de Gerardo, como una razón larga, ineludible. «Padre, el que no trabaja no tiene derecho a la vida.» ¡Qué insólitas palabras, éstas, allí en La Encrucijada! Al oírlas, Gerardo Corvo inclinaba la cabeza, el labio inferior saliente. El perfume de la flor blanca adormecía, en las horas de la siesta. En la noche, sobre todo, que llegaba sobre ella, con los ojos clavados en el techo, asistiendo al amanecer, sin sueño, con un desvelo oscuro, que no se atrevía a confesar. «Ah, si Daniel fuera mi hijo no sucedería esto. Es por su bien, sólo por su bien, lo que yo hago...» En su voz había un temblor quemado: «Si fuera mi hijo».

En Hegroz vivió una vieja señorita llamada Beatriz, nieta del antiguo administrador del Duque. Beatriz se había quedado sola, en una paz segura. Sus padres compraron al Duque la casa en que vivían, y poseía trescientas cabezas de ganado. Incluso pagaba dos pastores para su hacienda. Cosía en su jardín y regaba flores: geranios encarnados, blancos, y rosas que, tal vez por el frío, amanecían casi siempre deshojadas. Isabel, poco a poco, después de misa, frecuentó la casa de Beatriz. Sentadas a la sombra del moral, departían, en el huertecillo de macetas y rosas demasiado abiertas. Beatriz tenía cuarenta años, tierras de trigo compradas por su abuelo en Los Pinares, arcas llenas de lienzos y ricas sábanas bordadas. Joyas campesinas, de plata labrada, y alguna lámina en el banco. Un día, Gerardo fue a visitarla. Iba acompañado de Isabel. Vestía su viejo traje negro, con cuello de terciopelo, y los zapatos de charol, un tanto rozados y pasados de moda, pero brillantes. Su cabeza encanecida tenía cierta nobleza sobre los hombros pesados. Llevaba en la mano un fino bastón de bambú, y el pañuelo de seda blanca, descolgado al borde de su bolsillo, como una flor antigua y triste, encima del corazón. Seis meses después, una mañana de febrero de 1932, Beatriz y Gerardo se casaron en la capilla de Hegroz. En el pueblo, la casa de Beatriz, con su huertecillo, su moral y sus gorriones chillones, se cerró. Beatriz, alta, morena de ojos azules y anchos pómulos, de pecho liso y caderas huesudas, con sus tres baúles reforzados de hierro, con su conmovedora arca de vieja novia y una rara ilusión en la mirada, entró como esposa de Gerardo Corvo en La Encrucijada. Pero Damián el criado, dijo a la cocinera: «Una sirviente más para la señorita Isabel».

Apenas transcurrido un mes de la boda, cierta mañana, las criadas de La Encrucijada vieron llegar a la casa a la señorita Isabel, sofocada, sudorosa, con las manos apretadas. Parecía venir del bosque. Subió a su habitación y se encerró en ella. A la tarde, sin haber probado bocado, salió en busca de su padre. Aparecía demudada, con la cara del color de las velas. Juntos, en la sala herméticamente cerrada, Gerardo e Isabel hablaron largo rato. Después, todo se sucedió tan rápida, tan violentamente, que apenas podían recordarlo. Llamaron al joven Daniel. Lo que dijeron, lo que hablaron tras aquellas gruesas puertas de roble, ahumadas y misteriosas, nunca lo supieron ni las criadas de La Encrucijada, ni Damián, ni los aparceros de tras la chopera. Lo único cierto era que aquella misma noche Daniel Corvo, que contaba entonces diecisiete años, hizo su maleta, y al amanecer del día siguiente salió de La Encrucijada. Y nadie le volvió a ver.

La noticia causó gran estupor en Hegroz. «No tienen derecho a echarle así, como a un perro», decían unos. Y otros añadían: «No le han echado. Se ha marchado él por su propia voluntad». Inútil fue que intentaran sonsacar a las criadas, a la Tanaya. «No sabemos nada», decían. Únicamente Damián comentó: «El chico era orgulloso y torcido. No lleva buena sangre. Y rondaba demasiado por ahí con la señorita Verónica». «Era un vago y un desalmado –añadió Marta, mientras cortaba pan–. Otra raza se mezcló a esta familia. Quiera Dios que no vuelva jamás.» Pero la Tanaya, en su casucha, detrás de los chopos, decía en voz baja a su marido: «Era un chico que robaba el corazón. Como ninguno de ellos. Como ninguno».

En noviembre de aquel mismo año, Beatriz, madre tardía y triste, en un parto que duró dos días y dos noches, dio a luz una niña. Beatriz murió al amanecer del tercer día, y su rostro amarillo, huesudo, tenía entre los cirios una paz extraña, casi dulce. Los baúles reforzados, ya vacíos, se vendieron al buhonero, y el cuerpo flaco, cumplidor, sirviente, se escondió en la tierra de Hegroz, en el panteón de los Corvo, junto a Margarita y a las abuelas de Gerardo y Elías. Quince días más tarde, Gerardo e Isabel llevaron a la niña a la iglesia de Hegroz, dentro de un faldón almidonado y lleno de puntillas que sirvió antes para todos los niños de la familia. Le pusieron el nombre de Mónica.

Tres años más pasaron. Tres años vulgares. Incluso, llenos de paz. Mónica crecía, como un animalillo de la montaña, sin demasiados cuidados, bajo la mirada levemente tierna de Isabel. De vez en cuando, con antiguos trajes de la abuela, le hacía vestidillos graciosos, un poco absurdos, que dejaban al descubierto sus pequeñas piernas, ágiles y fuertes. Verónica vivía como vivió siempre, antes y después de la partida de Daniel: dentro de una gran sencillez. Ninguna queja salía de sus labios, ninguna alusión. Por dos veces más se negó a casarse con el indiano Lucas Enríquez. Pero sin violencia. Sin dulzura. Simplemente, tal como ella era para todos: serena y categórica. A veces, Isabel se irritaba y no podía evitar una confusa admiración: «No parece de este mundo». Y, sin saber por qué, este pensamiento le daba miedo.

El viejo cartero del pueblo entregaba cartas a la Tanaya. La Tanaya no podía disimular apenas el gozo, los ojos brillantes, apretados los labios, cuando llamaba suavemente, por la tapia del huerto: «Carta, señorita Verónica...».

Una mañana de abril de 1935, Verónica desapareció de La Encrucijada. Se supo, luego, que salió temprano de la casa —apenas alboreaba—, por el camino de Neva. Dijeron los pastores que Daniel Corvo —un Daniel crecido y extraño, como un lobo— la esperaba entre los árboles, a medio kilómetro escaso de la casa.

(La casa que fue de sus sueños, de sus juegos, de su miedo, de su infancia. Entre los chopos y los prados. Junto al pabellón de la Tanaya. Cerca del río y de las praderas, de los hayas, de las cuevas de murciélagos, de las vertientes y las rocas. La casa que, tal vez nunca, pudieron olvidar.)

Al día siguiente, Gerardo Corvo salió al camino. La última nieve, cristalizada, daba pequeños chasquidos bajo sus pies. Gerardo miró el horizonte, más allá de las montañas: «Otra cosa más hemos perdido...». Y borró su nombre de aquella casa. Sin indignación. Con un gesto de conformidad, tal vez de comodidad. Era un día frío, y se sentó a la mesa, frente a Isabel, la única hija leal, al otro extremo de la mesa.

«Padre, no verás una lágrima, no verás un temblor. Padre, no verás mi pensamiento, no sabrás nunca que deseo su muerte, más de lo que he deseado jamás la vida. Mis manos no temblarán, mis ojos mirarán de frente. Mi boca sonreirá para darte los buenos días y para escanciarte el vino. Padre, yo soy Isabel Corvo, yo soy tu continuidad.»

Ya no se servían delicados y variados platos en La Encrucijada. Se comían sopas humeantes y espesas, nutritivas, alimenticias. Prácticas sopas, de campesino acomodado, que repugnaban el paladar de Gerardo. Isabel le servía, como una auténtica ama de hacienda, tras una nube de vapor, con el —de pronto, absurdo— cucharón de plata: «Hay que reducir gastos, padre. Hemos de levantar de nuevo La Encrucijada». Y Gerardo probaba apenas la sopa, y vaciaba, poco a poco, tozuda y seriamente, el resto de las viejas bodegas, antiguo orgullo de la casa. Los lebreles *Ancio* y *Debiel* se echaban a su lado, ya cansinos, uno a cada lado del sillón. Gerardo era un viejo egoísta y abúlico, al que sólo preocupaba su tranquilidad, su ocio y sus vinos.

Cuando en julio de 1936 estalló la guerra, tras unas horas de incertidumbre, los de Hegroz vieron llegar por la carretera algunos coches con falangistas armados. Detuvieron al maestro, al que llamaban «Patinito», y al hijo del herrero, por sus actividades políticas. El hijo del herrero quiso escapar por el camino, tirándose al terraplén, hacia el río. Le dispararon y cayó al agua, con la cabeza atravesada. Trajeron el aviso y el padre fue a buscarlo. Pero cuando entraron el cuerpo en el pueblo los vecinos cerraron las puertas y las ventanas. Al «Patinito» dijeron unos si lo mataron en llegando a Valle Pardo, y otros que salió vivo. Pero no se volvió a saber de él. Por lo demás, la guerra fue en Hegroz una cosa lejana, incomprendida.

Una vez, muy altos, volaron sobre Neva unos aviones enemigos. O así lo dijeron. Tres años de incomunicación, de alistamientos al frente. Tres viudas en el pueblo y una madre sin su hijo menor. Los demás, nada. La vida seguía, exacta. Labraban la tierra, cuidaban los ganados, morían, nacían, en ajeno. Tardíamente, llegaron a La Encrucijada noticias de Daniel y de Verónica. Él, luchaba en el frente enemigo. Estando Daniel en las trincheras, en enero de 1938, murió Verónica durante un bombardeo. Parece ser que esperaba un hijo. En 1939, finalizada la guerra civil, se supo que Daniel había huido a Francia.

Hacía mucho tiempo que César abandonó la idea del bufete, junto al compañero de infancia. Fracasó aquello y fracasaron varias cosas más. Luego, la guerra... Cuando volvió, todo había cambiado.

César hacía algún que otro negocio, no muy claro. A veces ganaba dinero y venía triunfante. Otras, pedía socorro a Isabel. Así, iba viviendo. Estaba descontento y hablaba mal de casi todas las cosas. Últimamente se había comprado un coche viejo, muy viejo y destartalado, pero que «le ayudaba en sus negocios». Nadie le preguntaba en La Encrucijada en qué consistían aquellos negocios. Solamente Isabel y él reñían cuando venía pidiendo dinero, fantaseando: «Te juro, Isabel, que esta vez me hago rico de un golpe... Imagínate que...». Isabel no entendía y fruncía los bordes de la bolsa. Entonces, César se iba con un gran portazo y juraba no volver. Pero volvía. Y Gerardo los miraba, como se mira un retrato viejo y olvidado, como quien piensa: «¿A quién me recuerda este rostro...?»

(«Un niño corría y se marchaba, un niño cruzaba el prado, la tierra ancha, roja, inmensa, montado en un caballito negro...»)

Una tarde de febrero, de 1947, llegó César a La Encrucijada con la noticia. «Le han visto. Anda por ahí muerto de hambre, enfermo..., como un mendigo. A ese criminal.» Y añadió: «Deberían lincharlo, si se atreve a presentarse en el pueblo». Isabel no dijo nada.

A menudo, César despotricó contra Daniel. Pero no dejaba de traer noticias suyas. «Un amigo le ha visto. Fulano ha hablado con él...» César doblaba los labios, con un desprecio tal vez excesivo, tal vez insincero: «Buena racha lleva, por lo visto. No lo pasó muy bien, que digamos... Claro, ¿qué se figuraba?

¿Que le iban a recibir con los brazos abiertos? ¡Los vencidos son como la peste! ¡Como la peste!...» Isabel escuchaba, y callaba.

Daniel. Ajeno, hundido. Daniel. Aparecía vivo a su recuerdo siempre encendido. Un Daniel derrotado, en su imaginación. Un Daniel enfermo, en su imaginación. En la noche cálida de junio, con las ventanas abiertas, con las mariposas doradas en torno a la lámpara, en el amarillo círculo de luz sobre la madera de la mesa, entraba el traidor, el espeso, el maldito perfume de la flor blanca por los poros de la piel, hasta los huesos. Las tijerillas de plata, el hilo, la labor, en sus manos, se volvían rígidas, inmanejables. Los rizos negros escapaban tras la oreja fina, morena. Y brillaba el pendiente, como una lágrima.

Una noche se lo dijo por primera vez:

—Padre, Daniel debe volver a esta casa. A su casa.

Gerardo la miró como a una loca. Isabel sonreía apenas. Ya sabía que vencería. Ella vencía siempre: cuando preparó la boda de su padre y Beatriz, cuando quiso que abandonase Daniel La Encrucijada.

Mónica, la menor, les miraba, curiosa. Con sus dieciséis años recientes, ignorantes, casi salvajes, en aquella casa muerta. Isabel la alejaba:

—Vete un momento, Mónica. Tengo que hablar con papá...

(«Falsas frases de falsa caridad. Ah, Isabel, hija mía, hija mía, eres un cuervo. O tal vez sí, tal vez es cierto lo que dices.») Gerardo Corvo, con el cuello torcido por la soga, la miraba torvamente.

—Padre, ayer escribí a Daniel. Le pedí que volviese..., que volviese a su casa. Ha pasado el tiempo. Todos olvidamos...

Gerardo Corvo tenía una expresión entre brutal e indiferente. No se movió. Sólo dijo:

—¡Olvidamos! Bueno. Tu hermano César no querrá...

Isabel abandonó la labor. Sus labios temblaban levemente, y Gerardo conocía aquella cólera muda, aquel desprecio.

—¡César! A César no le importó nunca *aquello*... Lo único que no le perdona es que luchara en la trinchera enemiga. Que estuviera frente a él en el único momento importante de su vida. César sólo vive del recuerdo de la guerra. ¡Pero la guerra terminó hace ya ocho años, y todos, todos han perdonado ya, antes que nosotros!... Esta casa es también la casa de Daniel. No podemos negarlo. Asimismo se lo he recordado en la carta: «*Es tu casa, no te ofrezco ninguna limosna, porque esta casa es tuya...*». Y si él quiere venir, nada podrá impedirlo. Ha regresado, padre, ha purgado sus culpas. Nadie podrá impedirlo. Somos cristianos. Y ésta es también su casa...

—¡Su padre nos arruinó completamente! ¡Todo se le ha dado de caridad aquí!

Gerardo hablaba sin convicción. O, acaso, malignamente, repetía las palabras de ella en otro tiempo. Pero ella no se acordaba, tal vez, y sólo dijo:

—Pues si quiere venir, vendrá.

A últimos de enero, el guardabosques de Neva sufrió el accidente que le costó la vida. Probablemente, algunos periódicos publicaron el hecho, en la sección de sucesos. Tal vez fue de este modo como se enteró de ello Daniel.

Una mañana de primavera, cuando Isabel ya empezaba a perder toda esperanza, llegó la carta. Iba dirigida a Gerardo. Isabel la tuvo entre las manos, con un temblor antiguo y nuevo a un tiempo. Hacía frío en la gran sala destartalada. Entraba la luz del invierno, azul, mojada, por las ventanas anchas, entre las raídas cortinas de brocado. Junto a la chimenea encendida, Gerardo medio dormitaba. Era la última hora de la tarde, la hora del anís y del correo con días de retraso, de los periódicos, a veces mojados por la lluvia, a veces rotos. La hora quieta, solitaria, sin tristeza siquiera. Isabel miró a su padre largamente antes de entregarle la carta. Gerardo la leyó despacio y se la devolvió despacio también. Con un leve encogimiento de hombros, que tal vez significaba: «Eres tú quien manda aquí». Isabel fue hacia la ventana, fingiendo buscar la última luz. «Gerardo: Vuelvo si la cabaña de Neva queda libre, como supongo, por la muerte del guardabosques. No quiero vivir en La Encrucijada. Guardaré los bosques, como el otro, a cambio de lo mismo que él. Me basta con eso.» Y de nuevo el nombre, aquel nombre que sólo parecía suyo: Daniel.

Los de Hegroz no supieron cómo fue. Hablaron, murmuraron, inventaron, acertaron a medias. Lo cierto era que una mañana, apenas iniciada una primavera gris, recién llovida, Daniel Corvo volvió a La Encrucijada.

Capítulo segundo

Mónica se detuvo en el umbral. Había dos murciélagos. Estaban quietos, con las alas abiertas, como pegados a la pared de cal. Parecían negros.

Mónica abrió la puerta precipitadamente. Los goznes gruñeron y entró un frío gris, húmedo. Ciegos, los murciélagos huyeron. Chocaban contra las paredes, daban tumbos. Luego, volaron hacia afuera. Hacia las cuevas que se abrían tras la casa, en la roca. Hacia el bosque, tal vez.

Se perdieron contra el cielo, blanquecino y bajo. «Pequeños diablos», pensó. Estuvo lloviendo durante toda la noche. El suelo aparecía cubierto de charcos quietos, como trozos de espejo frío y duro. Reflejando el vuelo bajo de los gorriones. Mónica detuvo una vez más sus pies, que querían correr hacia la carretera. «Murciélagos.» Pensaba agolpadamente, mirando hacia allá lejos, de donde procedía aquel rumor, aquel motor aún lejano. «Es el coche de César. Ya están aquí.» La carretera estaba más allá de la tierra sembrada, al otro lado del prado, con su hierba aún no segada, de un verde rabioso y mojado. «Murciélagos. Cuando era pequeña, vi lo que hacía con ellos Goyo, el hijo de la Tanaya.» Mónica pensaba atropelladamente. «Tengo miedo.» Qué estupidez, no debía tenerlo. No sabía por qué tenía miedo. El rumor del motor crecía, se acercaba. «Murciélagos. Son de mal agüero. Isabel lo dice. ¡No puedo creer eso! En noviembre cumplí dieciséis años. No sé por qué estoy nerviosa.» Tal vez estaba alegre. No podía saberlo. Lo cierto es que algo se contraía dentro del pecho, lleno de impaciencia. Seguía pensando. «Era en las cuevas, ahí detrás. Me acuerdo que dentro estaba muy oscuro y olía a pozo. Los murciélagos colgaban del techo. Parecían racimos, negros y pegajosos. Goyo los cogía.» Desde la casa, hasta la carretera, había un sendero ancho que atravesaba los sembrados y el prado. Estaba enfangado, y en los surcos que dejaban las ruedas del coche, el agua estancada formaba cintas de arco iris bajo la luz de la mañana. «Sólo de verlas, las manos de Goyo dolían. Aquellas manos grandes y torcidas. Cogía los murciélagos por la punta de las alas y los clavaba en un tronco. Decía que los crucificaba, porque eran el demonio. Les hacía fumar. Siempre llevaba colillas en los bolsillos, unas colillas amarillentas. Es cierto que fumaban. El humo les salía por las narices. Por algún agujerillo salía; yo lo vi.» El perro del aparcero empezó a chillar, y sus largos lamentos sofocaron el creciente rumor de allá en la carretera. Mónica sintió de nuevo deseos de echar a correr, sendero adelante, hacia ella. «Goyo aplastaba la colilla encendida en los ojos de los murciélagos. Daban unos gritos pequeños. Unos gritos cortados, malditos. Pero no importaban gran cosa, porque eran el demonio.» El perro dejó de aullar.

El coche de César, aquel viejo coche que hacía reír, apareció al fin tras el recodo. «Ahí están.» Un raro hormigueo en las piernas la obligó a avanzar. Sus pies se hundieron en el barro. «Pero ahora no hace reír. Es la primera vez que el coche de César no me hace reír. No creo tener miedo. No tengo por qué tenerlo. No va a pasar nada especial. Daniel viene. Bueno. ¿Y qué? Ya no se odian siquiera.» A pesar de lo que había oído, desde que nació. «Daniel, a lo mejor, ni siquiera sabe que existo. En cambio, ¡tanto como he oído yo hablar de él! Pero no pasará nada, ahora. Ahora ya son todos viejos. Todo ha pasado hace tiempo.» Sí, todo había pasado en aquella casa. Mónica contempló cómo el viejo coche, dando tumbos, tomaba el embarrado sendero hacia los árboles de la flor blanca. «Parece una tortuga enorme. Un montón de chatarra. Pero César está orgulloso de él.» No. No podía reírse. «Tengo miedo.» Siempre, desde el primer día de sus recuerdos, ella se sintió, allí, en la vieja casa, entre el padre y los hermanos mayores, nacida con retraso. Con un imperdonable retraso, que, fatalmente, la excluía de sus vidas. «Sus vidas viejas», pensó con cierto rencor. Todos tenían ya una vida anterior. Siempre hablaban de cosas que habían ocurrido ya, que habían muerto. Nunca se hablaba de lo que aún podía suceder. «Sólo saben remover la ceniza. Y ahora, Daniel vendrá a desempolvar cosas. Son todos ellos como un enorme desván. No saben, ni siquiera, que existo, que puedo tener curiosidad, impaciencia por las cosas. Que aún no ha llegado nada para mí. Ese fantasma de Daniel. Nunca pensé que llegara a verle. Pero ellos tampoco. Hablan de él como si hubiera muerto. ¡No quiero vivir aquí!» Mónica apretó las manos una contra otra. «Y tal vez estoy contenta. No sé si siento alegría por ver a Daniel.» Su padre, sus hermanos, aún, a veces, se apasionaban por lo que amaron, por lo que odiaron, por cosas que habían pasado antes. Nunca, por las que todavía debían suceder. Por todo lo que ella esperaba. «Ya he cumplido dieciséis años.» ¿Es que no existía nada nuevo, nada presente, nada aún por nacer, con ella?

El coche avanzaba por el sendero, hacia la casa. A su paso huían los gorriones y se posaron en los sembrados, al borde del camino. Entraba de nuevo Daniel, el maldito, el perdonado. «Lo echaron de esta casa. Papá, Isabel y César, lo echaron. Y ahora, todo se le ha perdonado. Pero ¿qué le perdonan?» Daniel, desenterrando el tiempo. Tal vez odio, antiguo amor en algún lugar oculto de la casa. O rencor. Voces olvidadas. «No, ya no les importa. No es que perdonen. Es que ya no les importa. También él se habrá vuelto como ellos.» Sintió otra vez una ola de rebeldía. «Yo no puedo vivir aquí. No quiero ser así. Están muertos.» Voces olvidadas. Ella apenas sabía de cosas, cosas confusas, que ellos hablaban. «Las cosas perdidas...» Seguía pensando, atropellada, nerviosa. Era todo tan vago, tan lejano. Nadie se lo había explicado. «Le echaron de casa al primo Daniel. Su padre arruinó a papá. Pero le acogieron aquí. Y luego lo echaron. Algo pasó. Se llevó a Verónica.» Ella no comprendía. Nadie le explicaba nunca nada. «Yo vi un retrato de Verónica. Dice Isabel que me parezco a ella. Pero no es verdad; ella era muy guapa. Isabel tiene el retrato de Verónica escondido entre sus secretos. Los secretos apolillados de Isabel. Todo lo suyo parece lleno de polvo.» Volvió a sentir aquel temor confuso, diluido. «Cosas perdidas.» Era un miedo pequeño, frío. Como cuando, de niña, veía fumar a los murciélagos. «Aquellos horribles murciélagos crucificados que tenían los ojos redondos y me miraban. Goyo dice que no ven. Pero me miraban. Aún me acuerdo del chisporroteo que hacía el fuego de la colilla aplastándose contra sus ojos. Me miraban.»

El coche de César estaba ya muy cerca. Se detendría frente a la casa. En la pequeña explanada donde ella estaba, quieta, con los pies en el barro. «Me miraban. Tenía miedo.» Mónica tenía miedo muchas veces. De todo lo que no conocía. De lo que oía hablar a su padre, a su hermana Isabel, a su hermano César. De lo que callaban y no le decían. De todo lo que ella no preguntaba. La infancia de sus hermanos, la existencia de aquella otra hermana, Verónica. Cuando ella no había nacido todavía. Cuando hablaban de la guerra y de antes de la guerra. De las gentes que ellos conocieron, que formaron parte de sus vidas. De los que vivieron antes que ella en Hegroz, en aquella misma casa de su padre. Nunca vio sus rostros, nunca oyó sus voces. Daniel era uno de aquellos espectros hechos de palabras. Las palabras de su padre y sus hermanos. Ellos, papá, Isabel, César, continuaban allí, en la casa, en el tiempo presente, como si nada hubiera ocurrido. Quietos. Supervivientes en el tiempo presente. «Quietos. Viéndolo todo desde aquí, como desde el final de un camino.» Sí, Mónica sabía que ellos, extrañamente, miraban a veces hacia atrás. Clavados en el suelo. «Como muñecos ajados.» Mónica sacudió la cabeza. A veces ¡se le ocurrían cosas tan extrañas! No podía remediarlo. Pensaba: «Están clavados en el suelo, y no pueden avanzar. Por eso miran hacia atrás. Son unos muñecos muy pequeños, llenos de polvo, con la cara y las manos arrugadas...». Acaso gritaban, pero sus voces ya no las oía nadie. Nadie podía remediar lo que contaban, porque sucedió antes, hacía tiempo. «El maldito Daniel.» «Su padre nos arruinó, perdió lo suyo y lo nuestro. A pesar de todo, le acogimos en casa y él se portó como un ladrón.» Y sus voces, y sus discusiones, aún, por cosas que ya nadie podía regresar, devolver. «¿Por qué? ¿Por qué?» Mónica, inmóvil, apretó las manos una contra otra. «Ahora ya no soy una niña. Cumplí dieciséis años. Ahora Isabel ya no me deja hablar con Goyo ni con ninguno de los hijos de la Tanaya. Cuando paso por su lado, fingen no verme. Hoy vuelve a esta casa Daniel, y ni siquiera sabe que existo.»

En aquel momento, el coche se detuvo. Había llegado al término del sendero, y fue a colocarse en la explanada, frente a la casa, cerca de los árboles de la flor blanca. Mónica se aproximó.

Primero bajó César. La miró.

—¿Se ha levantado ya papá?

Mónica encogió los hombros.

—No sé. No he oído nada.

Entonces descendió Daniel. Era alto, delgado. «No se parece a César.» Tenía el pelo negro, rizado y las mejillas hundidas. Mónica sintió un momento su mirada fría, azulada.

—Es Mónica —dijo César. Y añadió—: Ya sabes. Papá volvió a casarse...

Daniel no dijo nada. Miró hacia arriba, hacia las ventanas altas de la casa. Luego fue hacia la puerta.

Mónica y César le vieron entrar en la oscuridad del zaguán,

con su paso lento, algo desmadejado. «Está cansado.» Su cuerpo se confundió en la sombra, como fundiéndose. A Mónica le pareció que se diluía en la oscuridad, que despertaba allí dentro un sinfín de voces, de ecos largos y perdidos, irremisiblemente perdidos. «Como una sombra que volviera. Y que, al mismo tiempo, no volviera nunca.» Mónica dio media vuelta y echó a correr lo más rápidamente posible. Cuando llegó al borde de la chopera se detuvo. El corazón le dolía. «Tengo miedo.»

Gerardo Corvo oyó el ruido del motor cuando aún estaba echado en la cama. El rumor llegó hasta sus oídos como el zumbido monótono de un gran insecto. De momento, sólo pensó: «Viene un coche por la carretera». Abrió los ojos. Por las rendijas de los postigos cerrados entraban finos hilillos de luz. De pronto, recordó. «Daniel.» Se incorporó. «César, con Daniel.» Se sentó en la cama. La cabeza le dolía de un modo pesado y sentía la boca pastosa, amarga. Como si todo el paladar fuera una náusea. Instintivamente se apretó las sienes con las manos. «Anoche. El anís. El asqueroso anís.» Saltó al suelo, torpemente, y fue a abrir la ventana. Entró la luz, doliendo. Le dolía en los ojos y la notó como un baño sobre los hombros y el pecho. Miró hacia abajo. En la explanada estaba Mónica, con el cabello rizado, salvaje, corto como el de un muchacho. Su hija menor. La contempló con expresión pensativa. Le hubiese gustado saber exactamente qué sentía viéndola. La muchacha se acercaba al sendero, como si fuera a echar a correr hacia la carretera. «Está curiosa. ¡Bah! ¡Si supiera! ¡Dios, qué enorme pereza esa juventud! Aun, con su curiosidad. Tan impaciente. Dios, si no vale la pena.» Mónica. Dieciséis años. Hacía dieciséis años que vino al mundo. «Qué pesadilla todo aquello. Beatriz. Olía a campo, a ganado. Qué horror. Trajo dinero. Es decir, cosas que valen dinero... Isabel, hija. Isabel, cuervo. Hija mía, tú quieres a esta casa tanto como yo, pero la defiendes mejor. Ah, Isabel, tú eres de mi tiempo. No como esta pobre niña.» Mónica tenía el cuerpo espigado, bello. Sus piernas largas, doradas, estaban llenas de vida impaciente, de fuerza. Toda ella, su cintura, sus hombros y aquella cabeza de rizos cortos, de un rubio oscuro, bronceado, le hacían daño por su vitalidad, por su inocencia. «Por su fe. Pobre Mónica. En realidad, fue una equivocación. No debió nacer nunca.» Bostezó y, volviéndose, empezó a buscar las zapatillas. «Qué desgraciada historia, ésa.» Una somnolencia pesada le enturbiaba todavía. Con más fuerza llegaba ahora hasta sus oídos el ruido del motor. «Ahí está. Tanta historia, tanta zarabanda, para luego eso: perdonar, olvidar. ¡Psé! Cuánta energía perdida. Cuántas palabras perdidas. Para nada. Para olvidar, al fin.» Gerardo Corvo dirigió una mirada lenta en torno a la habitación. «La cama.» La cama, con sus cuatro columnas de madera negra y torneada, con sus ajadas cortinillas de damasco amarillo. Donde durmieron sus padres, donde él durmiera con Margarita, con Beatriz. Donde nació él mismo y donde nacieron sus hijos. Apartó una avalancha de recuerdos. «Recordar, no. Gran pereza.» Un sol pálido ponía sobre las maderas del suelo una mancha cuadrada, de color amarillo. «Ese coche ya ha doblado la curva.» Gerardo pisó la mancha de sol, y en su planta desnuda sintió el calor leve, tibio. Recogió del suelo el cuello almidonado y sucio, y la corbata. Al incorporarse, se vio reflejado en el espejo del armario. En las noches, la luna entraba sinuosamente por las rendijas y rozaba el contorno de los muebles, hasta llegar al espejo. Se quedaba allí, arrancando un brillo mojado, obsesivo. Gerardo se acercó a su propia imagen. «Viejo.» El pijama, sucio y arrugado, olía a anís dormido, a sudor. A borrachera solitaria, empedernida y triste. «Viejo.» Se pasó la mano por la cara mal afeitada. Las mejillas estaban cubiertas de pequeñas púas blancuzcas. «Tengo la cara llena de ceniza.» Abrió la boca y se miró la lengua. Estaba también cubierta de una capa gris. «Ceniza hasta dentro de la boca. En los ojos.» Se sentó despacio, porque le dolía la espalda. «Sesenta y cuatro años. No es gran cosa. Pero como si tuviera cien, o mil. Da igual.» Ni siquiera podía estar desesperado. Cansado, eso sí. Triste, a veces. Y bebía anís. Había llegado a la fase del anís. Luego, por la mañana, se arrepentía.

La vuelta de Daniel, ahora, no le emocionaba. «Eso se queda para Isabel y Mónica.» Recordó el rostro de Isabel. La cara amarillenta, donde los ojos negros aparecían fieros, llenos de oscuros pensamientos, turbias virtudes falsas. «Papá, Daniel debe volver aquí...» Eso dijo. Gerardo suspiró levemente y se desperezó. «Total, para llegar a esto: "Papá, Daniel debe volver aquí." Y ella, años atrás, fue la culpable de todo.»

Gerardo Corvo empezó a vestirse. Sobre el mismo pijama se puso el pantalón, y por la cintura iba metiendo el borde de la chaqueta del pijama. «Uno cree, cuando es como Mónica, que existe el rencor, el odio, las palabras juradas, el amor. Pues no. Hay que hacerse viejo, ha de pasar el tiempo, y nada de eso es verdad. Se perdona. Se olvida, más bien. Las cosas no importan nada, al fin. Ahí viene, ahora, ese desgraciado Daniel. Me acuerdo de cómo galleaba cuando se fue. Y ahora, ¿qué?... Verdaderamente, sólo se salvan los muertos.» Abrió el armario y sacó una botella. La miró a contraluz. Vació el contenido en el vaso que había sobre la mesilla.

Gerardo bebió con lentitud. Únicamente el anís resultaba sólido, veraz y consecuente, en la fría mañana de primavera. Gerardo se asomó de nuevo a la ventana, con el vaso en una mano y en la otra la botella. Entonces vio el coche. El viejo Ford de César, que avanzaba con dificultad por los charcos del sendero. Daba tumbos y, de cuando en cuando, de debajo las ruedas, saltaban salpicaduras de agua sucia.

Al fin el coche se detuvo. Descendió César. Luego, Daniel, que miró hacia arriba, hacia su ventana. Instintivamente, Gerardo dio un paso atrás. «Viejo. También él.» Por un momento le llegó el recuerdo de aquel Daniel que vio partir. De aquel Daniel de hacía dieciséis años. «Viejo ahora. Viejo él también.» Gerardo bebió más anís, y esta vez lo apuró de un trago. «Prefiero estar entonado cuando le vuelva a hablar.»

Desde antes, tal vez, que fuera posible oír el rumor del coche, Isabel ya lo había oído. Llegó hasta ella, bronco, amenazando, sin saber por qué razón. Aquella amenaza la sentía sobre sí desde muy temprano, desde la noche anterior tal vez. O desde aquella noche en que Daniel, siendo un muchacho de diecisiete años, se fue de la casa por su culpa.

Isabel estaba frente al espejo, en su habitación. Un espejo ovalado, de marco oscuro. Un espejo que perteneció a mamá. Que ella se apropió cuando casó a su padre con Beatriz. El rostro, la habitación que en él se reflejaba, parecían pertenecer a otro mundo. Un pequeño mundo de ensueño, levemente abultado, disminuido tal vez, cerrado todo él en oval. Isabel estaba prendiéndose el pendiente derecho y el rumor del motor la detuvo. Se quedó inmóvil. Sus manos no temblaban. Isabel tenía manos blancas, largas y hermosas. Por sobre los dedos que sujetaban la perla refulgía un pequeño diamante, apenas adivinado más que por su llamita fría, punzante. Desvió la mirada de sus propios ojos y miró aquella perla suspensa junto a su oreja. Un rizo negro, retorcido como una culebrilla azulada, se enroscaba sobre el lóbulo. «Cuánto le quise.» Isabel dejó caer suavemente la mano sobre el mármol rosado de la cómoda. Apretó nuevamente el pendiente entre los dedos. Brillaba, diminuto, ajeno a su corazón. «Cuánto, cuánto le quise, y, sin embargo, ahora yo no le amo. Estoy bien segura.» El pecho de Isabel se apretaba dentro de su ajustado vestido de seda negra. Su cuello emergía del escote, blanco, como segado. Isabel tenía la cabeza erguida y maciza. Isabel fue hermosa, o pudo haberlo sido. Se llevó precipitadamente los dedos a los rizos y acarició apenas las primeras canas. No se molestó en intentar una sonrisa. Isabel no sabía sonreír. «Tampoco tuve nunca motivos para hacerlo.»

El ruido del motor crecía. Isabel lo temió cercano, cada vez más. Ni siquiera el corazón se precipitaba. Isabel terminó lentamente su tocado, como todas las mañanas. Dentro de unos instantes tañería la campana de la iglesia. Isabel comulgaba todos los días a la misma hora, puntual y solemne, dentro de su traje de seda negra, adornada con sus pendientes de perlas. Bajo la frente, de una palidez amarillenta, los grandes ojos tenían una luz negra que miraba hacia adentro. «Recuerdo. Recuerdo bien.» Isabel se apartó del espejo. Se detuvo en el quicio, como detenida por alguna fuerza. «Cómo pude sentir entonces aquel fuego dentro de mí. Cómo pude pasar mis noches quieta, abrasada por los celos. Cómo pude odiarla a ella, que era mi hermana. A ella, cuya memoria es ahora sagrada para mí. Y a él, a quien amaba más que a nada en el mundo. Pero yo estaba quieta por las noches, desesperada de mi inutilidad frente al amor de ellos dos. Y recuerdo que las sábanas estaban ásperas y frías para mi piel, y que mis ojos no podían cerrarse. Yo oía su voz y veía sus ojos. Yo me consumía, y a nadie, a nadie, deseo aquel tormento.» Isabel se acercó al rellano de la escalera. «Era más pequeño que yo. Sólo tenía catorce años, y yo dieciocho. Yo no amaba a ningún hombre. Los hombres, sucios, groseros, estúpidos. Pero él era distinto. Él siempre ha sido otra cosa diferente en mi vida. Su piel oscura, tersa, como la de una muchacha, entonces. Alto, como yo misma. No conocía a nadie como él, porque vivía encerrada, dentro de mi corazón. Como ahora, el ama de esta casa, La Encrucijada. Era mi amor, como ahora, mi amor compartido con él. Nunca amé otra cosa en el mundo más que a Daniel y a esta casa, pero siempre uno u otro me han faltado, y el uno sin el otro no llenan mi corazón. Todos me obedecían ya entonces en esta casa, y yo procuré siempre lo mejor para él; no lo sabía yo entonces, porque era torpe, inocente, pero ya le amaba. Más que a mi vida. Hubiera querido esconderlo en algún lugar oculto, donde nadie le viera. Entonces creía que deseaba ser su madre. Que yo deseaba que él fuera mi hijo, que hubiera salido su cuerpo de mi propio cuerpo. Que la sangre que yo adivinaba bajo su piel fuera la misma sangre que yo notaba en mí. Pero más tarde, cuando les vi a ellos dos, juntos, cuando descubrí el amor de ella y él, supe que no era así. Cuando vi a Verónica y a él, aquel día, comprendí que deseaba aquel cuerpo más estrechamente. Que yo amaba aquel cuerpo y aquella sangre con un hambre distinta. Un hambre y una sed que me secaban.» Isabel sintió un tardío estremecimiento. Sus largas pestañas temblaron sobre los ojos, calladamente encendidos bajo los párpados. «Ah, si en aquel tiempo él hubiera sabido, él hubiera comprendido. Pero no lo supo nunca, ni lo sabrá jamás. Fui yo la que envenené su vida, fui yo la que le eché de aquí. Pero Dios me ha perdonado, porque sólo Dios conoce el tormento de mi corazón. No podía dominar aquel dolor, ni podía vencerlo.» Isabel empezó a bajar la escalera. «Y ahora, ahora, no le amo ya.»

Abajo, en el ancho portal, resonaron siete campanadas. Isabel desplegó su mantilla de blonda negra. La mantuvo extendida un instante ante sus ojos, como un pájaro extraño y bello, con las alas abiertas. Isabel descendió lenta, pausada, y la mantilla cubrió suavemente sus cabellos oscuros, recogidos en un moño bajo. «Y ya no le amo. Parece imposible. Todo aquello pasó, lo quemó el tiempo.»

César vio desaparecer en el oscuro portalón de la casa la espalda de Daniel. A su lado, Mónica permanecía silenciosa, y de pronto, echó a correr hacia la chopera. La miró vagamente, pensando en otra cosa. La vio detenerse junto a los árboles altos, como extraños mástiles en la mañana. César encendió un pitillo con gesto nervioso. «Bueno, ya está hecho. Supongo que ahora Isabel estará tranquila. Voluntariosa, dominante. Nos tiene a todos en un puño. En fin, la cuestión es que haya paz en casa.» César miró hacia la ventana de su padre. Una tenue irritación le invadió. «Y el viejo habrá bebido más de la cuenta. Como siempre. Se levantará con la lengua pesada y los ojos encarnados. ¡Algún día me llevaré de aquí a Mónica! No quiero que viva aquí esa criatura. Pobre Mónica. Siempre me digo lo mismo cuando vengo a casa. Luego, al marcharme, me olvido. Pero algún día me la llevaré. Y ahora que ha vuelto Daniel, más aún. Quién sabe lo que hay dentro de ése todavía. Mal bicho.» César se acercó al coche y miró pensativamente el barro que lo cubría. Un gorrión bajó hasta el cercano charco y se remontó de nuevo, con un ruido opaco. «Eso tiene gracia. Haz una guerra, pierde casi medio brazo, sufre hambre, calamidades, heridas..., lucha, vence. Y luego, tráete a casa a tu enemigo. Eso está bien, desde luego. Pero Isabel es así. Generosidades extrañas. Cómo se nota que ella estuvo lejos. Isabel no sabrá nunca lo que fue aquello.» César apretó los dientes con rabia. «Isabel es absurda. No puedo entender a las mujeres. Primero lo echó de aquí. Ahora lo quiere atraer. Está vencido, humillado, enfermo. Y todo ¿con qué fin? Bueno, tal vez sea cierto que tiene un gran corazón. ¿Quién puede saber lo que hay debajo de esta solterona amargada?... Pero a la niña yo la sacaré de aquí. En cuanto me salga bien lo de la madera y agarre unas pesetas seguras. No se respira en esta casa un aire limpio.»

César miró de nuevo hacia los chopos. La figura de Mónica había desaparecido. «Todos haciendo siempre lo que Isabel quiso. Me encorajina darme cuenta de eso tarde. Cuando me doy cuenta, ya lo he hecho. Así es.»

César tiró el cigarrillo encendido y lo aplastó bajo el pie. «Bueno, ahí lo tienes. Veremos qué pasa ahora. Mal bicho, mal bicho. Ya se verá, y entonces todos me darán la razón. Ya se verá.» Un viento frío le hizo estremecerse. «Nueve años hace que se acabó aquello. Pero yo no lo he olvidado. Y volvería mil veces, siempre con las mismas razones. No. Me duelen aún las cicatrices. Yo no sé perdonar, no olvido. No comprendo a los que perdonan, a los que hacen cuenta nueva. A mí me duelen las cicatrices. No creo en perdones, ni en arrepentimientos.

Nunca me arrepentí de nada. Las cosas no mueren fácilmente. Ni siquiera los hombres. Yo he visto lo que les cuesta morir a los hombres, delante de mí lo he visto. Nunca lo hubiera creído. Nueve años, ya, de aquello. Bueno. Como el primer día. Otra vez saldría yo a la calle, a morterazo limpio. No me da pena Daniel. No me inspira ninguna compasión. Quién sabe si estoy más acabado yo que él.» César apretó los puños dentro de los bolsillos. «¿Y por qué seré yo una bestia estúpida, un juguete en manos de Isabel? Siempre hizo de todos nosotros lo que quiso. Yo fui, yo, quien ha traído a casa a Daniel, quien le alberga en mi propia casa. Porque él no tiene derecho a nada. A nada. Yo, el chacal en la guerra, soy un faldero asqueroso en mi propia casa. Me doy asco. Asco, eso es. ¡Me voy, no estaré un día más aquí!»

Con impaciencia, César entró en el portal, tras Daniel. «En el próximo viaje me llevaré a Mónica conmigo. Lo juro que me la llevaré. ¡Si no tuviera uno tantos asuntos que atender!»

Dentro, en el portal, Daniel estaba quieto. Isabel, en el último escalón, con su mantilla negra y su misal en la mano, le miraba silenciosa. «No. No se respira aire limpio en esta casa.»

De la iglesia del pueblo llegó el doblar de las campanas, traído por el viento, junto al perfume de la flor blanca. Siete campanadas, lejanas, con una bella resonancia.

Dentro del portal la oscuridad fue haciéndose más diáfana. Daniel vio el rostro pálido de Isabel como flotando en la sombra. Tras él, los pasos de César. «¿Y éstos me hicieron sufrir tanto? ¿Y a éstos hice sufrir yo?» Daniel estaba quieto. Una paz indiferente se levantaba dentro del pecho. «Hace frío.»

Isabel se aproximó a él:

—Bien venido a esta casa, Daniel.

Acercó los labios a su mejilla y le besó. Un beso que Daniel sintió lejano. Lentamente Isabel pasó, salió afuera, a la luz fría de la mañana, a los pájaros huidizos, sobre los charcos. «Va a misa, como entonces. A la misma hora de entonces. Qué cosa rara el tiempo. Cómo desaparece el tiempo dentro de esta casa.»

Daniel miró hacia la escalera. Era aquella misma escalera de entonces. «Parece que de un momento a otro Verónica bajará por ahí.» Ni siquiera esto le dolía ahora. Se acercó al primer peldaño. «Hegroz va a morir. Harán un pantano y Hegroz morirá, de una vez. Todo acabará, por fin. Por fin.»

De lo alto llegaba una tenue claridad. Daniel cerró los ojos. «¿Dónde están mis amigos? ¿Dónde mis enemigos?...»

Capítulo tercero

Daniel Corvo alcanzó una primavera tardía. Verdecían ya las empinadas laderas de Oz y Neva, pero aún había nieve en las cimas. Daniel ya lo sabía. Hegroz no era buen pueblo. Abandonado al fondo de un valle, las montañas de la sierra formaban en torno un ancho círculo, como una muralla. Barrancos abajo, le llegaban tres ríos, y había en Hegroz, quizá por eso, algo como un rumor bajo, constante, envenenador. Pero Daniel recordaba con amor los bosques: los robles, las encinas y las hayas. Las grandes choperas, los mimbres del río, las cuevas de murciélagos y los insectos. Aquellos que cuando el sol daba de lado se volvían azules, y de frente, verdes o morados. Al recuerdo de Daniel volvió el olor del trigo, del centeno y la cebada. Los ariscos terrenos de labor, los pagos lejanos y empinados llenos de piedras, cardos y maleza. Era tierra de bosques y de pastos. Un pasto fuerte, verde y oloroso que daba una carne de gusto salvaje, sangrante.

Bien sabía Daniel que Hegroz no era un buen pueblo. Peor, quizá, desde que fue a parar a manos de Lucas Enríquez. Tras dieciséis años de ausencia, Hegroz se le aparecía sumido en una especie de indiferencia fatalista, consciente e impotente ante el fin que se avecinaba. Iban a echarles de allí de un momento a otro. Les expropiaban las tierras y casas, porque Hegroz iba a convertirse en un pantano. A un quilómetro del pueblo, entre las vertientes orientales de Neva y Oz, desde las negruzcas aguas del río Agaro, se alzaba una mole de cemento y hormigón, como una antigua fortaleza, como una muralla fantasmal deteniendo el curso del río. Era la gran presa en construcción. En ella trabajaban obreros de los pueblos cercanos en turnos de día y noche, y los presos del Destacamento Penal. El campo de éstos, rodeado por una ancha empalizada de troncos, su barracón largo y cerrado, eran nuevos en el cercano Valle de las Piedras.

Cuando el Estado tasó las fincas y los bosques, de acuerdo a una ley establecida a fines de siglo, los de Hegroz permanecieron indiferentes. Porque no les pertenecían ni la tierra ni los bosques. El día se acercaba ya, y la mayor parte de ellos no sabían adónde dirigirse. Siempre de jornal, siempre sin tierra, aunque la sintieran lamiendo sus plantas todos los días de su vida. Como un amigo o un hijo, feroz y entrañable, inevitable. Hegroz apareció abandonado, sucio, casi muerto, a los ojos de Daniel. Los muros caídos no volvían a levantarse –«¿para qué si van a ahogarlos?»–, no había ya posada alguna –«¿cómo vamos a meternos en jaleos de huéspedes? ¡Bastante malo anda el vivir!»– y todo tenía un aire ruinoso, hermético. Con la amenaza cierta, cada día más inminente, de su inundación, adquirió Hegroz una honda conciencia de su vida breve, al contado. No se sabía nada de mañana, ni se pensaba. Una soterrada rebeldía se esparció por la aldea. Talaban árboles a mansalva, furtivamente. Aquellos árboles largamente deseados. Las laderas de Neva, con las hayas y los robledales de Gerardo Corvo, especialmente, sufrían el ensañamiento de los de Hegroz, que prendían en sus cocinas grandes troncos despedazados. Se dieron a la caza con pasión, con voracidad, sin su antiguo respeto a la veda, a la propiedad ajena. Solidarizados en el silencio, cuando los forestales y el guardabosques iban en su perseguimiento, con rabia callada, antigua, con apretada rabia de años, sacaban sus viejas y escondidas escopetas, cargadas por la boca del cañón con munición fabricada en casa, y resonaban de montaña a montaña, casi continuamente, sus disparos. La veda, las prohibiciones de tala, la propiedad ajena, se convirtieron de pronto, tras siglos de respeto y temor, en una delgada corteza, estallada bajo una furia extraña y silenciosa. Los forestales de Lucas Enríquez y el guardabosques de Gerardo Corvo andaban siempre al acecho, encargados de las tierras altas y los bosques, adonde el agua jamás llegaría. No en vano, tres dueños casi absolutos tuvo Hegroz, en sus siglos de vida: El Duque, los Corvo y Lucas Enríquez. Y tal vez fue este último el peor amo. Pero nunca halló Daniel, en otro tiempo, aquella silenciosa venganza, aquella rabia sorda.

Los lobos, en sus inviernos largos, implacables, les acechaban cada vez más próximos. El último invierno aparecieron a poco más de un kilómetro del poblado. Grandes manadas hambrientas, empujadas por las nieves, destrozaban los ganados. En una batida contra ellos perdió la vida el guardabosques de Neva, a sueldo de los Corvo.

Tres indianos salieron de Hegroz: Corvo, Lucas Enríquez y Luis María Rocandio. Volvieron con un pasado turbio, cruel. («Almas de negrero, ojos de buitre», decía años atrás –¿cuántos años?...– el antiguo maestro, Pascual Dominico, mirando hacia las grandes fincas.) En Hegroz se despreciaba y odiaba a los indianos. Daniel sabía que los de Hegroz no se querían unos a otros, que nunca tuvieron tiempo para pensar en el amor. Querían los padres a los hijos, y querían el suelo, con un sentir íntimo, oculto y feroz, de desposeídos. Los de Hegroz eran avaros de la tierra que no les pertenecía, del agua que bebían, del pan que comían. Tal vez no comprendían al Corvo que emigró desde la calle de la Sangre, ni a los otros dos que siguieron su ejemplo. Tal vez, ahora, tampoco le comprenderían a él. Los de Hegroz eran altivos para el extraño, para el regresado. Para el ladrón, el injusto y el cruel. Su vida fue siempre más que frugal, aprendieron desde muy antiguo a sofocar, aplacar y reducir las necesidades. Daniel sabía que en Hegroz él era sólo un Corvo. En aquel Hegroz que odiaba silenciosamente, orgullosamente, La Encrucijada. Sabía Daniel que si alguno pasaba cerca de ella camino del trabajo, de los pagos, el olor denso de la flor blanca, el olor terrible y sofocante de la flor blanca, bajo las grandes estrellas del verano, reverdecía el odio. El odio, como una manada de potros, afluía al corazón, violento y amarillo, como la espuma de las pozas.

Allí estaba de nuevo. A pesar de todo, a pesar de creer que nunca volvería. Con las palabras de entonces resonándole aún en los oídos. *(«No me gustáis, no sé a quién me parezco, pero estoy contra vosotros, contra todo lo vuestro. Me voy para ir contra vosotros, y, mientras viva, estaré contra vosotros.»)* Pero volvió. Acababa de hablar con Gerardo. No mucho, desde luego. No tenían gran cosa que decirse. Arriba, le esperó el viejo, con su cabeza blanca, los ojos opacos. Daniel abrió la puerta, que halló entornada. En el centro de la habitación estaba Gerardo. Tenía el rifle entre las manos. (En otro tiempo él le habló: *«No me gustáis, no me gusta vuestra tierra, no me gusta vuestra vida ni la vida que dais a los otros.»)* Aquella voz, ahora, estaba lejos. Y, sin embargo, se levantaba allí mismo, como una pared blanca, entre los dos. Gerardo sonrió, medio cínico, medio estúpido. Le tendió el viejo rifle.

—No tengo permiso de armas —dijo Daniel.

Gerardo se encogió de hombros y su sonrisa se alargó.

—Bah, tómalo. Es pura chatarra. Para defender el bosque... Cargamos con todo.

Antes de cogerlo, Daniel advirtió:

—Lo mismo que el otro..., ya te dije.
Tal vez Gerardo deseó decirle: «Sales barato.» Pero se lo calló.

La cabaña del antiguo guardabosques de los Corvo se levantaba junto al barranco, entre las hayas, las encinas y los robles. Una cabaña de piedra con tejado de troncos. De una sola planta, con un minúsculo desván, al que se subía por una escalerilla. Daniel colgó sobre la cama el viejo rifle que le dio Gerardo. Limpió la chimenea y prendió fuego. Aún las noches eran húmedas y frías en el bosque. Al barrer el suelo de la cabaña junto al hogar descubrió, medio borrada por la suciedad, una trampa abierta sobre una pequeña cueva, o bodega, excavada en la tierra rocosa. Su vaho le estremeció y dejó caer la portezuela con un golpe seco.
Muy cerca de la cabaña brotaba un manantial que descendía hasta el río del barranco. Allá abajo, el agua, encintada entre las rocas de las dos vertientes, bajaba ruidosa y fría, formando pozas oscuras.
Anochecía ya cuando Daniel bajó. Los pies se hundían en los helechos. En torno, brotaba el bosque, duro, huraño. Algunos troncos, muy negros a aquella hora, aparecían veteados por el musgo, de un verde delicado, transparente. Siempre se sintió atraído por la vida de los árboles, el olor a madera, el silencio apasionado de los bosques. Entonces, en el otro tiempo, conocía cada uno de sus árboles, casi cada una de sus hojas. Enfocó con la linterna las ramas caídas o mutiladas. Los tocones y la leña seca que cubría el suelo, los troncos muertos por el rayo o por los torpes carboneros. Todo, tan antiguo y tan nuevo, otra vez.
Daniel Corvo llegó a lo más hondo del barranco, donde las dos vertientes se convertían en roca viva, como cortada en lastras, gris, cubierta de líquenes. Dejó a un lado la linterna encendida. Se desnudó y entró en el agua, tan helada que parecía quemarle la piel. El olor penetrante del lodo se mezclaba al del musgo verde, a los mil aromas del agua y del frío. Sintió la sangre, dentro, con un suave vigor, con una paz mineral, distinta. Como si todo él hubiera vuelto a la tierra. «Devuelto, convertido de nuevo en un trozo de barro.» Daniel

Corvo se tendió en el agua, hizo el muerto. Con rara complacencia de saberse hundido en lo más hondo del barranco, a la deriva, como una rama flotando a la merced de la corriente. El agua le obligaba a girar en círculo, muy despacio. La poza era muy honda, verde oscura, con espuma amarillenta en los bordes de la roca. Entonces tuvo la sensación de que las dos vertientes, negras ya por la noche, le brotaban de los costados, que su sangre alimentaba los troncos del bosque. Sintió deseos de decir algo en voz alta. Hablar alguna cosa, oírse. Pero no podía, no sabía decir nada. Sobre su cabeza, el cielo se alargaba, estrecho, como otro río.

Saltó afuera. La luz de la linterna iba muriendo, y se vistió de prisa, temblando de frío. Luego volvió a casa, comió pan y se durmió.

Pero cuando iba a amanecer se despertó bruscamente. A aquella hora el resplandor del cielo prestaba a todas las cosas un algo lunar, espectral. En la pared, sobre su cabecera, se había quedado pegado un murciélago con las alas abiertas y estaba temblando. Daniel saltó al suelo, con la boca seca. Buscó el orujo para beber un trago. *(«El viento de los recuerdos todo lo arrastra o lo decapita, se lleva las hojas y los papeles sucios, las cosas que pudieron ser y sólo quedan en eso: recuerdos...»)* Tal vez había nombres. Sólo nombres, vagando en derredor, como los extraños insectos del bosque. «Y, sin embargo, casi soy capaz de alegrarme. Han vuelto los recuerdos, tengo su compañía.» Aún no había salido el sol, pero sentía su proximidad de un modo desazonado, casi febril. Hubiera querido acostumbrarse a no sentir el transcurso de los días. «Un día más, otro, otro...»

Colgado de un clavo estaba el rifle. Negro, rotundo contra la cal, marcaba una sombra leve, azulada, en la pared. No había ni un chispazo de luz en su cañón. El arma quieta, muda, despertaba la desazón y la angustia de todo lo acabado, lo huido. El silencio del arma pesaba, revolvía lo que se deseaba aquietar. Bruscamente, lo descolgó y lo abrió. Ya sabía que estaba cargado. Al cerrarlo su ruido seco sonó extraño en el silencio.

Desde la única ventana de la cabaña se veían las empinadas laderas del barranco. Daniel estuvo un rato mirándolas, quieto. *(Como los muros de una casa quemada, abrazando su gran vacío negro, como si aún ardieran las cenizas.)* Fue hacia la chimenea.

De la puerta colgaba un pequeño espejo que, a la lívida claridad entrante, relucía. Al andar, el piso de madera vibraba, y el espejo tembló. Parecía una estrella. Encendió fuego, calentó agua y afiló la navaja. Mientras se afeitaba se miró los ojos, como si no fueran suyos. Un pajarillo chillaba al borde de la ventana, y al fin entró. Quedó un instante desconcertado y salió de nuevo, huido hacia el barranco. Daniel se dijo: «Quisiera tener un perro». Notó la boca amarga y bebió otro trago. El aguardiente de Hegroz era una especie de orujo de sabor espantoso, pero al que ya estaba acostumbrado. Había metido una botella, en el saco de la comida, la noche anterior. Echó mano al bolsillo y sacó el dinero. «Extraño.» Isabel le entregó el primer dinero. De ahora en adelante vigilaría la distribución y el aprovechamiento de los árboles. Organizaría en noviembre la corta de la leña para hogar, y denunciaría las escopetas sin licencia, los cazadores furtivos, los pescadores con red, trampa y trasmallo. Haría respetar la veda... Y si se cansaba, si andaba día y noche, si deseaba realmente encontrar muchachos que pescan con redes, o cazadores en terreno de los Corvo, si lograba destrozar sus pies y los brazos, para que sus noches fueran breves, se daría por un hombre feliz. Acababa de despertar, al alba, desazonado, como si mil diablos quisieran arrancarle del lecho o de la misma tierra, sin llevarle a ninguna parte. Y no podía permitirse ni pensamiento, ni corazón. Deseó oír su voz, los ladridos de un perro, junto a él. «No pensar. No pensar.» Era como decirse: «Nunca más desearé, no recordaré». Apretó los dientes. «Tendré un perro.» Bebió otro trago, se colgó el rifle y salió.

La hierba y los helechos casi le llegaban a la rodilla, empapados de agua. Parecían cubiertos por una nieve suave y transparente. Por levante, el cielo empezaba a colorearse. No se oía nada absolutamente. «Son las noches, las ruidosas.» (Las noches llenas de gritos, de abejas blancas, zumbantes, obsesivas.) Sus días podían transcurrir en el silencio. Como años antes —cuando era un muchacho de la mano de Verónica, en aquel mismo bosque, preocupado y vagabundo, oscuro soñador—, miró hacia Sagrado y Cruz Nevada. Las rocas lejanas, como pequeños colmillos, enrojecían poco a poco. «Un día iré allí», se dijo, igual a tantas veces, en el otro tiempo. Y, como entonces, se fue bosque arriba, hacia los viejos troncos, los viejos lugares. Hacia la hierba y los árboles, como un amigo.

Estaba solo. Únicamente fuera de la casa encontraba calor, se encontraba a sí mismo.

Del recuerdo, inevitablemente, llegaba a la memoria un hombre: la Tanaya. Un nombre que arrastraba mil aromas de hierba, de pan recién cocido, de río, de juncos, de perros ladradores, de escapadas hacia allí detrás, al pabelloncito de tras la chopera.

Pies heridos, caídas, sangre, polvo, fruta verde, cieno, cortezas de pan mojadas en aguamiel. Era un muchacho, casi un niño. Apenas cumplidos catorce años. No tenía amigos más que allí, tras la chopera, en el pabellón de la Tanaya. Y Verónica. Verónica. Verónica, siempre, la niña tozuda, que empezaba a seguirle a todas partes. (Al principio, él no quería: Verónica era de ellos, de los otros, de los de la casa. «Tú, ¿adónde vas?» Lo preguntaba ásperamente, parándose en seco. Verónica le miraba entonces, con su mirada terca, limpia, un poco dura, aun cuando sonreía. Y respondía: «Contigo». Él la amenazaba: «Como vengas, te acordarás». Pero Verónica no hacía caso, y le seguía. Al fin, él se acostumbró, y no supo ir sin ella a ningún lado, sin aquella mano pequeña, enérgica y suave, dentro de la suya.) Verónica no lloraba nunca, aunque sangraran sus rodillas, aunque en las furtivas cacerías él rematara a las piezas mal heridas golpeándoles la cabeza contra los troncos. «El que viene conmigo no tiene que andarse con pamplinas», decía él mirándola fijamente. Verónica no hablaba casi nunca, más que para responder. Siempre fue igual. Suave y dura como la superficie de un metal bruñido. Y alguna vez, irritado, le decía: «Vuélvete a casa, a ver cuándo me dejas solo». Pero cuando la veía alejarse, despacio, de espaldas y sin volver la cabeza, sentía un ahogo leve y la llamaba: «¡Verónica! ¡Vuelve!» Todos, al fin, se acostumbraron a verles juntos. Todos, y especialmente la Tanaya. La Tanaya. ¡Cómo les quería, a los dos! A pesar de las palabras ácidas, de los manotazos, de los gritos destemplados. Cómo les quería y les esperaba, a la puerta del horno, los días que amasaba, envuelta en el aroma caliente, en el aroma de azúcar tostado y ciruelas amorosamente acercadas al fuego, para rebozar en miel. Cómo les esperaba, apretando los labios, para que no se notase la sonrisa, los brazos en jarras, con una vasija desbordando la ternura, la humilde lumbre de su vida. A la puerta del horno, la Tanaya. «¿Adónde vais? ¿Qué se os ha perdido por aquí? ¡A casa, que hoy no tuve humor ni me acordé de vosotros, malos pájaros.» Pero ellos no hacían caso, entraban atropelladamente al horno, y allí, detrás de la puerta, en la cestita de mimbre cubierta con servilleta de día de boda, estaban los bollos, con forma de niño, las tortas de azúcar tostado. Y en un tarro, las ciruelas rebozadas de miel. Se sentaban a comer allí mismo, en el poyo de piedra. Venían del río, iban descalzos, con los zapatos colgados del cinturón, a nudos prietos los cordones, que luego costaba deshacer. Los pies entre la hierba, encallecidos ya, conocedores del polvo y del cieno. (Los pequeños pies endurecidos de Verónica, que exasperaban luego a Isabel: «¡Que no te vuelva a ver descalza, como una aldeana!») La Tanaya miraba pensativamente los pies descalzos, con los brazos cruzados, y no decía nada. A lo mejor, tenía una hierbecilla entre los dientes, que pasaba de una comisura a otra. «¡Está bueno! ¿A que sí?» Verónica decía sin seriedad: «Sí». Nada más. Verónica decía siempre «Sí» o «No», como ordenaba el Catecismo. Y él, a veces, según estuviera de humor, abrazaba a la Tanaya, la tiraba al suelo, jugando. Y ella quería ocultar la risa, y le pegaba, y hasta a veces, a puros manotazos, le hizo sangre en las narices. «¡Quita allá! ¡Grandullón, mala sombra! ¡A ver si te rompo la cara!» Pero se reía. Y se rehacía el moño, con la boca llena de horquillas negras, que iba sacando una a una y pinchándolas en la arrollada trenza, brillante, áspera como la cola de un caballo. Y sus palabras salían ahogadas de entre las horquillas, y la respiración agitada: «Que sea la última vez, so grandullón, que ya no estás en edad de juegos...». Pero la Tanaya les esperaba siempre. Y si pasaban algunos días sin acercarse por el pabellón, les ponía la boca fruncida, les daba la espalda, no les respondía y, al fin, estallaba: «¡Vosotros sólo os acercáis a la Tanaya cuando el horno está encendido!».

La Tanaya. Ahora casi dolía este nombre. ¿Dónde estaría la Tanaya? ¿Seguiría en el pabelloncito de tras la chopera? No, no quería verla. Sería una mujer vieja, quemada, muerta en vida. O tal vez la Tanaya había muerto, realmente. No, no quería saber nada de la Tanaya.

Les parecía una mujer mucho mayor que ellos, pero lo más cierto es que no llegara a los veinticinco años. Era hija de los más antiguos aparceros de los Corvo. El padre de la Tanaya ya había muerto, y la madre era una vieja arrugada, encorvada, que iba arrastrando los pies, apoyada en un grueso garrote. Pegada a la casa, siguiendo, por las tardes, la huida del sol, sobre la piedra del muro. Rumiando siempre semillas, con sus encías desnudas, los ojos enrojecidos, sin pestañas, semiciegos. Cuando el sol desaparecía de la pared, la madre de la Tanaya se internaba al negro agujero de la casa, y buscaba la lumbre encendida para la cena, aun en pleno verano. La vieja tenía frío, un frío encalado de huesos, de lecho de río. Cuando él se acercó alguna vez a la vieja, para ayudarla a entrar, notó aquel frío pegajoso de cueva, emanando de sus ropas mugrientas. (Luego, muchos años más tarde, sintió ese frío golpeándole el rostro, el olfato, el tacto.) La madre de la Tanaya ya no era madre; era vejez, muerte, acaracolada en sí misma, en una espera indiferente. Le daba miedo a él. A Verónica, no. Él, a veces, le preguntaba: «Verónica, ¿no te da miedo la madre de la Tanaya?» Y Verónica decía: «No». Y le miraba, con la misma mirada profunda y sosegada que miraba la hierba, las piedras o el polvo del camino.

La Tanaya fue la última hija de aquel matrimonio de aparceros. Tardía, inesperada casi. Porque de todos los hijos que tuvieron, y fueron catorce, era la única que rebasó la edad de cuatro años. Uno a uno, inexorablemente, se les murieron todos. «Era por la humedad —decía la Tanaya, con su inocencia pasiva—. Yo fui la única que resistí.» Y él preguntaba: «¿Y qué decían en la casa?» En la casa no decían nada. Y ese silencio, a él, ya le dolía entonces, de un modo confuso y vago. Por eso la Tanaya era también como un dolor grande, vivo, siempre presente. Hasta su risa, fuerte como la de un muchacho, tenía algo hiriente. Alta, robusta, con sus redondos brazos morenos, la trenza negra arrollada en la nuca, los pies descalzos, callosos. Pies de pastor, de jornalero, de animal de montaña, triste y agresivo. La Tanaya decía siempre: «la señorita Isabel», con un respeto profundo, antiguo. «Es muy religiosa la señorita Isabel, Dios y la Virgen la harán mucho caso... En cambio, a mí, ¿cómo voy a pedir que a mí me hagan caso, si no tengo tiempo de cumplir?» ¡Qué extraña religión le parecía a él la religión de Isabel! No, no era, con parecer la misma, la religión de Verónica, ni la suya, ni la de la Tanaya. No, no era la misma de Gerardo, ni la de Margarita. Con parecer la misma. No era el Catecismo del sí o el no de Verónica, no era el Catecismo de piedad que escuchó él siendo muy niño, de labios de su aya. Con parecer el mismo. Y Gerardo también iba a misa todos los domingos, y se sentaba en el viejo banco de la familia. Pero no sabía, ni le importaba, dónde dormía la madre de la Tanaya. Ni por qué se le morían todos los niños, año tras año, uno por uno, del mismo mal. Cuando murió el ama doña Margarita, en La Encrucijada, la Tanaya gimió y lloró de rodillas, la cintura doblada, y le llevó tortas de azúcar tostado, como no tuvo su propio padre el día que murió de viejo, quemado por la tierra de los Corvo, detrás de la chopera. La Tanaya, como su padre, como su abuelo, amaba, sin saberlo, sin quererlo tal vez, La Encrucijada. Era, sin duda alguna, algo más suyo, mucho más suyo, que de los Corvo. La Tanaya como su padre, como su abuelo, había nacido allí, detrás de la chopera, a la sombra de los altos muros de la casa grande, a la sombra de los árboles de la flor blanca. (Siendo muy niña, entre los juncos, escuchó las notas del piano que tecleaba la señora americana recién llegada a la casa, con una extraña leyenda de remotos países. La pequeña Tanaya escuchaba en cuclillas, escondida, con la boca entreabierta y el moco colgando de la punta de la nariz. Eran los buenos tiempos de La Encrucijada, los tiempos del verano largo y encendido, de las ventanas abiertas, iluminadas, en las noches de Gerardo, Elías, Margarita, Magdalena... La pequeña Tanaya trepaba al árbol de la flor blanca y miraba dentro de las habitaciones que tenían una luz rojiza, especial, brotando como de lámparas ocultas, en medio de la noche de agosto. Fuera brillaban verdosas, tenues, las luciérnagas. Crujía la tierra en mil grietas vivas, debajo de las estrellas, y la flor blanca se abría densamente en un perfume demasiado próximo. La pequeña Tanaya miraba a la señora americana de cabellos rizados y brazos desnudos, al ama doña Margarita, al amo Gerardo, al amo Elías y a los amigos extraños que traían de la ciudad. Su madre la llamaba una y otra vez, para ir a cenar. Oía el ladrido de Guzmán, el perro, que también la llamaba. Pero la pequeña Tanaya estaba prendida del perfume de la flor blanca, de las lámparas rojas, misteriosas, que escondía el corazón de la casa, y abrazada a la rama se adormecía pesadamente, peligrosamente, hasta que Guzmán la descubría ladrando furiosamente al pie del árbol.) Y todo esto él lo sabía, él lo veía casi con sus propios ojos, cuando la Tanaya, con una sonrisa lejana, la mejilla apoyada en la ancha mano, les contaba: «Cuando yo era niña, una noche...». Alguna vez, la Tanaya, *niña, llevó también a escuchar al árbol a su muñeca. Y luego, cuando años después, él y Verónica comían ciruelas asadas sentados en el poyo de la Tanaya, ella les miraba pensativa. Y le pasaba la mano por el pelo a él, y le decía: «Igual cabeza rizada que tu madre, la señora americana... ¡Cuántas veces la tuve vista subiéndome al árbol de la flor blanca, para mirar dentro de las ventanas! ¡Cuántas noches, sin querer ir a cenar por mirar allí dentro y verlos a ellos! Ay, chiquitos, habéis cogido tiempos peores». Y suspirando: «Sí, hasta alguna noche me llevé a la muñeca para que escuchara el piano y viera a las señoras.»*

La muñeca de la Tanaya. Qué absurdo, a estas alturas, el recuerdo de la muñeca le dolía, a él.

La vio por vez primera, como escondiendo muchas cosas en su corazón de palo. Igual a la muñeca de la madre, igual a la muñeca de la abuela, igual a la muñeca de la primera niña que acampó a la sombra de La Encrucijada. La muñeca consistía en dos ramitas en cruz, atadas y envueltas en un jirón de falda.

Aquella muñeca, a él, le traía el recuerdo de la niña de la Tanaya. Y a la niña de la Tanaya tampoco, de ninguna manera, la quería recordar.

Por ella fue, por la niña de la Tanaya, quizá, que empezó él a odiar de un modo concreto, consciente, inevitable.

Todo empezó cuando necesitaron un hombre para la época de la siembra. La madre de la Tanaya no servía ya para el campo, y la Tanaya, sola, no daba abasto a todo. Llegó un hombre, un hombre de caminos, de los que van por los pueblos en épocas de siembra, de recolección o de siega, y se ajustan a jornal. Mitad vagabundo, mitad campesino. Era un hombre joven —él lo recordaba— cuando lo vio entrar en la casa, un día de septiembre, después de comer. Llegaba descalzo, con un ancho sombrero de paja como los que usaban los segadores, cinturón con cuchillo y zurrón al hombro. Tenía la piel del color de cuero muy usado, los ojos entrecerrados del que va siempre de camino, cara al polvo, al sol y al viento, rodeados de infinidad de arrugas, como muescas. Parecía que sus párpados, encogidos por el fuego del verano, no pudieran desplegarse. Pero sus pupilas tenían un azul límpido, casi transparente. Entró en el zaguán, precedido por la Tanaya, y Gerardo les mandó recado de que pasaran a la sala.

Gerardo estaba medio hundido en su sillón de cuero, junto a la chimenea encendida, pues el otoño se presentaba frío. Bebía. A su lado, Isabel cosía en silencio, aunque todos sabían que ella, únicamente ella, iba a decidirlo todo. El hombre y la Tanaya entraron casi con sigilo. Pisando con sus plantas desnudas, callosas, el suelo de madera, que crujía bajo su peso. El hombre era muy lento. Se paró delante de Gerardo y, despaciosamente, se quitó el sombrero de paja y lo apoyó contra su pecho, por el que asomaba, entre la abierta camisa, un mechón de pelos rizados. Las manos del hombre, abiertas contra el sombrero de paja, contra el pecho, tenían algo de pala en descanso. «Señor, éste es el hombre», dijo la Tanaya. Y se apartó a un lado, con los brazos cruzados, mirando pensativamente hacia la pared, como dando a entender que la conversación no le interesaba en absoluto.

Gerardo ajustó rápidamente al jornalero. A cada palabra, miraba de reojo a Isabel. Ella seguía cosiendo, impasible, sin pronunciar una sola palabra. Pero Gerardo sabía que no ponía reparo a lo que él decía. Gerardo pidió papel y pluma y le dio al hombre a firmar el contrato. El hombre cogió la pluma entre los dedos, con una delicadeza infinita, como el pájaro que lleva una brizna en el pico. Mojó la pluma en la tinta y trazó una cruz larga, negra. Luego dejó la pluma, se limpió la mano en el muslo y salió, despacio, silencioso, precedido de la Tanaya, igual que entró.

Aquel hombre se llamaba Andrés. Fue un buen trabajador. Hizo cosas que no se le pidieron: cortó leña, podó árboles, dio de comer a las cuatro vacas que aún quedaban en La Encrucijada, trajo agua del río, arregló herramientas y puso en buen funcionamiento el antiguo pozo del huerto. Ajustó las tejas del pabellón de la Tanaya, y levantó la pared de piedras, derribada por crecida del río, en la parte trasera del prado. Isabel estaba muy satisfecha de él. Alguna vez, si le oía llegar con alguna carga de leña a la cocina, bajaba y le servía un vaso de vino. El hombre, ni aun entonces, hablaba. Miraba cómo el vino iba levantándose dentro del vaso, hasta casi rebosar. Luego, con mano lenta y segura, lo cogía, lo alzaba hasta los ojos, mirándolo a contraluz, cara a la ventana. Y, muy despacio también, pero de una sola vez, lo vaciaba.

Terminó la época de la siembra. El hombre entró de nuevo en la sala y las maderas del suelo crujieron esta vez bajo sus botas de cuero. Isabel le pagó. El dinero salía de su cajita de hierro, en billetes que ella hacía crujir entre los dedos antes de entregar, para asegurarse de que no iban pegados. El hombre se metió el dinero en un bolsillo de cuero mugriento cosido al cinturón. Y se fue.

Al principio, todo siguió igual, y nadie notó nada a la Tanaya. Ella continuó trabajando como un hombre, riendo, peleando con las criadas de la casa y con Damián, preparando golosinas a los muchachos, lavando en el río con los brazos amoratados de frío, pues el invierno estaba en puertas. Nadie notó nada a la Tanaya. Pero un día llegó por el camino de La Encrucijada, hacia la casa, hacia la puerta grande, como en las ocasiones solemnes. Y venía despacio, extraña, con los brazos caídos a lo largo del cuerpo, con las manos vacías, sin tarea, sin recado de la casa. Venía ella, sólo ella misma, y él le descubrió de pronto la impávida dignidad de las piedras, de las pellas de barro, cuando se paró en el umbral y miró de frente a la criada Marta, con la que más solía reñir, y dijo:

—Avisa al ama.

Y sólo de verla, de ver aquellos ojos que estaban llenos de pronto de una serenidad dura, y aquellas manos quietas, él no quiso marcharse, él quiso verlo todo. Porque allí dentro le nació una alianza, una cuerda que le unía a aquella vida: que no era la Tanaya solamente, sino toda la vida de allá al otro lado de los muros. De allí al otro lado, en el cieno, en el hambre, en los que no tienen tierra y van a ajustarse de jornal. Y sin saber cómo, se le formó aquella alianza, aquella cuerda atada para siempre al otro lado, y las palabras de Gerardo cuando bebía las oyó con un significado nuevo, dentro de sí mismo: «Quita de mi vista, raza de criados». Sí, él era raza de criados, era de los otros. Pues con los otros se quedaba. (Raza que se ajusta de pueblo en pueblo, atada con aquella soga, hombre a hombre, como nudos, a través de la tierra y del agua.)

Ah, la Tanaya, ¿cómo iba a olvidarla, si estaba allí aun ahora alzada, al umbral de la puerta grande, la puerta que sólo se abría en la fiesta o en la muerte, a los criados?

Y la Tanaya dijo con solemne voz: «Avisa al ama». Y entró adentro, hasta el pie de la escalera, no por la escalera, no por la puerta de los criados, no por la puerta de los que van a pedir, porque ella iba a anunciar algo. Andando despacio, con un movimiento pendular –como un reloj inexorable, un reloj animal, un reloj de sangre– de su cintura muelle, fatigada. Isabel la hizo entrar, y él, contra todo lo advertido, la siguió, y pudo oírla decir: «Voy a tener un hijo». Y a Isabel le avergonzó aquel hijo, le asqueó, le subió la sangre a la cara aquel hijo de la otra. Isabel, de pie al lado de la ventana, repitiendo: «Puerca, puerca, la peor de todas, tú, puerca», por el hijo de la otra, porque dentro de la otra nacía el hijo, le reventaba el hijo en la voz y en los ojos, en el andar, en la lengua, al decirlo, como una ofensa hacia su virginidad. Daniel vio arrodillarse a la Tanaya, y le dolieron a él las rodillas, como si le quemasen, y la rabia le ahogó cuando la oyó decir: «No me eche, señorita Isabel; déjeme guardar aquí al hijo». Y la otra dijo: «Puerca, puerca, en qué has acabado». Había acabado en un hijo, parecía monstruoso, no habían bendecido su unión. De pronto, él recordó al hombre que iba de pueblo en pueblo porque no tenía tierra, mientras Gerardo bebía y lo miraba todo con ojos de muerto, la tierra de La Encrucijada, porque estaba arruinado, arruinado, pero había hombres que iban de camino para labrarle la tierra y dejaban un hijo en un vientre y luego allí no se podía admitir al hijo sin bendecir, no estaba bendito. E Isabel se santiguó, se tapó la cara como si fuera a llorar, y dijo: «Que Dios te perdone, desgraciada, pero ese hijo no entrará nunca en La Encrucijada». Y la Tanaya se levantó y salió por la puerta de atrás, la de los criados. Y él la siguió, a pesar de oír la voz de Isabel que le llamaba: «¡Daniel, Daniel, ven aquí!» Pero la soga de la alianza le tiraba a él afuera («raza de criados», bien se lo oía a menudo, hasta a ella misma, Isabel, cuando se desesperaba, y parecía odiarle, aunque decía amarle de un modo que él no podía comprender). La Tanaya se iba hacia el pabellón, y él la siguió y la alcanzó cerca de la casa. La Tanaya se volvió a mirarle: las mejillas le ardían. De pronto se paró y le sonrió. Y en aquella sonrisa había como el correr de un río, como agua brotada de entre las piedras, y él notó un alivio inmenso dentro, y se dijo: «Me alegro de que tenga un hijo la Tanaya». Se volvió corriendo, porque no hacían falta palabras con la Tanaya, ni con los que eran como ellos. Pero cuando regresaba hacia la casa, y la veía, con sus muros anchos, sus árboles de la flor blanca, su tierra rojiza y la hierba húmeda y crecida en el prado, odió La Encrucijada, la odió de un modo consciente, cierto. Y odió a Gerardo por vez primera, a todos los que eran como Gerardo, como Lucas Enríquez, que tenían tierra y tierra para vender la cosecha, y bosques anchos, cubriendo la montaña, y dejaban que hombres y mujeres de Hegroz tuvieran hambre e hijos de camino, miseria y muerte pisándoles la tierra. Porque a él bien se lo decía Gerardo: «Quita de ahí, nieto de esclavos; tú no eres de mi casta, sangre de cuatreros y criadas, eres la vergüenza de mi casa», e Isabel misma: «Haragán, tramposo, bien te sale la sangre que llevas...» Sí, era de ellos, de ellos, y a ellos los elegía. Y por eso desde aquel día aún huyó más de la casa, aún fue más a la aldea, a lo más mísero de la aldea, a la gran familia sin tierra, de los de a jornal, de los aperreados, los descalzos, los sirvientes. Y se decía con una ira sorda: «Gerardo se dice arruinado», y le miraba deambular por el prado, oliendo a anís, con la mirada perdida y la lengua torpe. Y cuando veía a los hermanos Migueles, que se les murió la caballería de vieja y tuvieron que ir ellos tirando del arado (en la mañana aquella de septiembre, con un cielo bajo y gris contra la tierra encarnada: aquella pieza de tierra donde saltaban los pedruscos blancos y manchados de barro, como cráneos de un cementerio diminuto, y el hermano y la hermana Migueles, de dieciséis y catorce años, huérfanos de jornaleros de Lucas Enríquez, con el hombro hendido por la soga, arrastrando el arado, sin ira, con la cara sumida de la pobreza indiferente, acostumbrada, descalzos encima de la humedad grasienta del suelo, donde las piedras saltaban como dientes iracundos, rabiosos. Bajaban los pájaros de los bosques de Gerardo hasta el río cercano, para beber agua (eran los pájaros del otoño, los pájaros de la siembra, que van a comerse el grano), y el pequeño de los Migueles, con un palo, los espantaba. El río, allí al lado, fluía lentamente, indiferente, como la pobreza, rodando como la miseria. A él le llamaba el río, él lo sabía. Entonces arrastraba a Verónica tras él, porque la hubiera querido arrancar de La Encrucijada. Y la veía con su vestido sencillo, a menudo roto, y le nacía, mirándola, una escondida ternura: «Tú no puedes ser como ellos». No, no era como Isabel, dirigiéndose a la misa con su mantilla de blonda y la mirada humilde, a la iglesia donde se hablaba de caridad y de amor, según decía. (Ella creía estar dentro de la iglesia. ¿Cómo era posible? ¿Cómo?) Y decía: «Daniel, eres de una mala raza, haragán. ¿No ves cómo yo trabajo?» Pero su trabajo era sólo para ella, para aumentar de nuevo lo de ella, para engrandecer lo de ella. Sólo el trabajo, la compasión y la felicidad estaban allí dentro, bien delimitados por los muros de La Encrucijada, por la cerca de piedras que limitaba La Encrucijada. Sí, la alegría estaba sólo permitida paredes adentro, y el esfuerzo dirigido sólo hacia paredes adentro, porque los de fuera no contaban para ellos (a la derecha del Señor, donde ellos creían tener un lugar preferente por su trabajo, por su fe, por su pureza y su decencia). Ah, él era de los otros, de los tachados, de los impuros. Y los eligió. Ya sabía cuál era su pecado: la pobreza. Ya sabía cuál era su mancha, cuál era su maldad: la pobreza. Iría con los suyos, con los desarrapados, con el odio, con la tristeza, con la muerte, con los piojos, el barro, la amargura. Y no se quedaría en ello, no se hundiría en ello. «Otro mundo, otra tierra...» Era también su tiempo de esperanza, el amanecer de aquel mundo suyo que quiso seguir hasta el fin. «Tengo que hacer algo. Estoy contra ellos, contra los de esos muros. Tengo que hacer algo.» Odió La Encrucijada, sus muros altos, los árboles de la flor blanca, con su perfume espeso, y más de una vez al huir al bosque, burlando la llamada imperiosa de Isabel, se inclinó a la tierra, cogió un puñado de barro y lo estrelló contra las paredes de piedra. Buscó a los muchachos de la aldea. Escapó con ellos por el bosque y las tierras. Fuera de La Encrucijada. Porque Isabel quería convertirle en un peón más de La Encrucijada, para engrandecer únicamente La Encrucijada y alegrar sólo La Encrucijada. Y él no quería trabajar, ni para aquel nombre, ni para aquella tierra. «Renegado, maldito –le decía Gerardo luego, a la noche, cuando volvía del otro lado–. Bien se ve que no eres de los nuestros, porque nada haces para ayudar a los tuyos.» Los de la aldea eran los suyos. Los muchachos que ayudaban en el campo a sus padres, y malamente o nada acudieron a la escuela: un chamizo a las afueras de la aldea, detrás del cementerio de los niños sin bautizar. Crecían las ortigas, las plantas venenosas, las violetas en primavera, y los juncos de gitano por el lado del río. El techo de la escuela calaba todas las lluvias, y en invierno los muchachos chupaban los carámbanos de hielo que caían del tejadillo, como una golosina. El maestro tenía cincuenta años, el rostro congestionado, y hedía, porque bebía siempre, bebía siempre, e iba dando traspiés por las piedras de la calle. Pero no admitía burlas, y las espaldas de los muchachos de Hegroz probaban su vergajo. Se llamaba Pascual Dominico. Y también tenía hambre, siempre tenía hambre y frío. Se le agrietaban las manos, amoratadas, llevaba un chaquetón azul y comía pan. Casi siempre roía un cacho de pan, pero en seguida se iba a remojarlo a la taberna. Aun así todos le temían, porque era autoridad y daba miedo, y una vez mató a un muchacho (a él se lo contaron los chicos una tarde, en el río: sí, había matado a uno, un día que estaba borracho y desesperado lo tiró por las escaleras y lo mató: lo habían oído decir a sus padres). Los muchachos de Hegroz vivían entre el azote de Pascual Dominico y el trabajo del campo, tenían hambre y miedo siempre, y soñaban sólo en ir a buscar la miel de las colmenas silvestres, allí lejos, en las rocas de la cumbre de Oz, o de cacería, o de pesca. Y él se subía a la tapia del cementerio, los domingos por la mañana, junto a Verónica, y veían pasar a los muchachos de Hegroz, en filas, por las calles de la aldea, por entre las pedregosas calles donde había caído la nieve o la lluvia, el frío azuleante del invierno, o el sol de agosto, antes de la misa. Y Pascual Dominico les precedía, tropezando, borracho perdido. Y así, de este modo, iban a la escuela, y Pascual Dominico la abría con su enorme llave y sacaban el gran Cristo. Era un Cristo de madera tosca, y el chico más alto lo cargaba. Y detrás, todos en fila, iban otra vez por las calles. Y entre las piedras y las vertientes de Neva, Oz y Cruz Nevada se oían sus voces que cantaban, precedidos del maestro: «Quien como Dios, nadie contra Dios, San Miguel Arcángel, gran batallador, que lleva las almas al Tribunal de Dios». Luego se abrían las puertas de la iglesia y entraban ellos, y todos detrás. Y ya estaban preparados Gerardo, con su cuello de terciopelo, e Isabel, con los pendientes de perlas y el traje negro. Y les miraban con severidad por llegar tarde. Y allí oían la misa; Gerardo sentado en el banco tallado, el banco de la familia de los Corvo. Y los chicos de la escuela arrodillados en el suelo, sobre las tumbas con calaveras y tiaras de obispo. Y el gran Cristo en el centro, con la sombra en el suelo alargada hacia las rodillas de él. Y él pensaba: «He de hacer algo». Se le quemaban las voces dentro. Fue entonces cuando descubrió en el desván la antigua biblioteca de su padre, todos aquellos libros que poco a poco iban ensanchándole el mundo, corazón adentro, y cuando aprendió a trepar por la escalerilla y a escabullirse para leer, leer, durante horas y horas seguidas. Y más que nunca, entonces, le persiguió Isabel. Más que nunca, entonces, pareció querer convertirlo en un jornalero de La Encrucijada. Lo enviaba a la tierra, pero no a una tierra grande y compartida, sino a la tierra cerrada, vallada, limitada, de los Corvo. A la tierra de ellos, a la de ella, a la de sus abuelos y bisabuelos. Él sentía el vértigo y la atracción de una tierra trabajada por generaciones de hombres. Como la tierra del Duque, de Lucas Enríquez, en el barrio más miserable de Hegroz, en aquellas calles embarradas, entre pedruscos, que llamaban la calle del Duquesito, la calle de la Sangre, la calle del Ave María. Como uno más de aquellos que, en el tiempo de las eras, llamase a las puertas para ajustarse a comida tan sólo, aunque fuera —los Migueles, los Andreas, los Mimianos, descalzos y mal crecidos, musculosos por el esfuerzo y raquíticos a fuerza de patatas hervidas y pimentón, cuando las hubo, o pan frotado de ajo y sal, la mayoría de veces; los Mediavilla y los Torrero, los Irimeos—, llamando a la puerta de los Lucas Enríquez, de los Corvo... Ah, no, no, él no trabajaría la tierra cercada de nadie, la tierra le llamaba a él de otra manera diferente, en la planta de los pies, en el pecho, con una llamada larga y dolorida, la tierra le llamaba a él desde la levadura de su sangre más antigua, oscura, lejana (con el escalofrío de la sangre aún de Caín y de todos aquellos que le anudaron en su cuerda de alianza, a través de la tierra, como un nudo más, en la soga de la vida, una sola vida a través del tiempo, casi sin principio ni fin, la soga que parte en dos el mundo). Se estremecía en su escondite, allá en el desván. Se estremecía de odio y rebeldía, el libro debajo de los ojos, oyendo la voz de Isabel que le llamaba al trabajo de La Encrucijada. «¡Daniel, desvergonzado, haragán! ¿Crees que te ganas el pan que comes?» La voz de Isabel ascendía por los muros de La Encrucijada, pasaba por los resquicios del desván, le buscaba a él, y él se quedaba inmóvil, el pecho contra el suelo, respirando el polvo. «¿No te da vergüenza verme a mí? ¿Acaso no trabajo yo como una mujer del pueblo? ¿Quién te crees que eres tú?» Y un día, cuando al fin trepó ella la escalerilla, y le descubrió, sus ojos se le clavaron, sintió sus ojos como si quisieran tragarle, y oyó temblar su voz: «¿Qué haces aquí? ¿Estás con esa desgraciada...?» Y cuando vio que estaba solo, su voz se suavizó, se agachó ella misma, se acercó y con una mano le intentaba acariciar la cabeza, una mano como temblando de frío; y su respiración era un viento menudo y tibio, y le decía: «Daniel, Daniel» de un modo que él no entendía, y le preguntaba: «¿Qué haces aquí, hermanito, qué haces con estos libros de tu padre?». Pero él apartó su mano y huyó escaleras abajo. Y oyó, de nuevo, su ira. «Padre, otro que querría estudiar, otro que quiere huir del trabajo de nuestra casa, ¡como si no tuviéramos buen ejemplo con César! ¡Éste, éste precisamente, que por vergüenza debía recuperar lo que su padre perdió!» Y aún le cogía del brazo y le sacudía: «¡A la tierra, mendigo, a la tierra, que nos da de comer!» Decía «que nos da», y la madre de la Tanaya buscaba el sol que resbalaba todas las tardes por las paredes del pabellón. Y el padre de la Tanaya murió encima del arado, al atardecer, rodeado de los pájaros que bajaron del bosque y le comieron la simiente, y la Tanaya, descalza, con un hijo dentro del vientre, apoyada en el arado, para ella, para los Corvo, para La Encrucijada. Y los niños medio desnudos, con la azada al hombro, subiendo de las huertas, y el maestro borracho, con las manos agrietadas de frío. No, no, allí, de muros adentro empezaba y acababa su mundo, cerrado, hostil. No, no quería trabajar para La Encrucijada. En el escondite del desván, de pie, echado de bruces en el suelo, el libro medio roído por los ratones, aún devoraba las letras y las ideas, aún elegía y desechaba, aún salvaba y rechazaba, libro a libro, y se decía: «Mi padre pudo ser un hombre mejor». Pero no lo fue, se limitó a leer y pensar, y aun a escribir, en aquellos cuadernos, pero se dejó devorar y perder por el egoísmo de su raza y de su medio, por su indolencia, por su mismo cerrado egoísmo inconfesado, y él con un dolor que le iluminaba como una cascada, se decía: «Tuvo que venir a salvarme la sangre de una criada negra». Sí, sí, allí dentro de él, como estrellas nacidas, ascendían voces en su mente de muchacho aún ignorante. Era su tiempo de esperanza. A él le tocaba alistarse a aquel ejército. Se sentía marcado, predestinado. Su rebeldía, su esperanza, se encendían y crecían. Apretaba aquellos libros que, extrañamente, compró Elías —tal vez como un anuncio frustrado— y que permanecían arrinconados en el desván. «Me iré de aquí, saldré de esto, salvaré a los míos.» Tenía catorce, quince, dieciséis años. Tenía la fuerza de la primera fe. Con los ojos entrecerrados, con el polvo en las pestañas, en las mejillas, escuchaba el viento, allá fuera, doblándose sobre la tierra, y los gritos de los campesinos que azuzaban a las caballerías en las vertientes de Oz, cargados con la leña para el invierno. Leía, pensaba, esperaba. Huía, sobre todas las cosas, sin saberlo.

A últimos de junio, estando cavando en la huerta de tras el prado, la Tanaya sintió el dolor del hijo que llegaba. Dejó la azada a un lado y le dijo: «Danielito, voy para la casa, que el muchacho empuja». Él agarró la azada, con un gusto extraño, por primera vez. La miró irse, despaciosa, las ancas y las piernas macizas, torpes de dolor, vibrando su sangre en un fuego adivinado al través de la ropa, la nuca quemada por el sol bajo la trenza negra y áspera. Brillando. El huerto olía fuertemente a tierra regada, olían los frutales, y entre las hierbecillas, debajo de la pared, donde no daba nunca el sol, descubrió unas fresas silvestres y diminutas. Las arrancó, las mordió; se le llenó el paladar de un perfume intenso. Se inclinó y cavó, siguió cavando la zanja por donde el agua de la fuente, como una voz, debía pasar para ir regando, surco a surco. El agua brillaba y avanzaba; la Tanaya se alejaba por entre los árboles y torció hacia la huerta. La oyó gemir, y no la vio. Quedó esperando, y pasaron las horas. Pero la Tanaya no volvió.

Le gustaba ver sus piernas manchadas por la tierra y el agua, y le gustaba hundir los pies en la tierra, aquella tarde. Era la tierra, sólo la tierra, y la amaba. Al día siguiente, estando él ayudando a acarrear agua, vino corriendo Verónica, se le acercó y le dijo al oído: «Vamos, la Tanaya tuvo una niña». Le tomó de la mano y lo arrastró, corriendo, al pabellón. La madre de la Tanaya, sentada en el poyo de piedra, junto a la puerta, con el grueso bastón apoyado en las piernas, roía semillas, indiferente. Entraron hasta la alcoba, y allí, al pie de la cama, vieron a Marta, la criada con la que más reñía la Tanaya, inundada de lágrimas, apretando entre las manos el borde de su delantal, y llamándolas, a la madre y a la hija, los más dulces nombres que jamás oyeran. La Tanaya estaba acostada en la cama de hierro negra, donde durmieron siempre sus padres. Sólo en aquella ocasión la usaba ella, cubierta por sábanas ásperas, de color amarillento, y una colcha roja. La habitación era pequeña, impregnada de un vaho tibio que recordaba los establos y la hierba recién cortada. La Tanaya aparecía levemente incorporada por la almohada, la trenza sobre el hombro, como en los días de horno. Bajo su brazo arqueado se ovillaba un cuerpo envuelto, apenas visible una cabecita negra y untuosa. Los dientes de la Tanaya brillaban en su cara curtida. Les miró con sus ojos redondos, claros. «¡Ay, no haber venido! ¡Ay, si sabe la señorita Isabel!» Pero la sonrisa se le iba hacia ellos.

No entendió su amor hacia Verónica, quizás, hasta quel día. Aquel día, después de ver a la Tanaya, sin acertarse aún el por qué, sus sentimientos se volvieron hacia Verónica de un modo claro y simple, certísimo. No sabía si fue aquel mismo día, o el siguiente, o mucho después. Lo cierto es que sucedió en el bosque, al lado del río, donde la hierba era húmeda y oscura. Recordaba a Verónica, metida en el agua hasta los tobillos, con la falda del vestido recogida y sus piernas doradas brillando. Verónica le llamaba. Algo descubría en el fondo del río, y él estaba apoyado contra el tronco del árbol, con una rama de arzadú en la mano, mordiéndola. Quebró el tallo entre los dientes y se llenó el paladar de un gusto amargo.

Luego, aquel gusto le acompañó siempre, años y años más tarde, aún ahora, en su recuerdo.

Miraba a Verónica y oía su voz lejos, con una llamada profunda. Las trenzas pendían hacia el agua, tenía la cabeza inclinada, con todo el reflejo verde del río en la cara, en el pecho. Y levantó la cabeza, sorprendida de que él no respondiese a su llamada, y entonces le vio cómo mordía la rama de arzadú, y saltó del agua, sobre las piedras: los pies descalzos entraron en la hierba, sus pies endurecidos de muchacha salvaje, ásperos y morenos, venían hacia él, sobre la hierba azul oscuro. Sus piernas altas, hermosas, moteadas de oro, de gotas rojas y transparentes, alucinantes, verdes, con una lluvia menuda que salpicaba a su paso. A través del sol que perforaba las copas del bosque, encendido y naranja, entre los troncos y las hojas amarillas, en aquel calor de la tarde, hermosa y conocida, aquel calor lleno de silencio y agua. Y decía su voz: «¡No muerdas eso, Daniel! ¡No muerdas eso!» (La Tanaya decía siempre, cuando niños: «Muchachitos, no mordáis el arzadú, porque tiene en el tronco agua venenosa».) Y él escupió a un lado el tallo de arzadú, y aquel veneno le pareció hermoso y profundo, casi paladeó aquel amargor.

Daniel sentía aquel aroma de arzadú en el paladar, en el corazón, cuando la recordaba a ella.

Y, ciertamente, era un veneno el que le llenó de súbito, un amargo y hermoso veneno, en su sangre, en sus oídos: «Verónica», dijo. Ella se acercó, mirándole, esperando sus palabras. Se sentó a su lado, y él le pasó el brazo por los hombros. Verónica inclinó la cabeza, mirando hacia la hierba, a las piernas mojadas, estiradas al sol. Allí, en su nuca, el cabello se partía en dos sobre el cuello moreno, y él besó aquella nuca caliente, como un pedazo de sol. No podía apartar sus labios de aquella piel, de aquel cuerpo que cedía blandamente. El sol, el bosque, se llenaban de una luz rosada, y todo, hasta el rumor del agua, allí a su lado, huía, como en grande y dulce agonía.

Tendidos en la hierba, entre los helechos y las hojas caídas, vieron el cielo despedazado entre las ramas, el sol alto del agosto, las lejanas luces de la tarde, y el viento culebreando entre los troncos. No podía ser de otra manera. Lejos de la voz de Isabel, del miedo de Isabel, del odio y los celos de Isabel: la recta, la decente, la limpia de pecado. Lejos de la tristeza caída de Gerardo, de su borrachera y su nostalgia por un tiempo perdido definitivamente. (Ah, sí, cuando en las mañanas aquellas del verano Isabel subió alguna vez a despertarle —porque era ya muy tarde y él aún dormía—, sintió las manos de Isabel en su rostro, y su mirada oscura y sus palabras, con el sol entrando como cuchillas por los resquicios, y un escalofrío le recorría y se decía: «Esto no». Porque él amaba otra voz y otras manos que eran como salidas de su mismo deseo. Isabel le llamaba al trabajo mordiendo un gran anhelo que él aún no podía adivinar, pero que rechazaba, que rehuía.) No, no. Allí estaba el bosque, detrás de la casa, lejos de los muros. El bosque donde el agua corría limpia y fría, desde la cumbre al valle. No, no. Las palabras no eran precisas entre Verónica y él, los nombres no existían, ni el pasado ni el futuro. El tiempo era su vida, únicamente. Sus vidas unidas, colmadas, conteniendo tiempo. (Isabel, con sus palabras y sus llamadas, los ojos duros, la boca dura, piedra en la garganta, en la voz, no, no. Lejos, su amor simple, cierto. Lo elegía, con todo lo demás: con la miseria, el hambre y la sed.) La piel de Verónica tenía el tacto y el sabor de lo elegido, de la tierra sin murallas. Las trenzas sueltas de Verónica, sus brazos, su boca. Incluso la ternura, la melancolía, acabaron. Empezaba un tiempo de realidades, en ellos. No había ni duda, ni miedo. Conscientes de su elección, responsables. Él la amó porque era así: un poco dura, tersa, cierta, sin sueños. La necesitaba como era: fiel y obstinada, sin pasado. La encontró como la deseaba, como la hizo, tal vez sin proponérselo. A veces, hasta en su amor había una rabia callada, ciega, empujándole, siempre empujándole a ir rompiendo su propio camino. Cuando se escapaban al bosque, ni se lo decían. Sólo se miraban; y se iban juntos, de la mano, como dos niños aún. Perseguidos por los celos de Isabel, por sus tristes llamadas desde un desamparo total de la vida.

Porque la vida, a pesar de todo, contra todo, no estaba en La Encrucijada. La vida estaba con ellos: en el bosque, en el pabellón de la Tanaya, en la calle de la Sangre.

Pocos días después del nacimiento de la niña, la Tanaya volvió a trabajar. No osaba, sin embargo, presentarse a la señorita Isabel, y mucho menos acercar a su niña a la casa. Un día que volvía de la huerta la vio sentada en la zanja seca del manantial, con el cesto del fiemo a un lado y la azada apoyada en la cadera. La Tanaya lloraba en silencio. «Danielito —le dijo—. Mi Gabriela no está buena, ha perdido el color y llora todo el día. Pasé hoy por el cementerio de los niños sin bautizar. He visto la tierra removida, y andaban por allí los malos perros.» Él le dijo: «Eso no tiene que importarte, los niños muertos no son nada. Sólo como pedazos de tierra». «Ah, no, Danielito, no hables así, como los herejes. Yo tengo que bautizar a mi Gabriela.» «Pues ya tiene su nombre.» «Pero no bendito. Dicen que es hija del pecado, lo dijo la señorita Isabel, ¡pues, por lo menos, quiero que la bauticen, como Jesucristo nos enseña! Pero ¿cómo le pido yo que la bautice, a mi señora? ¿Cómo le pido yo, si ni verla quiere, ella que ha sabido guardarse?» Daniel le tomó la cesta y le ayudó a llevarla, porque se le notaba a la Tanaya que estaba como aplastada por un peso extraño. Daniel no sabía cómo decirle que él en nada de todo aquello creía, porque nunca la hubiera convencido. Cuando llegaron al pabellón, la Tanaya ya no lloraba. Se sentó en el poyo, con la azada entre las manos, y pensativamente le dijo: «No sé cómo puede ser pecado, Danielito. No sé cómo puede ser pecado». Arrancó un tallo y, como tenía por costumbre, lo pasaba entre sus dientes, de una comisura a la otra. Sus ojos tenían una luz lejana, casi dulce, cuando dijo: «Ya ves, no soy moza de fiesta ni bailes. Los del pueblo no me hubieran ganado, lo juro, y Dios me perdone. Pero él era un hombre como no los hay: trabajador, honrado... Merecía otra suerte. Siempre así, de camino, sin tierra... Todo lo perdió porque se entramparon con el amo, cuando las malas cosechas. Y así se ve. Y me dije yo: ¿Y así como lo veo, honrado y bueno, debe irse como mendigo, cuando otros peores tienen su mesa y su techo fijos, y mujer que les cuide? ¡Porque él me miró desde el primer momento con buenos ojos! Y hasta me dijo: "Si no fuera así, como un ladrón, de puerta a puerta, me casaría con una como tú". Y aquella misma noche me dije: "Pues seré como casada contigo". Ay, Danielito: aquí dentro, en el mismo corazón, sabía que era mi marido. No entiendo cómo puede ser pecado. Luego él se fue, porque Dios así lo quiere. Yo tuve debilidad, tuve piedad, y le quise. Ay, Danielito, no sé si soy una mala mujer. No sé si me he condenado». La Tanaya se levantó, volcó la tierra mezclada de fiemo que llevaba en el cesto tras la valla del corralito, y se adentró en la casa. Al día siguiente, Verónica le dijo: «Daniel, la Tanaya dice si le queremos bautizar a la niña». «¿Nosotros?» «Sí, apadrinarla.» No debía enterarse Isabel. Llevaron a la niña a la iglesia de Hegroz y el párroco la bautizó. Verónica vació su hucha, donde guardaba realines de plata y alguna peseta. Se las dio al párroco. A la vuelta la Tanaya tenía los ojos brillantes y les dijo: «Aguardad, padrinos». Les hizo huevos fritos con tocino y sacó rosquillas del armario, preparadas con amor la víspera. La niña estaba en la cuna de madera, donde se le murieron todos los hermanos a la Tanaya. La cuna parecía una gamella, donde comen los cerdos. La niña movía torpemente sus manitas, no muy limpias. Estaba muy delgada y se la oía respirar ronco. La Tanaya estaba haciéndole, entonces, la muñeca: cruzaba dos ramitas, las ataba con una tirilla de cuero y las envolvía en un retazo de percal de colores. «Mira qué muñeca te hace madre», le decía canturreando.

Fue apenas una semana más tarde cuando Lucas Enríquez pidió la mano de Verónica. Verónica rehusó e Isabel se revolvió contra él: «Padre, éste tiene la culpa de todo, este haragán maldito, este condenado... ¡Es peor de lo que te figuras! Anda enamoriscando a esta tonta, para que ahora rechace a Lucas, cuando sería nuestra salvación...» (Nuestra salvación. La de ellos, la de ella, la de La Encrucijada.) La salvación de fuera, de allá los muros, no existía, no importaba. Gerardo le insultó aquella noche. Y no estaba borracho, cuando le dijo: «Te van a salir mal las cuentas, si crees que te vas a casar con ella. ¡Ni un céntimo será del que no se lo gane!» Subió al desván, se tiró al suelo, ciego de rabia, de odio. Hubiera prendido fuego a la casa, les deseó la muerte. Durante todo aquel día Gerardo le despreció. Le echó en cara la torpeza de Elías. Le insultaba, como hijo de una sangre despreciable. De madrugada, salió de la casa. Sentía en lo profundo de su sangre un latido negro que le empujaba, como al lobo, bosque arriba. Vio a Damián, que se llevaba un caballo viejo. Le siguió. «¿Adónde vas con ése?» «A matarlo», dijo, «está lleno de sarna y mataduras, no vale ya.» El caballo iba torpe, con un tumor junto a la pata, cubiertas sus mataduras de moscas negreantes y movedizas. Sin saber por qué, les siguió. A pesar de que Damián le amenazaba con el palo para que se alejase. Le siguió hasta el barranco de Oz, hasta el cementerio de los caballos. Allí el viejo Damián le dio la puntilla. El caballo cayó al suelo, los remos al aire, con un salto convulso. Su sangre roja negruzca se cubrió de moscas. Él lo miraba desde la ladera y se volvió al bosque. El día entero lo pasó solitario, como un lobo, hambriento, perdido, comido por el odio y el deseo de venganza. «Estoy contra vosotros.»

Y cuando volvió, encontró muerta a la niña de la Tanaya con su muñeca tirada al pie de la cuna. Y la Tanaya sin lágrimas, sentada al lado, el candil encendido, las manos cruzadas: «Era un pecado muy grande». Se quedó allí toda la noche. La enterraron al día siguiente, en una cajita de madera cepillada, y pasaron de largo por el cementerio de los niños sin bautizar. Cuando volvió a La Encrucijada era ya de noche otra vez. Los ojos le brillaban como a los lobos. Estaba hambriento. Entró por la puerta de la cocina, y Marta, que le vio, le sirvió el fondo de la olla, humeante, en un plato, y le cortó un pedazo de pan, mirándole como con miedo. Y al fin él preguntó: «¿Se casará con Lucas Enríquez?» y Marta sonrió: «Dijo la señorita Verónica que no». Salió afuera entonces, y la vio. Estaba allí, en la pared de la huerta. La noche caía hermosa, tibia, con sus estrellas grandes, y el viento cálido de tarde en tarde, trayendo el olor penetrante de la flor blanca. Verónica estaba quieta con el perfil limpio contra la noche, y las manos caídas a los lados del cuerpo. Las manos de Verónica tenían en aquel momento una expresión llena de paz y de ignorancia, una pureza salvaje que le arrancó una extraña súplica. Le cogió con fuerza las manos y le dijo de un golpe: «No quiero que te vuelvas como Isabel». Y desde aquel día apenas se separaron, contra todo y contra todos. Y aunque todo seguía igual, manso y sufrido, en torno, ellos sabían que su camino había comenzado y que ya no pararían allí. Que su rebeldía crecía y les empujaba, y que no iban a parar allí. Su rebeldía en pie, mirando a la Tanaya, que volvía a canturrear, que no se quejaba, que seguía labrando y regando, o pelando patatas a la puerta de la casa.

Y cuando llegó la época de la siembra y volvió aquel hombre, Isabel meditó lo que más le convenía, pues con el mismo jornal podía tener dos brazos más, y a esta condición la perdonó y le preparó la boda. Y la Tanaya casi le besaba por ello el borde del vestido. (Qué asco le daba a él, ver que ellos se avenían sin protestas, ver que ellos no se defendían, no reclamaban lo que les pertenecía. Que con vivir juntos en el pabellón se consideraban pagados. Qué asco y rabia le dio.) Y se acercó tres días después de la boda, a la Tanaya, y le dijo: «Te has dejado aplastar por nada, me das asco. ¡Dueña eras de casarte con él! Y si Isabel no quería pagarte lo que debía, haberte ido de aquí, que ya te hubiera mandado llamar». Ella le acarició el pelo y le dijo: «No seas rencoroso, galán. Los pobres no tenemos orgullo». Esto le dio aún más rabia y la hubiera abofeteado. «Ya se te pasará con los años», le dijo la Tanaya. «No creas que soy ciega y muda: pero a los pobres nos toca perder, es ley. Ya se te pasará el orgullo con los años...» Y agarró el cuenco con la ropa lavada, y se fue, camino arriba, hacia la casa, con los codos todavía cubiertos de espuma blanca. Él no podía comprender aquello, no podía. Le tiró una piedra, aunque mal apuntada, para que no le diera, como él sabía hacer. Y la Tanaya —qué bien lo recordaba— se volvió a insultarle. Pero se reía, y tenía los ojos llenos de lágrimas.

Casi era mediodía cuando Daniel volvió a la cabaña. Se le pegaba la camisa a la espalda, pues se levantó un sol sin piedad, como en pleno verano.

En el suelo, entre los troncos, aparecían manchas amarillas, fingiendo rutas pendiente abajo. Sintió el deseo de bajar a lo hondo del barranco, hacia el agua. El peso del rifle le extrañaba aún.

Siguiendo la dirección de la corriente, llegó al campo de los penados. Los penados llegaron a Hegroz hacía dos primaveras, para la construcción de la gran presa del pantano. Su Destacamento se alzaba donde moría el barranco. Al separarse las dos vertientes, formaban un pequeño valle. La antigua carretera de Hegroz, condenada ya, por las nuevas obras, a desaparecer, limitaba aquel mundo.

Años atrás Lucas Enríquez intentó explotar las minas de Neva. Para ello se instalaron en aquel lugar —el Valle de las Piedras— las oficinas de los empleados, y las viviendas de los obreros. También los lavaderos del plomo y otras dependencias de la mina. Fracasó aquel intento, y ahora sólo quedaban ruinas de todo aquel antiguo ajetreo. Esqueletos de casas albergando nidos de pájaros, maleza. El rumor del agua, convertida ya en un río de corriente más suave y uniforme, tenía la voz triste. Lugar abandonado, encerrado en rocas, los ruidos producían allí largos ecos, rebotando de piedra en piedra. El barracón de los presos era largo, estrecho, con ventanas uniformes y enrejadas. Lindaba por un lado con las altas rocas de la vertiente, y por el otro con el río. Los presos que se asomaban a las ventanas, durante la hora de la siesta, podían contemplar allá abajo el agua dorada y verde, entre los mimbres, única nota viva en el paisaje de roca y tierra roja. No existía más vegetación que un haya erguida a la otra orilla del río, con larga sombra tendida en el suelo, a aquella hora. También los barrotes de hierro de las ventanas se reflejaban en el agua. Las piedras del río, redondas y blancas, azules y rosadas, resplandecían bajo el sol del mediodía. Montones de grava, desecho de las minas, daban al paisaje un carácter de excavación fabulosa. Bajando de la húmeda frondosidad del bosque, el Valle de las Piedras sorprendía, como un golpe, bajo el sol. Por la vieja carretera, descarnada y polvorienta, solamente rodaban ya las camionetas que conducían a los presos a la obra.

Al pie de la vertiente de Oz, entre las ruinas de las antiguas construcciones, Daniel descubrió un vago movimiento. En las paredes como devoradas, bajo las vigas desnudas, ayudados con bidones vacíos, sacos y varas de junco, habían construido más de una docena de cabañas, donde habitaban las mujeres de los presos que por la miseria se veían obligadas a seguir a sus maridos. No habían encontrado alojamiento en el pueblo, o no podían pagarlo. De todos modos, Hegroz las alejaba como a la peste. Una columna de humo, flaca y negruzca, se alzaba de aquel montón de desechos, entre las sombras entrecruzadas de las vigas. Daniel se quedó quieto, mirando cómo el humo se deshacía en el cielo caliente y límpido. Tras aquel humo, las rocas temblaban imaginariamente, como un sueño. Un perro empezó a ladrar y un niño salió corriendo de entre las ruinas. Se detuvo y miró hacia él, haciendo pantalla con la mano sobre los ojos. Más allá, al otro lado de la carretera, de nuevo la sierra cerraba horizontes, con su cresta azul y verde, casi ingrávida.

Descendió, lento, con un raro peso en los pies. Todo estaba en silencio, a aquella hora. Aún no habían llegado los camiones del relevo. Todo callaba, pesadamente. De cuando en cuando, el perro volvía a ladrar, o una piedra rodaba bajo sus pies hasta el río. Las moscas, insoportables, zumbaban alrededor de su cara. Ni una sola hoja se movía, y Daniel Corvo presintió la tormenta. Se notaba respirando fuerte, acelerando la marcha para cruzar el valle y dejarlo atrás. Cuando llegó a la carretera y emprendió el camino hacia Hegroz, sintió alivio.

Hegroz apareció al recodo de la carretera, rojo por el sol, con las calles desiertas. En torno a la torre de la iglesia, sobre el cielo puro y liso, de un azul intenso, los grajos volaban pesados, bajos, dando gritos.

Daniel buscó quien le vendiera un trozo de carne. Cruzó la plaza, donde el sol caía de plano. Solamente vio abierta la puerta de la taberna de la calle de la Sangre, detrás de la iglesia. Un fuerte olor oscuro salía de ella. El tabernero le miró de reojo, y sin hablar le sirvió el vino. Tal vez le recordaba, pero ninguno de los dos deseaba hablar de ello. Contra la pared había apoyado un pellejo, los bracitos rígidos, con algo de monstruoso recién nacido. Daniel bebió, de pie, hasta sentir la lengua pesada.

La taberna estaba oscura, no había más hombres que el tabernero y él, no se oía más que el cercano rumor del río. De improviso entró un muchachito de unos catorce años, descalzo, con la piel quemada. Se le quedó mirando, quieto, y notó la súbita zozobra de sus ojos.

—¿Qué quieres? —dijo el tabernero, mirándole.

El chiquillo levantó los hombros y dijo:

—Nada. Luego...

Y se sentó en un rincón, sin dejar de mirarle. El tabernero vendía cartuchos fabricados por él mismo, lazos, trasmallos, redes. El muchachito era seguramente cazador o pescador furtivo. Sólo era preciso mirar sus ojos para darse cuenta; Daniel se notó que había bebido demasiado. No sabía cuánto rato hacía que permanecía así, de pie, ante un vaso de vino, otro, otro, que el tabernero iba llenando. Con las moscas y la humedad dulzona, el olor de la tierra apisonada y el lejano rumor del agua. Los ojos del muchachito tenían una tristeza, una inquietud extraña y conocida.

(«Por las noches soñaba, y prolongaba su sueño, bajo el sol, en la huerta o durante la siega. Iba arrastrando su sueño, allí donde fuera.»)

¡Qué maldita pasión! «Y qué estúpida.» Daniel sintió de pronto un raro placer, pensando: «Le cogeré. Estoy seguro de que le atraparé cazando, en el bosque». Sentía el deseo secreto de coger al chico con el arma en las manos. De acechar sus pasos y caer sobre él, como un águila. Le quitaría el arma. («Jóvenes muchachos estúpidos, sin insomnio, ignorando cosas.») Bebió el vino de un trago. *(Todas las cosas que llevan a la muerte, sin remedio.)* Se dio cuenta de que sus movimientos se volvían torpes, lentos. La vista se le nubló. Daniel Corvo buscó en el bolsillo, pagó, y sin esperar el cambio, salió de allí.

El único hijo del herrero era un cojito que se llamaba Graciano. Tenía el cuerpo raquítico, casi contrahecho, y los brazos flacos y largos. Graciano tenía ojos extraños, mirada de agua, de agua que huye, como los ríos. Pensando siempre hacia adelante, pensando siempre en otra cosa. Graciano trabajaba mal, porque en seguida se cubría de sudor y fiebre, y permanecía echado, junto al ventanuco alto, respirando el aire tibio del verano, empapado en su sudor, los ojos más allá de los gritos de los pájaros, del gris de las hojas del castaño, envuelto en polvo, junto a la carretera. Graciano sabía leer, porque le enseñó, casi sin esfuerzo, entre vino y vino, Pascual Dominico. Graciano iba los fines de mes, arrastrando su piernecilla seca a la puerta de los criados de Lucas Enríquez, donde Emilio el aparcero le entregaba montones de diarios viejos, atados con una cuerda de cáñamo. El hijo del herrero le pagaba con los ahorros, que escondía en un hueco de la escalera, tapado con una piedra. Luego, con su paquete, se iba de nuevo allá arriba, junto al ventanuco, o allá abajo, al banco largo de la herrería, a leer. A leer, también, como él, en su desván. A leer juntos, después, los dos, a hablar juntos, los dos, en voz baja y amiga. En el banco de la fragua, en el camino del cementerio, tras los muros del huerto de Lucas Enríquez. Hablar, leer. Siempre las palabras. Siempre.

Cuando llegó al bosque eran ya las primeras horas de la tarde, y las sombras caían oblicuamente. Se internó entre los árboles, pisando con suavidad. El corazón le golpeaba, brutal, desproporcionado, en el pecho. De cuando en cuanto levantaba la cabeza, como olfateando el aire. Reinaba una calma completa.

El cielo se volvió súbitamente gris, medio tapado por largas nubes de un tono pardusco, como masas de piedra. El calor era más cercano, se pegaba a la piel, y los insectos parecían partirse, dando chasquidos. De cuando en cuando, Daniel pisaba una rama que crujía y entonces su corazón parecía detenerse.

Perseguía una sombra que ni siquiera había visto. Como una ráfaga que fuera moviendo imperceptiblemente hojas frente a él. Poco a poco, una rabia lenta, calmosa, se le encendía dentro. Notaba la respiración, como fuego. Tras cada árbol, tras cada tronco, imaginaba al chico de la taberna, en una silenciosa cacería. Poco a poco, crecían su desazón y su rabia. Volvía los árboles y apretaba el rifle entre las manos. Notó, al fin, que estaba temblando, tenso, inquieto. Entonces, oyó el rumor del agua, y como un baño, sintió el frío.

Llovía. Gruesas gotas caían, empapaban la hojarasca, sus cabellos, sus hombros. Quedó quieto, sin cuidar siquiera de resguardar el rifle. Dentro de él cedió el fuego. La rabia se convirtió en un infinito desaliento, en una tristeza gris, mezquina.

Se sentó en el suelo, bajo un roble. El agua caía y notó el escalofrío de toda la tierra. Brotaba un olor intenso. Las ramas podridas, las hojas y la tierra empapada, levantaban un incienso recargado. Apretó los dientes. «Nunca creí que le perseguiría.» Ni siquiera había visto al muchacho y se dio cuenta entonces de su cacería febril, imaginaria, con una honda vergüenza.

Se levantó y bajó al río, malhumorado, con la conciencia de su ridículo. Miró el viejo rifle: un arma absurda y sin sentido, entre sus manos. Entonces, se dio de manos a boca con dos pescadores. Eran unas criaturas de doce a trece años, desnudos, metidos en el río hasta la cintura. No le vieron hasta que estuvo junto a ellos, con su zurrón en las manos. Lentamente salieron del agua y se quedaron mirándole, pálidos. El más pequeño de los dos empezó a lloriquear, pero el otro le hundió el codo en las costillas y se calló. Dentro del zurrón, entre helechos, había cinco truchas de buen tamaño.

—¡Andad! —dijo Daniel Corvo. Su voz era como la de un desconocido para él. Los chicos contemplaron sin pestañear cómo el guardabosques de los Corvo sacaba las truchas. Luego les devolvió el zurrón, vacío, que vino a caerles a los pies. Lentamente, se pusieron el pantalón y la camisa. Contempló el temblor de sus hombros delgados, mojados aún. Luego les vio desaparecer, árboles abajo, de espaldas, con la cabeza gacha y callados.

Volvió a la cabaña y armó buen fuego. Una vez asadas las truchas las destripó con la navaja y se las comió. Mientras lo hacía, la lluvia volvió a gotear a su alrededor. Había goteras en el tejado. Echó una mirada al rincón de la cama. Estaba bien resguardada. Pero había una gota en algún lado, rítmica, insistente, sobre algo, como metal. Producía un ruido especial, obsesionante. «Si llueve por las noches, la oiré.» Quiso saber dónde caía, contra qué cosa sonaba. Sólo pudo saber que estaba cerca de la ventana, que de allí llegaba el sonido.

Cesó de llover. Pero aquella gota no callaba. Tardaría en hacerlo. Estaba todo empapado en la gran tristeza del vino. Salió afuera. Las hojas brillaban. Todo chispeaba, verde, negro, en silencio, bajo la luz dorada de la tarde.

Estaba solo.

Capítulo cuarto

Pasó la primavera y llegó el verano. De cuando en cuando, Daniel bajaba a Hegroz, y entraba en la taberna del Moro. Se sentaba a una de las mesas del rincón y bebía. Sus ojos vagaban por las paredes sucias y miraba la gran sombra de las cubas en el suelo. La puerta solía quedar abierta, y penetraba un aroma a tierra viva. Daniel Corvo bebía uno y otro vaso de vino, miraba a la puerta y aquel trocito de cielo, a veces azul, a veces de un color resplandeciente y extraño. Daniel sonreía, con una sonrisa que hacía comentar a los de Hegroz: «Daniel Corvo se ha vuelto idiota». Cuando la noche bajaba a Hegroz, los ojos azules de Daniel seguían el vaivén del candil de aceite, y el brillo afilado, fugaz, de los vasos de vino entre las manos. El tabernero era un hombre parco de palabras, pero no todos los que allí entraban eran como él. Recordaban al Daniel del otro tiempo, el que corría hierba arriba, hacia los troncos negros y duros, junto a Verónica. Le veían ahora, al ángulo de la taberna, inclinado sobre la mesa de madera, mirando el borde de la jarra. Alguno se acercaba y le tendía la mano: «Daniel Corvo, ¿te acuerdas?...». Para Daniel Corvo hablaba entonces una voz de otro mundo, de otros hombres que no eran ellos, que no podían serlo jamás. Le invitaban a vino, tal vez deseaban oír sus quejas, sus lamentaciones, su odio. Pero no podían oírlo («porque tal vez nada de esto existe. Nada más que soledad o indiferencia, nada más que una corteza de hombre, triste caparazón»). Daniel rehusaba las copas y las palabras y se iba al bosque, otra vez. Al bosque, como Gerardo Corvo. Sólo el bosque tiraba de él, cada día más fuerte, a aquella vida consigo mismo, o con su muerte. Huyendo de los recuerdos, de los días que fueron, amargos o felices, en soledad consigo mismo. («La paz que me hace falta.») Si despertar a la vida era aquel grande y feroz desasosiego, aquel descontento y vacío, prefería la paz de una ausencia de sí mismo, de sus años pasados y futuros. («Los árboles, qué buen ejemplo. Existir, igual que un árbol.») Daniel Corvo miraba el cañón negro y mudo de su viejo rifle. Los de Hegroz le veían allí, en su rincón de sombra, con los brazos sobre la mesa, mirando el borde del vaso, encorvado y huraño. «Se ha vuelto idiota.» Apenas, ya, se acercaba alguno a hablarle.

Los meses de junio, julio, se vencieron. Él, cumplía, en su cabaña. Los árboles, como una hermosa prisión. Oscuros, a veces mojados por un brillo cegador, estelar, en la mañana cruda y transparente, como brotados de la misma soledad. Y si a la tarde, larga e inevitablemente triste, el ruido del agua, o del viento, o una música presentida, le venían a herir a su rincón, Daniel se levantaba y bebía orujo. A veces, pensaba en los muchachos cazadores, los que destrozaban las colmenas silvestres, los que ponían redes ocultas en los ríos de Neva y Oz. Otras, se acercaba el terraplén. Torcía la curva de la carretera vieja, más allá del Valle de las Piedras, hasta la revuelta que él sabía. Se quedaba mirando la tierra que bajaba hasta el río, las piedras verdosas y la hierba, con mirada ausente, lejana. Allá abajo, el río saltaba entre las piedras, igual que entonces. Indiferente, exacto, ausente al tiempo y al corazón. Daniel Corvo, quieto, solo, miraba el río. Pensando, aun sin saberlo, en Graciano, el hijo del herrero, y en el Patinito. Luego, Daniel Corvo regresaba despacio, creyendo que no recordaba.

Fue un día de diciembre, poco antes de Navidad, cuando entró por la calle de la Reja, hacia la herrería, y oyó gritar a la mujer. Era Alfonsa Heredia, una viuda con tres hijos pequeños, que tenía hospedado al maestro en su casa. Y estaba allí, de pronto, en medio de la calle, con aquel grito especial de las mujeres de Hegroz, viejas perras que olfatean la muerte. Era ya oscurecido, poco más de las cinco de la tarde, con la nieve del día anterior helándose entre las piedras del suelo. Cuando las mujeres gritaban, siempre salían muchachos de algún lado. Muchachitos enjutos de bocas apretadas y ojos como granos de uva tinta. Los niños de la aldea, ladrones de colmenas y ciruelas rosadas, cazadores furtivos, de voz ronca y breve, de pedradas y de grandes silencios, al acecho en las tardes calurosas, junto al río. Tres niños salieron corriendo aquella tarde, hacia el final de la calle de la Reja, resbalando en la nieve, con la prisa de ver muerto al maestro. También él fue a verlo. Entre los gritos, entre las mujeres que alzaban de pronto el mantón y se cubrían la cabeza, con un súbito respeto hacia aquel que despreciaran en vida. Alfonsa abrió la puerta. Era un cuarto estrecho, de paredes rojizas y terrosas, en lo alto de la casucha. En una cama de hierro, junto a una jofaina desportillada y una silla, entre su negro baúl y un espejo mohoso, estaba Pascual Dominico, vestido y abrigado sobre la cama, con los ojos abiertos y la boca morada, salivosa. «Se ha muerto», dijo un niño.

Al día siguiente, antes de las cuatro, los chicos de la aldea lo cargaron en hombros y lo llevaron por las calles hasta el cementerio. «Quién como Dios, nadie contra Dios», decían las voces. Como en los domingos, llevaban la gran Cruz a cuestas. «San Miguel Arcángel, gran batallador...» Las voces se quebraban en las esquinas carcomidas por el cierzo. «Que lleva las almas al tribunal de Dios...» Soplaba el viento, duro, sobre el camposanto, a ras de tierra. (A su lado se puso Melito, el hijo mayor de Alfonso Heredia. En voz baja, lenta, le iba diciendo: «Y me marcó la espalda, cuatro veces, con la vara. Y aquí, en el dedo, tengo el hueso roto, de una vez que me dio...» Mostraba cicatrices, ciertas o imaginarias, con su vocecita despaciosa, golosa, recreada.) Pascual Dominico bajó a la tierra, empapado en sus últimos vinos, solemne, como su hambre. El viento soplaba tan fuerte que levantó la tierra hasta los ojos de los que le rezaban.

Luego, llegó al pueblo «El Patinito». Le llamaron así, casi en seguida, porque era menudo, delgado y muy joven. Se llamaba en realidad Miguel Patino, y aún no había cumplido veinticinco años. Cómo empezó su amistad con él, era algo difícil de explicarse, aun entonces. Hubo un tiempo en que creyó haberle conocido desde la infancia. Lo vio por vez primera aquella tarde, yendo en busca de Graciano, el hijo del herrero. Patinito estaba en la herrería, sentado en el banco largo, como tantas veces él. Patinito tenía un libro en la mano. Tal vez fue por eso: porque le vio un libro en la mano, que empezaron a hablar. Era algo tan insólito, allí, un libro en la mano de alguien.

Tan sólo él, en el banco de la herrería, leyéndole, explicándole confusamente a Graciano, que se quedaba quieto, como un muerto; mirando fijo con sus ojos de agua, con la boca apretada. Tan sólo allí, a su lado, Graciano, con sus dieciséis años raquíticos, devorando periódicos atrasados. Los periódicos amarillentos que Lucas Enríquez desechaba, con viejas noticias, con fotografías, con nombres, con países: los periódicos americanos y los periódicos españoles, que tiraba Lucas Enríquez. «Para el invierno, ¿no?», le preguntaban los criados. Graciano había nacido cojo y endeble, y cuando ayudaba a su padre se cubría todo él de un sudor brillante, el torso desnudo, los brazos en alto, esforzado. Parecía una hoja debajo de la lluvia. El herrero no tenía más hijo que Graciano. Tal vez por eso le miraba serio y en silencio, tal vez por eso le dejaba sentarse en el banco largo, a leer los atrasados periódicos de Lucas Enríquez, y los extraños, vagos, indescifrables libros de Danielito, el de La Encrucijada. Tal vez por eso el herrero les dejaba hablar largo, en voz baja, sentados en el banco. O vagar juntos, con sus palabras y sus pensamientos, por el camino de la huerta, tras las tapias de Lucas Enríquez, en las tardes de calor. Detrás del cementerio o de la iglesia, con algo tan extraño: un libro en la mano. Las mujeres del pueblo decían que Graciano, amén del tullido, salió turbio y de mal carácter. El párroco añadía, con voz de pena, que era un alma torcida. Graciano, algunas veces, se llegaba al cementerio, para mirar la tumba de Pascual Dominico. A mirarla un rato, serio, con su mirada de río. A mirarla, solo. Porque Pascual Dominico, borracho y desalmado, apaleador de niños y blasfemo, le había enseñado a leer. Graciano se quedaba pensando, a veces, en la fragua. Mirando el fuego, pensaba. Con la boca apretada y los ojos huidos. Y lo que su cabeza pensaba, la madre lo temía. Y le decía a Daniel, al día siguiente: «Danielito, tú eres bueno, pero anda con mirar bien lo que te cuentas y le lees a mi Graciano, porque él no es de letras, y le andan malas ideas en la cabeza».

Y de pronto, una tarde, cuando él fue a buscarle, se encontró allí al otro. Al Patinito, sentado en su banco, con un libro en la mano. También, con un libro en la mano. Y al Patinito, que era el nuevo maestro, no se atrevía a decirle la mujer del herrero: «Ay, no envenenéis más a mi Graciano, que él no es de los vuestros, que él es sólo de la tierra». Porque al nuevo maestro le tenían todos respeto —no era como el pobre Pascual Dominico— a pesar de ser tan joven y menudo, y de haberle apodado, y hasta dicho a la cara, ya que no se enfadaba: «Patinito».

Patinito tenía el cabello rizado, el rostro pálido y estrecho, los ojos menudos y vivaces, de un gris chispeante, como la escarcha. Patinito acudía a la fragua, y llevaba sus libros, sus palabras, sus ideas, a los oídos y a los ojos de Graciano y de él. Patinito venía en la mañana de invierno, cuando en la aldea sonaban las campanas del domingo, por el camino de tras la chopera, bordeando los muros de La Encrucijada. Lo esperaba y lo veía llegar, desde la ventana del desván. Entonces bajaba a abrir la puerta de atrás, y lo subía a su guarida amada, a sus libros. Los dos se echaban en el suelo, entre el polvo. La luz entraba estrechamente, a fajos, por las bocas y rendijas. «Estaremos tranquilos, se han ido todos a la iglesia, me escondí aquí a esperarte.» Y revolvían los libros empolvados y carcomidos, aquellos que amorosamente él restauraba, con goma y tiras de papel. (Los viejos y abandonados libros de Elías Corvo. El padre extraño, fracasado, lejano ya como un sueño.) «Tu padre debió tener buena madera —decía Patinito, pasando golosamente las páginas—. Lástima que se lo comió su ambiente.» Pero a él no iba a pasarle lo mismo que a su padre. A él no iba a devorarle el egoísmo de su raza, la ruindad y la podredumbre de su raza. Ya estaba ganado para otro mundo, ligado a otros hombres. Allí estaba a su lado Patinito, con su palabra y con su vida. Sobre todo, con su vida, al lado. La vida de Patinito, poco a poco desvelada, abierta ante sus ojos como un árbol. (Sí, era el tiempo de la esperanza.) Patinito abría la puerta de aquel mundo elegido, deseado, con la fe de los primeros años.

Allí, en el suelo, entre el polvo, las palabras: siempre las palabras, hermanando. También Patinito tenía un baúl, como Pascual Dominico. También dormía en la estrecha habitación donde muriera Pascual Dominico, mal ventilada, entre la jofaina desportillada y el espejo moteado y borroso. Pero el baúl de Patinito estaba lleno de libros. El ver los libros, amontonados, como un tesoro, le recorría las venas una alegría apretada, sorda. Abrir un libro, sentir en las manos el leve crujido, devorar su páginas, sus ideas, ávidamente.

¿Cómo olvidar al Patinito, con su baúl lleno de libros viejos, en rústica, manoseados, discutidos a lo largo del huerto, las mañanas del domingo, cuando estaban todos en misa, junto al manar fresco de la fuente? ¿Cómo olvidar las palabras de Patinito, su voz grave, enronquecida, sentados a la sombra de los árboles frutales entre la hierba y las fresas silvestres, brillante el agua de la acequia, parapetados tras las piedras ruinosas del muro...?

La vida de Patinito, en la voz ronca de Patinito, a trozos, como al desgaire, apasionadamente a veces, como una queja encallecida ya, cobraba vida auténtica, ante sus ojos, a sus oídos atentos. También Patinito estaba atado a su larga cuerda de alianza.

Nació en Barcelona, una noche de abril de 1906, y creció en la

Casa de Caridad. Su madre le venía a ver y le traía paquetes de ropa y de caramelos. Cuando tuvo los doce años, su madre lo llevó a un colegio grande y oscuro, de la calle de Tallers. «Vas a un colegio de pago —le dijo—. A ver cómo sales adelante, porque me cuesta lo que no gano.» Vivían el Patinito y su madre en una habitación de la calle de la Unión. Dormían en una cama ancha de hierro negra, los dos juntos. El Patinito comía en el colegio. Patinito entraba en el colegio a las nueve de la mañana, y salía a las siete de la tarde. Volvía a la habitación de la calle de la Unión, y se tendía encima de la cama con los zapatos llenos de polvo, y los libros al lado. Estudiaba, hasta que venía su madre. Patinito, cuando llegaba la primavera, se quedaba prendido, arrobado, del pedazo de cielo que se distinguía, por el hueco del balcón, por encima de los tejados de la calle. De los gritos de las golondrinas y de los vencejos. Decía que prefería el mes de abril, por ser el mes de su nacimiento. La madre de Patinito se levantaba muy tarde, porque trabajaba de noche. Tenía el pelo negro y luciente, y los mismos ojos menudos y chispeantes de Patinito. (Patinito tenía una fotografía de su madre, y él, en el Tibidabo. Sentados los dos, el brazo de ella rodeaba el cuellecito de marinera de un Patinito de siete años, delgaducho y feo, con largos calcetines blancos. Era una fotografía amarillenta y rugosa, metida en la cartera, con los bordes desgastados y sucios, detrás de la cédula, de los documentos, del dinero, de los sellos de correos y el Carnet del Partido.) Al principio de aquella vida de colegio, Patinito se creía lo que su madre tenía a bien decirle. Luego, poco a poco, fue comprendiendo. Una madrugada, oyó chirriar el picaporte de la puerta, y entreabrió los ojos, haciéndose el dormido. La madre entró, despacio, y se sentó en el borde de la cama, tras quitarse los zapatos con un contenido suspiro. Se quejaba muy bajo, como mordiendo su propia voz. Estaba la habitación llena de la luz blanca que entraba por el balconcillo —era una madrugada de agosto, calurosa y húmeda, que pegaba las sábanas al cuerpo desnudo—. Y Patinito vio la cara marcada de su madre, con una gotita de sangre, resbalando por la ceja. Con mucho cuidado, para no manchársela, la madre se quitó la blusa y se quedó abatida, con los hombros caídos, gimiendo levemente. Patinito estuvo mirando su espalda delgada, morena, enmarcada en los tirantes de la combinación. La madre se apretaba el pañuelo, contra la ceja, enjugándose la sangre. Luego, se levantó, y procurando no hacer ruido, vertió un poco de agua en la jofaina, y se humedeció la frente. Entonces Patinito se incorporó en la cama y dijo: «¿Quién es el que te pega?» Ella tuvo un sobresalto, y al volverse, Patinito vio su labio abultado, oscuro, en el resplandor del amanecer. El pedazo de cielo, entre los aleros de los tejados, aparecía desnudo, silencioso y blanco. «Calla y duerme», dijo ella, con su voz ronca. Pero desde aquel día las cosas fueron cambiando.

«Es como si al no tener que ocultarme su vida, fuera ella perdiendo ilusión, en mí —decía Patinito, echado sobre la hierba del huerto, los ojos clavados más allá de las ramas del cerezo—. No sé, tal vez no es eso lo que ocurría, sino sólo que ya estaba cansada, que se sentía envejecida. No era ninguna niña, cuando yo nací... Pse, no es que esto me importase mucho, pero las cosas se pusieron más claras entre ella y yo. Acababa de cumplir trece años, y aunque apenas abultaba, era por dentro muy hombre.» Patinito se volvía cara al suelo y jugaba con las piedrecillas, haciéndolas resbalar entre los dedos, jugaba con las mariquitas rojas, y con los finos pétalos de las campanillas silvestres. Eran aquéllas unas horas de íntimo coloquio, su voz ronca y baja, susurrante, escondidos y amigos, lejos de toda curiosidad. A veces, sonaba intempestiva y dura, como una piedra, la voz de Isabel, llamándole. Ninguno de ellos daba muestras de oírla. Tal vez, el Patinito sonreía levemente, y continuaba: «Un día me dijo, claramente: "Hijo, no puedo más. Soy una pobre mujer, muy quemada. Bien querría que hubieras sido un hombre de carrera, ya que tuve la desgracia de traerte al mundo: pero no puedo más. Me cuestas demasiado, y ni aún así puedo sacarte adelante. Tendremos que pensar en otras cosas". Yo le dije que no se preocupara, que ya había pensado en todo eso. No podía convertirme en aquella piedra atada al cuello, para ella. Sentía algo así como si fuera un poco chulo suyo. Y le dije: "Mira, ya hace tiempo que pensaba en otras cosas. Quiero trabajar, y si me es posible, pagarme los estudios con mi trabajo". Ella se puso muy contenta. Me acuerdo que empezaba el invierno y encendió una estufa que teníamos, canturreando. "Ya sé qué vamos a hacer —me dijo entonces, como si lo tuviera pensado hace días, y al fin pudiera hablar de ello—. Tú déjame, que todo irá muy bien." La vi de pronto tan contenta, que me dio lástima, y pensé que en cuanto me fuera posible la sacaría de aquella vida. No porque entonces tuviera ideas muy claras de moral y todo eso, que no las tenía, sino porque la vi de pronto vieja y cansada, y sin

culpa». Patinito se quedaba pensando, y a los ojos de él aparecía la vieja estufa, la madre triste y abdicada, el cuerpecillo débil y duro a un tiempo de un Patinito hecho a la vida tempranamente, sin mal y sin bien ciertos, salvado el corazón, tal vez, por una remota tristeza. «Mi madre tenía amistad con un buen hombre, el mejor que he conocido: se llamaba Enrique Vidal, y era regente de una imprenta de la calle San Ramón.» (La madre del Patinito conoció a Enrique Vidal en Casa Gascón. Enrique solía ir allí a tomar un tentempié y un vasito de vino, cuando se le retrasaba la cena.) «En Casa Gascón le conocí yo, también. Mi madre me llevó una noche, y Enrique estuvo muy bien conmigo. Me habló como a un hombre. Tenía ascendencia con el dueño de la imprenta, y necesitaban ayudantes. Casa Gascón estaba en la calle San Ramón, era una especie de colmado y de bar, todo a un tiempo. El mostrador estaba a la izquierda, y mientras hablábamos, Enrique me invitó a un vaso de vino. Hacía poco que yo estrenaba pantalón largo, y creerás que aunque todo aquello me gustaba, me sentí de pronto cansado y triste, como un viejo.» Patinito sonreía y decía: «Era bonita, Casa Gascón. Tenía el techo cubierto de jamones, chorizos, salchichones, y olía todo a embutidos y a vino. El suelo, olía a vino, también. Tal vez por todo el que vertía la gente, bebiendo. A mi madre le gustaba mucho Casa Gascón y cenaba allí a veces. Por eso conoció allí a Enrique». Enrique metió, al fin, en la imprenta al Patinito. Empezó de ayudante de máquinas. «Me acuerdo que iba con mucha ilusión, porque el trabajo me gustaba. Al principio limpiaba máquinas, las engrasaba, entintaba galeradas con el rodillo y sacaba pruebas... Me gustaba mucho, también, darle a las mezclas de tinta.» Así empezó el Patinito su vida. Trabajaba en la imprenta durante el día, y estudiaba por la noche. «Al fin, conseguí lo que soy: un pobre maestrillo de escuela. Pero también así, y por eso lo escogí, puede hacerse mucho. No todo el mundo tiene vocación para enseñar: y yo creo que he nacido exclusivamente para eso.» Era verdad, que el Patinito tenía celo y amor a la escuela. Los chicos de Hegroz le respetaron como no supieron hacerlo ante los puños contundentes de Pascual Dominico. Pero las viejas no le querían porque suprimió los rezos por las calles, con la cruz a cuestas. Y también dijeron en el pueblo que era un alma torcida, venenosa y desapacible. Que sus ideas eran malas, que trajo el descontento y el mal a las almas sencillas y sumisas de Hegroz. A raíz de la llegada del Patinito sucedió entre los jornaleros de Lucas Enríquez aquel famoso «plante» que aún nadie había olvidado. Y todos en la aldea estaban seguros de que fue por su culpa que aquel pobre cojo, Graciano, huyendo por el terraplén, cayera rodando al río, empapado y turbio de ideas malas, una resplandeciente tarde de verano, con la cabeza atravesada.

El terraplén, tras la vuelta de la carretera, quedaba solitario. Tragándose la luz del día, las voces de otro tiempo, los recuerdos. Daniel regresaba con sueño y hambre, al bosque. Mirando los pájaros con nombre y los pájaros sin nombre, como si a todos los conociera.

Había un pájaro que bajaba del bosque, y daba dos vueltas alrededor del árbol tercero, empezando por la derecha. El árbol estaba desnudo, todavía, de la flor blanca. El pájaro tenía en las alas un ruido de cobre batido. A veces, bajaba a beber a un charco, y luego se remontaba. Era un pájaro grande y gris, un pájaro sin nombre. Había neblina y sol, cuando bajaba. Estaba allí, con sus alas de metal azotado, cuando se enteraron de lo de Beatriz.

Junto al muro de piedras, por la parte trasera del huerto, Verónica estaba llorando. Era extraño, porque Verónica no lloraba nunca. Ni siquiera cuando su madre murió. Él se acercó hasta ella y estuvo un rato en silencio, mirándola a hurtadillas. Porque no estaba acostumbrado a sus lágrimas, y sentía una irritación sorda y extraña ante ellas. No sabía si contra ella, o contra el mundo que les rodeaba. A veces, Verónica sentía tristeza. Pero era una tristeza dura, hacia dentro, diferente. Cuando Verónica sentía alguna vez un dolor profundo, se quedaba quieta y pensativa, con los ojos duros, brillantes, como el caparazón de los insectos negros, en los caminos de Hegroz, sobre las hojas de los espinos. Y estaba llorando, cuando la vio. Del suelo brotaba un polvo acre. Acababa de pasar la carreta, camino del sembrado. Él se acercó: «¿Qué es lo que pasa?», le dijo. Ella levantó los ojos, pero notó que estaba embebida en lo que pensaba. «Tengo tristeza —dijo, al fin—. Tengo mucha tristeza.» Se acercó y se sentó a su lado, la espalda contra las piedras del muro, como tenían por costumbre. Verónica tenía entre las manos un racimo de uvas negras. Lo partió y le dio unos granos. Le caía un zumo rojo, oscuro, entre los dedos. Salpicaba, como diminutas gotas de sangre, encima de la piel. Llegaban los gritos de Andrés, subido en la carreta. Siempre había voces largas, extrañas, húmedas y vivas, como saliendo del suelo, por aquella parte de la tierra de los Corvo. Como si la tierra necesitara a un tiempo de voces y simiente, como si estuviera hecha de voces de hombres y de bestias. Como hollándola en un largo martirio, de donde brota el pan. «¿Qué pasa?», repitió él. «Me iría de aquí, en seguida», dijo Verónica. Él notó un tirón en el pecho. Como una súbita y dolorosa alegría. Ya sabía que no podían continuar allí dentro. «Sí», dijo. «Yo me iré.» «Y me dejarás acompañarte», añadió ella, entonces. «Ahora van a traer aquí a Beatriz, de los viejos Administradores. Por eso estoy llorando.» «A ti y a mí no nos importa.» «Sí —dijo ella—, Beatriz andará por ahí, sirviendo como cualquier otra. No me importa de ella, ¡pero no puedo aguantarlo, algo me da pena! Sí, Daniel: ellos la despojan, y ella no me inspira simpatía. Pero siento una tristeza muy grande cuando pienso en esas cosas. Daniel, la vida no es bonita.» El pájaro dio la vuelta otra vez, por detrás de la casa. El gran pájaro gris del bosque se remontó hacia Neva. «¿Cómo se llama ese pájaro?», preguntó Verónica. Ya no lloraba. Los granos de las uvas negras estaban ácidos, tenían la piel áspera, y dejaban la lengua como esparto.

Tres semanas más tarde, esposa de Gerardo Corvo, entró Beatriz en la casa. Traía un baúl grande y negro, panzudo, reforzado de hierro en las esquinas. Lo subía Andrés en hombros, escalera arriba, e Isabel iba detrás, con las llaves en la mano. Isabel iba detrás de Andrés, con el traje negro de fiesta, de comulgar, de recibir visitas. Él la miraba desde abajo. Iban subiendo la escalera. Ella, tras de los hombros poderosos de Andrés, hinchados por el peso. (Abajo, en la sala, Beatriz hacía dengues, apretando sus dientes salientes, con un pañuelo de hilo blanco y puntillas, delante de un plato de galletas. Qué extraño, todo.) Verónica sentía una gran tristeza. No por ella, ni por ellos. Por algo grande que batía, lento y poderoso, allá fuera, encima de la tierra. El pájaro estaba allí fuera, también. Y Verónica, sentada, con las manos sobre las rodillas, mirando a Beatriz con ojos profundos, serios, de niña. De pronto Isabel volvió la cabeza, al doblar el recodo de la escalera. Y le miró a él: sus ojos se le clavaron, intensos. Y él sintió aquella mirada como una boca abierta, como un aliento, que le recorría. Andrés desapareció escalera arriba, pero Isabel, deteniéndose, no le apartó los ojos. Sin que él entendiera qué querían decir. (Arriba estaba el cuarto de Gerardo, la cama con dosel de damasco amarillo, las gruesas cortinas que arrastraban encima del pavimento de madera. La madera encerada que olía a viejo, a mundo huido, a tiempo irremisible, a tiempo odiado. La madera de roble, del bosque de los Corvo.)

Él se fue a la cocina. Andrés volvía, entraba. Bebía en un vaso de cristal verde, lleno de vino hasta los bordes. (En las laderas de la Cruz Nevada pastaban los rebaños de Beatriz, la simiente estallaba en su tierra de Oz, lejana y pedregosa. En la calle del Duquesito, los niños de los jornaleros de Lucas Enríquez metían renacuajos en latas de conservas vacías. El Patinito iba a una caseta de maderas podridas que se derrumbaba junto al río, porque en su casa no había cuadra.)

El pájaro gris bajó al otro día, de nuevo, rondando los muros de La Encrucijada: «Verónica, vámonos al bosque». ¡Que les buscaran durante todo el día, que les persiguiera el recelo y la desconfianza, la ira, las amenazas! –«Haraganes: ¿dónde anduvisteis?»–. En el claro del bosque de Oz, entre la neblina y el sol tamizado por las hojas, como el polvo de oro de un sueño vivo, palpable, el río bajaba entre los helechos y las piedras, al borde de los troncos. En el río, Verónica brillaba, partidas las rodillas por el agua negra. Dorada, rotunda, en una sola pieza. El vello de Verónica era rubio, insólito, y el río la envolvía en su luz despaciosa. Todo, tal vez, lo hubiera perdonado Isabel. Todo, menos el amor. Amor, para ella, no existía más que dentro de sus muros, hacia dentro de ella. No amaba la tierra que no le pertenecía.

No recordaba, no podía recordar, si fue aquella tarde o fue otra parecida, cuando les siguió al bosque y les descubrió. Cuando bajó a la casa, aterrada, blanca como las velas, según dijo luego la Tanaya. «Esa indecente, en sus brazos..., padre, padre, esa perdida.» La suciedad lamía las paredes, el orín cubría los hierros del pozo, las rejas de los balcones. La suciedad, las palabras. Las palabras de Isabel eran como el hierro, totales, completas: «Esa desgraciada... y él, él, ¿qué podemos decir, de ese lobo, de ese ladrón, que sólo pena trajo a esta casa?» (Esta casa. Esta casa. La Encrucijada. Muros adentro. Afuera, la vida que muriese, los niños que llorasen, los perros que ladraran al hambre y a la tristeza de un invierno sordo, con pan duro y moreno, con sopas de pan y sebo de cabra, con luz de candil y aceite verdoso, agrio, recontado.) «Sólo trajo pena a esta casa.» A Verónica la encerraron en su habitación. Su habitación bajo el desván con la ventana asomada a la chopera, tras la que se oía al río, enrojeciendo en el atardecer, y los gritos de los pájaros. Gerardo le cogió por el hombro, estrujándole la tela de la camisa dentro del puño, levantándolo hacia arriba, tirando de él hacia arriba con su brazo de hierro como si deseara estrellarlo contra algo. «Te encarcelaré..., te meteré en un Reformatorio...», le oía decir, con su voz opaca, de ira lenta, blanca. Y aún, el llanto desesperado, de Isabel, acercándole el rostro, los ojos que él aún no entendía: «Malvado, malvado..., ¡qué gran pecado el tuyo! ¡Has perdido a Verónica!... Pero no creas que salieron bien tus cálculos: nunca, nunca mientras yo viva, te casarás con ella: nunca será tuya esta casa, nunca...» (Esta casa. Esta casa, siempre. Las palabras pequeñas, pobres, como el polvo gris que ensucia el paladar, el polvo gris y fino de las cunetas, el polvo que tiñe el borde de los labios.) Se desasió bruscamente, y por primera vez le habló. Miró a Gerardo con todo el odio acumulado, con toda la alegría y el odio a un tiempo: «Me voy de aquí. Soy yo quien me voy de aquí». Se quedaron los dos mudos, mirándole. Como si de pronto él hubiera crecido, Gerardo ensayó una sonrisa ácida: «Tú, desgraciado..., ¿adónde irás tú?» Algo le subió a la garganta como una argolla de fuego. Le apretaba, sin dejarle hablar. Sólo le dijo: «Estoy contra vosotros. No os debo nada, y estoy contra vosotros». Isabel hizo un gesto extraño, que no pudo comprender.

Salió de allí, de prisa, subió las escaleras del desván, que crujían bajo sus pies. Se tiró contra el suelo, entre los libros. Estuvo quieto, sintiendo al corazón contra el suelo, contando los segundos. Le recorría de pronto una alegría salvaje, dolorosa. Aguzó el oído. Alguien golpeaba contra el suelo del desván, alguien que estaba debajo. (Verónica tenía una larga vara de avellano, que él le cortó. Solía avisarle así, cuando escapaban juntos, en la hora de la siesta.) Ahora ella llamaba, llamaba. «No. No puede ser», dijo en voz baja, como si pudiera escucharle. La llamada continuaba, menuda, insistente. «No puede ser.» Se levantó y bajó a su habitación. Rápidamente metió su ropa en una vieja maleta de cuero, con las iniciales de Elías Corvo. Ató las correas, se lavó, se calzó los zapatos y se puso la chaqueta. Aún no serían las once de la noche. Salió por la puerta de atrás, y nadie le detuvo, ni le buscó. A nadie se encontró, tampoco.

Tomó el camino de la aldea, y entró en la calle de la Reja, oscura y solitaria a aquella hora. Un viento fino, frío, se quebraba en la esquina de la casa de Alfonsa Heredia. Todos estarían durmiendo, sólo allí arriba en el ventanuco alargado, estrecho, parpadeaba una luz amarilla, como una mariposa. Llamó, en el silencio de la calle: «Miguel... Miguel...». Se oía, allá detrás, al río, entre las piedras, lamiendo los muros de las casas. «Miguel...» El Patinito asomó su cabeza rizada. Al verle, bajó a abrir, sin preguntas. Llevaba la vela en la mano, rezumando gotas blancas, espesas. No le dijo nada, tampoco, mientras le precedía por la angosta escalera, donde dormían las gallinas, y la gata Mimosa, *con sus crías. Se sentó encima de la cama y dejó la vela de nuevo encima de la silla, tras derretir una porción, para mantenerla pegada. Miguel Patino se volvió a mirarla, serio e inconmovible, como siempre: «¿Adónde vas?» Él se apoyó en la pared. «No lo sé», respondió. «Pero me voy.» Patinito lió un cigarrillo despacio, y al fin dijo: «Era natural. Estaba seguro». «Si quieres —dijo él entonces— vamos a la taberna, y allí hablamos.» El Patinito asintió, y se echó la chaqueta por los hombros. Salieron y enfilaron por la calle de la Sangre. Junto a la plazuela de la iglesia, estaba la taberna del Moro, abierta hasta más de la madurgada. En el invierno, los hombres de Hegroz solían beber hasta muy tarde, en la taberna del Moro. Pascual Dominico dejó una larga deuda, anotada con muescas en uno de los ángulos de la columna de madera, junto al mostrador. El Moro hablaba poco, y fiaba. No era de Hegroz, y ahorraba. Nadie sabía en Hegroz si era de buenas o de malas, pero no se iba de la lengua. Hacía negocio. Al entrar ellos, les miró lentamente, con sus ojos oscuros y grandes y les sirvió una jarra. Frente a la jarra de vino. Patinito sacó pluma y papel. Apuntó nombres, calles. Escribió cartas. Inclinada la cabeza rizada sobre el papel, brillando a la luz del candil, empapado en el olor de tierra y vino, el Patinito le abrió la primera puerta de su nueva vida. Se iba a la ciudad del Patinito, a sus calles y lugares, a su vida de antes. Era extraño. El amanecer se acercaba a la taberna del Moro, y mirando la cabeza menuda de Miguel, la frente abultada y triste, supo de un modo cierto, lúcido, que su primer amigo, tal vez su único amigo, estaba allí.*

En el último momento, junto a la jarra del vino, el Patinito le dio la mano, y dinero. Exactamente la paga de un mes. «No tengo más», le dijo. Para el viaje, ya bastaba. «Me lo mandas, cuando puedas.» Amanecía y debía ir a coger el auto de línea, a la carretera vieja. «¿Me acompañas?», le preguntó. El Patinito dijo que no, con la cabeza: «No, ¿para qué?» Y se sentó otra vez, junto a la mesa manchada de vino. Una luz tenue, cenicienta, entraba por las junturas de las ventanas. Al abrir la puerta sonó la esquila sobre su cabeza, como una llamada. Recordó aquella otra llamada, con una vara de avellano, contra el suelo del desván. «No puede ser.»

Tenía diecisiete años, y amanecía el doce de marzo de mil novecientos treinta y dos. Bordeó la ladera de Neva, hacia la carretera. Había un pájaro que bajaba del bosque, y daba la vuelta, junto al último árbol, más allá del puente. Era un pájaro grande y gris, un pájaro sin nombre.

La taberna principal de Hegroz, junto a la plazuela de la iglesia, tenía la puerta en arco, de piedra. Dentro, olía a sombra y a vino. Había tres grandes barriles sobre caballetes, de un tono cobrizo oscuro. Encima del mostrador, estrecho, cubierto con una capa de cinc, se alineaban vasitos de vidrio grueso, que la hija del tabernero, el tabernero o su mujer, llenaban casi continuamente de un vino rojinegro, o pálido, como el sol de invierno. De la viga central, en el techo, pendía un candil de aceite, que temblaba cuando entraban los hombres. A la noche, la taberna se llenaba. Venían los campesinos, los forestales de Lucas Enríquez, los obreros del pantano, antes del turno de la noche, o los que regresaban, antes de subir a la camioneta de vuelta a sus pueblos. La plaza se cubría de un color azul, blanquecino, y las cabras que bajaban de la montaña lamían la sal de las piedras, en los poyos de las puertas. Los cascos de las caballerías cargadas con la paja de las eras resonaban en el empedrado. El verano era lento, denso. En la torre, anidaban los pájaros, bajo las estrellas grandes, con brillo de agua.

En la taberna del Moro un anochecer, a últimos de julio, Daniel Corvo vio por primera vez a Diego Herrera, el Jefe del Destacamento Penal de Hegroz. Daniel, sentado en su ángulo de la taberna, oyó unos cascos contra las piedras de la plaza. Levantó la cabeza, y allá afuera, enmarcado en el arco de la puerta, en la nube de polvo, donde flotaban partículas de paja como diminuto enjambre de oro, un caballo se detuvo. Sobre él, Diego Herrera aparecía rígido y negro. Negro, sin saber por qué razón, como su montura, dentro de su uniforme. Era un hombre delgado, menudo, con la nariz aguileña. Tenía los ojos como hundidos tras las gafas, y al verlo, se diría que no había hablado nunca. Diego Herrera bajó del caballo, entró en la taberna, y bebió vino. Vino, en vasitos de cristal grueso, transparentando un rojo vivo, hermoso. Luego pagó, montó en su caballo y se fue. Le seguía un gran perro negro, de aspecto lobuno. La mujer del tabernero se volvió a Daniel, con sonrisa locuaz:

—Baja poco a Hegroz —dijo. Y ante el silencio de Daniel, añadió—: Vive allí mismo, en el Valle de las Piedras... ¡no tiene muy buen gusto! Podría vivir aquí, entre la gente decente: pues no; allí, entre los presos. ¡Es un tío raro!...

Volvió a verle, varias veces más. Llegaba, casi siempre, al atardecer. Pedía vino. Bebía bastante, pero no le vio nunca borracho. Tampoco era amigo de palabras, a no ser que alguien le hablase de la guerra. Entonces, los ojos le brillaban y contaba cosas. Cosas que, generalmente, nadie comprendía bien. Porque para los hombres de Hegroz que fueron a la guerra, la guerra fue sólo un extraño día de siega, demasiado largo, donde se defendió algo que ellos no alcanzaban, y que, afortunadamente, ya había acabado.

En Hegroz no existían los amigos. Daniel ya lo sabía. No existieron nunca. Al anochecer, la taberna se llenaba de hombres cansados, manchados por el trabajo del día, con la boina ladeada o caída hacia atrás. Hombres del pantano, del pueblo. Llegaban el secretario del Ayuntamiento, y el maestro, a reunirse con el médico que tenía alquilada su habitación en el piso alto de la taberna. Subían al comedorcillo de arriba, por la oscura escalera. Los peldaños, bajo sus pies, crujían, y se jugaban el sueldo, ante una botella de tinto y unos naipes resobados. A veces, hablaban del Gobierno, pero en seguida la conversación languidecía. Madrid estaba muy lejos, las ciudades todas estaban muy lejos. El médico recibía el *ABC* que, a su vez, leían los otros dos. Luego de leído lo guardaban, para el invierno. El maestro vestía un traje de pana, muy rozado, como cualquier campesino. El médico, una chaqueta azul marino tal vez del día de la boda, y un pantalón de espiguilla, con rodilleras. El secretario del Ayuntamiento llevaba un traje que parecía eterno, de buen género catalán, pero gastado por el roce de seis años: chaqueta cruzada, un poco larga, y camisa a rayas con la corbata granate, extrañamente endurecida, como engomada. Usaba lentes de alambre y calzaba alpargatas blancas, porque los zapatos le hacían sufrir demasiado. Saludaban a Daniel con la cabeza, y desaparecían por la escalerilla. La hija del tabernero se subía a una silla y encendía el candil, porque la luz eléctrica no bastaba. La bombilla era débil, y hasta más tarde —a eso de las once de la noche, cuando todos dormían en Hegroz, menos los de la taberna— no se ponía la trampa y se encendía la radio. Los hombres de la taberna escuchaban las voces extrañas de la radio, sus ruidos confusos y mágicos, sus músicas, y pensaban, acaso, en muy diversas cosas. Bebiendo y oyendo una música extraña, lejana, que no les pertenecía en absoluto, que parecía inaudito que existiese. No, en Hegroz, bien lo sabía Daniel, no había amigos. Había hombres cansados, que al anochecer, o a la noche cerrada, se metían todos en la taberna y bebían vino, codo a codo. A veces, los más jóvenes, cantaban, o se agredían. Dependía del humor, de la cosecha, o del tiempo. O por alguna mujer. Pero pocas veces. La taberna del Moro era como un pozo, hondo, agrio, que recogía el cansancio, la callada protesta, quizá los deseos inconfesables. La pena, quizá. En el pozo de la taberna caían todas las horas del día, unas horas tal vez sin mañana, sin ayer. Los hombres no gustaban de pensar. Necesitaban de la taberna. El tabernero era, acaso por eso, distinto a todos los hombres de Hegroz. Gordo, secaba vasos, oía y hacía pocos comentarios. Estaba a bien con Daniel, con Diego Herrera y con la Guardia Civil. Cerraba la puerta cuando convenía, y fingía no mirar ni ver a su hija, cuando alguno se acercaba a ella demasiado. La hija del tabernero era robusta, alta, con ojos de res y sonrisa huidiza. Su mujer, curiosa y charlatana. Los hombres de Hegroz no eran amigos. Al anochecer, se reunían en la taberna, y bebían juntos.

Cuando Diego Herrera bebía, le rodeaban otros hombres. Los forestales de Lucas Enríquez, los dos oficiales del Destacamento, algún empleado de la Empresa constructora del pantano, los guardias civiles. En ocasiones, parecía que una burla leve, socarrona, flotaba en torno a él. Le echaban en cara, sobre todo, que fuera crédulo, blando. Eso decían. Un día, la mujer del tabernero dijo, mirando a Daniel:

—No sé qué pasa con don Diego. Aquí no le quieren bien. Sobre todo esos malos pájaros de la Empresa... Don Diego no es hombre de componendas. Es un tío cabal. No es amigo de chanchullos y guarradas... ¡Pájaro raro!

—¿Qué chanchullos? —preguntó Daniel.

—Hombre..., con las bajas, las nóminas, y todo eso. Ya me entiendes. Como son presos, y callan, los capataces y los de la Empresa hacen sus trapicheos... ¡Como ésos no se van a quejar! Ya puedes figurarte, no me gustaría estar en su pelleja. ¡Pero dicen que don Diego es medio santo, para esas cosas!

La tabernera soltó una risa aplastada, de hojalata, mirándole maliciosamente de través.

—Un día, yo lo vi, se puso malo de rabia: todo porque uno de aquí se quejó de que nos hayan traído a Hegroz a esa peste. ¡Él, que lo oyó, se puso como la cera, y nos suelta: «¡Son redimidos por el trabajo!» Lo que yo digo: si es como parece, mal le lucirá el pelo. ¡Tampoco se lo van a agradecer! Demasiado bien los trata. Los hay, que ni presos parecen. Vienen al pueblo, compran cosas, van y vienen... ¡Conque no le den algún disgusto! Demasiada libertad les da a algunos.

Parecía que el silencio de Daniel excitaba a la tabernera:

—Hay uno, sobre todo, un tal Santa..., ¿no le has visto? ¡Siempre anda por ahí, de recados!... Creo que había sido cómico, o algo parecido. No me extrañaría, porque habla como los de las comedias... Ése, le tiene ley a don Diego. Pero está como una chota, me parece a mí. Dice que don Diego, a veces, le llama para que le recite no sé qué romances..., ¡habrá que verlos! Luego, aquí, si le damos un vaso de escondidas, nos llena la cabeza con esas tonterías. Se cree que don Diego es santo, o algo parecido. Yo, lo que creo, es que desde que le mataron a su hijo, se chaló algo... ¿Tú no sabes que le mataron a don Diego un hijo? Sí, dicen que se lo mataron los rojos. Tenía dieciocho años, sólo, y creo que le arrancaron los ojos, vivo. ¿No lo sabías?... Bueno, pues el pobre Santa anda como embrujado. No creo que entienda nada de lo que el otro le da a leer: pero lo anda soltando por ahí, que es la risa de todos. ¡Y encima, está más tísico que una cabra! Claro, que tiene más libertad que ninguno de los otros... ¡Pobre libertad, me digo yo! Pero hay alguno, que buena envidia le tiene. Hace también de practicante, los domingos, cuando los traen a la consulta, adonde el médico. Entiende de letras, no creas... Creo que lo tiene también medio enchufado en la cocina. ¡Ríete de los tontos, digo yo! Con esas cosas, él no va a la presa a picar piedra: se queda allí, tecleando en la máquina, tan ricamente.

La mujer del tabernero se callaba cuando su marido le daba con el hombro empujándola para adentro. A él, no le gustaban las charlatanerías. No le iban bien al negocio, aquellas cosas. Oír y callar, era su lema.

Daniel, desde el rincón, se sumía de nuevo en la sombra, en el silencio. Se diluía en el silencio, lentamente, como un silencio mayor. No había hombres amigos en Hegroz. Los hombres de Hegroz, cuando llegaba la noche (la noche del sueño, de los recuerdos, del recuento de horas y de deseos, del gozo y de la amargura), estaban muy cansados, y se reunían allí dentro para oír música extraña, que no entendían, que les dejaba encogidos y lejanos, y para beber. Para tapar de nuevo aquella música, entre copas de vino.

«Igual que allí, entonces. Igual que siempre...»

Era un bar, medio taberna, en la esquina de las calles Barbará y San Ramón. Había una gramola tragaperras. Se echaban diez céntimos por una ranura y tras un borboteo ronco, expectante, la música brotaba, de improviso. Un disco de jazz, sonaba en sus oídos nuevos. Estaba sentado en un rincón del bar, ante un vaso de vino —un vinillo claro, color topacio, brillando a la luz de las bombillas, frío, estremeciendo el estómago vacío—, cuando oyó aquel disco, por primera vez. No serían más de las diez de la noche. Recordaba los espejos de las paredes, la madera pintada de oscuro, y la gramola, enfrente. Los hombres, y las mujeres. (Los mismos hombres y las mismas mujeres de su vida, con los mismos ojos y las mismas bocas, por donde se escapa el humo de la vida, como envenenado el aire.) La vida, alrededor del disco —por primera vez, en sus oídos que sólo recogieron el viento del otoño, contra la tierra recién sembrada, los gritos de los aparceros a las bestias, los cascos de los caballos en las piedras— por primera vez, la trompeta de Louis Armstrong, haciendo retemblar las vitrinas de cristal. Allí, en aquel ángulo, solitario y rodeado, mirando a los hombres, a los ojos de los hombres —por primera vez, el clarinete de Benny Goodman, las melodías de Duke Ellington...— Los hombres, acercados a la gramola tragaperras, con los hombros un poco levantados, y los ojos fijos, redondos, y las bocas atentas, como a punto de tragar —(él no lo sabía: los chulos, los matones, los boxeadores desprestigiados, las putas, los pilluelos)—, retrocediendo a ciegas, tal vez hacia el paraíso perdido. Los hombres, las mujeres, alguno de ellos siguiendo levemente el compás con los hombros, de un lado a otro, en el retemblar de las vitrinas. Y, tal vez, la voz gangosa, bronca, la voz quemada y nueva de la trompeta, del saxo —por primera vez, en sus oídos, en sus ojos, en su sangre, la «rabia del vivir»— que tan extrañamente entendía. A su lado, en el suelo, la vieja maleta de Elías Corvo, hablando de pasadas grandezas, con sus iniciales y correas, tenía algo de perro dócil, viejo amigo, mansurrón y paciente. «Un vaso de vino, por favor.» No, no era como la taberna del Moro. «¿Claro o tinto?» Él se encogió de hombros, y le sirvieron aquel vaso pequeño y chato, casi cuadrado, lleno de un vino frío y amarillento, que brillaba sobre el velador como un enorme caramelo de limón. Sentía las manos y la camisa pegajosa. Estaba lleno del polvo y del hollín del tren. La espalda dolorida por el asiento duro del vagón de tercera. Dos días de viaje. Desde el pueblo a la capital de la provincia, en el autocar. Desde la capital hasta Barcelona, en el tren. Los huesos le dolían, pero no del modo que en el campo, cuando las faenas de la tierra, sino de un modo húmedo, mohoso.

Apenas hacía una hora que bajó del tren, en la estación del Norte. Ya era de noche, en la ciudad. El corazón latía de prisa. Él mismo cargó con su maleta, le era preciso escatimar hasta el último céntimo. Olía a humo, a carbón, y sobre todo a un polvo húmedo, negro, extraño, que desde hacía horas lo envolvía todo. El polvo mojado, de la ciudad, que aún no conocía. La estación aparecía iluminada por grandes globos de luz. En el andén gran movimiento de idas y venidas, de hombres, de mujeres, de voces, de maletas y equipajes, de furgonetas y carretillas, de mozos con su cuerda al hombro. Por primera vez, sintió el idioma. Desconocido, y, sin embargo, como presentido. Alguien que venía detrás le empujó, oyó imprecaciones. No se daba cuenta, y entorpecía el paso: él era sólo un campesino torpe, atontado, parado en la portezuela del vagón, interceptando el paso a los que venían detrás. Saltó al andén, y defendió su maleta del asedio de los mozos. Le daba una vergüenza súbita negarse. Pero, tal vez, aún le hubiera dado más acceder. Frente a él había un carrito ambulante, lleno de libros y revistas, de llamativos colores. Los ojos se le prendieron de las portadas, de los títulos, de las fotografías. Hacía frío, y la gente empujaba, la gente tenía prisa. (Aquella prisa que le desconcertaba, porque allá en la tierra, la gente tenía tiempo, un tiempo duro y largo, para caminar despacio, de sol a sol.) La maleta pesaba. Llevaba poca ropa, pero en cambio metió todos los libros que le fue posible. No lo pudo remediar: se acercó al carrito, pidió un periódico y dos revistas. El hombre las desprendió de las pinzas y se las entregó. Un periódico y dos revistas del día, del momento. No las viejas revistas de Lucas Enríquez, amarillentas y mutiladas, compradas, entre él y Graciano, a los criados. No los periódicos retrasados que llegaban a Hegroz, mojados, rotos a veces en la baca del auto de línea. Aquellos que abandonaba luego Gerardo, junto a la chimenea de la sala, antes de irse a la cama. No. Eran periódicos del día, comprados por él mismo: «Las Noticias», «Estampa» y «Crónica». Pagó. El papel nuevo, estaba fresco aún de tinta, plegado en dos. (Cuánta alegría aún de las pequeñas cosas. Cuánto aún, por estrenar.) Dobló en tres las dos revistas y el periódico, y los puso bajo el brazo. Cogió fuerte la maleta, buscó la salida, siguiendo el grupo de viajeros. Afuera, los taxis, los coches de los hoteles, los voceadores, los golfillos, los guardias y los mozos. Estaba aturdido. Apretaba fuertemente el asa de la maleta dentro del puño, y las revistas, bajo el brazo. La sangre le corría de pronto, viva, por las piernas entumecidas. Por los brazos, hasta el corazón.

La ciudad, la gran ciudad soñada, hablada, recordada y amada, la ciudad del Patinito y de su esperanza, allí estaba, por fin: Barcelona. Barcelona, con sus miles y miles de ventanas lejanas, encendidas, como gusanillos de oro polvoriento, con sus hombres y mujeres, entre el humo, el dolor, la vida. La ciudad del Patinito, la ciudad doliente y grande, con su hambre y su fiebre, con su vigilia al rojo vivo, allí estaba. Allí estaba, por fin. Como de lejos, le llegaron de pronto las voces, los gritos, el chirriar de las ruedas en el pavimento, el correr de la gente, el silbido de un tren que partía: en otro lugar, lejos de aquella estación. («Trenes que gritan de pronto, sin saber de dónde ni cómo, desde qué oscuros hangares o lejanos caminos, trenes con largo grito, como una serpiente de aire, que llega siempre inesperado, en la ciudad...») Allí estaba. Apenas se daba cuenta, quieto, en medio del frío húmedo de marzo, en el patio de coches de la estación, mirando la oscuridad y las luces al otro lado de las verjas, oyendo el arrancar de los coches y de los taxis, las disputas de los golfillos y los maleteros, los abrazos de los recién llegados, y una lluvia sutil, que brillaba en el suelo, reflejando los globos de los faroles. Sentía el mojado aire de la calle en la cara. La ciudad: allí estaba. Allí tenía que empezar todo. Allí sería. Estaba seguro.

Estaba tan seguro de todo, entonces. Tenía diecisiete años y un periódico del día, recién comprado, debajo del brazo.

Patinito escribió detalladamente: «Tomas el tranvía 29, hasta la Plaza de Cataluña, y allí te metes en cualquiera de los que bajan por las Ramblas...» Lo llevaba todo tan bien apuntado, junto a las señas de la imprenta donde trabajaba Enrique Vidal. Las de la casa del regente, no las sabía el Patinito, porque Enrique se mudó hacía cerca de tres años, estando ya él ausente de Barcelona. Tendría que esperar al día siguiente, porque no era probable que estuviera en la imprenta a aquellas horas.

«Buscas una pensión en la calle de la Unión o Conde del Asalto...», escribía el Patinito. El papel de las instrucciones, desplegado bajo el farol, aún olía a la madrugada en la taberna del Moro. La letra menuda y nerviosa del Patinito, los rústicos planos de las calles, trazados con su mano, a gruesos trazos. Algo, como un aliento cálido, brotaba de los papeles desdoblados, como el batir de alas de un pájaro familiar, bajo la luz violeta del gas. Guardó el papel de nuevo, en el bolsillo interior de la chaqueta, tan precioso como el dinero, en aquellos momentos. Preguntó a un hombre dónde debía aguardar el tranvía. Y le pareció extraño, que en aquel tiempo de La Encrucijada, hubiera podido olvidar tantas cosas: olvidar que había otra vida, otra vida inmensa y desordenada, vencida, agobiada, más allá de los bosques de Neva y Oz. Le pareció extraño y monstruoso, más que nunca, el mundo de muros adentro, de silencio y de sordera. Algo, como un suspiro de alivio, levantó su pecho. De sus recuerdos infantiles le quedaban vagas imágenes, retazos: el Colegio de los Padres, donde permaneciera interno, desde los siete a los catorce años, cuando ocurrió el desastre. El Colegio, solamente, y luego, las vacaciones de Pascua, de Navidad, en la casa de la ciudad. Lejanamente todo. Después, en un primer plano, siempre presente, devorándolo todo, Hegroz: La Encrucijada. La Encrucijada, absorbiendo, anulando, quemando: sin pasado, ni futuro. Solamente, allí, La Encrucijada.

El vientecillo húmedo le azotaba la cara. Llegaba, por fin, el tranvía arrastrando el remolque, traqueteante, con el número luminoso: 29. Subió y se instaló junto a la ventanilla, la frente apoyada en el cristal. Pasaba la calle, con el suelo negro y resbaladizo, reproduciendo borrosas, como grasientas, las luces rojas de las traseras de los coches. Como gotas encarnadas, en un papel secante, huidizas. «Ahora, la ciudad.» La ciudad, de pronto, recién bañada por la lluvia, llena de gritos, de luces, de charcos, de siluetas, murallas negras, agujereadas por manchas amarillentas, en sus ventanas altas. La ciudad envuelta en frío, en frenazos y chirriar de motores, en un vientecillo gris, mojado, azotando hombres y árboles, esquinas. La ciudad de los periódicos no atrasados, al alcance de cualquier muchacho recién llegado, ignorante e iluso. Tuvo un estremecimiento: de algo impalpable, como un frío que le venía de dentro. «¿Será posible? ¿Tanto me embrutecieron?» Escudriñaba, a través del cristal, con afán. Los faroles de gas desfilaban, como antes los postes, desde la ventanilla del tren. «La calle...» Escribió el Patinito: «Ronda de San Pedro, Plaza Urquinaona, Plaza de Cataluña...» Nombres nuevos. No sabía nada, aún. Ni por dónde iba, ni por dónde pasaba.

En la noche se dibujaba, en luces y sombras, la Plaza de Cataluña. Bajó, algo desorientado. Altos, por detrás de las ramas aún desnudas de los árboles, parpadeaban letreros luminosos, verdes, amarillos, rojos. Se encendían y apagaban, sobre las copas de los árboles, como en el cielo mismo. El viento azotaba ahora fuerte. Las siluetas de los caballos de bronce, de las estatuas, brillaban de un modo opaco, en la oscuridad. Pasaban los tranvías con su sucesión de ventanas amarillas, como armónicas encendidas y chirriantes, bajando hacia las Ramblas. «Sí, aquello son Las Ramblas.» Cruzó y se detuvo en un burladero, bajo un semáforo. Siguió. Algo le apretaba la garganta.

Cogió uno de aquellos tranvías. Miraba, como alucinado, los quioscos iluminados, atiborrados de libros y de revistas. Las bombillas encendidas arrancaban brillos de las portadas, rojas, azules, negras, amarillas, con gruesas letras. Como a ráfagas, pasaban ante sus ojos. Volvió a caer una lluvia fina y la ventanilla se emborronó. Precipitadamente él pasaba los dedos, quería ver. «Tantos libros juntos..., tantos libros...» Los puestos de flores, ya recogidos, entre las hileras de árboles, altos y oscuros. La ventanilla empañada volvía a borrarle las visiones, las luces y los colores que resbalaban, en el negro, entre los árboles, desvaídamente. Los hombres de los quioscos cubrían los libros y revistas con trozos de hule y lona, precipitadamente. Había pedido al cobrador que le avisase al llegar a la esquina de Conde del Asalto. El cobrador le golpeó levemente un hombro. Sonó la campanilla en el techo del tranvía. Bajó.

La maleta pesaba, tenía frío. Y también, inesperadamente, sueño. Cayendo sobre sus ojos, invadiéndole poco a poco. Sentía hambre y el cuerpo magullado. Dos días de viaje, comiendo algún bocadillo, frío, devorado nerviosamente, en alguna estación. Llevaba el polvo y la suciedad del tren adheridos. Tenía las palmas de las manos grises y pegajosas, la chaqueta arrugada, con el olor del humo y la humedad impregnando la lana. Los zapatos le apretaban y le dolían, porque estaba acostumbrado a ir descalzo encima de la hierba, o a las sandalias. Echó a andar. Patinito decía: «Buscas una pensión por la calle de la Unión o del Conde del Asalto». Allí, en el bolsillo, estaban sus planos. (Los planos de las calles de su infancia, trazados casi a ciegas, con una emoción vaga, lejana, en la voz. «La calle de la Unión. Mi madre y yo vivíamos en la calle de la Unión. Una habitación con un balconcillo...» Parecía que estaba oyendo la voz del Patinito. Parecía que le viera, de pronto, precediéndole por la calle: menudo, flaco, con su trajecillo de marinero y sus largos calcetines blancos. Como en aquella fotografía.)

Hombres y mujeres pasaban a su lado. Era su primera noche en la ciudad. Y la noche, qué extraña parecía de pronto. Qué distinta a todas las noches de su vida. Parecía la noche tan distinta de lo que fue siempre (calles de la Reja y del Ave María, en la noche, oscuras y azuladas, en la escarcha, las estrellas invisibles, más allá de toda mirada, y el rumor del río tras los muros, en la noche cerrada y total de los campos, sobre la tierra labrada y dormida, apretada de sueños y deseos, allá lejos). La noche desconocida estaba allí, delante de sus ojos cargados de sueño y de sorpresa, abiertos sólo por la curiosidad. Tiendas abiertas, encendidas, bodegas, bares, colmados, dulcerías repletas de pasteles pegajosos y grandes. Aquellos escaparates llenos de corsés y combinaciones de seda brillante. Muñecas, pulseras, sortijas, blusas, medias, cigarrillos, salchichones, quesos, gomas, botellas, cuchillos, frascos de agua de colonia, espejos. Brillaba con luz amarillenta, tirando a rojiza, la noche. Brillaba en los escaparates y las puertas abiertas de las tiendas, zigzagueando en las caras de los hombres y las mujeres que pasaban, de los perros que corrían o husmeaban, de los niños descalzos, las viejas renqueantes y los ciegos de la lotería. La noche en los carteles de vidrio, iluminados por dentro, con anuncios de habitaciones, de tiendas de gomas. El zumbido persistente, grande y extraño, de la noche, como una enorme abeja o un río, allí estaba también. (Ni siquiera el Patinito, echado contra la hierba, los ojos perdidos, lo pudo explicar en el recuerdo vivo de sus palabras.) Las pisadas, los brazos, las bocas, las blusas, las cabezas, las voces, una risa solitaria, perdida en alguna ventana. De algún balcón colgaba ropa tendida: manchas blancuzcas, lacias por la reciente lluvia, esperando al sol, tal vez. «Qué extraño debe ser aquí el sol...» Le llegó una nostalgia leve. Miraba los letreros luminosos, sobresaliendo de las puertas, con sus anuncios de pensiones o habitaciones. No entendía aún muy bien. A pesar de todo lo advirtió el Patinito. Iba andando, por el centro de la calzada, con su gran maleta, el brazo rígido por el peso, buscando con los ojos las letras de los anuncios, las luces verdes, rojas, de las muestras de los bares. «Buscas una pensión, por la calle del Conde del Asalto, o de la Unión...» (Todo era fácil y natural desde allí lejos, en la taberna del Moro.) Tenía la garganta ardorosa y en el estómago una angustiosa sensación de vacío. Desde hacía doce horas no había comido nada. Como en sueños, avanzaba, guiado por su intuición. En la esquina de la calle San Ramón-Barbará, oyó la música; la luz, los hombres y las mujeres. Y entró.

Allí estuvo, sentado en un ángulo del bar, oyendo por primera vez aquella música, en su primer tiempo. Tenía sed, pero el vino caía frío en el estómago. Contó otra vez el dinero. Lo llevaba todo junto en su bolsillo interior, junto a los planos y las recomendaciones. Se miró las manos, casi negras por el hollín y la carbonilla. Por entre la chaqueta asomaba la camisa, arrugada y sucia. Tenía ganas de lavarse, de dormir y de, por unas largas horas, no pensar en nada. «Diecisiete años.» Tenía diecisiete años, y por primera vez se lo decía a sí mismo, se daba plena conciencia del hecho. «¿Qué hice hasta ahora? Solamente odiar, soñar, consumirme en deseos...» Y tal vez, si no hubiera ocurrido el incidente de Verónica, estaría todavía allá. Esta sola idea le irritaba, le exasperaba. Era horrible. «¡Cómo, allá, todo devora, despacio, silenciosamente! ¡Cómo allá, el tiempo es absorbente y traidor, engañoso!» Llegaba, ahora, para él un tiempo de acción. Estaba preparado. Lleno de voluntad y de fe. La nueva vida empezaba, estaba seguro. Tenía que empezar. La vida era algo grande y áspero que no podía eludirse, que no podía olvidarse. No se podían cerrar los ojos a la vida, como Isabel, como Gerardo. Él era diferente. Él sería diferente. Imbuido, de pronto, al son de aquella música, de su exasperado, ciego vino iluminado. Tal vez nunca se sintió tan lleno de fe, tan seguro como en aquel momento. Se miró a hurtadillas reflejado en uno de los espejos. Sucio, con su piel curtida, oscura, contrastando con la piel de aquellos otros hombres y mujeres. (Todos, hasta los más morenos, aparecían a sus ojos como teñidos por una palidez blanca, lunar.) Aún se sentía lejano, todavía solitario, con su cabello enmarañado, su mirada sombría, en aquel pequeño bar donde vibraban el saxo y la trompeta, dando un temblor zumbante a los cristales. Entre aquellos pálidos hombres y mujeres, con el cabello brillante y peinado, con los ojos perdidos en la música. (Sólo él, en el rincón, sucio y desgreñado, con la mirada aún salvaje de los bosques, como un potro bajado de la montaña.) Pero él se hundiría en la vida, en la vida de todos aquellos que subían áspero y duro, en la vida triste y difícil, hombro a hombro, entre todos. Con todos, tirando hacia arriba, siempre, de la grande y larga soga, uncidos a la soga, tal como se juró y había elegido. También él tiraría hacia arriba (como deseó el Patinito, echado en la cama de la pensión, con los zapatos llenos de polvo, entre sus libros. Como deseaba Graciano, escondiendo sus ahorros míseros en un hueco de la escalera, para comprar los periódicos atrasados, lleno de preguntas, de «porqués» acucientes, sediento de una reconquista lejana, intuida). Él uniría su fuerza a los más bajos (quizás en un mundo de niños que miran un pedazo de cielo entre tejados, que no pueden avergonzarse de las madres envejecidas y cansadas, heridas por la noche, que encienden pequeñas estufas en los largos inviernos de la calle), él se uniría a los olvidados. Olvidados desde antes de nacer, desde antes de la primera traición, de la primera injusticia. No, no: había una voz, clara y rotunda, que le advertía de la vida. De la vida desnuda, sola, sin engaños: que no podía sólo ser la vida de los Lucas Enríquez, de los Gerardo, de las Isabel... Que no podía ser la vida sólo de los que levantaban muros, a la felicidad, a la paz, y el pan de los otros. («Muros de La Encrucijada, de la soberbia, del egoísmo y de la cerrazón. Muros de miedo, de culpa, de crueldad, de desamor.») Que la vida también se les debía a los Irimeos, a los Mimianos, a los niños sin bautizar, a la Tanaya. A los niños mal nutridos, estudiosos y tenaces; a los niños que deben olvidar el propio corazón y la tristeza para dar ánimos a la vieja puta que les trajo al mundo, como el Patinito. Tenía diecisiete años. Nada más que diecisiete años, y acababa de entrar en la ciudad.

Por los caminos de Neva, en el calor del agosto, empezaron a encontrarse Diego Herrera y Daniel Corvo. En el recodo de algún camino, entre los robles y las hayas, en los bosques de Gerardo Corvo, aparecía el caballo de Diego Herrera hollando las hojas. Daniel, el rifle al hombro, lo miraba pasar. Había oído rumores de que Herrera era buen cazador. Apenas se saludaban o cambiaban alguna palabra. Diego Herrera era un hombre de edad indefinible, con el cabello gris y perfil de aguilucho. Le seguía casi siempre un perro negro, al que llamaba *Soco*. Aquel perro había llegado a Hegroz en estado salvaje, tal vez huyendo de algo, por las montañas. Era un perro lobo, de ojos encendidos. Uno de los guardias civiles le disparó un tiro creyendo que iba a atacarle. Quizás el animal sólo tenía hambre, sed y terror. (Traía un terror lejano, de allá las montañas, de no se sabía qué país, o de la guerra.) Diego Herrera le curó, le salvó la vida, y desde entonces *Soco* le seguía, gruñendo a todo aquel que no fuera su amo. Decían que dormía a los pies de su cama.

Daniel solía encontrar a Diego por el bosque o en los alrededores del Valle de las Piedras. Se saludaban en los caminos y cada uno se apresuraba, como huyendo de la compañía.

En los días más tórridos, cuando el sol se volvía implacable aparecían uno frente a otro, como espejismos azulados en la calígine del mediodía. O a la tarde, cuando un oro rosado, vencido, caía sobre las vertientes y todas las hojas semejaban ceniza encendida. «Como si algo quisiera empujarlos a una convivencia desigual, imposible, en una tierra donde la amistad no existe...»

Qué extraña palabra: amistad. El Patinito lo sabía. Qué extraña para él. No solía poner nombres a los sentimientos. Nunca hubiera sabido decir lo que le llevó a Verónica, ni lo que le hacía buscar la compañía de Graciano. El Patinito, sin embargo, dijo: «Enrique Vidal es mi mejor amigo». En nombre de la amistad podía, debía hacerse todo.

La imprenta donde trabajaba Enrique Vidal estaba en la calle San Ramón, entre las calles de Barbará y San Pablo. La calle Barbará era prolongación de la calle de la Unión, donde durmió la primera noche, en una habitación estrecha y oscura que daba a un patinillo interior. Aproximadamente a las nueve, se levantó. Al salir a la calle entrecerró los ojos, porque la calle estaba llena de luz: una luz clara y gris a un tiempo. Caminaba despacio. Era una calle viva, abigarrada. Distribuidores de revistas y de libros, con números o carteles de propaganda colgados tras del cristal de las puertas, y paquetones de libros amontonados en las entradas. En los pisos bajos, academias de baile, oficinas de representantes de actrices.

Se levantaba un vientecillo frío que arrastraba por el centro del arroyo alguna brizna, algún papel. Poco antes pasaron los barrenderos, con sus escobas al hombro. Un letrero colgante, muestra de un callista, con un enorme pie blanco pintado, se bamboleó sobre su cabeza con ruido metálico de pájaro. En el escaparate de una tintorería se anunciaba la venta de trajes de noche. Hoteles «meublés», charcuterías con papeles cazamoscas colgando del techo, retorcidos, negreantes, como horribles salchichones o espantasuegras de feria. Entró en un bar. A aquella hora estaba casi vacío: solamente una muchacha delgada, extrañamente pálida, como despintada en la luz de la mañana, bebía lentamente un café con leche y leía el periódico, doblado por la sección de «Anuncios-Ofertas-Demandas». El camarero tenía cara de sueño, y su pelo, brillante y negro, estaba todavía húmedo. De pie en el mostrador bebió café con leche, muy caliente, en un vaso alto de cristal grueso, lentamente curvado. La chica habló algo con el camarero. Unas frases rápidas, como en clave, que él no entendía. El camarero sonreía un poco y contestaba más con gestos que con palabras. En el espejo que había tras el mostrador se reflejaba la puerta del bar, la calle. La luz, viva y pálida a un tiempo, de la calle. Circulaba aún poca gente, y las pisadas resonaban en la acera. Una vendedora de periódicos saludó al camarero al pasar. La muchacha se levantó, al fin. Tenía las piernas muy largas. Se estiró la falda y dobló el periódico con mucho cuidado. Se dio un vistazo al espejo y dijo, como al desgaire: «Te pagaré mañana». El camarero hizo un gesto ambiguo con los hombros. La chica salió. Su taconeo resonó en la calle como un extraño compás. Por el espejo vio que entraba en el portal de enfrente. En el piso bajo había el anuncio de una oficina de contratación de actrices. «Ojalá tenga suerte», pensó. Él también la necesitaba. Pagó el café con leche y salió a la calle.

La imprenta Geller tenía una puerta ancha, pintada de azul, con cristales. Entró en una nave grande, oscura y rumorosa. A la entrada se apilaban hasta el techo rimeros de papel. En el segundo tramo de la nave, ante grandes mesas, obreras de todas las edades desde los trece a los sesenta años, doblaban pliegos de libros y revistas. Olía a tinta, a grasa de máquina. Le gustó aquel olor. Se acercó un muchacho con las manos sucias de tinta. Le preguntó por el regente, Enrique Vidal.

La primera vez que vio a Enrique Vidal tuvo la impresión de que el Patinito se había equivocado. Enrique Vidal era más bien grueso, con el cabello entrecano. Le miró escrutadoramente, con ojos penetrantes. Era un hombre grueso, de pocas palabras. Leyó por encima la carta del Patinito, y se la guardó, a medio doblar. Él tuvo la impresión de que apenas se había enterado del contenido. Enrique Vidal preguntó: «¿Eres amigo de Patino?» Él asintió. «Bueno —dijo Vidal—. Hablaremos de eso a la hora de comer. ¿Puedes esperarme en "El Cocodrilo" a la una y media?» Dijo que sí, aunque no sabía exactamente dónde estaba «El Cocodrilo». Salió con una vaga sensación de frialdad. «Éste es Enrique Vidal. El gran amigo de Patinito. El gran amigo...» Afuera estaba la calle. La calle de siempre. La calle —desde aquel momento— de toda su vida. «El amigo...»

Diego Herrera y Daniel Corvo se apartaban el uno del camino del otro. Entre los árboles y el viento bajo, caliente, de agosto.

Capítulo quinto

Por la ladera de Neva, hacia la parte que dominaba el Valle de las Piedras, resonaban hachazos, rumor de sierras y voces de hombre: «Los presos de la leña», como les llamaban en Hegroz, subían todos los días al bosque desde el barracón. Talaban los árboles designados por Daniel y los despedazaban en gruesos tocones, que transportaban al barracón en viajes sucesivos, a lomos de un caballo pardo y traqueteado. Meses antes, Diego Herrera firmó un contrato con Gerardo Corvo, y de este modo quedó resuelto el abastecimiento de leña del destacamento.

A menudo, en sus recorridos, Daniel Corvo encontraba a los «presos de la leña». La cuadrilla salía del barracón a las siete de la mañana y regresaban a las ocho de la noche. Comían en el bosque, entre los árboles y guisaban ellos mismos su comida. Daniel oía a menudo sus voces, sus llamadas. Veía ascender entre las copas el humo de su lumbre, y le llegaba el olor de sus comidas. En general, parecían capitaneados por uno de ellos, un tal Santa, u otro apodado «El abuelo». A veces, una pareja de la Guardia Civil les rondaba, y más de una ocasión subían a beber un trago con ellos. En el río del barranco, entre las pozas oscuras, ponían a refrescar alguna botella de gaseosa, llevada por un hijo o una mujer de las chabolas. Daniel contemplaba pensativamente aquellas botellas, extrañas entre las piedras, aquellas botas de vino, a la sombra de los helechos. Luego, más allá encontraba a los guardias civiles, sentados en la hierba, el fusil apoyado en un tronco, sudorosa y curtida la piel, el tricornio brillando negro, bajo las ramas cenicientas de los robles. Todos, presos y guardianes, tenían una expresión mansurrona, sorda, igual. Su risa, a veces, rodaba entre los troncos, como una piedra, hacia el río. Costaba esfuerzo imaginar sus crímenes, sus delitos, sus deseos o su misma tristeza, si la había, en las mañanas ardientes, o en las tardes hermosas del verano, o a la huida del sol, cuando el oro invadía todas las hojas, y hasta el suelo parecía despedir un resplandor extraño, rojizo, hacia las copas de los árboles. Una rara paz pesaba en todo. Una paz incomprensible, en los fusiles, en las botellas, en las hachas, en las horas todas de la jornada, cuando resonaban en el bosque de Gerardo Corvo los golpes secos de las hachas, el zumbido de las abejas, el chirriar de las sierras. Diego Herrera recibía, según decían en el pueblo, muchas cartas de presos de las cárceles de Madrid, Barcelona, Valencia. Ingresar en el Destacamento Penal de Hegroz era, al parecer, algo relativamente bueno.

Poco a poco, a fuerza de verlos, a los de la leña y a los que trabajaban en la presa, Daniel fue distinguiéndolos, casi uno a uno. A ellos y a aquellas mujeres que les seguían, que vivían apiñadas en las chabolas, con sus niños, sus cazuelas, sus mantas, sus perros, su soledad y su hermandad, al otro lado del río. Los que cortaban leña y los que trabajaban en la presa percibían idéntico salario que los obreros, y por cada día de trabajo les eran perdonados dos de condena. El rancho, según decían, era bueno. A veces, Daniel los veía subir al camión, hacia el trabajo, o, en los domingos, hacia la iglesia de Hegroz.

Más de un domingo, por la mañana, estando Daniel en su rincón de la taberna del Moro, vio llegar a la camioneta de los presos que se dirigían a la iglesia. En aquellas mañanas de domingo, Diego Herrera permitía a los presos entrar en la taberna de la plaza y beber un vaso de vino. Durante veinte minutos, la taberna se llenaba de aquellos hombres vestidos de franela marrón, húmedas aún de agua las cabezas rapadas, con las camisas limpias. Algunos se sentaban a las mesas de madera, junto a sus mujeres y sus hijos, y pedían cerveza. Otros, permanecían apartados, silenciosos, como con timidez o huraňía. Alguno intentaba entablar conversación con las muchachas de Hegroz que volvían de misa. Diego no aparecía por la taberna durante aquellos momentos. Tal vez, para que su presencia no cohibiera a los hombres. Únicamente, uno de los oficiales permanecía entre ellos, haciendo la vista gorda, bromeando con la hija del Moro.

El domingo pesaba, se sentía, en las mañanas de sol. Daniel miraba aquellas mujeres, aquellos niños quemados por el sol, subidos en las rodillas de sus padres, que, torpemente, les llenaban de aceitunas las bocas menudas, manchadas por el jugo de las moras arrancadas a los zarzales de la cuneta. Daniel miraba aquellos hombres, aquellas manos, aquellos ojos; y parecía que el tiempo no sucedía, que no existía, que eran los mismos ojos, las mismas manos, las mismas voces de los otros.

Los de siempre, los que él conocía. Los de abajo. Igual en el campo, en la calle de la Sangre, que en el puerto, que en la

Barceloneta, Somorrostro, la Bordeta, Pueblo Seco, que las calles de la Unión, Conde del Asalto, San Ramón... Los mismos ojos, las mismas manos. («El frío pone una piel distinta, una piel oscurecida, no morena, una piel entre grisácea y amarillenta. Una piel teñida para toda la vida. La piel del frío continuado, año tras año. El frío del invierno, y el otro, el que viene de los hombres.») A los niños también les asomaba pronto la piel de los de abajo. («Las manos que se ensanchan, se transforman. Manos abultadas, que cogen con infinito cuidado una pluma, un alfiler; como si no notaran su tacto en las yemas de los dedos. La mano que sujeta el cigarrillo entre los dedos, como un cangrejo, agarrotadamente.») Se acercaban al mostrador y bebían. Un vaso de vino, dos vasos de vino, cien vasos de vino. Los ojos, hacia adentro. La risa, también. Bromeaban y reían. Cayéndoles de nuevo la risa, otra vez adentro, como una piedra rebotada. Los vio muchas veces. Tantas, que llegaron a convertirse en algo natural, cotidiano en su vida como el sol o la noche. Venían, al atardecer, después del trabajo. Generalmente, los sábados. Y después, los últimos; los que no trabajan, los que no podían, los que tal vez ya no sabían. Los del afán cotidiano, eventual, furtivo, minuto a minuto, como pájaros grotescos de la noche. Escondidos en cuevas, en rendijas, salían al oscurecer con sus ojos rápidos, sus lenguas resabiadas, sus terribles manos, pálidas, blancas, huidizas. Éstos, los últimos, los «culpables», eran los que más dolían. Los que más le rebelaban... Un hombre era, aún, para él, importante.

Enrique Vidal dijo en «El Cocodrilo», ante dos vasos de vino: «El trabajo está difícil». Ya lo había advertido el Patinito. Sin embargo: «Puedo esperar..., aguantaré lo que sea». Enrique Vidal había sonreído, al oírle, enseñando unos dientes menudos, oscurecidos por la nicotina. «Tendrás que buscar otra cosa, entretanto. Haré lo que pueda. Ven a verme, dentro de quince días.» Le dio las señas de su casa. Vivía por la Plaza de las Glorias: bastante lejos de allí, por lo visto. Él se guardó cuidadosamente la dirección. «Podría indicarme alguna cosa... No conozco la ciudad, ni a nadie. Hasta que pueda situarme.» Enrique miró el reloj, y pagó. Parecía que le costase gran esfuerzo hablar. Al fin, le empujó ligeramente por el brazo y salieron a la calle. «¿Dónde vives?», le preguntó. «Ahí, en la calle de la Unión. Una pensión encima de una ortopedia.» Enrique asintió con la cabeza. «Los tiempos son malos. Y el trabajo anda muy escaso. Pero haré lo que pueda por ti.» Al cabo de un rato, dijo: «Yo quería mucho a Miguel. Es un chico que vale». Él se apresuró a decir: «Sí, es verdad. Es el mejor amigo que he tenido». Y no se atrevió a añadir: «El único que he tenido». Enrique Vidal le miró por primera vez, con algo parecido a la simpatía: «Ya lo sé. Ya lo dice en la carta. Mira..., sólo por eso, haría cualquier cosa por ti. Espera ahora, como puedas, estos quince días. Claro, si te ves muy apurado... Ya sabes dónde está mi casa». Se despidieron en la esquina de la calle. Él regresó al bar. Pidió un bocadillo y una cerveza. Tenía hambre. Estaba contento. Varios hombres bebían, hablaban a su lado. En la pared, la piel de un cocodrilo aparecía oscura, como mohosa. Algún pájaro o mono disecado adornaba la pared. Comió el bocadillo con hambre. (Y, de pronto, le vino el recuerdo, doloroso, certísimo, de Verónica.)

En algún lugar, cerca de allí, una radio empezó a sonar fuerte, estridente. Se bebió el vaso de vino, de prisa. Como si alguien le estuviera esperando en alguna parte.

En el piso superior de la taberna del Moro vivía el médico de Hegroz. La mañana del domingo, tenía lugar la visita a los heridos de la obra, y en la escalera de la taberna se alineaban los presos enfermos o heridos, con sus caras terrosas, con los pies o los brazos envueltos en vendas amarillentas, la gorra en la mano, sudando. Santa, que también hacía los oficios de enfermero y practicante, subía y bajaba con paquetes de algodón o medicamentos. Una vaga sonrisa, algo triste, invadía su rostro. El médico salía al balcón resoplando, sudoroso, con ojos de sueño y la camisa fuera del pantalón. Miraba al cielo por encima de las montañas, como si de aquella dirección esperara algo. Algo extraño, confuso, quizá mágico, que tal vez ni se atrevía a soñar. Dentro, la hija del Moro servía vino a los presos, derramándolo sobre el mostrador, desbordando los vasos. Aquel gesto, aquellos vasos desbordados, tenían algo del derroche del domingo. Aquel vino era domingo. Aquel calor, aquellos niños con un trajecillo a duras penas planchado, que pedían aceitunas. Aquella mujer, con una bata floreada, con grandes manchas de sudor en los sobacos, y un pasador de concha falsa en la cabellera negra, lacia, que miraba a su preso con mirada honda —no triste—, de antes y después. En el río del Valle de las Piedras hubo aquella mañana de domingo un fregoteo de ropas y de niños, con ladridos, con risas y amenazas, con ropas calcinándose al sol, sobre los espinos, para ahorrar jabón. Domingo, en la mañana reluciente, en la mañana cegadora, reverberante, en la mañana de los padres presos, de los hijos presos, de las mujeres que siguen a sus hombres por el largo camino que no se quiere perder.

Marzo batía un viento constante, bajo y gris. En el anochecer, el viento caía en los muelles anchos, muertos. Sobre el puerto pesaba un silencio de hierros enmohecidos, de orín, de agua negra y pestilente, recubierta de grasa. Entre los rollos de cuerdas manchados de alquitrán, contra los quicios de las puertas de los almacenes, pegados a los cierres metálicos, había algún hombre, cobijado, durmiendo. De las tabernas salía una luz amarillenta, como un resplandor, atravesando la vidriera. Lejanos faroles, y la esfera iluminada de un reloj. Luces sobre el agua, como extrañas, milagrosas llamas, en el mar. El viento levantaba polvo, arrastraba desechos, mondaduras. Llegaba un olor acre, espeso, a podredumbre y hierro, a pintura, y, al pasar frente a su puerta, al potaje de la taberna, donde se iniciaba la hora de la cena.

Los primeros días. Los primeros días de la ciudad que —poco a poco, iba sabiéndolo— podía devorar la esperanza, los sueños, el corazón y los deseos. «Tiempo de esperanza.» Sabía que era ignorante, pero esperaba. Aún aprendiéndolo todo en los libros. La ciudad secaba, quemaba, en una espera larga, como un inmenso bostezo de hambre. La ciudad podía destruir, lentamente, seguramente, uno y otro corazón de hombre, en su hora intemporal, indiferente y enorme. La ciudad no asesinaba: dejaba morir. El viento soplaba en el muelle del carbón, en las tierras negras y sin brizna, donde la lluvia formaba, entre los hoyos, charcos rojizos, verdosos, como gelatina. Olía a carbón, a cemento, a piedra, a tierra muerta. A una extraña, desconocida tierra, que todo lo parecía menos tierra madre. En la tierra del carbón, brillaban minúsculas partículas, bajo la noche. Diamantes en polvo, sutiles y fascinantes, bajo el cielo de marzo, oscurecido, hinchado como una inmensa vela rojinegra. El viento de marzo llevaba hasta el muelle del carbón un polvo mineral, hiriente, que se pegaba a los pulmones, al paladar, a la lengua. «El trabajo está difícil.» Había hombres acurrucados, envueltos en papeles de diario, con las suelas de los zapatos despegadas, como paladares muertos. Hombres de barba crecida y ojos hundidos y brillantes, sagaces. «Los vagos, los maleantes, los hampones...» Un hombre le miraba fijo, apoyado en la pared, con las manos en los bolsillos. Tendría alrededor de cuarenta años, y hedía a vino. «No sólo en Hegroz andan mal las cosas.» Una muchacha pasó, con pasos delgados, titubeantes —se parecía a aquellas corzas jóvenes del bosque que derribaba Lucas Enríquez de un balazo—, abrigada en una chaqueta de hombre. Le miró, y sonreía. (También la esperanza llegaba siempre, con su ráfaga de hojas húmedas, con su aliento de bosque, a la ciudad hosca, cerrada, hostil, a las áridas tierras del carbón.) Nunca vio el mar, hasta entonces. Se quedó muy quieto, mirando hacia el agua negra como encarcelada entre los muelles, en el anochecer. Hasta que el cielo se vio de pronto invadido, rodeado de estrellas, como gotas, como guiños, como llamadas minúsculas y lejanas, diciendo algo, pidiendo algo, tal vez. El silencio del puerto, del mar, en la noche ya abierta, en las luces y los resplandores, le rodeó, cayó sobre él, inesperadamente. Tenía frío, se encogía en su chaqueta «de ir a misa», y respiraba aquel aliento extraño del mar, de mil podridas cosas, sin saberlo. «Los vagos, los maleantes, los hampones...» ¿Por qué, por qué? (Allá, en Hegroz, también: «Hablas tú de los Mimianos, claro: ¿sabes tú qué son los Mimianos? ¡Unos sinvergüenzas, que todo se lo gastan en vino, unos vagos, unos ladrones! ¡Eso son los Mimianos! ¡Que no les gusta trabajar!», y siempre su pregunta, hiriéndole como a Graciano, cuando clavaba en él sus ojos de agua, y le decía: «¿Por qué, Daniel, por qué?».) Los que sobran. Los hombres, sobrándose siempre, los unos a los otros. «Los hombres, siempre —se decía— irremediablemente, engañándose, robándose, mintiéndose, traicionándose. A veces, se reparten esperanzas falsas, o razones falsas. Escudos del pudor, la vergüenza, la astucia, la avaricia, la simple defensa. Los hombres, todos, trepando, arañando la pared larga y dura, sin resquicios, de la vida. Ascendiendo, logrando, a costa de otros hombres. Siempre, los hombres, a costa de los hombres. No hay sitio para todos: hay que abrirse paso.» Allí estaban los débiles, los impotentes, los ignorantes, los ciegos, los jorobados, los sentimentales, los tristes, los pobres de espíritu, sin derecho a la vida. Allí estaban los ratones, los topos. Los olvidados. Los imposibles, los culpables. Con los zapatos rotos, sin esperanza, sin puertas, sin ventanas, sin promesas ni pasado. Los que sobran. Los que no sirven para trabajar. Los que no saben medrar, los que han caído. «No puede ser: no hay sitio para todos.» Miraba el mar, negro y confundido con la oscuridad del cielo. Miraba el mar, y veía titilar las luces, allá lejos, y presentía, otras luces, en toda la ciudad, encendida y bullente, a aquella hora. «Tiempo de seguridad, de fe.» La gran fuerza, la confianza, empujándole a través del hambre, de la apatía, de la desesperanza de los otros, de la amoralidad o la indiferencia de los otros, empujándole a través de la injusticia, de la impiedad, el egoísmo, el conformismo, el pillaje, el fatalismo. («No tienen remedio», decía Isabel. Y oía la voz de Graciano, junto a los muros de Lucas Enríquez: «Por qué, Daniel, por qué, todo esto?») «La rabia, el rencor, la herida profunda de la injusticia, empujan con más fuerza, seguramente, que la felicidad.»

Pasaron aquellos días. Él iba por el centro de la ciudad, mirando a un lado, a otro, con sus ojos inocentes de campesino. Él iba por la calle, en aquellos quince días de espera, asomándose a unos y a otros, con los ojos limpios de la tierra, todavía. Para él, para los suyos, los que había elegido, era la calle. La ciudad, era la calle. La calle ancha, larga, dura, sin principio ni fin. La calle, guardada de muros y mercados, de ventanas y puertas, tras las que se defienden los hombres. Las puertas, que devuelven a la calle. Siempre, otra vez, a la calle. Toda la calle tenía el mismo color ancho, pardo, plano. También las calles de la ciudad baja eran oscuras y tortuosas. También en las calles estrechas y sucias se arraciman los tarados, los sucios, los mezquinos, los manchados, los perseguidos. Las putas pobres, los ladrones, los retrasados, los cojos, los mendigos, los alcohólicos que no tienen dinero, los jorobados, los enfermos, los locos, los conformados, que no tienen dinero. Los estafados y los estafadores, que no tienen dinero. «Hay que cambiar la vida», leyó él, en el desván. «Hay que cambiar el mundo», leía ahora, como el Patinito, echado en la cama, viendo amanecer, en la oscura habitación de la calle de la Unión. Comía brevemente, en los mostradores empapados de vino de la calle Conde del Asalto, la Unión, San Ramón. Bebía algún vaso de vino, leía, esperaba. Quince días. Aprendió más en aquellos primeros quince días, tal vez, que durante todos los años de Hegroz, desde la ruina de La Encrucijada. Hablaba, leía, andaba. Miraba. Imaginaba, pensaba, deseaba, esperaba. Sí, entonces, esperaba tanto. A veces, en la calle, en aquellas calles de sus primeros días, descubría, de pronto, una alegría encendida y amarga, redonda, como una gran naranja artificial. (Las naranjas redondas e insólitas que comían los noctámbulos, al amanecer, antes del nuevo día. La naranja que se comía la esquinera, el limpiabotas, la corista flaca, de regreso a la pensión. Las extrañas, insólitas, naranjas del amanecer, en las calles del Arco de Cirés, Guardia, Robadors, rodeadas de ojos de sueño, labios agrietados, carmines baratos, desportillados por la luz del amanecer. Rodeadas de mejillas cansadas, de barbas crecidas en la oscuridad, de rostros súbitamente fláccidos, blandos. Y aquellos que miró con más curiosidad, estupefacto, desde su primera inocencia: los últimos de la noche, los juerguistas que bajaban de la ciudad alta, los «señoritos» con la camisa sucia. Turistas, rientes, fatigados, que después, dentro de un tiempo extraño que ya él, mirándolos, presentía telúricamente, dentro del amanecer, en los huesos mismos, diciendo: «Aquellos tiempos del Barrio Chino...») Qué absurdos y extraños, entonces, aún. Entre los muros de las casas, un pedazo de cielo, gris azulado, brillante, con el brillo del fósforo. Era el cielo del amanecer, violeta, fósforo líquido, vertido contra los muros de la madrugada. En aquellas calles, oscuras y brillantes a un tiempo, abigarradas, encajonadas en muros tras los que hombres y mujeres se apiñaban insospechadamente, amontonados, abocados a estrechos patinillos interiores, como tubos por donde el aire y la luz temblaban, los horribles —para él, que venía del bosque y de la tierra— patinillos interiores, como chimeneas de una vida oscura y triste, del hambre y la desolación, de las blasfemias, el sudor, el guiso maloliente de la ciudad baja, de los de abajo. La porquería, las tuberías anchas como venas de la gran colmena, en las que se amontonaba el polvo y las telarañas. Cuando llovía brotaba de los patinillos interiores un olor espeso, acre, hacia las ventanas y balconcillos estrechos. Los patinillos cruzados de sogas donde colgaban las impúdicas ropas interiores de los hombres (las horribles ropas que no se ven, las vergonzantes, agujereadas, recosidas, sucias, ropas que los hombres se ponían para no rozarse la piel). Hombres y mujeres, niños, amontonados en torno a patinillos interiores, como en covachas de murciélagos, arracimados en la oscuridad como murciélagos, nocturnos y viscosos. Con sus sudores, sus sueños, su pus, sus toses, sus gargajos, su pan, sus costras de mugre, sus guisos grasientos, sus pucheros, sus legañas, sus periódicos, sus camisetas grisáceas, sus granos, sus uñas negras, su caspa, sus calcetines acartonados, su brillantina, sus cubos de agua sucia, su colonia a granel, sus cunas, sus canciones, sus riñas, sus partos, su cansancio, su desilusión, sus sueños, sus pantalones deshilachados, sus zapatos agrietados, sus peines pringosos, llenos de mechones y de una extraña roña, parecida a la que se amontonaba, gris y sebosa, sobre las cañerías. Sus hornillos, sus fogones recubiertos de pringue negro, sus bacines con orines trasnochados, sus escobas, sus fotografías, sus espejos moteados, sus bombillas, sus calendarios, sus entierros de Beneficencia y Hermandades, su odio, su sed de venganza, su ansia, su indiferencia, su mansedumbre, su ilusión. Todo, oculto, detrás de los muros de la calle, agujereados de lucecillas amarillas, en las bocas de las ventanas. Abajo, en las esquinas, los bares, con su vino, su extraña alegría, sus gramolas tragaperras emitiendo discos nuevos donde la voz honda, triste y electrizante de los primeros «jazz» clamaban su esperanza y su queja, por primera vez, en los oídos, en sus corazones. Sí, aunque no lo entendieran —él estaba seguro—, aunque no supieran lo que quería decir, también lo sentían, todos. Hombres, mujeres y muchachos echaban una moneda de diez céntimos, y escuchaban. También los hampones, los tarados, los vagos, los irredentos, querían regresar al paraíso perdido. La desigualdad, la injusticia, la tristeza.

(Los lobos, los avisados, los de largas uñas, estaban lejos de allí. Los lavados, los humanos, los dignos, los respetados, estaban lejos de allí. Donde la ciudad era de cemento y hierro, de ladrillos simétricos y piedra artificial. Donde los jardines, donde los parques recubiertos de piedrecillas redondas. Allí estaban los responsables, los venerados, los respetados, los intachables.) La ciudad alta bajaba en cloacas hacia el mar, hacia el amanecer de las últimas calles, hacia las calles angostas, las piedras oscuras y desgastadas del suelo —«donde se quedan los niños llorando, cuando se estrella una botella llena de aceite o de leche, donde se pierden monederos de hule negro con el sueldo del sábado, donde se pisan hojas de verdura, pepitas de melón, charcos, tripas de pescado, flores muertas, jugos extraños y manchas viscosas de los alrededores del mercado. Donde resbalan las viejas y los golfillos ladrones...»

En la playa de la Barceloneta, sobre la arena cubierta de inmundicias y cascotes verdes de botella, hendida por las zanjas de las cloacas, frente al agua sucia, espesa, se hundían sus zapatos de ir a misa, ya muy estropeados. Las manos en los bolsillos, arrebujado dentro de la chaqueta, miraba la costa, las siluetas y chimeneas de las fábricas, difuminándose en un aire oscuro, como polvo de hollín. El oro de la tarde, caía empapado, siniestro, dentro de un cielo que parecía hincharse como una inmensa vela rota. Los muros de ladrillo rojinegro, sucio, en la lejanía, el humo, en la lejanía, las luces y las máquinas, en la lejanía, también parecían crepitar en el anochecer, como otro cielo.

Allá detrás, al otro lado, los automóviles pasaban lejos, en un mundo de cemento y hierro, hormigón armado, porcelanas, tuberías de agua caliente, escaleras blancas, terrazas, inodoros, ventiladores, frigidaires y píldoras anticoncepcionales.

Daniel bebía vino, rojo oscuro, casi negro. Y salía afuera, al sol que calcinaba las piedras de la plaza. Para no ver aquellas mujeres ni aquellos niños, ni aquellos hombres que sonreían y pedían cerveza para tres, o un solitario y paladeado vaso de vino. Daniel se enjugaba los labios con el revés de la mano, como los presos. Se aflojaba el cuello de la camisa.

Sobre las piedras de la plaza el sol parecía derretir un plomo centelleante. En el cielo limpio, candente, entre el cerco de las montañas, volaban dos águilas. Todos los tejados de Hegroz, requemados, chatos, parecían aplastados debajo de aquel cielo de fuego blanco. A una orden del oficial, los presos se ponían las chaquetas, se alineaban y subían al camión, que arrancaba, entre el polvo. Las ruedas saltaban sobre la carretera, descarnada, hacia el Valle de las Piedras. Y detrás, andando, con sus niños, con sus perrillos sin raza, seguían las mujeres, hacia el mundo de las chabolas y las ruinas. Alguna que se puso medias y zapatos para entrar en la iglesia, se sentaba al borde de la cuneta, se descalzaba con cuidado y se volvía a poner las alpargatas. Los niños correteaban, bajaban por el terraplén, hacia el río, tirando piedras, saltando como gazapos, como lobeznos, desatentos a las llamadas y a las amenazas de la madre. Con una risa que no se parecía a ninguna otra risa del mundo.

La calle no estaba asfaltada, y cuando llovía se convertía en un lodazal. Los portales estrechos descubrían el principio de unas escaleras sumidas en la oscuridad, con ladrillos saltados, y altos tragaderos de luz; una luz de patio, encerrada y polvorienta.

Era domingo cuando fue por primera vez a su casa. La calle estaba en silencio —no serían aún, quizá, las cuatro de la tarde— y el sol ya calentaba, porque se anunciaba la primavera. A los lados del arroyo se abrían las oscuras bocas de las casas, con sus bombillas altas y cubiertas de polvo. Los bares, las tabernas, las casas de comidas, como emborronados por el cercano humo de las fábricas. La hierba aparecía amarillenta y enfermiza, por entre las vallas rotas de los solares donde los niños jugaban a las guerras. Allí detrás asomaban los muros de ladrillo de edificio, con ventanas enrejadas y altas chimeneas negras.

Vivía en el número treinta y cuatro de la calle, y le costó algo encontrarlo, porque la numeración andaba algo desordenada. Le abrió la puerta la mujer. Parecía una araña roja y gorda, con aquella bata encarnada, mal abrochada sobre el enorme pecho y el vientre. En su cara mofletuda, pálida, los ojillos negros brillaban como cabezas de hormigas. «Pasa», le dijo, con acento desabrido. El piso era muy pequeño, pero no del todo oscuro. Avanzó por un breve pasillo, y entró en el comedor, la mejor pieza de la casa. Enrique Vidal se volvió. Estaba sentado junto al balconcillo, mirando hacia la calle por entre la persiana verde, echada por encima de la barandilla. Estaba sentado, allí, con un aspecto extraño, en mangas de camisa, con los tirantes hendiéndole el pecho. Mirando hacia la calle, pensativo. Los hombros, como derrotados. Encima de la mesa del comedor había una pantalla hecha de tubitos de cristal, que al soplo de la brisa tintineaban. Enrique Vidal le dijo: «Siéntate».

No recordaba cómo empezaron a hablar. Porque a Enrique Vidal le costaban mucho, parecía, las palabras. Miraban los dos por entre la persiana, hacia la calle desierta. De cuando en cuando, subían las voces, o la música de la radio del bar que había debajo. Allí enfrente, entre los muros sucios, se abrían ventanas con alguna jaula, tiestos de perejil y hierbabuena, ropa tendida. En el balconcillo de enfrente, un niño muy pequeño miraba hacia la calle en cuclillas, con las manos asidas a los barrotes, como un animalillo preso.

Enrique Vidal tenía el periódico extendido sobre las rodillas. El periódico censurado con grandes blancos entre las columnas. (Recordaba que dijo: «Han vuelto a suspender las garantías constitucionales».) Los pasos de la mujer, andando por el pasillito, por la contigua habitación, hicieron tintinear los tubitos de cristal de la lámpara, tal vez el único adorno de la habitación. Enrique Vidal se levantó, cogió la chaqueta y le dijo: «Vámonos al bar».

Después, desde aquella tarde casi se hizo una costumbre. Todos los domingos. También, a veces, a la noche, a la salida de la imprenta, a eso de las cuatro iba a buscarle. Se sentaban quietos, mirando hacia la calle. Le escuchaba. Luego, bajaban al bar, bebían coñac barato, en unas copas de cristal grueso, con una raya roja.

Enrique Vidal hablaba, como antes habló el Patinito. La mujer de Enrique Vidal casi parecía, a veces, que le odiaba, por su amistad, por su admiración, por su fe. Ella no creía. Ella estaba harta, cansada, asqueada. «Imbéciles. Eso es lo que sois todos: unos imbéciles; a vosotros os fusilarán los primeros. Os colgarán de los pies, os arrastrarán por las calles. Y yo me reiré. Yo me reiré.» Cuando hablaba, se le llenaban de saliva las comisuras de los labios. Luego, a lo mejor, se echaba a llorar, se iba al armario y sacaba la fotografía del chico. (El chico, en la fotografía, sólo tenía trece años: estaba sentado a horcajadas en una tapia, con su sonrisa.) «Me le pegaron un tiro. Me lo dejaron así, seco, en medio de la calle, con veinte años mal contados que tenía. Me avisaron que fuera al Depósito del Clínico..., y éste, entretanto, detenido. Fui yo sola, por la noche, sin echarme ni una chaqueta encima, corriendo, como una loca. Pasé toda la noche, allí llorando, al lado: como que parecía vivo. Y éste, entretanto, detenido... ¿Para qué os metisteis en todo el jaleo? ¿Para qué se meterán los hombres como vosotros? ¡Nunca sacaréis nada en claro! Nada. No hay remedio: hay millones de hombres parados, en España. Millones... ¿Sabes tú qué son millones de hombres con sus familias, sin trabajo, sin pan? ¡No podéis arreglarlo vosotros, infelices! ¡Siempre os aplastarán ellos, porque ellos tienen el dinero!» Enrique Vidal no discutía, no hablaba con ella. Recogía la fotografía del chico caído en una refriega, por la calle. Se levantaba, se ponía la chaqueta y le decía: «Vamos abajo». Ella se quedaba rezongada, insultándoles. «Acabaréis mal. Y a mí nadie me devolverá a mi hijo.»

A últimos de abril, Enrique Vidal aún no había conseguido emplearle en la imprenta. «Será muy difícil, porque el trabajo anda mal.» El sueldo era bajo, pero le gustaba aquel trabajo. Enrique lo sabía, se daba cuenta. A veces, se le quedaba mirando, pensativo. Y decía: «Ven a casa el domingo. Hablaremos». Ya sabía todo lo que le acuciaba, todo lo que le interesaba, todo lo que deseaba. «Tenemos que hablar de muchas cosas.» Sí, tantas cosas. Poco a poco iba conociendo su buena fe. Era buen trabajador, y un poco iluso. (Como él, como el Patinito. Como tantos, entonces. Su tiempo. Su tiempo de esperanza.)

También aquellos hombres que se llevaba la camioneta hacia el Valle de las Piedras pudieron tener su tiempo de esperanza. También, quizá, tuvieron su tiempo de buena fe. ¿Cómo iba a saberlo él, ni nadie, ahora? Ni siquiera aquel Diego Herrera, que decía enfáticamente: «Son redimidos por el trabajo». Allí se iban, ahora, en la mañana del domingo, al polvo, al sol, de nuevo. A los días largos de la condena, de la espera. «De la extraña, sorprendente, redención de los hombres.» Con sus crímenes, su mala suerte, su desprecio, su odio, su cobardía, su fanatismo, su apatía. ¿Quién podía saberlo, quién podía juzgarlos? «Siempre hay escondido, en algún lugar, pasado o futuro, un tiempo de esperanza...»

Entró al fin en la imprenta. Le gustó aquel trabajo, desde el primer momento. Enrique lo sabía. Empezó de ayudante de mecánico. Limpieza de las máquinas, engrasarlas, entintar galeradas con el rodillo, sacar pruebas... Para seleccionar recortes de papel, para mezclar tintas. Como en otro tiempo, el Patinito.

La imprenta Geller era bastante importante. Al fondo de la nave, a la derecha, estaban las máquinas: linotipias, minervas, máquinas planas. A la derecha, el despacho del dueño. Simplemente un rincón del taller, cercado por una valla de madera y cristales. Enrique Vidal estaba afiliado a la U. G. T. Empezó a llevarle consigo. Acudió a las reuniones semanales en el Local Social del Partido. Escuchaba, con la misma concentrada atención que ponía allá en el desván, y pensaba. Como cuando escuchaba al Patinito las mañanas de domingo, cuando leían, echados en la hierba, tras la tapia del huerto: pensaba y escuchaba. Acudía a sus reuniones, al lado de Enrique, y escuchaba sus planes, sus consignas, sus discusiones. Seguía el paro obrero, la retirada de capitales, los paros de industrias. La huelga, el descontento, la inquietud. El hambre. La miseria, la venganza, fermentaban como los despojos al sol. El odio. El dinero estaba lejos, el dinero y la tierra estaban a recaudo, en barbecho. Lejos.

Cerca, las manos vacías, los brazos quietos y las bocas hambrientas. Enrique Vidal hablaba, y él le escuchaba. Luego, abría los periódicos y leía. El dinero emigraba, se ocultaba, se quedaba agazapado, quieto, estólido, duro, como un bloque de granito. El dinero estaba lejos. Encerrado por el egoísmo, el orgullo, la impiedad, la cobardía. «Los capitalistas llevan su dinero al extranjero. Los capitalistas no construyen casas, no cultivan las tierras.» La mitad de las tierras cultivables dormían en un barbecho de siglos, abandonadas por los propietarios. «Preferimos que no nos den rendimiento, a cambio de no crearnos problemas con jornaleros.» El dinero era un dinero escondido, que huía de la luz pública, que se negaba a crear riqueza. Albañiles, canteros, picapedreros, obreros de la industria del cemento, se apiñaban, en los parques públicos, en las esquinas de las calles, con sus octavillas de protesta. Con sus niños de la mano, a veces, como un escarnio, por las calles limpias de la ciudad. «Obreros parados.» Estas dos palabras eran cotidianas, eran normales. Hombres reunidos, al atardecer, a la mañana, sentados en los bancos. Reunidos, con los ojos antiguos de los hombres de la tierra. (También en Hegroz, en los inviernos largos, bajaban los lobos en manadas, hasta el borde del pueblo. También oían sus lamentos en la noche. Manadas de hambre, conducidas por el hambre, aproximándose, acechando.) «En Andalucía los campesinos se mueren de hambre», decía Enrique Vidal. Los grandes latifundios, aparecían a la memoria, a la imaginación, como desiertos de un hambre culpable, vengativa. (Él se acordaba de Hegroz. Se quedaba quieto, pensando en la calle de la Sangre, en la calle del Duquesito, en la calle de la Reja. En Lucas Enríquez, en Gerardo, en Isabel: «Debemos levantar La Encrucijada».) Descontento, protesta, malestar. Se amotinaban hombres. Grupos eran dispersados por la policía o la Guardia de Asalto. Incendiaban tranvías. Un día, por la calle de Muntaner abajo, vio bajar uno hecho una pavesa, las llamas al viento, como una protesta llena de amenazas. Estallaban bombas en las obras paradas, en las fábricas, en los cercanos solares. La protesta crecía. («Padre, debemos levantar La Encrucijada», decía Isabel, allá en la tierra.) En la imprenta menudeaban las huelgas. Los sueldos eran bajos. En las Casas del Pueblo, en las casas sindicales, se acopiaban las armas clandestinamente. Se cargaba la venganza, se cargaba el odio (con ojos de niños, fijos y negros, con bocas de niño, secas y quietas, con manos de niños, vacías y crispadas, en las mentes de las mujeres, de los hombres), reunidos en los parques, en las aceras, mirándose unos a otros: «hombres parados». («Puede contarse con la energía de la pasividad soportada, con la desesperación gran palanca de salida.») (Siniestramente, avanzaban los lobos montaña abajo, en el invierno, silenciosos, cargados, acechantes. Los lobos que aullaban en la lejanía y sólo servían, parecía, para dar miedo a los muchachos traviesos, en los cuentos, en las historias pasadas, en las mentiras de las noches.) Flotaba desde el mar hasta la bruma de allá la montaña, algo como un gran fraude, un gran fracaso, por encima de las cabezas de los hombres. Los rumores crecían: «El Pueblo se arma». Y el rumor se hacía también como niebla, negra, densa, el rumor ascendía como una niebla turbia en la noche de la espera. Su tiempo de esperanza. Los hombres que sabían leer, leían sus octavillas a los que no sabían. En las zonas portuarias, en las Ramblas, se apiñaba la masa amorfa, hambrienta, desposeída. («Puede conducirse a cualquier parte. A cualquier parte se conduce el hambre, la ignorancia, la desesperación.») Su cuerda de alianza, allí estaba: entre los barrios de casas chatas, oscuras, desportilladas, negras por el humo de las fábricas, respirando el carbón, el aire que llevaba polvo de cemento, azufre, olores ácidos, corrosivos. Allí estaba, entre las chimeneas, los solares, las máquinas, los almacenes, los depósitos. En los tinglados del puerto, a veces, las existencias se pudrían, sin que nadie las cargase. Algún barco aparecía bloqueado, anclado en el puerto, sin que lo descargaran. Allí estaba, entre las huelgas, los parados, los descontentos, los sufridos, los vengativos, los tristes: los de abajo. A la derecha, la ciudad cerrada, poblada: el muro terrible de la ciudad. Enfrente, lejos, el mar. Cerca, desde el balconcillo de Enrique Vidal, entre las palabras duras y las quejas de María, su mujer, él veía pasar trenes, vagones de mercancías, máquinas, con su humo espeso y blanco, haciendo vibrar los cristales de las ventanas, tintineando los tubitos de vidrio de la lámpara del comedor. Los trenes que pasaban cerca, por el descampado, sobre las vías negras y calientes bajo el sol, hacia o desde las estaciones próximas, grandes y sucias, con olor a polvo húmedo, a hollín, a madrugada. Allí estaba, entre los bares y las casas de comidas, entre el vino de las ideas fijas, las casas de empeño, las deudas, los desahucios, los centros obreros, los hombres que caminaban despacio, en la mañana y en la tarde, en la noche: los hombres sin trabajo. Todo, envuelto en humo, en ignorancia, en egoísmo, en ceguera, en olvido. Su cuerda de alianza.

Las mujeres que seguían a los presos cocinaban en hornillos hechos con piedras o ladrillos viejos. Bajaban al río a beber agua, a recogerla en cántaras, a lavar la ropa. Dormían bajo los techos de cañizo, latas vacías y cartón embreado, afirmados con piedras. Esperaban.

En los comienzos del año 1934 entró, al fin, en el periódico. Uno de los jefes de taller, llamado Andrés Barbo, era amigo de Enrique Vidal. Empezó aquel tiempo recargado, extraño, casi alucinante. Trabajó mucho. Iba a la imprenta Geller durante el día, y por la noche, al periódico. Dormía poco, cargado de ideas y deseos, empujado como por una corriente extraña, por un destino ciego y desatado. Como todo, en su vida, absorbente y determinado, empujándole hacia su fin. (Era un tiempo en que el recuerdo de Verónica llegaba aún más vivo, fuerte, como recuperado por una fe ciega. Verónica era en su vida, entonces, algo más que una simple muchacha que le amaba.) No lo sabía aún, no lo pensaba siquiera: porque nunca en la vida de ella se detuvo a pensar qué podía Verónica pensar o sentir. Entonces, en aquel tiempo, cuando volvía del periódico, de madrugada, le escribía. Cartas largas y apasionadas, que tal vez no decían nada de su amor. Verónica era la puerta abierta de sus palabras, de sus deseos. Aquellas cartas que quizá —quién podía saberlo— ella no entendió nunca del todo. (Aquellas que llegaban a Hegroz, a nombre de la Tanaya, aquellas que la mujer llevaba por la puertecilla del huerto, con sonrisa de cómplice.) Casi le sorprendía después recibir las respuestas, sencillas, breves, apenas una súplica: «¿Cuándo podré ir contigo?». Cuándo. Se quedaba mirando la letra ancha, casi infantil. «Cuándo.» Lo deseaba y lo temía. «Cuándo.» Era extraño, llevarla allí, a su mundo abrasado, incierto. «Verónica, fiel, obstinada.» Pero la vida de él se había transformado, Apretada, encauzada rectamente, duramente, sin resquicios, hacia una idea única. Apartó, secó muchas cosas, para conseguirlo. «Mantener la pureza, la fe, la energía.» Quería estar solo. Necesitaba estar solo. Ni siquiera tenía tiempo de estudiar, de leer, nada que no estuviera relacionado con su idea, concreta, seca. No tenía tiempo. Acababa de cumplir diecinueve años, pero a veces, escuchando a Enrique Vidal, se creía mucho más viejo que él. Algunas veces sintió la nostalgia de estas tres palabras: «Daniel Corvo: estudiante». Un sueño. Aún estaban allí sus libros, amontonados, llenos de polvo en el suelo junto a la cama en la oscura habitación de la calle de la Unión.

Tenía como una fiebre larga, acrecida, empujándole. En el periódico, empezó como ayudante de platina. Poco después pasó a corrector de pruebas. (Aquella mesa larga, llena de diccionarios desgastados, de papeles, de galeradas. Aquella pantalla verde, de porcelana, sobre los ojos.) Conoció a periodistas, a algún escritor, que había admirado de lejos. Se acordaba de Graciano, recogiendo los periódicos atrasados y le producía una impresión extraña, estar allí él, corrigiendo las columnas, y se acordaba de aquel primer periódico que compró al bajar en la estación del Norte, como de un sueño, como de un mundo diferente.

Entraba en el periódico a las diez de la noche y salía a las tres de la madrugada. El periódico tenía edificio propio en la calle Consejo de Ciento, entre la Rambla de Cataluña y la calle de Balmes. Salía cansado, con los ojos embotados. A veces, prefería regresar paseando, despacio, como deseando vencer de este modo su fatiga. Sentía el cansancio y una extraña, escondida pena. La pena de todo, de todos, sobre él en aquellas madrugadas tibias, iniciando ya el verano. Con su extraña fe, en el amanecer. El cielo empezaba a teñirse de un color azul, diáfano, brillante, por entre las ramas de los árboles de las Ramblas. Llegaban los carros de las flores, empezaban a colocar junto a los puestos los cajones, las cestas llenas de claveles rosa, granate, blancos. Se llenaba el aire de la madrugada con su olor penetrante, fresco, bajo el fósforo azul del cielo. Los pomos apretados, casi compactos, rojinegros, en la madrugada, llegaban como un anuncio hermoso, limpio, recién apagada la última sombra de la noche. Él andaba despacio, mirando al cielo, a los hombres, a alguna mujer última y cansina, a las tiendas cerradas, extrañas. Morían las últimas luces de gas, en las farolas. La fuente de hierro, el chorro del agua, tal vez un hombre agachado, que bebía. El agua, en la madrugada, tenía un rumor nuevo y hondo, que traía algo como el viento del bosque, el arroyo del barranco, junto a Neva. («Verónica», pensaba. «Verónica.») Caminaba despacio, en el amanecer del día, de la primavera, hacia allá abajo, de donde venía. Estaba cansado, con los ojos tensos, como fijados en el rostro por una mano dura e invisible. Tenía sueño. Llegaba el calor a la ciudad poco a poco, día tras día. Llegaba el verano, con su sol impío, reblandeciendo la calzada, resecando el polvo, las calles mal asfaltadas. Quemando la hierba sucia, amarilla, de los solares. En las noches de calor, de madrugada, veía pasar los tranvías imperiales, que bajaban desde la Bonanova y San José de la Montaña. Bajando por el Paseo de Gracia y las Ramblas daban la vuelta al monumento a Colón y regresaban arriba. Algunos ciudadanos —merceros, dueños de colmados, tenderos— salían a tomar el fresco, en la noche. Los veía, en el imperial de los tranvías, mirando la calle con aire cansino, aburrido, junto a sus mujeres, serias y gruesas, que, a veces, transportaban en el regazo, como un niño, una maceta con una mata de albahaca. Todo lo veía con ojos lejanos, extraños, como un sonámbulo. Eran las tres, las cuatro de la madrugada. Debía entrar a las nueve en la imprenta Geller. Estaba cansado. Tenía sueño. («Verónica», pensaba, decía, casi sin darse cuenta. «Verónica.»)

En la mañana del domingo, Daniel Corvo veía aguardar, a la puerta de la taberna del Moro, a las mujeres de los presos. Las veía regresar, carretera adelante, entre el polvo y el sol redondo del domingo.

Alguna tarde, de regreso del bosque, cruzaba el Valle de las Piedras. Al otro lado del río, en las chabolas, nacían los fuegos nocturnos, los humos pequeños, el ladrido de algún perro de costillares salientes, de ojos redondos y dulces, como ciruelas. Quizás una voz llamaba: a un niño, a otra mujer, a quién sabía qué cosa. (Daniel Corvo, muy adentro, repetía: «Verónica. Verónica.») Pero no se daba cuenta.

Sólo después, a la noche ya cerrada, cuando estaba en su cabaña, tendido en el camastro, mirando hacia el techo —al ángulo justo, allí donde anidaban las telarañas espesas y cubiertas de polvo, embudos con algo de animal—, le venían ideas insólitas. Se sorprendía, a lo mejor, pensando en las mujeres. Las mujeres incomprensibles y extrañas. «Son muy raras las mujeres.» Las mujeres, que pegaban ferozmente a sus hijos, que les gritaban, como lobas enfurecidas. Él había visto más de una vez alguna de aquellas mujeres pegando a un hijo niño. Lo cogían, en el mejor de los casos por un brazo, y con el puño cerrado le golpeaban en la espalda, en la cabeza, donde mejor pudieran. Descargaban los golpes, secos, ciertos, brutales. Los sacudían, como sacude el viento las hojas del bosque. Pegaban con ira: él veía la ira de sus ojos, los labios pálidos y apretados, la voz que profería gritos e insultos. Alguna, aún buscó una correa. A otra le vio sujetar la cabeza del niño entre sus piernas, para apalearle. «Y sin embargo, ellas aman a sus hijos.» Él las vio cargando las espaldas de los niños con haces de leña robada de los bosques. Gritarles camino abajo, como a perros, para que apretaran el paso, antes de ser descubiertas. Él las vio, oculto entre los árboles, azuzarles camino abajo, dobladas por el peso de su carga: gritarles si tropezaban o caían, insultarles, maldecirles. Sí, él oyó su cólera sobresaltada, su miedo cruel, flagelando las espaldas de los hijos. «Pero ellas, les aman. Más que a la vida, les aman.» Y vio a una, una vez, cargando a un hijo carretera adelante, debajo de un gran sol. Un hijo bastante crecido, que se había clavado algo en un pie. El pie desnudo del niño, de color castaño, con una gota roja y oscura, iba dejando minúsculas manchas entre el polvo. Él la vio, caminar despacio, como regalando los pasos. Llevaba el niño abrazado a su cuello, oyendo en el calor del mediodía su gemido leve quizá exagerado, como una música. (Con la sorpresa de una música nueva y sin embargo oída, alguna vez, en algún lado, dentro de sí. Asombrada, quizá deslumbrada, en la mañana sórdida, camino del Campo de los Presos.) Lo llevaba con la cabeza apoyada, vencida, sobre el hombro, en el hueco amoroso del cuello, junto a su oreja. Iba despacio por la carretera, tenso el brazo izquierdo por el peso de la bolsa cargada. Venía del pueblo, de comprar aceite y pan y el sol arrancaba un brillo ácido, verde, a la botella, con el corcho untuoso. El pan tenía algo bárbaro y apacible, entre la malla de la bolsa. Los pies de la mujer, en el polvo, levantaban bajas y leves nubecillas grises, que empañaban las alpargatas, los tobillos. La mujer sudaba. La frente y los brazos le brillaban al sol. Tenía los bordes de los labios cubiertos de gotas menudas y fosforescentes. (Y, sin embargo, la mujer caminaba distinta: como si resplandeciera todo su cuerpo cansado, vencido. Como si resplandeciera, igual que una lámpara, de felicidad.) «¿Cuál será, esta felicidad?» Sólo era un pobre animal confuso sobre la tierra áspera, dominante. Un animalillo ínfimo en el fondo de la tierra, de los árboles, en el fondo del sol. Llevaba los ojos entrecerrados, como un sueño profundo, hermoso, la boca entreabierta, toda ella abandonada: con la cabeza apoyada contra aquella otra cabeza sintiendo en el cuello, en el hombro, en la oreja, el calor leve, casi incomprensible dentro de aquel otro calor cruel del mediodía, del hijo que se había herido un pie. Lo llevaba despacio, como se lleva una vasija llena. («Aquel que luego cargará la leña, aquel que luego golpeará si le desobedece.»)

Sí, eran extrañas las mujeres, con sus hijos, su paciencia, su cólera, su docilidad, su fidelidad de perras. Su fidelidad que iba más allá del amor, del rencor, del sexo. Que no tenía nada que ver, ya, con el amor, con el rencor o el sexo. Eran extrañas sus manos, quemadas por el sol y el agua, agrietadas, duras, manos para el golpe y las piedras, para el trabajo. Los dedos cortados, de uñas roídas, gastados y brillantes como puños de cayado. Las manos que, de repente, se detenían sobre una cabeza dormida. Que se quedaban de pronto, así: apretadas, calientes, largas, como si dijesen: «descansa».

Eran extrañas, las mujeres.

Fue María, la mujer de Enrique Vidal, la que empezó a sembrar la inquietud y la nostalgia. Se llegaba a veces adonde ellos estaban, ponía las dos manos sobre la mesa, apoyando en el tablero todo su peso. Tenía unos ojos extraños, entonces. Unos ojos nublados, diferentes, que hacían suponer: «También, para ella, existe la tristeza». A pesar de su voz chillona y sus continuos reproches. Era su tristeza, lo que se le contagiaba a él, se le adhería, como un vaho pegajoso. Siempre quiso liberarse de la tristeza, engañosa y traidora. Sí, él debía ir librándose de la tristeza. Pero la mujer aquella, como todas las mujeres, era absurda, incomprensible. Y decía, apoyando su gran cuerpo en la mesa: «No debes seguir tan solo, muchacho». Una vez, se la quedó mirando, como si de aquel rostro fofo, blanco, pudiera llegarle una verdad. «¿Qué soledad? —le dijo—. No estoy solo.» La mujer cruzó los brazos sobre el estómago, encima de aquella horrible bata roja y sudorosa que olía a relente: «Vente a casa —le dijo—. Vente de una vez... y tráete tu chica, si la tienes... ¿No crees que yo estaré, también, mucho más tranquila?» Enrique Vidal la miró entonces muy fijamente. Afuera silbó el tren. (Pasaba, o salía, de los hangares oscuros, húmedos, allá al final de la vía. Salía el tren de su agujero, con su humo, su grito extraño y largo, allí mismo, a las vías de la calle, negras y dañinas, donde había muerto arrollado algún niño, algún perro, alguna vieja, algún pobre hombre. Vibraron los tubitos de cristal de las lámparas, con un tintineo casi imperceptible.) María, añadió: «Piénsalo. Te lo digo de corazón». Se fue allá adentro, a sus oscuridades, a sus guisos. Pero al poco asomó la cabeza, de nuevo. Parecía que hubiera estado llorando, o recordando ultrajes. Traía las mejillas encendidas, y los ojos con un brillo que podía ser de cólera, o de un dolor rabioso: «Ya no tengo ningún hijo», exclamó, con una voz más honda, más humana que de costumbre: «Ven aquí: mira, ahí, su puerta. Ahí detrás está su cama, donde dormía. Vacío. Todo vacío. No quiero entrar a limpiarlo. Así, si tú vienes... ¡solo o con otra, me da lo mismo!..., si tú vienes, será diferente». Se fue despacio, otra vez. Él la miró ir, con un raro calor dentro. La veía: sus grandes nalgas, sus espaldas macizas, el paso lento y torpe. Los talones, desnudos sobre las abolladas zapatillas, aparecían rojizos, redondos. «Ya lo oyes —dijo Enrique Vidal—. Ya lo has oído: será mejor.» No volvieron a decir nada de aquello.

Fue un domingo caluroso. No sabía si aquél, o al siguiente. Daba igual. Era un domingo, muy caluroso. Estuvo comiendo en casa de Enrique Vidal, como casi todos los domingos, últimamente. Había un raro clima de familia, allí, casi sin demostraciones de afecto, o siquiera de simpatía. Pero eran como una familia. Una verdadera familia, allí, los tres. Ella guisaba la carne con patatas, la escudella, lo que fuera; espeso, humeante dentro de la cazuela. La ponía allí mismo, encima del hule de la mesa. El pan, al lado, grande, entero y redondo, con su cuchillo. Los vasos de cristal grueso, con vino hasta la mitad. Ella se añadía gaseosa. Enrique, a veces, también. Llenaba los platos, hasta el borde. A veces, repetían. Luego, los domingos, les daba café. Alguna vez, fruta: melocotones, uva, ciruelas... En verano, antes, una ensalada. «La amanida», le llamaba. No era catalana, pero llamaba la comida en catalán. Y decía: «Pican en la puerta» y «el suc», y las «baldes». Todo esto sin acento, sólo con su voz chillona, seca de la meseta. Amaba a Cataluña. Porque era su marido catalán, y lo fue su hijo. (También él amaba a Cataluña. No tenía más remedio que amarla, allí. Como la amaba el Patinito, en las noches de calor allá en la tierra extraña. Y aún más, en aquel tiempo.) En un domingo caluroso de Barcelona, en un barrio extremo de la ciudad grande, crispada, bullente, dormida a un sol sin sueño, dormida y alerta, como germina alerta el pus en las heridas cerradas antes de tiempo. Habían terminado de comer, y María recogía las migas del hule, con un paño y un plato. Retiró los cubiertos, los vasos. Trajo las tazas de café, servidas desde la cocina, de donde llegaba el aroma. La persiana verde, estaba echada sobre los hierros negros del balcón. Subían los ruidos de la calle, espaciados, raros. Las pisadas, las voces de alguno. La carrera de un niño. Allá, otra vez, el silbido del tren. Una campana lejana. Entraba una luz amarilla, viva, por entre las rendijas de la persiana. María tenía una maceta en el balcón, de un tierno color malva. Iban aquella tarde a la Barceloneta, donde les esperaban Quim, Eladio, Llongueras.

(Los tres nombres le venían de pronto, en la mañana de domingo, claros, como ayer. Qué absurda es la memoria: Quim, Eladio, Llongueras...)

Estuvieron en un merendero de la playa. La arena, llena de residuos, gorda, escondía púas y espinas, tripas podridas de pescado, cascotes verdes de botella, alpargatas medio dehechas por el agua, botes vacíos, moho, hedor, sal. El merendero estaba enclavado sobre la misma arena, bajo un cañizo endeble, requemado por el sol y el aire. Sobre unas mesas de madera, grises por el uso, hablaron y bebieron vino, despacio. El mar, allá al fondo, tenía un color verde aceitoso. Unos niños jugaban en la arena, medio desnudos, saltando unos encima de otros. Levantaban una polvareda sutil, reseca. A aquella hora, apenas las cinco de la tarde, aparecía la playa casi desierta. Más allá, la zanja de la cloaca despedía un olor acre, que el viento traía, de tarde en tarde. Se fueron los otros, a eso de las seis y se quedaron solos. Enrique le volvió a hablar de aquello. El sol arrancaba un ardor, un brillo cruel a todas las cosas. La playa se había poblado de gente. Parejas, mujeres gordas en combinación, niños como perros. Los merenderos estaban abarrotados. Menestrales que bebían vino y comían moluscos. El olor de las gambas a la plancha invadía el aire. Llegaba el humo del fondo del merendero, el resplandor del hornillo, el fuego, el chirriar del aceite en las sartenes. Enrique volvió a hablar de aquello. «Tiene razón ella.» Ella, era María. El viento había refrescado, el sol parecía hundirse de un modo lento, allá detrás. Oía las voces, el griterío de la gente. El olor mezclado de las inmundicias, de la sal, de los mariscos. El aire de la tarde. El vino, blanco, llenaba su paladar con un aroma antiguo, conocido. («Verónica.» Sí, ya le había hablado de ella. Alguna vez. Estaba seguro de que le había hablado. Se lo preguntó.) Enrique no dijo ni que sí, ni que no. Solamente: «Tráetela. Es mejor. Se avecinan cosas. Tráetela. Es mejor que estéis juntos, si la quieres». Sí, la quería. La quería. Volvió a beber. Ahora, estaba seguro. «La necesito», dijo de pronto. Y Enrique repitió: «Tráetela... Ya sabes, lo ha dicho María; como si fuera de la casa. Ahí está el cuarto, vacío... No quiere ni entrar a limpiarlo. Ahora, será mejor para ella, también». Quedaba decidido. Luego, Enrique dijo: «Te costará dinero traerla». Ya estaba previsto. Lo encontraría. «Se encontrará.» Enrique miró hacia el mar, hacia alguna luz lejana: «Luego, por lo menos, la casa no te costará nada». Entonces, él dijo una cosa que no le había dicho nunca: «Gracias». Enrique hizo un gesto vago, con los hombros. Y con un acento extraño, contestó algo que tampoco le había oído nunca: «Tiene ella razón. No se puede estar tan solo». Fue entonces cuando se dio cuenta de la soledad de Enrique. «Tal vez, todo lo que hace, todo por lo que él lucha, es causa de su gran soledad. Sí, ahí está él mirando a la playa, llena de gente. Al mar, a todas las cosas. A esos obreros, a esas mujeres, a esos niños. Ahí está, tan solo, mirándolos. Así estaba, aquella tarde primera que fui a su casa. Mirando a nada, sentado junto al balcón, con su persiana verde echada por sobre la barandilla. Sí, tan solo. Con esa mujer que le ama, hundiéndose en el pasillo. Con la cama de su hijo allí al lado, y la caja de las fotografías, y los libros, sobre el pupitre, en la esquina del comedor. Sí, ahí está, en las tardes, en las noches, tal vez escuchando despierto el silbido de los trenes que se alejan, sintiendo vibrar levemente las paredes, oyendo el tintineo de los tubitos de cristal en la lámpara del comedor. Está tan solo este hombre, en la imprenta, en la casa. Cuando pasa, cuando sube, cuando mira, cuando lee, cuando entra allí al lado, al despacho de cristales esmerilados y la pantalla verde. Está solo, cuando va a tomar un bocadillo al «Cocodrilo», las noches que se alarga el trabajo. Sí, está solo, es un hombre entrado en años, con la cabeza llena de ideas, y tal vez, ¿por qué no?, de sueños. Porque sueña y vive mal en esa casa, con esa mujer, con ese corazón que le dieron.» Enrique Vidal apuró lentamente el resto del vino que le quedaba en el vaso. Se levantó y dijo: «Vamos». Pero él no tenía ganas de volver. «Ya iré después —dijo—. Me quedo un rato.» «Como quieras», contestó Enrique. Se separaron, anduvo al borde de la arena, pensativo. Apareció Somorrostro, en el anochecer de verano, caluroso. Varias veces estuvo allí. Después de la playa de baños, más allá de los merenderos de cañizo con sus olores a aceite y moluscos, a humanidad, a vino, a tarde calurosa repleta de sal y podredumbre. Somorrostro, plagado de barracas hasta mitad de una arena comida, roída, devorada por desechos de cal, donde desembocaban rieras con el agua sucia teñida de azul, de rojo, de amarillo, detritos de las fábricas próximas. Allí estaban los niños desnudos, de vientre abultado y cabeza grande. Allí estaban los niños de puños como piedras, de bocas oscuras, rebozados en la cal, revolcándose en la arena endurecida, quemada. Los niños con los pies teñidos de azul, de rojo, de amarillo, por los restos de colorantes vertidos desde las fábricas, entre el olor ácido, las emanaciones químicas, los husmos fermentados de basura. Mujeres desgreñadas, de vientres colgantes como bolsas vacías, como delantales de piel sobre los muslos duros, secos. Las barracas levantadas con desechos de derribos, con tablas, latas, papel embreado y cañizos de color grisáceo, quebradizo al aire salino. De allá salían, a la noche, los ladrones de carbón, los ladrones de trenes, los ladrones de mercancías en los apartaderos de las estaciones, como murciélagos húmedos y negros, con humedad de zanja y gelatinas humanas, con sus sacos, sus ojos huidizos, sus rencores. Sarna, tracoma, niños, perros. (Allí estuvo ya otra vez, en el anochecer de un domingo que se presentó caluroso, lento, empapado de nostalgia.) Allí acudió otra vez, al borde del mundo que le volvía por dentro como una sed larga, todo él. Eran, quizá, las ocho de la tarde, tal vez aún no. Estaba el cielo grande allá arriba, sobre el mar, sobre el cañizo y los ladrillos carcomidos, sobre los restos de colorantes que teñían los pies de los niños y los lomos de los perros. Tal vez aún no serían las ocho, no lo sabía, aunque hubiera un reloj redondo, grande como un rostro, en alguna torre, en algún lado, surgiendo de la tarde como un faro.

Apenas había llegado a las primeras barracas, cuando oyó la explosión. El humo, primero, tras la zanja de la cloaca, entre la cal y las basuras. Y luego, saltando al aire, arena, cal, cascotes. Un niño que corría y un perro que ladraba en el calor apenas amortiguado de la tarde.

Después las vio a ellas, las de siempre. Las mujeres, las antiguas, exactas mujeres. «Las mujeres son extrañas.» Estalló un petardo allí mismo. Un petardo que había ido a parar, quién sabía por qué misteriosa razón, hasta la zanja donde rebuscaban dos niños entre las basuras. El petardo estalló y destrozó a uno de ellos. Allí estaba el cuerpo pequeño, en la cal y la basura, con su sangre extraña y limpia, sobre la arena. Allí estaba aún con los ojos abiertos, mirándoles, las pupilas redondas, del color de la cerveza. Allí estaba, muerto tal vez (quién podía saberlo), mirándoles desde una barrera de misterio, bajo el cielo teñido ya de un velo azul oscuro, anaranjado lejos, violeta, cerca de la costa. Allí estaba, con la sorpresa de su sangre pura entre las inmundicias y los gritos, con la explosión aún en los oídos, en la mirada, sin comprender nada.

Las mujeres, avisadas, llegaban todas. Todas, con sus greñas y sus bocas de lobas, aullando a la muerte desde las puertas, aun antes de tocarla. Subían por la planicie, las mujeres, con las manos levantadas, con los gritos viejos de siempre. Se amotinaban, buscando a la madre. («Porque la madre, siempre, llega tarde. La madre tarda, cuando la muerte acudió, súbita, cruel, irrazonable».) Hacía pensar: «No era éste un niño como los demás, era un niño distinto». Porque la muerte había llegado de pronto, entre los juegos de la tarde, sin razón aparente, sin causa, sin años siquiera. Casi daba envidia, una envidia dañina, enteramente egoísta. «¡Porque juegan con petardos!», regañaban. (Y al otro niño, al que se había salvado, su madre le pegaba, le daba con la mano abierta, dura, seca, en la cabeza. Porque allí estaba, vivo, como un viento fresco dentro de su pecho, en la tarde del domingo. Vivo.) Luego llegó la otra madre, tarde, de sus fregoteos, de sus trabajos de domingo sin fiesta. Llegaba ya, y se la clamaba desde lejos, como llega, al fin, la auténtica desgracia de la tarde. No la de la sangre, la de los ojos redondos. No. La muerte llegaba con la mujer apresurada, lívida, gritando ya de lejos, dejándose por el camino la cesta de rafia, el pan, el llanto mismo, que no acude. Separada del hijo, desde la hora en que nació, le traía la muerte.

Lo llevaron a la Casa de Socorro, entre los brazos de varias. Y se iban igual que llegaron, con sus gritos, con sus delantales que sirven para enjugar aguas sucias, para envolver cabezas de niños, para recoger carbón caído en las vías del tren. Las vio marchar y tuvo de pronto miedo, un miedo no conocido, un miedo de presentimiento. Y las palabras de Enrique, en los oídos: «Tráetela. Se avecinan muchas cosas...».

Aquella noche, volvió el recuerdo, vivo y cierto. Era necesario. Él mismo lo había dicho. «Es que la necesito.» Siempre lo pedía, ella, en las cartas: "¿Cuándo podré ir contigo?". Y había en el cielo algo como el fulgor de un estallido lejano, o de incendios, o de estrellas, que fueron huyendo a alguna parte.

Daniel Corvo miraba hacia la vertiente de Neva. Allí, entre la hilera de las hayas, en el calor del agosto, imaginaba la escarcha tenue del camino de abril. Aquel camino que llevaba hacia el barranco, por donde huyó Verónica de La Encrucijada hacía ahora trece años.

Capítulo sexto

En la primera hora de la tarde, bajaron los cuervos, gritando. El sol brillaba, total. El rifle estaba inmóvil, en la pared encalada. Daniel Corvo bebió orujo. Le entró en la boca como un estallido de fuego. Salió a la puerta de la cabaña y miró enfrente, hacia abajo, y luego al cielo. No había nada. Había paz. Una paz enorme, espesa, una tremenda paz en todo. En el borde de los bosques, en el borde de las montañas. Por las cumbres, flotaba un manto gelatinoso, desbordado. Daniel sintió algo como unos dedos blandos, calientes, acariciándole desde los hombros al suelo. Tenía la camisa pegada al cuerpo, y el borde de los labios húmedo.

Frente a sus ojos, zumbaba una enorme mosca azulada, verdeante. Entró de nuevo en la cabaña, y se sentó junto a la mesa, abrió el cajón y lo volvió a cerrar. Tenía dinero. Aunque poco, a él le bastaba. Era dinero para comer. Para beber vino. Allá fuera, los árboles se alimentaban de la lluvia, y del viento, de la luz. «Son buenos, los árboles.» Volvió a abrir el cajón y miró otra vez el dinero. «Me compraré un perro. Dicen que un perro es siempre un amigo.» Daniel Corvo pensó vagamente en los amigos que había tenido. «Da lo mismo: un buen perro.» Se acordó de que tuvo un perro, cuando muchacho. Un perro de él y de Verónica. Una tarde, lo atropelló un camión. Fue una tarde de lluvia, ahora se acordaba. Pero qué lejos, qué lejos. Si ahora comprase un perro, y se le muriese, abriría una fosa, allí en el barranco. Lo cogería por las patas traseras y lo iría arrastrando hasta echarlo al fondo de la zanja. Luego, apisonaría bien la tierra. Cerró el cajón nuevamente, se levantó y descolgó el rifle.

Salió afuera. Como un solo grito, los cuervos volvían. Subían del cementerio de los caballos, del fondo del barranco. Había un júbilo terrible en el aire, un júbilo de luz de agosto, chirriante, monstruoso. Volvían los cuervos, azules de puros negros, con los picos manchados de carne podrida, con coágulos de sangre negra, en la calma de las tres de la tarde, en la paz enorme de la tarde. Y allá, alto, grande, ciego —parecía imposible— el mismo sol de entonces.

Hacía un calor agobiado, húmedo. En el asfalto reblandecido se marcaban las pisadas.

—¿Profesión?

—Estudiante.

Lo dijo de un modo natural, casi sincero. Suponía, tal vez, que de este modo no podían rechazarle. La palabra tenía un vago hábito de cosa remota, y en cierto modo, responsable, entre todos aquellos hombres. Se apretujaban delante de la mesita en el Hotel Colón. En medio del tumulto, de la confusión, de aquella enorme impaciencia que estallaba a su alrededor. Frente a aquella improvisada mesa de alistamiento, la palabra cobró un contorno vivo, y sobre todo, irreparable. Como si, por dentro, todo su ser hubiera crujido: «ya está hecho». Embarcaba para Mallorca, concienzudamente, fríamente exasperado. (Con ellos, los últimos, los elegidos de siempre, desde las noches de La Encrucijada. Y ellos «los otros». Allí estaban, hombres oscurecidos, «los otros».)

Era el veinticuatro de julio de mil novecientos treinta y seis. Tenía veintiún años, apenas cumplidos. Así sucedían las cosas en su vida. Así sucedieron siempre: ninguna marca, para él, ni en él. Sólo un fuego de siempre, levantándose dentro, eligiendo siempre su justicia. Lo más incomprensible, para algunos. Lo único posible, para él.

El hombre de la mesa le miró un instante, y la pluma rasgueó sobre el papel. Era un día de calor, sí, de un gran calor, el veinticuatro de julio. Con un sol grande, terrible, sobre la ciudad.

Las palmeras del Paseo de Colón tenían un toque amarillo, reseco. De pronto, sus pisadas le devolvieron a una realidad adormecida en cierto modo por los sucesos violentos de los últimos días. Estaba como invadido por un rencor lejano, absoluto. (Generaciones de hombres, anteriores a él, latiendo en su sangre, con su hambre y su sed, única herencia recogida.) Con otros hombres iba, o con aquellos mismos, ahora, en cadena larga, sedienta y hambrienta, con el mismo deseo largo, sin años, sin tiempo, por encima de la muerte. Su larga cuerda de alianza, unidos todos, cuerpo a cuerpo, anudándoles, a través de la tierra. «Raza de criados.»

La cadena de hombres avanzaba por el Paseo de Colón. Las pisadas resonaban en su cerebro. Sintió un alivio repentino. Le pareció que había pasado mucho tiempo desde el momento en que Verónica le había dado su último beso. (Tal vez, en aquel momento, ella tenía miedo. Tal vez sentía un desamparo terrible y extraño.) Se quedó en el piso de Enrique y de María, sola, en la habitación del hijo muerto de los Vidal, que compartían desde hacía un año escaso. Le vino de pronto el recuerdo de sus brazos, de sus piernas desnudas, de sus pies calzados con sandalias. Su cuerpo noble, como el pan. Llevaba el cabello recogido sobre la nuca, rubio y suave, y estaba más delgada, con una tenue fosforescencia de calor alrededor de los ojos, sobre la boca. Sintió de un modo vivo, súbito, el calor de sus labios. Tenía un aroma leve y profundo, como el de la tierra o de la hierba. (Y tal vez, en aquel momento, estaba aterrada de su soledad.) Pero ella no había sido sorprendida, ella siempre lo supo. Siempre, desde el día que avanzó por el camino de Neva, hacia su encuentro, pudo esperar aquel momento. Le conocía, le sabía bien. Como nadie le había conocido jamás. No era preciso decirle: «Quizá no volverá nunca». No hacía falta, a una mujer como Verónica. Y si estaba aterrada, si acaso era cierto que tenía miedo, tampoco ella lo diría nunca. (La volvía a ver, claramente, mientras avanzaba por el Paseo de Colón, entre las palmeras. La veía tal como había amanecido en aquel día señalado, serena, casi impávida.) La ventana de la habitación daba al patio de luces, y tenían la persiana baja. Ella fue al lado, y oyó el agua. Se duchaba en el lavadero de María, a falta de otro lugar. (A María le sorprendió al principio aquella costumbre. Luego, se acostumbró.) La oyó después ir de un lado a otro. (Con los ojos cerrados, podía seguir sus movimientos, aunque no la veía.) El inclinarse de su cuerpo alto, rubio. Sus manos. Le entró, a poco, una taza de café. Un café espeso, amargo. Como todos los días. No, no variaba nada. Era como todos los días. Su rostro estaba fresco, en la mañana calurosa, rosado y fresco por el agua. Sólo entonces, cuando la atrajo, le había ella abrazado de aquel modo, y las palmas de sus manos, contra su nuca, tuvieron un temblor impalpable, como un incontenible deseo de retenerle, de no dejarle ir. (No se despidió de ella, no la besó siquiera, la otra vez, cuando se fue de La Encrucijada. Lo pensaba en aquel momento. No, ni siquiera le había dicho: «Adiós», o «Volveré a buscarte», o «Nunca más volveré». Se fue, así, sin decirle nada, oyendo su llamada, los golpes contra el techo, en la habitación de abajo.) Ahora no podía irse del mismo modo. Entonces, estaba seguro de que volverían a encontrarse. Ahora no sabía nada. No podía saber nada. Ya hacía tiempo que no sabían nada, sumergidos en el odio, en la sed de justicia, en el gran deseo que les rodeaba. (Poco a poco, la ciudad había ido llenándose de gentes hasta entonces ocultas, como insectos, el Puerto, el Barrio Chino, invadidos poco a poco. Recordó, de pronto, teniéndola así, estrechamente abrazada contra él, cierto cerro terroso, color arcilla, en la Bordeta, donde se elevaban bloques de viviendas, con ventanas menudas, resecos y polvorientos al anochecer. Parecían las cuevas de los murciélagos, allá detrás de La Encrucijada. Ella lo había dicho. Recordaba que ella lo había dicho.) Una mancha grande, siniestra, iba invadiendo lentamente la ciudad. Ellos estaban en el centro de aquella mancha. (También los lobos hambrientos bajaban de las montañas, en el invierno. Con aquellos ojos, iguales.) Bajaban a la ciudad, de todas las zonas fabriles —el cemento, los ácidos, el carbón—, bajaban de los suburbios, de los puentes sucios de hollín, por donde pasaba el tren aullando en la noche, entre habitaciones negras, ropa tendida, montones de basura, terraplenes donde hurgaban mujeres con sacos al hombro y perros. (Los lobos, en Hegroz, tenían hambre. Bajaban de las montañas.) Estuvieron en el centro de todo, igual que siempre. Desbordaba la ciudad. Verónica subió a la azotea, para ver allá lejos el resplandor de los incendios. No había dicho nada, ni preguntado nada. («Acaso le sea ajeno todo esto. Acaso sólo está aquí porque su amor es más fuerte que todo.») Ella pertenecía a los otros. Esta idea le hacía daño. La apretó más contra sí, casi esperando oír su gemido. («Nunca le di explicaciones de nada. Nunca le pregunté nada. Yo he hablado siempre, y ella ha obedecido, acatado. Es decir: ella ha hecho siempre aquello que yo deseaba. Tal vez era exactamente lo que deseaba también ella. Pero yo no se lo pregunté nunca. No sé si cree que estoy en la razón. Puede que piense que cada uno está en su razón. No lo sé, nunca me he preocupado por saberlo.») Pero ella estaba allí, con él, en la habitación estrecha, junto a la ventana del patio por donde la luz del sol entraba tarde, despacio. Ella estaba allí, en la mañana sofocante y sabía dónde iría él. Lo sabía o lo imaginaba. Él no daba explicaciones. (¿Cómo iba a decirle: «Me embarco hacia Mallorca?») No, sólo sabía eso: que se iba. Que tenía que irse. Como se había ido Enrique también. Como no sabía María, de cierto, si volvería Enrique a la noche o no. («La vida nos ha puesto aquí. No podemos elegir.») Cierto, que para ella, la vida podía haber sido muy distinta. Pero él también la había elegido, y ella no había protestado. («Es más, ella ha venido contenta.») Sintió de pronto que la amaba. Que la amaba más de lo que pudo suponer jamás. Y ahora, ya estaba. Ya se había ido, ya estaba enrolado a su aventura seca, quién sabía aún si eficaz. Ya estaba.

Al final del Paseo, el cuartel. Desorden, confusión. Un uniforme caqui, deshilachado, una cantimplora, un pequeño jarro de aluminio. Había pocos cascos, y en seguida los repartieron. El cielo tenía un color límpido y rotundo. Olía a alquitrán.

Pasó un día. El desorden, la confusión, seguían. Pero él estaba allí, al fin. En el centro de aquéllos, con los que pactó calladamente en las noches encendidas de La Encrucijada. Los que le mortificaban y le rebelaban. Estaba allí, como se juró, entre los últimos. («Lumpenproletariat.») Se sorprendió, sonriendo. Sonriendo, de pronto, con una tristeza hiriente, sin melancolía.

Daniel Corvo levantó la cabeza. El sol estaba como mirándole, quieto y pesado, allá encima. El sol redondo, candente, como una pupila enorme. «Y es el mismo sol, de entonces.» El mismo sol, levantando nubes grises, bajas, de los senderos, volviendo ceniza el lodo en el fondo del barranco. «El mismo de entonces.» Daniel se maravillaba del sol, igual que un niño.

Seguía el gran calor, el sol impío y central, cuando llegó un hombre, de corta estatura, nervioso, duro. Socialista, ex suboficial de Regulares. Venía enviado por el capitán Arcos. En seguida le llamó a su lado. Le ayudó a hacer listas. Era el primer peón del orden. El orden era un concepto extraño todavía. Entró en una centuria. Comisario, un obrero de Sans de cara redonda y sonriente, pequeño bigote negro y camisa desabrochada sobre su pecho velludo. Le gustaba lucir el pecho oscuro, fuerte. Su fuerza pueril, su odio pueril, su alegría pueril. Moriría puerilmente, quizá. Hablaba de verbenas, de «berenars». Soñaba con el desembarco en Mallorca, para organizar un «bon berenar», como en una jira a Las Palmas.

Allí, en el mar, estaba el barco. Un barco de la Transmediterránea. De pronto, vio aquella panza grande, inmóvil aún en el agua. Se le clavaba en la retina, con un intempestivo sobresalto.

Embarcaron.

Daniel Corvo miró hacia las cumbres. Rodeaban el valle, lejanas, sucediéndose. Parecían interminables. Del bosque brotaba el vaho caliente de la tierra, de las raíces. Rosadas las hojas bajo el sol. «También el agua es algo rico y extraño, aquí. Parece como si no existiera el mar. Como si la tierra, las rocas, lo hubieran sorbido para siempre.»

Habían nacido, parecía, para la resaca humana. Parecía que no cabrían todos en el barco, pero se acogían, se admitían. Eran masa, todos y cada uno, como una sola conciencia enorme. Como una gran nuca, todos.

El barco quedó invadido. Igual que bajo una gran mancha de aceite, espesa, creciente. (La purria, la escoria, los que sobran. Tarados, apartados, mendigos, prostitutas, adolescentes como perros perdidos.) Los reconocía. Se mascaba en el aire su alegría espesa, lanzada. Su vieja amargura, alegre. No había allí cabida para la tristeza. (¿Qué hacía él con su tristeza?) Los reconocía. El sol lucía, grande y terrible, en el cielo. Desde por la mañana ya vio un sol diferente. («Siempre el sol, en los momentos decisivos de la vida, el gran sol inclemente sobre la calle del Duquesito, sobre el cementerio de los niños sin bautizar, con las tumbas a flor de tierra, con huesecillos entre el barro negruzco adonde van a hocicar los cerdos en los mediodías —una piedra fue a rebotar en el lomo de un cerdo, yo estaba subido a la tapia, y lo vi—. Luego, el gran sol en las mañanas sobre los campos de Lucas Enríquez, el gran sol entre las ramas de los árboles, en los bosques de Gerardo.»)

Uno se estaba riendo a su lado, con la cabeza torcida y un ojo guiñado por el reverberar del sol. Decía cosas, cosas que se prometía a sí mismo, venganzas dulces para su boca de polvo. Estaba lleno de una alegría como apretada en un puño. Le conocía. Hacía año y medio, apenas, le veía por la calle Conde del Asalto limpiando zapatos y vendiendo cerillas. Le llamaban el Chino. También tenía fama de otras cosas. («Lumpenproletariat.») Y los otros, y todos, a su lado. («Las piedras de las callejas de Hegroz, estaban resbaladizas y brillantes por el sol, las grandes losas por donde las suelas de las alpargatas resbalaban.») En el horizonte había, tal vez, un vientecillo extraño, y dentro del pecho anidaba un miedo diminuto y terrible, un miedo que era también como una grande esperanza a punto de ser realizada. Sabía que estaba al borde mismo del camino. Que la vida empezaba, que la vida abría sus puertas grandes y pesadas delante de él. Sentía la frente, el cuello, empapados de sudor. El mar resplandecía, verde oscuro, dando coletazos contra la gran panza del barco (un barco como un gran estómago lleno de olores acres y diversos, de la carne mal comida, mal lavada, desde antes de nacer). El sol, como una bola espesa chirriante encima de todas las cabezas, de todas las nucas. El gran sol impávido tenía una risa muda y grande, chorreante de fuego, chisporroteando encima del mar como sobre un gran espejo que devolvía fuego a las carnes pálidas y frías de las esquineras, con sus senos agresivos y colgantes y sus tristes nalgas, a los ojos quemados de los niños callejeros, a los cerilleros tuertos, a los hombres tarados, cansados y tristes, repletos de rencor y de una fe oscura, limitada y contenida. Se agarrará el botín y luego... la muerte está en todas partes. Luego, mañana, después, no existe. («Los hombres se embarcan todas las mañanas y todas las noches, se embarcan los hombres que no tienen más que sus dos manos, y su conciencia adormilada por lo que temen nunca sea suyo, nunca, nunca, nunca. Lumpenproletariat.») El barco se balanceaba de un modo casi imperceptible, con algo apretadamente siniestro, como el deseo de gritar de un mudo. Y arriba el sol grande, incoloro y fosforescente, creando diminutas estrellas alrededor de ojos y bocas, extrañas y misteriosas esferas verdes en los ojos de los perros, el sol como una bola que no rueda jamás, quieta y tendida allí encima para dolor y martirio. («Parece imposible que exista la noche. Cuándo llegará la noche amiga, que enciende lámparas apacibles y piadosas, que encubre, que disimula, que olvida.») Era horrible el sol, siempre, allí arriba.

Al atardecer, zarparon. El sol había caído de un modo insólito, inesperado: era un círculo rojo, tosco, como pintado por un niño. El mar se cortaba en diminutas cuchillas blancas, chispeantes.

Un olor denso lo invadía todo. Él estaba sentado en el suelo, sobre unos sacos (casi hombro con hombro unos de otros), levemente balanceado. Pasaron gaviotas blancas y chillonas. Aquellos gritos, cruzando por sobre su cabeza trajeron como un soplo de brisa fresca. Tenía la garganta reseca. Algunos se pasaban de mano en mano una bota de vino. Todo tenía un aire de extraña, desmesurada jira campestre. El olor del mar entraba por su nariz. Estaba quieto, mirándose las piernas, sus pies metidos en unas alpargatas de payés, con cintas negras. No parecían ni sus piernas ni sus pies. Eran como las piernas de todos, las piernas de los soldados, de aquellos muchachos de apenas catorce años, de aquellas mujeres que gritaban y hablaban de lejos, unas con otras, que pasaban sus brazos en torno a los hombros de sus compañeros. Levantó los ojos. Una chica flaca extendía un brazo de color de cera, con una vena azul, delante de él. Estaba sentada junto a un hombre con largas patillas y un ojo cerrado. (Gente del puerto, de su primera época. Le conocía, era Damián López, de la tripulación de la «La Rosita».) El brazo de la muchacha devolvía algo, a alguien. Contempló sus espaldas, su blusa, el mono que se ceñía a sus nalgas excesivas. Y el rostro, blanco, con la boca como sin labios, sólo un agujero por donde salía la voz, enronquecida, y una risa leve, hueca. El sol no era para ella, no estaba acostumbrada al sol: levantó de pronto la cabeza, y en su cuello la luz reverberó, extrañamente. Era como si quisiera beberse aquel último sol de la tarde, tragarse aquel vino ardiente y deseado. Y dijo: «Se marchó el sol, chico. Dentro de na, ya estamos allí». (Dentro de nada, ya estamos allí. Acaso su carne blanca, anticipaba muerte, de nuevo el frío viscoso, la sombra de donde venía.) La brisa, o la voz de la mujer, le estremecieron. Se dio cuenta entonces de que estaba lleno de sudor. Sudor grueso, acre, como el de todos aquellos con los que encarnizadamente se hermanó, desde la primera llamada de su vida. Se abrochó la parte superior de la camisa. Una compañía de la Guardia Civil, sin tricornio, trocado el negro hule por un gorro verde de soldado, viajaba en el barco. Dos de ellos estaban a su lado. Sus perfiles se recortaban, netos, contra el cielo. Los dos estaban callados, como él. Uno tendría su edad, aproximadamente. El otro era un hombre maduro, de mentón prominente y mirada cerrada. Los dos tenían los ojos hacia el mar, como esperando ver algo del sol que se hundía, o del agua. («Dentro de nada, estamos allí.» Verónica. Verónica. Tal vez ahora tuviese miedo. Tal vez ahora estaría sentada, pensando en él. Tal vez ahora miraba por la ventana o desde el balcón, o la azotea, por sobre los tejadillos y las ropas tendidas, hacia la parte del mar, en un aire sin campanas, en un aire perforado, vacío. Hacia aquel mismo mar. Pero Verónica lo supo siempre. «¿Y qué pensará Verónica?» La pregunta le saltó, por segunda vez en su vida. Nunca se preguntó qué pensaba Verónica de él, de todo. Le seguía, sin juzgarle, sin aconsejarle, sin preguntarle. «Tal como yo la elegí.») Se levantó. Tenía un pie entumecido y lo apoyó con fuerza contra el suelo. Le subieron como millares de agujas por el tobillo arriba. Intentó dar la vuelta, estirar sus piernas. Pero estaban todos demasiado apiñados, casi era imposible. Se acodó contra la borda, otra vez. Barcelona huía de un modo agónico, parecía. Oscura, como tiznada de hollín, apenas unas lucecillas avisando, como voces, gritando últimas cosas («venganzas, miedo, rencor, piedad...») Cerró los ojos. Seguía el sudor, enfriándose, como una cinta, alrededor de su cuello. Se pasó por el revés de la mano, y estaba también húmedo, empapado el vello como por una lluvia solapada. Junto a un pivote había una extraña pareja, una muchachita de unos catorce años, y un chico de unos dieciséis. Iban los dos muy juntos, apretados el uno contra el otro, medio abrazados. Ya había llegado la noche. La luna estaba quieta allí encima, curioseándoles. Daban ganas de echarla para otro lado, como a un niño o a un perro molesto. Aquella muchacha llevaba un mono azul, y su cabello, pajizo, recogido hacia atrás, muy pegado al cráneo, tenía un brillo opaco. Parecía como deslumbrada, invadida por un miedo diluido, apenas consciente. Se apretaba a su compañero, le miraba y sonreía convertida toda ella en una pregunta, en una duda, en una débil incredulidad, no sabía si de felicidad o de espanto. Como si aquello no lo entendiese del todo. Apiñados, seres y voces, aparecían aplacadas o acechantes. Tendidos, en cubierta, en los camarotes, en los pasillos, la cabeza del uno sobre el hombro del otro, contra la espalda o el costado del otro. Una hermandad sudorosa y ácida, retenida, con una gran venganza común a flor de piel, aguardando, aguardando. Sabían aguardar, desde antes, desde siempre. («Los que esperan, los que acechan, los que alimentan paciencia y silencio desde miles de años atrás, los que esperarán miles de años después. La espera infinita de los hombres, a través de la corteza del mundo, entre el lodo y el polvo, entre el hambre, el frío, la lluvia, el rencor... Lumpenproletariat.») Las palabras habían acabado, de pronto, como humo negruzco, evocado hacia el sol. El sol cruel y redondo, pleno, aceptando el sacrificio de las voces, la alegría, la esperanza, la muerte. Pero, por fin, el sol se había ido. También las mujeres callaban.

Las mujeres, quizá, deseaban vengar más cosas que nadie. (Eran horribles, las mujeres, con sus piernas martirizadas, sus pobres piernas que parecían que iban a partirse siempre. Eran horribles las mujeres, con sus cuerpos blancos y fatigados, donde la vida anidaba como una estrella insólita, reverberante, doloro-

sa y cierta, debajo del vientre oscurecido y agrietado, del vientre cálido y palpitante, que anidaba podredumbre y hedor, entrañas encarnadas, con un humo tibio y leve, como el aliento de las bocas en los días de nieve. Eran horribles y dolorosas las mujeres con sus mejillas sedientas de sol, y sus bocas pidiendo, pidiendo, detrás de las palabras, siempre pidiendo vida para sus vientres cansados, para sus labios fríos, para sus lejanos corazones, que tienen hijos en el pueblo, al que se envían medallas para la primera comunión y jerseys de rebaja en los grandes almacenes, y cartas con letra torpe que dice: «Al niño, que le hagan una fotografía, ahí mando diez pesetas para...». Horribles, las mujeres, con aquella risa, porque siempre encontraban una risa en medio de la niebla, una risa que era como el gotear de la lluvia sobre el canelón de cinc.)

Se levantó para que no le dolieran las piernas entumecidas. Fue hacia el lavabo. La puerta no encajaba bien, estaba abierta, golpeaba. El barco se mecía más anchamente. Se miró la cara en el espejillo picado de humedad, sin verse apenas. Se la mojó. Le goteaba el agua por las sienes, y al volverse encontró a aquélla. (Aquella que había visto tantas veces, rondando el amanecer, aquella que solía comerse en una esquina una enorme naranja brillante y hermosa, y rechupeteaba las cortezas mientras le caía el jugo por entre los dedos agarrotados.) Bajo la axila, bien apretado, el bolso de hule negro, y el cuerpo ceñido en el vestido de satén; el rostro de trapo blanco, de sábana arrugada y mal lavada, entre los dos mechones de pelo amarillo, debajo de la boina. Aquélla, la ramera vieja. La conocía, porque le dio más de una vez lo que llevaba en el bolsillo, o la invitó a un aguardiente en el Arco del Teatro, de madrugada azul y fosforescente. (Y ella decía: «Era mejor que todas esas puercas, yo era joven, yo era joven»... y brillaban las palabras, brillaban y subían, como la música de un organillo, como agua sobre las piedras de la noche, como lunitas pequeñas y burlonas, debajo de la madrugada. «Las naranjas tienen vitaminas, alimentan más que cualquier otra cosa, cada naranja es una taza de sangre.» «¿Una taza? ¿Pero de qué tamaño?» No sabía de qué tamaño, y no contestaba. Se la comía, como si bebiera sangre. «Yo era joven, yo era joven»...) Y allí estaba, de pronto, sin pintura, vieja, seca, grande, como el esqueleto de un caballo. Ella, sin hijos en el pueblo, que no tenía para los niños más que la defensa del insulto, la patada, ella, la que más venganza llevaba entre sus pechos, como dos bolsas vacías. «Hola... tú también, ¿eh?» Y señaló una caja que llevaba colgada del hombro. Su boca se torcía un poco al hablar: «Ahí ves: yo no voy como ésas... ¡Se creen que van a una juerga! ¡Marranas! Yo no voy engañada... sé muy bien adónde voy». Él dijo que sí, con la cabeza. «Mira, chico.» Abrió la caja y le enseñó algodón y gasas, tijeras, alcohol, yodo... Era una caja colgando de su hombro huesudo y grande. (Y de pronto, parecía su enorme bolso de hule negro.) Sabía adónde iba, a ella no podía engañarla nadie. Ella era una puta vieja a la que nadie engañaría, ya, jamás. Sin sueños, sin esperanza siquiera.

Volvió a su puesto. Tenía frío, iba a abrigarse entre los sacos. Aquella parejita estaba muy abrazada, se tapaban con una manta vieja. El muchacho llevaba pantalones de soldado y una cazadora de cuadros. Nadie llevaba aún armas, excepto los dirigentes del PSUC y los guardias civiles. Cada uno elegía sus grupos. Insensiblemente, hasta allí dentro, los hombres se clasificaban entre sí. Se pasó las manos por la frente, por el cuello. El mar golpeaba blandamente contra el casco, oía su rumor grande y sordo. («Si todo se hundiera, como el sol, el mar seguiría igual, indiferente y enorme, con su rumor largo, caliente. Y el sol volvería allá arriba, un día y otro día, como una pelota de sangre, monstruosa e impávida, en el cielo. Las conciencias, los corazones, empequeñecen aquí donde la tierra se queda lejos, con sus luces y sus gritos de dolor, de venganza, de miedo, de alegría: de muerte y de vida. Los hombres se agrupan, se buscan, como niños que añoran un lejano, perdido, vientre de madre. Desheredados, desgajados, tremendamente solos, balanceantes, con sueño en los párpados y sed en la garganta, apoyados los unos a los otros. Buscando el descanso, el descanso. Aunque sea por unos minutos, por unas horas; por una fría, insípida, eternidad.») Se tendió, sobre los sacos. Cerró los ojos y se dejó mecer, ancha, blandamente.

Hacia las nueve, el sol brillaba de nuevo, las gaviotas chillaban. De nuevo, allí delante, azul y rosada, la tierra. Se agolpaban los hombres a la baranda. El brigada hablaba. No podía recordar sus palabras, eran palabras sólo, palabras de circunstancias, vacías. Pero el brigada ex suboficial de Regulares, estaba preocupado. Había dentro de sus ojos una inquietud negra, aleteante.

Mahón se recortaba en el horizonte, bañado de oro. Desem-

barcaron. De nuevo, la tierra bajo las plantas, pedregosa, deseada. En el Castillo-Cuartel, guardia de prisioneros. Nunca guardó antes a ningún prisionero. Bajó a los sotanillos. En un pasillo estaban los fusiles. Cogió el arma. El calor resbalaba por las paredes, sucias, arañadas, pintadas y escritas mil veces. Nunca había guardado a ningún hombre. Sintió un fuerte dolor de estómago. El calor fundía, de nuevo. El aire del sotanillo estaba viciado por la respiración y la exudación de los prisioneros. («Los prisioneros están con la barba crecida, piden agua. Siempre piden agua.») Sacaban la cabeza y decían, con una voz extrañamente helada, en medio del calor: «Por favor, un poco de agua». El dolor de estómago crecía. Nunca había guardado a ningún hombre, no le gustaba guardar hombres. («Matar a un hombre es diferente a guardarlo, a privarle del sol y de la lluvia, del campo, de la palabra.») Una y otra vez, llenaba el cantarillo y se lo daba. Y después del agua, los prisioneros preguntaban. Pedían palabras, palabras. También él sintió una sed grande en todo el cuerpo.

No habían comido nada desde el día anterior y tardaban mucho en prepararles el rancho. Terminó su guardia, y devolvió el fusil. El brigada ex suboficial de Regulares los formó. Les obligaba a hacer maniobras. Se mordía el labio superior, y deseaba hablarles. Se le notaba que había muchas cosas que deseaba decir, pero se le agolpaban en la garganta. Y dijo: «Debéis empezar a disciplinaros... a comprender la necesidad del orden y la disciplina... pensar que ahora no será como en Barcelona: ahora, os encontraréis frente a verdaderos militares, frente a un enemigo organizado, acostumbrado a...». Pero no le hacían demasiado caso. Pintaban los gorros con iniciales de partidos, con banderas, con calaveras. Contentos, despreocupados, con aquella espesa, extraña alegría que les inundaba, desde el primer momento. Ellos iban a su guerra, que era distinta de todas las guerras. Al brigada se le escapó el «usted» y alguno lo miró, receloso. Comieron arroz con judías, y bebieron un cuartillo de vino. A medida que iban comiendo, les daban las armas. Le entregaron un máuser. Reembarcaron al anochecer. «A Punta Amer...», decían. Apretaba el máuser entre las manos y las palmas le quemaban. Entrecerrados los ojos, oteaba hacia la oscuridad, cada vez más densa. El mar, de nuevo. Rumores crecidos, convirtiendo el tiempo, las cosas, en algo frágil y dudoso, disparado, alucinante. No durmió, apenas. Las horas transcurrieron lentas. A pesar de la noche, el calor persistía, la brisa era tibia, espesa. Un aliento negro, como de zanja, de pozo, se acercaba. Tal vez sólo él lo sentía, porque los hombres, los murcianos de palabra cortada, incompleta, las muchachas, los soldados, los guardias civiles, dormían, o hablaban, o sonreían, o miraban, apoyados en la borda, o tendidos en el suelo.

El cielo fue palideciendo, lentamente. Hacía rato que lo miraba, echado boca arriba. Una estrella desaparecía bajo una sutil neblina, como en una cortina de humo huyendo hacia la tierra. Clareaba el día, otra vez. Entre la bruma caliente surgía la sombra del barco-hospital, el «Jaime I». Había una gran calma, un gran silencio, en el amanecer. Desembarcaron, de 25 en 25, en gabarras, hacia la playa arenosa. Cerca, aparecía la panza negruzca, siniestra, de un barco abandonado, rodeado de gritos de pájaros, de nubes. Tenía algo de cadáver, en el mar. («Qué desolación, la de un barco abandonado, inútil entre el color verde y oro, rodeado de gaviotas y de últimas estrellas, mecido como un sueño lento, oscuro.») Había una gran placidez en la playa, apenas rozada por el sol. Allí, en la calma, en el tibio amanecer sobre la arena rosada, humedecida por la espuma de las olas, estaba la guerra. Parecía imposible, la guerra. Avanzaron los guardias civiles. Después, ellos, parapetándose.

El sol se levantaba, lento, seguro, por encima de las rocas. Un altozano, sobre un camino vecinal al que debían cortar el paso. Allí enfrente, Son Servera. Llegaron a buena altura, como un parapeto, sobre el camino. Allí, enfrente, lejos, el enemigo. Invisible, silencioso; pero palpable, vivo, como grandes, infinitos ojos acechantes. Por primera vez, el enemigo. Y pensó, estúpidamente «mi bautismo de fuego», aun antes de que empezara el tiroteo. Nunca, antes, frente al fuego. La primera sensación, el pecho contra la tierra, esperando. El máuser entre las manos, la tierra cerca de la boca, de los ojos. Era una tierra reseca y polvorienta, pedregosa. Emanaba calor, porque en el cielo estaba el sol, encima de ellos, con su enorme pupila de ciego, mineral, estrellada. Vio a las hormigas, menudas, como un negro temblor continuo, a flor de tierra, taladrando la tierra, hollando, atravesando, muriendo, naciendo, en largas filas, una tras otra, perforando, larvando entre el polvo, diminutas e impalpables. (También en Hegroz había hormigas, unas hormigas rojizas y malignas, en hormigueros como montones de arena cubiertos de temblor terrible y tenaz.) Las hormigas, como un velo trémulo, humilde y perverso, sobre la tierra. Pero las hormigas de Hegroz eran distintas, eran unas gruesas, brillantes y rojas hormigas de tierra húmeda, de sombra, de bosques y de barro. Éstas eran diferentes: diminutas, flacas como hilillos, de un negro pardusco, insignificante. Las hormigas del polvo y las piedras calcinadas, famélicas y tenaces. Dejó su mano tendida y quieta, y las hormigas treparon por su muñeca, en cadena. De repente volvió la mano, y las aplastó. Las hormigas se esparcieron, se alejaron. Luego, volvieron, cargaron sus cadáveres, y reanudaron la fila. Allá arriba, el sol, allá abajo, ellos, allí en el polvo, las hormigas. Entrecerrados los ojos, a ras de tierra, miraba el otro altozano. «El enemigo. Qué extraña palabra.» Sin ojos, sin boca, sin corazón. Sin venganza. Se pasó la mano por la frente. En aquel momento, no sentía nada. Absolutamente nada. Tenía el paladar seco. Sólo una idea fija, fría: «Allí está el enemigo». Miró a su alrededor. Contra la tierra, también los otros. Las caras, cetrinas, o absurdamente jóvenes, con una media sonrisa. Allá, el brigada, pálido, preocupado, imbuido de su cometido. Sí, a su lado, había venganza, miedo o alegría, al menos. En él, no. Era así. (También fue así el día que se llevó a Verónica de La Encrucijada. Cuando la esperaba entre los árboles, y la vio llegar con su hatillo, sobre la escarcha, tampoco sintió ni venganza ni alegría: «Es, porque tiene que ser».) Qué extraña fatalidad pesaba en él. «Tal vez es un arraigado sentimiento de justicia. Sólo eso. Cuando veía pegar a un perro, cuando oía suplicar a la Tanaya, cuando se casó Beatriz con Gerardo...» A unos metros, el polvo y las piedras se levantaron hacia el cielo. Un reventón encarnado, con un temblor de la tierra, que repercutió debajo de su pecho mismo. «Están rompiendo las filas de hormigas», pensó, únicamente. Había empezado. «Tiran con morteros», dijo el brigada. Ellos sólo tenían fusiles. Ni siquiera tenían catalejos con que precisar el punto de tiro. Las hormigas seguían por entre las piedras y el polvo, a sus negocios, importantes y diminutos. («Y también de niño me indignó la hormiga de la fábula. Tal vez un sentimiento arraigado de justicia...») No sentía nada. Se echó el fusil a la cara. El punto de mira, lento, vago; se centró, negro. El fuego. Y otra vez, delante, la tierra reventando, como granos calientes, reventando hacia arriba, con su polvo lleno de sol, cristalizado de sol, con sus tenaces hormigas diminutas. («Nadie puede exterminar a las hormigas.») Se arrastraba, pecho a tierra, hacia adelante. El punto de mira vaciló, se centró, negro. Esta vez, el fuego tuvo un eco profundo, un rebote extraño, en el pecho. Avanzó. El punto se centró, seguro. El fuego. El fuego. (Delante, la tierra saltaba, se trizaba, crujía. El polvo, los pedruscos, las hormigas, se levantaban, estallaban y volvían a la tierra. como una lluvia espesa.) «El polvo, es amarillo y tiene un olor negro. Mi bautismo de fuego.» (Tal vez Verónica se sentía sola, se miraba al espejo, levantaba las manos hacia el cabello, o se mojaba la frente, las manos, en el agua. Cuando tenía calor, lo hacía con frecuencia. Casi nunca sonreía.) Ahora, a él, el sudor se le había detenido, como polvo de vidrio, en las sienes. La camisa se le pegaba al cuerpo. La tierra crujió de un modo extraño, a su lado. No miró. Oyó sólo un grito pequeño y un cuerpo doblarse, dar dos vueltas y caer por el terraplén. Lo vio detenerse, doblada la cabeza entre los hombros, con algo de muñeco de trapo. Las manos, indefensas. Ni siquiera sangre. Nada, un cuerpo debajo del sol, como un terrón devuelto al polvo. Le cegó una arena fina, como lluvia seca. Se frotó los ojos, porque le escocían los párpados. Y otra vez gritó, a su lado, el hombre. Miró: «Pero si no es un hombre». Qué absurda, qué irreal, aquella luz llena de miedo. Miedo aún de niño, de niño que sueña por la noche. Apenas salido de la infancia. ¿Qué hacía allí? Sí, era aquel que se abrazaba a la muchacha. El pelo rubio, lacio, le caía sobre los ojos. El gorro fue a parar al camino. Reprimió un estúpido deseo de bajar a recogerlo. En el gorro había pintada una calavera blanca, como calcinada, mirando ahora al sol. Las hormigas, seguían su ruta. Se encaminaban hacia el cuerpo, allá abajo, afanadas, contentas. Sí, seguramente estaban contentas. (Una vez, hacía tiempo, en un film documental vio a unos negros bailando junto a un elefante muerto. Cantaban una cosa pesada, triste, pero se reían. Los niños negros, panzudos, también cantaban y bailaban, y el elefante, debajo del sol, empezaba a descomponerse.) El brigada dio un salto raro, igual que una cabra, con un tiro entre los ojos. Dio un salto hacia atrás, de circo, espectacular. Rodó también, terraplén abajo. «El brigada, ex suboficial de Regulares... Estaba tan preocupado... Se acabaron las preocupaciones.» ¿De dónde había salido, de pronto, la sangre? Los hombres caían, rodaban, pero la sangre, hasta entonces, no se vio. Ni siquiera podían estar muertos. Y de pronto, la sangre estaba allí, inconfundible, debajo del sol. La tierra la chupaba. Con sed, con gusto, tal vez. La tierra, como las hormigas, parecía contenta.

Muerto el brigada, la centuria quedó sin mando. Se replegaron. Luego, un ex suboficial de Complemento tomó el mando. Junto a él, dos heridos más. «Nos están asando», oyó con acento murciano. Las hormigas crecían, de pronto, como espuma negra y sutilísima. Eran como el hervidero de una tierra chirriante bajo el sol. «Queda poca munición.» Las hormigas, allí, junto al matorral reseco, temblaban todas, se movían todas, como un febril escalofrío. Le corrió un frío húmedo por la espina dorsal. «Lo peor de todo, las hormigas.» Las horas y el sol se fundían, en el horizonte. «Hay que esperar a la noche.» Se replegaron de nuevo. Esperar a la noche. Esperar. Arriba, el sol. El cañón del máuser, quemaba. «A la noche.» («La noche es grande, es amiga. Sin comer, sin beber, las horas caen despacio, debajo del gran sol. Nunca me gustó el sol, así, desnudo. Siempre buscábamos el bosque, las hojas. Entonces, se volvía más humano...») ¿Por qué pensaba aquellas cosas? «Falta organización.» El sol pendía como una lámpara monstruosa sobre las nucas, los cráneos, las espaldas.

Fue el primer día, el segundo, el tercero... Todos los días convertidos en un día largo, rutinario. Siempre igual. El sol, las hormigas, los cuerpos rodando, los gritos solitarios, sofocados. «Cada grito parece siempre el último.» Las hormigas. La noche. La avanzadilla, el repliegue... «Falta munición. ¡Sólo con fusiles! Tiran con mortero...» Al alba, los grillos cesaban su canción monótona, tórrida. («El pájaro de la madrugada es hermoso y tibio, dulce como un descanso. Pasa, como una estrella errante, espejeando al primer sol.»)

Se retiraron al amanecer. El mar se oía, confusamente, allá detrás. Rumoroso, verdusco, bien imaginado.

Daniel Corvo miró hacia allá abajo. Allá abajo estaba el Valle de las Piedras —no lo veía, lo sabía bien— con su campo de prisioneros. Y al otro lado, las chabolas de las mujeres. Ahora, caería un sol de plomo, allá abajo. El río, exiguo, brillaría, como papel de estaño. «Estarán sudando, dormitando.» Era una hora espesa, en que se oirían zumbar las moscas, bajo el cañizo y las latas, bajo el papel embreado de las chabolas. «Es la hora extraña en que dormitan, o piensan las mujeres. Sí, las mujeres tienen que encontrar momentos como éste para quedarse quietas. Tal vez con la cabeza apoyada en una mano, sentadas en el suelo, el codo en las rodillas. Sí, las he visto: así se quedan las mujeres, cuando piensan.»

Hacía días, meses, que se acabó la risa alegre o fingida de las mujeres. («Las mujeres, acaban siempre lo mismo. Pocas se diferencian. Las mujeres acaban cocinando, fregando, transportando cubos de agua, secándose el sudor de la frente con el antebrazo, afanadas. Las mujeres son extrañas: las mujeres que friegan y que limpian, que guisan, que paren, que gimen.») Las que allí fueron con una risa alegre, con una esperanza inconcreta, cocinaban ahora —cocinaban, apenas: hervían absurdas cosas en agua, repartían rancho—, fregaban, vendaban y se quejaban. («Las mujeres suelen quejarse, en voz baja, unas a otras. Marcadas por un gesto dócil, cansado. Las mujeres saben que sus quejas son inútiles, que van como una piedra contra la pared dura, sorda. Las quejas de las mujeres vuelven a caerles a los pies, se agachan y siguen trabajando, cara al suelo.») Aquélla, era distinta. Iba por el campo, con su botiquín forrado de hule negro, severa, justiciera, toda ella huesos duros y grandes, sin carne ni alma, sólo una vieja armazón. Curaba, restañaba, vendaba. A más de uno, lo cargó sobre los hombros y lo llevó. En los mandos, las mujeres se apiñaban, hablaban. Ella no. Iba de avanzadilla en avanzadilla, eficiente, sin piedad, sin ternura, los ojos como agujeros, proyectada toda ella hacia el vacío, sin esperanza. Se llamaba Magdalena —no lo supo él hasta entonces—. Ponía la mano, plana como una pala, bajo la nuca de los moribundos, y decía: «¿Quieres agua?», cuando ya no había nada que hacer. Magdalena ayudó a cavar fosas, a transportar los heridos al barco-hospital. Magdalena repartía higos chumbos, queso de mahón y cerdo salado a los soldados. («Frente de Son Servera...»)

Olía la tierra, ya había llegado septiembre. La masía, vacía, desmantelada, acogía a la soldadesca cansada. Se tendía a los heridos en el suelo, sobre la paja que antes sirvió a los bueyes. «Higos chumbos, queso de mahón, cerdo salado.» Las ventanas de la masía se abrían al campo abandonado, al campo que esperaba el arado y la simiente. Los pájaros bajaban a la tierra y se remontaban oscuros, vacíos. Porque la tierra estaba sólo sembrada de piedras, como muelas, rota, bajo el cielo reluciente de septiembre. (También allí en Hegroz, en una tierra húmeda y caliente, bajaban los pájaros a robar las semillas.) Alguna vez, Magdalena le habló: «¿Qué?» Un encogimiento de hombros. «Ya ves.» Ya veían. («Verdaderamente, qué inútiles son las palabras de los hombres.») Magdalena, antigua, sabia, se alejaba a zancadas animales, secas. Encima de la tierra y de la muerte. Aunque a Magdalena nada le importara la vida. Al anochecer, una brisa fría, limpia, levantaba las cortinas de la ventana, en la masía. Las cortinas blancas, con rayas azules, sujetas a una varilla de hierro. A Magdalena ya no podía engañarla nadie, iba pisando verdades y silencio con sus viejas zancas apaleadas. «¿Qué...?» «Ya ves.»

Frente de Son Servera. El capitán Arcos era un hombre alto, elegante. Tenía una mirada tristísima. Una vez le obligaron a ponerse en la cola para el rancho. Una sola vez, porque sólo una vez se olvidó de hacerlo. El uniforme del capitán Arcos era un uniforme extraño, un uniforme a medida, bien cortado. Resultaba un hombre muy elegante, muy fino, con una mirada tristísima. (Fue entonces cuando él «hacía gráficos», ayudándose en guías Michelin. Pasó a auxiliar de Estado Mayor. No era difícil ascender entre los analfabetos, los tarados, los hundidos. Auxiliar de Estado Mayor, sin grados, sin insignias.) El capitán Arcos era un hombre elegante, aún llevaba las insignias del antiguo ejército. Bebía un poco. Bebía bastante. Estaba sentado, pasaba el brazo por el respaldo de la silla, hablando. Su mano caía floja, cuidada, y entre los dedos humeaba el cigarrillo. No eran sólo sus ojos los que miraban aquella mano, aquella forma de coger el cigarrillo, blanda, leve, entre los dedos. No eran sólo sus ojos los que miraban el cigarrillo y la mano. («Hay ojos siempre negros, siempre lejanos, siempre asomados desde un mundo donde la noche es cierta. Como cisternas. Hay ojos que nunca saldrán de un tiempo colgado, vacío, infinito, donde la noche viene desde la sangre más antigua, y atraviesa la corteza y el hondo barro de la tierra, y llega más allá, aun después de la muerte. Esos ojos están clavados en las caras, no son ventanas, son remaches.») Los ojos de los que se morían, los ojos de Magdalena, los ojos encerrados eternamente, los perforadores ojos del hambre. («Las manos se hinchan —ya los niños tienen las manos hinchadas y los dedos cortos, agarrotados— como la oscuridad de los ojos. El cigarrillo se coge amazacotadamente.) El capitán Arcos tenía la mano caída, floja, con el cigarrillo entre los dedos, la mano «de señorito».

Un día aparecieron unos aviones nuevos, extrañamente brillantes en el cielo. Salieron de la masía, gritando, mirando hacia arriba. Descolgaron la cortina, la ensartaron en un palo y la ventearon, al sol. El sol hacía de los aviones azuladas estrellas, frías, duras. «¡Llegan refuerzos!» Los ojos, al levantarse hacia allí arriba, se llenaban de luz —«los ojos sin esperanza; y sin embargo, en el mar, en el barco, estaban llenos de alegría, de su insegura, desesperanzada esperanza»—, al levantarse hacia arriba se bañaban de estrellas frágiles, diminutas, polvorientas estrellas en un cielo limpio y claro.

Los aviones dejaron caer sus bombas, picaron y ametrallaron. Aún sonreían y gritaban, reventando en el suelo, despedazada la carne, basta y roja, humeante. Desgarrado el vientre, Magdalena estaba allí, quieta. Su vientre enfermo abierto. Magdalena parecía que no tuviera sangre, y, sin embargo, la tierra enorme y vaga, monstruosa y dulce, se la chupó toda, lentamente («cada naranja es una taza de sangre»), allí a los pies de él. Y alrededor, los gritos. La tierra estaba llena de ojos oscuros, indiferentes, de mil ojos alegres y hondos, como pozos delgados, agujereando la tierra. Aquellos ojos no estaban sorprendidos: lo sabían, lo supieron siempre (eran los ojos de los Hermanos Irineos, de los perros de la calle del Duquesito), eran los ojos de los débiles, de los que odian siempre, con un odio pasivo y sin esperanza, porque el odio es el único pan posible. Allí estaba Magdalena, con el vientre abierto, con las hormigas acechantes, en una serena cabalgata hacia su vientre, recorriendo su cintura de huesos; allí estaba, porque a ella nadie la podía ya engañar. Grande, seca, como el esqueleto de un caballo. (Al otro lado, allí detrás, y en el cielo, del invisible, llegaba la organización, la limpieza, el orden, la resistencia.) «Cuánto, cuánto falta por hacer.» Sí, allí estaba, destrozada, triste, inútil, la sangre, la carne inculta. «Cuánto falta por hacer...» Y sintió por vez primera la conciencia de un fracaso hondo, espantoso, que no quería reconocer. Se mordió el puño, la rabia le cegó. No se daba cuenta y estaba de rodillas, sordo, con los ojos llenos de polvo, entre las nubes de una tierra recién reventada, entre las hormigas malignas que acudían al botín, y la bandera rota —de cortina rayada, azul— en el suelo frío aún de la mañana. Oliendo el olor negro, el olor rojo, el olor seco, arenoso, absorbente, de las piedras salpicadas que saltan como voces de ira. Fue él mismo el que cavó la zanja, fue él mismo el que debajo de un sol frío y reluciente la agarró por el pelo amarillo-blanco, arrastrándola por la tierra, espantando las hormigas y las moscas (saltaba el cuerpo entre las piedras, arrastrándola, para que no se deshiciera entre los brazos, la sangre rodando, como naranjas al sol, como un camino de naranjas del amanecer detrás de los pies), y los pies, como barcas abandonadas, dejando su estela encarnada en la tierra. La arrojó a la zanja y le puso al lado aquella caja forrada de hule negro, y la enterró en la tierra, en las piedras, entre las débiles, tiernas raíces cercenadas, con un perfume sutil y delicado, el más intenso, hermoso perfume que conoció jamás. («¿Qué?» «Ya ves.»)

Se ordenó la retirada, en una sola noche, desde el oscurecer hasta el amanecer. A él le tocó embarcar de los últimos. Amanecía ya y aún estaban en la playa. El cielo aparecía teñido de un resplandor anaranjado.

De la bruma, en el mar, emergía la gran panza sombría del barco. Les aguardaba mar adentro como un fantasma, tosco, gigante. Se llamaba el «Mar Negro». En barcas de salvamento y gabarras iban trasladándolos. Cuando él llegó, le parecía que nadie más cabría después de él. En cubierta se rozaban unos con otros. Recordó la partida, en aquel caluroso atardecer de julio. «Ahora esta retirada solapada, silenciosa.» Los hombres se apiñaban, fatigados, en silencio. Llevaban un día y medio sin comer ni beber apenas. El cuerpo entero le dolía, sentía algo como unas manos de hierro, diminutas y malignas, clavadas en la espalda y la cintura. Se echó en el suelo, entre los otros, agotado como una bestia. Tenía sueño, mucho sueño, sólo deseaba dormir. Desde cubierta tiraban sacos de harina al mar. Todos tenían sueño y cansancio. Muchos estaban heridos, con vendas sucias y manchadas en los brazos, en la cabeza. Olían mal. «A humanidad sudorosa y hambrienta. A humanidad. A hombres perdidos. A hombres.» («Cuántas, cuántas cosas necesitan los hombres para no oler mal, para tener ojos serenos, para aparecer limpios y pacíficos.») No sabía cuánto tiempo pasó así. El sol se levantaba encima de ellos otra vez. Había un silencio espeso en todas las bocas, y solamente el mar hablaba su lengua antigua y fácil, monótona y profunda a un tiempo. No tenían agua, no tenían comida. Las cabinas que daban a cubierta desbordaban orines, inmundicia, y el aire estaba cargado de aquel mal olor, se respiraba aquel pestilente aire. Los cuerpos sudaban, sangraban. Alguna costra saltaba, y, debajo, el pus larvaba olor a muerte. El sol brillaba otra vez, cegador, allá arriba, inaguantable. La garganta le quemaba, el paladar se le pegaba a la lengua. Uno se levantó de un modo maquinal, abrió la puertecilla del lavabo, dio vuelta al grifo, y solamente salió un débil silbido, exhausto. El barco se bamboleaba. Arrastraba de un lado a otro los orines, los vómitos. Eran los de siempre, los de antes y los de después, la miseria, a su alrededor. «Hay orden de ir a Valencia.» Ellos no querían ir a Valencia. «Qeremos volver a Barcelona.» Se levantó y, tambaleándose, fue a vomitar. Los espejos estaban salpicados de jugos amarillentos, ya secos. «Queremos volver a Barcelona...» La rebeldía, tosca, pequeña, se esparcía. (Iban a una guerra suya, fueron a una guerra suya, desordenada, apasionada, personal.) Querían volver ahora, habían muerto, o estaban cansados, llenos de polvo, de sueño. Su guerra era individual y desorbitada. «Queremos volver a Barcelona...» Un pequeño barco de guerra se acercaba. Les dio agua potable y galletas. Se iniciaba un pequeño motín entre los hombres. Pero ¿de qué valía la protesta? La protesta de aquéllos era igual allí que antes, que después. De pronto tuvo miedo. Un miedo extraño, que le asustó. Miedo tal vez de que no alcanzasen nunca lo que pedían. De que pidieran algo que sólo pudiera alcanzar la violencia. Y la violencia, de nuevo, se lo arrebataría. La violencia o la muerte eran sus únicos aliados. A su lado, decían: «Si nosotros mandamos igual que ellos y queremos ir a Barcelona, que nos lleven...» Él, quieto, con la cabeza gacha, escuchaba: «Si nosotros mandamos igual que ellos». Estaba mareado. Apoyaba su espalda en otra espalda ancha, sudorosa, con la camisa llena de suciedad y un olor ácido debajo de los brazos. La cabeza de aquella otra espalda grande y negra, como un borrón de carne y pelo untuoso, le rozaba la suya. Se volvió y le miró: los pómulos anchos, la boca muda, cerrada, los ojos opacos, escondidos, fijos, convencidos quizá desde antes de nacer, de toda negación. («Se mata cuando se tienen estos ojos. Se mata y se pierde siempre.») «Si mandamos igual que ellos.» («Ellos», siempre «ellos», gobernando la ignorancia; el hambre, el corazón. El corazón, como una bola de sangre, cerril, encabritada.») Una tristeza profunda iba calando sus huesos, húmeda, creciente.

El sol huyó de nuevo. Se habían tomado posiciones en el mando para ahogar el conato de sublevación. El comisario del «Mar Negro» dio cuenta del descontento de la gente. Pero la gente (la masa ciega, herida) callaba, agazapada, rendida. En general, se reaccionó bien. Todos comprendieron. Solamente aquellos, la pequeña chusma, quedó replegada, recelosa. El sol había desaparecido otra vez. La tristeza, pesada, palpable, lo sumía todo. La noche, ancha y muy negra, les mecía en silencio, en el ronco respirar del mar, con anchos coletazos contra el casco del «Mar Negro». (La tristeza lo llenaba todo, no sólo su cuerpo, su pensamiento, su mirada, sino el suelo y el aire, el negro del cielo, los corazones apiñados, quietos, amedrentados, como los animales del bosque, que, ocultos en sus cuevas, presienten: «el hombre se acerca»... «Qué extraño, delicado, monstruoso, torpe, es el hombre.») Escondió la cara entre los brazos. Ni siquiera podía dormir. («Pequeñas, frágiles cuerdas se rompen dentro y, de momento, parece que nada ha sucedido. Es más tarde cuando el tiempo nos muestra las amarras cortadas, y nos deja como un barco embarrancado en la arena.»)

En la noche, pesaba el silencio: «Hasta que lleguemos a aguas internacionales...» Miedo. Navegaban con las luces apagadas, escurridizos, como un barco fantasma. El «Mar Negro» era barco polvorín. Y en la noche, el miedo viscoso, resbaladizo, recorría las espaldas, se metía en los ojos, en las gargantas. «Hasta que lleguemos a aguas internacionales...» Una zozobra muda lo empapaba todo. La oscuridad, la negrura, el silencio, el miedo. De pronto, levantó la cabeza. «Hemos llegado a aguas internacionales.» A su alrededor estaban todos quietos también. La espalda que le servía de apoyo tuvo un temblor leve, apenas palpable, excepto para él. Para él, que detectaba todos los temblores, todo el miedo, o la tristeza, alrededor. El «Mar Negro» y sus hombres procuraban la oscuridad y el silencio, el anónimo. Un barco cruzaba frente al «Mar Negro». Un barco pasaba, cercano, cierto, y, sin embargo, irreal, lejano, más lejano que el cielo y que el sol. «Es italiano», dijo una voz en alguna parte. O tal vez solamente lo pensó. El barco cruzaba despacio, parecía. Iluminado, como una estrella insólita, lenta, frente a sus ojos cansados. En cubierta brillaban luces, muchas luces, tal vez celebraban alguna fiesta. Bailaban. Sí, seguramente bailaban, estaban moviéndose allí enfrente, de un modo extraño, rítmico, inhumano. Completamente fuera del tiempo, de los hombres, de la Tierra. Y aquella música, entrecortada, rota, abriéndose paso entre la bruma y la oscuridad, entre el hedor de los hombres, con su pus y con su cansancio; entre los orines y la sangre seca. Sobre todo, aquella música, llegaba. Llegaba como brisa caliente, dolorosa. Entre el ronquido del mar, en el aire parado, en el silencio de todos los pensamientos. («Es una melodía de Duke Ellington...») El barco pasó, extraño, fantasmal. Despacio, parecía. Se llevó la luz, el ruido, las voces. La música, partida, apedazada, quedaba colgando de las cuerdas, de los ojos, como jirones brillantes, en la noche. Volvió, más espeso, más negro, el silencio. Hasta lo más hondo, hasta las entrañas más embotadas, llegó un sacudimiento, un relámpago apretado, un escalofrío profundo. «Nosotros, nunca, nunca» —más allá de la carne, más allá de la conciencia—. «Nunca.» Hasta el último, el más lejano, el más perdido de los agazapados corazones. «Nunca.» («Era una melodía de Duke Ellington...»)

El sol había declinado cuando Herrera entró en la taberna y miró a Daniel Corvo. Casi sin saber cómo, se encontraron bebiendo juntos. Eladio, el oficial, se acercó, servil. Daniel Corvo se dio cuenta de que estaban hablando de la guerra. Siempre igual, de la guerra. Como si desde ella todas las otras conversaciones se hubieran secado, de raíz. Como si no pudiesen más que hablar de la guerra. Levantó la cabeza para mirarles. Aquel hombre había perdido la juventud hacía tiempo. Hablaba de la guerra como un presente, como un objeto de vida. Pero la guerra terminó hacía nueve años. Nueve años. Diego Herrera levantó el vaso, se lo llevó a los labios. La hija del tabernero puso la radio fuerte, sofocando todas las voces con una música oscilante, entrecortada. Era una radio de bakelita marrón, con lucecillas rojas y verdes atronando la estancia, impregnándose del espeso olor del vino, del sol de allá fuera, que entraba, concreto y cuadrado, por las estrechas ventanas. Era una música ancha, creciente, como viento en ráfagas. Diego Herrera detuvo el vaso al borde de sus labios. Un vino sangriento chispeaba en el cristal y le daba un reflejo rosado hacia los ojos. Hablaba de la guerra. «Fue en el frente del Ebro...» Diego Herrera hablaba despacio. Su frente, su cabello gris pegado a las sienes, cobraban un resplandor breve, extraño. Daniel le miraba como si nada en el mundo existiese en aquel momento más que la voz de Diego Herrera. (Tal vez la hija del tabernero, mirándole, volvería a pensar: «Daniel Corvo se ha vuelto idiota».) Pero Daniel Corvo, cosa extraña, dijo en voz baja:

—Yo también estuve allí.

Herrera calló y se volvió a él. Estaban los dos quietos, con el vaso en la mano.

Diego Herrera levantó el vaso.

—Por el frente del Ebro —dijo.

Los topos. Eran como los topos, con una sola idea: agujeros, los agujeros. El pico, la pala, agujeros, agujeros, dos palmos de zanja y agarrarse al terreno. Agarrarse, apretándose, con una sola idea: hacer agujeros, agarrarse a la tierra. Entre el olor dulzón y espeso de la muerte, enredando en la hojarasca, entre los vómitos, la sarna, los piojos, agujeros en la tierra: agazaparse, agarrarse a la tierra. (Entonces era cuando venían los recuerdos hermosos, los recuerdos puros. Se alejaban las habituales bromas y chistes obscenos, y a veces, a media voz, se recordaba a alguien, algún gesto, alguna palabra brillante, lejana, como una estrella. Era extraño.) Allí, agujereando la tierra, como gusanos absurdos, entre la diarrea, los heridos mal curados, los garbanzos, sin pan, comiendo uvas a mordiscos, llenándose la boca de uvas que dejaban en las comisuras de los labios un ácido y pegajoso reseco, entre el hedor, la colitis pertinaz, allí, bombardeo, bombardeo, bombardeo. Y él lo vio, era cierto: cambiaba la configuración de la montaña. Una mañana, al rodear un montículo, hallaron una paz extraña. El aire fresco, un rumor de torrente cercano, sol y paz, una gran paz, angustiosa paz casi. Un resto de avión. Se acercó con otros: no había más remedio que mirar. Dentro había un cráneo, como una copa, por donde resbalaba la masa informe, gelatinosa, medio derretida al sol de la mañana. Bombardeos, bombardeos. El río llevaba muertos, el río estaba lleno de muertos, como troncos a la deriva, extraños troncos blancos y oscuros, en la mañana o en la noche espectral. Y aquel tremendo, terrible, espantoso hedor dulzón y ancho. Todo, los garbanzos, las uvas, sabían a aquel hedor; todo, las manos, la ropa, el agua, sabían a aquel hedor dulzón. El aire, la hojarasca, las matas, todo, siempre empapado de aquel hedor. Las náuseas, los vómitos, dentro de aquel hedor dulzón y ancho, terrible hedor de incienso humano, empalagoso olor humano de hombre gelatinoso y devuelto, olor a muerto, empalagoso olor a muerto, un olor de hartazgo supremo, de hartazgo de muerto, y se mezclaba de pronto a un olor montaraz, breve, súbito y violento, olor de tierra y de hojas, para mezclarse de nuevo y sentir el enorme vómito de la muerte. La concienzuda labor de aplastar los piojos. Los piojos se refugiaban con preferencia en los sobacos de la camisa, el ruidito de los piojos aplastados entre las uñas era un ruidito menudo y agradable, sí, realmente agradable, ruidito menudo, como un chasquido diminuto. Se imaginaba bien la caparazón estallando entre las uñas. La sarna. La sarna buscaba las hendiduras del cuerpo, como ellos las hendiduras de la tierra. Ellos eran la sarna de la tierra. Picos y palas, agujeros, agujeros. Qué extraños los hombres, qué lejos quedaba todo, de repente. Alguna vez, uno decía: «Ya podía acabar esta jodida guerra, que gane quien le dé la gana...». Agujeros, agujeros, avanzar un quilómetro, retroceder un quilómetro. Al principio cayeron por sorpresa. Y luego, aquel maldito pueblo de vino. («¿Qué pasó? ¿Qué pasó, allí? El hombre es muy extraño.») Bajaban de las casas y les ofrecían vino. Bebieron mucho vino. Estaban muy cansados. Y después... aquello. Dentro de aquella bolsa, con el río a la espalda lleno de muertos. Y hacer agujeros, agujeros, agujeros. ¿Cuánto tiempo? ¿Cuánto? Y arriba, fuego, fuego. ¿Y aquel del otro lado, qué cantaba? Un día no se le oyó más, debieron cascarle. Los baturros lo sintieron. Gustaba oírle. Agujeros, agujeros, agujeros. No se podía retroceder; por primera vez vio fusilar a soldados. Luego, el hospital. Por primera vez, también, el hospital, en Reus. Sarna. («La sarna se quita primero con pinzas, luego con jabón negro, después con azufre. Luego le atan a uno las manos a los barrotes de la cama para que no se rasque.»)

—Por el frente del Ebro.

Daniel tragó de un golpe. Cogió el zurrón y salió, sin despedirse, perseguido por la música absurda de la radio, mal sintonizada.

Herrera salió afuera, a la puerta, con el vaso en la mano, como si quisiera llamarle. Entrecerrando sus ojos, miopes, a la luz cegadora del sol.

Capítulo séptimo

Al otro día, Daniel Corvo bajó, decidido. Emprendió el camino, seguro. Y sin embargo, cuando estuvo ya allí, cuando se paró a las puertas del Valle de las Piedras, pensó: «No sé cómo he llegado aquí».

Era ya mediada la tarde. Anduvo mucho, mucho rato. Sentía un dolor lento en la cintura, trepándole espalda arriba. El barracón de los presos, sobre su pequeña explanada en alto, rodeado por la empalizada, aparecía gris y silencioso. Daniel avanzó despacio, como si estuviera seguro de que alguien le aguardaba.

Cuando llegó al río, le vio venir. Como siempre, iba sobre su caballo. Daniel se paró en seco. Diego bajó de un salto y avanzó hacia él.

—Buenas tardes, amigo —le dijo.

En la explanada, frente al barracón, había tres presos. Dos eran ya viejos; uno de ellos, con el brazo derecho en cabestrillo, pendiendo de un pañuelo anudado al cuello. El tercero, un muchacho, estaba de pie, con la espalda apoyada en el muro. Todos iban en mangas de camisa. El más viejo, sentado sobre la empalizada, con la cara de color de polvo, miraba hacia el río, de donde el otro subía cubos de agua con el brazo libre. El muchacho tenía el pie derecho envuelto en una venda, sucia de sangre seca.

—¿Qué hacen? —preguntó Daniel, por decir algo, mientras avanzaba hacia el barracón.

—El viejo tiene fiebre —dijo Herrera—. Siempre tiene fiebre. ¡Pobre hombre!

—¿Y los otros?

—Se han herido en la presa. No pueden trabajar.

Cuando llegaron, los tres presos se quitaron la gorra. El viejo se levantó fatigosamente de la empalizada, uno de los oficiales subía por la cuestecilla, con la guerrera desabrochada, sonriendo con sus dientes grandes y muy blancos, «dientes estúpidos de caballo», pensó Daniel. Herrera se volvió hacia él por primera vez. Daniel le vio sonreír. Tenía una sonrisa pálida.

—Venga —dijo, agitadamente—. Venga, Corvo. Beberemos una copa... y hablaremos.

«Sí, sí», pensó Daniel. Aunque no dijo nada. Pero le seguía. «Hablaremos. He aquí la mágica palabra, de pronto.» Tenían que hablar y estaban evitando hacerlo. Pero tenían que hablar, que hablar. «Porque los hombres hablan, y somos hombres, sólo hombres.» Hacía tiempo que no miraba a un hombre y se decía: «Tenemos que hablar». (Como si de pronto se viera joven, igual que aquella criatura que estaba allí, herida, saludando al jefe con sus ojos inexpresivos, redondos y claros. «Tuve amigos. Tuve amigos.» Sintió una absurda y súbita indignación hacia aquel muchacho preso. «Ese crío asqueroso, condenado por quién sabe qué estupidez. Por lo menos, en juventud, yo me salvé.» Necesitaba saberlo, de pronto. Daniel volvió a mirar al chico. Miró su pelo rubio, cortado al rape, que empezaba a crecerle, hirsuto, los pómulos anchos, los ojos con algo como de leña quemada. «Ojos como piedras, pensando siempre en otra cosa. Otra cosa que está lejos, pero presente, terriblemente concreta.» Daniel dejó de mirarle, porque dentro de sí volvían cosas que dolían. «Ahora debo ser sólo un hombre callado. Un hombre que mire con cara de idiota a los seres y a las cosas. Cosas, viejas cosas se agolpan y galopan dentro. No, no es desesperación. Quizá es más: ausencia total de esperanza. Bueno, tal vez así está bien.» En aquel momento Diego Herrera le estaba indicando con un gesto de mano extendida, hospitalaria, el barracón.

Un resplandor violeta se había extendido sobre el valle. Inesperadamente, una sacudida blanca tembló sobre la tierra. «Llega, al fin, la tormenta», pensó Daniel. Y, de pronto, se quedó solo e indefenso. Sin saber por qué, como un niño. Siguió a Diego hacia el interior del barracón.

—Entre, amigo —decía Herrera.

Los dos a un tiempo se llevaron la mano al cuello de la camisa y lo desabrocharon. Pensó cosas extrañas. Cosas que sólo se le ocurrían en el bosque, en soledad. («Aquí hay una burla. Una burla pequeña y maligna, impalpable, alrededor. En la mirada de los presos, del oficial...») Tal vez estaban empujándoles —no sabía quiénes— hacia una convivencia que no deseaban.

La sombra, allí dentro, les cegó un instante. Afuera, alguien se puso a cantar quedamente.

—Se divierten un poco los que están heridos —dijo Herrera.

Su sonrisa casi parecía tímida. Pegado a sus piernas, *Soco*, el perro, gruñó sofocadamente.

Lejos, las sacudidas blancas de la tormenta llenaban de nuevo la tarde de un temblor caliente. En torno al barracón, las sombras entrantes de las rocas, como grandes desgarrones, se ennegrecieron. Resplandecía aún el sol de la media tarde de agosto, con mezcla abrasada de luz y de noche. El cielo, el aire, parecía enturbiado por un polvo calino. («Reunirse aquí cada uno con su soledad, con su muerte, contrarios o hermanos, es posible. Lógico, por extraño que parezca. Uno frente al otro y como si a ninguno de los dos importase la razón. Cada uno, tal vez, saliendo del fuego con otro muerto... Pero, no: todos los muertos son iguales.»)

A la otra orilla del río, entre las chabolas, brillaban los remiendos de latas, algún casco de espejo, quizá, como estrellas desplazadas. Daniel oyó ladridos largos, lastimeros. («A los niños les gusta martirizar a los perros, y reírse.») Afuera, en la explanada, los presos enfermos o heridos parecían labradores en descanso. («Únicamente ese chico rubio podría tener dentro de los ojos la pasión, la callada fuerza de las cosas.»)

Entraron en la pequeña cámara de Diego Herrera. Allí donde dormía, trabajaba y leía. Donde, tal vez, también recordaba. «Esto es un tugurio, una guarida de lobo.» Daniel Corvo miró alrededor. «Una celda de presidiario.» Cuatro paredes encaladas tras una puerta de madera blanca. Y el techo bajo, en declive, sobre su austera litera de soldado. Una estantería con libros, una bombilla desnuda, y sobre la mesa, entre el desorden de papeles y libros, el retrato de un muchacho. Daniel tuvo un ligero sobresalto de confusión. Aquel muchacho del retrato parecía el mismo que estaba en la plazuela con el pie herido. Acercó más los ojos: era una vieja fotografía, con una fecha: mil novecientos treinta y dos. «Pero el chico de ahí afuera podría ser su hermano gemelo...» Daniel se pasó la mano por los ojos. Levantó cabeza. La silueta de Diego Herrera se recortaba, oscura y flaca. Los vidrios de la ventana, de un verde sucio, se iluminaban por el trallazo llameante que de vez en vez encendía el cielo. La silueta de Diego Herrera cobraba una rara finura, una casi transparencia, como atravesada por una vena de luz estremecida. Alargada, pálida y oscura a un tiempo, tenía para Daniel un no sé qué de familiar. En sombra, su rostro cetrino, alargado, con los ojos profundamente tristes, tras los cristales de las gafas. El cabello parecía mojado al pegársele a las sienes.

—Hace un calor terrible... Abra la ventana, por favor. No puedo soportar este calor —dijo Daniel.

Diego le ofreció una silla y abrió la ventana. Penetró un denso olor a madera recién cortada. En la explanada, unos hombres apilaban troncos partidos.

—La provisión para el invierno —explicó Diego—. Siéntese, amigo.

Luego puso encima de la mesa una botella de coñac y dos vasos. Apartó con el brazo los papeles. La máquina de escribir, con su funda de hule negro, parecía un crustáceo, grande y extraño. Daniel cogió la botella y llenó los dos vasos. Mientras lo hacía, miraba el rostro del muchacho de la fotografía. «Está muerto. No se puede negar. Se nota cuando un hombre ha muerto al ver su fotografía.» Supuso que era el hijo de Diego, aquel muchacho de quien le habló la tabernera. Daniel vació su vaso y volvió a llenarlo.

—Por el frente del Ebro —rió brevemente. Y al acto se arrepintió de ello. No podía reírse, no quería. No, no era posible.

Diego Herrera lo tomó bien.

—Sí, ¿por qué no? —dijo.

Y bebió de un trago. Luego se quedaron los dos quietos, mirándose.

Inesperadamente, Diego Herrera se levantó y fue hacia un cajón, cerrado con una llavecita de hierro. Sacó una medalla con una cinta.

—Aquí está —dijo—. Todo lo que queda de aquello.

Daniel volvió a beber. El coñac calentaba poco a poco su boca, su paladar y su garganta.

—No tengo a mano mis medallas —dijo. Y de nuevo le brotó aquella risa estúpida, que odiaba inmediatamente. Añadió—: Son unas radiografías. Se quedaron en Francia.

Herrera, frente a él, bebió a su vez, despacio.

—¿Por eso está usted aquí? —dijo.

—Es fácil de suponer.

—Un hombre acabado.

—Sí. Eso mismo. Y es curioso, se dice con facilidad. Hasta con cierto gusto: un hombre acabado.

—¿Es grave?

Daniel, de pronto, encontró aburrido el tema. Pero dijo:

—Lo suficiente.

—Lo suficiente para volver a encerrarse en el bosque. Le oí decir, una vez, a Gerardo Corvo: «Cuando me sienta morir, me iré al bosque. A reventar al lado de un árbol». Bueno, por algo son parientes... Sí, le gustan esas cosas a Gerardo. Parece mentira en un hombre como él.

—Estuve en Argelés. Luego, en Agde... —prosiguió Daniel con torpeza—. Agde era peor, en cierto modo. Para mí, por lo menos, peor. Salí de allí para las minas, en un batallón de trabajadores... Sí, salían bastantes, y hasta hubo un plante, creo. En fin, estuve en las minas durante toda la guerra... Luego, al acabar es cuando se me presentó el mal.

Daniel se golpeó ligeramente el pecho con la mano. Diego Herrera arqueó las cejas y preguntó:

—¿Se puede saber cuál...?

Daniel Corvo se encogió de hombros.

—No es ningún secreto: silicosis, creo que le llaman. Es algo que viene de allí: el polvo del mineral entra en uno por los oídos, por la boca... ¡en fin, ya puede hacerse una idea! Le llena a uno los pulmones. Estuve en el hospital, tiempo, mucho tiempo... Me dijeron: «No hay nada que hacer si no vive al aire libre. Mucho oxígeno, y trabajar poco».

—¿Qué hizo usted?

—No podía hacer nada. Nada, más que ir andando, de acá para allá, como un vagabundo. Volví al hospital; creo que era por el año 46, poco más o menos. Me dijeron: «Un año, apenas...» Quería saberlo.

—Y vino usted.

Daniel se pasó el dorso de la mano por los labios.

—Al fin, sí, me decidí. O quizá, no; quizá no fue una decisión. La verdad es que fui acercándome, acercándome... Poco a poco. Un día, crucé los Pirineos. Si he de decirle la verdad, no sé cómo sucedió. Luego, Isabel me escribió una carta...

—Por eso está usted aquí, ahora, en ese bosque.

—Puede ser, por eso... ¡Quién sabe por qué! Amigo, se vuelve uno, como un caballo viejo, a la querencia de la tierra. ¿O será cobardía solamente? No sé. Yo no lo sé.

Súbitamente, Daniel sintió ira; apretó el vaso entre los dedos. «También la ira se deshace entre los dedos, como polvo. Todo, como polvo, con el tiempo.» Levantó la cabeza. La medalla de Diego Herrera estaba allí, sobre la mesa, con su pálido brillo de objeto encerrado, junto al retrato del hijo.

No supo cuánto rato, cuánto tiempo, estuvieron así. «Cualquiera creería que hemos de decirnos grandes cosas. No, no hemos de decirnos grandes cosas. No hemos de decirnos nada.» Lentamente, la botella fue vaciándose entre ellos dos.

Diego Herrera permanecía tranquilo, con su rostro apacible y pensativo, con las manos cruzadas. *Soco,* el perro, dormitaba debajo de la silla. La pequeña habitación se oscurecía, y aquella luz como sacudida, blanca, entraba de vez en vez por la ventana abierta, avivando los cristales.

—Ha pasado tanto tiempo de todo aquello... —dijo, de pronto, Diego Herrera—. Qué cosa rara el hombre. ¿Verdad, amigo?

Se notaba que decía la palabra «amigo» con delectación. Que le gustaba mucho, por lo menos aquella tarde, la palabra. Daniel dijo:

—No tengo ningún orgullo de sentirme hombre.

(«El tiempo. Los hombres y el tiempo. Descolgué a Gerardo del árbol y me quedé solo, rodeado de egoísmo, de cobardía, de blancas flores horribles, de perfume podrido. Me quedé solo con mi rebeldía, con mi fe. Mi fe, sí, ¿por qué voy a negarlo ahora? No tenía más remedio que ser como fui.»)

Diego Herrera le estaba mirando, ahora, como si quisiera decirle algo. Levantó la mano, despacio, y la dejó caer sobre su medalla. La recogió como un avaro, entre sus uñas de pájaro. La cerró de nuevo en el cajón, con un gesto triste, como si dijera: «Éste es mi valor. Éste es mi miedo, de aquel día. La muerte de aquel día, toda la sangre y la manchada escarcha de aquel día. Toda la brutalidad y la belleza de aquel día». Pero dijo sólo, como pensando en voz alta:

—Los hijos muertos pesan sobre nosotros, amigo.

Casi sin darse cuenta, Daniel respondió:

—Yo también tuve un hijo. —Y su voz parecía la de alguien que recordase vagamente—. Mejor dicho: ella murió antes de dar a luz. Sí, durante un bombardeo... Yo estaba en el frente...

Daniel puso sus manos sobre la mesa, y las miró, juntas, gemelas. Añadió:

—Dice usted que pesan... Ese hijo no nació... Acaso su muerte la lleve yo como un fuerte dolor de estómago, pongo por caso. No sé cómo sería, no puedo imaginármelo. Y es más, prefiero que no exista. No hay ninguna razón para que exista.

Entonces, Diego Herrera le tuteó extemporáneamente:

—No sé cuáles son las razones que te llevan a esto —le dijo—. A esta muerte. ¿No es, acaso, una muerte?

Daniel se encogió de hombros. Herrera estaba quieto, mirándose las uñas, parpadeando, y continuó:

—Yo también lo perdí todo, menos mi fe, Daniel Corvo, tal vez esto que te diga te parezca ridículo: mi misión, aquí, no es otra que la de comunicar esperanza. Así lo entiendo yo, al menos. Ya sé que se ríen de mí. No me importa.

Sonrió, con una sonrisa que le pareció monstruosamente tímida.

—No quisiera que esto fuera un campo de presidiarios. Esto es un cambo de hombres..., de hombres redimidos. Sí, ya sé que se me critica, que no se me comprende. Pero no me importa. ¿Cómo va a importarme? La locura no es el peor de los males.

Daniel sintió un malestar súbito. Se notaba, por momentos, como atraído hacia Herrera. Y, sin embargo, prefería no volver a hablarle. Entonces dijo, como si pensase en voz alta:

—¡Usted sabrá lo que quiere, ya es bastante bueno saberlo! Yo, en cambio, me despierto a veces sin motivo, de un modo brusco, por la noche; casi siempre al borde del amanecer. Como si alguien tirase de mí y quisiera arrancarme de la cama. Pero lo más triste es que no va a llevarme a ninguna parte. Todo lo que empuja, o arrastra, no llevará a ninguna parte. Sí, amigo —y se sorprendió, de pronto, de aquella palabra—. Sí —repitió—, todo está vacío. Veo, recuerdo lo que fui, como veo en este momento a esa mosca que está paseándose por el borde de la mesa. Y no es por culpa de la enfermedad, de eso puede estar seguro.

Diego Herrera le observaba de un modo húmedo, manso, que le irritó. Le miró a los ojos.

—Bueno. ¿Y por qué he de estar aquí contándoselo? —dijo—. No sé por qué me tira de la lengua. ¿Para qué? ¡Si por lo menos hubiera muerto, sería interesante oírme! Pero los muertos no hablan, señor Herrera: un montón de tierra encima y se acabó. ¡Ah, eso es lo malo! Has de seguir viviendo, tratando hombres. Ver sus caras hipócritas, oír sus palabras sucias. Eso es: ir viviendo. Le juro que mi plazo me parece demasiado largo, aun en lo más escondido del bosque. ¡Siempre hay alguien que viene a buscarte, a hablarte de sus razones! Todas las razones se pudren, huelen a carroña con el tiempo. ¡Ir viviendo! ¡No sé qué clase de fe da usted a beber!

A Diego Herrera le temblaron los labios. Pareció que iba a incorporarse, pero únicamente dijo:

—Tengo absoluta necesidad de creer, amigo, porque mi hijo no puede morir.

Daniel le miró de frente, con una curiosidad cruel. (Era como si le estuviera oyendo decir: «*Creo en la sangre de mi hijo y mi hijo sigue viviendo. ¡Daniel Corvo, yo sé cómo murió él, con qué gran fe iba a la muerte! Igual pudiste ir tú, Daniel Corvo. Sí, Daniel Corvo, yo no puedo dejarle solo, no puedo consentir que él muriese por nada. ¡Por nada! No quiero imaginarle a él tal como te veo ahora a ti. ¡Ah, Daniel Corvo, si nada fuese verdad, yo me lo inventaría! Daniel Corvo, Daniel Corvo, yo asistí a su nacimiento, le vi crecer, le vi andar. Yo oí sus palabras, la primera y la última. Estoy oyéndolas todos los días, aquí, en el Valle de las Piedras, en la montaña, en el vino, en los ladridos de los perros. Mi hijo no puede morir*».

Daniel Corvo apartó la mirada de aquellos ojos oscuros, inundados, de pronto, de toda la tristeza de la tierra. Sintió un débil desaliento. «Es triste que las mejores palabras no lleguen al corazón.»

Se quedaron los dos pensativos, y, al fin, Daniel habló casi en voz baja:

—Yo sé lo que hacen los hombres con los vencidos.

Apuró de nuevo el coñac de su vaso, y añadió:

—Ahora no puedo evitar despertarme por las noches: veo la cabaña a mi alrededor, oigo cómo afuera las hojas se mueven despacio. Me gusta, me parece bien. No hablo con ningún hombre. No hablo con nadie, de nada... ¿Y por qué, en cambio, se lo estoy contando a usted? ¿Para qué? Al fin y al cabo, ya se acabó todo. Le voy a confesar una cosa: ni siquiera yo quería pensar en que podía llegar esta indiferencia. Temía mucho el día en que me acostumbrase a portarme como un perro o como un árbol. Pero, ahora, me parece bien. Sí, me parece muy bien.

Diego Herrera apretaba los labios, mirando hacia otro lado.

—¿Por qué se queda mirando los cordones de la luz? —prosiguió Daniel—. ¡No, no mueva la cabeza! No me importa lo que piense. No puedo pensar nada de usted, ni de mí, ni de nadie. He mirado su gloriosa medalla, cerrada dentro de un cajón. He escuchado sus hermosas razones de esperanza. Es usted un hombre admirable.

Herrera parecía querer decir algo. Pero él lo atajó:

—Sí, lo sé, sé muy bien lo que piensa: que soy, al fin y al cabo, un pobre hombre, con un año o dos de vida, a lo sumo, según dijeron. Un pobre hombre que viene a morir junto a los árboles: una extraña manía de familia, a lo que parece. Un hombre simple, humillado, y, ¡quién sabe!, hasta cobarde. Renegado, abolido. En fin, un hombre nada más. Ya le dije que no tenía ningún orgullo de mi condición. ¡Ahora no voy a empezar otra vez, amigo mío!

—¡Palabras huecas! —dijo Herrera con vehemencia.

Se inclinó y buscó el coñac con sus ojos miopes. Al cogerlo, su mano temblaba y derramó la mitad sobre la mesa. Corvo mojó en ella los dedos y extendió el líquido lentamente.

Soco estaba impaciente. Su cola golpeaba las patas de la silla, con un ruido parecido al de pequeños latigazos. Gruñía, porque presentía la tormenta.

Daniel Corvo levantó la cabeza.

—Pero —dijo despacio— hay una gran diferencia entre nosotros dos. Yo perdí la guerra, y usted la ganó.

En aquel momento las paredes estrechas, el calor terrible que se iba quebrando, la absoluta soledad y aquel silencio grande, parecieron apretarse alrededor de Diego Herrera. El jefe del Destacamento pareció encogerse más, y toda la pobreza se le ciñó de un modo cruel. Daniel cerró instintivamente los ojos.

Mil novecientos treinta y nueve. Estaba allí, parapetándose en la montaña, sobre un pueblecito del Segre en ruinas. Desde la colina se veían los tejados rotos, las casas como cajitas de un misterio desvelado, patético, como monstruosos juguetes de una infancia regresada. Había un gran silencio y, sobre todo, una paz extraña. La hierba crecía exacta, junto al río, entre las piedras. El vientecillo helado de la mañana llegaba con la primera luz por detrás de la joroba de la montaña. Todo igual, geométrico, implacable. Pero allí abajo estaban las casas sin techo y las piedras caídas, los cascotes, las puertas cerradas y los ojos vacíos de las ventanas. Desde la colina se veían las calles en silencio, en el frío, mojadas por la madrugada, conduciendo al viento a través de las piedras. Se le oía gemir levemente, al viento, sólo al viento, por el pueblo. Se fueron todos. Hacía tiempo. Ardieron varias casas, con altas melenas rojas, contra el cielo invernal.

Diciembre. Enero. Alguna vez, bajaba un grupo de soldados al pueblo. Entraban en las casas, abrían los armarios, rebusca-

ban en los cajones. («El antiguo misterio infantil de los cajones cerrados que anda vagando, tal vez, por el corazón. No se crece nunca del todo. Se le queda a uno, casi siempre, un pedazo, un jirón del niño que fue, perdido por alguna parte del hombre.») Los días eran largos, con la aridez de la espera sin esperanza, parapetados sobre el vacío, defendiendo el tiempo huido. El descorazonamiento y la tristeza. («Aún, tal vez, pueda arreglarse todo...») Pero el corazón, antiguo y sabio, caía. («Hay aún tantas cosas por hacer...») Tantas cosas. («La justicia, la solidaridad, la comprensión. El hambre, el odio milenario, las palabras. Las palabras de los hombres, estrellándose contra los muros ardiendo de los pueblos, con hombres y mujeres que huyen con los mulos, con colchones viejos, con los carros abarrotados de niños que lloran, de gallinas, de terror, de ignorancia. De ignorancia. Ignorancia del mal que recibieron y reciben, del mal que llevarían allí donde lleguen con sus colchones sucios y sus niños asustados, del mal que llevan y que recibirán.») Ignorancia, tristeza, odio, hambre, egoísmo, supersticiones y miedo. Miedo. Miedo. «Hay tantas cosas por hacer...» («El viento, el amanecer, dice que se harán, que se harán. El corazón, de pronto, apenas tiene años.»)

Alguien dijo que allá abajo había una vieja, pegada a los muros desconchados de una cuadra, arrebujada y estólida. No se quería marchar. «Ya he vivido bastante —dijo—. No me iré de aquí.» Allí se quedó, pegada como un marisco, para morir o para continuar. Lo mismo le daba. Algunos soldados le bajaban comida, agua. Era como un mundo viejo, dejando paso, aún erguido y triste, a un mundo nuevo. Cosido por las pulgas, por el frío, por la soledad.

El lejano cañón era ya habitual, como el trueno o el sol, entre las calles embarradas, sin voces, donde resonaban las pisadas de los soldados, con eco súbito y fantasmal. («En el cajón del armario abandonado, las cucharas, el mendrugo de pan duro, los zapatos del día de la boda, el corsé. Entre el silencio y los cañonazos...»)

«Frente de Serés.» La aviación bombardeaba y ellos cruzaban el puente sobre el río. «141 Brigada Mixta.»

(«A veces, los nombres se quedan grabados, rotundos, para no olvidarse nunca jamás. Los nombres, y apenas los hechos, los hechos que se confunden y se borran y se superponen.»)

141 Brigada Mixta, batallando, retrocediendo, cruzando el puente sobre el río, bajo el bombardeo de la aviación. 141 Brigada Mixta.

Retrocedían. Los soldados huían, se desperdigaban. En los cruces de las carreteras se reorganizaban. Las masías del camino eran como extrañas cajas de silencio —un débil hilo de humo, tal vez, por detrás del tejado cobrizo —rodeadas de frío húmedo, con un solitario ladrido de perro, y un hombre que repartía pan en silencio, o vino en silencio. El pan y el vino silencioso de la desbandada. Qué gran tristeza, qué extraña sensación de rebeldía impotente. («Algo nos han estafado. Nos han traicionado. No sabemos quién, no sabemos dónde. ¿Cómo ha sido posible, cómo? ¿Acaso está en mí la culpa, acaso no fui lo suficientemente puro? Sí, sí lo fui. Sí lo soy. Tal vez todo se arreglará.») Era difícil matar la esperanza, el deseo, el corazón. «Todo se arreglará. Estoy seguro.»

Tenía veinticuatro años.

Lentamente, Daniel Corvo se levantó. La tristeza se abría paso, pecho adentro. Oscura, arrastrando, como lava, el corazón. Cuando Diego Herrera se despertase, en las mañanas, con el techo tan cercano a la litera, y allí, casi junto a los ojos, los vidrios sucios y verdes brillando tras los rayos del sol, ¿dónde andaría puesta su esperanza? «Creo», afirmó Diego Herrera, y Daniel creyó verle transfigurado. «Creo en la sangre de mi hijo.» El muchacho de los ojos arrancados sonreía, entretanto, en la cartulina, con su inconfundible mirada de muerto. (*«Creo en su fe, en su sufrimiento. Su muerte es mi semilla.»)* Daniel Corvo se apartó a un lado. Diego Herrera estaba muy pálido, y tenía las manos cruzadas, mirando al suelo. («Vete —parecía decir—. Vete y no destruyas mi corazón, hombre de poca fe.») Algo había en el aire, en el color del cielo, tras la ventana, que parecía recordar cosas. Cosas duras y ciertas: que las noches son largas, que el abismo es infinito, que los años no pasan sin herir. («El muchacho de los ojos arrancados, en estos momentos es el único sabio, libre, salvado. El único dueño del silencio y las palabras. Más allá de nosotros y de todo. Más allá del odio o la esperanza.»)

Dudaba hacia dónde dirigirse. Las calles de una Barcelona extraña, desconocida, aparecían desoladas, diferentes. Pasó por delante del que fue local del POUM, situado al principio de las Ramblas. El partido desapareció hacía tiempo, al disolverse las milicias y pasar todos al Ejército. También a algunos miembros del POUM les dieron el «paseo»; ya no estaban allí. Vacío, en todas partes... Vacío y huida. Qué extraña, fría y desoladora sensación. Coches que huían, también, como los labradores de los pueblos, con aquella misma despavorida angustia, de los colchones. De amontonados. («Qué extraña imagen de huida dan los colchones. De apego y huida a un tiempo.») No sabía explicárselo, pero aquellos colchones arrollados, atados a la trasera o encima de los coches, eran para él la imagen del miedo y de la claudicación.

Fue subiendo lentamente, ciudad arriba, despacio. Llevaba el uniforme roto, destrozado. La policía detenía a la gente, en la calle. A los soldados sin documentación los llevaban al cine Coliseum. Se unió a un grupo, enviados a recuperar soldados, a las afueras de la ciudad. «Es el fin.» Una voz fría y dura le recorría por dentro, como un nervio. «Es el fin. Ya nada puede hacerse.» («Siempre hay algo que mantiene: siempre hay un hombre, un ejemplo de hombre, que empuja a continuar.») Sería el día veintitrés o veinticuatro de enero. Durmió en casa de los Vidal. Era de noche cuando llegó. María bajó a abrirle la puerta de la calle. Llevaba en la mano una vela de llamita pequeña y rojiza. Le preparó una cama, le dio una chaqueta de cuero, unas alpargatas. Enrique no estaba. No quiso preguntar. La mujer aparecía callada, como hundida: —«Créeme, vete. Procura marchar a Francia. Es mejor. De momento, es mejor.» Salió, hacia las seis de la mañana. Fue al Hotel Colón, donde una vez se alistó para el desembarco de Mallorca. El recuerdo de aquel día llegó como perdido en la bruma del tiempo. Como si hubiera sido otro hombre, el que fue allí. Frente a aquella mesita donde dijo, por primera vez: «Estudiante», con apenas veintiún años. Ahora tenía más. Muchos más, muchos más de los que transcurrieron desde aquel día, desde aquella misma hora.

En el Colón rompían cosas, hacían hogueras. Cargaban cajas en unas camionetas. Fue andando, rodeó la Plaza de Cataluña, desierta y gris. Las esculturas de bronce, en la débil luz de la mañana, le parecieron como mojadas. Un viento leve arrastraba papeles sucios, rotos, por la tierra central. Torció al principio de la Ronda de San Pedro. Frente a la «Librería Catalonia» vio una camioneta. Dentro habían instalado sillas. Dos señores y un militar herido, con aire apresurado y triste, colocaban dentro maletas. Una de las mujeres apretaba contra el regazo un maletín pequeño de piel. («Estamos en unos días, un tiempo, de pocas palabras. De intuiciones, de presentimientos, de brutalidad, o piedad, según la atmósfera, el corazón o el estómago del momento. Como todos los finales de cosas, con la fría-precipitada-desesperada-lenta huida, del final. Basta una mirada, un mudo mensaje entre dos hombres. Se acepta o no. No se pregunta nada. Nadie pregunta nada.») Se acercó al militar.

Algo les dijo, que le dejaron subir. Se alegraba que se uniera a ellos; porque eran solamente dos mujeres y un anciano que iban a Mataró. (Decían que iban a Mataró, y, sin embargo, en todas las lenguas, en todos los ojos, había otra palabra: «Francia».) Le admitieron con ellos sin conocerle, sin haber hablado nunca con ellos hasta aquel momento. Bajaron de la casa a un señor anciano, casi inútil. Él ayudó a transportarlo al camión. La más joven de las dos mujeres, la que llevaba apretado el pequeño maletín contra el regazo, se secó las lágrimas con un pañuelo. «Tiene aspecto de burguesa. Incluso en la manera de apretar las joyas», se dijo (porque supuso que eran joyas lo que guardaba con tanto amor). Las dos señoras llevaban abrigos negros, con cuello de astrakán. Abrigos de clase media, de medias tintas. «Contra seres como éstos he ido yo.» (Qué extraño y absurdo resultaba todo, al fin.) Estaban silenciosos, tristes, desmoralizados tal vez. Miraron hacia allá, hacia el otro lado de la Plaza de Cataluña, como si se hubieran puesto de acuerdo. Salía humo del Hotel Colón. Miraban la ciudad, grisácea en la mañana invernal. Azul, amarillenta, entre la neblina, los anuncios, los carteles, como desvaídos manchones de un color desteñido, entre la neblina. Los árboles desnudos con las infinitas ramas negras, como telarañas del cielo. Los caballos de bronce, con las grupas relucientes. La calle tenía un brillo leve, aunque no había llovido, ni aquella noche, ni la anteior. Miró por última vez los escaparates vacíos de la «Catalonia», el cierre metálico. Sabía que todo era la última vez. Y, sin embargo, se resistía su esperanza. Era extraño todo aquello. Frío, lúcido y extraño, como casi todos los amaneceres.

La camioneta arrancó y la mujer del maletín se tapó los ojos con el pañuelo. Le molestaba verla. Cruzaron las calles, silenciosas aún. Algún coche, alguna camioneta, con el mismo aire de desbandada. Pasaron por el Arco de Triunfo, rojo sucio, atravesaron las zonas fabriles, con el carbón incrustado en las paredes, todo medio borrado en el humo gris oscuro, negruzco, como un hollín constante. Tomaron la carretera de la Maresma. El puente de San Adrián estaba resbaladizo y el sol apenas palidecía sobre el cauce del río. Hacía frío, y el viento, helado, les azotaba el rostro. Poco después, a la derecha, gris, casi humano, divisó de nuevo el mar. Badalona, sus calles hacia el mar.

Al llegar a Mataró se separaron. Él deseaba recuperar el ejército. Tomó la carretera hacia Figueras. Muchos circulaban en la misma dirección. Como él, con aire de soldados, o, simplemente, de huidos. Por todos lados desorganización y miedo. Miedo, sobre todo. Se sentía cansado. Tenía hambre. En la carretera, una figura vagamente familiar se le acercó. «Corvo... Corvo...» Sí, se acordaba. Era Efrén, uno de los amigos del periódico. Llevaba una manta y un zurrón con higos secos. Estaba deshecho. «Esto es el desastre, Corvo..., el desastre... Ya no hay nada que hacer.» Se le despertó una rebeldía débil, oyéndole. Anduvieron. Había una sola obsesión: andar, andar, andar carretera adelante. Nada se decían. Solamente Efrén se lamentaba: «Es inútil intentar unirse al ejército de nuevo. Hay una gran desorganización. Todo está perdido, perdido.» Llevaba en la cabeza una venda amarillenta, sucia, con algún punto más oscuro. A veces se paraba, se sentaba en la cuneta. No decía nada, cerraba los ojos. Una camioneta les dejó subir hasta Figueras.

Llegaron al atardecer, pero aún había sol. Un sol tímido, de un tono rojizo, sobre las piedras de la ciudad. Los árboles desnudos, oscuros, tejían una red fina y negra, hacia el cielo. Al entrar en la ciudad les llegó un rumor conocido, una música. Vieron un desfile, con la Guardia de Asalto, con una bandera y música. La música tenía una extraña resonancia entre las piedras de la ciudad. Unos niños acudían corriendo a verles. «¿Qué vas a hacer?», dijo Efrén. Él pensó un momento: «Me incorporaré». Fueron juntos. En un almacén organizaban compañías. Efrén fue enviado al hospital. Se dirigían al sur. Aún había intención de reorganizar el frente. Pero ya era inútil. Había llegado el desbordamiento.

Se retiraron de nuevo a Figueras. En el castillo había cajas con oro. Cumplió allí su última misión hasta que llegó la Guardia de Asalto.

Diego Herrera levantó la cabeza.

—El caso es —dijo— que estamos aquí, ahora, juntos, bebiéndonos una botella de coñac.

Salieron. En la plazuela no había nadie. Pronto regresarían los presos de la obra. Diego y Daniel treparon nuevamente hacia la montaña, por el camino estrecho y pedregoso de los rebaños. Seguía el calor espeso. Caminaban despacio, uno junto a otro, en silencio. En el aire abrasado sentían de pronto, los dos, el extraño peso de las armas mudas, en el hombro, en la cadera.

—Aquí, a veces, un buen día siente uno la impresión de haberse convertido en una piedra. Pasan los minutos, los días; da igual. ¿Sabe una cosa? Yo siento todos los minutos. Ni uno solo me pasa desapercibido —dijo Daniel Corvo.

Entonces, Diego tuvo una extraña turbación. Apretó el puño contra la palma de la mano y murmuró:

—No es lícito. No es lícito hacer de un hombre esto. ¡De todas las criaturas de la tierra únicamente el hombre está solo!

Daniel notó aquella voz como suya misma. Y apretó el paso, adelantándose un trecho. («Estoy al acecho —se decía—. Es verdad, estoy como al acecho; a veces, me gustaría sorprender algún chaval cazando furtivamente. Lo confieso, me gustaría quitarle el arma... Sí, sí; ir de cacería. ¡Me gusta la caza!»)

—Hay buena caza, ¿verdad? —preguntó a sabiendas.

—¡Oiga! —oyó a Herrera, apretando el paso tras él—. En octubre, ¿piensa ir al jabalí?

—Pues, sí —respondió con una sonrisa que fue invadiéndole amargamente—. Es natural; uno, aquí, ¿qué otra cosa va a hacer? Se le despierta a uno la afición. Les oyes a ellos y se te calienta la sangre. Como entonces... Sí, me trae vida oírles hablando de sus cacerías. Se lo agradezco.

Diego se había quedado quieto. Se volvió a mirarle y habló:

—Se parece algo a aquello otro.

Les vino a los dos un denso olor a pólvora, como brotando de la misma tierra que iban pisando. Daniel sintió una débil vergüenza.

En el horizonte seco del Valle de las Piedras el haya extendía sus ramas sobre las chabolas y las voces de las mujeres.

Al despedirse se dieron la mano.

Capítulo octavo

En la mañana del veinticinco de agosto, Isabel Corvo tomó el camino de Neva. Hacía días que deseaba hacerlo, pero no se atrevía. Se despertaba temprano, casi al amanecer, y se sentaba en el lecho, mirando hacia las paredes de la habitación. «No puede volver. El tiempo no puede volver.» Iba a la iglesia, a aquella iglesia de piedras rojizas, doradas, bajo el sol del estío. A los pies del retablo con racimos de oro, ángeles de oro, frutas y corazones de oro, Isabel Corvo, en la sombra de la iglesia, buscaba el confesonario. Se arrodillaba junto a la reja, con mantilla bajada, leve, hasta sus ojos, y en la oscuridad su rostro parecía una manchita blanca, pobre. Las palabras se agolpaban en su garganta cuando la rejilla se abría. El párroco era un hombre viejo, el mismo que oyó sus primeras confesiones. («Pero yo vivo en pecado mortal, porque la verdad, la verdad de mi soledad, la que yo sé cuando estoy sola y desnuda de toda apariencia, nunca la dije. La verdad que yo misma me escondo, que yo misma me falseo.») Isabel Corvo cruzaba las manos sobre su pecho enfundado en seda, y hablaba de su dureza, de sus escrúpulos, de sus costuras en domingo. Pero el nombre que se hubiera abierto en sus labios como fuego, no se pronunciaba nunca.

Algo había en aquella mañana que todo fue distinto. Isabel Corvo se levantó muy quietamente, dulcemente, como de un sueño pacífico. Se vistió despacio, como para la misa. Cruzó con cuidado los extremos de la mantilla sobre el pecho, prendió el broche de oro con manos tranquilas. En el espejo, su rostro parecía aún hermoso.

Solamente al atravesar el prado tuvo un sobresalto. Había tomado el camino de Neva en vez de la carretera de Hegroz y la voz del padre la detuvo. Se volvió a él como bajo un latigazo.

—¿Adónde vas, Isabel? —preguntó Gerardo.

Estaba allí, quieto, entre aquellos dos nogales últimos, de tronco ancho y oscuro. Isabel contempló su cabello torcido, sus ojos sombríos, mate. («Los ojos de los Corvo vencidos, de los que vieron cosas que nunca volverán.») Gerardo la contemplaba, esperando. Con su mirada de agujero.

—¿Adónde vas, Isabel? —repitió Gerardo Corvo.

Entonces ella levantó la cabeza.
—A los bosques —dijo. Y le volvió la espalda.

Gerardo Corvo vio cómo su hija se alejaba hacia las montañas. Su cuerpo aún era esbelto, delgado. Vestía a la moda pasada, a la moda de un tiempo que ya no existía. Tenía algo extraño, la niña envejecida. Gerardo Corvo bajó la cabeza, se miró las muñecas, que poco a poco se volvían temblorosas, con un temblor que ya no podía dominar. («Condenada, se va a los bosques. A los bosques... Ya sé yo por qué va a allí, a quién busca. Ha manejado a todos, sólo para dar suelta a sus sentimientos, no a su razón. Ha dispuesto de la felicidad de los otros por dar de comer a sus sentimientos. Isabel, hija mía, seguramente no vas a confesarte de esas cosas antes de la comunión. De esas cosas: de las lágrimas ajenas. Porque tienes un Dios para ti sola, un Dios tuyo, fabricado por ti. Isabel, hija mía, a pesar de todo estás más cerca de mí que nadie; a pesar de todo, tú eres como yo, tú estás en mi tiempo, en el tiempo que no ha huido de mí. Y eres valiente; ahora vas a los bosques...»)
Con paso de borracho, Gerardo Corvo avanzó hacia Neva. Se detuvo al borde del prado, sobre el río. El agua fluía, verde y dorada, bajo la luz. Gerardo no podía dormir por las noches. Las noches, como aquélla, rodaban torpes, como ruedas de un carro desvencijado, pobladas de otras voces, de otras ideas, de otro mundo diferente.(«Isabel, tú te vas a los bosques. ¡Maldita pécora! Pero yo también iré allí el día que me sienta morir. Iré allí, con las encinas y las hayas, como un penco viejo, a por la puntilla.»)
Despacio, Gerardo Corvo regresó hacia la casa. Necesitaba beber, otra vez, mirando a Neva. («Si no fuera por los bosques...»)

Isabel había tomado ya el camino ascendente, entre los árboles. Era un camino largo, más aún para una mujer como ella, acostumbrada a la casa, a las largas costuras con el cuerpo rígido, quieto, y solamente los dedos y el pensamiento rápidos. Las piernas de Isabel eran tenaces, pero frágiles. A medida que el camino se elevaba, los árboles se espesaban, creando zonas oscuras, frescas.
Serían alrededor de las nueve de la mañana cuando divisó el tejadillo de la cabaña del guardabosques. Un humo delgado,

blanco, ascendía por entre las copas de las hayas. Isabel sintió la frente, las sienes, cubiertas de sudor, en gotas menudas. El corazón pareció detenerse y se llevó la mano a los rizos que escapaban sobre la oreja con un movimiento instintivo.

No había nadie. Se acercó a la puerta. Aquel silencio la sobrecogía, no sabía exactamente por qué razón. Hacía mucho tiempo, desde que era niña, que no subía al bosque. Tuvo un miedo súbito, delgado. («Este olor.») Sí, el olor aquel, a cortezas húmedas de árboles, a tierra, a raíces. Un escalofrío recorrió su espalda y por un instante tuvo el insensato deseo de huir, de ocultarse. («Daniel.») Una ternura repentina, brillante como una rara estrella, ascendía pecho arriba, hasta los labios. Pero ella no podía abandonarse, en ella descansaba todo. Todos, sí, todos tenían en La Encrucijada tantas cosas que agradecerle. («Si no fuese por mí. Si no fuese por mí, ay, cómo habrían acabado las cosas.»)

El olor sensual, el olor brutal de la tierra áspera, pujante, en torno a Isabel Corvo alejaba todas las buenas razones, las sensatas protestas, la severidad. Isabel Corvo se apoyó levemente contra el quicio de la puerta. («Daniel. Tú eras así, entonces.») Sí, el bosque entero, húmedo aún en la mañana, apenas soleado todavía. Él era así entonces. ¡Qué bien se acordaba! ¡Qué bien llegaba el tiempo huido, a veces, en el aroma de la tierra, de los árboles, del rocío recién bebido por el sol! («Yo tuve la culpa, Daniel. Yo la tuve, sólo. ¿Qué hice de ti, Daniel, qué hice de ti? Nunca me perdonará Dios, ni hombre alguno.») La ascensión la había fatigado mucho. Aún no había llegado el calor abrasador de la mañana, el tórrido vaho de las hojas y la tierra húmedas bajo el sol de mediodía.

Ahora, la sangre golpeaba sin piedad contra las sienes, diminutos surtidores de sangre debajo de la piel. Le dolía la cintura. Al tocarse la frente se dio cuenta de que tenía las manos muy frías. Se las miró. Morenas, largas. En la punta de los dedos la piel palidecía, las uñas transparentes tenían tonalidades de cera. («Parecen de una muerta.») Se llevó los dedos a los labios, al calor. El índice de la mano izquierda estaba áspero, despellejado por la punta de la aguja, por los largos bordados, la ropa blanca, los zurcidos como panalillos diminutos.

Y, de pronto, vio la sombra, sobre la hierba. La sombra alargada por los rayos aún oblicuos del sol. Daniel, entre las altas hayas, de espaldas al barranco que inesperadamente resplandecía, rojo, dorado, como un incendio. Los troncos de los árboles y el cuerpo de Daniel, casi negros contra la luz, podían confundirse entre sí. Pero no la miraba. Los ojos de Daniel los veía Isabel Corvo desde hacía veinte años. Los veía durante todos los días y todas las noches de su vida.

Isabel levantó las pestañas, húmedas. Era inútil esconder las lágrimas. («Las lágrimas que brotan tardías, ineficaces.») Ella lo sabía bien.

—Daniel... —dijo quedamente.

Estaba allí, quieto, mirándola. «Cuánto rencor, aún», pensó. Y la voz se le paró, como segada por aquella mirada.

Daniel avanzó, despacio.

—Qué extraña visita —dijo.

Pero no había ironía en su voz. En su voz no había nada. Y añadió:

—Entra. Ya sabes, no puedo ofrecerte otra cosa. ¡Tú conoces esto mucho mejor que yo!

Dentro de la cabaña la luz se hacía más verdosa, más íntima y turbadora. Daniel le acercó una silla, junto a la mesa de pino cepillado.

—Ya sé que no bebes nunca —dijo, sonriendo. Y se sirvió él un vaso. Como si fuesen viejos amigos, como si se vieran o se hubieran visto desde hacía veinte años, todos los días, a todas horas. Isabel apretó las manos, una contra otra. Sus labios temblaban. Daniel bebió un trago largo, despacioso. Ella estaba sentada, inquieta, mirándole como se deben mirar los últimos minutos de la vida.

—¿Y a qué debo esta visita? —dijo él entonces.

Isabel se puso de pie y se colocó detrás de la silla, como para defenderse de algo. Él la miró con extrañeza.

—¿Qué te pasa? —le dijo.

—Nada... ¿Qué ha de pasarme? ... Venía... venía porque estaba inquieta por ti, Daniel. Tenía miedo. Nunca vienes a La Encrucijada. Esperamos todas las noches, todos los días... Daniel, tú debes comprender..., tú debes hacerte cargo. Te aguardamos. Creía que no hacía falta decírtelo.

Él la miraba quieto, sombrío, con una sonrisa que hacía más daño que todas las palabras que pudiera decir. («Es tarde, sí, es tarde. Qué estúpida soy. ¿Cómo voy ahora a decirle que venga? ¿Acaso tiene sentido después de lo que ocurrió? ¡Pero el tiempo ha pasado, los años nos han hecho viejos, viejos antes de tiempo! ¡El tiempo lo ha borrado todo, y él debe entenderlo así!») Isabel alargó la mano hacia él.

—Daniel... —repitió.

Su voz temblaba, ahora contra su voluntad.

Y Daniel no recogió su mano. Llenó el vaso de nuevo y dijo con una voz lejana, como venida de otro tiempo, sin rencor:

—A veces pienso cómo podéis hacer tanto daño. Por qué lo hacéis. Y no lo entiendo.

En aquellas palabras, Isabel creyó ver sus vidas pasadas, desveladas de pronto, en un minuto. («Nuestras vidas pasadas, que dormirán en algún lugar. No, no es posible que el tiempo vuelva ceniza la vida. El tiempo guardará en algún lugar los años pasados, la niñez, la juventud que yo no tuve. El amor que me quemó, que me dobló la vida. ¡Ay, el tiempo pasado! ¿Sólo me quedará ya el recuerdo, la capacidad de soñar? ¡No, no puede ser! ¡El tiempo volverá, volverá, yo estoy segura!»)

Se acercó a él con los labios agitados, pálidos, con las manos extendidas como para cogerle por la cintura, por los hombros, como a un niño.

—Daniel, hermano mío...

—¿Hermano? No te portaste como tal... ¿A qué has venido? ¿A que te dé las gracias por lo que aún das? Bien; muchas gracias, Isabel, por tus limosnas. No te pediré nada, nada he ido a buscar a tu casa; solamente que me dejéis aquí, tranquilo. Bajo a buscar mi paga y me la entrega tu padre con sus propias manos. Nada más.

—Daniel, olvida... ¡Todos hemos olvidado! Yo también.

Levantó de nuevo la cabeza, con su gesto de siempre, de mujer magnánima.

Daniel se volvió de espaldas y fue a colgar el rifle de un clavo, en la pared. Ella le siguió unos pasos, mirando su espalda delgada, que empezaba a curvarse prematuramente. El cabello oscuro, sedoso, se rizaba sobre la nuca.

—Tú sabes, Daniel, que no te portaste bien. Fue justo lo que se hizo contigo... Eras pobre, tu padre nos arruinó, y, sin embargo, se te guardaba en casa como si fueras otro hijo, otro hermano. ¡Y César salió afuera, a trabajar! ¡César defendía la casa, que era sagrada, mientras tú..., tú te portaste como un ladrón, Daniel!

En Isabel Corvo volvía el tiempo milagroso, violento, arrastrando en remolino los viejos celos, el amor abrasado de celos salvajes, despiadados.

—¡Daniel, tú te portaste como un ladrón! ¡Sí, sí! Si vuelves la cabeza atrás y recuerdas... En la casa que te amparaba, con las gentes a quienes todo lo debías; y tú, entretanto, creciendo como un lobo, como una alimaña... ¿No te acuerdas, Daniel, hijo mío, cómo te llamaba para que ayudaras a partir la leña en el otoño? ¿No te acuerdas, Daniel, de aquellas mañanas de otoño?

El paisaje se desvelaba ante ellos, entre ellos dos, con el olor penetrante de la lluvia empapando el suelo que pisaban, con el olor de la madera húmeda, con los golpes del hacha, con la juventud que se les fue, sin saber cómo.

—Aún te veo. Daniel, aún te veo...

Isabel se sentó, con la frente apoyada en una mano.

—Parece que era ayer cuando yo te llamaba... ¿Es posible que lo hayas olvidado? ¡Ay, Daniel, una mujer se acuerda muchas veces de estas cosas! ¡Nunca has visto que yo sólo soy una pobre mujer, que entonces sólo tenía dieciocho años... y me acercaba a la escalera y te llamaba para que bajaras! ¡Daniel!, te decía. ¡Y si tú supieras con qué amor te llamaba, con qué amor te disculpaba, porque eras el único que aún dormías, porque eras el único que aún debías estar arrebujado, como un cervatillo! ¡Daniel, Daniel!, cuando subía a por ti, cuando te despertaba, cuando te obligaba a bajar y te decía: «*¡Holgazán, maldito holgazán, pon tu grano de arena, como todos, para levantar La Encrucijada! ¡Daniel, Daniel, hemos de levantar de nuevo nuestra Encrucijada!*» ¿No estás oyendo aún estas palabras? ¡Señor, Señor, cómo no pudiste entenderlas tú, tú, a quien yo traté como a mi hermano, más aún, como si te hubiera llevado aquí dentro! ¡A ti, el único hijo posible para mí, el hijo que no tuve!

Isabel se tapó los labios con la mano, apretándolos contra los dientes, para no hablar. Para no decir todo lo que ahora rompía en su garganta, toda la cascada de su juventud torcida, perdida. («Como si tu cabeza hubiera empujado a mis entrañas, como si tu cabeza hubiera empujado con su vida mi vida, como si tu vida hubiera bañado de sangre mis muslos. Tu vida bebida por mí, respirada por mí. Daniel, Daniel, hijo mío.»)

Daniel la estaba mirando, de pie, frente a ella, partiendo un trozo de pan entre las manos.

—Todo, todo se te hubiera perdonado: tu egoísmo, tu falta de interés, tu grosería..., tu despego, tu voracidad, tu crueldad...

Daniel cortó su pan. A su pesar, contra su voluntad, también para él el tiempo volvía. Aunque no quisiera, aunque tenía miedo, volvía. Daniel mordió el pan con rabia.

(«Crecía como un lobo. Tenía sueño. En las mañanas entraba el sol por los resquicios de la ventana, el sol que venía a caer en el pecho, el sol de oro, tibio, oloroso a hierba. Estaba tendido, cruzado sobre la cama, con el pelo revuelto. Dormía con un sueño que se siente, que se nota, que se sube: con el sueño de la primera juventud, rendido, pleno. Huía de las palabras estúpidas, de la palabra "dinero", de las palabras "nos debes", de las palabras "tu padre, el maldito", "tu padre, el cobarde", "tu padre, el estúpido". Buscaba la vida, la vida oculta, amasada en la tierra en la carne. El amor, la hierba aún joven, más allá de las palabras, de los rencores y de los deberes. Y los sueños. Los malditos sueños, que matan a los muchachos.»)

Daniel tragó el pan, una bola insulsa y blanda, como tragaba las palabras, los recuerdos, los deseos.

(A veces traía animalillos sangrantes a casa. ¡Qué crueldad! Una tarde mató de un balazo a Moro, *el mastín. ¡Qué maldad la suya! Se deshacía de los abrazos, de los besos, de las caricias que no fueran de ella, de la única posible: Verónica.)*

—Hasta que ella..., tú y ella... ¡Ah, Daniel, no me obligues a recordar toda vuestra desvergüenza! ¡Qué vergüenza nos trajiste a casa, qué vergüenza y qué castigo!

Daniel tiró a un lado el pan, igual que una piedra, y se acercó a ella. La cogió por los hombros y la obligó a levantarse. Sus ojos estaban muy cerca.

—¿A esto has venido aquí? ¿A esto has venido? ¡Ah, Isabel, tú no conoces más que un solo pecado, sólo recuerdas aquello, aquella tarde, aquel día! ¡También yo te veo aún: también yo te estoy viendo todavía, y recuerdo hasta la última de tus palabras! Me alegra saber que tú no olvidas, que tú no puedes olvidar. Quizá descubriste aquella tarde el gran pecado de tu vida. Estábamos en el bosque, sí, y tú lo habías visto todo... ¡No, no vuelvas la cabeza, no finjas una vergüenza que no sientes! Tú dijiste esto mismo: *«¡El ladrón de Daniel ha perdido a Verónica, a esta desvergonzada! ¡Padre, échale, échale a latigazos, como a un perro, como a una alimaña!»* ¿No te acuerdas, Isabel? ¡No, no quieras marcharte, ahora vas a oír tus mismas palabras, tus palabras que decían: *«¡Ella, ella como una perra, estaba entre sus brazos; yo la he visto, los he visto, los he visto!»* Ah, Isabel, ¿no fuiste tú la que lo dijo, aquel día, con los puños apretados, delante del viejo? ¿No fuiste tú la que dijiste: *«¡Deberíamos abrasarla a ella con carbones encendidos, y a él echarlo a la nieve, descalzo, a latigazos, como a un perro! ¡ Y que nunca sepa más de ella!...»?*

La soltó y se fue hacia la pared. Se quedó quieto, de espaldas. Isabel cruzó las manos. Parecía un ave abatida.

—Te quería, Daniel..., como a nadie quise nunca.

Él seguía quieto, como si no oyera. «*Te quería.*» («Quería ella, como siempre. Ella, ellos, muros adentro. Muros adentro.») Daniel se volvió.

—Perdona, Isabel —dijo—. Esto es ridículo. No viene a qué exaltarse a estas alturas.

Isabel Corvo se arregló los rizos con mano temblorosa. Algo había huido de allí. («Tal vez el tiempo...») Isabel apretó los labios. («Aquí, los dos, regresados, grotescos, innecesarios.») Isabel se aproximó a él y le puso una mano en el hombro.

—Cuánto habrás sufrido, Daniel... ¡Si quisieras tú perdonar también!

Daniel se encogió de hombros.

—Puede ser —dijo—. Puede ser que haya perdonado, que esto de ahora, esta ausencia, esta indiferencia, sea una forma de perdón. Al fin y al cabo, Isabel, una cosa es cierta: todo ha pasado. ¡Queramos o no! No sé por qué hemos de ir dándole vueltas todavía. Los que quedan, que continúen, si saben... Nosotros hemos pasado.

—Oí decir que huiste a Francia. Sé cosas de allí; siempre hay alguien que cuenta cosas... Además, los periódicos... ¡Daniel, pobre Daniel! ¡Cuánto he pensado en ti, Daniel! Y también sé que estás enfermo... yo lo sé. ¿Es verdad que estás enfermo? ¿Es verdad que has vuelto a morir aquí, Daniel, sólo a morir...?

—¡Cuentos, patrañas! No importa nada, todo ha pasado, ya te lo he dicho. Vivo bien aquí, solo. Estoy tranquilo. No pienso en nada, ¿sabes? Estoy tranquilo.

Despertaba el bosque, se oían chasquidos de cortezas y gritos de pájaros. El cielo, sobre el barranco, había tomado un azul intenso, excesivo.

Amanecía en la carretera de La Junquera. («Hay algo anormal en el amanecer. Algo fuera de lo común. Cuando irrumpe la luz tras la curva de las montañas o la superficie de un mar quieto. Cuando se anuncia la luz en un cielo liso, súbitamente incoloro, donde se dibujan los cables del tendido eléctrico, antenas, agujas afiladas. Como el principio o el fin de algo que no todos los hombres pueden ver, porque sucede exactamente todos los días del tiempo.») El amanecer entraba despacio, extrañamente inmóvil dentro de su desorbitada carrera. La luz comenzaba y nadie lo sabía. La luz que luego se encendía aún era blanca, quizás en el puente de la vida y la muerte —era casi siempre a esa hora en que nacían o morían los hombres—. En la tierra y en el cielo había un resplandor blanco, especial, el blanco siniestro y lúcido de las paredes de los muertos, de los ojos abiertos y ciegos, de las entrañas de los árboles. Un instante apenas, tal vez ni un instante siquiera, un blanco total, absoluto, lo invadía todo, como si se desmoronase en una ingente llanura de ceniza, de polvo, de nada. Como si todo regresara de nuevo a su origen, como si la tierra, el viento, el fuego, el polvo, la carne recobrasen su esencia y el sueño de la vida despertara a su verdad: nada. Siempre pensó que en el amanecer podrían suceder todas las cosas, y siempre se despertó al amanecer, allá en el desván de La Encrucijada, con la cabeza rendida sobre el libro, olvidado de acostarse, el pecho contra el polvo del suelo. El blanco entraba por los resquicicos y agujeros, como el viento, y lo borraba todo ante los ojos apenas entreabiertos. Y se sentía solo —solo y nada— en la llanura de la vida.

En aquel amanecer de la carretera también tuvo el mismo despertar. Más lúcido, con lucidez de alcohol, se vio andando, siguiendo la riada extraña de los hombres, como polvo. Blancos, transparentes y densos a un tiempo. Luego, sí; amaneció. Se definía, por fin, la luz del amanecer, de un amanecer que anunciaba el sol cotidiano, indiferente, de todos los días. Volvían las cosas a su color. Volvía él a corporeizarse, a ver las cabezas, las espaldas, los ojos de los hombres. Se salvó la noche, o el día, de caer en el abismo. Volvía un día. Otro más. Y sintió la absurda impresión de que el día salvado le hizo perder algo esencial y deseado, tal vez siempre perseguido. Nacía el día. El cielo —allí estaba–, y la tierra, también. Y los hombres. Los hombres, como él, avanzando, pesando, moviendo sus bocas, agujeros de palabras. Diciendo las palabras, las quejas, el miedo de siempre. Los llantos de los niños, las pisadas de las mujeres, los ojos de los hombres. Allí estaban en el amanecer, carretera adelante. Hacía frío, un frío tal vez agrandado por cada uno de ellos. En el amanecer de uno de los primeros días de febrero de 1939, por la carretera de La Junquera avanzaba una riada humana, oscura y dolorida, en ese avance que sólo tienen las mareas o los hombres. («Como si quisieran tragar la tierra, o devolverla a alguien. Porque la tierra sólo es de prestado, sólo se tiene en precario. La tierra vaga y grande. Sí, demasiado grande, que de pronto le escupe a uno. Le devuelve, también. La única que manda y vence es la tierra. La tierra recoge, devora, calcina y tritura nuestros huesos antes de escupirnos otra vez.») Avanzaban así, todos, sin saberlo, y con conciencia de ello; sabiendo que huían de la tierra y que la volverían a encontrar otra vez, inexorablemente, indiferente. Avanzaban, de prisa, en grupos de todas clases, y avanzando de todas formas. Andando en carros, en coches, en camiones. Como fuera, pero avanzando. No había otro remedio, ni otra solución. («El eterno éxodo de los hombres sobre la tierra. Las carreteras del mundo son cauce de huidas. Los hombres huyen por las carreteras como el viento por los agujeros, como el agua soterrada por los túneles ocultos. Los hombres, tal vez, sólo sirven para huir.») Hombres, mujeres, niños. Abrigos arrugados –abrigos nuevos, de buen género, bien hechos, y abrigos humildes, raídos–, ojos de sueño, desvelados. Niños en brazos, o asomados como animalillos a las ventanillas y a los carros. Niños ignorantes y sabios. (En el amanecer se fue de Hegroz para siempre. En el amanecer vio llegar a Verónica, entre la escarcha y los árboles, con el hatillo de su ropa, hacia él. En el amanecer nació la niña de la Tanaya, y antes del alba, se murió.) De cuando en cuando, se sentaba en la cuneta. Llevaba la chaqueta de cuero por todo abrigo. Pero el frío estaba allí dentro de él, y con nada se hubiera podido salvar de aquel otro frío. A los lados de la carretera los árboles les miraban pasar, con brazos humanos, levantados como un grito. Por la carretera avanzaban los hombres, las mujeres y los niños, y, sin embargo, no hubo nunca para él imagen mayor de soledad humana. Todos y cada uno de aquellos hombres avanzaban, absolutamente solos, en el amanecer. El frío iluminaba las puntas desnudas de las ramas con una fosforescencia violácea, movediza. Como escamas, como vidrio triturado. Tenía las manos heladas, con las uñas azules y la yema de los dedos desensibilizada. («También Verónica murió dentro del amanecer.»)

—Ven allá abajo, te lo ruego. —Isabel juntó las manos.— Te lo ruego. Te cuidaré, te sentarás con nosotros, por las noches, entre papá y yo... Mónica es un ser salvaje... Y tan joven... ¡Qué solos estamos, Daniel, qué solos nos sentimos papá y yo en La Encrucijada! ¿Para qué levantamos la casa, para qué trabajé tanto por la Encrucijada? Me lo pregunto muchas veces... ¡Cuántos años así, papá y yo, uno frente a otro, por las noches! ¡Cuánto silencio, uno frente a otro, recordando todo lo que allí hubo! Ya no queda nada, nada. Sí, Daniel, sólo tú, ahora, cuando ya ha pasado la juventud, cuando se es como somos nosotros; sólo tú, Daniel, perteneces a aquel tiempo. Debemos unirnos, Daniel. Ven allí..., aunque sea por las noches. Aunque sea alguna que otra vez, nada más... ¡No me dejes sola! ¿Sabes? Allí está el cuarto de Verónica, cerrado, intacto. Allí están, en la cómoda, sus ropas de niña, los retratos de cuando éramos pequeños... Tu escopeta, la pequeña, la que os llevabais los dos a Neva cuando os escapabais temprano, y tú la llamabas golpeando el suelo..., y ella no encontraba los zapatos, y salía con el cabello destrenzado y las piernas desnudas, igual que una aldeana. ¿Recuerdas, Daniel? ¡Ah, si supieras, cuando supe que ella había muerto, cómo lloré sobre su camita, cómo besé las cintas de sus trenzas, que estaban allí, en una caja de estampas, con sus tijeras y su dedal de plata, con las cuentas de aquel collar que se le rompió en el prado jugando conmigo!...

Las lágrimas le caían por los dos lados de la cara, unas lágrimas sin control, absurdas y desbordantes, como aquellas palabras que por primera vez rompían en su boca. Desesperadamente ciertas, grotescas de tan ciertas. Daniel la miraba como ausente de aquella emoción.

Isabel se apartó el cabello, secó sus lágrimas con las manos. Luego se sonó ruidosamente. Era una mujer envejecida, con la nariz roja, con los ojos hinchados. Una pobre mujer sin juventud, con el pecho oprimido y la boca seca.

—¡Ay, Daniel, nadie se tomó nunca la molestia de pensar en mi corazón! Todo se me aceptaba como natural: mi abnegación, mi trabajo, mi dureza... ¡Qué hubiera sido de La Encrucijada sin mi dureza!

Él estaba pensativo, serio.

—Es tarde —dijo solamente—. Es muy tarde ya para cualquier cosa.

Isabel se levantó y fue hacia la puerta.

—Si alguna noche te sientes muy solo, piensa en lo que he venido a decirte. No es buena la soledad para un hombre, Daniel. Me da miedo.

Daniel recordó las palabras de Diego Herrera: «*De todas las criaturas de la tierra, únicamente el hombre está solo*».

—Adiós, Isabel —dijo.

Se acercó a la ventana y la vio desaparecer, árboles abajo, hacia el senderillo del barranco. Luego volvió a la mesa, cortó más pan y se sentó a comerlo despacio, mirando a la chimenea apagada.

II. El hambre y la sed

Capítulo primero

Miguel Fernández dio dos vueltas sobre sí mismo y estuvo a punto de caerse de la mesa, o cama, o lo que fuera, en que le echaron. Aún no tenía conciencia de dónde se hallaba, sólo se daba cuenta de que se podía caer. Se agarró con las dos manos al borde y, de nuevo, intentó incorporarse. Pero la cabeza le cayó hacia atrás, y se hundió otra vez en el odioso *humo*. *El humo*, el temido *humo* aquel, que le hundía, le llenaba de temor y de vértigo. Se agarró con más fuerza. Su cabeza, por dentro, «era distinta», y él lo sabía. Lo sabía de un modo vago, con angustia. Intentaba coordinar pensamientos, ideas. Pero no podía. Dentro de su cabeza flotaban una serie ininterrumpida de palabras, de retazos, de inquietantes fragmentos de diálogos. Sentía sudor frío en la frente y en el cuello. El resto del cuerpo, excepto sus manos en desesperada búsqueda, parecía no existir. Deseó unir los fragmentos dispersos en su memoria, y no podía, no podía.

Llegaban voces. Voces que le hablaron antes y volvían ahora, mezcladas, repetidas. Palabras del Jefe, de Santa, del cocinero, de sus compañeros: los compañeros de presidio, y los otros, los de antes, los envidiados, los despreciados, los aborrecidos, los tolerados, y, sin embargo, amigos, amigos en su única acepción posible. No sabía cómo llegaban a él todas esas voces, descoyuntadas y repetidas, devueltas, sin sentido ya.

(«Esto no es más que una prueba. Yo os quiero ayudar, quiero encontrar vuestro buen corazón, ahora que aún sois jóvenes. Todos los hombres, hasta los que parecen muertos, esconden una esperanza. Yo te ayudaré, tú encontrarás lo que andas buscando. Yo te ayudaré. Sois llamados Redimidos por el Trabajo. Yo busco vuestra redención.» «Ah, redimidos, ah, ah, ah. ¡Es un patriarca! ¡Ja, ja, ja! Debes decirle que sí, chico. Siempre que sí. Como si le entendieras. ¡Bueno! Todo es caerle bien, ¿sabes? A lo mejor hacemos una suscripción y le regalamos algo. Aquí hay un ebanista que le está haciendo una caja tallada. Le pone escudos, banderas, espadas... De todo. De todo. ¡Pero es un buen hombre! ¡Es bueno!» «Mira, chico, me herí en la presa, me dejaron el pie como una alcachofa. Ahora estoy aquí de cocine-

ro. Me doy buena vida.» «Maté a aquél sin querer. ¿Cómo iba a perderse así, de intención, un pobre viejo como yo? Vosotros, los jóvenes, es diferente. Hacéis las cosas de mala leche. Pero yo... ¡Tengo sesenta y cinco años y ocho nietos! Lo maté sin querer, lo juro. Parece mentira lo que cuesta que se muera un hombre, y, a veces, los mata un golpe que no derribaría a un pájaro. Así es.» «Ahora me doy buena vida. Ya he oído decir que le he caído bien. Ese otro es Santa, el practicante. El de la oficina. El que lo hace todo.» Y recitó: «Azucenas podridas hieden más que cizaña...» «Ayuda al médico y sabe más que él, porque el médico es un burro y está drogado...» «Hijo mío, hijo mío, bien sabe Dios cómo querría ayudarte...» «Ayuda al médico en lo de las curas. Oye, chico, tienes una cara simpática. Ojalá sepas hacer algo bueno para quedarte aquí. Te lo juro. Me gustaría verte por aquí...» «Chico, tú tienes estrella.» «¿Sabes, viejo idiota, que yo tengo estrella? Aquí encima de la frente, mírala.» «Eso es un lunar, un lunar horrible.» «No, no; es sangre. Me mancharon la frente de pequeño; es sangre. No, no, es vino.» «Es un lunar feísimo. Un pedazo de terciopelo que te han puesto en la frente. Un lunar de maricón, que llevas ahí.» «Chico, tú tienes estrella...» «Sí; la tengo. Es una estrella. La veía yo de niño, cuando me despertaba y oía a las barcas. Pero oía las barcas abandonadas, las viejas, las que se quedan por la noche en la arena...» «Chico, tú tienes estrella.» «Niño, ¿nunca has oído hablar de los cristianos? Éste era el circo donde devoraban a los cristianos. ¡Ah, qué horror! Niño, tienes una mancha de sangre en la frente. Como Caín, que mató a su hermano, y Dios le manchó de sangre, ahí, como tú, en la frente. Pero ¿nunca has oído hablar de los cristianos, ni de Abel, ni de los ángeles? Pero, ¿qué te enseñaron en la escuela? ¡Qué extraño es todo esto, qué extraño...!» «Madame, mi escuela se llamaba Rosa Luxemburgo...» «Qué extraño, niño qué extraño; tienes una estrella en la frente...» «Chico, ojalá le caigas bien. Me gustaría verte por aquí. ¡Eh, chico, cuidado, cuidado, chico!...»

Miguel Fernández aflojó la presión de sus dedos, parpadeando. El sudor bajaba, lentamente, por su cuello. De repente, una luz viva le hirió en pleno. «El valle de las Piedras. Destacamento Penal de Hegroz. Miguel Fernández. Veinte años.» El chico se dio cuenta de que tenía los ojos abiertos, de que estaba mirando al techo de la habitación. Aquel techo no podía ser otro que el del cubil del jefe. («Don Diego. ¡Puah! ¡Don Diego, nombre de flor, de marica!») Pero no era marica. No, no lo era. Miguel parpadeó, despacio, «Conque me han traído al cuarto de don Diego. Sí, se ocupa mucho de nosotros. Cuando se murió aquél, vino él mismo a la obra y estuvo mucho rato a su lado, hasta que llegó el juez. Es muy suyo, esto.» Empezó a recordar. Fue en la obra. Se hirió en el pie, pero no le dio importancia. Y no fue por lo de la herida, estaba seguro. Fue aquello otro, *el humo* dichoso, que llegó hasta él, traidoramente, otra vez. Estaba muy cansado. Cada pie pesaba como plomo, el vaho del *humo* le entró por los ojos, se los enturbiaba de dentro afuera. Las cosas se agitaron ante él: las sombras de las piedras, los bultos de los hombres, todos los contornos parecían rodearse de un vaho rojizo, y era como si bajo sus plantas el suelo se endureciese y levantase. Sentía dentro de los oídos las pisadas de sus compañeros, los ruidos opacos, los golpes de las palas, el bronco rumor de la trituradora, y dejó de pensar. (Estúpidamente, como siempre que se adormecía, le vino a la memoria el primer día que llegó a Hegroz. Hacía ya un mes. No sabía por qué razón tenía ahora que volver a vivir aquel momento: el saltar del camión, ya noche cerrada. En aquel altozano, sobre el río, la primera visión del barracón, negro y largo, y la silueta de un árbol solitario, extrañamente desolado. El rumor del río que allí estaba, y no se veía, que se perdía hacia el bosque de álamos, las encinas y las hayas lejanas. «Destacamento Penal de Hegroz.» Un perro empezó a aullar, y él miró aquel día hacia los ladridos, hacia aquel confuso lugar, en la negrura, y le pareció descubrir vestigios de un poblado medio derruido. Negros esqueletos en la noche, las chabolas de las mujeres y los niños que siguen a los presos. Habían encendido una linterna. Oía las pisadas de los guardias. Volvió a ver, como en sueños, el camino de aquella noche, la linterna iluminando un trozo de tierra rojiza y pedregosa. Un camino ascendente.) En la obra, aquella tarde —«esta tarde misma»—, otra vez era el suelo de aquel día, de aquella noche. Los ojos se le nublaron. El suelo avanzó tanto hacia él, se acercó tanto a su rostro, que lo sintió raspándole, frío. Alargó las dos manos, tocó piedras que se le clavaban en las palmas como dientes enormes y malignos. «El Valle de las Piedras.» (Y dentro de él, muy dentro de él, el perro de la primera noche aullaba, larga, lastimeramente.)

Miguel Fernández hizo un esfuerzo y se incorporó. Hacía rato

—ahora lo sabía— que oía aquella voz y que le miraban aquellos ojos. No le importaba lo que decía. Nunca le importó lo que decía aquel hombre que estaba tan lejos de él, de su mundo, de sus problemas. Aquel loco que se las daba de santo. «Ya no hay santos, por ninguna parte.» Y pensó: «*El humo* ha vuelto». La última vez fue de noche, en *la Modelo,* de Barcelona, hacía cuatro meses. Nadie se enteró. Ahora es distinto y tendría que decir algo. Pero difícilmente podía decirlo, porque ni siquiera él lo sabía. (Y *el humo* no se había repetido desde entonces, cuando era niño, durante la guerra.)

—¿Qué es esto, chico? —preguntaba el jefe.

Instintivamente quiso levantarse, quitarse la gorra, pero en seguida comprendió que era inútil, que era una estupidez. Además, aún no podía, aún le temblaban las piernas. Sintió la mano del jefe sobre su hombro, como aquel día en que quiso hablarle como un padre, según dijo:

—¿Te pasa esto a menudo? —decía el jefe—. Aquí no quiero enfermos. No puede haber enfermos. Esto no es un sanatorio. Debían habérmelo advertido.

Estaba preocupado. El chico respiró hondo y parpadeó. Le dolía mucho la cabeza. Los cuerpos se le hacían más claros, y le volvía la razón, la preciada razón. Descubrió a Santa a su lado. Tenía en la mano el algodón con que le había restañado la sangre de la cara.

—No estoy enfermo —dijo—. Es que estaba cansado... No sé. Nervioso.

—Cansado —repitió el jefe. Y no dijo más. Se volvió de espaldas y miró algo entre los papeles que había sobre la mesa. No sabía qué cosas querría decir, Diego Herrera, a lo mejor, con aquella palabra.

El chico sintió un repentino calor que le llegaba desde la nuca y se extendía hacia sus hombros. Un calor doloroso, hasta los huesos. «Pues que me eche», pensó. «Que me eche como a un perro, otra vez, a aquella basura. ¡A mí, qué! Igual me da un sitio que otro. Que me eche. No es el trato lo que a mí me importa. Lo que quiero es libertad.» Íntimamente se revolvía contra la vaga melandolía que empezaba a producirle aquella palabra. Una como nostalgia de cosas, tal vez no conocidas siquiera. El jefe se sentó frente a su mesa, con las piernas cruzadas. Era bajo, delgado, con perfil de ave rapaz. Llevaba altas botas negras. Estaba papeleando, y un cigarrillo se consumía a su lado, sobre la mesa. El chico miró hacia las paredes. Había libros y el techo quedaba muy bajo. La estancia era pequeña, con sillas, dos ventanas cerradas, de vidrios sucios y verdosos, y un retrato de Franco en colores, con uniforme de almirante. El catre donde estaba echado era una especie de cama turca, duro y crujiente. Logró sentarse y se cogió la cabeza con las manos. Entonces, la sangre volvió a gotearle desde la frente a las rodillas.

El jefe parecía buscar algo entre sus desordenados papeles. El chico miró su nuca gris y reluciente. Tenía un hoyo hondo en el cogote. De pronto sintió toda la pequeñez de la estancia, el techo bajo, las ventanas cerradas. Un gran deseo de salir a la noche, al campo, le invadió, y apretó los puños.

—Yo creo que tiene debilidad —dijo Santa—. Come poco.

Le volvió a enjugar la sangre. El algodón olía fuertemente a alcohol. Luego, le embadurnó cuidadosamente con mercromina.

—¿Cuántos años tienes? —el jefe dio la vuelta en su taburete giratorio y sus ojos le escudriñaron. El chico se sintió molesto. «Si lo sabe de memoria. Lo menos me lo ha preguntado cien veces. ¡Imbécil! ¡Qué perseguirá, con estas cosas!»

—Veinte —dijo.

—Ya veo, ya veo —dijo el jefe. Y volvió a quedarse pensativo.

Llamó al oficial. Santa guardó el desinfectante y se sentó a escribir, frente a la máquina. El oficial, con la guerrera desabrochada, andaba con pasos vacilantes y a la vez flexibles.

—Lleva a éste arriba. No es nada.

Lo llevó a la cocina. Estaba al fondo del barracón, y tenía una chimenea con campana muy grande, negra de humo. Las paredes y el techo estaban cubiertos de hollín. Unos grandes troncos ardían aún, en el hogar. Por la ventana, Miguel vio las rocas de la montaña, muy pegadas a ellos. El rumor del río llenaba completamente la habitación.

El oficial disimulaba su borrachera. Miró su cara, sus ojos hinchados, y sonrió, para sí. Afuera, por la puerta abierta, podía distinguir la plazuela, oscura. A la luz de una linterna brillaban las hebillas de los correajes de los guardias. Le llegaban retazos de su conversación, arrastrada, perezosa. Miguel lo miraba todo cuidadosamente, con una premeditada atención. Un preso estaba aún allí, con el pie enyesado. El cocinero se le acercó con el plato. Los de los turnos diurnos, ya acostados, hacía rato que cenaron. Acababan de partir los del turno de noche.

—Eh, chico, toma —le dijo el cocinero. Le había guardado la cena. El rancho era abundante, pero no tenía hambre. Estaba mirando al oficial, que caminaba hacia la puerta. La sombra le iba en zaga, tras los pies, oscilando. Se quedó pensativo, con el plato sobre las rodillas. Escuchaba el ruido de la máquina de escribir, allí al lado. Escondidamente, el cocinero le alargó un vaso de vino.

—Toma, toma. Anímate. Es del bueno.

Se acercó. El chico bebió, y torció la boca.

—No es que sea... —dijo—. Pero está bien.

El otro le hizo un gesto, como para estamparle en la pared:

—¡Asquerosa rata! —le dijo, riendo—. ¿Que beberías tú en tu pocilga, antes de aquí?

El chico sonrió.

—Lo que yo bebía. ¡Imagínatelo! La lengua se le hinchaba a uno. Se quedaba uno para salir por la ventana. Al principio daba un poco de refrío, pero luego, la boca se iba calentando, calentando... Parecía que te entraba y te salía fuego por los ojos. ¡Se notaba como si el paladar fuera a juntarse con la tapa de los sesos! Luego...

El cocinero se había acercado a él. Le estaba escuchando. El chico se interrumpió. El cocinero estaba ahora muy junto a él.

—¿Y qué? —dijo.

Notó un cambio en su voz. Como si de pronto hablara con todo su corazón. El chico dio un respingo y se puso en pie.

—¿Cuántos años llevas quí?

El cocinero no le contestó, y torció el gesto. El chico sintió rabia. Ganas de apuñetear la cara del preso cocinero, por sus años, por su modo de escucharle. «¡Yo no me pudro aquí, no me pudro aquí», se repitió. No tenía miedo, pero había sentido frío. Frío de escucharse. ¡Asquerosa rata de cárcel, podrida carroña! Miles de años les daría él. Por su mansa servidumbre, por su vieja rutina estúpida. ¡Ah, él no, él no! Su vida no estaba en manos de nadie. El viejo, estaba seguro, sería un carterista, un chorizo, y ahí lo tenía, miserable, escuchando su explicación de cómo era lo que se podía beber fuera de allí. ¡Asqueroso! No lo habría probado jamás, ni fuera de allí. ¡Cómo iba a vivir él, él, entre basura! ¡Redimido por el Trabajo! Bien, hasta los sermones imbéciles del jefe loco se merecían. Pero para él no rezaba. Fuera. Fuera estaba lo suyo.

Se encontraba aún débil y se apoyó en la pared. Volvió la cabeza y vio entrar a Santa, el enfermero. Era un hombre muy flaco. Le llamaba la atención el color de sus labios, amoratados. Tenía una sonrisa débil.

—Yo creo que tienes sólo hambre —le dijo—. Bueno, sube. Vete a dormir.

El oficial le ordenó acompañarle al dormitorio.

—Adiós muchachito —le dijo el cocinero. Por debajo de su gorra asomaban ásperos mechones, de un blanco amarillento. Tenía una nariz enorme, como una remolacha.

Volvió la cabeza hacia Santa, el enfermero-preso, con una constante curiosidad. A pesar de que las fuerzas le abandonaban, no quería perder la noción, no quería perder la atenta observación de los hombres y las cosas que le rodeaban. Santa parecía educado, incluso tenía las manos cuidadas. Notó que le era simpático. «Chaval, le has caído bien.»

—¿Es verdad que está chalao?

—¡No diría yo eso! —dijo Santa. Y añadió—: Es un hombre bueno, solitario. Tú tienes cara de inteligente y puedes comprenderlo mejor que otros... No es de por aquí. En el fondo, en general, se hace querer. Yo mismo, tal vez daría mi vida por él, si se terciaba. Le mataron un hijo, durante la guerra. Fue horrible, le sacaron los ojos, vivo. Bueno, una historia fea... ¿No te fijaste? Lo tiene retratado, encima de la mesa.

Miró más atentamente a Santa. Su voz era dulce. «¿Qué habrá hecho éste?», pensó. «Tal vez, por cuestiones políticas. Parece más instruido, más educado... Sí, eso debe ser.»

—Pero ¿ésa era su habitación?

—Sí, ya ves. Es humilde. Vive como un soldado... o peor. Su cuarto, además, sirve de enfermería, cuando conviene. Estamos aquí un poco apretados, no tenemos mucho sitio. Esto era antiguamente un bloque de viviendas obreras... Debían vivir como piojos, digo yo.

—¿Cuándo?

—Hace años. Antes de la guerra. ¿Te has fijado en las ruinas? Había aquí una colonia de trabajadores. Explotaban unas minas, creo. Ahora ya está deshecho todo. ¡Sólo nosotros, aquí, como cuervos!

Le miró con curiosidad. Hablaba suavemente. Tenía unos ojos enormes, negros, con un reborde de sombra amoratada. El chico apartó la mirada de aquellos ojos, con una extraña sensación de desagrado. Aquellos ojos de pupilas dilatadas y oscurísimas le angustiaban. «Ése debe estar contagiado por la chaladura del jefe. A lo mejor es peligroso como la lepra. A lo mejor es contagioso, el bicho ese.»

—¿Es verdad que está a vueltas con los libros? Me lo han dicho por ahí. ¿Es verdad?

—Sí. Creo que sí. Lee mucho. Y está a vueltas con su santo, siempre.

—¿Qué santo?

—San Pablo —dijo. Y se calló.

Al subir la escalera le tocó el hombro, y se detuvo.

—A veces, le escucho, como embobado —dijo, pensativo, en voz muy queda—. A veces, te lo juro, me pone la carne de gallina oírle. Pero aparte estas cosas, hay que reconocerle méritos. Es noble. No se presta a manejos sucios con los de la Compañía. Mira, es natural: esos cerdos quieren explotarnos. ¡Si conocieras sus guarradas, con lo de las nóminas, las bajas, y todo eso! Claro, como somos presos y tenemos que callar... Todo cabe. En otros campos, según con quien caigan... Pero éste es distinto. Hay que admitirlo. ¡Menudos chanchullos podría hacer, si quisiera! Yo me entero, porque le llevo las cuentas. Y no lo hace, es honrado. No tiene ambición. ¡Y eso que es un hombre pobre!

—¿Tú qué sabes?

—Yo lo sé —dijo, con gesto enérgico y humilde.

—Chico, ojalá te quedes aquí. Me gusta hablar de vez en cuando. Éstos, son unos bestias —añadió.

«Sí, ya sé que le caí bien», pensó el chico. En general, estaba acostumbrado. Caía simpático. Éste era un secreto que él sabía, que él guardaba. Se conocía y procuraba que su corazón quedara libre de afectos, en lo posible. «También yo me soy más simpático que nadie», pensó. Subió lentamente al dormitorio, que estaba en el piso alto. Ascendían casi a tientas, por unas escaleras estrechas.

En la planta de los dormitorios derribaron los tabiques, de modo que resultaba una nave larga y estrecha, más apta para su función que dividida en compartimientos. A un lado había varias ventanas, enrejadas unas y tapiadas las otras. Como la noche era cálida, las ventanas sin cegar tenían los batientes abiertos. Abajo, tras las rejas, sonaba el rumor creciente del río. Las literas ocupaban casi todo el espacio. Una pálida luminosidad hacía visibles las literas y los bultos de los cuerpos dormidos, silenciosos, suavemente agitados. El suelo era de madera y crujía bajo sus pies.

—Adiós —dijo el enfermero. Le dio un cariñoso golpe en la espalda—. Quiera que te encuentres bien... Si algo te pasa, llámame.

Volvió abajo:

—He de acabar unas cosas.

Habló con el cabo de varas. «Ese chico está enfermo. A lo mejor tiene un ataque.»

Miguel se desnudó y subió a su litera, que era la más alta. Allí tenía su maleta. Todos estaban cansados. El cabo de varas se había vuelto de espaldas, junto a la ventana. Estaba sentado en el suelo, con las piernas cruzadas y la cabeza echada hacia atrás. Un fueguecillo rojo apareció en sus labios, clandestino, apurado con avidez. A los pies de las literas, en la parte que lindaba con la pared, había como un nicho donde guardaban las maletas y los enseres. Dormían vueltos de espaldas, como una joroba de la cama.

Se alegraba de estar al lado de una de las ventanas. Necesitaba respirar aire puro. A través de los barrotes vio apenas el valle, al otro lado del río. De nuevo sus ojos tropezaron con el árbol negro y solitario, única vegetación visible. Se distinguía más claramente la silueta de las ruinas, su entramado de vigas, descarnadas; las altas peñas y las vertientes de las montañas. Se encendió una hoguera entre las ruinas, y el resplandor del fuego lamía sus piedras quemadas y los maderos carcomidos, las cercanas peñas de la vertiente. Altos, lejanos, los picos se dibujaban adustos, con una cinta de cielo plateándose al borde. Entre las ruinas, percibió vagas siluetas humanas, y de nuevo el perro que ladraba. Solamente el rumor del río, entre los mimbres, pegado a los muros del barracón, parecía una voz viva y amiga. El tronco del árbol, solitario, con la copa levemente agitada por el viento, tenía un gesto duro. Le resultaba simpático. En su mudez, en su triste silencio, parecía retener años y paisajes, voces. Y una inexplicable nostalgia.

—Debe ser un haya —se dijo.

Todas las noches igual antes del sueño. Todas las noches, desde hacía un mes. Un desprecio vago, tibio como una náusea, le invadía hacia los cuerpos dormidos de aquellos hombres. Le vino a la memoria la sonrisa del cocinero, las palabras afectuosas de Santa, el modo cómo le encomiara la bondad del jefe. «Asco», se dijo. ¿Qué era aquella sumisión, aquella sencilla tranquilidad, aquella espera? Los había con más años de condena que él. Los había aún jóvenes. «No me da la gana.» «Yo no puedo esperar.» «Yo no sé esperar.» Se aproximó más a la ventana, se agarró a los barrotes y notó en la cara el frío del hierro. Aquellas montañas, aquellos oscuros bosques que parecían despeñarse vertiente abajo, aquel silencio terrible sólo roto por la respiración del sueño colectivo de los hombres encerrados, casi contentos, con el estómago relleno. «¡Asco!» De la vida, se esperaban cosas, se buscaban. «Si no muere uno, y santas paces.» Pero no se podía aguardar años, allí. Una vez más, pensó en la promesa de Tomás y Lena. Recordaba la sonrisa de Tomás, cuando le dijo que confiara en él. Sus dientes torcidos y sus ojos azules. No podía encerrarse en aquella sosegada indiferencia de los penados, con aquel pausado latir de corazones rodeando el furioso latir de su corazón. «¡Carne de presidio, carne de horca!» Por él, les barrería a todos. A Santa incluido. Santa, ganado por una piedad apolillada, débil, extraña. El jefe debía ser un tipo de cuidado. Bueno, ya vería. La vida no se cedía así como así. «No tengo otra.» Se echó hacia atrás, y se quedó quieto, tendido sobre la espalda, con las manos cruzadas bajo la nuca. Tenía los ojos abiertos, doloridos. Ardientes, como cubiertos de una capa de ceniza.

«A lo mejor le da un ataque», le vino a la memoria. No. No le vendría. Ya lo presentía y lo sabía él. No le vendría aquella noche. Y, al día siguiente, ya vería. Tenía que pensar. Vería... Aquel silencio y quietud, asfixiaba. No se podía estar así, quieto. Nunca en su vida se estuvo quieto.

De pronto se levantó y fue a rebuscar entre sus cosas. Sacó una libreta y escribió: «Abril de 1948. Ingreso en el Destacamento Penal de Hegroz (Montes Sextercios)». Era una libreta sucia. Antes apuntó cosas. Ligeramente las hojeó. Había páginas arrancadas. Teléfonos. Calles, nombres. Y antes, otra línea semejante a la última, con lápiz: «Octubre 1947. Ingreso en la Cárcel Modelo (Barcelona)». Tiempo y tiempo de espera. Y él, antes, ¿cuándo había esperado algo? En la vida no caben esperas. La vida es breve, pasa tan de prisa. Hay que arrancarla, de donde sea. Cerró la libreta y la guardó. «Mi vida», se dijo. ¡Si no fuera por aquel tropiezo último! ¡Estaba tan bien encauzada! «no me la van a reventar». Antes, prefería estar muerto.

¡Pero no va a ser fácil liquidarme a mí! Les daré trabajo.»

Doce años de condena. Así, se dice pronto. Se dice, casi sin sentir. Doce años de prisión. Y con la condescendencia de *redimirse por el trabajo.* Tenía calculado lo que le restarían por su trabajo. Total: cinco años y medio. Mediando tal vez algún indulto, podría ser menos. Bueno: esto estaba todavía colgado del vacío. Se echó de espaldas otra vez, bruscamente. Estaba acostumbrado a la calle. A abrirse paso entre los hombres, codo con codo. Nunca miraba hacia atrás. A veces, como en aquella noche, le llegaban ráfagas de infancia, sugeridas por imágenes, por un eco o una palabra. «Se puede recordar, si no hay más remedio. Se desecha. No hay tiempo para estorbos. Las cosas que arañan, que babean, se barren. No hay tiempo para las cosas sin remedio. Se retiene lo que sirve, las experiencias, las sorpresas, las desilusiones. Por eso, también debe acabarse con la ilusión de cualquier cosa.» No podía dejarse abatir por la melancolía. Aunque, a veces, llegara agazapada, húmeda. Sí, a veces, hacía años, quizá, tuvo ganas de llorar. No podía negarlo. Pero las estranguló. Desde muy niño aprendió a hacerlo. Entonces, al comienzo de «aquello», cuando apenas tenía ocho años. El primero, el más grande de sus terrores, le invadió durante un bombardeo. Fue al ahogar el llanto, que le vino por primera vez el ataque. Por eso sabía que estos ataques, de vez en vez, eran el sustituto de las lágrimas. Como en aquel momento. Él lo llamaba, internamente, *el humo. El humo* era casi, casi un amigo. Las cosas adquirían entonces un relieve extraño, avanzaban hacia él y un frío grande le brotaba de los huesos y le llenaba los ojos. Aprendió a desterrar las lágrimas, y todo se llenaba de indiferencia. *El humo* traía la gran indiferencia, deseada, quizá, como una forma de la perfección. *El humo* se presentía, y –no lo podría él explicar nunca– desgranaba una extraña procesión de helados espectros. Empezaba el desfile por el mundo interno, por el abrasador y escondido mundo que era preciso arrinconar, olvidar. No por el mundo de fuera, el mundo real lleno de llamadas, de hambre brutal. Sí, por el mundo de piel adentro, por el extraño país del alma, donde parecía, en aquellos momentos, que vagase un niño. O, más bien, el fantasma de un niño, encerrado en una casa oscura y alta, una casa donde no había ningún agujero, ni para huir ni para respirar. El fantasma de aquel niño vagaba escaleras arriba y abajo, buscaba ventanas, puertas, y nunca las hallaba. Hasta que la casa le asfixiaba, le consumía, le volvía ceniza. Como afuera no podían salir el dolor, o el miedo, o, tal vez, la ternura, Miguel apretaba los dientes. Miguel se recordaba niño. Se veía, a veces, otra vez niño. Como si viese una película. Miguel se veía en el suelo, sentado en la calle. Aquella calle inolvidable, llena de polvo y de calor.

Estaba frente al mar, al lado de su madre. Y muchas otras gentes también estaban. Una delgada cinta de sol reverberaba delante de sus ojos. Pasaba una cadena de hombres, con sus grandes sombras oscuras, por encima de la cinta, de la serpentina del sol y del mar. El polvo se metía en la nariz, se respiraba, y no gustaba. Veía el paso de las alpargatas o de las sandalias, y oía voces. El sol les caía encima de lleno, y la cinta, sobre el mar, se borraba. Entonces, los hombres tomaban un rostro, un color, una forma. Pero las armas eran siempre iguales y negras, aunque brillaban. Tenía sed. Con frecuencia tenía sed. Se olvidaba de beber agua, porque siempre iba corriendo de un lado a otro. Tenía muchas cosas que mirar. Todo estallaba, a su alrededor, con violencia, abigarradamente. De niño, casi nunca se acordaba de beber agua. Luego, cuando bebía, se estaba un rato como bañándose por dentro, y la respiración se le agolpaba, como si hubiera corrido. A veces estaba sentado, muy quieto, al lado de su madre. Pero venía Chito y se lo llevaba con él. Se escapaba del lado de la madre porque tal vez era su obligación de niño de ocho años. Como si la madre sólo existiese, en aquel tiempo, para eso. Para, de pronto, escaparse de su lado. Era preciso. Y, luego, volver. Cuando él volvía, la madre tenía que estar siempre. Y si no la encontraba inventaba que le dolía la cabeza, o que se cayó y se había torcido el hueso que va por dentro del brazo. Lo que mejor recordaba de su madre eran las cejas, la curva hermosa de sus cejas. Aquellas medias lunas negras, aterciopeladas, en la tersa frente de color moreno. A veces, cuando ella trabajaba, inclinada a su alcance, él reseguía las cejas de su madre con un dedo. Ella le espantaba las manos, como si fueran moscas.

(Aún ahora conservaba en las yemas de los dedos el recuerdo de aquel contacto tibio, duro y brillante; aquel contacto como de pluma, tiernamente curvada. De su padre, de aquellos tiempos, sabía más cosas, pero las recordaba menos.)

Su padre iba unido a aquella tarde. Aquella tarde que estaba grabada en su memoria, como la primera gran revelación. Se sintió levantado hacia los hombros de su padre, y vio muy cerca su cabeza cuadrada, sus recortadas patillas rojas. Su padre lo llevó así, montado en el hombro, hasta el barco. Su padre vestía un mono azul, con la camisa abierta, dejando ver los pelos rojizos y acaracolados del pecho, y una gran pistola negra al cinto. Su padre era un borracho: todo el mundo lo sabía. También lo sabía él, cuando alguna vez se despertaba sobresaltado, en la noche, y los ruidos parecían mazazos sofocados por trapos, en la pared. Entre los dientes de la madre siempre había un grito mordido, retenido. Pero su padre era listo: eso lo decían todos, también. Y tenía un olor especial, como mezcla de aguardiente, salitre y una loción que se ponía en las patillas. La barba, dura y mal afeitada, le rozaba el pañuelo rojo del cuello. Su padre estaba unido estrechamente a aquella tarde, aunque no pudiera recordarle entre las gentes que gritaban, aunque no le hubiera visto a él, concretamente, en aquel lugar. A veces, las gaviotas tenían un vuelo bajo, como el de aquella tarde.

(La tarde que le llegaba tan a menudo, sin saber por qué, como una náusea reprimida.)

Era en su pueblo, en el embarcadero. Tenía ocho años y todo lo anterior a entonces, a aquella revolución, a aquella guerra, se le borró para siempre, si es que algún día se grabó en su recuerdo. Aquel tiempo fue demasiado vivo, demasiado ruidoso. Aquella tarde el embarcadero estaba lleno de gente. La visión de aquella tarde, clara, brillante, precedía siempre al humo. *Las gentes eran tantas que Chito tenía que arrastrarle, casi a gatas, entre los pies de los hombres y las mujeres, para ver a aquellos otros hombres, extraños protagonistas de la tarde. No sabía qué protagonizaban, pero sí era cierto que había que verlos, sin remedio. Del mismo modo que era preciso escapar del lado de la madre. Él seguía a Chito, que le llevaba de la mano, apretándosela mucho. Él y Chito se abrían paso a codazos, a empujones. Al fin, al borde del embarcadero, se hicieron un hueco. Solamente miró a uno, a uno sólo de aquellos hombres protagonistas de la tarde. Estaba muy pálido: parecía que las facciones le colgasen del rostro. Aquel hombre, como los otros cuatro, estaba al borde de la barcaza, y le habían atado los brazos, codo con codo. Y también los tobillos. Los hombres que le rodeaban decían muchas cosas, y alguno se reía. Su risa, de todas formas, sonaba de un modo extraño, distinto, como a saltos. Aquella risa parecía también golpes de agua, y la gente que él miraba no se sabía si estaba muy alegre o llena de miedo. Su madre no estaba allí. Su padre, sí, aunque no le vio. Su padre era de los que ataba los codos y los tobillos, de los que rodeaban a los cinco oficiales, aunque no le vio.*

(Cuando recordaba escenas de su infancia, sabía «que no estaba con nadie». El recuerdo de sus padres, cuando venía, era casi siempre aislado, en momentos de soledad con uno u otro. Nunca con otras gentes. Pasaban a ser paisaje, simplemente. «No estaban con él.» De sus padres ya sólo le quedaba, por así decirlo, el movimiento mudo, sin voz, de aquellos labios que tal vez le hablaron, le pidieron o le prometieron cosas. Cosas que él, ya, no sabría nunca.)

Estaba desligado, siempre aparte, siempre «otra cosa», del mundo aquel que se abría, hora a hora, a su alrededor. Del mundo al que él asistía con sus ocho años recientes, minuto a minuto, creciendo. Matando y naciendo cosas dentro de él. No, no estaba nadie con él tampoco aquella tarde. El hombre atado, con la parte superior de su traje desabrochado, se le pintó dentro de un modo imborrable.

(Aun ahora veía claramente aquel triángulo de pecho blanco, raramente blanco, junto al rostro de color arcilla.)

Pensó que el hombre tenía el cuerpo de otra pasta que la cara, como los muñecos. En los otros cuatro oficiales no se fijó. Sabía que estaban también atados, a merced de hombres como su padre, pero no les miraba. Luego pudo ver cómo les echaban una cadena al cuello, enlazados uno con otro, y los hundieron en el mar, desde la barcaza. Los mantuvieron sumergidos un rato largo. Oía gritos. Todos, los que miraban desde el muelle, desde el embarcadero, los que les habían sumergido en el agua y sujetaban desde arriba la cadena, sudorosos, estaban como espantados, pero algunos se reían. Hacía mucho calor y las gaviotas volaban muy bajas, porque iba a llover. Eso decían los marineros. Y los oficiales estaban dentro del mar, atados, suspendidos del cuello por la cadena. Y como todos gritaban, no se oía nada: no se oía algo que él quería escuchar, sin saber lo que era. De pronto, las gentes avanzaron, empujándole, y luego retrocedieron. Pero él no se pudo mover de allí ni podía dejar de mirar. Sintió un clavo en el estómago. «Chito, dime, ¿se habrán ahogado ya?» Chito no dijo nada. «Chito, ¿ya estarán ahogados?» Pasaba el tiempo tan despacio como no parecía posible. Ahogarse, hasta entonces, sólo fue para él una palabra, o un hombre que no volvía. Bajó los ojos cuando los hombres tiraron de nuevo de la cadena hacia arriba. Tiraron con todas sus fuerzas, a la voz de mando de uno de ellos, sudando como cuando trabajaban. Tiraban de la cadena hacia arriba, a golpes. De nuevo salían aquellas cabezas horribles y amoratadas, con el pelo pegado a la frente, chorreando. Bajó los ojos al suelo, rápidamente, y se tapó las orejas con las manos. Sintió un hilillo de saliva que le caía de la boca, de lo más hondo de la boca. Y se vio los pies descalzos, fríos, a pesar de aquel día de julio, caluroso. Ahogarse, hasta aquel momento, fue solamente una palabra. Sabía que algunos marineros se ahogaban. Y, si volvían, los tapaban y no se podían ver. Porque a ellos no les dejaban mirar. Un hermano de Chito se ahogó. Era un bulto, una extraña joroba debajo de una sábana. No tenía nada que ver con lo de aquella tarde. A los ahogados se les llevaba con los muertos al cementerio. (Antes de aquella tarde, el cementerio era un campito donde olía bien a hierba y tierra, en las afueras del pueblo. Desde aquella tarde, el cementerio olía a cuneta, a frío, a basura podrida y dulzona, donde caen los muertos que tienen la cara hinchada y horrible, los muertos que tienen los ojos abiertos y miran, miran, hasta cuando uno está ya muy lejos y duele el pecho de tanto correr.) El hilo de saliva estaba quieto, pendiente de su boca abierta. Y su garganta seca, áspera y muda. No podía cerrar la boca. Miró hacia arriba, lentamente. La gente del embarcadero, a su alrededor, era de pronto como casas. Como esquinas de casas para él. Sólo unos grandes estorbos. Había hombres, mujeres y niños. Los niños tenían los ojos y los labios bordeados de una sombra oscura. Llenos de preguntas, todos, pero terriblemente callados. Nadie le buscaba, aquella tarde. Volvería con su madre. No sabía dónde estaba, pero él volvería con ella. Él volvía siempre, a comer, a dormir. De pronto, Chito le apretó mucho la mano y se miraron. Como él, Chito estaba muy blanco. Chito, en voz ronca, le hizo una pregunta:

—¿Has visto lo que han hecho con el cura? ¿No has visto lo que le han hecho al cura?

Chito era moreno, renegrido, flaco. También, como él, hijo de mujer andaluza. Sus madres venían de otras tierras; podrían ser hermanas, tal vez. Chito tenía once años y vivía junto a su casa. Le seguía a todas partes, porque Chito sabía muchas cosas y porque tenía tres años más que él. Su madre decía que Chito era un mono maldito. Chito y él huyeron de allí. No querían mirar más.

No sabían cómo se alejaron de prisa. Los gritos les perseguían. Y los ojos de los ahogados, y las lenguas hinchadas.

—Madre, Chito ha visto al cura —dijo él, por la noche.

La noche, como casi siempre, se la encontraba uno al volver a casa, dentro de casa. De pronto, sin saber cómo, entraba la noche. Afuera aún era de día, pero uno entraba en casa y, allí, había llegado la noche. La madre, aquella noche, miraba por la ventana abierta. Él se dio cuenta entonces de que escuchaba el repiqueteo de la ametralladora.

(Se acordaba mejor de la ventana que de la casa.)

Si la luz de la habitación estaba apagada, la ventana era un cuadro verde pálido, verde frío y delicado, y todo se llenaba de un grande y hermoso perfume. Eso era la noche entonces. Pero si se encendía la luz dentro de la habitación, la ventana era un cuadrado agujero abierto a un mundo plateado, y se veían en él cruzar las nubes oscuras, como humo compacto de locomotora, como el espeso humo del tren. Y entonces llegaban más claros, más concretos, todos los ruidos de la calle.

Aquella noche la madre escuchaba los ruidos. Las manos de su madre parecían estar siempre mojadas: así eran de brillantes y duras. Ella decía que tanto trabajar. Siempre asentadas, cuando estaba quieta, sobre sus caderas curvas, plenas. Cuando se movía, cuando andaba, su cintura oscilaba sobre aquellas combadas líneas con deje muelle, perezoso. Él apretaba a veces la cabeza contra ellas, y sentía a su contacto una extraña y punzante sacudida, en el centro del pecho. Levantaba la cabeza hacia su madre, veía el cuello liso, bronceado, y buscaba las pequeñas curvas de sus cejas negras, duras. Se sentía lejos y cerca a un tiempo; estaba en ella y muy distante de ella.

—Madre, Chito ha visto al cura, y yo, al contramaestre, que le han metido en el agua, y...

La madre no dijo nada. O, si lo dijo, no se oyó. No importaba. No se acordaba ya.

Luego entró de pronto la madre de Chito, la otra andaluza, corriendo, con la voz cortada y chillona, como un grito durísimo. Y dijo:

—¡Los están matando en la playa!

No dijo más. Exactamente eso.

(Él no olvidó una sola palabra, ni un solo deje de su voz.)

Se alejaron las dos, rápidas, y dejaron la puerta abierta al salir. La puerta venía a interrumpirlo todo. Era más ruidosa que la ametralladora, que las voces y las pisadas de afuera. La puerta abierta era insoportable. Pero Chito apareció en el umbral iluminado. Vio sus piernecillas delgadas y la sombra de su cuerpo moviéndose bajo los pies, moviéndose como un charquito oscuro bajo los talones. Chito le llamaba. Echaron los dos a correr, uno tras otro. Los días se habían vuelto incontrolados, raramente prolongados o monstruosamente cortos, no se sabía por qué. Chito gritaba algo:

—¡Mueran!

Alguien tenía que morir. Parecía irremediable. Tampoco la muerte tenía demasiada impaciencia. No se sabía bien lo que era.

(Recordaba aquella noche. O tal vez no era aquella noche, sino otra noche anterior o de después de aquélla. Sin embargo, para Miguel, era la misma.)

De pronto, las barracas se llenaron de cosas. El padre y los otros traían muchas cosas. Antes se iba a la tienda y se traían, a regañadientes, paquetes pequeños y la madre gritaba y maldecía, y, a veces, lloraba. Pero aquella noche todo era distinto, y la abundancia les llenaba. A la tienda se iba y se descolgaba todo y todo se llevaba. Y también se mataba. Él sabía que mataron al de la tienda. Todas las cosas que traían las ponían encima de la mesa y de los bancos, o sobre el suelo. Había mucha comida. Tanta, que él y Chito se quedaban parados y quietos, sin saber qué hacer. Y botellas, sobre todo. El padre y todos los otros, siempre con sus negras armas brillantes, se disponían a comer después de haber matado. Comían y bebían mucho, con las mujeres y hasta con ellos, con los niños. Eso era todo lo que pasó, como si fuera fiesta. Claro, que todo parecía ya fiesta, desde aquella tarde. Una fiesta terrible, prolongadísima. Él iba aprendiendo qué raro era eso de divertirse. El padre estaba siempre borracho. O tal vez no lo estaba. No se podía decir a punto fijo quién lo estaba y quién no. Pero todos estaban encendidos, distintos. El padre y el maestro iban cogidos por los hombros, como dos niños grandes y extraños. Las horas pasaban de un modo especial, que no se sentía, y la luz llegaba o se iba de un modo brusco, sin transición. La barraca estaba abarrotada de cosas. Alguna botella se rompió contra el suelo, y el vino, rojo y oscuro, empapándose lentamente en la tierra apisonada, le recordaba algo que no acertaba a localizar. Algo vago y antiguo, que tal vez no vio realmente antes, pero que conocía muy bien. Todos entraban y salían de las barracas, como si todos vivieran allí dentro y ninguno en ninguna parte. Aquella noche. Chito y él se sentaron debajo de la mesa: él ya no tenía hambre. Miraba las piernas y las caras de todos, que comían y bebían y, de cuando en cuando, gritaba, porque su pequeño grito no se oía, y eso le hacía gracia. Chito, a su lado, devoraba cosas que nunca había probado, y que ahora tampoco sabía qué gusto tenían, porque, al fin, todo tenía el mismo sabor. Cosas y cosas entraban ávidamente por la pequeña boca ennegrecida de Chito. Parecía que Chito no servía más que para meterse cosas por el agujero aquel que tenía en la cara. Él se reía, por eso, mirándole. Entonces, Chito, le amenazaba, o le daba un empujón que le tumbaba hacia atrás. Una vez Chito le escupió, y sintió en la cara trozos de comida tibios y malolientes. De afuera, tras las ventana, llegaban a veces unos extraños truenos. Pero, tal vez, no era la tormenta, y sí los disparos. Ya no se sabía bien cuándo era tormenta y cuándo no. Él no lo sabía. «Les están matando.» Esto sí era lo cierto, lo cotidiano, lo normal. Y se comía y se bebía. «Los están matando.» Hasta él llegaba, a veces, sin saber por dónde ni cómo, el largo rumor del mar, aquel ronco y dulce lamento que lamía la playa. Los disparos no se celebraban ya, ni siquiera se comentaban. El padre les dio de beber a él y a Chito, porque Chito acudió corriendo, al verlo, con la boca abierta. «¡No le des, no le des!», decía una voz de mujer, que, tal vez, era su madre. Pero ellos no hacían caso, y bebían. De todas las botellas, aunque fuera un sorbito, nada más. Todo eso daba mucha risa. La risa tapaba cosas, raros cosquilleos, fríos de un miedo pequeñito que tenían clavado en la espalda, como un insecto negro que no se atrevían a mirar. Él y Chito probaban de todo, aunque luego lo escupiesen. De pronto, se callaron. Entraron cuatro, con un ropaje negro ensartado en un palo, manchados de sangre o de vino, con las manchas aún frescas. Luego, vio sólo bocas, muchas bocas, las bocas de todos los que allí estaban, masticando o gritando. El maestro, tambaleante, se vistió aquel ropaje que él conocía muy bien. Lo reconoció en seguida y empezó a reírse, al ver que el maestro se lo ponía. Le iba muy grande, y, además, le manchaba toda la cara de sangre, o de vino, al vestírselo por la cabeza. El maestro, limpiándose la cara con la manga, se subió a la mesa y gritó: «Pase lo que pase, habéis triunfado —dijo—. Vosotros habéis ganado, porque, ¿qué queríais?, ¿comer jamón? ¡Pues coméis jamón!» Estaba muy borracho, y su padre le dio una bofetada que lo tiró de la mesa abajo. Chito estaba morado de tanta risa que le daba ver al maestro en el suelo. Le echaron agua por la cara y siguieron todos bebiendo y diciendo a quién era preciso matar y cómo y cuándo. De pronto hizo mucho calor. Tanto calor como si ardieran las paredes. Chito se puso de repente muy pálido y le cogió de la mano. Tenían las manos fuertemente unidas. Y la ventana, que con su luz encendida era tan verde, se iba volviendo gris, y muy blancas, en cambio, las paredes encaladas. Tambaleándose, Chito y él salieron afuera. Vivían junto a la playa y allí fuera estaba el mar, con su bajo rumor, apagado, con sus olas calladamente roncas, bordeando la arena, lamiéndola. Chito y él avanzaban uno muy pegado al otro, apoyándose en la pared de las barracas. Tenían la cabeza y los oídos taladrados de voces. Aquel silencio de allá afuera, con el rumor del mar llegándoles a ráfagas, les trajo como una fresca brisa. En la esquina de la última barraca, Chito apoyó la frente en el muro y vomitó. Luego, se estuvo un ratito en la misma postura, gimiendo bajito. Después, le tocó el turno a él. Con la boca amarga, se alejaron. Al final de la calleja, en el merendero de la playa, se oían voces. Escucharon. Las que más se oían eran de mujer. Chito las insultó, haciendo bocina con las manos, y echaron a correr, riéndose. Tenían, de pronto, una risa contagiosa, una risa que no se podían dominar, y les caían gotas de sudor por la frente y las mejillas. Siguieron andando, andando, hasta que les sorprendió la capilla, saliendo del cielo pálido: oscura, llena de miedo. Se alzaba al final de la playa, y aún estaba encendida, hermosísima, con grandes mechones luminosos hacia el cielo. El humo negro y maloliente se volvió hacia ellos, con el viento, y les entró por la nariz y en los ojos y les hizo toser. La pequeña plazuela y las escalerillas que llevaban a la capilla de los pescadores estaban llenas, aún, de restos de hogueras, de cenizas, de muebles quemados. Empezaron a buscar algo entre los escombros. Concretamente, no sabían qué buscaban, pero algo era, sin duda. Todo podía aprovecharse. Se tenía la sensación de que les miraban muchos ojos. Y sí que los había. Pequeños ojos de vidrio, de caritas rotas: pequeñas e indiferentes caras partidas, que no eran de muñecos ni tampoco de hombres. Empezaron a cantar, con vocecillas destempladas, desentonadas, mareados, arrastrando los pies por la ceniza, buscando los misteriosos tesoros de los niños. Cantaban lo que se cantaba aquellos días, se reían de lo que se reían los otros, sin entenderlo. Comían lo que se comía, aunque luego tuvieran que ir a vomitarlo, apoyando la frente en la pared de la barraca. Chito se paró a arreglarse el pañuelo, lleno de sudor, y él le imitó. Las madres les habían atado dos pañuelos cruzados, por debajo de los brazos, de un vivo color rojo. Chito llevaba una pistola de madera, fabricada por él mismo, metida en el cinturón. Al fin, se tendieron en la escalera de piedra, uno junto al otro. El sueño llegó pesadamente a sus párpados. Al echarse en el suelo, todo el día pareció agolpársele en las sienes, y se quedó dentro de un zumbido grande, como diluido en él.

Despertó bruscamente, a golpes de un sueño estremecido. Estaba incómodo, con el codo de Chito clavado en el estómago, todo él encima de la espalda de Chito, arrebujado, con la cara encima de su nuca. Abrió los ojos lentamente. Las orejas de Chito parecían de cera pálida. Como pequeños pétalos de cera, de brillo opaco, entre los mechones de pelo empapados de sudor. Olía penetrantemente, como a flores muertas. Caído sobre él, cuerpo sobre cuerpo, sin moverse, respiró aquel olor. Hacía rato que estaba medio despierto, notando cómo amanecía lívidamente. Chito empezó a removerse, quejoso. «¡Que me pesas, que me pesas!», decía. La ceniza les cubría las caras, los brazos. Levantó la cabeza y miró con ojos soñolientos a la fachada quemada de la capilla. La puerta parecía un enorme ojo. ¡Cómo le dolía la cabeza, qué amarga la lengua, qué pesada la frente! ¿Cómo estaba, de pronto, todo, tan silencioso? Miró hacia arriba y se notó extrañamente lejos, muy lejos. Le pareció que el cielo gris era monstruosamente grande. «Oh, ¿qué pasaría si fuera el cielo "de verdad" y se le cayese de pronto encima?» Chito gritaba: «Quítate ¡que me pesas, que me pesas!», y sacudía los hombros débilmente. De pronto le empujó, sentándose bruscamente. ¿Qué le pasaba a Chito? Despeinado y negruzco, seguía quieto, sobre el peldaño de piedra. Chito y él mismo estaban tiznados y muy pálidos. Chito muy serio, con el ceño fruncido y los ojos hundidos. Sin decir nada, cogió una piedra del suelo y la tiró con rabia, con una rabia enorme y extraña, gritando alto. Un gato salió huyendo de entre las ruinas de la capilla. Entonces miró hacia la playa y vio venir a su madre. Fríamente la vio acercarse, con su andar inconfundible. También estaba despeinada y muy sucia. Su madre le buscaba. Le estaba buscando. Le veía ya, y venía de prisa; más de prisa, ahora. Al subir las escaleras de la capilla, ya iba gritando, amenazándole con una mano al aire y agarrándose la punta del delantal con la otra. También su madre tenía el color del amanecer, como Chito. También todo había palidecido sobre ella. Sus manos duras, briosas, le alzaron por el brazo y le dieron de cachetes. No sabía por qué, pero ya estaba seguro de que iba a pegarle. Era completamente natural que lo hiciera. Lo llevó así todo el camino, hablando de cosas que él no entendía. Regresaron a casa. Él corriendo medio paso delante de su madre, cubriéndose inútilmente la cabeza con los brazos, tropezando con piedras que no existían. Y tenía sed. Tenía muchísima sed.

Al día siguiente, Miguel Fernández, por orden del jefe, no fue a la presa del pantano. A las once le llamó. Estaba sentado, como siempre, junto a la mesa, detrás de sus papeles desordenados. Tenía la barba crecida en el rostro arcilloso, flaco, y llevaba la guerrera desabrochada. Había salido temprano, con el rifle. Se le notaba. Le obligó a sentarse y le miró, muy fijo. Quería ser su amigo, quería ser bueno, como el primer día, cuando les habló a los recién llegados y a él, en especial, poniéndole la mano sobre el hombro. Miguel se replegó, a la defensiva.

El jefe habló despacio, con su voz inexplicablemente hermosa. Al principio, casi no le escuchó. Luego, poco a poco, sin querer, fue prestándole atención. Eso era lo peor del condenado zorro: que obligaba a escuchar. Aunque luego, al terminar, uno le hiciera un corte de manga, con la imaginación.

—He estado revisando todo lo tuyo —decía el viejo marrullero—. He leído con detenimento tu expediente.

El jefe encendió un cigarrillo. Al través del primer humo, espeso y azulado, Miguel observó con atención tensa su rostro feo y desagradable. Parecía que el ojo derecho lo tuviese más hundido, por alguna herida o cosa así. «A éste le han dicho que me haga cantar, y elige el camino paternal. Bueno. Trabajo le doy. No diré nada, no diré nada. Ni dormido ni despierto me arrancarán una palabra. Tomás me sacará de aquí. Tomás nunca me dejó solo. Estoy seguro. No perderé la moral. Malgastas tu tiempo, zorro viejo.»

—Eres tan joven todavía, muchacho —decía Diego Herrera, mirando un punto invisible, sobre la cabeza del chico—. Si no creo en ti, en ninguno podré creer.

Miguel le miró con desconfianza. «No irá a ponerse blando», pensó. Pero, inesperadamente. Diego Herrera empezó a hablarle de su padre. De un padre que no le parecía el suyo. Un padre remoto, imaginado: «¡Si me parece como si nunca hubiera tenido padre! ¿A qué me viene con esas cosas, a estas alturas?» Le daban ganas de decirle que se callase, pero no tenía más remedio que escuchar.

—Tu padre era un hombre equivocado —le decía—. Pero tú no tienes por qué sentirte culpado de los crímenes que él cometiera. Entonces tú eras un niño. Yo comprendo que conserves un recuerdo idealizado de él. Sí, muchacho: yo lo quiero creer así.

Y añadió:

—Él y yo combatimos uno frente a otro. Pero él debía tener su fe, porque no abandonó su puesto. Hasta el fin, fue consecuente... ignoro por qué motivos hizo lo que hizo. Pero no se volvió atrás, no cedió su fe. Supo morir a tiempo.

El chico sonrió levemente. El jefe se apresuró a añadir:

—No, no voy a hablarte de las razones, las ideas o los motivos que pudo tener él. No voy a hablarte de por qué pudo matar, pero sí de por qué pudo morir. Yo respeto la fe, la esperanza en algo mejor, y tú no tienes fe ni esperanza. Ése es tu único mal, el que te ha traído aquí.

El chico lo miraba fijo, con sus pupilas redondas, de color de miel, transparentes, como vaciadas. «¿Fe, esperanza?» Bueno, eso estaba bien para allí dentro. «Yo lo que quiero es vivir. Vivir. No se pueden soportar las estrecheces, las miserias, las cosas medianas y mezquinas. Se necesita la vida, el presente. El dinero. Eso es, el dinero. Con el dinero, hay vida.» Esas cosas se aprendían en la calle. En la calle larga y seca, sin briznas, sin agua, sin sombra, adonde van a parar los hombres. Ésos: los de él, los como él. En la calle sin esperanzas falsas, sin sueños, sin lágrimas inútiles. La calle adonde van a parar los niños sin padres ni amigos, la calle de los perros y del hambre. La calle de su vida: sin préstamos, sin confianza, sin mañana. La calle de hoy, de este minuto, de estas manos y estos ojos. ¿Fe, esperanza? «Dinero.» Los hombres estaban divididos en dos grupos: los que se aguantan y los que viven.

(Tenía ocho años cuando se subió a aquella tapia y vio cómo alineaban a los hombres contra la pared desconchada del solar. En el último momento, todos respiraban muy fuerte. Alguno se arrastraba por el suelo, llorando. Alguno babeaba por el suelo, agarrado a los tobillos del que iba a matarle. Otros estaban quietos, helados, como muertos mucho antes del disparo. Caían amontonados, y entonces, los que gritaron y los valientes, eran todos iguales.)

Aprendió, de golpe, que el cementerio olía mal, muy mal. Las tumbas abiertas, los cadáveres apilados, destrozados. Y, en las cunetas de aquella carretera que iba del puerto al pueblo, olió la atroz y espesa dulzura de la muerte. «Lo que yo quiero es vivir. Que se deje de puñetas.»

—Imagino cómo has vivido —decía el jefe, entonces—. Quiero suponerlo. Tú pensarás, a veces, en los amigos de tu padre, en los que tal vez desean continuarle...

«¿Pero de qué habla?», se dijo el chico. Levantó los ojos y le miró con curiosidad. Él no pensaba nunca en su padre, ni en los amigos de su padre. Aquello había acabado, no le pertenecía, era un mundo que no tenía nada que ver con él. No podía, no tenía tiempo de interesarle. ¿Qué le importaban a él esas cosas pasadas, que no le resolvieron nada? Cuando se tienen diez años y hambre, no hay lugar más que para uno mismo. Ni se podía poner a pensar en su madre, ni siquiera en lo padecido por él mismo, antes. «¿Para qué? Estas cosas hay que borrarlas, entorpecen, estorban.» ¡Y ahora, el jefe, hablándole de los ideales de su padre! ¡De los amigos de su padre! Él no podía ser así. No podía. En la vida había muchas cosas que le gustaban.

Aún tenía deseos, brutales y concretos deseos de cosas. ¿Adónde iría a parar con tanta monserga?

—Muchacho —le dijo entonces—. Te hablo como no he hablado a ninguno, aquí. Lo que te pido, también, es una ayuda para mí. Tú eres joven, tú aún eres distinto. Ayudándote a ti, yo me ayudaré a mí mismo. Yo también tuve un hijo de tu edad... Tú no debes perderte.

¡Ya había llegado! Bueno, ya estaba dicho. Miguel reprimió una sonrisa.

—No quiero hacer de esto una cárcel para ti. Quiero que comprendas que tú mismo puedes redimirte, que comprendas cuántas cosas hay delante de ti, todavía, y desconoces...

«Redimido, ¿de qué? ¿de qué, viejo idiota?» Miguel sintió ganas de partirle la cara. «Todo lo que hago y haga, bien seguro es que será en favor mío. No voy a ir en contra mío, eso está claro.» Ya sabía él que la vida, por sí sola, no se le había presentado amable, ni fácil. Pero había que obligarla, forzarla a serlo. Como fuese, de la manera que fuese. Y con prisa, sobre todo. No se puede esperar. Él no podía ser como Santa, por ejemplo. Santa era un pobre cómico, un pobre de espíritu sin categoría, y estaba contagiado por la voz del jefe. No sabía lo que decía, no lo sentía, pero ya estaba contagiado. A veces le llamaba el jefe para hacerle leer las cosas que le gustaban. Santa repetía luego todo aquello, intempestivamente. Iba ya para el tercer año curando heridas, escribiendo a máquina y recitando a Shakespeare. Le daba vómitos pensarlo.

El jefe encendió otro pitillo. «¡Cuánta condescendencia se figura tener!», pensó el chico, y le miró con más atención. «Fe. Fe.» Estaba seguro de que el jefe mismo, allí dentro, como un preso más, como el peor de los presos, no la tenía. De repente, lo imaginó muerto. (Le vio volverse pálido, lentamente. Luego la piel se le hacía dura y tersa. Los ojos se le hundían, y ese pelo terrible de los muertos le crecía pegado a las sienes. La piel empezaba a abrírsele, estallada en miles y miles de pequeñas cuchilladas, y olía, sino a fosa común, a cloaca humana, a tierra entre moho de gusanos. Los gusanos estallarían, gozosamente, de dentro afuera. El olor a cuneta, a guerra, le rodearía como un hálito áspero, y pudriría la madera y la ropa, mientras le iría naciendo una sonrisa fija, eterna y descarnada. «Todos los muertos se ríen. Se ríen de algo o de alguien; a lo mejor de los que viven pensando en ellos.» ¡Sí, sí; fe! Estaba bien para los de allí dentro. Pero no para él. Un día cualquiera la sangre dejaría de correrle dentro. Eso lo sabía bien. Pero aún estaba vivo, y sabía bien lo que quería y lo que necesitaba, antes de que aquello sucediera.

—No volverás a la presa —dijo el jefe—. Te quedarás aquí.

El chico siguió quieto, mirándole sin decir nada. De pronto, algo extraño le pasó. Algo que no le ocurrió nunca en todo el mes que llevaba en el Destacamento Penal de Hegroz. Se dio cuenta, de un modo físico, palpable, de que estaba como hundido en un agujero, en una gigantesca sima. Era él un muchacho, un grano de polvo, en el valle profundo de Hegroz; en lo más hondo, aún, del Valle de las Piedras. Entre un puñado de asesinos y de ladrones, de resentidos o fanáticos, todos bajo el mando de aquel hombre menudo, aguileño, extraño y reseco, que se creía un santo, o algo así. A merced de sus palabras, de sus desesperadas palabras de esperanza. Un vigor rabioso le hormigueó, como un hervidero, pugnando estallarle, y todos los músculos se contrajeron. Le vino a la memoria una música chillona, barata, una melodía absurda, que no podía apartar de sí. Casi le hacía cosquillas en las orejas. No sabía por qué le venía aquella música, no comprendía por qué. Una canción, o lo que fuese. Pero era algo oído por él en unos días de libertad. Le pareció una llamada. Apretó los dientes. «Es idiota desear gritar.» Entraba el sol por los vidrios verdosos, iluminando la litera humilde, los escasos libros, la pequeña radio donde Diego Herrera buscaba por las noches música y palabras de otros países, aunque no las entendiera. Todo bajo el techo sórdido y cercano, dentro del mundo cerrado, que él no podía, no podría nunca comprender. «¿Cómo puede hablar aquí de esperanza, de mundos mejores y todas esas majaderías que nos larga? ¿En qué esperará?» ¡Era horrible aquello, horrible aquel lugar, aquel trato favorable con que acababa de distinguirle! ¿Cómo podía él alegrarse, sentirse feliz, porque el jefe le dijera: «Tú no volverás a la presa. Te quedarás aquí»? ¡Y pensar que allí habría alguno que hubiera bailado de alegría! ¡Qué asco sentía! «Sería horrible llegar a sentirse feliz por eso.» ¿Cómo iba él a alegrarse? ¿Es que no se daba cuenta, el viejo estúpido, que a uno no se le va con esas monsergas de la fe, que a uno de veinte años no se le puede ir con esas cosas? ¿Se creía que era un niño? ¿Es que no se daba cuenta de que veinte años no se tienen más que una vez, que la vida es prisa, que no se puede perder ni un segundo de la vida? Miguel apretó los dientes. Sus ojos tenían una fijeza y un brillo animal. «¡Él es el peor de todos. El peor, el más miserable de todos los presos! ¿Cómo va a entenderme?»

El jefe estaba tranquilo, hablando con su odiosa voz, contagiosa como la viruela. Miguel se dio cuenta de que el jefe acababa de preguntarle algo, y él no sabía el qué. No podía contestarle. No podía decir nada. El jefe se levantó, y él hizo lo mismo. El jefe se puso a mirar por la ventana, y Miguel contempló distraídamente su espalda, negra, enjuta.

—Vete —dijo Diego Herrera.

A Miguel le pareció que de pronto Diego Herrera había envejecido. Se llevó la mano a la frente y salió, cerrando la puerta con cuidado.

Desde aquel día, Miguel Fernández no volvió a la presa del pantano. Oficialmente figuraba como asistente del jefe. Zanganeó por la oficina y el botiquín, junto a Santa, y ayudó a la cocina y en los trabajos de limpieza del barracón. Iba a misa todos los domingos, en la camioneta, sin esperar turno. Y en alguna ocasión el propio Diego Herrera lo envió a Hegroz, solo, con algún recado. Más tarde, empezó a salir a los bosques de Neva, con la brigada de los leñadores. En estas ocasiones salían diez hombres de los escogidos por Diego Herrera, sin más vigilancia que la ejercida por el que en las noches actuaba de cabo de varas, o por el mismo Santa. Cortaban los troncos serrados, cargaban los caballos y los llevaban por turno al barracón, por entre los árboles, la hierba y los altos helechos; junto al río o el manantial, respirando el olor de las encinas. Comían al aire libre, guisaban ellos mismos su comida, y volvían a las seis de la tarde. Raramente les acompañaba la Guardia Civil. Aquellos días eran unos días distintos, unos días que parecían libres, con una libertad pobre, pequeña. La mayoría de los hombres de la brigada leñadora parecían querer a Diego Herrera. Diego Herrera aflojaba la mano, y las familias de las chabolas, la mujer o el hijo mayor, salían a su encuentro por el camino de Neva, con una sonrisa de complicidad. Ningún hombre de aquéllos se fugó.

Desde que Miguel Fernández participó en aquellas jornadas, algunos presos le tomaron ojeriza. Otros le buscaban, y decían: «El chaval le ha entrao bien. Suerte ha tenido, el hijo de perra». Sólo él continuaba igual, indiferente. La herida de su pie no acababa de cicatrizar, y empezaba a preocuparle.

Capítulo segundo

Si le hubieran preguntado a Miguel cuál fue el primer día que se hablaron, seguramente no habría sabido contestar. A menudo lo pensó, sobre todo por las noches, cuando se echaba en la litera con las manos cruzadas bajo la nuca, y se ponía a hacer lista y echar las cuentas del día. La cosa era rara. Y, en cierto modo, en estos momentos, se irritaba un poco consigo mismo. «Uno no está para esas cosas. Una cosa así, tan tonta... Hay que ver: una cosa que conduce a nada... La cabeza se tiene para otros asuntos. Si esto ha de ponerme nervioso, fuera y a otra cosa.» Pero luego la veía, hablaban, y se olvidaba de sus propósitos. En realidad no existía nada más que una –¿cómo podría llamarla?– amistad... ¡No: de ningún modo era aquello una amistad! «Un amigo se tiene para otras cosas, un amigo es para que le sirva a uno, para poder pedirle algo.» Y aquello era distinto: sus conversaciones, que ya tomaban un carácter prohibido; sus encuentros, que ya se celebraban declaradamente a escondidas. Con miedo. ¡Si les hubieran atrapado! En el destacamento estaba severamente prohibido el trato con los de Hegroz, las amistades. Y mucho menos tratándose de una mujer. «Qué cosa rara, todo esto. ¡Que se vaya al diablo de una vez!» Aquella muchacha apareció de improviso, se coló, sutilmente, en su vida de preso. En esa vida que sentía perder estúpidamente, llena de rebeldía y de deseos. «Y no viene a solucionar nada.» Esto es lo que le encorajinaba. No venía a solucionar nada. A él no le divertía perder tiempo. Nunca le había sucedido nada semejante en todo lo que llevaba vivido.

Empezó a verla cuando lo de la leña, en la ladera de las Cuatro Cruces. Se llamaba Mónica, luego lo supo. Era rubia, de un rubio oscuro, bronceado, con el pelo rizado y corto. No se podía decir que era guapa, precisamente. Tenía un encanto especial. Con aquellos ojos, de un azul oscuro, casi negro. Y la piel tostada, que le daba un reflejo tan bonito, entre las hojas del bosque. Pero, sobre todo, había en Mónica algo que no se podía definir. Algo especial, cuando miraba, o cuando hablaba, o cuando se quedaba escuchando, quieta, con la boca un poco abierta, como un niño. A su pesar, Miguel sonreía, pensándolo. «Es que es diferente.» No se parecía a ninguna otra. Nunca había conocido una chica parecida. Nunca. «Todo es muy raro, desde luego.»

Él iba con la brigada de leñadores. Finalizaba el agosto. Subían por el camino de las Cuatro Cruces, por detrás de La Encrucijada, hacia el bosque de robles donde instalaron el aserradero y tableaban los troncos. Miguel montaba a pelo, con las piernas colgando a cada lado del caballo, apoyado en la cruz con ambas manos, mirando los guijarros que saltaban bajo las herraduras. Era el suyo un caballo viejo y pesado, deformado y cansino por una vida de trabajo, de plantío a plantío, de cargas de leña y malos piensos invernales. Acribillado por las moscas y los palos, mal comprado a un campesino de Hegroz por cuatro reales, que les servía para transportar la madera del bosque al barracón.

Generalmente era ya al atardecer, de vuelta con la última carga de leña, cuando la encontraba. Miguel iba despacio, conduciendo el caballo por el ramal. El animal tropezaba en el sendero estrecho, difícil, cubierto de piedras agudas, desprendidas de la roca. Brotaba del suelo un polvo caliente, que se adhería a los pies del chico, calzados con sandalias de cuero. Miguel cojeaba levemente. La herida se le abrió dos veces más: parecía que no iba a curársele. La venda estaba teñida de una mancha negruzca, pegajosa. «No es cosa grave, pero es pesada», le dijo el médico, sudando, pasándose el pañuelo por la frente, el domingo por la mañana, cuando la consulta. Él iba pensando en el pie, en Tomás, en la carta de Tomás que hacía mes y medio esperaba, ansiosamente, que no llegaba. Iba con rabia, con una paciencia obligada, con la sorda desesperación que le empezaba a quemar, día a día. Y entonces, ella se cruzó en su camino, también de vuelta a La Encrucijada. Venía del río, con toda seguridad. Él la miró de frente. La muchacha traía el cabello mojado, con suaves tornillos dorados, y una gota brillante temblando en la punta. Llevaba una blusa blanca y alpargatas en los pies. Unas alpargatas verdes, con largas cintas que se entrecruzaban sobre sus piernas desnudas, de un tono castaño y brillante.

Mónica vio a aquel muchacho. Los ojos del chico le recordaron a aquel lobo que mataron Goyo y su hermano, el último noviembre. El invierno anterior, uno como aquél dejó malherido a un pastorcillo en Cruz Nevada. Y a lo mejor era el mismo lobo. Goyo y su hermano pequeño lo trajeron a Hegroz aún vivo, arrastrándolo boca abajo, sobre el barro y la escarcha. Les recibieron los chiquillos, gritando, a la entrada de La Encrucijada. Los hijos del colono y los de la criada Marta trajeron, gritando, palos y una horquilla del pajar. Y aunque Isabel la apartó de allí, ella subió al granero y desde la ventana vio lo que hacían con el lobo. Se quiso tapar la cara con las manos (como cuando era niña, para no ver cómo Goyo martirizaba a los murciélagos). Pero, como entonces, tampoco pudo hacerlo, y no tuvo más remedio que mirar y mirar. El lobo abría la boca y le salía espuma roja por ella. Y miraba, también. Miraba hacia arriba, ella estaba segura. Vio sus ojos, rojos como carbones, llenos de lágrimas distintas, como diamantes. Unas lágrimas que no llegaban a rodar ni a caer al suelo, que se quedaban, dentro de los ojos, duras como cristal, centelleantes como el fuego mismo. Aquella mirada era igual que su aullido largo, cuando se oía en el invierno, desde Cruz Nevada, y que hacía a las mujeres de la casa, Isabel la primera, santiguarse y nombrar a San Francisco. Aquellos ojos eran los mismos que ella creyó ver en los murciélagos, igual su mirada: una mirada última y como anunciadora. Como si quisiera decir que algo malo aguardaba a sus verdugos. Mónica tenía miedo de aquellos ojos, y luego, por la noche, los soñaba. Los ojos de aquel muchacho también eran como los de los murciélagos y los del lobo.

Ella venía del río; era verano y se escapaba de Isabel. «Ya eres una mujer. No puedes ir al río, como un arrapiezo de Hegroz. Sería escandaloso, entiéndelo.» Pero no lo entendía, ella no sabía exactamente qué quería decir escandaloso. Ella no sabía nada, no salió nunca de La Encrucijada, y ni siquiera la dejaron acudir a la escuela de Hegroz. Isabel, en casa, la enseñó a leer y a sumar. Mónica encontró en un armario los viejos libros de Historia y Geografía de cuando sus hermanos eran pequeños. Miraba los mapas, pero no entendía nada más. Tampoco lo entendía Isabel, de eso estaba segura. Isabel quería enseñarle a bordar, a zurcir, a cocinar. Lo logró a medias. Mónica corría al prado, se escapaba al río, se tendía sobre las losas grandes, lisas y calientes, donde el sol entraba por su piel y la sumía en un sueño profundo y hermoso. Volvía a casa con los ojos llenos de luz, con un ensueño especial, que luego llevaba a todas partes. Eso era bonito. Mónica amaba la tierra, el huerto, el agua. Mónica amaba los árboles y seguía el crecer de las plantas, de las flores, de las frutas y el curso del manantial. «Isabel, ha crecido el Juan-de-Noche detrás de la tapia.» «Isabel, ayer brotaron las endrinas del camino.» «Isabel, hay margaritas grandes, así de grandes, entre la chopera.» ¡Cuántas cosas sabía que no sabía nadie en La Encrucijada! Sin embargo, en La Encrucijada nadie encontraba bien lo que ella hacía. Isabel siempre la regañaba de algo. Papá le pedía por favor que no hiciese ruido a su lado, que le dejara en paz, que no le molestara. Nadie estaba con ella de verdad. Y cuando venía César y le prometía llevársela, Isabel saltaba indignada y discutían. «¡De ninguna manera te llevas a la niña de casa, de ninguna manera lo consentiré! ¡Bastantes disgustos tuvimos aquí por descuidar a la otra!» ¿Qué tonterías querrían decir con aquello? Entonces, César también se enfurecía. Empezaban a echarse en cara cosas, mientras papá bebía y miraba distraídamente por la ventana, hacia los bosques, sin que los gritos parecieran inmutarle lo más mínimo. «Y en cambio, a mí, si arrastro un poco la silla, al levantarme, me regaña.» César se iba en su coche que ella llamaba «la cafetera abollada». Daba un portazo y caminaba por el sendero, hacia la carretera, cargando con las últimas palabras de Isabel. Y su hermana mayor, indignada, mascullaba, entre la ropa blanca de aquellos armarios que constante, interminablemente, tenía que arreglar y ordenar: «¿Qué has hecho tú, pobre infeliz, de bueno en tu vida? ¡Muchos proyectos, muchas palabras! ¿Y hechos? ¡Ninguno! Gastar dinero, meterte en negocios que no entiendes, y perder, perder. A cada viaje, prometes recuperar todo lo perdido, doblar todo lo perdido... ¡Así durante dieciséis años! ¡Durante dieciséis años la misma canción! ¿Quién va a creerte ya? ¡No seré yo quien te escuche ni quien te dé un céntimo más! ¡Bendita raza los hombres de esta familia! ¡No, por Dios, que Isabel Corvo defenderá con los dientes lo que quedó de La Encrucijada, y no soltará una peseta, por Dios que no!» Mónica escuchaba distraída, miraba distraída y recordaba distraída. «Isabel siempre anda igual. Parece que nada tenga importancia en el mundo más que su Encrucijada. Bueno, tanto jaleo por una casa vieja que, según dicen, da sólo para comer. ¡No veo adónde va con tanto grito!» ¡Qué gusto daba entonces escaparse al río, lejos de allí! Meterse en el agua verde, fría. Mojarse la cabeza, ver el brillo del agua entrecerrando los ojos, cara al sol, y pensar en las cosas que le gustaban, en las cosas que hubieran sido bonitas en lugar de papá borracho, de Isabel amarga, de César tonto. Al atardecer, volvía despacio, deteniéndose a menudo junto a una amapola, entre las piedras y las púas de un campo segado, o junto a un árbol con grandes tumores de yesca. Y entonces se ponía triste. Era al llegar el borde la noche, con unas estrellas muy grandes que parecían clavarse dentro. A Mónica, desde hacía un tiempo, le ponía triste esta hora de la tarde. Era algo incomprensible, dulce y doloroso, pero era así. Por aquellos días vio por primera vez al chico.

Era un chico del barracón de los presos. Isabel le tenía terminantemente prohibido acercarse al Valle de las Piedras y, por ello, no dejaba de darle un frío pequeño, infantil, el tropezarse con alguno de aquellos hombres. «Son gentuza, criminales, ladrones», decía Isabel, indignada de que los hubieran traído a Hegroz. Nadie, o casi nadie, les miraba en el pueblo con simpatía. Mónica oyó a la Tanaya decir que Dios castigaba a los de Hegroz mandándoles, además de la destrucción del pueblo por las aguas del pantano, lobos y presidiarios. «Por ser gentes avaras y de corazón duro.» Y aquella tarde —era a primeros del mes de septiembre y el campo olía de un modo especial, que no se podía explicar de tan hermoso, tan profundo, tan triste— Mónica encontró a Miguel Fernández de vuelta, con la leña, hacia el Valle de las Piedras. Se apartó a un lado del camino para dejar paso al caballo cargado, que lo ocupaba todo, y aún rozaba, a veces, las ramas bajas de los árboles. El chico era muy joven, no demasiado alto, con el pelo rubio y rapado, creciéndole fino, en punta. Tenía la cara un poco aplastada, de pómulos anchos, como los gatos, los tigres y todos esos animales que en el libro aquel de cuando César era pequeño, ponía debajo: «Felinos». La nariz algo chata, brutal. Y, sin embargo, una boca infantil, de labios anchos. Una boca que aún pedía cosas: voraz y limpia, insatisfecha y tranquila a la vez. «Seguramente dormirá con la boca un poco abierta. Y cuando se quede mirando algo con atención, también.» Pero los ojos eran muy distintos. Mónica sintió aquellos ojos de modo físico, casi doloroso. Los sintió aún mucho rato después que hubo pasado, que se fue entre el polvo amarillento del sendero. «Lobos y presidiarios», pensó sin querer. ¿Qué pudo haber hecho aquel chico, si era poco mayor que ella? Le pareció que no pasaría de los dieciocho años. Apenas le crecía la barba, dorada, sobre el labio y el mentón. «No tiene cara de criminal. Pero yo no sé qué cara tienen los criminales, nunca he visto a ninguno. Y, además, pueden tener la misma cara que los otros, la cara que tiene César, o papá. Sí, bien pensado cualquiera podría ser criminal. ¿Y yo, podría serlo? Eso es: matar a alguien o hacer algo muy malo. No sé, no quisiera hacerlo. Pero ellos tampoco querrían, seguramente, antes.» De pronto se acordó del aullido del lobo en el invierno. «Los lobos en el invierno tienen hambre.» Ella no podía resistirlo; pensar que aullaban de aquel modo porque tenían un hambre espantosa que les obligaba a bajar al borde mismo del poblado. Era horrible aquel aullido. Le daba miedo y lástima. «Ese chico me da pena también», se dijo. «No sé por qué, pero me da pena. Como los lobos, como el pobre lobo que Goyo y los chicos martirizaron en el patio, con aquellos ojos que me miraban a mí, a mí, estoy segura, como ese chico. Me gustaría haberlo escondido en alguna parte al lobo aquél, para que no le hubieran hecho aquello. ¡Cómo se le clavaban en el vientre las púas de la horquilla! Y sangraba. ¡Cuánta sangre allí, encima del barro! Daba ganas de vomitar. Y mucho miedo. Miedo de Goyo. (¡Qué horrible y malo es Goyo con esas manos!) Lo despellejaron y se llevaron la piel al Ayuntamiento, para que les dieran el premio.» Ella había soñado aquella noche con el lobo (que a veces era el chico y a veces no). Pero la miraba. Levantaba los ojos hacia arriba, a la ventana del granero, y ella oía el grito, que a veces era el viento entre las rendijas, y que le daba una tristeza inmensa como metida dentro de los huesos.

La vida de Mónica, desde hacía un año o poco más, había cambiado. Mientras fue niña nadie se ocupaba mucho de ella. La misma Isabel, aunque la obligaba a coser pegada a su falda, en el invierno, y le daba la lección junto a la chimenea de la sala o en el cuartito del brasero, luego la dejaba en libertad. Y ella podía salir a la nieve y llamar, gritando con las manos junto a la boca, a Goyo y a sus hermanos, y correr al prado o al río, con los trasmallos y las trampas, a escondidas del forestal. Y en el verano, también con los hijos de la Tanaya, trepaba por los árboles del huerto o iba al pabellón del otro lado de la chopera, donde vivían, y subía a la casa de los aparceros, y la Tanaya le daba pan o tortas de azúcar el día que amasaba. Y era bonito todo. Se vigilaba el huerto cuando asomaban las cabecitas verdes de las legumbres y de los tomates, y cuando empezaban a arrollarse las judías a los palos, cuando nacían aquellas fresas salvajes, como milagrosas, entre la hierba húmeda y oscura, junto al manantial. Goyo y ella iban de la mano. Entonces, Goyo no tenía aún los ojos de ahora: unos ojos que miraban de través cuando ella pasaba, y una sonrisa que se le caía hacia un lado, como baba. Ahora era todo distinto. Desde que cumplió catorce años, o poco después. Isabel le prohibió ir al pabellón de la Tanaya, hablar con Goyo y sus hermanos, subir a los árboles, bañarse en el río. Era horrible aquella atención, de pronto, hacia su persona. «Lo que más me molesta es que no me expliquen el porqué de las cosas. *«Esto no debes hacerlo.»* *«Esto tampoco.»* *«Ni esto otro.»* Bien. «¿Y por qué?» Ah, eso no se contestaba nunca. *«Porque no está bien»,* le decían. «Eso no es una razón.» ¿Cómo habría llegado a saber Isabel lo que está bien y lo que no lo está? Estaba sola. «Todos están lejos de mí.» Ya ni siquiera con Goyo podía contar. Porque Goyo también era distinto. Daba un poco de miedo, incluso, a veces. En alguna ocasión, Mónica aún se escapaba al pabellón de los aparceros: la Tanaya, Andrés y sus hijos, Goyo, Pedrito, Lucas, Marino, Lope y Jesús. Antes, ella subía por la escalera con Goyo y con Pedrito, descalzos y riéndose. Ahora era distinto. La Tanaya no estaba, o, si estaba, salía y la miraba con una sonrisa distinta, una sonrisa artificial. La llamaba señorita Mónica: «Señorita Mónica, me alegro que venga; le voy a enseñar las goteras del tejado, para que se lo cuente a la señorita Isabel. Dígale a la señorita Isabel que, cuando va a comulgar todos los días, Dios la escucharía mejor si nos arreglase este corral donde vivimos. Marino está enfermo, ha pasado el invierno tosiendo. Dígale esto a la señorita Isabel, ya que ella es tan recta, tan cristiana». Mónica bajaba la escalera oscura y maloliente, que de niña le pareció fabulosa, donde se acostaban las gallinas, que le salían al paso chillando y agitando las alas. En los huecos de la escalera se escondían las aves, los tres gatos y las muñecas tapadas con trapos de Martita y Emilia, las niñas de Marta. En ellos, también, Goyo guardaba los trasmallos y la liga de cazar pájaros, los anzuelos y los realines pequeños, brillantes, que acaso le dio Isabel el día de la Santa Cruz para comprar melocotones. Aquella escalera Mónica la subió descalza, a grandes saltos, mojada por el río, perseguida por Goyo, el que ahora miraba como los buitres; por Emilia, que cuchicheaba ahora a su espalda. «¿Por qué, por qué se pierden las cosas?» La melancolía la llenaba entonces; como una lluvia, como un viento bajo, como una nube larga caliente. «¿Por qué?» Le parecía estar rodeada de silencio. Volvía al pabellón porque quería recuperar la alegría de antes. A veces, la Tanaya la recibía como *entonces*. Le cortaba un poco de pan, se lo untaba con miel traída por Pedrito o Lucas, de las colmenas silvestres. La llamaba Rosa de Alejandría, Paloma, y le recordaba frases y travesuras de cuando era niña. «¿La quieres mucho a la Tanaya? ¿Te acordarás de la Tanaya, cuando sea viejecita, corderilla mía?» Ella decía que sí, que se acordaría siempre de la Tanaya, y de Lucas y de Goyo y de Pedrito. Entonces la Tanaya se ponía seria, suspiraba y se quedaba un rato mirando al fuego, con el cuchillo brillando entre sus dedos deformes, como los de un labrador. «Ay, cómo pasa el tiempo, Señor, Señor», decía. Pero al otro día la recibía malhumorada, subiendo del río con un cesto lleno de ropa, mojada hasta los codos, descalza, con la boca amoratada y dura, con palabras como polvo quemado. «Señorita Mónica, no se acerque, que la voy a manchar.» Y también, también, ahora Mónica lo sabía, los ojos de la Tanaya eran como los ojos del lobo. Miraba así, como el lobo, cuando oía toser a Marino, cuando venía cargada con leña, cuando volvía de echar las cuentas a la casa grande. Solamente el perro, *Sol,* muy viejo ya, con las orejas llenas de moscas y de sarna, la miraba muy dulcemente al pasar ella por su lado.

Un día, vio Mónica regresar a casa a Goyo y a Pedrito muy tiznados, con hachas al cinto y unos sacos liados bajo el brazo. Al verla, procuraron esconderse, mientras que, desde el río, la Tanaya les daba gritos y les ahuyentaba a pedradas, como al rebaño, indicándoles para que virasen en otra dirección. Los muchachos corrieron tras la chopera, huyendo de su vista. Entonces, Mónica se enteró de que Goyo y Pedrito, más de una vez, iban a Neva, a los bosques de los Corvo, a talar árboles y hacer carbón; y lo dejaron todo lleno de destrozos y restos de fogatas. El carbón que hacían clandestinamente debían esconderlo en algún lugar de la montaña, de donde luego lo recogían. Mónica sintió que las lágrimas subían a sus ojos. Por los árboles y por ellos. «¡Si yo no hubiera dicho nada! ¡Si yo no lo diría nunca!» Un día la Tanaya le dijo que estaba harta de no tener luz eléctrica en la casa. «Una casa tan vieja, además, que cualquier día arderá en un descuido. Dígaselo a la señorita

Isabel: que andamos con candiles y nos ahumamos como arañas. Dígaselo a la señorita Isabel.» En el pabellón, en cuanto anochecía, todos andaban a tientas por la escalera y las habitaciones, porque decían que las velas eran malas y muy caras. Únicamente en la cocina había siempre un resplandor rojo y vivo, del fuego del hogar. A veces, al subir o bajar la escalera, tropezó con Goyo. Él se aplastaba contra la pared, para no rozarla, pero se quedaba mirándola con ojos malignos, en silencio. Goyo y sus hermanos iban peor que mal vestidos; calzados con trozos de neumáticos, los mayores, descalzos los pequeños, en el verano y en el invierno. Comían patatas, hortalizas del huerto, cecina y tocino crudo. Los huevos de las gallinas y las truchas que pescaban escondidamente Goyo y Pedrito, los vendían a Isabel, al médico de Hegroz, al maestro o al cura. Bebían mucho vino. La carne sólo la probaban cuando se moría o se despeñaba una res en la montaña. Excepto el año de la enfermedad del padre, Andrés, que se rompió dos costillas al caerse podando los perales, solía criar un cerdo, que mataban por diciembre. El producto de la matanza colgaba del techo de la cocina, sin tocarlo hasta la época de la siega, en que por tener que pasar el día en el campo no podían cocinar en la casa. La Tanaya no tenía ninguna hija ni otra mujer que la ayudase, y por eso andaba con los pasos cansinos de una yegua vieja, con las manos sarmentosas, los ojos duros, secos y relampagueantes en la cara cetrina, arremangada y descalza, del río a la cocina, o mal calzada con trozos de neumáticos, del huerto a la montaña, azada al hombro. Medio desnuda, la trenza suelta, en el horno del pan, cada quince días, amasando las hogazas que duraban hasta la próxima hornada. De vez en vez, lavaba las ropas de su marido y sus seis hijos, que tendía al sol, sobre los espinos, y no tenía tiempo de planchar, excepto algún domingo o el día de la Santa Cruz. Además, cobijaba en su casa, para dormir, a las dos niñas mayores de la criada Marta, «La Soltera», porque Isabel no le permitía tenerlas en La Encrucijada. Marta tuvo las niñas de un obrero gallego, tiempo atrás. El gallego la abandonó una mañana y no se supo más de él. Marta aún tuvo otro hijo, muchachito moreno y hermoso, de largos bucles, hacía ya para cinco años. Se arrodilló frente a Isabel y le suplicó que le dejase guardarlo a su lado. «Sucia, incorregible perra —le dijo Isabel, con los ojos centelleantes de ira—. Debía echarte de esta casa, de una vez.» Pero Marta era insustituible en la cocina y en la huerta, en el lavado de la ropa y en las duras faenas de La Encrucijada, donde ama y criados trabajaban tozudamente para mantener la casa en pie. Al fin, Isabel toleró al niño en la casa, si bien no le estaba permitido subir a las habitaciones. El chiquillo, del que nadie sabía quién era su padre, se llamó Cristóbal. Salvaje, huraño, correteaba como un perrito del huerto al río y de la pradera a la cocina. Iba descalzo y medio desnudo, aunque en alguna ocasión Isabel le confeccionaba una blusa o unos calzones, con retales viejos, sacados de las profundidades de sus armarios.

Con todo esto, el pabellón de la Tanaya era un hervidero de niños, primero, de adolescentes después, de gritos, de pedradas, de malas palabras, de risas, de frío, de hambre, de alegría salvaje y de dolor. Mónica, a pesar de las prohibiciones y de los propios descorazonamientos, no tenía más remedio que acudir al pabellón de la Tanaya cruzando la chopera, húmeda, callada. Y más aún cuando se sentía bañada por aquella nostalgia que le llenaba, a veces, de cosas que ni siquiera sabía, que ni siquiera conocía. Andrés y la Tanaya parecía que mantuviesen una lucha sorda, una pelea constante, con el mundo en derredor. Con la tierra, la primera. Con la lluvia y el sol, con los perros, con los amos, con los hijos, por fin. Parecía que los hijos les crecieran a golpes, a voces, a palos, como por un camino cuesta arriba por el que fuera preciso subir y subir, y subir sin descanso. Sin embargo, Marino tosía, y la Tanaya se sentó, como rendida por un dolor en los riñones, sobre una piedra, frente a la casuca, y tapándose la cara con las manos empezó a llorar, rompiéndose en lágrimas, quebrándose en un llanto silencioso, apretado, como Mónica no vio nunca en nadie. Se acercó a ella, corriendo, como de niña. Le echó los brazos al cuello, y le gritó llena de pena: «¡No llores, Tanaya, no llores!» Y la Tanaya dijo: «Se nos morirá». Y fue verdad. Marino se murió, hacía ahora un mes escaso. Sacaron la caja, por entre los prados, hacia el cementerio de Hegroz. A Marino, que tenía doce años y era rubio, con el pelo rizado, le ataron las manos con cintas moradas y le pusieron flores de papel en la boca y entre los dedos. Y la Tanaya salió a la puerta, con los pasos doblados, callada, sin llanto, con las manos quietas una sobre otra, encima del vientre. Y algo había en el aire, algo que sólo ella oía: «*Adiós, paloma, galán, adiós, avecica mía*», como decía una canción antigua que la misma Tanaya, siendo niña, le enseñó. Pero al día siguiente la

Tanaya bajaba al río con su gran pila de ropa sobre las ancas, y al pequeño Jesús, que haraganeaba, le tiró una piedra para que la obedeciese. Y Mónica reconoció en los gritos de la Tanaya (los del día anterior y los de ahora) el aullido largo, el aullido del invierno, el aullido de los lobos de Cruz Nevada, que bajaban al pueblo.

Goyo era el que menos amor demostraba por las faenas del campo. A menudo, sacaba su escopeta del escondrijo, y burlando a todos se iba de caza a Neva, dejando que su padre le esperase junto al arado. Mónica sabía que aquella afición podía más que su buena voluntad. Una vez le oyó, mientras comentaba con Pedrito las incidencias de la casa, y decía que por la noche soñaba con grandes cacerías. Pedrito, que dormía en la misma cama, se reía de él: «Ya te oigo, ya te oigo gritar, por la noche, y azuzar a los perros». Aquella pasión le dominaba, y Mónica pensó: «Por eso anda siempre mohíno y medio triste». Pero como abandonaba sus obligaciones, después, la Tanaya o Andrés, a pesar de tener el chico cerca de los diecisiete años, le molían a palos o a cintarazos. Le pegaban con ira, con una ira blanca y terrible. Una vez le dejaron tendido en el establo, sin sentido, y todos los pequeños, Marino, Lope, Jesús y las niñas de Marta fueron a verlo, de puntillas, como quien va a ver un muerto o un nido, cuchicheando y poniéndose el dedo sobre los labios. Mónica también le vio, echado entre el estiércol, respirando muy fuerte. Entonces, pareció que él notaba su presencia: levantó la cabeza y la miró. Sus ojos estaban encendidos, como los que ella soñaba. Y tuvo un estremecimiento. Goyo se levantó, pálido, echando espumarajos de rabia y de dolor. Tenía la camisa desgarrada. Corrió al río, y a poco volvió con un junco en la mano. Cogió al perro *Sol* por el collar, y le pegó, salvajemente, hasta que manó sangre. Mónica huyó, y los lamentos del perro la persiguieron imaginariamente durante todo el día.

Al encontrarse al chico del Valle de las Piedras en el camino, Mónica, sin saber cómo ni por qué, se acordó de estas cosas y de otras muchas. Pensó: «Nadie está conmigo». Y: «Acaso yo también soy como ellos». No sabía exactamente qué es lo que esto quería decir. Pero se acordaba de los ojos de la Tanaya, de los de Goyo, de los del lobo, de los del chico del barracón del Valle de las Piedras.

Al día siguiente, la Tanaya se calzó, se peinó y fue a La

Encrucijada, con una torta de pan y azúcar acabada de amasar. Isabel supuso que querría hablar de algo que la interesaba, dejó la labor en el cestillo y la hizo pasar. Mónica escuchó su conversación y se dio cuenta de que deseaba poner a cubierto a Goyo y a Pedrito, a quienes, con toda seguridad, habría enviado a hacer carbón o a destrozar árboles en busca de colmenas. La Tanaya se sentó en una silla y empezó a hablar del mal año que tuvieron, con un invierno crudo y desastroso para el ganado y las cosechas. El lobo se acercó mucho a Hegroz y llegó, incluso, a atacar gallineros, cosa que hacía tiempo no ocurría. Luego habló del pantano, y empezó a insultar a la compañía encargada de las obras. Dijo atrocidades del ingeniero y de lo que ella haría con él, si en una mala hora caía en sus manos. De pronto, cambió de actitud, bajó la cabeza y añadió:

—Todo esto nos ocurre porque somos malos. Dios no puede perdonarnos. ¡Somos tan malos unos con otros!

Isabel no respondió, y Mónica se acercó, para oír mejor. La Tanaya hablaba en el tono de voz que empleaba, cuando niños, para reunirlos al atardecer en el pabellón, a desgranar judías y contarles leyendas.

—Sí; es esto, corderita mía —dijo mirándola con unos ojos antiguos, que Mónica conocía bien—. Tal vez todo es un castigo que nos merecemos. Yo reconozco que somos una mala raza, los de Hegroz. Dios se ha cansado de nosotros, con toda seguridad.

Se quedó pensativa, con la cabeza ladeada. Hablaba en voz muy queda, como si no quisiera ser oída ni por Dios. Pero Mónica no veía en ella ningún arrepentimiento. Mónica sentía miedo, cuando oía hablar así a la Tanaya, o a cualquiera del pueblo. Sentía una rara amargura ante aquel fatalismo. Amargura y rebelión, a un tiempo. Había algo, en todo lo de Hegroz, que parecía tierra irremisible, lo que avivaba en ella cosas que le dolían, de un modo vago pero cierto. Como Isabel no hizo ningún comentario, la Tanaya recogió su cesta, su servilleta a grandes cuadros y se levantó para marcharse. Apenas había salido, que volvió sobre sus pasos, y dijo poniendo mucha intención en las palabras:

—¡Pero el peor castigo, señorita Isabel, es esa plaga de hijos de mala madre! —Señaló entonces, hacia el lugar donde se hallaba el Valle de las Piedras—. Esa pandilla de asesinos y ladrones que nos trajo el pantano. ¡Se mezclan con nuestros hijos y nuestros maridos que trabajan en la presa, oyen nuestra propia misa! Malditos sean. Ellos han traído peste a Hegroz. Donde ellos van, va el mal humor de Dios.

Mónica sintió una rara zozobra. Inmediatamente se acordó del muchacho del camino. Comprendió que a ellos se refería la Tanaya.

—Vete, vete —dijo Isabel—. En tu casa te aguardan, Tanaya.

Ni siquiera la Tanaya sentía piedad por los hombres del Valle de las Piedras.

Mónica encontró a Miguel Fernández varios días después. Luego, casi todas las tardes. Parecía que se esperasen, uno al otro. Un día, sin saber cómo, ella le sonrió. Él se quedó perplejo. Incluso pareció detenerse un momento. Parpadeó de prisa, y dijo: «Adiós», o algo parecido.

Al día siguiente se encontraron en la fuente.

Capítulo tercero

Cuando iban a leñar tenían media hora de siesta, o poco más, después de comer. Se echaban a la sombra, bajo los árboles, en la umbría ladera de las Cuatro Cruces. Abajo, entre la ramazón tupida, clareaba el senderillo por donde regresaban al barracón. Y, más abajo aún, el río: oscuro, rumoroso, frío. Los bosques eran apretados, hermosos, y llenos de sombra. Abundaban los robles viejos, algunos casi milenarios, y gigantescos. Al ir y venir, a menudo tropezaban con tocones, residuos de carbón y otros destrozos.

En el bosque se respiraba un silencio húmedo y cálido a un tiempo. Miguel, a la hora de la siesta, se tendía en el suelo y pensaba. Sobre todo, era preciso no dejarse adormecer, no dejarse aturdir y embrutecer, como los otros, como la mayoría: hombres anulados. Él, no. La vida solitaria, el rancho, el trabajo duro, embrutecían. Todo parecía hecho para que el cerebro se embotase, se detuviera. «Pero yo no. A mí, no.» Miguel, echado bajo un roble, con las manos debajo de la nuca, procuraba mantener el pensamiento claro, los ojos fijos, detenidos en las ramas verdes de la copa, contra pedacitos azules de cielo, hasta dolerse. «A mí, no.» Mes y pico así, desesperado y esperando a la vez. «Tomás no me abandonará. Él lo dijo, él me lo prometió. Yo sé que no me abandonará.» Era imposible, completamente imposible. Descontados los días redimidos por el trabajo, aun le quedaban cinco años. ¡Cinco años! Día a día, minuto a minuto, allí metido, en el valle, en la litera. En los bosques, que se le hacían de pronto hoscos, malignos. Como si sonrieran, crueles, desde sus siglos, de aquella juventud suya. De aquella vida suya, que se perdía así, estúpidamente, sin remedio. No, no era posible. Un frío húmedo le rodeaba la espalda, tensándolo. Todos sus músculos se tensaban, y apretaba las mandíbulas hasta sentir dolor. «No será, no será esto conmigo. Yo siempre tengo suerte. Ya lo decía Tomás. Y Lena. Lo decían siempre: *Tú tienes estrella.* Y es verdad.» Sí, era verdad. Escondidamente, aprovechándose de la pequeña relajación que imperaba en las jornadas del bosque, Miguel sacó un cigarrillo y lo encendió, volviéndose ligeramente de espaldas. Apoyado contra el tronco del árbol, miró hacia el río. El agua brillaba bajo el sol, plateada y verde, entre las piedras blancas y los juncos. Un tanto esparcidos, como en un sueño de libertad pequeña, limitada, los cuerpos de los hombres dormitaban, tendidos, bajo las sombras oscuras de los robles. Un humo azulado, leve como una cinta, se retorcía entre los árboles, desde los residuos del fuego que armaron para la comida. A un lado, las cacerolas y los platos de aluminio brillaban pálidamente entre el follaje y los helechos. Miguel daba unas chupadas lentas, paladeadas. Una amargura rabiosa le crecía ante la avalancha de sensaciones, de recuerdos, que el aroma del pitillo levantaba en su memoria. Prefería apartarlos, desecharlos. «Sobre todo, es necesario no dejarse abatir. Si se empieza con blandenguerías mal se acaba. Hay que endurecerse, que estar alerta. Estoy seguro de que Tomás me sacará de aquí en seguida. No puede tardar. Lo que pasa es que él hace las cosas bien. Es imposible que no lo haga. Con su influencia, con su dominio... Es un gran tipo, Tomás. Vale la pena jugarse la cara con un hombre así. Desde luego, es verdad que tengo suerte. No se puede negar. Y no hablaré. No diré nada. Antes me arrancarán la lengua.» Se miró las manos. Con el aire libre y el sol, la piel se volvió áspera, rugosa, de un tono cobrizo. Tenía las uñas rotas, recomidas. Sonrió. De pronto, le vinieron a la memoria las manos de su madre. El cigarrillo, blanco, con la punta roja, breve, parecía algo absurdo, en aquella mano. Miguel sintió un extraño tirón en el pecho. Obedeció a algo mágico, incomprensible pero dominante, y se levantó. Árboles arriba, cerca del barranco, entre las piedras, brotaba un manantial al que iban a beber durante el trabajo. No tenía sed, pero fue hacia allí. Santa levantó la cabeza, le miró con ojos adormilados y se echó de nuevo.

Lo sabía. Estaba seguro de que lo sabía. La chica del camino estaba allí, inclinada para beber. O mirándose en la fuente quizá.

Mónica levantó la cabeza. No sintió singún temor. Le daba miedo Goyo, cuando lo encontraba en la escalera del pabellón, o cuando lo del lobo. Pero el chico aquel no. Algo raro, inexplicable, la llevaba hacia él, la acercaba a él. «Como si compartiésemos alguna cosa.» Estaba de pie, mirándola. Vestido como todos los presos, con un pantalón y una chaqueta de borra marrón con la camisa desabrochada y una cuerda arrollada a la cintura. Tenía la piel quemada por el sol, levemente enrojecida en los pómulos.

—Hola —dijo, por decir algo. Él contestó algo parecido, más con el gesto que con la voz, con un fugaz brillo de su sonrisa. Luego, instintivamente, miró hacia atrás, hacia los árboles, donde Santa y los otros dormitaban.

—Miraba el fondo del agua... —dijo Mónica, sin poder evitarlo. Ella misma se sorprendía de su voz, de sus palabras. Por lo general huía de la gente, de los desconocidos. Cuando César traía algún amigo de la ciudad, ella subía arriba, y era difícil obligarla a bajar al comedor. Se escapaba al bosque para no hablar, para que no la vieran. «Es distinto. Se parece a mí.» No podía apartar este pensamiento de la cabeza. Y tuvo como una revelación, extraña, que le llenó de calor las mejillas. «Y el lobo aquel, también se parecía a mí.» No sabía por qué razón. Pero así lo sentía.

—¿Por qué? —dijo el chico, mirándola. Tenía los ojos claros, de color dorado, transparente. Las pupilas redondas, como granos de uva en los que se hubiera metido una gota de sol, centelleante y mojada. Mónica sonrió de nuevo.

—Ahora el agua está quieta —explicó—, y se ve la arena del fondo... Parece de oro.

—¡A ver! —dijo el chico. Y a su vez se agachó a mirar. Entonces sus cabezas se tocaron. Ninguno de los dos se apartó.

—Pues no veo nada —dijo él. Y se sentó frente a ella, sobre la yerba.

«No se puede decir que sea una amistad, porque no somos amigos. Amiga mía es Lena, por ejemplo. Pero ella no.» Miguel pensaba, tendido en su litera, por la noche, con la angustia acrecida que le llenaba al pensar: «Un día más». Se resistía a hacer lo que otros, a marcar muescas en la pared, junto a la litera. Por cada día que pasaba, un dientecillo arañando la cal. Las muescas las llevaba en el cerebro, clavadas como agujas, a su pesar. «Otro día más, aquí, desesperado, solo. Y lo peor es no saber nada. Ni una carta. Ni siquiera de Lena, una carta vulgar. Amistosa, como si dijéramos. Aunque no prometieran nada. Esto no lo entiendo. No les comprometería... O quizá sí. Hay que tener paciencia. Tomás siempre lo decía: *Paciencia, chico*. Y, a la larga, tenía razón.» Entonces se acordaba de Mónica: «Bueno, acabaré con ella. Pero no sé, la verdad, qué es lo que he de acabar... En realidad, unos encuentros rápidos en la fuente, en el río, durante las horas de la siesta. Para hablar. Sólo para hablar. Nunca creí que para hablar –¡y de qué cosas!– iba yo a hacer tantas burradas. Escapándome como para algo importante. Jugándome muchas cosas... ¡Para hablar con una chica sin civilizar siquiera!» Pero era así. No lo podía negar. Y al día siguiente volvía. La chica le gustaba, pero no era para tanto. Claro que ayudaba la soledad. Eso tenía la culpa de todo. Mónica tenía la voz un poco ronca, de timbre bajo y cálido. Una voz que no sería bonita, pero que se recordaba. Como el agua los días de calor. Como las sombras del bosque, cuando el cansancio. Como el sueño, cuando dolían los riñones y los brazos, al fin de la jornada. Decía cosas extrañas, que no se comprendían bien, pero que eran gratas. Sí; eran muy gratas de escuchar. Hablaba de los lobos del invierno, de los hijos del aparcero, de la muerte, de las hojas de los árboles. ¡Qué cosas tan extrañas sabía! Y, sobre todo, ¡qué cosas preguntaba! Miguel hablaba para ella, incansablemente, sintiéndose escuchado. ¡Cómo escuchaba la chica aquella! Parecía que se bebía la voz de uno. A veces, le hubiera gustado besarla, cuando le escuchaba. Pero no lo hacía. No: ¿para qué? ¿Para que se fuera, corriendo, como una cabra loca? «Esas chicas del campo reaccionan así, a lo mejor.» En todo caso, tiempo había. ¡Y si no, mejor! No tenía por qué ser de otro modo. A él le gustaban otra clase de mujeres. Mayores, por lo general. Mayores que él, mujeres de verdad. Esto era diferente. No tenía que ver con aquello. «Bueno, no hay por qué romperse la cabeza con estas cosas.» Miguel daba la vuelta sobre el colchón, impaciente.

Mónica regresaba a La Encrucijada, despacio, por el sendero de Cuatro Cruces. Los ojos pensativos, con una tristeza diferente. Septiembre se extendía, rojizo, sobre las hojas y la tierra, levemente húmeda. Mónica miraba al río y los árboles, al cielo grande, que se llenaba de una luz de miel. Parecía que el cielo se acercara a la tierra, en las tardes de septiembre, como un mar próximo y dorado.

No entraba en la casa hasta muy al borde de la noche. Isabel la esperaba en el saloncillo alto, junto a la cesta de la costura. Rígida y negra, sentada. Mónica la miraba con una mirada nueva. Se quedaba a lo mejor en el quicio de la puerta, contemplándola antes de entrar. Miraba las dos arrugas largas, prematuras, que le iban de la nariz a la boca. Isabel tenía la nariz brillante y los ojos hinchados por la costura. Al fin, Isabel levantaba la cabeza:

—¿Dónde has estado? ¿Tienes idea de la hora que es?

Mónica, a veces, no respondía. Entonces, Isabel se irritaba. Se levantaba de la silla y la sacudía por un hombro. Pero Mónica no contestaba. Isabel perdía el dominio, la mesura. Se iba murmurando, escaleras arriba: «Ya se le nota, hija de mula campesina, ya se le nota que la sangre tira». Y Mónica sonreía y miraba por la ventana, hacia los bosques de las Cuatro Cruces, al otro lado de Oz, donde ella sabía. «Dice que nació cerca del mar. Que conoce muy bien el mar. ¿Cómo será el mar? ¡No me voy a morir sin conocerlo! ¡Te lo juro, Isabel, que no me voy a morir sin conocerlo!»

Capítulo cuarto

El cielo brillaba con la luna redonda, cruel, que volvía blanca la hierba, las copas de los árboles. Daniel se apoyó en el tronco de un haya, mirando al cielo, de un brillo total, dorado junto a las montañas lejanas. Del río subía una bruma leve, transparente. Serían apenas las dos de la madrugada. Daniel no podía permanecer en la cabaña. «Las noches que te encuentres muy solo...» Daniel sonrió, amargamente: «que te encuentres solo». Como si ellos, allá abajo, entre los árboles florecidos y malditos, las palabras malditas, dieran la compañía: «la compañía del hombre está lejos». La compañía del hombre, incomprensible, absurda. «De todas las criaturas de la tierra...» Daniel se sentó sobre la hierba. Estaba mojada. Brillaba, como nieve, fosforescente; dolorosa, casi, en las yemas de los dedos. «Únicamente el hombre, el hombre, de todas las criaturas de la tierra.» Daniel se miró las palmas de las manos, mojadas, blancas. «Yo sé lo que hacen los hombres con los vencidos.»

Una tarde recibió una carta. Estaba en el frente, en las trincheras. Una carta de papel amarillento, rayado, escrito con una letra insegura. Verónica había muerto. Su cuerpo, con otro cuerpo dentro, muerto. Un cuerpo suyo, extraño, angustioso. «El hijo de Verónica. Mi hijo. Qué cosa extraña y dolorosa.» La carta era de María. Una fregona de las casas ajenas, de las casas confortables que sólo conoció de paso, fugazmente, con su cestillo al brazo. Una fregona, una pobre mujer inculta, cerril, que no servía más que para eso. Para fregar y para llevar toda la amargura dentro. La amargura de los inferiores, de los limitados, de los de abajo. «Verónica murió ayer tarde en un bombardeo la llevaron al Clínico y a las diez se murió estuve a su lado.»

Había roto la carta. Durante mucho tiempo la llevó junto al corazón, en muchos dobleces, caliente siempre de su pecho, amarillenta, sucia y arrollada por los bordes. Creía que nunca la iba a romper. Pero sí: un día, la rompió. No tenía objeto. Ella había muerto. Esto era lo cierto. Esto era lo que no se podía remediar ni dulcificar. Ni olvidar, tampoco. Rompió la carta y la arrojó. Ni siquiera sintió dolor. Las mujeres amargadas, tristes, las mujeres como aquélla, daban las malas noticias. «Escriben de los muertos, de los desastres de la guerra, de los huidos y de los enfermos.» La mujer aquella cuidó a Verónica, porque tenía en el frente a su hombre y ella era una mujer ya sin hijos y sin marido, una mujer humillada y fea, sin padres, sin infancia, sin hermanos: una mujer de odio. «Tal vez es mejor que Verónica muriera. Tal vez fue así mejor. Quién sabe si Verónica sería hoy una mujer como la otra: de las malas noticias, del resentimiento, del hambre.»

María y Verónica, por las noches, se unían y oían la radio, se traían víveres una a la otra. Porque María era una mujer de venganza y de fe. «Estamos esperando un hijo», le diría Verónica. También el odio, el hambre, la tristeza, tienen fe.

Daniel Corvo miró hacia Júpiter, la estrella cobriza. Luego el Carro, el camino de Santiago.

Verónica decía: «No es verdad, no hay Carro ni hay nada. No sé dónde lo ven». Verónica no tenía imaginación. Era concreta, un poco dura, hermosa. Era joven, tozuda, fiel. Verónica no soñaba. Miraba de frente, con los ojos negros y duros de los Corvo jóvenes, sensuales, egoístas. De los Corvo que llegaban por los caminos altos de Neva hasta La Encrucijada, donde reventaban las flores en el árbol y las estrellas en el cielo. De los Corvo que reían, que dominaban. De los Corvo felices. Verónica no era soñadora, ni era débil.

—No me puedes querer a mí —dijo él una vez. Era distinto: él perdía siempre. «Naturalmente que te quiero —dijo ella—. Es verdad que te quiero.» Y lo fue. Eso era lo mejor de Verónica. La carencia de sueños, de irrealidad, de mentiras dulces o malvadas. Verónica decía la verdad y sabía lo que deseaba. Todo lo de Verónica fue así: consecuente, cierto, sin vacilaciones. Supo romper, tuvo dureza para romper. No se dejaba apresar por la niñez ni el recuerdo. Sabía lo que hacía cuando se bañaba en el río, helado casi, apenas asomado mayo en la montaña. Daniel la recordaba brillante, como una fruta salvaje, con todo el brillo del sol dentro del cuerpo. Las trenzas le caían sobre la espalda redonda, dorada por el verano. Las trenzas se soltaban por los extremos y la brisa las enredaba, rizadas, de un rubio violento, rotundo. Verónica era rubia toda ella, desde el cabello espeso

y largo hasta las uñas de los pies. Era rubia su frente, rubios los pequeños senos, como naranjas partidas, rubias las piernas, cortadas por el agua, verde, cegadora en la mañana. Verónica sabía lo que hacía, sin virtudes no sentidas, sin pecados no sentidos. Su dulzura provenía de su serenidad, de su seguridad. Su amor fue cierto, rectilíneo, hasta el final. Verónica no se quejaba nunca. Miraba de frente y decía: sí o decía: no. Pero no dudaba. Tenía la terquedad de los Corvo, la audacia, la simplicidad.

Seguramente aceptó la muerte como había aceptado la vida: como algo cierto, ante lo que no se puede retroceder. Llegó la muerte como había llegado la vida, el amor, el hijo. «*Verónica, Verónica.*» Daniel Corvo separó los ojos del cielo. Para Verónica, por eso, no llegó el rencor, los deseos desbocados. Para Verónica no llegó la hora del heroísmo desatado, de la rebeldía. Verónica le miraba de frente, y le seguía. Lo que ella deseaba, se cumplía así. «Por eso lo suyo será siempre hermoso. Hermoso por su serenidad, por su sencillez. Por eso ella ganó su eternidad. Mientras para mí llegaba el odio y la amargura, la desatada felicidad, la fe, el entusiasmo; el amor más allá de la razón, la desesperación, la indiferencia. Al fin, la indiferencia.» («Cuando estés solo... Cuando te encuentres solo...») Qué incomprensibles palabras, ya. Para Verónica no llegó el ridículo del propio corazón, el grotesco espectáculo del corazón. Para Verónica no llegó la soledad auténtica, la soledad del hombre perdido.

«Subía a los bosques como un lobo.» Solitario y hambriento, como un lobo en la nieve del invierno, aullando a su propia hambre. Como el lobo.

Aquella luna redonda, en la mitad del cielo, enloquecía a los mastines de La Encrucijada. En el pabellón, el viejo *Sol* gruñía sordamente, con los ojos abiertos, como dos ciruelas negras. Los aullidos de los mastines le caían a Gerardo Corvo en el pozo del pecho, con una resonancia larga y húmeda, como pedradas. Cuando aullaban los mastines, en la noche de luna, Gerardo Corvo perdía el sueño y abría la ventana, enfurecido, con una furia sosegada y blanca, dentro del corazón. Vio a la luna plateando el contorno de la cama. Las columnillas oscuras, torneadas, el palio absurdo, como si fuera obispo o rey. Gerardo Corvo apartó la sábana bruscamente y saltó al suelo, descalzo, pesado, con el cuello torcido sobre un hombro, cansado de su cabeza. Los mastines aullaban a la luna, «porque la luna debe de ser malvada o bruja». (Cuando Gerardo era niño tenía un aya campesina que le enseñaba la luna y le contaba leyendas estúpidas, en las que los hombres vengaban injurias y no olvidaban.) Gerardo Corvo abrió los postigos de la ventana.

Allá abajo estaba la tierra. La tierra, como él, era lo único que no cambiaba. «Miseria, asco, pobreza.» Gerardo escupió. «He aquí mis ruinas. No hay derecho a que se lleve el tiempo, como una polvareda seca, la vida que fue rica y grande, la tierra que fue de uno, las estrellas de uno.» Como el río, se fueron todos. Los que sabían gozar, vivir. Sólo quedaba un mundo imbécil y cobarde, sórdido, de trabajo y de comida grosera, de vino malo, de anís de taberna, de maldad pequeña, sin grandeza y sin locura. A Gerardo, como al mastín, la luna le daba en los ojos y le volvía loco, le despertaba un aullido largo de rabia y de miedo, de impotencia. «Sólo queda un mundo de garbanzos y de ropa zurcida, de hombres que nos juraron la muerte, que han vuelto y que están allí arriba, con un rifle entre los brazos para nada. Asco y cobardía, estómagos tristes, olvido.» (¿Dónde andaban las balas que se perdían, las crecidas de los ríos, los incendios de los bosques? ¿Dónde andaba el odio de los hombres?) Gerardo Corvo buscó el anís y la puerta del armario chirrió, con la luna en el espejo. «Daniel me odió, me bajó del árbol. Malditas manos que me trajeron acá.» Gerardo bebió con avidez, y se le derramó una gota espesa, brillante, por la comisura, hasta el cuello. «Estúpido. Quería vengar a mi tiempo, a los de mi tiempo, los de mis noches largas, los de mi plata y mis criados, los de mi fuerza. Quería vengar mis injusticias, las mujeres que amé, los hijos que olvidé, mi goce por la vida, mi placer, mi grandeza. Quería vengar la miseria que me rodeaba. A los que humillé y a los que perdí. Y está ahí arriba, con un rifle mudo, quieto, vigilando mis bosques, mis ruinas, aún mías, todavía mías. Cobarde. Estúpido. Corteza de hombre, falso hombre en pie.» Gerardo bebió más, y empezó a reír. Su risa parecía el ladrido de *Sol,* viejo y sarnoso, detrás de la chopera. «No pudisteis conmigo. No pudisteis conmigo. No pudisteis con mi tiempo. Mi tiempo está de pie, conmigo.»

Soco dormía sobre la litera, a los pies de su amo.

Soco saltó de la litera y fue a la ventana. El hombre se incorporó. *Soco* ladraba. Ladraba a la noche, a la luna que salía, insolente, impávida, sobre las chabolas de las mujeres y de los niños, de los perros y de la esperanza. Las piedras del valle tenían una blancura insólita, debajo de la luna. Diego Herrera se sentó en la cama, su cama de soldado, dura, de colchón de borra, de manta marcada con letras negras, de sábanas ásperas y amarillas. «Señor, ¡esta noche!» Los deseos nacían muertos, como hijos malditos. «Las noches del hombre son largas, tediosas, mágicas.» En su tugurio, en su litera, no podía evitar los pensamientos: «Señor, no destruyas mi corazón». Había algo tórrido en la noche, a pesar del otoño que se acercaba, que se olía ya. «Señor, no hice nada, no conseguí nada. Ah, la horrible inutilidad del hombre.» Y allí estaba «él», sobre la mesa, en el marco, con la sonrisa fija y quieta, eterno. Dueño de la verdad y la mentira. Diego Herrera saltó de la litera. «*Soco, Soco...*» El perro se acercó y agachó la cabeza bajo su mano. Su respiración se hizo jadeo y casi se le oía al corazón, con un ruidito sordo, contra las paredes. «*Soco, Soco, amigo mío.*» En la explanada se apilaba la leña del invierno, y, allá abajo, el río huía quietamente. «Hijo mío. Hijo mío.»

Tenía diecisiete años. Estaba seguro de todo. Creía en todo. Antes, él, enfermo, le miraba desde el lecho. Su enfermedad era larga. Sólo podía salvarle la voluntad. «Su fe le ha salvado.» Y él, desde el lecho, miraba al niño, con sus piernas duras, persiguiendo el pájaro, en el jardín. Él miraba las rodillas blancas del niño. «Dios mío, dame la vida.» Cuando él se levantó, el niño había crecido. Salían de la mano, le llevaba a la escuela. Las notas del bachillerato. Luego, la elección de carrera. Quería construir. Edificar ciudades nuevas y limpias, ciudades soñadas en su imaginación. «Es aún tan niño», decía siempre su madre. Era verdad. Parecía distinto, no crecido, milagroso y limpio. Se lo llevaron de noche. Vinieron cuatro a por él, le culpaban de otras muertes. «Éste se cargó a muchos.» No era cierto, no podía serlo.

La madre y él le miraban, llorando. La madre no se quería apartar. Él la empujó. «No vayas, yo iré, yo le seguiré, te lo prometo.» Pero no podía ser. Era tan niño todavía. Él no le abandonó. Los ojos del hijo le decían: «Sígueme. No me dejes solo». Y había luna, una luna salvaje, en el centro del cielo. Ciudades ingenuas, ciudades de niño, crecían en la noche de julio, en la noche sangrante, como un pájaro decapitado. Ciudades de esperanza, aún, como un hilillo de sangre. Le ataron las manos a la espalda, junto a la tapia del solar. Querían que hablase. Querían confesiones, traiciones. «Si es tan niño... Si es tan niño todavía...» Le echaron al suelo, contra el polvo. Le dieron en la cabeza con los pies. Pero no decía nada. Tenía la boca cerrada, como una caja oscura y extraña. Una caja que contenía ya la muerte o una vida distinta, prematuramente ganada. Entonces fue cuando aquél sacó la navaja y, como el que abre conchas, le arrancó los ojos.

«Señor, Señor, yo no puedo abandonarle. Él me lo dijo. Él lo decía: *No me dejes solo, padre, no me dejes solo.*»

(En las chabolas los niños sueñan; los niños que martirizan a los perros y que destruyen nidos, los que lloran y crecen y se hacen casi hombres, mientras llega la libertad del padre. Las mujeres esperan.) «Yo no puedo abandonarle. Su sangre es mi esperanza, su sangre es mi fe.» Diego Herrera pensó en el chico de los ojos como piedras, que se parecía a «él». «No le abandonaré.» La luna iluminaba las chabolas tristes, las mujeres y los hijos. Los que no abandonan y caminan detrás, siempre detrás, con su esperanza a cuestas.

Sobre los jergones, la luna entró, extraña, poco propicia. Miguel Fernández se tapó la cabeza con la manta, para dormir.

Capítulo quinto

«Me gustaría mucho conocer el mar, aunque sólo fuera verlo de lejos.» Lo dijo Mónica, la tarde anterior. Él se quedó sorprendido. «¿Es posible que nunca lo hayas visto? ¿Ni siquiera en el cine?» Mónica parecía un poco avergonzada. O rabiosa, tal vez. Y dijó: «No. Tampoco en el cine. Nunca he ido al cine». Parecía mentira, pero bien pensado, la cosa era natural. La chica vivía allí metida, desde siempre. Al pasar por la ladera de las Cuatro Cruces, miró con más detenimiento hacia La Encrucijada, donde la chica le dijo que había nacido. Era una casa grande, de piedra, con tejado rojizo, rodeada de árboles y de prados, de choperas y de campos de labranza. No tenía vallados, ni tapias. El río cruzaba la tierra, tras el pabellón de los aparceros y las cuadras, con aspecto de abandono y medio ruina. Tenía un aire triste aquella casa. A Miguel no le gustó. De pronto, sintió una cosa rara. Algo así como un poco de lástima, de piedad, hacia la chica de la fuente. Parecía que estaba muy sola. No debía tener amigos en ningún lado. Ni en Hegroz ni allí, en la casa. «Todos son viejos en mi familia», le había dicho ella. Y cuando supo que él había nacido al borde mismo del mar, se le encendieron los ojos. «El mar», dijo, como si fuera algo extraordinario, mágico, en lo que no se atreviera a creer del todo.

Miguel sonrió. ¡Preguntarle a él si conocía el mar! Toda su vida vio el mar. El mar era, como si dijéramos, «la música de fondo» de su vida. «Como la música esa que se oye en las películas detrás de todo.» Miguel levantó el hacha sobre el tronco, pensativo.

El bosque se alzaba oscuro, áspero, envolviéndole. Se oían los golpes del hacha, el ruido del aserradero. Más allá, las voces de los hombres, y una cancioncilla que entonaba Santa, interceptada por una tos bronca, persistente. Miguel, a su pesar, contra su voluntad, estaba lejos de allí.

Al mar lo pintaban azul en todas partes, por lo general. Pero el mar no era siempre azul. Aquel día no lo era. Él estaba sentado en la playa, con Chito, mirando el mar. Era muy temprano. Hacía calor, pero corría una brisa que levantaba los cabellos.

Era poco después de la tarde aquella, la de la barca grande y los hombres que se ahogaron.

(No estaba muy seguro, porque el tiempo, entonces, era difícil de medir, de encauzar, de recordar. Pero calculaba que no sería mucho después.)

Chito señalaba el mar, con su brazo flaco y desnudo. Tenía los ojos entrecerrados por el brillo del agua, y el pelo, lacio y negro, caído sobre los ojos en greñas largas, movido por la brisa. Él miraba a Chito, escuchándole, cuando llegó la madre. Venía a buscarles, porque se iban. Se iban. Chito y él empezaron a saltar uno frente al otro. Se iban. Se marchaban de allí, a otro lugar, a otro pueblo lejano, tres familias: la de Chito, la suya y la de los Mongos. El hermano pequeño del padre de Chito, que vivía en Barcelona desde hacía años, les llamaba en una carta: «Venid aquí —les decía—, que donde estáis es una tierra de hambre, en esta ciudad triunfa la Revolución... Hacen falta voluntarios para el frente de Aragón.» Y hablaba de la Brigada Ascaso.

Se fueron en un camión grande, pintado y repintado, lleno de letras rojas, con una bandera flameando al viento. Miguel recordaba a las mujeres, afanadas, agitadas, atando los viejos jergones que cargaron en el camión, y sobre los que saltaban Chito, él y Mari Pepa, la pequeña de los Mongos. Su padre, como siempre, era el que hablaba más y alzaba la voz, el que mandaba y dirigía todo. Alto, de brazos musculosos y cubiertos de un vello rojo, que brillaba al sol. Recordaba el reloj que llevaba en cada muñeca. Dos relojes: llevaba dos relojes, se acordaba bien. Y antes, en cambio, no tenía ninguno. Al padre de Chito, que llamaban el Andaluz, le faltaba la nariz. Parecía que se le hubieran rebanado de un tajo. Eso, a veces, les daba mucha risa, a Chito y a él: «Chito, a tu padre le han dado un muerdo en la nariz». Tenía dos agujeros negros, como una calavera. Los Mongos eran bajos, muy negros, con dientes largos y agudos, como chacales. Los Mongos eran los que sacaron al cura, de noche, de la rectoría y se lo llevaron a la playa. Todos lo sabían. Y a él, sin comprenderlo, le daban un poco de asco. Eran negros, estaban como teñidos. Eran del color de la sotana, de aquella sotana ensangrentada. Le daban un poco de frío, un repeluzno en la espalda. Por eso no le gustaba jugar con Mari Pepa. El hermanito de Mari Pepa se les murió del garrotillo, hacía dos inviernos. La madre Monga se fue, de puerta en puerta, con el niño envuelto en el delantal, para juntar dinero y enterrarlo. Iba con la cabeza levantada, seca, como de piedra. También llamó a la puerta de su barraca, y su madre le dijo: «Todo te lo daría a ti». Y le dio algo, él lo vio. Y ella no le dio las gracias, no había por qué, y se fue hacia el bar del casino, donde estaban los ricos del pueblo —era su hora— tomando vermut con aceitunas. Miguel, desde la ventana, la miraba cómo se iba. Con todo el viento levantándole la ropa, con las medias negras y las alpargatas blancas, y el pelo sin peinar, con el moño medio caído. Y el bulto aquel, envuelto en el delantal rayado, entre los brazos, y los piececillos saliendo por debajo: amarillentos, con las uñas negras. Su madre salió a la puerta y la llamó: «¡No vayas ahí, Monga, no vayas ahí!» Pero la Monga no hacía caso, la Monga era sorda, era muda, aquella tarde. Los Mongos fueron los que prendieron fuego a la casa de don Panchito, y a don Panchito lo arrastraron por la calle, y le dieron de palos hasta dejarlo medio muerto, y luego le tiraron al mar. El padre de los Mongos se estuvo dos años en cama, con la espalda rota, porque se cayó de los astilleros. Los hijos, que entonces aún eran pequeños, iban por la playa con un saco, buscando cosas que él no sabía lo que eran. Los Mongos salían a pedradas y a navajazos con todos, y tenían un olor horrible. A él le parecía que olían a cera de velas, derretida, tal vez porque mataron al cura, de noche, en la playa. Y contaron que el cura se arrodilló, y que no decía nada. Y que ellos le preguntaban: «¿Te acuerdas de esto, y de aquello, y de lo otro?» Pero él se callaba. Y se dejó matar, así: sin defenderse. Y dijeron los Mongos: «Pues fue valiente, en el último momento. No lloró, ni babeó, como los otros. Fue más valiente el cura». Cuando se fueron en el camión, su padre, el Andaluz, y los Mongos llevaban armas a la cintura, y fusiles y relojes. Y todos estaban muy alegres, y él no sabía lo que era la guerra, pero todo parecía como de romería, una romería que tenía un no sé qué de dolor; pero un dolor que hacía reír, que hacía reír mucho, a todos, y decir palabras muy redondas, palabras como crujidos de polvo seco. El viaje fue muy largo. Duró dos días, o quizá más. Por el camino, a veces, se detenían. Los niños tenían sueño, sed, ganas de orinar, de pelearse, de comer, de correr. Mari Pepa tenía piernas muy largas y nervudas, unas piernas de niña que trabaja y suda. (Mari Pepa, con trencillas flacas, renegridas y untuosas, atadas con un cordel en el cogote, Mari Pepa, con una venda alrededor del cuello, porque padecía de afonía y tenía la voz ronca, como un cuajarón de sangre.) Por las noches les ponían a los tres, a Chito, a Mari Pepa y a él, sobre los jergones atados, y les tapaban con una manta. Se dio cuenta de que Chito y la Mari Pepa se andaban con las manos y cuchicheaban. Pero él no entendía aún de esas cosas, y luego, ya mayor, al acordarse, le daba risa y un no sabía qué de melancolía. Por las noches tenían miedo, y la Mari Pepa una vez se estuvo gritando, y el padre de los Mongos la amenazó con la culata y ella se calló. Pero bajito, arrebujados los tres bajo la manta, cara a las estrellas de la noche grande, con su voz rayada, Mari Pepa les contó cómo vio a Ripo y Adolfito Mongos ir a su casa vestidos con la ropa de Santa Magdalena, larga y morada, de terciopelo bordado en oro, trayendo de la mano los largos cabellos de la santa, que a ella le daban miedo. Y a los tres, al oírselo, también les dio, porque la santa vista de cerca era una muñequita fría con los ojos pintados, unos ojos que no se podían cerrar nunca, con el pelo «de verdad». Y el pelo ese daba miedo, más que todos los muertos y que todos los gritos de la playa, cuando los disparos. (El tacto del pelo de Santa Magdalena, la de la capilla del puerto, le daba un frío puntiagudo y lejano en la espalda.) Una vez pararon el camión. Atardecía y, al bajar con las linternas, enfocaron la cuneta, en la que había un hombre tendido, con la cara blanca y el pelo arremolinado, lleno de sangre seca. Ripo Mongo le dio un golpe en la cabeza y dijo una blasfemia. Luego subió otra vez y se marcharon, levantando los puños hacia allí, y la madre de los Mongo dijo: «¿Te acuerdas de mi hijo, perro, te acuerdas de mi hijo, que se le cerró la garganta porque no tenía con qué comprar el suero? ¿Te acuerdas de mi hijo, que se hinchó como un ahogado, en vida, y fui de puerta en puerta con él, y no se me vio una lágrima, ni se me oyó la voz en muchos días? ¿Te acuerdas de todos mis abortos, de mi barriga preñada, con un panecillo y un arenque al día, cuando se cayó mi Mongo de los astilleros y don Panchito no me pagó lo que debía? ¿Te acuerdas de mis hijos, cuando salieron a robar y a perderse, porque eran pequeños y flacos para el trabajo, porque tenían los dientes podridos de miseria, y nadie los quería y todos decían: "¡A ésos no, a ésos no; que son de la Monga, que son de mala raza de ladrones!..." ¿Te acuerdas, perro, te acuerdas?...» Y aún dijo muchas cosas más la Monga, hasta que los hijos la mandaron callar y el Mongo le dio un revés que le salió luego en una moradura por la ceja. Porque dijeron: «¡Calla, ya, y no amargues con esas cosas! ¡Las mujeres son así de burras! ¡No es hora ésta de amohinarse con cosas que ya han terminado para siempre, si las estamos vengando todas!» Y él pensó que era verdad, que no venía a cuento todo aquello. Pero así eran las mujeres, y su madre también. Así eran, que, de pronto, cuando todos parecían más contentos, salían con unas lágrimas o unos quejidos por cosas de las que nadie se acordaba. Pues bueno, ¿no se iban al frente, que era como una fiesta, o parecido? ¡Pues que se callase la Monga con sus monsergas! Y se alegró de que la cascase el Mongo y se callara, por fin. El Chito y él se rieron, y pellizcaron a la Mari Pepa, que se había quedado pensando, con la boca abierta y un moco brillándole en la punta de la nariz.

No se acordaba bien de cuando llegaron a Barcelona. Seguramente llegó dormido, y la madre lo cogería en brazos y lo llevaría, porque aunque tenía ocho años largos nunca fue muy crecido. Y entonces, aún menos, que le decían todo: «Qué lástima, el Miguel, con lo majo que va subiendo, y que no será de buena talla, como el padre».

Todo se volvió muy confuso, por aquellas fechas. No tenía una idea muy exacta de aquel tiempo. Su padre, el Andaluz y los Mongos se fueron al frente, de voluntarios con la Brigada Ascaso: eso era cierto. Cómo y cuándo, él no se acordaba. Desde aquel día, las veces que vio a su padre fueron escasas y contadas, y, cuando lo veía, ya lo había olvidado un poco, incluso. El resto de las tres familias se instalaron en un piso de la calle de Gerona, una calle de sombras tibias, entre plátanos. Era un piso requisado por la CNT. En el piso vivía, además, otra familia. En total se reunían, contando a los niños, dieciocho personas. El piso era grande y muy bonito. Lo recordaba muy bien. Nunca sospechó que existieran casas semejantes, pisos tan grandes, con puertas y ventanas altísimas y anchas, y aquellos muebles que la mitad de ellos no se sabía para qué servían. A pesar de que, cuando llegaron, ya estaba muy despoblado, aquel piso fue campo de descubrimientos y tesoros inacabables, sobre todo para Chito y para él. «Ésta era la casa de unos ricos», se decía a veces, pensativo. «Pues qué raros eran los ricos», determinaba para sí. Y un día, pensó: «Dicen que ya se han terminado todos los ricos y que no va a haber más ricos y que los van a matar a todos. Pero yo, cuando sea mayor, quiero ser rico». Y eso lo ocultó a todos, a Chito incluso, y guardó su deseo escondido dentro del corazón, para él solo. Porque le gustaban más las cosas de los ricos que las de los pobres. Algún sitio quedaría en el mundo, donde habría ricos y no fueran a matarlos. Allí se iría él, podían tenerlo por seguro: lo buscaría y allí se iría. Todo lo del piso era sorprendente, cautivador y, a veces, misterioso. «Mira, Chito..., ¿qué es esto?»

(Aún hoy, a Miguel, le daba una vergüenza rabiosa recordar que hasta los ocho años cumplidos no había visto un cuarto de baño.)

La familia murciana, y la suya propia, guardaban en el cuarto de baño el carbón y las patatas, y tenían en él encerradas tres gallinas, que picoteaban el grano y las peladuras sobre el suelo de mosaicos blancos. Allí iban todos, también, a hacer sus necesidades. Pero en el suelo, la mayoría de las veces, por comodidad y costubre. Sobre todo, los murcianos, que eran de campo; mejor cuadra que aquélla no la habían soñado en su vida. Él y Chito se hicieron más amigos aún, en los primeros tiempos de aquel piso. Dormían juntos en una cama con el abuelo Mongo. El abuelo apenas les dejaba dormir, con sus ronquidos, y se pasaba la noche escupiendo y haciendo porquerías. A Chito le daba mucho asco, pero a él le daba risa. Le ponían al abuelo Mongo un cepillo entre las sábanas, para que le pinchara al acostarse, porque en Alcaiz nunca tuvo otra cosa que un jergón de paja en el suelo. Las mujeres disfrutaban mucho allí, con los colchones y la ropa, sobre todo, que se repartían a gritos, a regaños y a risas, por partes iguales. Recordaba los ojos de su madre, doblando sábanas y apilándolas, y charloteando con la Monga, que la miraba seria, la boca seca y cerrada, la mejilla apoyada en un puño, como tenía por costumbre. Y su madre se reía y manoteaba, y la Monga decía: «Ya veremos, ya veremos»... Chito y él, sus madres y las dos hijas de la Monga, Mari Pepa y Julia, que iba ya para dieciséis años, se olvidaron todos de Alcaiz, con su playa larga, arenosa y desértica, la luz como paletadas de cal y el mar rumoroso, metido en los oídos, reverberando al sol. Con el puertecillo de los pescadores, con la capilla quemada, con el cementerio entre paredes de un blanco cegador. Todos, menos la Monga, que estaba seria y pensativa. Amarga, como siempre. Y que un día, a poco de llegar, miró a su madre (que era a la única que parecía querer algo) y le dijo: «Yo me vuelvo allá». Su madre la regañó y le dijo: «¿Está usté idiota, Manuela, o qué?» Pero ella dijo: «Acuérdate, mujer: me costó mucho reunir el dinero para el entierro». Eso era una salida sin razón, y aunque su madre quiso quitarle de la cabeza aquellas tonterías, la Monga hizo un hatillo y se fue. (Camino de la arena y las pitas, de los cipreses negros. Renegrida, dura, inflexible. Con la muerte envuelta, dentro del delantal. Como una vieja perra, antigua como una piedra, como un puñado de polvo.) Y si llegó nadie lo supo nunca, porque nadie la volvió a ver.

La vida en el piso fue ruidosa, agitada. Las mujeres se peleaban con frecuencia, igual que en Alcaiz, pero en el piso se notaba más. La Julia se hizo de un centro donde se confeccionaban equipos para los soldados del frente. En poco tiempo la Julia cambió. El comer bien —porque, eso sí, comían como nunca, hasta entonces— la hizo redonda, de buen color, y se le quitó aquel no sé qué verdoso y lúgubre de los Mongos. Tenía los ojos grandes y oscuros, brillantes, y los labios muy rojos. Y se volvió alegre, charlatana. A menudo salía con «Las Juventudes», y volvía muy tarde a casa, o no volvía. La acompañaban chicas como ella y hombres jóvenes. Milicianos morenos, de patillas largas y un puñado de pelos rizados asomándoles por el cuello desabrochado del mono. A veces, armaban mucho jaleo en el piso, bebían, cantaban y fumaban, y a su madre la llamaban, porque era joven y de buen ver. Y ella iba, y luego estaba al día siguiente pensativa, y le pegaba a él por cualquier cosa, del mal humor que se ponía. Los milicianos les traían latas de atún y de pollo con tomate, y foie-gras, y queso, y botes de leche condensada. Y vivían muy bien. Aunque, a veces, por la noche, él se ponía triste. Alguna vez (no sabía cuántas) vino el padre a verles. Llegaban del frente, en coches requisados, con otros hombres y otras mujeres, y subían todos al piso. La madre y él se colgaban de su cuello, y él les traía comida y contaba cosas. Hablaba mucho y todos los del piso le rodeaban. Y venían otros, y todos comían juntos y bebían. Y su padre, como siempre, era el centro de todos, y todos se reían mucho oyéndole, y hasta le aplaudían según las cosas que les contaba. Las mujeres que venían con él llegaban también del frente, provistas de cartucheras, mono y fusil, como los hombres, y él pensaba que el frente era una romería bastante extraña, pero que daban ganas de ir allí y enterarse de todo aquello. Pero los niños, por lo visto, no iban al frente. La familia de los murcianos, que eran una madre y tres hijas, y un sobrino de catorce años, tenían dos hombres en el frente. Y se tiraban encima de su padre, preguntándole cosas: «Que si conocían a su Manolo y a su Cristobalín». Pero nada, no los conocía nadie. Y bebían entonces y comían con la cara muy seria, mirándose unas a otras. Y se acordaban mucho de su pueblo, y la madre decía que hizo bien la Monga en irse al suyo. Pero se quedaban. También el Andaluz vino dos veces a verlas, con su nariz cortada. No era tan ruidoso como el padre, y, al contrario, parecía más serio que cuando se fue: no lo debía pasar tan bien, se veía. La última vez que vino su padre le cogió y dijo: «¡Pero cómo va creciendo el Miguel!» Y éstas fueron las últimas palabras que de él recordaba. La madre, que los miraba desde la puerta, comentó: «Sí, ya ves: así son los chicos. A esta edad se nota mucho. Te estás un tiempo sin verlos, y cuando vuelves casi no le conoces. A mí me pasó lo mismo cuando fui a Broca, de jornal». Y él se acordó siempre de estas palabras, no sabía por qué. Y nunca más vieron al padre, porque lo mataron de un tiro en la cabeza, en el frente, doce días después. No lo supieron entonces, sino que se estuvieron mucho tiempo sin noticias. La madre se quedó más delgada y salía mucho de casa. (Ya no era todo como antes, cuando salían a la calle con sus madres, a ver las grandes avenidas de la ciudad, que era enorme; a ver pasar algún entierro importante o algún desfile, con muchas banderas y muchas pancartas, con aquella música tan bonita que a Chito y a él les ponía cosquillas en el cogote. Cuando todos cantaban y sus madres los levantaban para que vieran bien: los puños en alto, al pasar el desfile o la caja del muerto, con la bandera encima.) No. Ahora salía de casa y lo llevaba de la mano, pero casi a rastras. Era invierno y los árboles no tenían hojas. Iban de un sitio a otro. A chalets con banderas y verjas o a grandes edificios, donde les hacían esperar mucho y que estaban llenos de gentes, con la ropa que olía mal por la lluvia y manchando el suelo con las alpargatas llenas de barro. Y había fusiles, en todos lados, y cartucheras, monos. Y siempre igual, preguntando y preguntando, para saber qué había sido del padre. Y uno les dijo: «Pero, de ese frente anárquico, ¿qué se va a saber?» Y ella se puso a llorar y lo cogió fuerte de la mano y volvieron a casa. Un día vino el Andaluz. Era por la noche. Venía enfermo de una úlcera de estómago. No podía volver al frente. Le acostaron y la Andaluza le puso botellas de agua caliente, y los dos agujeros de su nariz, de tan negros, parecían untados de carbón. Y el Andaluz tenía miedo y se encerraron en su habitación, sólo las dos familias íntimas, la del Andaluz y la suya. Y en voz baja, el Andaluz les dijo que Buenaventura Durruti había mandado fusilar a las milicianas. Y que a los Mongos, que iban siempre juntos, los tres —porque no se querían separar, como habían vivido siempre—, les dio de plano un morterazo; y que saltaron en pedazos y que el más grande era como su puño. Él se acordó de ellos, que olían mal. Y de pronto se dio cuenta de que siempre habían olido a muerto. Eso era: a muerto. Y se acordaba muy bien de cuando iban los tres juntos con el saco al hombro, por la playa, quién sabe en busca de qué. Y era verdad que los tres iban siempre juntos. Tanto, que ahora, si los enterraron, no se sabría cuáles eran las manos del uno ni del otro. Y su madre empezó a llorar, y dijo: «Y de mi rubio, ¿es verdad que no sabes nada, o me estás engañando?» (Porque su madre decía siempre «mi rubio» cuando hablaba de su marido.) Y el Andaluz le juró que no la engañaba, y que no sabía nada de Fernández. Y la Julia tampoco sabía nada de su padre ni de sus hermanos, pero no lo preguntaba. Se había vuelto muy distinta, se pintaba los labios, y a ellos, los de Alcaiz, no les quería ver ni en imagen. Y tenía novio, que era un antiguo Guardia de Asalto, alto como un poste, rubianco y con patillas recortadas. Poco a poco, todas las cosas se parecían un poco a las de antes, y se iba apagando aquella alegría de alrededor, aquella manera de vivir en la que no se sabía bien si era de día o de noche. Y todo volvía al otro tiempo, el de la angustia y de la amargura. Aunque distinto y con comida, con otras ropas y otra clase de inquietud muy diferente. Y sin playa, sin barcas, sin padre.

Una noche, un barco torpedeó la ciudad. Chito y él dormían pegados al abuelo, como dos lapas a la roca. Era invierno y hacía mucho frío, un frío húmedo, que calaba los huesos. El abuelo Mongo dormía con la boca abierta entre la barba blanca y áspera, con los dos cuerpecillos a sus costados, arrebujados, quietos. De improviso, se oyeron, lejanos, los estampidos de los proyectiles. Chito se sentó de un salto y le zarandeó. «Miguel, Miguel», decía. Se incorporó, con un sobresalto, y le miró aún dentro del sueño. «Miguel —decía Chito con los ojos muy abiertos—, ya están aquí.» Él seguía mirándole con ojos ausentes (unos ojos que luego se repitieron a lo largo de su vida, en momentos decisivos, siempre. «¿Quiénes?», preguntó. Pero era inútil. Sin saberlo, «lo sabía». Sabía que alguien, o algo, vendría un día a por él. Solamente a por él. Lo sabía de un modo instintivo, sin palabras, sin nombres. («Tú tienes estrella.») Lo sabía desde la tarde aquella en Alcaiz, cuando ahogaron a los hombres en el mar, atados con cadenas. Lo sabía de cuando era muy pequeño, y la madre lloraba y apretaba los puños, mordiéndose los labios y mirando hacia una lejanía oscura, terrible, que él intuía. Sabía que algo ocurría en su vida, que algo se vengaría de él, un día. Y ese algo, o ese alguien, estaba siempre a su lado, o a su espalda («tú tienes estrella»), cuando vio fusilar a aquellos hombres subido en la tapia, cuando vinieron los Mongos con la sotana del cura, cuando se despertó entre las cenizas de la capilla, cuando le pedía a su madre pan, o lo que fuera, porque tenía hambre, y la madre le miraba despacio, con unos ojos huecos, y le decía: «Aguarda un poco, hijo, a que venga padre». Lo sabía cuando vio a la Monga ir al casino, con todo el viento empujándola, el hijo muerto en el delantal. Estaba a su lado cuando miraba a los Mongos, playa adelante, atardecido, con el saco al hombro, negros y raquíticos, con la garganta llena de gritos mudos, acechantes, con los dientes podridos de palabras tragadas, mordidas. Estaba aquel alguien, o algo, junto a él, cuando vio arrastrar a don Panchito por las calles de Alcaiz y cuando dio la luz de la linterna en la cabeza del hombre muerto, en la misma cuneta. Y nada de esto hubiera podido explicárselo, ni a sí mismo, pero lo sabía. Sabía que ese algo, o alguien, lo llevaba posado en un hombro, como una paloma («tú tienes estrella») y que ese alguien o algo vendría a por él y se lo llevaría, no sabía adónde. «Ya están aquí.» Salió del sueño y cayó en un frío grande, un frío y un terror como no sintió nunca. Una extraña conciencia despertó en él lúcida, precoz, que le hizo ver las cosas grandes y horribles, de pronto, a su alrededor. Y miró los ojos de Chito y la boca abierta del abuelo Mongo. La boca de Chito estaba oscura, siniestra, diciendo: «Ya están aquí». Chito era un niño sucio y feo, un niño espantoso y cruel, amargo, triste; y el abuelo un montón de carne vieja y sucia; y la madre, que entró en aquel momento, dando gritos, con los brazos extendidos hacia él, la madre, era un animal caliente y grande, ruidoso y lejano. Y le entró un asco muy grande, un asco que venía guardándose en la garganta desde hacía mucho, mucho tiempo (desde que era muy niño y se subía a las barcas podridas, abandonadas en la arena y jugaba con hierros mohosos por el agua y se clavaba cosas cortantes en los pies desnudos y pedía cosas de comer y cuando oía gritar a su padre que bebía y se emborrachaba cuando el de la tienda decía que no fiaba más y cuando entraron en la tienda y se llevaron todo lo que quisieron y cuando vio al de la tienda colgado de la puerta con toda la lengua llena de moscas y los niños le tiraban piedras, y los perros, en cambio, huían, huían), un asco que era como algo que estuviera allí, en su mismo estómago, y que era como un perro huyendo, ladrando; algo que gritaba, que huía no sabía hacia dónde. Y entonces, por primera vez, le pareció que todas las cosas avanzaban hacia él, y que a él nada, absolutamente nada en el mundo, le importaba ya. Y llegó entonces, por fin, «el humo».

Miguel Fernández apretaba el hacha entre las manos. Los dientes casi le dolían de tan cerrados. Levantaba el hacha y la dejaba caer sobre el tronco, con un raro silbido de serpiente.

«El humo» llegaba despacio, metiéndose por los ojos hasta el corazón. «El humo» era gris, helado, transparente. Difuminaba los seres y las cosas y le dejaba a uno lejos de todo, en un país donde nada importaba, donde no había amor, ni odio, ni miedo, ni esperanza. «El humo» envolvía las cosas, le envolvía a uno, lo transportaba, y nada de lo que ocurriera alrededor le afectaba ni le concernía. Se podía estar así, tiempo, sin saber cuánto, ni cómo, ni por qué. No podía saber si temía al «humo» o si lo agradecía. En todo caso, nunca habló a nadie de esto. Casi, ni lo pensaba él. Cuando volvía a la realidad, despertaba como de un sueño, y generalmente le dolía la cabeza.

Llegó el mes de mayo y cumplió diez años. No creció mucho, pero estaba fuerte, y según decían todos, en especial las mujeres, la mar de guapo. Claro que esto último, en aquel tiempo, aún no le preocupaba. Hacía un año que murió su padre y vivían de un modo muy distinto. La comida no abundaba, sino todo lo contrario, y volvieron, aunque más atenuadas, las privaciones eternas. La madre tenía los ojos apagados, y andaba con unos pasos distintos. Algo como una niebla oscura descendió sobre ella, y él descubrió en su rostro algo extraño, fugaz, que le recordaba a la Monga. Una mañana les despertó un tiroteo. Las calles se cubrieron de barricadas. En la Plaza de Cataluña, decían, peleaban entre sí los partidos anarquistas y comunistas. En la Telefónica se hacían fuertes los de la CNT. Durante tres días mientras se oyeron disparos y hubo jaleo, no salieron de casa. Ganaron los comunistas, o eso entendió, que parecía que eran los del Gobierno, y al cabo de una semana fueron unos comisarios y les echaron del piso, para convertirlo en oficina de algo. La Andaluza, el Andaluz y su Chito se fueron a un pueblo de la costa, donde tenían unos primos. Entonces, su madre se acordó de Aurelia, la hermana de leche de su marido.

La Aurelia era una mujer alta y morena, de ojos oscuros, piel olivácea y boca delgada, casi sin labios. La Aurelia les vio ya alguna vez, al llegar ellos a Barcelona, e hizo buenas migas con su madre, a quien no conocía hasta entonces, pues salió del pueblo para servir, hacía más de treinta años. Desde hacía más de quince servía a un viejo capitán de la Marina mercante, retirado ya y medio impedido, soltero y sin familia. De la Aurelia se dijo en el pueblo que fue, cuando él aún andaba para ese trote, la querida del viejo, y que por eso ahora mandaba en su casa como dueña y señora. El capitán, y era cierto, no podía vivir ya sin ella, acostumbrado a sus cuidados y compañía, y ella se lo hacía valer. Luego, la Aurelia, por su parte, suponía que el capitán debía tener algún dinerillo, que esperaba heredar a su debido tiempo, pues, que ella supiera, nadie le quedaba en el mundo. A Miguel no le gustaba la Aurelia, que le pellizcaba la cara con unos dedos duros, como de hierro, y que hablaba con voz hiriente. La Aurelia siempre decía cosas a su madre, en tono confidencial, que la dejaban de mal humor y pensativa. Alguna vez, salieron solas las dos, y la madre volvió tarde, con los labios pintados de rojo y muy rara de carácter. Eran los tiempos en que el padre estaba en el frente. Luego, cuando les echaron del piso, la madre le cogió de la mano, y juntos se fueron a casa de la Aurelia y del viejo marino.

Vivían muy cerca del puerto, en una calle llamada del Mar. La casa era grande y oscura, y recordaba de ella los azulejos amarillos y verdes de la escalera, la barandilla de hierro y la luz dorada, entrando a grandes fajas, como en una iglesia, por altos y estrechos ventanales con cristales de colores. Ocupaban el último piso, y subieron despacio, como pensándoselo mucho.

La Aurelia estuvo muy contenta de verles, y les hizo pasar a un saloncito, con mucho misterio, porque, según dijo, el viejo estaba echando la siesta. El piso era largo, estrecho, con un pasillo oscuro y dos balcones a la fachada, desde los que se veía el puerto, con sus barcos anclados, grandes y mohosos, y el cielo atravesado de mástiles, chimeneas, banderolas y cuerdas. Las paredes estaban cubiertas por un papel gris y rojo, rameado, y la lámpara del comedor, con largos brazos y velas falsas, rematadas por bombillas en forma de pabilos. Sobre los muebles y en las paredes, había fanales con barcos dentro, litografías marinas y grandes fotografías de buques, con firmas e inscripciones debajo: «El Arcadio», «Vulcano», «Sixto III». También había retratos de hombres con bigotes y uniformes, dentro de un óvalo de madera oscura, y mapas y cartas marinas, clavadas con chinchetas. Encima de una mesita vio unos catalejos y una brújula, que le fascinaron, y también un antiguo gramófono de trompa. El primer día, la Aurelia les entró en una de las habitaciones posteriores, donde ella dormía, y a él le dio unas postales para que se entretuviera, metidas en una caja vieja de bombones, donde encontró, además, un dedal y varios botones dorados, con un ancla en relieve. La Aurelia y la madre se sentaron una frente a otra y hablaron mucho, mirando de cuando en cuando hacia la puerta con aire de misterio. La madre, de pronto, se puso a llorar, tapándose la boca con el pañuelo, y él levantó la cabeza para mirarla. Le pareció que estaba muy fea, con la nariz refrotada y los ojos hinchados. La Aurelia la miraba con una sonrisita afilada, y decía: «Bueno, no te preocupes. Y no seas tonta. Hazme caso y no seas tonta. Os venís aquí: al viejo yo le convenceré. Luego, mandamos al chico fuera. Y tú, a secarte los mocos y levantar el ánimo. Hazme caso, que siempre que has hecho caso a la Aurelia no te ha ido mal». La madre asintió, aunque sus sollozos se redoblaron y la miró con unos ojos congestionados, como suplicantes. «Mira, que yo sé mucho de la vida, mujer», añadió la Aurelia dando un suspiro muy fuerte. «Sí, pero mi Miguelito...», dijo la madre. Y la Aurelia la interrumpió: «Estará muy bien, te lo aseguro. Yo tengo conocidos allí, y te lo van a tratar como a un rey. Será mejor para él, ¿no comprendes?» Y a él, sin entenderlo todo, le dio frío oír aquello.

Dos días después, la madre y él abandonaron el piso de la calle de Gerona y se fueron al de la del Mar. La Aurelia, como siempre, les recibió con un dedo en los labios, y su instalación fue silenciosa, casi de puntillas. Les metió en un cuarto muy pequeño, con una sola cama, de hierro, y una ventanuca que daba a otra habitación. Apenas les cabían sus cosas, unas encima de otras. Para los vestidos de la madre, la Aurelia les dio unas cuantas perchas. En una esquina había un lavabo de loza, con una jarra y una toalla de largos flecos. Encima del lavabo colgaba un espejito que hacía la cara rara, como con dolor de muelas. Comían en la cocina, los tres, sobre una mesa de pino fregada con estropajo y lejía. El suelo era de baldosines rojos, excepto en las habitaciones delanteras. Por las noches, cuando todos dormían, él escuchaba el tictac del gran reloj de la sala, que un poco antes de dar la hora tocaba una cancioncilla que le gustaba mucho. Luego, se apretaba contra el cuerpo de la madre, que dormía a su lado, con el brazo bajo su nuca, y la miraba. La madre tenía el rostro cansado, y el pelo, negro y rizado, desparramado sobre la almohada. Y su cuerpo olía cálido, profundo, próximo. Y él pensaba: «Me van a llevar lejos». No sentía dolor, ni pena. Solamente un frío nuevo, adueñándose de él. «Se creen que no lo sé, pero yo me he enterado. Me van a llevar lejos de ellas. No me importa. No me importa. Que se fastidien, yo lo sé.» Y, sin querer, se apretaba más y más contra ella.

Al viejo capitán le vio algunas veces, cuando la Aurelia le entraba la comida. Estaba sentado en un coche de ruedas, con una manta sobre las rodillas, junto al balcón. Tenía los catalejos en la mano, y miraba hacia el mar, hacia los barcos. La Aurelia explicó: «Mire usted, don Crispín, éste es el niño de la María Reyes». El viejo estuvo muy cariñoso con él. Le cogió la cara con la mano y le preguntó cuántos años tenía. «Pero qué chico tan guapo», dijo. Entonces fue cuando pensó, por primera vez en su vida: «Le he caído bien. Soy muy simpático y gusto mucho a todos». Y era verdad. Esta opinión de sí mismo le estimuló una pequeña capacidad de hipocresía, celosamente guardada. Se miró al espejo, y sonrió. Desde entonces, según quien le hablaba, miraba hacia arriba y sonreía. Y el otro decía: «Pero qué chaval más majo». No fallaba. Caía bien. El viejo, sobre todo, estuvo muy amable. «Aurelia, sácale al niño el cajón de los discos.» La Aurelia iba de mala gana, aunque sonriendo. «Ande, ¿a ver si está usté chalándose por el mocoso? ¡Pues sí que!», decía. Y traía lo que le pedían. Otro día, la Aurelia entró y dijo: «Al viejo le dan ahora chocheos de abuelo. ¡Pues no quiere que el Miguel le haga compañía y coma con él! No, si ya lo digo yo, que no sé qué tiene el puñetero chico. Me lo ha embobao al pobre abuelo». La madre parecía orgullosa: le miraba, le acariciaba el pelo, y luego se quedaba triste, con la cara apoyada en una mano, hasta que la Aurelia se acercaba, con el cuchillo de pelar patatas en la mano o un plato a medio secar. «¡A levantar ese ánimo! Condenada mujer, ésta.» Y la madre alzaba la cabeza y sonreía. Pero tenía los ojos como si llorase por dentro. Don Crispín, el capitán retirado, le entretenía con historias de viajes. Él no le entendía mucho, pero valía la pena, porque la Aurelia le daba de comer lo mismo que al viejo, y luego, por la tarde, le entraba chocolate. Además, jugaba con la brújula, y el viejo, en el mapa, le enseñaba sitios que había recorrido con el «Santa Matilde».

Fueron unos días, o semanas, bastante buenos en su vida. Lo malo estuvo en que empezaron los bombardeos y aquello se puso imposible. Apenas sonaba la sirena, las mujeres se daban a gritar, y todos bajaban al refugio. Al viejo tenían que cogerle entre la Aurelia y un hombre que vivía en el piso de abajo, que le conocía de toda la vida y le llamaba «mi capitán». Bajaban a los sótanos de la casa, y esperaban a que la sirena sonase de nuevo. Una noche, las bombas cayeron muy cerca. Todo se tambaleó y saltaron los cristales de la casa. Cuando pasó el ataque, tomaron agua de tila y vieron por la calle charcos de sangre y gente que gritaba y corría. Él estaba duro, frío, blanco, y la Aurelia dijo: «A este chico hay que alejarle de aquí». La madre lo apretó contra ella. Él sintió el abrazo de su madre de un modo extraño, definitivo. Fue aquél un contacto entrañable, antiguo. Algo como sentido muchos años atrás, cuando era un niño muy pequeño y ella lo llevaba aún en sus brazos, y salía a esperar el barco en que iba el padre, que era entonces fogonero. Algo parecido a cuando, en Alcaiz, la madre le llevaba al cementerio y le enseñaba una tumba pequeña y le decía: «Aquí están tus hermanos, Ricardo, Esteban y José, que se murieron cuando la epidemia, antes que tú nacieras». Y él se imaginaba a aquellos hermanos siempre echados, siempre con los ojos cerrados y las manos cruzadas sobre el pecho, como si hubieran vivido siempre así. Algo parecido a cuando la madre le llevaba a la playa, y se sentaba con él en las rodillas, mirando al mar y pensando, pensando con la mano en la cara. Abrazó a la madre, y pensó: «Ahora es cuando me llevarán lejos». Ya se había acostumbrado a la idea. Y, sin saber cómo, se acordó de Chito. De Chito, del que ni siquiera se había despedido, del que, sin saber cómo (de pronto se daba cuenta), le habían separado. Y tuvo ganas de llorar. Pero se las aguantó.

Capítulo sexto

El diez de septiembre se levantó en Hegroz un viento bajo y frío, que arrastró hacia el río, por las calles, hojas y vestigios de paja. Las gentes ya iban a la leña, y volvían con los caballos cargados de ramaje seco, crujiente como pan tostado. Por los caminos, los hombres y los niños bajaban de los bosques, con mirada furtiva de ladrón. Daniel merodeaba por Neva y Oz, pisando la hojarasca muerta. El viento penetraba por el cuerpo, como un alma. Daniel tenía frío en las manos, en el rostro. Entre los troncos, más oscuros ahora, el viento silbaba de un modo triste y largo. Lejos, se oían golpes de hacha y alguna esquila, como una estrella perdida entre los árboles.

Atardecía cuando pasó por el camino bajo de Oz, hacia Cuatro Cruces. Los presos del Valle de las Piedras recogían las últimas cargas de leña. Aquellos árboles no los hubiera jamás vendido Gerardo, de no ser por la proximidad del pantano. Los viejos robles segados, parecían mesas enormes, con su corazón blanco y húmedo, increíblemente humano. Daniel se detuvo a contemplarlos. Santa se le acercó, solícito. Le habló de cosas vulgares, de los árboles y del frío del invierno. Daniel le escuchaba sin darse cuenta. Miraba aquellos ojos negros, hundidos, aquella sonrisa triste y confiada, y sentía un dolor lejano, tal vez perdido. Le ofreció un cigarrillo, que el otro aceptó ávidamente. Los vio marchar. El último era un muchacho, casi un adolescente. Iba detrás del caballo, el último, con la cabeza un poco inclinada hacia el suelo, una cabeza pensativa y cerrada, rosca. «Éste estaba herido en un pie, hace poco. Aún cojea.» En la hierba rapada, quemada, quedaban aún residuos y cenizas de un fuego. Se sentó al lado. Removió la ceniza con un palo y se reavivó el calor con el chispear de las partículas rojizas, fosforescentes. Una columnilla casi impalpable de humo subía hacia las copas de los árboles.

Diego Herrera llegó despacio. Era frecuente su encuentro, a aquellas horas. Venía andando, envuelto en un impermeable negro que brillaba casi siniestro en las primeras sombras del bosque. Se sentó a su lado, sobre una de las piedras colocadas en círculo que servían de asiento a los presos durante la comida. Estuvieron callados, así, uno junto al otro, mirando las ascuas breves, como diamantes rojos, con un latido del fuego. Diego sacó del bolsillo una botellita plana, levemente curvada.

—¿Quiere un trago?

Bebieron los dos, directamente, del gollete. Eso era frecuente en ellos. Les hermanaba más que todas las palabras

—Miraba cómo recogían. Hay uno que parece un niño —dijo Daniel.

Diego levantó la cabeza y le miró. Sus ojos estaban hundidos, como mirando más allá de las palabras.

—Sí —contestó—. Parece un niño.

Se quedaron un rato pensativos. De pronto, Diego sacó la cartera y, de ella, una fotografía vieja, doblada por los bordes.

—Mire —dijo.

Era la fotografía de un muchacho, no mayor de dieciocho años.

—Mi hijo —explicó Diego—. Mírelo bien: se parecía mucho a éste.

—Tal vez... —dijo—. Quizá... Bueno: a esta edad, se parecen todos.

—No. No se parecen todos. Estos dos, sí.

Diego Herrera bebió otra vez, sin apartar los ojos de la fotografía, y sin ofrecerle coñac a Daniel.

—Lo mataron en Madrid. Al principio. En los alredores de la Casa de Campo...

Daniel sintió un fuego súbito, extraño, dentro de la garganta. Levantó la cabeza y dijo, entre dientes:

—Yo nunca pude ver al mío. Nunca lo veré. No sé, siquiera, cómo pudo ser... Ni siquiera por qué podrían matarlo algún día.

Diego se tapó los ojos con las manos.

—Amigo, amigo... —le dijo.

Daniel se calló, pero deseaba decirle: «No hay amigos ni hay nada, viejo loco, viejo soñador, viejo ridículo».

—He pasado la tarde por ahí arriba —prosiguió Diego, señalando los árboles, hacia lo alto—. Quería mirar bien todo esto. Me alegra vivir aquí... Los árboles, usted lo sabe, hacen su compañía.

Daniel no contestó, y miró hoscamente al fuego muerto. Sentía irritación hacia Herrera en aquel momento.

—Daniel, escúcheme. Sólo usted podría escucharme, aquí.

Quisiera decirle algo, algo que nadie sino usted puede comprender.

—¿Yo? ¿Qué es lo que yo puedo comprender? No se engañe, amigo. Ya sabe usted bien las cosas que yo comprendo. Ya es bastante que de cuando en cuando nos acerquemos, como ahora, nos sentemos juntos y pensemos: «Pudimos matarnos el uno al otro». Que nos miremos y nos digamos: «¿Quiere un trago, amigo?». No nos molestemos con confesiones. No hablemos de nosotros, por favor.

Diego Herrera le puso una mano sobre el brazo, y, sin recoger la acidez de su voz, dijo:

—Estamos solos, Daniel Corvo.

Daniel encendió un cigarrillo, en silencio, y miró a Diego, sin poder evitarlo. Clavó los suyos en aquellos ojos sin brillo, con la oscuridad de los pozos abandonados, de las cisternas secas. Algo tembló dentro de su garganta. Algo que tal vez era una sola palabra, humana, piadosa. Una palabra amiga.

—Daniel Corvo, le pido ayuda, a usted.

—Dígalo.

—Ya sabe qué fue de mi hijo. Se lo habrán contado. Cualquiera de ellos... Eladio, o quien sea. Esas cosas corren de boca en boca.

Daniel bajó la cabeza. El humo le hacía entrecerrar los ojos.

—Cuando me casé no era joven. No volvería a tener otro hijo, en la vida... Estaba muy enfermo, Daniel. Pasé cinco años tendido en un lecho, enyesado. A veces le miraba correr, jugar, y me decía: «Dios mío, acaso no le veré nunca hombre». Pero tranquilo, porque existía. Solamente porque sabía que estaba en pie, creciendo, encima de la tierra... Daniel Corvo, hay que tener hijos.

Daniel apretó los dientes. Miró a Diego Herrera, que hablaba a su lado con una voz quemada, con una voz que también él llevaba dentro, a su pesar.

—¡A qué clase de hombre va usted con esas cosas! Déjeme tranquilo.

—Mi hijo era yo mismo —continuó, sin hacerle caso—. Un día me levanté. Creía que estaba curado. A veces, le miraba, le escuchaba, y pensaba: «Cuando sea hombre y mire a su hijo, y, luego, a su vez, mire a su nieto». Era yo, Daniel. Era yo. Y usted también ha sentido eso. Y lo han sentido y lo sienten todos los hombres, porque entonces la tierra tiene otro sentido, y el hombre tiene otro peso sobre la tierra. Usted también lo sabe, Daniel Corvo. Por eso tiene usted, como si dijéramos, un feto muerto en el estómago.

—¡Calle!... La eternidad no es para los hombres. ¡Para los hombres: paletadas de tierra, estiércol, hambre, miedo! Eso, para los hombres: tristeza, deseo y muerte. Muerte, nada más.

Se calló, porque una palabra le estallaba dentro: «sueño». Y le hubiera dicho: «Destrozas lo mejor de mi corazón. Haces de mí un malvado».

—No, no puedo callarme. Está usted deseando que le cuente estas cosas, que le pida su ayuda, Sí, Daniel: leo en sus ojos. Conozco bien su soledad. Aunque no queramos, pasaremos juntos, los dos, al mundo viejo y perdido. Usted desea oírlo. ¡No podemos evitar nosotros que haya malditos y elegidos! ¡Siempre, desde Caín, el hombre es un fugitivo sobre la tierra!

—¡Está loco, si cree que va a enfurecerme! ¡Pierde el tiempo, si espera que me eche el cañón a la cara y me lo cargue cuando le vea de espaldas, delante de mí!...

Y lo decía porque lo deseaba hacer, en aquel momento. Como lo hubiera hecho con el propio corazón.

—No hace falta, Daniel. La muerte nos ronda.

—Me lo figuraba —dijo Daniel. Y en su voz había una crueldad lenta, paladeada—. Me lo estaba figurando. Los moribundos siempre quieren confesarse, eso es propio de los hombres que van morir. Lo observé bien.

—Sí —dijo Herrera—. No se equivoca usted.

—¿Por qué me pide ayuda?

—Por eso.

—No puedo negársela. Es... como una especie de testamento, ¿no?...

—Sí.

Daniel tiró el cigarrillo y cruzó las manos sobre las rodillas. Notó que sus dedos temblaban. Sintió sed.

—Deme un poco de coñac... Bueno: me estaba hablando de su hijo. Sí, ya sé lo que hicieron con él.

—Un día le dije que no podía traicionarle. He procurado no hacerlo. Es como si no le dejara solo, como si desde algún lugar me tendiera la mano y yo se la cogiera... A veces, dormido, pienso que es niño, aún, y que está solo, en alguna parte, que tiene frío. Un frío que va corazón adentro. ¿Comprende usted?

Daniel asintió, porque pensaba: «Verónica, Verónica...»

—Cuando vino aquí ese chico, me acordé de él. Tenía su edad. Se parecía mucho a él, Tuve una impresión espantosa al verle... No se burle de esto: miré bien la ficha de ese muchacho, como si fuera enviado por algo, o alguien... de más allá..., de la otra orilla.

Daniel acercó las manos al rescoldo, para calentarlas. El frío le invadía, poco a poco. También corazón adentro.

—Quisiera ganarle. Como si de este modo le continuase a él... y a mí, también. Es difícil, Daniel. Tiene demasiadas cosas muertas... Ah, amigo mío, el mundo es diferente ya. San Francisco pudo llamar hermano al lobo porque en su tiempo los hombres eran sanguinarios, crueles, sensuales; pero creían, tenían fe. Nosotros no nos salvaremos. Ésa es, amigo mío, la condenación.

Corvo le miró de reojo. *(«¿Qué se hizo de mi fe? ¿Dónde está mi esperanza, dónde está mi luz?»)* ¡Cómo sabía que él era inútil, estéril, que manchaba como el polvo!

—Él creía más allá de la vida, de la muerte, de los hombres. Lo mataron porque tenía fe en los hombres... Amigo, no le olvidaría, si le hubiese oído. No por lo que decía, sino por la fe con que lo decía.

Daniel sintió la garganta apretada. Hubiera querido cogerle la mano, decirle alguna cosa. Pero no podía.

—Este otro es distinto. Como si me lo hubieran devuelto sin ojos, para que yo le guiase. Y no sé hacerlo, amigo. A veces, pensándolo, tengo miedo. «Te van a pedir cuentas, viejo ridículo, soñador inútil», me digo. Y es verdad. Usted piensa en la inutilidad de su vida, Daniel, y la mía no es más eficaz. No supimos hacerlo. No, no supimos.

Daniel levantó la cabeza, con un gesto de impaciencia rabiosa, dolorida:

—¿Y qué puedo yo hacer? ¿Cómo voy a ayudarle, yo? ¡A buena puerta ha ido a llamar!

—No sé —respondió Diego, pensativo—. No sé... Me parecía. Tal vez era sólo deseo de compañía. Si usted lo sabe, parece que no estoy solo. Parece que, también, comparte un poco la responsabilidad.

Daniel desvió los ojos: «Maldito. Ya has clavado tu veneno».

—El chico ha crecido mal, eso no lo podemos negar —continuó Herrera—. Ha visto muchas cosas y ha profundizado en muy pocas: tal vez en ninguna. Ha padecido demasiado, y lo ignora: éste es el peor de sus males. Está demasiado preparado para el dolor. No le costará nada hacer el mal. Hará tanto daño como ha soportado, y no lo sabrá ni podrá evitarlo. No es el pus, no es el veneno ni la podredumbre de una civilización: es el resto, el residuo. Algo ha terminado ya, Daniel, algo muy grande, que no sabemos. Acaso su padre pese sobre él, como mi hijo sobre mí. Éste es mi gran problema, Daniel: no puedo desprenderle de su única forma posible de esperanza... Se puede arrancar la piedad, pero no la fe.

Daniel sintió un rencor extraño.

—Usted quiere labrarse a toda costa la eternidad, amigo. Usted no quiere quedarse solo... ¡Pero, desengáñese, está usted solo, completamente! ¡Tan solo como yo! No tenemos remedio, amigo. Usted lo ha dicho: lo hemos hecho muy mal. No creo en ese chico. ¡Estamos solos, Diego Herrera; usted lo sabe muy bien! ¡No quiera engañarse, no quiera fabricarse una continuidad imposible! ¡Estamos solos!

—No, no —dijo Herrera, como si se tapara los oídos—. No será todo inútil. Se lo juro, no lo será.

Daniel se levantó del suelo.

—Me voy ya. Es tarde para mí.

—Aguarde, amigo... ¿No baja a Hegroz?

Daniel dudó un momento. Sus ojos se llenaron de tristeza: de una tristeza cotidiana, pobre.

—Bueno. Un rato, nada más.

Fueron a la taberna. Bebieron, hasta que cerraron. Hablaron poco, de la caza, de los árboles. El cielo palidecía cuando Daniel volvió a su cabaña, mojado por el rocío, los ojos cargados. Se echó sobre el camastro, vestido, y se durmió. El viento seguía, como si se llevara todas las hojas caídas del verano.

Serían poco más de las tres de la tarde cuando despertó. Le dolía la cabeza, a golpes, como latidos de pus. Tenía ganas de vomitar. Se fue hacia el espejillo y se miró, despacio. Como si mirara a otro lugar cualquiera, como más allá de la mirada. Tenía los ojos azules, alargados, los ojos solitarios del hombre que no habla, que no desea, que no sueña. La barba, crecida, le hundía más las mejillas. Buscó un cigarrillo, palpándose los bolsillos. Sacó un paquete vacío, lo arrugó y tiró a un lado. Eludía el orujo, por sistema. Para ni mirar la botella, se quedó mirando la pared, como un idiota, tal como decían en Hegroz.

Anoche mismo, lo decían. (*«Se ha alelao. Dicen que por ahí le dieron más que a una estera. Dicen que anduvo con los de la resistencia francesa, y que luego se volvió imbécil. Mira a Daniel Corvo: parece idiota.»*) La pared, frente a él, encalada. La pared: lisa, blanca, granulada. Todo igual que entonces, que antes. Todo indiferente. Como si ningún tiempo, ninguna hora extraña y llena de angustia, dolor, fuego desesperado, hubiera transcurrido. Como si no mediaran, desde entonces, sonrisas, cobardías, traiciones, heroísmo y lejanos ecos, violentos huracanes, muerte, llamadas largas, infinitas, clavadas como deseos en el fondo del hombre. Como si nada distinto, real, cierto o soñado, tan siquiera, hubiera sucedido. Nada había pasado, parecía, entre las cosas y él. Daniel miró al techo en declive, con sus manchas de humedad. La cama de hierro negra, el absurdo lavabo esmaltado, el espejillo cuadrado, barato, salpicado de negro, como hollín, brillando lívidamente. Parecía un ojo triste y antiguo, clavado en la pared. La pared monótona, sin Cruces, sin Santa Magdalena ni San Roque, sin rosas de papel encarnado junto a las fotografías de los niños y los muertos de la familia. La pared, solamente. La eterna pared de su vida. La pared de los negados, de los privados, de los huidos. De los Caínes, tal vez. «Quizá, ni siquiera he amado. Tal vez, nunca amé. ¿Cómo puedo saberlo en este momento?» Era el momento de los engañados, de los burlados, de los crédulos, de los desplazados. Daniel miró distraídamente sus manos oscuras, ásperas. *«Bienvenido a esta casa, Daniel.»* La voz de Isabel Corvo sonó igual que antes, que en el otro tiempo, que el minuto anterior, parecía. También él repitió ademanes, miradas y pasos. También él entró con lentitud —no con timidez— por aquella gran puerta de allá abajo. Como entonces, en aquella tarde de otoño, cuando tenía sólo catorce años. Y ahora estaba aquí, de pie, mirándose la cara en la pared, en el espejo, en el suelo, en las manos. Mirándose la cara estúpida, la cara embrutecida de los vencidos. «No podemos evitar que haya malditos y elegidos. Siempre, desde Caín, el hombre es un fugitivo de la tierra.» Estaba aquí, bebiendo, paseando un arma inútil, que se daría buen cuidado en utilizar. Un arma que no le pertenecía, que usaba sin licencia, que no tenía derecho a usar. Le dolía mucho la cabeza y tenía el estómago contraído. «Usted lleva un feto en el estómago.»

El sol enrojecía tenuemente el borde de los objetos. Era un

sol como vino, el sol inconfundible del otoño, que daba un resplandor escarlata a los objetos. Oyó el eco de unas herraduras, devuelto por el barranco. Un caballo subía, hacia la cabaña.

Daniel salió a la puerta y buscó con la mirada, árboles abajo. Primero vio solamente el temblor de los helechos y la sombra entre los troncos. Un caballo subía, sin ensillar. Sobre él, el muchacho rubio del barracón. Daniel Corvo dudó un momento si cerrar la puerta y no responder a ninguna llamada. «Me lo envía el viejo zorro.» Pero no lo hizo. Se quedó allí, inmóvil, mirándole subir. Hombre y caballo se le antojaron extrañamente desnudos, despojados. Había desamparo, desolación, en aquel grupo. No podía explicárselo, pero así era. El caballo ascendía con dificultad. «No es animal para este terreno», se dijo. No sabía si refiriéndose del todo al caballo o al chico. El chico era robusto, pero tenía todo él un aire como olvidado de sí mismo, laxo. Sus piernas caían a ambos lados, sin estribos. Calzaba sandalias negras y llevaba uno de los pies aún envuelto en una venda llena de polvo. Con las dos manos se asía a la crin del caballo, doblando su cintura sobre el cuello del animal, por lo empinado del terreno. Tenía un gesto flexible, abandonado. El cabello le crecía hirsuto, en forma de cepillo, y brillaba, como un borrón de oro, entre los árboles. Se lo habrían rapado haría unos meses, como a la mayoría de sus compañeros. Apenas le adivinaba el rostro, inclinado.

El caballo se paró frente a la cabaña, y el chico bajó de un salto. Sujetándolo aún por la crin, se acercó a Daniel. Llevaba una cuerda a la cintura y uno de sus extremos caía hacia el suelo. Al verlo de cerca, no le pareció tan joven como en un principio. «Ya tendrá sus veinte, o más», pensó. No era muy alto y su falta casi total de barba, excepto en el mentón, le hacía parecer más niño.

—Buenas tardes —dijo. Buscó en su bolsillo y sacó un sobre blanco, cerrado, que le tendió. Y añadió:

—De parte del jefe del Destacamento.

Daniel cogió el sobre. Le miró con curiosa atención.

—¿Esperas respuesta?

—Sí —dijo el chico. Con el brazo se enjugó un sudor leve, de la frente.

—Pasa, muchacho —le dijo Daniel, con voz extrañamente jovial—. Te daré un trago.

El chico titubeó un instante, pero aceptó. Entraron juntos.

Dentro de la cabaña había ahora un resplandor anaranjado, cálido. Cerca de la ventana se abrían las hojas de las hayas, que proyectaban una sombre verde, leve, en el suelo. Daniel sacó de la alacena el vaso de barro.

—¿Os tratan bien? —preguntó, con una risa forzada.

El chico seguía hosco.

—Ya usted lo ve —dijo.

Daniel le llenó el vaso y se lo alargó. Entonces se miraron a los ojos. «Un lobezno. Está crudo. No tiene corazón, ni lo necesita. Te envidio, chico.» Daniel ahuyentó la cordialidad y la sonrisa. No hacía falta. «Esos ojos no han soñado. No tiene miedo. No tiene tristeza. Qué pobre es, en el fondo, la juventud.» El chico cogió el vaso, y esperó.

—¿No bebe usted? —dijo.

—Ah, sí... Naturalmente.

Daniel buscó una taza. La llenó, con grosería, hasta los bordes. Bebieron. El chico dejó el vaso sobre la mesa. Apenas se había mojado los labios.

—¿Os dan vino en el barracón?

—Los domingos. Un vaso, durante la comida.

—¿Coméis bien?

—Sí.

El chico miraba hacia la ventana. Sus ojos se perdían por encima de las cumbres de Oz, de Neva, hacia Cuatro Cruces.

—Por favor —dijo, inesperadamente—. ¿Hacia dónde está Francia?

Daniel tuvo un leve sobresalto. Miró a su vez, reflexionando.

—Hacia allá, poco más o menos...

Buscó los cigarrillos, de nuevo, sin acordarse de que no tenía.

—¡Vaya! Se me acabó el tabaco. Anoche me olvidé de comprar, en la taberna.

Rápido, el chico se sacó un paquete del bolsillo, y le ofreció. Daniel le miró, con sorpresa fingida.

—¡Te tratan muy bien! No se puede decir que la disciplina sea muy severa.

El chico se mordió los labios. Sus ojos tenían una fijeza dura, inexpresiva.

—Da lo mismo —dijo. Luego enrojeció, como si temiera haber cometido una imprudencia.

—Pero te tratan muy bien. Le has caído con buen pie al *baranda.*

El chico seguía callado.

—A cualquiera no le habría enviado aquí, por ejemplo. Comprende que eres inteligente, que no eres como la mayoría de ellos. Tú no eres de los que se pierden por una tontería, eso se ve en seguida.

El chico volvió a beber del vaso. Pero seguía silencioso, reservado. Daniel abrió el sobre y fue hacia la ventana. Diego Herrera tenía letra clara, correcta. En la nota le invitaba a comer el día de la Merced, que era de fiesta en el barracón. «La Virgen, patrona de los presidiarios.» Estas cosas le resultaban extrañas, incomprensibles. «Bueno», se dijo.

—¿Conque tenéis fiesta el 24?

El chico asintió con la cabeza.

—Será una fiesta muy rara —dijo Daniel, con una risa torpe, ruda.

Y añadió:

—Aguarda, escribiré la respuesta.

Buscó en el cajón su cuaderno y un trozo de lápiz. Arrancó una hoja y escribió, aceptando la invitación. («¿Adónde querrá ir a parar el condenado?») La dobló y la metió en el mismo sobre —no tenía otro— y se la tendió al chico. El muchacho miraba obstinadamente hacia la ventana, hacia aquel lugar donde suponía que estaba Francia, y Daniel tuvo un momento de amargura. Se sintió viejo. Le puso una mano sobre el hombro.

—Los hombres son iguales en todas partes —le dijo.

Entonces el chico le miró de frente, y dijo:

—Ya lo conozco, ya estuve allí.

Daniel sintió un calor súbito. Le apretó el hombro con la mano.

—¿Cuándo?

—Cuando acabó la guerra.

—...¿Dónde estuviste?

—En Nimes. Me gustaba. Vivía bien.

—¡Claro! Lo comprendo. Lo comprendo, chico. Sentirás nostalgia. ¿Tu padre quedó allá, a lo mejor?

—No. Se murió durante la guerra. Lo mataron. Le dio una granada. Hace mucho tiempo...

—Tu madre...

—No tengo madre.

Daniel se quedó pensativo.

—También yo estuve en Francia —dijo.

Pero el chico se desentendía de aquello y miraba tenazmente por la ventana, con una idea fija. No: no era de su tiempo, no estaba en su tiempo. No estaba con Diego ni con él. Sintió algo como frío en los huesos, o más adentro. No tenía adonde asirse, adonde dirigir su amargura. La pared, solamente la pared blanca, encalada, frente a él. Los hijos ya no eran como los padres. Los hijos pensaban en otras cosas. Tendrían proyectos distintos, experiencias amparadas en el fracaso de ellos. Sí: los hijos miraban hacia otro punto, con ideas nuevas dentro de sus cabezas misteriosas, hoscas.

—¿Te hubiera gustado estar con nosotros? —le preguntó, estúpidamente. (Y sabía que estúpidamente.)

El chico le miró con una leve sorpresa. Quizá hubo un ligero tinte burlón, en respuesta:

—¿Por qué?... No, desde luego.

Daniel apretó más el hombro del muchacho.

—¿Qué piensas de nosotros..., de tu padre, de mí?

Miguel se desprendió de su mano. Daniel le notó molesto, quizá aburrido de sus preguntas.

—¡Ah, qué sé yo! Nada. No pienso nada. ¿Para qué si ya ha pasado? ¡No se va a estar uno toda la vida pensando en esas cosas, si no tienen remedio!

—¿Crees que hicimos el imbécil? Dilo, si lo cres.

—No, no creo que lo hicieran. Bueno, ¡qué importa! Yo era un niño, entonces. No me acuerdo de nada. No debió salir bien, porque, si no, me lo habría encontrado ahora. He buscado otras cosas. Pues, bueno: ésas son las que ahora me importan. ¡No lo he escogido así! ¡A cualquiera le pasaría igual!

Cogió el sobre que Daniel le entregaba y se lo guardó en el bolsillo de la camisa.

—Gracias —le dijo. Y salió de la cabaña, en busca del caballo.

Lo encontró más abajo, ramoneando en las hierbas tardías, húmedas. Montó de un salto en su lomo desnudo, y se fue, agarrado a la crin, pendiente abajo. Vagamente, Daniel esperaba que se volvería una vez, que le diría adiós con la mano. Pero se equivocó.

Daniel Corvo se internó lentamente en la cabaña. Encima de la mesa estaban el vaso y la taza, aún con un resto de orujo. El tono anaranjado de la luz se había hecho más pálido, más frío. Daniel Corvo llenó de nuevo su taza: «El orujo es infecto, raspa como un cuchillo en la espina dorsal». Pero volvió a beber. Mediado, lo dejó sobre la mesa.

Un viento suave movía las hojas, junto a la ventana abierta. Fuera, se oían débiles chasquidos. Siempre parecía que caminaran por el bosque seres diminutos, sigilosos. «Dentro de un tiempo.» Daniel Corvo sonrió al vacío. «Dentro de un mes, dentro de dos meses, dentro de cuatro, cinco, seis meses.» Daniel Corvo se miró las manos. «Dentro de un año, de diez años, de veinte años.» Daniel Corvo juntó las palmas de las manos, suavemente. «Hace años. Hace quince, veinte, cien años.» Daniel Corvo escuchó con atención minuciosa el roce de las ramas, las estrías del viento en la hierba. Fuera, en el suelo, se amontonaban las hojas caídas. Unas maravillosas hojas de oro, o rojas, castañas, cobrizas, anaranjadas. Con la superficie bruñida y el envés mate, aterciopelado. Transparentes como pupilas de niño o resecas, deshaciéndose como ceniza encarnada, entre las yemas de los dedos. «Quizá es verdad que soy un cobarde. Sólo los cobardes huyen. Y aún peor: sólo los cobardes regresan.»

Cerca de las diez, divisaron la frontera. «A mí se me presenta bien, porque tengo muchos carnets», le dijo el hombre que desde hacía media hora caminaba a su lado. Era un hombre joven, de barba cerrada y encallecidas manos de obrero, envuelto en una especie de capote muy deshilachado. «Sí», le contestó. ¿Cómo iba a decir otra cosa? Cuando todo es negación hay que buscar una sonrisa o una palabra: «Sí», era una buena palabra, entonces. Una hermosa palabra, en el amontonamiento empavorecido, desconcertado, de la huida, entre el taponamiento de seres y cosas. Había por doquier material de guerra apelotonado, abandonado, obstruyendo el paso. Tanques, camiones con desportillados camuflajes. Y hombres. El confuso, enorme, terrible embotellamiento humano, que le estremecía más que toda otra cosa: la concentración de rostros blancos en la fría mañana, de manos, de ojos, de bocas, de tristes cabezas encerrando miedo, ansiedad, tristeza. Quién sabía cuánta soledad se agazapaba entre la multitud. Era el tiempo de los rumores. Había empezado el tiempo terrible de las cosas inciertas, pero que amenazan: «Dicen que sólo van a dejar pasar a las mujeres, los niños y los viejos». Allí estaban las mujeres, los niños y los viejos. («¿Por qué van de camino las mujeres, los niños, los viejos?»

«¿Por qué huyen? No es bueno el mundo, no es buena la tierra, cuando los niños van perdidos y lloran. Cuando los viejos caminan despacio, con sus absurdas zapatillas de fieltro, con su boina, su espalda encorvada, sus ojos que no entienden, detrás de los hombres.») Un niño lloraba, cerca. No lo veía, pero oía su llanto, su voz que llamaba. Y las otras voces: «Perdido». («Cuando los niños se pierden por los caminos, hemos fracasado.») «¿Dónde quedó la voz que decía: todo se arreglará?» Divisó, por vez primera, tropas francesas. Los rostros negros de los senegaleses, los uniformes de la Garde Mobile, las capas de los spahies. El enorme, monstruoso tapón de gentes se detenía frente a ellos. Ellos eran una extraña cinta de orden, de seguridad, de firmeza. Allí estaban: deteniendo el río despavorido de la huida, guardando su tierra, su orden, su seguridad. Muy poco a poco, iban dejando pasar niños, heridos, mujeres, ancianos, que transportaban en camiones y ambulancias. Era imposible avanzar entre la gente.

Se desvió de allí. Iba solo y no le costaba despistarse. Seguían los rumores: «Dan un pan tan blanco como algodón». Qué extraño, ciertamente, era ya el pan blanco. El pan blanco, como la esperanza, como la valentía, como la fe. Fue pasando el día. «Cómo caen los días, iguales, exactos, con su luz traída y devuelta, sobre todas las cabezas, las conciencias.» Al atardecer, se despistó definitivamente. Merodeó por el campo. La luz iba extinguiéndose y se le apoderaba una nostalgia dura, dañina: de nuevo sentía el olor de la tierra, de la hierba, después de tanto tiempo. Volvía el olor montaraz de su primera vida. Volvía el tiempo de la esperanza, la encendida fe de la tierra.

Andando llegó al Perthus, medio español, medio francés. Entró en el pueblo con aire ausente, procurando no llamar la atención. Había allí una gran confusión. Estaba lleno de militares. No volvía la cabeza atrás: andaba lento, seguro. Así, sencillamente, extrañamente, pisó por vez primera la tierra de Francia. Y continuó andando, andando, andando, sin volver la cabeza. («Francia.» Cuánto había soñado en Francia. En aquellas noches, alguna vez, al salir del periódico, con Efrén, que tenía sueños literarios. «Hablábamos de Francia, en el amanecer, bebiendo una copa de aguardiente. Francia. Teníamos que conocer París.») Sí: allí estaba. La tierra, igual que siempre. La tierra húmeda de febrero, anocheciendo. El olor de las matas, la tierra de siempre. Pero era Francia. («Cuando miraba las revistas extranjeras; cuando me quedaba absorto contemplando las fotografías de "L'Illustration Française": la Place de L'Etoile, la Place Vendôme, el Arco del Triunfo, Montmartre...») Allí, debajo de los pies, seguía la oscura tierra por donde huyen los ancianos y se pierden los niños.

Llegó a un puente, con tropa montada, en el que había un control riguroso. Cuando quiso retroceder, era ya tarde. Un guardia móvil le había visto. Se acercó a él y le preguntó algo. Se quedó quieto, sin responder. El guardia móvil le dio una bofetada. Casi le tiró al suelo. Apretó los dientes. Entendió lo que el otro decía: «Espèce d'idiot, allez-vous-en chez vos parents!» Le creía más joven de lo que era. Siempre le ocurrió igual, todo el mundo le tomaba por más joven. «Tendré aspecto aniñado.» Le pareció ridículo, casi humorístico. Retrocedió, pero se quedó agazapado, entre los matorrales. Esperó a la noche. La noche se presentó grande, fría, hermosa, como él tan bien conocía. Era la noche del campo, de la tierra. Arrebujado, quieto, oía el débil gemido de un viento frío, fino, que le calaba los huesos. Agradecía la chaqueta de cuero que le dio la pobre María. «Pobre María.» Enrique se había ido, hacía tiempo. No sabía nada de él. «Dónde andará Enrique.» Tuvo un deseo grande de verle, de oírle. De notar cerca su presencia, su amistad. También se acordó del Patinito. Era absurdo; su forma de acordarse, ahora, de ellos. «Qué habrá sido del Patinito.» Si no fuera por él no estaría aquella noche allí, escondido y errante como un lobo, por el campo de Francia. Al menor crujido, al menor ruido —su instinto de campesino, su olfato, su oído de alimaña, le ayudaban—, se echaba al suelo. Sin embargo, no se le precipitaba el corazón. Tenía, ahora, un extraño corazón nuevo, como ajeno. No podía reconocer, en la noche larga, extranjera, a su corazón.

Daniel Corvo apuró el fondo del vaso y se limpió los labios con el revés de la mano. Entraba por la ventana un frío húmedo. Un pájaro grande, de color pardo, vino a posarse al borde de la ventana. Pero apenas advirtió su presencia, salió huyendo, árboles arriba, con un aleteo desazonado.

La muchacha surgió en la noche, casi sin saber cómo. Iba con una cesta al brazo y llevaba un farol de tormentas. Quizá se quedó él adormecido o ensimismado, en el embrujo de la noche y la tierra recordada. La muchacha casi tropezó con su cuerpo, echado entre los matorrales. No debió asustarse demasiado, aunque dio un respingo hacia atrás, como un animalillo. Luego, bruscamente, le acercó el farol al rostro. La luz le cegó y oyó su risa brutal, salvaje. La muchacha retiró el haz luminoso, y en el pálido cerco amarillento surgió su rostro ancho, tosco. Tenía los ojos separados y los labios gruesos. Algo le hablaba, o le preguntaba, quizá, en un francés oscuro, gutural, imposible de entender. Él tenía unas ligeras nociones del idioma, por su propia intuición. Estudiarlo fue un lujo que no pudo permitirse nunca. Por deducción y costumbre, entendía bastante bien los textos de las revistas, y en ocasiones, de algunos libros. Pero aquel idioma extraño, precipitado, breve, le era enteramente desconocido. Sólo, por dos veces, captó una palabra: «espagnol». Dijo que sí con la cabeza. La chica volvió a reírse, de forma brusca, intempestiva. Entonces se dio cuenta de que era una pobre idiota. (Sus ojos, su rostro de retrasada.) Le hizo señas preguntándole el camino de un pueblo. Ella le indicó que la siguiera. Anduvieron un rato, campo traviesa. Ella, de cuando en cuando, volvía la cabeza y se reía. Al fin, en la noche, divisaron la luz de una casa. Parecía una masía. La chica le indicó de nuevo que le siguiese. Dentro, junto al fuego, estaban una mujer ya vieja, un hombre y un muchacho, que hablaron vivamente con la chica, señalándole. «No les he caído bien», pensó. Estaba quieto, junto a la puerta, como a la defensiva. Súbitamente, se había convertido en algo culpable, huido, ilegal. Una amarga conciencia de hombre fugitivo, al margen, le invadía. «La peste de los vencidos, de los huidos.» El hombre le indicó que se acercara a la mesa y la vieja puso en ella un plato de sopa, que comió ávidamente, dándose cuenta de que tenía hambre. La sopa caliente entró en su cuerpo reavivándolo con un ardor excesivo, que le agolpó la sangre en las orejas. De la pared colgaba un calendario de la P. T. T., con un mapa de la región. Por señas, se lo pidió al hombre. El muchacho y el hombre se miraron. Al fin, el más viejo se encogió de hombros, lo descolgó de un tirón. Él comprobó el lugar y guardó el mapa en el bolsillo interior de la chaqueta. El muchacho hizo ademán de que le siguiera y cogió un farol. Salieron. El frío se había agudizado, o era que lo sentía más, tras el calor del fuego. En silencio, el muchacho le condujo a la parte trasera de la casa, donde estaba la cuadra, con las vacas. Sobre el cobertizo había un gran montón de alfalfa. Le indicó que podía dormir allí. Trepó hasta el cobertizo por una escalerilla de mano, y vio alejarse al muchacho. El débil resplandor del farol, amarillento y oscilante, agigantaba las sombras tras sus talones. Se quedó solo. La noche se le ciñó de nuevo, negra. Sentía el olor penetrante de la alfalfa y del establo. Se tendió, cansado. Todo el cuerpo le dolía: tenía los miembros entumecidos. Cara al cielo, no podía cerrar los ojos. El sueño huyó de él, extrañamente. Sólo estaba cansado, muy cansado. Era un ser ínfimo, un grano de polvo, bajo la noche grande y cerrada. No se adivinaba ninguna estrella. Tan sólo, quizá, un resplandor muy leve entre la masa negra de las nubes o de la niebla. También la noche estaba en él. Llevaba dentro una noche fría, negra. «Mi cuerda de alianza.» (¿Dónde andarían los hombres que él eligiera?) Era un hombre solo, un animal huido. Oyó unas voces apagadas. Alguien había entrado escondidamente en la cuadra. Hablaban. No entendió lo que decían, pero hablaban en español. Se hundió más entre la alfalfa. No quería que le descubrieran. No quería que le hablasen, que le mirasen, que le tendieran la mano. Había llegado el tiempo de la soledad. Tenía necesidad de su soledad. Estaba cansado de riadas humanas, de muchedumbre, de manadas. Quería estar solo, Y, por primera vez, se dijo a sí mismo: «La guerra ha terminado». Parecía un muchacho. Todos, tal vez, creían que apenas había salido de la adolescencia. Pero era un viejo. «La guerra ha terminado.» Antes tuvo otros presentimientos, desazón, tristeza. Antes tuvo miedo, quizá. Ahora, sólo sentía el final. El final de un mundo. Algo había terminado. «Otros vendrán, después.» Pero él estaba en el centro de un fracaso. En el fin. Era el fin de un mundo, de una esperanza, de una idea de la vida. «Siempre hubo algo frustrado, algo abortado, en nuestra vida.» Pensó de nuevo en Enrique, en Efrén, en el Patinito. En tantos y tantos otros. «Otros vendrán, pero a mí nadie me sucederá en el tiempo. Yo soy el fin. Nosotros llevábamos el fin.» En aquella noche, en la soledad de aquella noche, lo sabía, lo pensaba. ¡Qué gran tristeza, la de la noche! Apenas el sol empezó a levantarse y una claridad entre gris y rosada entró en el altillo, se incorporó. Le dolían los huesos, la espalda. Sigilosamente, para que no le oyeran los que dormían en la cuadra, saltó al suelo y se alejó de allí.

Amanecía. La hierba, la tierra, las matas, estaban mojadas y empapaban sus botas y el borde de sus pantalones. Caminaba con las manos hundidas en los bolsillos de la chaqueta, la cara levantada al frío húmedo del amanecer. Comenzó a orientarse, ayudado del mapa. Empezaba su peregrinación.

A mediodía se encontró ante otra masía. La familia de campesinos le propuso quedarse a trabajar con ellos, a cambio de un plato de sopa. Con medias palabras procuraban atemorizarle, dándole a entender que, si lo descubrían, iría a parar a un campo de concentración. Necesitaban brazos y les salía barato, de aquella forma. A medias, entendía sus burlas duras, sus miradas de inteligencia. Le enviaron a arrancar «toupinambours» con un cesto. Abusaban de su situación, descaradamente. Volvió a dormir en la alfalfa. Al segundo día estaba rendido, hambriento. Se fue. Siguió caminando, de nuevo, a la deriva. Anduvo, anduvo. No podía saber, así, de pronto, cuánto tiempo anduvo. Cuánto duró aquel huir subrepticio, hallando en su camino únicamente gentes solitarias, brutales, primitivas, avaras. Yendo de unos a otros, como un perro. «Raza de criados.» Los hombres son unos animales extraños, grandes, de ojos oscuros y llenos de malicia. Los hombres hurgaban en la desgracia, como buitres. Los hombres acechaban la desgracia, como los cuervos el cementerio de los caballos. Andar, andar, andar, tropezar, empujar, perseguir, andar, huir, ésa era la historia de los hombres. Llegó un día a las puertas de Boule Terner, pero no se atrevía a entrar. En las afueras del pueblo había una pequeña casa, mitad de ladrillo, mitad de madera. Estuvo mirándola un rato. Al fin, se acercó y llamó a la puerta. Vivían en ella un español, ya viejo, sucio, alcoholizado, que le recibió bien. Se alegraba de hablar con un compatriota. Se reía y le pellizcaba el brazo, de cuando en cuando. La casa estaba muy sucia y destartalada. El mobiliario y el ajuar se componían únicamente de una mesa, un camastro y una sartén. Tenía, sin embargo, dos botellas de vino, de las que le dio de beber, así como pan y un trozo de queso. Luego, después de comer de lo que había, se acostaron en el mismo camastro. El hedor del viejo le hacía apretar los dientes. Olía a vino, a sudor, a piojos. En la oscuridad, con su voz cascada, le habló de Lerroux y le preguntó, en un castellano mezclado de francés y catalán, quién había ganado la guerra en España: si los carlistas o los liberales. Tal vez estaba loco, pero él se quedó pensativo, mirando a través del ventanuco la pálida claridad de la noche. El hedor del viejo y de la casa, y sus ronquidos, a pesar del cansancio, le impedían dormir. Temprano, se fue de allí. En el próximo pueblo le acogieron bien, en una casa sencilla, de ladrillos sin revocar. Le dejaron bañarse y le dieron de comer y beber con gran solicitud. Él estaba ausente, como embriagado. (El campo, la noche, la caminata, embriagan más que el vino. El olor de la tierra, de las plantas, del frío, embriagan más que el vino. También la soledad y la huida.) Le dieron una chaqueta y una gorra, para que pudieran confundirle con un obrero francés. Tiró la suya de cuero, que le dio María, vieja y rozada por todas partes. Extrañaba las frases amables, el socorro. Extrañaba, de pronto, la luz del sol, el aroma del café. —«Vous prendez un peu de «jus», avant de partir?»—. Las recomendaciones, el interés. «Cuidado. Los meten en campos de concentración. Cuidado.» Se fue con la sensación de algo irreal, o soñado.

Carcasona. Mediados de la tarde, con una luz clara, fría y hermosa rodeando la muralla de la ciudad. Tuvo miedo de entrar. El miedo, ahora, le acompañaba siempre, agazapado dentro, como una alimaña. Antes, pocas veces sintió miedo. Pero el miedo, de pronto, era su compañero, su guía. Merodeó por los alrededores, esperando que la luz fuera apagándose, que llegara de nuevo la noche. La noche era su reino, ahora. La oscuridad y la alta noche negra, que confunde los hombres y los árboles. Y, sin embargo, también la noche le infundía miedo, aquella vez. No tenía carnet, ni documento alguno. La constante amenaza del campo de concentración era a cada instante más cierta, casi palpable. La suya era la peor de las huidas: todos los caminos abiertos, libres, le conducían inexorablemente al mismo fin: «Tengo en mis manos, en mi mente, frente a mí, todo el mapa de Francia. Y todo el mapa de Francia me lleva al campo de concentración». Se sentó en la hierba, mirando hacia la ciudad. Una ciudad con muralla y torreones puntiagudos: calcinada, como transparente. El atardecer brillaba sobre los torreones, en su luz última, de un oro lívido. Era viernes. Un día cualquiera, frío y luminoso, en el atardecer. Siguió vagando por los alrededores de la muralla. En su andar, vio el carromato del circo. Se acercó despacio. Sentía mucha hambre. Estaba cansado. El circo consistía en una roulotte y dos camiones, sobre los que se amontonaban lonas plegadas, palos, cuerdas: como barcos plegados rotos, absurdamente naufragados en el campo abierto. Era, al parecer, un circo pobre. Sentado junto a la roulotte, un tipo que parecía chófer hacía malabarismos con unas pelotas blancas. Tal vez le vio, pero no hizo ningún ademán. Empezó a merodear a su alrededor, como un perro perdido. De la roulotte emergía un humo débil y un aroma a comida que se le hundía en la carne. «El perro perdido.» Hacía días que sentía la sensación de un perro perdido. Tal vez no tuvo nunca tanta hambre como aquel anochecer. «De qué modo puede ir acabándose un hombre.» El de la roulotte dijo algo, pero hasta que no lo repitió no se dio cuenta de que se dirigía a él. En un francés con acento italiano o portugués, le preguntaba si se había escapado. El tono era desagradable, con un deje de burla. Otra voz, femenina, surgió de la roulotte, interrogando: «¿Con quién hablas?» El hombre soltó una risotada y respondió en su mal francés: «C'est un milicien». Luego, se volvió a él, directamente: «Vous avez "la trouille"?» Bromeaba y decía algo así como: «¡Cuánta habéis corrido!, ¿eh?» Era cruel y, sin embargo, posiblemente deseaba ayudarle. Pero los hombres gustan de humillar antes de tender su mano. Ya lo había observado antes. Los hombres, como los muertos, tienen todos algo substancial y profundamente común. El hombre se acercó a él y le miró de arriba abajo. «Tu n'as pas l'air gros.» Seguía riéndose. Y él, no sabía cómo, continuaba quieto, callado, como clavado en el suelo. Mirándole, solamente, con sus ojos de perro perdido. Al fin, el otro dijo algo en serio: le preguntaba si quería trabajar. Asintió con la cabeza. «Tu as faim?» Sin aguardar su respuesta, entró en la roulotte y volvió con un cuenco lleno de arroz. No fue él, sino otro ser, ajeno, automático, distante a su voluntad y a su pensamiento, el que arrebató la escudilla y devoró. Aquel arroz le recordó vagamente el del frente. Pero no tenía el mismo sabor de aceite rancio. El hombre dejó un pan a su lado, y se reía al vérselo comer como un lobo. Al acabar, se quedó aletargado, como borracho. El hombre le preguntó si quería dormir, indicándole las lonas plegadas sobre los camiones. Se levantó, sin decir palabra, y trepó hasta ellas. Se tumbó lenta, pesadamente. Algo parecía desplomarse, grande, espeso y blanco, sobre su cabeza, sobre sus párpados. Algo enorme y vago, como una nube. Se durmió. No recordaba haber dormido nunca igual. Fue un sueño animal, profundo. De madrugada, le despertaron el resto de los hombres de la «troupe», que volvían de la ciudad. Se querían echar a su lado, le empujaban. Estaban borrachos. Al fin, se acomodaron. No cesaban de hablar. Oía sus voces como tras una cortina de humo, pero sentía una sensación rara, anormal: aquellos hombres reían, hablaban de cosas frágiles, intrascendentes, vagas. Hablaban de cosas, con sus voces arrastradas y pesadamente risueñas de borrachos. «No hay guerra. No hay guerra», se dijo, de un modo inconsciente, machacón. Las palabras y el tono de aquellos hombres eran como algo lejano y nuevo, a un tiempo. Algo que chocaba dentro de él, violentamente. Un mundo aparte, un mundo distinto. Y allí estaba él, con su huida, su sensación amarga de derrota, su cobardía. Empezaba a llenarle la agria sospecha de su cobardía. Uno de aquellos hombres, más borracho que los otros, empezó a canturrear: «Ma poule, ah, si vous connaissez ma poule...» Le mandaban callar, pero él seguía: «Ah, ma poule, ma poule...» No había guerra. Había terminado la guerra. Había terminado algo, también. Algo que él llevaba guardado en lo más hondo, sin darse cuenta de que alrededor todo era ceniza.

Entraron en Carcasona a la mañana siguiente y montaron el circo, a la entrada de la ciudad. Ayudó en los trabajos, y, mientras lo hacía, recordaba la vana ilusión del circo, que tuvo en días pasados. Siempre le atrajo su encanto extraño, especial. Ahora lo veía por dentro, su realidad de pobreza, de vulgaridad, de monotonía. «Siempre igual», pensó. La desilusión de casi todas las cosas: «Embellecíamos demasiado la realidad. ¿Será éste, acaso, nuestro gran pecado?» El circo tampoco era hermoso. Era sábado y había función aquella tarde. Y tres representaciones (mañana, tarde y noche) el domingo siguiente. Salió a la pista, disfrazado de payaso, a recoger alfombras. Llevaba un zapato con la suela desprendida y doblada. Bofetadas. Risas. Bofetadas. La suela del zapato le molestaba, de verdad. Durmieron en la pista, sobre delgadas colchonetas y lonas. Había una claridad azul, débil, en torno. Flotaba en el aire el olor a serrín, a desinfectante, que le encantó de niño. Más allá de la lona, quizá habría estrellas, menudas, punzantes, como aguijonazos. «El forzudo» de la «troupe» era un hombrón simple y afable. La primera noche, fueron juntos a la ciudad. El forzudo le invitó a beber y se emborracharon. Le daba lo mismo emborracharse o no. El domingo, tras la representación nocturna, volvieron. Necesitaba, vivamente, estar así: al lado de un hombre primario, alegre, y no hablar de nada. No hablar de nada. Descubría un silencio nuevo, sin ideas, sin pureza, ni rencor, sin amor ni odio. Silencio. Solamente absenta y silencio. En una taberna, junto al canal, oyó hablar en castellano. No sabía quién hablaba, no pudo ver quién. Se quedó quieto, con gesto de conejo agazapado.

«El forzudo» le puso la mano, ancha como una pala, sobre la espalda.

Por la noche, ya sobre las colchonetas, «el forzudo» le dijo: «Preséntate al CGT» Y le explicó que habían organizado un comité de ayuda a los españoles. Fue. En un despacho, un hombre de cabello gris le hizo firmar un recibo y le dio 25 francos y una dirección. Acudió a ella y se encontró ante un chalet sencillo, de ladrillos rojos, rodeado por una valla. En él había algunos dirigentes refugiados, aún armados; aún con su aire, su ropa, sus palabras de España, entre un raro y de repente absurdo tableteo de máquinas de escribir, de órdenes, de consignas. Permaneció un día allí, y a sus preguntas respondió que deseaba ir a París, donde tenía un amigo, lo que no era del todo mentira. Sospechaba —deseaba— que Efrén hubiera llegado a París. (Aquellas noches, de madrugada, Ramblas abajo, entre el olor de los primeros pomos de claveles: «Daniel, tenemos que ir a París...» Nunca pudo imaginar cómo llegaría allí. París: aquel sueño. Nunca pudo imaginarlo.) Uno que iba a Toulouse se ofreció acompañarle, en un autocar. Cuando subieron, le dio un periódico para que fuera leyendo, con el rostro oculto en el papel. El chófer paró en las afueras de Toulouse, donde bajaron. A la tarde, casi oscurecido, fueron andando hasta el centro de la ciudad. En un local, parecido a una tienda, un cartel rezaba: «Comité d'Aide à l'Espagne Républicaine». Se presentó a ellos, le interrogaron de nuevo y le dieron 100 francos y unos bonos para comer en ciertos restaurantes. Aquella misma noche fue a cenar. Era un restaurante tipo «bistro», con madera en las paredes, mesas de mármol con manteles a cuadros y un mostrador con botellas. Tenía la sensación, estúpida e imposible, de haberlo conocido antes. En una mesa vio unos aviadores españoles. Muchachos de apenas veinte años, aún alegres, aún con los ojos llenos de su antiguo brillo, de su fe. Alegremente le hicieron sitio a su lado. Oyéndoles, sintió algo como vergüenza. No era lícita su amargura, su tristeza, entre ellos. Aquellos muchachos eran más jóvenes que él, fueron valientes y seguían teniendo fe. «Tampoco mi fe ha muerto.» Por primera vez, volvía a él algo como una llamada. El idioma le entraba por los oídos, por los ojos, por el corazón. No era sólo el idioma de España, el idioma de la infancia, de la vida: era como otro idioma que unía, que apretaba hombro con hombro, que hacía encontrar manos abiertas. Era otro idioma. El suyo, el de su sangre más antigua. (El idioma de la calle del Duquesito, de la calle de la Sangre, el idioma del cementerio de los niños sin bautizar, el de los hombres del anochecer. El de aquel cerro, con su bloque de casas grises como un enorme, monstruoso, nido de cemento colgado sobre la ciudad. El de los patinillos interiores, el de las esquinas del puerto, el de las mujeres que buscan aullando a la madre de un niño, muerto entre los detritus azules, amarillos, rojos, de las fábricas, entre la cal y la arena quemada. «Mi cuerda de alianza.») Algo cortó su pensamiento. Algo súbito precedido de un silencio espeso. Miraba la luz, cálida, amarillenta; las paredes de madera, el mantel a cuadros; las caras jóvenes y los ojos de los muchachos, y se quedó callado, quieto. Antes de que los otros se dieran cuenta, ya había él presentido el silencio. La Garde Mobile, armada, rodeó el local. La policía entró. Les pidieron la documentación. Por algún lado, alguien dijo: «Le panier a salade». Los sacaron y los metieron en una furgoneta, hacia la Prefectura. Aquella noche durmieron en una habitación de los sótanos, sobre colchonetas. Muy temprano aún, les despertaron. De una furgoneta bajaron una marmita llena de café, y les dieron de beber en cuartillos cortos. Por el tragaluz, se veía el principio de un día gris y húmedo. Pasaron luego a otra pieza, con mesas y ficheros, donde comenzó el interrogatorio: «Profesión. Nombre. Edad. Qué fueron durante la guerra». Iban haciendo fichas. Estatura, cicatrices, fotografías de frente, de perfil, huellas digitales. A un hombre de cierta edad lo esposaron y se lo llevaron.

Al concluir, les advirtieron que iba a hablarles el delegado del Prefecto. Quedaban en libertad, pero debían presentarse a la Prefectura cada veinticuatro horas. «Nada os pasará —dijo el delegado—, pero no debéis salir de la ciudad.» Fuera, el aire era gris: había en él algo viscoso, extraño. No era el aire de la libertad. Durante tres días, anduvo errante. Comía en los restaurantes de los bonos, y en los sindicatos les dieron otros vales para dormir en fondas. Al cuarto día, al presentarse en la Prefectura, no les dejaron salir, ni a él, ni a los otros. Oyó, como de lejos, una voz que decía: «No hay por qué inquietarse. Iréis a un lugar donde estaréis muy bien...» Aquel día amaneció con un sol tibio, pálido.

Todo el bosque anunciaba el otoño. Había una luz espesa, enrojecida, culebreando en el contorno de los troncos, encendiéndose a través de las hojas, junto a la ventana. Daniel Corvo se levantó y entornó los postigos: «Pronto llegará el frío», se dijo. «Conozco esta luz engañadora, este sol, como ceniza roja. Conozco bien que pronto llegará el frío.»

En la mañana fría, con una amenaza casi palpable de lluvia, sus pisadas resonaban de nuevo en la calzada como aquel veinticuatro de julio de mil novecientos treinta y seis. El sol ardiente y absoluto de otro tiempo, era ahora un calor lejano, oculto como una traición. La gran pupila del sol, escondida tras el velo de la niebla, transparentaba una luminosidad líquida, amarillenta. Las pisadas resonaban como entonces: las pisadas de doscientos hombres por las calles de una ciudad que apenas empezaban a conocer. En columnas de tres, avanzaban con un paso extraño, con el eco distinto de los pies que no caminan por propia voluntad. Era aún muy de mañana. Se veían mujeres con cestas de malla, atiborradas de verduras, de paquetes. Algunos grupos de obreros se paraban a mirarles y les aplaudían. Alguien silbó a la Garde Mobile. Una mujer y una niña atravesaron la calle corriendo, llevando una cesta con manzanas, pan, chocolate. Rápidamente alargaron sus manos hacia ellos, antes de que la Garde las distanciase con su «Allez, allez!», que ya empezaba a sonarle familiar. Otra mujer y un muchacho las imitaron. Galletas, fruta, queso. Lo tomaban. La niña se acercó a él, y le tendió una tableta de chocolate, envuelta en un papel rojo, satinado, que brilló en la mañana gris. La niña insistía; caminó un paso, o dos, a su lado. Tendría unos doce años, era espigada; vestía un abrigo a cuadros escoceses y llevaba largas trenzas rojizas sobre la espalda. Algo decía, en un francés precipitado, lejano, como un aleteo de palomas. (Alguna vez, en La Encrucijada, le despertó al alba, durante la primavera, un aleteo de golondrinas, entre los hierros del balcón. Un precipitado batir de alas ante sus ojos aún cargados por el sueño. Luego huían.) Tomó el chocolate y fue a decir algo, pero la niña ya no estaba a su lado. «Allez, allez!» La estación, como todas, tenía algo grande y desamparado, melancólico. («Las vías del tren, negras, largas, dejan, en el corazón, un vago deseo de cosas frustradas. Los vagones, en la vía muerta, aguardan viajes, como algunos hombres, en sus calles sin salida.») El tren les esperaba. Los vagones de tercera tenían las puertas condenadas. Solamente una, abierta, les tragaba silenciosamente. Repartían bocadillos de queso. Era extraño no tener hambre. Mordió el bocadillo, despacio. Resultaba insulso, pesado. La Garde Mobile mostraba una faz más bien amable. Alguno bromeaba: «¿Hay por aquí algún jefe?» Era natural que a los hombres les gustara bromear. Si los hombres no sonriesen, la vida sería peor. Era natural que los hombres bromearan y procuraran alegrar las horas. «El mundo es extranjero.» Puede uno encontrarse, de pronto, extrañamente ignorante, indefenso, como un niño. Descubrir la tierra, como un niño, a los veinticuatro años. «Aquí no hay guerra. Ése es un país en paz. La guerra es una cosa lejana. La guerra ha terminado.» Alguien preguntó: «¿Adónde nos llevan?» Dijeron que no lo sabían. Tal vez tenían la obligación, o la piedad, de decir que no lo sabían. («Es cómodo, y es hermoso, a veces, decir: "No lo sé". Quizás es bello, también, no saber. No saber nada, pisar la tierra con la primera ignorancia. Pero no tardan en saberse las cosas, para bien o para mal.»)

En Perpignan, bajaron, de uno en uno, por la única puerta libre. Les condujeron a unos pabellones, quizá militares, rodeados de un parque con una alta verja de hierro. (De nuevo, la masa: la riada gris que huye por las carreteras con sus bienes apretados contra el cuerpo, con sus cajas, sus maletas atadas, sus abrigos arrugados, sus caras de sueño, de miedo, de tristeza, de ignorancia. De nuevo la masa, en su más absoluta e individual soledad, codo con codo.) «A los hombres les atraen los que sufren, los que tienen miedo, los que van a morir. Les gusta asomarse a la cara de los muertos, de los amenazados, de los vencidos. Luego escupen, o lloran, o sonríen, o dicen: "¡Cuánta pobreza!" Y se van, a contarlo, a olvidarlo, a escribirlo.» Las gentes iban a verles, tras las verjas. Desfilaban para mirarles, enfocaban hacia ellos sus cámaras fotográficas. Echaban por encima de la reja plátanos, pan, chocolate. Un niño, asido con las dos manos a los barrotes, dijo, con voz desencantada: «Oh, ils n'ont pas de queue!» La voz del niño, en los brazos de un padre complaciente, le dio idea exacta de su situación. En aquel momento, los sueños se le fueron, en seco, tras una paletada de tierra extranjera: «Se acabó el soñar». Miró a su alrededor, despojado súbitamente de aquella extraña niebla que le envolvió desde el momento en que avanzaba por la carretera de la Junquera. Se había disipado la neblina, las nubes ligeras. Tal vez, hasta los recuerdos. A su alrededor, a su lado mismo, se apiñaban hombres, mujeres, niños. Hombres de aspecto burgués y hombres de manos encallecidas. Algunos llevaban maletas, otros cajas, otros, como él, nada más que sus preguntas sin respuesta. «Las distintas clases de los hombres.» ¿Contra todo aquello había luchado? ¿Contra aquello había perdido? Algunos hombres protestaban. Podía escucharse, de un lado a otro, lo que decían los hombres, mezclados, pugnando por sobresalir con sus cerriles cabezas sobre las cabezas de los otros. «Yo tengo visado, ¡esto es una infamia! ¡Yo tengo mis papeles en regla, tendrán que dar cuentas de esto!» Las cabezas desean trepar sobre las cabezas. Allí, en un ángulo de la pared, estaba un hombre, tosco, de expresión concentrada, con las manos hundidas en los bolsillos. De pronto, le miró, sonriendo, con unos dientes negros y podridos. Los dientes de la miseria. Y dijo: «Se acabó; ahora sí que empieza la verdadera igualdad». Y aquel muchacho de la cazadora a cuadros, con los ojos azules relampagueando en la cara cetrina: «A mí, que me hagan prisionero los «fachas», bueno... ¡Pero el Ejército francés!» Allí estaban, otra vez, los que huyen, los que se quejan, los que lloran. Las mujeres que usan abrigos negros y honestos, con modestos cuellecitos de astrakán, y que aprietan maletines misteriosos contra el vientre; las que gimen «¡Qué va a ser de nuestra vida!» y que nombran a Dios, a la Virgen, a algún santo local de nombre raro y precioso, como un talismán atado al cuello; las mujeres pálidas y llorosas, que se suenan el moquillo y se muerden los labios, lejos de sus macetas, sus recetas de cocina, sus vajillas de días festivos, sus anillos de guardar. Los hombres de mirada húmeda, de lengua fácil, de frente ancha y pensativa, de cabeza superior, trepadora y orgullosa, que razonan: «Es que ahora están haciendo una selección, porque, como pasamos juntos, con esa purria de murcianos y demás... Es natural que hagan una selección... A un técnico como yo, por ejemplo, le enviarán a una fábrica...» Pero allí al lado también estaban los otros. Las mujeres de labios apretados, de manos abrillantadas como madera trabajada, de palabras duras como piedras. Los hombres de la ignorancia, del miedo, del hambre, del odio. Sonreían. «Los de siempre. Los que saben la verdad de siempre. Los que continuarán con su corazón siempre igual: con la misma sonrisa de cuando esperaban, de cuando creían triunfar, de cuando la derrota.» Un hombre de barba cerrada, delgado, masticaba lentamente una astilla. Su sonrisa era afilada como un cuchillo. «Res, home: tots cap al mar.» Y se reía, con los ojos brillantes, mirando hacia la verja de hierro, sobre la que las gentes les echaban comida, dinero. Estuvieron allí tres días: apretados, vigilados, contemplados. Entraron periódicos, excepto «L'Humanité» y «Le Populaire». Dormían en el suelo, acercándose a las paredes, con esa vaga querencia que tienen las bestias y los niños. Las letrinas hedían. Todos los días salían unos y entraban otros. Todos los días las mismas caras, la misma curiosidad, la misma tristeza, la misma indiferencia, la misma desesperación. Todos los días, los rumores: «Dicen que se está muy bien». «Dicen que están muy bien tratados.» Salió al cuarto día, con un grupo. De nuevo, el tren. Muy de mañana, llegaron a Palau del Vidre. En la estación, al bajar, tuvo un débil sobresalto: en filas, aguardándoles, había más. Más de «ellos», con sus inconfundibles rostros, sus miradas, sus manos inciertas. Un rumor amenazador corrió por todas las bocas: «Dicen que nos devuelven a España». El miedo, como una relampagueante culebrilla, zigzagueó en la luz débil de la mañana, boca a boca. Frente a ellos, como un muro, como seres de otro mundo, la Garde Mobile, los senegaleses y los spahies. De nuevo fueron conducidos de tres en tres. De nuevo el eco característico de los pasos en manada, las suelas que arrancan del cemento un crujido especial, como de arena molida. En la luz gris, entre el viento, las capas rojas de los spahies ponían un tono exótico, atenazador. Los senegaleses caminaban torpes: quizá extrañaban los zapatos. Los moros, arrogantes, fino el bigote, la mirada encendida. Los negros, con sus labios abultados y sus ojos bovinos, parecían raramente contentos en la mañana. «Allez, allez, allez!» El eco de las pisadas, en cadena, al afirmarse, tomó un tinte siniestro. El viento arrastraba por el suelo hojas secas, cáscaras leves y crujientes, que sentía resbalar entre los pies. «Allez, allez, allez!» Capas rojas en la mañana, altas, sobre los caballos. Extrañas y alucinantes capas rojas, cernidas sobre sus cabezas encogidas. «Los vencidos.» Sí: clara palabra, de pronto, en la mañana. Qué altos y extraños, qué tajantes, en la mañana gris. Había un muro de cristal, súbito, entre ellos y los guardianes. Un muro de cristal grueso, espesándose, amortiguando palabras y gestos humanos. «Los hombres no bromean. No gustan los hombres de buscar sonrisas, en medio de sus obligaciones. ¿Qué se hizo de los hombres que bromeaban en las áridas mañanas de los trenes que silban, que huyen en las mañanas largas de los vencidos?» Solamente había una voz, clara, tajante como un látigo, en la mañana: «Allez, allez!» La carretera avanzaba entre un campo apenas visible por la niebla baja, que se espesaba hacia el horizonte, sobre los hombros y las cabezas de los hombres vencidos. En la niebla, las capas rojas, los cascos de los soldados, los turbantes, eran una sola palabra: «Allez, allez!» Sus pasos rítmicos, inciertos y seguros a un tiempo, se sucedían como la fatalidad: ya, quizá, indiferentes. Atravesaron Palau del Vidre en la mañana brumosa. Las calles aparecían desiertas. Un carro de leche se detuvo para dejarles paso. Ladraba un perro en algún lado. Las casas estaban cerradas, dormidas aún en la mañana. Al final del pueblo, junto a una masía, había un raro farolillo encendido, amarillento entre la niebla. Luego, la carretera, siempre entre los campos empapados de frío, bajo el denso algodón de la niebla. Seguían caminando, caminando. Sentía un vacío cada vez más hondo. Le dolía el estómago. Era más que un dolor físico. Una náusea reprimida en toda su alma. Pasaban junto a aldehuelas o casas perdidas, donde, de tarde en tarde, se oía silbar el viento por algún agujero. A las dos de la tarde el viento soplaba fuerte, feroz. Parecía querer llevarse algo, o devolverlo a algún lugar donde no se conociera al hombre.

Argelès era un pueblo de veraneo. Nada tan hostil, en el invierno, como un pueblo de veraneo. Al fondo, más allá de las casas, en un mar plomizo, de oleaje alto, se mecían algunas barcas. A lo lejos, de la playa, surgían, entre los jirones de la niebla, tiendas de campaña, hombres, alambradas. Poco a poco, divisaron movimiento de quepis, de uniformes. Luego, más senegaleses. Y, a medida que se acercaban, inconscientemente, sus pasos parecían quebrarse, como en un deseo de quedarse clavados en el suelo.

Tras las alambradas, apareció a sus ojos una multitud abigarrada, oscura, sentada sobre la arena. El viento seguía soplando. Lejos, se distinguía algún que otro camión español. Las voces arreciaron, como una seca lluvia: «Allez, allez, allez!» Iban acercándose, él de los primeros, casi a la cabeza de la columna, hasta llegar a las alambradas. Sobre la arena se enclavaban infinidad de pequeñas chabolas, hechas con mantas y estacas. Los hombres y las mujeres tenían todos un aire común, borroso. Eran seres iguales, amontonados, callados, arropados en sus mantas, sus chaquetas, sus abrigos. Alguno, de pie, con las manos en los sobacos, daba pequeños saltos sobre la arena. Parecían enormes pájaros, absurdos. El mar, negruzco, se rizaba en olas encrespadas. Un gran frío les rodeaba. Un frío viscoso, penetrando a través de la ropa, de la piel, hasta los huesos. Él iba tras un muchacho, casi un niño, con el cabello largo de un rubio cobrizo. De pronto, el muchacho se volvió a hablarles. Con un último gesto de gallardía les pidió que entraran cantando. De lejos, profundamente, como de la tierra, venían rumores. Como salidos de otro mar, escondido bajo las plantas de los pies. Retazos de una canción de guerra, la revolución. «Sueños.» El rumor brotó y creció, extraño. «Entrar cantando...» De cinco en cinco, con el brazo extendido y la mano del uno apoyada en el hombro del otro, avanzaron hacia las alambradas. La canción era bronca, nacida como un dolor, en las gargantas. Una voz se levantó sobre la canción, que tenía algo huido, irremediable. La Garde Mobile estaba allí: «Pas de chansons! Pas d'histoires!». La canción cesó. Sus pasos, el eco de sus pisadas, se apagaban sordamente, a medida que pisaban la arena. En la arena, todos los pies parecían segados.

Capítulo séptimo

Era algo extraño, que no se podía explicar, ni pensar, casi. No daba tiempo. Se despertaba muy temprano, y ya lo sabía. Hacía rato que lo sabía: detrás del sueño, antes del sueño. Y, sin embargo, le resultaba nuevo, sorprendente. Abría la ventana. El cielo anaranjado, apenas amanecido, resplandecía sobre Sagrado y Cuatro Cruces, sobre el malva dolorido del otoño naciente, sobre las piedras y el agua. Mónica se sentaba en el antepecho de la ventana, con la cabeza vuelta hacia el gran cielo, el cielo enorme que tenía algo de lago aprisionado, de mar, sobre el cerco del Valle. Mónica no sabía lo que sucedía para que, de pronto, todas las cosas hubieran cambiado. La luz era distinta, distinto el balanceo de la hierba, en el prado, distinto el rumor del río y el del viento. También ella. Se miraba en el espejo que había sobre la cómoda: los ojos, azules, oscuros, encerrados con su secreto y su sueño. Algo cambió, también, dentro de los ojos. Se echaba hacia atrás los rizos cortos, dorados, se miraba la frente y se decía: «He crecido». Dentro, más allá del pensamiento y del corazón, en un lugar no conocido donde el alma fluía, como el agua, sabía que moría y nacía, que terminaba y que empezaba. Que el dolor tenía un sentido diferente, que la felicidad no se da gratuita. Que las cosas, los sentimientos —la voluntad y el miedo, la ternura, la libertad y el sueño—, como las mentiras, la ceguera y el olvido, tienen precios concretos e ineludibles. Que la vida se paga.

Todo fue sucediendo de un modo regular, creciente, y, sin embargo, resultaba súbito, como arrastrado por un huracán dulce y terrible. Mónica vivía alerta, como un animal dispuesto a la fuga, vigilando el rumor de la hierba y el crujido de las ramas. Mónica atendía, esperaba y temía, con el corazón bajo la piel.

Primero se encontraron en la fuente, de un modo regular y cotidiano. Se sentaban y hablaban. Otras veces, se veían en el camino. Pero luego, de día en día —no sabían cuál fue el primero— llegó la impaciencia, el ansia, la angustia del tiempo. No bastaba aquella amistad cortada, sincopada. Estaban llenos de una sed extraña, una sed que no acababa ni empezaba. Llegaban el uno al otro con sed, una sed que venía de muy lejos, de muy antiguo. («¿Cuándo volverás?» «¿Dónde estarás?» «¿Luego podrás venir?...») Ella, luego, de regreso, pensaba. Se habían llenado de una locura extraña, que no se explicaban siquiera. Pero era indomable, irreprimible. Tenían que verse, tenían que estar juntos, no se podían separar. No, no se podían separar. Cometían imprudencias. Miguel se escapaba, abusaba de la confianza del jefe, inventaba pretextos estúpidos e inútiles. Miguel se exponía estúpidamente sólo para verla, para hablarla, para estar juntos unos minutos. También ella huía de Isabel, de su vigilancia. «Isabel.» Mónica miraba de un modo nuevo, distinto, a Isabel. También ella quería mirar hacia atrás, también ella quería saber. El porqué de su vida, el porqué de todos ellos. La vida era extraña, incomprensible. Miguel se lo revelaba todos los días. Existía un mundo diferente al suyo, y el suyo ni siquiera lo conocía. (Isabel, alta, vestida de negro, severa y dura. Isabel, hermética y tajante, inalcanzable, como si nunca hubiera tenido miedo o alegría, pena, tristeza, pecados o amor, se alzaba ante ella, nueva, distinta también.) «Isabel no ha querido nunca a nadie. Isabel no puede saber nada de lo que yo siento.»

Mónica merodeaba por la ladera del bosque, hacia el camino de su secreto. Hasta que de un momento a otro llegaba el silbido conocido. (El que despertaba, de pronto, todo el bosque, todo el rumor de la hierba y de las ramas, el brillo del agua entre los juncos, el resplandor de la tarde, dentro del pecho.) Mónica corría árboles arriba, hacia el barranco. Allí estaba él, escondido, sonriendo al miedo, con su gran prisa. (La prisa que les empujaba a los dos, con la angustia de lo fugaz.) Miguel esperaba agachado, escondido entre los helechos. Hasta encontrar aquel determinado cerco de árboles que habían descubierto. (Un mundo cerrado, breve, sólo para ellos.) Mónica no sabía nada más. No hubiera podido explicar qué era lo que la empujaba allí, anhelante, llena de miedo y de extraña felicidad: si un sentimiento que la llenaba de vida o que la iba matando. No podía pensar en nada más, durante todo el día, no existía nada más que aquellos minutos robados, apurados y febriles.

Regresaba despacio, entreteniéndose entre los árboles, con el alma oscurecida, el gesto hosco, sin palabras. Entonces surgía Isabel, con toda claridad. Una Isabel cada día más concreta, más enemiga: «¡Mónica!» (Ella no reconocía su nombre, dicho por aquellos labios.)

Isabel apareció a la puerta de La Encrucijada, entre los árboles desnudos. Estaba de pie, mirándola llegar. Iba vestida de negro y en la falda le quedaban pegados hilillos de la costura. La miraba, pálida, con las manos cruzadas, resaltando sobre la falda negra. (Mónica volvía de Neva, de la hierba salvaje y el limo del barranco, con briznas entre los dientes. Briznas que le dejaban el paladar impregnado de una menta agria, de un ácido aroma de cortezas y de lluvia. Volvía, con los ojos más oscuros, con los ojos llenos de una luz distinta, nueva y negra.) Isabel la veía llegar. Eran aquellos ojos los que temía Isabel. Esa mirada, ese gesto indolente y orgulloso. El descuidado cabello corto, enmarañado, olía a bosque, a tierra. *(«A celos, como perros rabiosos, como perros hambrientos, en manada, enloquecidos por una luna redonda, solitaria.»)*

Isabel la esperó en silencio y cuando estuvo frente a ella la cogió por el hombro.

—¿De dónde vienes?

Mónica sonrió. Las briznas verdes, de un verde insolente, resaltaban entre sus dientes blancos de niña, de chico descarado. El color verde entre los dientes encendió el corazón de Isabel. Una oleada de miedo le subió del estómago, hacia arriba, hacia los ojos mismos. Isabel se llevó la mano a la frente, y algo frío fue destilando un veneno delgado, vena a vena, sangre adentro. Isabel creyó que el corazón pesaba y le caía, como una piedra. («Estos ojos y esta sonrisa. También traía hierba entre los dientes, la muy perra.») Isabel clavó las uñas en el hombro de Mónica.

—¡Golfa!

Mónica seguía sonriendo, obstinada y muda. («Ahora volverán las preguntas. Volverá a pinchar y pinchar como una bruja maldita, pero nada sabrá, nada diré, nunca conocerá nada de esto mío, aunque me mate. Eres una mala mujer, Isabel, que no has amado nunca.»)

—¡Tú vas a decirme adónde vas todas las tardes! Yo lo sé..., lo veo. ¡Mónica, habla; será mejor para ti!

La cogió del brazo y la llevó hacia adentro, escaleras arriba. Sin reflexión, en un gesto que ella misma no se explicó luego, la empujó hacia el cuarto aquel, hacia aquella habitación cerrada siempre. Hacia el dormitorio de Verónica Corvo. La empujó hacia el centro de la habitación. Entró y cerró la puerta tras de sí.

Mónica, sorprendida, continuaba muda. Isabel fue hacia las ventanas, entrecerradas, y abrió los postigos con rudeza. Entró la luz de la tarde, una luz de oro enrojecida, que avivó las paredes y el espejo con su llama lenta.

Isabel se volvió hacia Mónica, y vio de pronto, en ella, una mujer. No era la hermana mayor, no era la maestra fría, no era el ama de llaves exigente, no era la Isabel avejentada, trabajadora, inflexible, lejana. No era la imagen del Deber para la niña, del Trabajo para la niña, de la Rectitud para la niña. Isabel era una mujer que la miraba de frente, con ansia, quizá con odio.

—¡Perra! —le dijo.

Mónica sintió frío. (En aquel momento Isabel le recordaba aquel día: cuando la criada Marta se arrodilló para que la permitiese guardar a su hijo pequeño en La Encrucijada.)

—¿Crees que no sé adónde vas y a quién ves? ¿Crees que no he visto que subes al bosque... como una perra?

Mónica apretó los dientes. («No lo diré. Aunque lo sepas, no lo diré.»)

—¡Habla, Mónica!

La sacudió con las dos manos. Mónica sentía sus uñas clavándosele en los hombros. Miró de frente los ojos de Isabel. («Los ojos que tienen sueño están rodeados de un color especial, como los de Isabel.») Se notaba en los ojos que tenía sueño. Tenían un color, un color azulado. («Isabel no duerme. Si durmiese un día, por fin, quizá se despertaría una mujer diferente. Isabel tiene mucho sueño siempre.»)

—¡Golfa! ¡Aguarda a que venga César, y verás cómo hablas!

Isabel tuvo un vértigo repentino, y se tapó los ojos con las manos. No era a ella, a Mónica, no, a quien se dirigía. (A todo un mundo de adolescentes perversos y holgazanes, burlones, crueles. A un mundo de lobeznos y de amor. Un mundo que huyó. Que siempre fue huida, ante sus ojos. «Yo, como una absurda mártir sin gloria. Mi amor estéril sin fruto, solitario. Mi amor que roe y que pudre, como lepra.»)

—¡Ya sé adónde vas! —dijo—. Mírame a los ojos: es la última vez que te hablo. Hace tiempo que andas por ahí, perdida, como un vagabundo. No atiendes a amenazas ni a buenas palabras, te escapas y te vas, te vas a... ¡Mónica, mírame! De hoy en adelante todo esto ha terminado. Te quedarás aquí, no saldrás de casa. Trabajarás, de la mañana a la noche, como trabajo yo. ¡La vida no se da de balde, Mónica! Hoy te quedarás aquí, encerrada con llave. Y mañana..., mañana trabajarás en todo lo que yo te indique, dentro de La Encrucijada, y si te escapas... ¡Te seguiré! ¡Sí, Mónica, soy capaz de seguirte, y ay de ti, ay de ti como ocurra lo que ya ocurrió otra vez en esta casa! ¡No habrá piedad para vosotros...!

Mónica la miraba, callada. De pronto, tuvo miedo, aunque quiso disimularlo. Isabel era distinta, era otra. Parecía crecer ante ella; y al mismo tiempo, como rejuvenecida, con las mejillas encendidas y los ojos llenos de un odio renacido. Mónica recordó: «Verónica, Daniel. Isabel tuvo la culpa de todo». Sintió una repentina rebeldía. ¿Qué era lo que preguntaba Isabel? ¿No era acaso ella, Mónica, la olvidada, la relegada, la que crecía como un perrillo o una planta, sin palabras, sin respuestas, sin afectos, no era ella acaso la que deseaba interrogar? Despertaban, atropelladas, violentas, todas las calladas preguntas de su corazón. («¿Qué fue de mi madre? ¿Adónde fuisteis a buscar a mi madre para que yo naciese? ¿Qué falta os hacía mi nacimiento? ¿Por qué estoy aquí?...») Mónica se mordió los labios. Vio cómo Isabel retrocedía y abría la puerta. Cómo salió y la cerró con llave.

Se sentó en el suelo, junto a la cama. La colcha, azul, de largos flecos, rozaba la alfombra raída. Mónica sentía el corazón apretado, como bajo una gran piedra. («¿Por qué se emborracha papá todos los días? ¿Por qué ha vuelto Daniel? ¿Qué hizo Verónica?...») Se levantó y fue hacia la cómoda. Era un mueble panzudo, de madera muy oscura, casi negra, con tiradores de bronce. Todo en aquel cuarto estaba cubierto de polvo, porque sólo de tarde en tarde Isabel entraba y lo limpiaba. Tiró del primer cajón, al azar, maquinalmente. La madera olía de un modo especial. «Olor a niña de otro tiempo.» Mónica sintió una ternura súbita por Verónica, la hermana desconocida. Dentro del cajón había unas fotografías. Ya conocía aquellos retratos. Isabel los guardaba allí dentro, tal vez para no verlos. Verónica, con sus cabellos largos, muy rubios, lisos y blandos. César niño, con su caballo *Spencer,* y su pequeña carabina entre las manos. Isabel, entre César, Verónica y Daniel. Mónica miró a Daniel. En aquella foto tendría unos catorce años. «¿Qué ocurrió aquí?» Allí estaban todos juntos, sonreían; era una fotografía vieja de familia. ¿Qué ocurría con el tiempo, que quemaba las cosas, que las volvía ceniza, que pudría el amor y el afecto, el corazón, la amistad? ¿Qué ocurría con el tiempo, que deshermanaba, que mataba, que olvidaba? Mónica sintió el deseo súbito de hallarse junto a Miguel. «Miguel.» El tiempo pasaba para ellos, también. Se dio cuenta una vez más de que su tiempo era precioso, de que su tiempo debía ser febril y apurado. Un oscuro presentimiento la llenaba. «El tiempo hunde, sepulta.» (Sí, él y ella estaban perseguidos, acechados por confusos enemigos. Ella lo sabía. Ellos dos no eran como los otros.) Allí estaba una caja donde Verónica guardó conchas diminutas, piedrecillas malva y rosadas del río, alfileres con cabeza de color. Verónica guardaba cintas azules, con las que se ataba las trenzas. Y un costurero con dedal de plata, y tijeritas. Mónica cerró el costurero y se miró las manos, morenas, arañadas. No, ella no era como Isabel deseaba. Ella era, como bien decían, hija de campesina terca y hosca, como una mula. «Hija de campesina.» (En su infancia no hubo cintas azules, ni costureros, ni alfileres de cabeza encarnada. En su infancia hubo tierra, piedras, viento, perros que ladraban en el horizonte y murciélagos crucificados.) A Mónica le vinieron todas las preguntas de golpe.

La otra tarde, después que se vieron furtivamente en el bosque, ella, de vuelta, iba pensando. Y sin querer se fue hacia aquella casa que ella sabía. Que estaba detrás de la iglesia y que era la casa de su madre. Mónica subió a la tapia encalada y miró el jardín. Estaba muerto. Un jardín con vestigios de rosas mal cultivadas, con fantasmas de rosas pueblerinas, deshojadas por el frío. Con sus macetas llenas de tierra sin plantas, tierra olvidada, que era la imagen del tiempo. Las macetas estaban apiladas a un lado, junto a la puerta de la casa. Mónica saltó dentro y fue hacia la puerta. Junto a ella estaba el gran moral, con sus ramas asomadas por encima de la tapia. Empujó la puerta, que gruñía, y no se abrió. Golpeó, y dentro sonó hueco. Un eco sordo que la llenó de tristeza. «¿Por qué fueron a buscar a mi madre?» Miró por la cerradura grande, de hierro forjado. Mónica sintió una gran desolación. En el moral, piaba un pájaro, triste y monótono. Mónica retrocedió. El viento arrastraba por la tierra las hojas amarillas del otoño. Saltó la tapia, otra vez, y se alejó de allí con el alma turbada. «¿Por qué? ¿Por qué?»

Cuando llegó la noche, entró Isabel, de nuevo. Llevaba una bandeja donde le traía la cena.

Mónica estaba sentada junto a una de las ventanas, con la caja de las cintas y las fotografías. Isabel dejó la bandeja sobre la cómoda, acercó una pequeña banqueta y se sentó frente a ella. Isabel estaba pálida, y tenía los ojos enrojecidos como si hubiera estado llorando. Toda la ira de horas antes parecía haberse cambiado por un cansancio oculto.

Mónica la miró sin conmoverse por aquel dolor que adivinaba. A Mónica no podía conmoverla lo que no conocía. («Estoy cansada de cosas viejas, de cosas podridas que no entiendo. Quiero irme de aquí, dejar atrás todo este gran desván de cachivaches rotos, inútiles, y marcharme a un mundo mío, con todas las cosas que yo lleve, que yo me cree. Estoy cansada de viejos rencorosos, con la vida hecha, sin remedio.»)

Isabel la miraba despacio. Inesperadamente le cogió una mano:

—Mónica —le dijo—. Escucha, sé razonable. Nada más que tu bien quiero yo. Tú lo sabes.

«Tu bien.» Mónica reprimió una sonrisa. («Mi bien es otra cosa. Si quisieras mi bien no me hubieras dejado crecer como un perro, no me hubieras negado todo, no hubieras vuelto la espalda a todo lo que yo pedía. Me hace gracia cuando decís "tu bien".»)

Isabel apretó su mano:

—Mónica, dímelo todo, cuéntamelo. Procuraré comprenderte.

Mónica la miraba en silencio.

—Te lo ruego, Mónica. Te lo pido. Cuéntamelo... ¿Crees que no sabré entenderte? ¡Yo también te abriré los ojos, también te diré yo lo que tú no sabes! Mónica, criatura: ¿no ves que eres una niña? ¿No ves que yo podré hablarte de cosas que ni siquiera sospechas? Ten confianza en mí, una sola vez, y nadie podrá ayudarte como yo. Te lo juro.

Pero Mónica la miraba como si no entendiese sus palabras.

—¿Tú no sabes lo que hizo... tú no sabes lo que pasó, hace años? ¿No sabes que Verónica murió por su culpa, sólo por su culpa maldita? ¡Mónica, Mónica no te fíes de él, es un lobo, es un cuervo! ¡Es un hombre malo, Mónica!

Miró las fotografías que tenía Mónica entre las manos, y se las arrebató, con gesto rapaz. La fotografía de Verónica cayó sobre su falda.

—¡Mírala! —dijo, con voz ahogada—. ¡Mírala, no era mayor

que tú!... Podía haber llenado de hijos esta casa, podía haber traído la felicidad a La Encrucijada. Y por culpa de él, está ahora muerta. Muerta, entre escombros, con un hijo suyo en el vientre... Suyo, de él.

Isabel se oprimía el estómago con las manos, sus labios temblaban. Nunca la vio Mónica como en aquellos momentos, perdida la severidad, la autoridad, vencida por un dolor confuso, que no entendía completamente, pero que adivinaba. Mónica notó un raro golpe en el corazón. Sintió asco, miedo. («Verónica. Un hijo muerto. Un hijo en el vientre. Entre escombros.») Le llegó una ola de rencor, de rebeldía:

—¡Déjame, no te diré nada! ¡Aunque me encierres aquí, aunque me mates, nunca, a ti, te diré nada!

La voz de Mónica se clavó en el corazón de Isabel. Era una voz baja, un tanto ronca, voz de niño crecido. (Esa voz, como el agua entre las piedras, como la lluvia empapando la tierra, voz como la vida.) Isabel se estremeció, bajo la voz de Mónica.

—¡Ya estoy cansada de tus odiosas historias! —decía aquella voz—. ¡De vuestras horribles historias de cuando yo aún no había nacido! ¿Qué me importa a mí todo lo vuestro? ¿A qué tengo yo que pagar todo lo vuestro? ¡A vosotros no os importa mi vida, lo que yo piense o quiera! ¡Tampoco quiero escuchar yo nada de vuestro pasado! ¡No me importan vuestras vidas, como no os importa la mía! ¿Quieres saber lo que pienso de vosotros?: ¡que estáis muertos!

Mónica se levantó y retrocedió con las manos a la espalda. A Isabel le pareció que sonreía. («Su sonrisa, como un potro huyendo, entre nubes de polvo, hacia un lugar donde yo no llegaré jamás.») Pero Mónica no sonreía. Mónica la miraba seria. Isabel, enmudecía, mirándola, con un desconocido terror.

—¿Por qué te preocupas de pronto de mí, Isabel? ¿Por qué? ¡Déjame sola, como cuando era pequeña, cuando me hería en un pie, y lloraba, y subía por el camino, y nadie venía a buscarme, y sólo *Sol* se acercaba a lamerme la herida!...

Mónica se volvió de espaldas, para que Isabel no le viera llorar. Se mordió los labios, para no llorar delante de Isabel.

Era una niña solitaria y ajena a todos, una niña a la que los perros lamían las heridas, que tenía miedo por las noches, que llamaba por las noches, desde su camita del último piso, junto al desván, con el viejo maniquí, las patéticas jaulas vacías, las arcas cerradas y llenas de polvo. Una niña que llevaba, el día de ánimas, una corona de horribles flores amarillas a la tumba de Hegroz, donde ponía «Beatriz». Detrás de ese nombre ella sabía, adivinaba otras voces que decían: «terca, campesina, campesina, como una mula». Una niña que pasaba siempre, con un frío pequeño, junto a la tapia de la casa cerrada, donde los pájaros piaban sobre el moral, como una vieja caja de música. Era una niña, solitaria, perdida, que subía la escalera sucia y oscura de la Tanaya en busca de calor.

Un calor que ahora, también, había perdido. Que tal vez, no tuvo nunca de verdad.

Isabel se acercó y la cogió por los hombros. Con una mezcla de cariño, de dolor:

—¿Qué estás diciendo? ¿Es así cómo pagas mi trabajo? ¿Quién te alimentó, te vistió, te enseñó a leer? ¡Descastada! ¡Bien sé yo lo que es el desagradecimiento! ¡La historia se repite, Señor, Señor, triste raza la de esta familia!

Isabel se apartó a un lado, con las manos unidas, como para una extraña oración. Ya no había rabia en su voz, ni en su mirada. Su voz era la voz de un cansancio muy antiguo. De un cansancio que venía ya de muy lejos, hasta ella. Se arregló los rizos con la mano, en un gesto maquinal, habitual en ella. Se quedó pensativa, y al fin, dijo:

—Es inútil, Mónica. Esta vez no será como entonces. No será, tenlo por seguro. A las buenas, o a las malas. Iré a él, si es necesario, subiré al bosque y le echaré de nuevo de esta tierra. Sí, le echaré y ni vivo ni muerto le volveré a ver.

Dijo: *volveré a ver,* con un acento profundo, convencido. Levantó la cabeza, y añadió con voz opaca, sin odio:

—Crié un cuervo...

Mónica estaba de pie, con las manos a la espalda. Tenía el pelo corto, ensortijado, en rizos rubios, sobre los ojos. La piel quemada por el sol, brillante y tersa. Los brazos y las piernas, llenos de fuerza, de sangre que se adivinaba, latiendo. Piernas y brazos desnudos, arañados por los espinos y las aulagas. Olía a tierra, y tenía entre el cabello raeduras de hojas, o de flores silvestres. O, simplemente, un recuerdo de la hierba, de los prados, del barro y el polvo de los senderos. De la corteza brillante de las hayas debajo de la tormenta, de las piedras cubiertas de liquen («Ah, los celos, los celos a través de las generaciones, mi terrible, mi espantosa fidelidad, a través de las generaciones y del tiempo, a través de las adolescentes que, de pronto, se alzan mujeres, llenas de juventud y de vida. Porque mi vida fue dar, trabajar para los otros, crear para los otros, con sólo un árbol viejo donde apoyarme y pensar: *sólo tú, padre, eres de mi tiempo.*»)

Isabel miró a Mónica como si la viera por primera vez, como si nunca la hubiera visto. Como si en unas horas ya no fuera la misma, como si en unas horas hubiera crecido, la mirara con otros ojos y la hablara con una voz desconocida. Como por primera vez contempló la modestia, casi pobreza de su vestido, de aquel jersey hecho por ella misma hacía tres años, que le venía corto y estrecho, que se ceñía a aquellos senos pequeños, a aquella cintura vigorosa y flexible a un tiempo. Mónica era alta, delgada, de hombros redondos, de piernas largas y hermosas. Era una criatura como crecida bajo el sol y la lluvia. Tenía ojos grandes y redondos («ojos de huida, árboles arriba, tierra arriba, ojos de hierba».) Isabel sintió una congoja profunda. Como si aquella juventud luminosa y arisca, apenas amanecida, la apartase aún más a ella, la escondiese definitivamente en el polvo quemado del olvido, del trabajo, del deber, del renunciamiento, del total entierro de su corazón. Isabel recordó aquella niña recién nacida, que ella llevara en brazos a la pila bautismal, aquella niña menuda dentro del faldón blanco almidonado, adornado con las viejas puntillas y blondas de la abuela. («Aquellos vestiditos que yo cortaba aprovechando los trajes antiguos de la abuela, de mamá. Aquellas medias tejidas por mí, aquellos cabellos rizados que yo cortaba y caían al suelo, y yo barría, como virutas de oro pálido, aquellas manitas sucias que yo bañaba, aquel cuerpecito caliente que se quedaba dormido durante la cena, aquellos primeros pasos desde la puerta a la silla, aquella encía que yo froté con el dedal de plata. Aquella primera palabra que dijo, y que me hizo llorar, aquel sarampión y aquellas anginas, y aquellas noches que llevé mi colchón junto a su camita y aquellas letras que yo le enseñaba y que ella repetía con sus dientes tan blancos, tan menudos, tan nuevos. Ah, aquella niña, aquella niña cruel, que se olvidó, que no se acuerda, que se la han llevado a una tumba que no está debajo de la tierra. Y la otra y el otro, y todos los niños, y todos los hijos que se nos mueren sin saber cómo, ni por qué, que se nos mueren entre las manos, como deseos, como sueños, como palabras calladas, retenidas palabras que se nos clavan luego, como puñales, eternamente por el resto de la vida. Hijos muertos, hijos muertos, dentro de nuestra sangre, no nacidos hijos de nuestra vida, de nuestra desesperación y nuestra cobardía, nuestra maldad y nuestra ternura, hijos no nacidos, hijos perdidos.»)

Isabel avanzó hacia la puerta, despacio. Sacó la llave de la habitación, desprendiéndola del manojo que tintineaba en el bolsillo de su delantal. Antes de salir, se volvió a mirar a Mónica, con ojos lejanos. Allí estaba, devuelta mujer, odiada, rival, ladrona de su vida.

«Daniel, Daniel, hermano mío, hijo mío.»

Isabel salió, y cerró con llave. «Tendré valor para echarle otra vez. Para matarle, si fuera necesario, para quemarle y borrar su memoria de esta tierra.»

«Daniel, Daniel, despierta y baja, que hay mucho trabajo en La Encrucijada.»

Pasó la noche en aquella habitación. Se sentía prisionera, con el fantasma de un pecado, un horrible pecado al que aludía Isabel y que ella no acababa de comprender. Como de casi todos los pecados, ella no acababa de enterarse del todo. Porque su religión era una religión a través de Isabel, de sus palabras, y de aquellas confesiones de plática siempre igual, en que le decía el viejo párroco que la pureza era como una lámpara cuya llama era preciso cuidar, y que nuestro corazón era un jardín donde bajaba nuestro Señor el día de comunión. Mónica no comprendía el pecado que encerraba aquella habitación, el gran pecado de Verónica y de Daniel, ni el otro, el que la acechaba a ella y temía tanto Isabel. «Daniel. Habla de Daniel, cree que subo a verle a la cabaña.» Pero no comprendía, no podía comprender. Porque Daniel era para ella un hombre antiguo, acabado, un hombre al que no podía amar como a Miguel, con el que no se podía hablar ni sentir aquel miedo dulce, que casi les ahogaba a veces. «Miguel.» Qué diferente la vida, desde que él había aparecido en ella. Qué distinto el sentido de la vida, de las cosas, desde que él había aparecido en sus días. Con su juventud, igual a la de ella, con su afán de cosas presentes. Miguel no le hablaba del pasado y ni siquiera a ella se le ocurría preguntarle nada, de antes de allí. Apenas se mezclaba el pasado en sus conversaciones, y en todo caso, siempre tenía un tono extraño de presente, de cosa actual. Si decía: «*Cuando estuve en Francia*» o si hablaba: «*Íbamos a la playa, con un amigo que se llamaba Chito, y buscábamos lapas por la roca, con un cuchillo y un saco, y nos daban luego una peseta por cada kilo que traíamos*», o si decía: «*Cuando yo estaba de botones en Barcelona*», a ella, oyéndole, le parecía presenciar lo que él dijese. No a través de una bruma de tiempo, de polvo, como cuando decía Isabel: «*Y entonces, La Encrucijada era una casa llena de gente, de vida*», o: «*Entonces, cuando Verónica era niña...*» No, no, lo que decía Miguel, aunque se refiriese al tiempo pasado, era un pasado tan próximo, tan real, bañado de un luz tan clara, que si arrancaba nostalgia, era de su compañía, tan sólo, de no haber participado con él de aquellos días. A veces, riéndose, Miguel dijo: «*¿Serás capaz de venirte conmigo?*» «*Sí, sí*», decía ella. Pero entonces Miguel se quedaba pensativo: «*Bueno, anda, eso son tonterías. No vamos ahora a amargarnos pensando en eso. Ya se sabe, las cosas, por más que sean buenas, es viejo que un día u otro se han de terminar*». «*Pero yo te lo juro, yo me iré contigo, yo te seguiré a todas partes, como esas mujeres de las chabolas siguen a sus maridos y a sus hijos.*» Entonces Miguel se reía: «*No te imagino, la verdad. Bueno, da risa pensar en ti así. Además, ¡me ahorcaría si supiera que tengo que andar como ésos!*» Hablaba de una vida, a veces, que ella no entendía del todo, pero que intuía. El dinero. La ciudad. Ella no conocía, pero tal como él hablaba, lo que él deseaba, lo deseaba ella también. La vida de Miguel la llenaba de luz, una luz cruda, excesiva, que daba un cierto cosquilleo de miedo en la espalda; el mismo miedo que les hacía sonreír cuando se encontraban, el mismo miedo que ellos buscaban, sin darse cuenta. («Porque las cosas son breves, no duran, y hay que ir preparándose otras en seguida, para no quedarse solo, perdido, en medio de la tierra.») A Miguel no le consumían nostalgias y pecados ajenos, ni recuerdos ni fantasmas de padres o madres, ni de hijos. Miguel era como ella, nuevo, empujado por el deseo de vivir, de atravesar muros. Ella comprendía. Aquel voraz deseo de todo, de conocerlo todo, de morirse satisfecho y reventando de saberlo y disfrutarlo todo. Sí, Mónica deseaba la vida. Con la cabeza llena de confusos pensamientos, con la caja de las fotografías, y el rosario de nácar de la Primera Comunión de Verónica, y los alfileres de colores, Mónica, aquella noche sentía miedo. Un miedo grande, como si estuviese al borde de un pozo, atraída por su vaho de cieno. El miedo era como una enorme arcada, una náusea infinita. Mónica se echó vestida, sobre la cama. La cabeza le dolía, y tenía las manos húmedas, con un sudor frío y desagradable.

Durmió poco, y su sueño fue confuso. (Creía hallarse en el triste jardín abandonado de su madre muerta, y la puerta de la casa era la tumba donde decía «Beatriz», y al otro lado de la tapia estaba Miguel, llamándola, y dentro de la casa oía los pasos de Daniel, de Daniel que se paseaba solitario, con su fusil al hombro, de Daniel que era como un gran secreto, que parecía saberlo todo, ser el único que conocía todas las cosas de aquella casa. Y sin saber por qué, se notaba atraída por él, y su miedo era más profundo, cuando le oía, y deseaba abrir la puerta-tumba y preguntarle cosas, muchas cosas, hasta saberlo todo y luego huir, desprenderse de los fantasmas de su niñez. Porque detrás de la tapia estaba la vida, la vida limpia, real, que ella deseaba, y se sentía retenida al suelo por la gelatina dulzona, pegadiza, del pasado de ellos, de los otros, de la palabra «Beatriz», de la palabra «Verónica», de la palabra «Daniel», de la palabra «Isabel».)

Por la ventana abierta entraba el frío húmedo de la noche, el espeso olor de la tierra. Una estrella muy grande parecía colgada del borde de la ventana. Mónica no entendía las palabras de Isabel, no las deseaba comprender, pero sabía que hasta que no las conociera en su profunda verdad, no se liberaría de su peso, de su polvo. Tenía miedo y deseos de huir, pero no podía, estaba presa por el fantasma del tiempo pasado, dentro de la casa, en el bosque y en la tierra, en la casa de la Tanaya y en La Encrucijada. La hacían vieja, antes de tiempo, vieja, apenas salida de la infancia. La llenaban de tristeza cuando aún no conocía la alegría.

Miguel era la puerta abierta, el umbral de la huida. Tenían miedo de verse, pero les era necesario. Miguel aprovechaba cualquier ocasión para subir a la ladera de Oz, tras las chabolas. Los de las chabolas les protegían, les silbaban, les daban la señal. (Había una mujer que se llamaba Lucía, una mujer que esperaba un hijo, y había seguido a pie, carretera adelante, a su marido, preso del barracón. Lucía prendía fuego y cocinaba entre las ruinas, le sonreía y le ofrecía un asiento a su lado, cuando ella estaba alerta, esperando el silbido. Apenas hablaban, pero se entendían, su sonrisa las hermanaba, y Mónica sentía una tristeza ácida dentro del corazón. Pero aquella tristeza no la hundía, sino que la espoleaba, la empujaba.) Cuando oía el silbido de Miguel corría hacia los árboles. Su abrazo era apretado, sus besos atropellados (como la fruta que se roba, siendo niño, la fruta verde que ella robaba de las tapias de Hegroz, junto a Goyo, a Marino, a Jesús. La fruta que tenía un gusto áspero, agrio, que crujía resbaladiza entre los dientes, que tenía un aroma y un sabor distinto a todo.) Luego, se separaban de prisa, con la misma sed que les llevara uno a otro. (Las palabras rápidas, las conversaciones entrecortadas que sólo ellos podían entender, el abrazo estrecho cortado por aquella prisa y aquel miedo que les gustaba, que querían, que sabían preciso y cierto, como la vida misma. «Mañana, no existe. Hoy. Hoy es hermoso. No pensar en mañana. ¿Para qué?») Mónica sonreía con un dolor que la vivificaba, que la hacía crecer, y correr su sangre, como un río poderoso y centelleante.

Amaneció. El cielo se llenaba de un oro frío y lejano, sobre las copas afiladas de los chopos. Mónica se asomó a la ventana. Llovió levemente durante la noche. Los troncos y las ramas de los árboles parecían cuajados de estrellas diminutas. El río, más allá de los prados, brillaba entre las piedras, como una larga voz siempre nueva, siempre diferente. Un perro corría entre los juncos, empujándolos, con un ladrido largo, como si fuera herido. Mónica fue hacia la cómoda. Estaba la cena intacta, en la bandeja. Una gelatina blanca, fría, cubría el plato, y sintió asco. Tenía hambre y cortó pan, que mordió con avidez, casi con rabia. La puerta continuaba cerrada. «No hablaré.»

Cuando el sol caía sobre la hierba del prado, Isabel volvió. Estaba pálida.

—Sal de aquí —le dijo—. Baja conmigo. Tu trabajo está preparado.

La siguió, escalera abajo. Le dolía el borde de los ojos, tenía frío, hambre, sed. Tenía sueño. Entraron en la cocina. Entre los cobres relucientes, entre el ruido de los platos y del agua de la fregadera, entre las paredes cubiertas de alacenas y cuchillos, cacerolas, vasijas de barro, loza pintada de amarillo y flores verdes, resplandecía el fuego del hogar, grande, con su olla negra pendiente de la cadena, con cuatro potecillos arrimados, como buscando el calor de la gran panza negra. El aroma del café invadía la pieza. La criada Marta, con la trenza suelta sobre el hombro, arremangada y descalza, deshacía jabón dentro de una gran tina humeante. La miró con ojos de sueño, se secó las manos y le sirvió el café. Isabel se sentó a su lado, en la gran mesa de pino.

—Cuando termines, te espero en la salita. Tienes un cesto de ropa blanca, para ayudarme a zurcir y repasar. Luego bajaremos a la huerta, juntas.

Mónica no levantó los ojos de la taza. Se sentía adormecida por el vaho caliente de la cocina, por el resplandor del fuego. El café la vivificaba. Isabel salió de la cocina.

Marta metió la ropa en la tina, apaleándola con una vara de avellano, y empezó a canturrear. Por la ventana de la cocina llegaba el olor del huerto mojado. El viento mecía las ramas del peral, desnudas ya de frutas. La puerta chirrió despacio, y el niño pequeño de Marta entró, descalzo, con los piececillos sucios y las manos llenas de nueces. Sus rizos, muy negros y largos como los de una niña, le caían sobre la frente.

Mónica se levantó, rápida. Corrió hacia la puerta trasera de la casa y salió, a los charcos y el barro, hacia el camino de Neva.

Los árboles de Neva, en la mañana, aparecían casi negros contra el resplandor rojizo que emanaba del barranco. Una niebla fina, transparente, subía de la garganta roquera, y el bosque se levantaba, irreal, como una jaula enorme en torno a ella.

Mónica conocía a los árboles, desde muy niña. El bosque fue la casa de sus juegos, sus sueños de niña solitaria y salvaje. Los helechos le llegaban hasta las rodillas, y la piel se le humedecía con el rocío aún fresco y la lluvia reciente. Por los troncos de las hayas se deslizaba un silencio hermoso, grande, apenas interrumpido por el viento leve de la mañana, por algún lejano piar de pájaros entre las ramas. A medida que ascendía por la ladera de Neva, Mónica sentía el corazón grande, los ojos más claros, y la sangre cálida. Huía de Isabel. Nada más se le ocurría, ninguna otra cosa se le ocurría. Huir, escapar de Isabel, de sus palabras, de su acoso.

Notaba las sienes vibrantes, como en un sueño prolongado. Tenía frío, y una tristeza que la llenaba de zozobra.

Apenas se dio cuenta, cuando apareció, entre los árboles, como un fantasma, la cabaña de Daniel. Muchas veces, cuando estuvo el otro guardabosques, o durante el tiempo que permaneció deshabitada, llegó hasta allí. Ahora, desde que la habitaba Daniel, no subía nunca. Se detuvo, con una rara sensación: como si aquella cabaña fuese una aparición en medio del bosque, como si ignorara su presencia. Notó la sangre en sus mejillas. De pronto sentía una vergüenza rara, inexplicable. Por un momento tuvo la tentación de huir de nuevo, de atravesar el barranco, hacia Oz o Cuatro Cruces. Por la parte del barranco subía la niebla, como humo rojizo, tras los rayos del sol. Una humedad leve, pegajosa como un velo, se adhería a su piel.

Mónica se acercó despacio a la cabaña. La ventana estaba entornada. Del alero del tejado, de cuando en cuando, caía una gota al suelo, fugaz y refulgente. Se oía apenas el crujir de la hierba bajo sus pies. Al lado de la ventana caían las ramas bajas de un árbol, con las hojas doradas. Todo, la enredadera y la yedra, crecían libres y descuidadas. Debajo de la ventana, apoyado contra el muro, había un banco, empapado de lluvia. Mónica se aproximó a la puerta. Estaba entreabierta, y llamó con el puño.

—Daniel... —dijo quedamente, con un temor incierto.

Su voz temblaba. Nadie le respondió, y ella repitió aún dos veces la llamada. Entonces, empujó la puerta, que se abrió lenta, con un quejido largo, como el chillido de una alimaña. La luz rojiza que se filtaba por entre los árboles iluminó apenas el interior, y Mónica entró.

No había nadie. Las paredes estaban enjalbegadas, y la luz que entraba por la puerta les arrancaba una luz exasperada, sonambúlica. En la chimenea había un rescoldo tibio. Brasas aún encendidas, como un puñado de piedras rojas, entre la ceniza. Mónica se acercó y avanzó las manos para entibiárselas con su calor. Se arrodilló frente al hogar, y avivó el rescoldo. Subió un olor a madera quemada, podrida, hasta ella. Y entrecerró los ojos. «No quisiera volver nunca a La Encrucijada.» Si le fuera posible, se quedaría allí, con Daniel. Si fuera posible, se quedaría allí, y no bajaría nunca más allá abajo. Al fin y al cabo, Daniel era algo así como su hermano mayor, como César. Debía tener, por lo menos, cuarenta años. Le daba la sensación de un perro, viejo y apaleado, como *Sol*. (Y se sentía atraída hacia él, porque él lo sabía todo, porque él era la causa y la razón de la desesperación de Isabel, porque era el hijo del hombre por el cual se quiso ahorcar papá, porque era el que descolgó a papá del árbol. Y era el que se llevó a Verónica, y Verónica y él pesaban en el recuerdo de aquella casa, pesaban en el alma de Isabel como un gran pecado de plomo. Y ella no tenía por qué pagar aquel pecado, y tenía que saber todo lo de su vida, y apartarles o apartarse de ellos para siempre, ahora que había encontrado la vida, una vida distinta, suya completamente.) En lo profundo, se sabía aún ligada, amarrada a aquellos fantasmas.

Mónica se echó de bruces, frente al hogar, y se tapó la cara con las manos. No supo cuánto tiempo estuvo durmiendo. Cuando abrió los ojos, el sol entraba por la puerta abierta, hasta el suelo. La cabaña seguía en silencio, vacía. Se desperezó. El rescoldo era ya tan sólo un montón de cenizas frías. Se asomó a la puerta y vio que el sol estaba ya muy alto. Por sobre las copas, se adivinaban fragmentos de un cielo intensamente azul. Mónica se olvidó por un instante de Isabel, de Daniel, de su tristeza. Una alegría pequeña y punzante, animal, se le despertó al oír el rumor del agua, allá abajo, en el barranco. De prisa, descendió por entre los helechos y los robles, hasta el fondo. El agua descendía, brillante, helada, formando pozas verdes, de bordes espumosos, entre las rocas cubiertas de liquen. Todo resplandecía en la luz de la mañana, y en lo hondo, el sol caía de plano. Hacía reverberar las piedras, arrancaba un brillo refulgente a las flores amarillas de la orilla, entre el musgo verde, gris aterciopelado. Mónica se descalzó y rozó con la punta del pie los tréboles húmedos, entre el barro de la orilla. Un cosquilleo frío, reluciente, le subió por la pierna. Rápidamente se desnudó y se metió en el agua. Un frío helado, como de miles de agujas pareció taladrar su carne. De momento parecía que se quedaba sin respiración, que le oprimía el pecho un cinturón de frío metálico. El agua corría, saltaba, cegadora, se abrazaba y corría por su cuerpo, por su cintura y sus hombros. Metió la cabeza dentro del agua y surgió de nuevo, el cabello empapado, enmarañado, retorcido en anillas, en culebrillas cobrizas, como espolvoreada de estrellas. A través de los ojos, semicerrados, descubría un mundo de luz roja, verde, dorada, que se enredaba y caía desde sus pestañas, a lo largo de sus mejillas. El agua se deslizaba por el cuello y los hombros, por el pecho. Como a los troncos, el agua la recorría en ríos diminutos, como venas. Y también, el silencio. Como a los troncos, el silencio del bosque recorría su cuerpo, se deslizaba de su cuerpo al barro, al agua, y el viento estremecía su piel. A Mónica le gustaba aquel frío, como le gustaba el miedo y la huida. Saltó de nuevo a las piedras y se tendió al sol, con los ojos cerrados. El sol era un fuego amigo, a aquella hora. La piedra estaba caliente, levemente enrojecida. Parecía cubierta de un polvillo de oro que, a trechos, se le adhería a la piel. Mónica escurrió y retorció el cabello, corto como el de un muchacho. Cuando el sol se bebió la última gota de su piel, volvió a calzarse, y se vistió. La sangre corría ahora dentro, como un vino gozoso, estallante. Sentía el pecho tenso, y casi le dolía la ropa contra la piel. «Tengo mucha hambre», pensó. Y nuevamente recordó a Daniel. «Ah, Isabel, la mala pécora, andará buscándome como una loca. Bien, ojalá suba a la cabaña y me encuentre allí.» Sintió un gozo cruel, pensándolo. «No quería que fuera a la cabaña. Isabel no quería.» Subió de nuevo, barranco arriba. La niebla había desaparecido.

Dentro de la cabaña estaba Daniel, sentado frente a la chimenea. Había encendido un buen fuego, y asaba un pedazo de carne, lentamente, ensartado en un pincho. El jugo de la carne, rojo, caía a gotas sobre la lumbre, con un chisporroteo leve. Daniel tenía la barba crecida, el cabello negro y rizado. Se volvió hacia ella y la miró. Los ojos de Daniel eran claros, brillantes. De un azul gris, como la escarcha que se adhería a los troncos de allá abajo, en La Encrucijada, durante el invierno. Mónica notó un peso extraño en el corazón. (Daniel era el tiempo. El otro tiempo. El que la excluía y la oprimía a la vez.)

—Buenos días, Daniel— dijo, por decir algo. Y comprendió que era un poco estúpida, pero no se le ocurría nada más.

Daniel no contestó y siguió mirándola. La ventana permanecía entornada, y sólo la luz roja de las llamas y el cuadro de sol que entraba por la puerta iluminaban la pieza. Daniel era muy alto, y muy delgado. Tenía las facciones angulosas, los labios anchos de los Corvo, antes de envejecer. (Los Corvo viejos, eran horribles. Horribles, con sus ojos hundidos y sus mejillas grises, sus bocas oscuras y maldicientes. Mónica lo sabía.) Tuvo miedo.

—Perdóname, Daniel —dijo con voz insegura. Se acercó a él,

y le puso la mano en el hombro—. Perdóname, ya sé que quieres estar solo... Isabel me dice que te gusta estar solo, que no debo molestarte. Ya sé que no eres como César... Pero he venido a verte, Daniel, porque...

Se calló. No podía explicarlo. Y se dio cuenta, de pronto, de que ni ella misma sabía a qué se debía aquella irresistible necesidad de verle, de preguntarle, de saber. Daniel la seguía mirando, inmóvil, con sus pupilas largas, un tanto oblicuas, fijas.

—¿Qué? —atajó, poniendo la carne en un plato.

También tenía la voz baja, un tanto enronquecida, como ella. Mónica sintió un raro alivio, por eso.

Daniel Corvo estaba quieto, mirando aquella criatura que entró en la cabaña, inesperadamente, con una ráfaga de sol, con una voz torpe, confusa, diciendo algo que no entendía.

Tenía sueño. La noche fue espesa, y la damajuana del orujo andaba más que mediada. (Se levantó con el amanecer. Una niebla difusa, como un manto de gasa, como un humo traidor, envolvía la cabaña. El primer sol doraba la niebla sutil, delicadamente. Daniel Corvo tenía pesada la cabeza y los ojos como helados, como cristalizados. Entraban en la época de las talas. Cogió la pintura blanca y salió, como un sonámbulo. Entre la niebla, se creyó un absurdo fantasma, una rara alma en pena, marcando de blanco los árboles elegidos, como la muerte va marcando las vidas. Corvo se rió, pensándolo. Luego se durmió, entre los árboles. Cuando despertó, el cielo aparecía profundamente azul y limpio. Sobre el cementerio de los caballos, los cuervos volaban en círculos muy altos.) Daniel Corvo volvió a la cabaña y asó un trozo de carne.

Estaba quieto, sin pensamientos. Entonces crujió la puerta y volvió la cabeza. La vio. Criatura extraña, salida del bosque, desconocida y a un tiempo vagamente familiar. Diciendo cosas que no se comprendían, que ni se oían casi.

—¿Qué? —repitió, maquinalmente.

Ella avanzó despacio, como con miedo:

—Porque me he escapado de La Encrucijada —dijo—. Por favor, ¡déjame estar aquí, Daniel!

«*Me he escapado de La Encrucijada.*» Ah, cuántas veces. También lo decía así, con los ojos brillantes y una sonrisa entre tímida y descarada a un tiempo. Algo se moría dentro, oyendo aquellas palabras. («Porque el tiempo vuelve, de improviso, cuando estamos más desamparados, más desprevenidos y confiados, porque el tiempo es un enemigo tenaz, en oleadas imprevistas, que nos arrolla con su regreso para dejarnos luego, vacíos, sedientos, como una larga estepa por donde cruzaron los potros, entre nubes amarillas de polvo. El terrible polvo que el tiempo va dejando tras sí.») Y aquellas palabras eran las otras, las mismas, las que entonces fueron vulgares, y ahora le arrancaban una voz de dolor largo que se perdía después, como se perdía todo.

La miró de frente. «Es la hija de Beatriz y Gerardo.» Recordó haberla visto el primer día de su llegada, apenas unos minutos.

—Bueno —dijo—. Siéntate.

Acercó un pequeño escabel de madera. Ella se sentó, muy cerca de él.

—¿Quieres comer?

—Sí. He estado en el río, y además, no he tomado más que una taza de café desde ayer al mediodía.

Daniel fue a la mesa, cortó dos pedazos de carne y los puso sobre un plato de loza. Limpió la navaja con el pañuelo y se la ofreció a la chica.

Empezaron a comer los dos, con el plato en las rodillas de él. La chica tenía apetito, comía como un lobezno. Daniel sintió una ternura extraña viéndola. Desde luego, nadie la había enseñado buenas maneras, nadie la había educado. Contempló los dientes blancos, duros, clavándose en la carne con voracidad infantil. Tenía el cabello aún húmedo, brillante y cortado como un muchacho. Le recordaba su cabeza a la de un ángel visto no sabía dónde, con aquellos bucles espesos, casi simétricos, de un oro cobrizo, cayendo verticales sobre la frente. Tenía los ojos azul oscuro, las mejillas suavemente doradas. No habría cumplido los diecisiete años.

—¿Tú eres la hija de Beatriz? —preguntó, cortando pan, sin mirarla.

—Sí —dijo ella—. Soy Mónica.

—¿Y por qué te has escapado de allá abajo?

Mónica dejó de comer.

—Por Isabel —dijo, en voz baja, como temerosa.

Daniel la miró, pensativo. (Ella era en aquel momento como un paisaje muy antiguo, conocido, pero transformado por el tiempo, por el olvido.) Contempló con una tristeza dulce aquellos ojos limpios, y experimentó una pesadumbre sosegada. Como si un sol tibio, hermano, iluminase de improviso zonas oscuras, mohosas por la sombra de los años. Levantó la mano, de palma endurecida, ahora, y rozó levemente los cabellos de la chica. Su contacto era tibio, suave. Daniel se sintió torpe. Una vergüenza oscura, pesada, le subía, como cieno. Se sintió sucio, con el aliento y los ojos empapados de vino. Notó en las mejillas la barba crecida de tres días, la boca ácida, el paladar áspero. Quiso decir algo, pero no supo.

Mónica se había quedado mirando el fuego, con expresión entristecida. Apenas se adivinaba el temblor de sus labios, pero Daniel sintió próxima su emoción, su tristeza precoz, sus pensamientos. Le pareció entonces espantosamente joven. Espantosamente distante, desconocida, como un ser perteneciente a una raza totalmente perdida. Daniel apretó los dientes.

—¿Qué te pasa? —dijo. Y a su pesar, la voz le salía ronca, dura—. ¿Qué hay con Isabel? Creo que ha sido una madre para ti... Ella hace lo que puede.

Mónica se mordió los labios. Daniel sintió un desasosiego creciente.

—No me dirás que te ha echado.

Mónica se levantó, se acercó y apoyó su mano en la de él. Su llanto era leve, silencioso, y sus lágrimas parecían las de una niña:

—Por favor, Daniel —dijo—. Por favor... dime qué te hizo a ti. Quisiera saber qué es lo que pasó contigo, qué es lo que hace que César e Isabel te odien tanto... ¿Y por qué, por qué fueron a buscar a mi madre a Hegroz, por qué tuve yo que nacer entre ellos? ¡Yo no sé por qué tengo que pagar todas vuestras desgracias! ¿Qué tengo yo que ver con vosotros?

—¿Qué estás diciendo? ¿Qué vienes a preguntarme?

—¡Sí, Daniel, sí! ¡Tú tienes que entenderme a la fuerza! ... Papá, Isabel, César, todos, se portan conmigo como si yo fuese un mal que ellos no pudieron evitar. ¡Y sobre todo, Isabel!

—¿Por qué? —y Daniel, con una ironía amarga, repitió lo que tantas veces oyera —: ¿no te alimenta, no te viste, no trabaja para todos vosotros?

A Mónica se le llenaron los ojos de lágrimas. Pero eran unas lágrimas violentas, rabiosas, que invadían el azul de sus pupilas con un brillo rebelde.

—Sí —dijo, ásperamente. Con el revés de la mano secó sus ojos, en un gesto rudo, de muchacho.

No era bonita, en aquel momento, pero le llenó de un deseo súbito, extraño. Un deseo mal definido, agrio, también. No era de su cuerpo, de ella misma. Era algo parecido a su crueldad gratuita de aquel día, cuando despojó de la pesca a aquellos dos muchachitos, en la vertiente de Neva.

—¡Desde niña he sabido que les sobro a todos! —dijo Mónica. Su voz era ronca, y se notaba que tenía ganas de llorar.

Daniel procuró alargar su sonrisa. Deseó crearle pesar, o humillación, o cualquier otro sentimiento desapacible. *(«Los niños, los adolescentes, creciendo como lobos, hacia la montaña. Ingratos, libres.»)*

—El otro día pasé delante de la casa de mi madre —dijo Mónica—. Está cerrada. Me subí a la tapia, y entré...

Mónica se acercó a él, de nuevo. Daniel sentía el roce de su cuerpo, y aquella mano dura, pequeña.

—No hagas esas cosas —dijo Daniel, despacio, como pensando mucho las palabras—. No conducen a nada: ¿Para qué ir hurgando en las cosas? Además, nada es, seguramente, como tú te imaginas. A tu edad, las cosas crecen, se hinchan solas. La verdad, casi siempre, es más sencilla. A veces brutal, pero sencilla. Hazme caso: seca tus lágrimas y vuelve allá abajo.

Mónica hizo un gesto brusco, de impaciencia.

—¡No quiero! —dijo—. ¡Estoy harta de amenazas!

—¿Qué amenazas?

—¡Siempre inventando pecados, historias ridículas! ¡Siempre con sus cosas! Tú no conoces a Isabel: se cree que todo acaba donde ella piensa... Por ejemplo: hoy estoy aquí, porque ella lo ha prohibido. Sí, así como lo oyes: me ha prohibido subir a verte. ¿Imaginas por qué estoy aquí? Por eso. No puedo tolerarlo. Antes, era diferente, antes andaba con miedo por ahí, siempre pensando en que ella no supiera... ¡Pero se acabó!

Daniel se había quedado muy quieto mirando el suelo.

—Además, no puede andarse conmigo como si fuera un muñeco, o un perrito: todo se me calla, se me oculta. Como si fuera una niña pequeña. Y de repente, una mañana se me prohíben cosas, ¡como si yo supiera el porqué de todo! ¡Te digo que estoy cansada, muy cansada!... ¿Sabes lo que dice? Dice: *«No vayas al bosque, desgraciada, no sea que pase como la otra vez»*. ¡La otra vez! ¿Qué sé yo de la otra vez? ¡Nadie me lo ha contado, y ahora pretende que yo lo sepa, todo, así, de golpe! Lo mismo que tú: tú eres un cochino rojo, hasta que de repente se deciden a perdonártelo todo. ¿Y qué sé yo de vuestra guerra, y de vuestras cosas? ¿Por qué has de ser tú un criminal, y ellos los razonables? ¡No sé si estará bien contarte todas estas cosas!

Daniel se encogió levemente de hombros:

—Sigue —dijo.

—Pues ya te digo: todo se vuelve a decir que eres un cuervo, un lobo maldito. Pero cuando César viene a casa, y se pone a despotricar, diciendo que no tienes derecho a usar el rifle, y que nos vas a traer disgustos a casa, ella entonces te defiende y le habla de la santa caridad. ¡Pues no casan sus caridades de repente, con todo lo que viene después! ¡No casan! Fíjate, que ella te defiende: «*Pobre Daniel, pobre hermano, si hizo algún mal, bien lo ha pagado*». Le gusta mucho decir cosas así. ¿Pero se cree acaso que yo no pienso por mí misma? ¿Se cree acaso que porque haya hecho de mí una ignorante, yo no pienso? Sí pienso. Mucho. Pienso todos los días, y además, recuerdo. Tengo muy buena memoria.

—¿De verdad? —Daniel sonrió.

—Sí. Eso es lo malo. Recuerdo todas sus contradicciones, y he perdido la confianza. No tengo ni pizca de confianza en ella, ni en lo que me dice. Lo siento, pero es verdad: y lo peor, ella está muy preocupada con eso de los pecados. Pues bueno, me da algo de violencia decirlo, pero también dudo de esas cosas... ¡Como es la única maestra que he tenido, y la he pillado en tantas mentiras! ¡No tengo la culpa!

De repente se sentó a su lado, y apoyó los codos en las rodillas. Acercó su rostro hacia él, y Daniel vio su carita fría, desapasionada:

—Me da lo mismo pecar o no pecar. Te lo juro que me da lo mismo. ¿No te escandalizas?

Le invadió, viéndola, una agria ternura.

—No —dijo—. Lo siento.

—No lo sientas. Es mejor. Tampoco yo me escandalizo. ¡Pero me gustaría verla horrorizada, por saber que he venido a verte a ti!

—¿Y por qué tanto miedo de mí?

Mónica se encogió de hombros. Pero se cubrió de rubor. Era extraña aquella turbación.

—Eso me pregunto yo —dijo—. Por tu culpa me encerró ayer

en la habitación, y me prohíbe subir al bosque. Porque cree que vengo a verte a ti... ¿Te das cuenta, Daniel, de por qué necesito saberlo todo? ¡Para que me dejéis en paz, entre todos! ¿O es que creéis todos, papá, Isabel, César... y tú mismo, que soy una piedra, o un animalito? Ah, no, Daniel. no. Nadie quiere darse cuenta de que ya no soy una niña. Yo también tengo mi vida. Distinta a la suya...

Daniel se levantó y fue hacia la puerta. Se volviô a mirarla. Tenía la cabeza inclinada, y contempló su nuca suave. La luz que entraba por la puerta entreabierta iluminaba su cabello dorado. Daniel fue a la ventana, y la abrió de golpe.

La pieza se llenó de luz, una luz espesa, tamizada por los árboles que rodeaban la cabaña. Entraron el rumor del río, acrecido por el eco del barranco, los mil crujidos del bosque, húmedo, empapado aún de lluvia nocturna. El bosque del otoño, el bosque negro, rojo, salpicando de estrellas los árboles, las hojas. Cada gota detenida, chispeaba como una mota de fuego. Daniel aspiró el aire.

—Mónica —llamó. Pero tan quedamente, que ella no le oyó.

Daniel fue hacia la mesa, y llenó un vaso. Sin querer, le vino a la memoria el día que llenó una taza hasta el borde para el chico del barracón. («Adolescentes horribles, niños absurdos de todas partes. Mónica. No se parece a ella, a la otra. No es como la otra. Es imperfecta, aún sin hacer. Me está haciendo daño, y no lo sabe, pero si lo supiera, tampoco le importaría.»)

Se acercó a ella, y le alzó la cara:

—Estás llena de fantasmas. Puede que tengas razón, porque respiras un aire viciado. Anda, no pienses y bebe esto.

—¡No pienses! ¡No pienses! Todos os ponéis de acuerdo para decir las mismas idioteces.

Cogió el vaso, mirándole de frente, con ira. «Tal vez me odia también. Para no desmentir la raza», pensó él. Mónica dio un sorbo. Quizá nunca hasta aquel momento bebió orujo, pero no hizo un solo gesto. Tragó en silencio, y dejó el vaso, casi lleno, sobre la mesa.

—Estoy cansada de todos vosotros —dijo, con una lentitud que deseaba sonase malvada.

—Bien —sonrió él—. Ya lo has dicho antes.

—¿Qué pasó con Verónica?

La pregunta sonó dura, brillante, casi visible ante sus ojos. A su pesar, Daniel sintió un escalofrío leve a lo largo de la espalda. Le hubiera tapado la boca, antes de oírle pronunciar aquel nombre.

—¿Qué te importa? —dijo bruscamente—. ¿Quién eres tú, para ir hurgando en la vida de los demás?

—Porque debo saber todo lo que se me anda escondiendo y, sin embargo, se supone que debo conocer, por obra de gracia ¿A quién, si no a ti, debo preguntarlo? Supongo que Isabel no me va a decir la verdad. Sólo la sabes tú. De eso estoy bien segura. ¿Voy a hacerle caso a ella, que te odia y te quiere tanto? Sólo vive pensando en ti, eso está claro. En hacerte daño, o en hacerte bien: pero pensando en ti, nada más. ¡Es verdad, que respiro un aire podrido! Pero yo no le he escogido. Me iré, te lo juro. Igual que se fue Verónica...

—Calla.

—¡No callo! ¿Qué pasó con mi hermana Verónica? ¿Por qué tienes tú la culpa de que esté muerta, con un hijo en el vientre? ¿Por qué no puedo subir yo al bosque, a cambio de todo eso?

Daniel apretó el pomo de la silla, dentro de la mano.

—¿Qué te ha dicho de Verónica? —y le extrañó decir «Verónica», en voz alta, le extrañaba y le dolía, de un modo hondo, dentro del pecho.

—Eso. Lo que acabo de decir. Que te la llevaste, y que se murió por tu culpa, con un hijo tuyo.

Daniel seguía apretando el pomo de la silla. *(«Los hijos muertos pesan sobre nosotros. Ah, si usted le hubiera oído. No por lo que decía, sino por el modo de decirlo. Estaba lleno de fe.»)* Daniel cerró los ojos, contra su voluntad. *(«Pero yo perdí el mío. Ni siquiera sé por qué podía haber muerto...» «Sí, usted lleva, como si dijéramos, un feto muerto en el estómago.»)* La madera parecía arder, dentro de su puño, apretado. Tenía blancos los nudillos.

—Sí —dijo al fin, Y habló despacio, con un raro placer en decir todo aquello—. Es verdad. No te han mentido, Mónica. Y tienes razón, no eres ninguna niña. Puesto que nadie te lo ha explicado con detalle, lo haré yo: me la llevé de aquí. La robé, para decirlo como lo piensan todos. Como un ladrón.

—¿Robarla? ¡No hables como Isabel, por favor! ¿Acaso no se fue de buena gana?

—Tiene gracia: de buena gana. Sí, es verdad.

—Entonces no la robaste. Sigue.

—No me pertenecía, era de otro: quiero decir que estaba

destinada a otro. Yo era pobre, y eso es malo. Mi padre os arruinó a todos, según dicen. Todos los males de los Corvos, son ése, en definitiva: falta de dinero. A Verónica la podían haber vendido a buen precio. Había uno que se la hubiera llevado: Lucas Enríquez.

De pronto, Mónica había tomado un aire abstraído y atento a un tiempo. Algo dulce, extraño, vibró en su voz, al decir:

—¿Te quería a ti Verónica?

Daniel contempló sobriamente sus labios prominentes, como una fruta áspera.

—¿Por qué preguntas eso?

—¡Porque yo también sé lo que es eso! A ti se te puede decir; estoy segura de que no vas a ir a nadie con el cuento...

—¿Qué cuento?

—¿A quién te figuras que busco por el bosque? ¿Quién te crees que me espera todos los días, cuando Isabel se cree que te busco a ti?

Daniel sintió un golpe, dentro. Fue un deseo fugaz, pero violento. Luego, algo dulce, vago, se despertó.

—¿A quién? —dijo, sonriendo.

Mónica pensó que su sonrisa era hermosa. Era la primera vez que se daba cuenta de su sonrisa.

—Te lo digo, porque tú también dices la verdad. Contéstame, Daniel: ¿qué fue de Verónica?

—Isabel me echó de La Encrucijada, pero yo también pensaba irme. Un día nos vio en el bosque, y empezó a hablar de pecados. Ya sabes. Luego, Verónica se fue conmigo. Tú lo comprendes.

—Lo comprendo muy bien.

—No pasó nada más. Vino la guerra. Ellos y nosotros estábamos en bandos diferentes.Siempre estuvimos, y estamos, en bandos diferentes: no podía ser de otro modo. Ella murió durante un bombardeo. Nada más. No pasó nada más. Eso es todo el misterio. Supongo que ella no quiere que te ocurra lo mismo.

Mónica bajó la cabeza, pensativa.

—Yo también, a la fuerza, tendré que marcharme, como vosotros.

Daniel se mordió los labios. La miró de nuevo, con algo de rabia, de extraña irritación:

—Haz lo que te indique el buen sentido.

—¿Y qué es el buen sentido, para ti? —Los labios de Mónica se plegaron en una mueca de desprecio.

Daniel guardó silencio. «¿Y a quién vas a preguntárselo, a quién vas a pedir consejo?» Daniel tuvo que morderse la lengua.

—Tú lo sabrás, Mónica. Nadie más que tú lo sabe.

Mónica bebió otro sorbo del vaso, y se limpió los labios con el dorso de la mano.

—¿Quién es él? —preguntó Daniel. Y en seguida se arrepintió de su pregunta. Porque lo sabía, y le dolía.

—Uno del barracón —dijo ella, precipitadamente—. Uno joven, rubio, que se llama Fernández... Ese que le dicen «el chico».

—Lo suponía.

Y pensaba: «Lo sabía. No me había dicho nada, y lo sabía. Estaba seguro. No podía ser de otro modo, cuando le vi a él, bebiendo ahí justamente donde ella está ahora, los dos con su dureza y su ignorancia. Lo sabía».

—Las mujeres de las chabolas también están en el secreto —continuó ella, con su voz ronca, baja—. Nos ayudan mucho. Son buena gente. Sobre todo una, que se llama Lucía...

Seguía hablando. Pero sus palabras eran huecas, como cortezas del árbol quemado de su otro tiempo. ¿Cómo iba a importarle lo que ella contaba? Él lo sabía mejor. «La historia es siempre la misma.» Daniel la miraba despacio: sus ojos, sus cabellos, su aire desmañado, salvaje, su cuerpo lleno de fuerza, dorado y hermoso, como perteneciente al bosque mismo. Sintió el deseo súbito de empujarla a aquel amor, con todas sus fuerzas. Como para purificarse, para salvar algo de sí mismo. La miraba, escuchaba su voz, no sus palabras, con el corazón encogido. Era una imagen borrosa y conocida, casi aburrida.

—Pero Isabel cree que vengo a verte a ti...

Mónica calló, bruscamente, y su última frase tomó cuerpo, entre los dos. Daniel imaginó, con una crispación leve, el calor de aquel cuerpo joven, de aquellos labios. Había pasado tiempo. Mucho tiempo. («Pobre Isabel, obsesa, todavía, sin noción ni sentido del tiempo, de la juventud muerta.») Se despertó en él una piedad, remota.

De nuevo, él avanzó el vaso y bebió. El alcohol entraba en la garganta frío y ardiente a un tiempo.

—Vuelve abajo, Mónica —dijo, lo más suavemente que pudo—. Vuelve allá abajo...

Mónica miraba al suelo, con gesto indeciso.

—¿Por qué has vuelto tú, Daniel? ¿Es verdad que estás enfermo, y quieres morir aquí?

¿Lo dijo, realmente? ¿Era cierta su voz, o sólo su pensamiento? ¿Qué podía importarle a ella, con su juventud, lo de él? Prefería no enterarse, o creer que no había dicho nada.

—Vuelve abajo, Mónica. No puedes quedarte aquí, conmigo. No es conmigo con quien vas a huir, sino con el otro... si llega el caso.

Pero ella no se marchaba, seguía como invadida por una duda grande, mirándole de un modo extraño, que él no podía entender. Entonces, haciéndose gran violencia, le dijo:

—Mónica, me gusta que hayas venido. De verdad. Me gusta verte... y también todo eso que me has contado.

—¡No puedo volver con Isabel! —rompió al fin la voz de ella. Y había algo de tozudez infantil en su voz—. ¡Me encerrará!

—No lo hará —dijo él—. Vuelve allá abajo. Y, en todo caso..., tú sabes escapar, también.

Mónica fue hacia la puerta, lentamente. Antes de salir se volvió una vez hacia él, como si fuera a decirle algo. A propósito, él miraba fijamente el borde de su vaso, casi de espaldas a ella.

Al cabo de un rato se volvió y fue hacia la puerta. Miró hacia el senderillo del barranco. Mónica no estaba ya, había desaparecido, árboles abajo. Le invadió una vaga decepción.

El gran silencio del bosque le envolvía de nuevo. Daniel apretó los dientes, y deseó estrellar el vaso contra uno de los troncos. *(«Nos han nacido los hijos muertos.»)* Una desesperación lenta, como una ola abrasada, traidora, subía y ahogaba. («El chico del barracón. Mónica. El otro tiempo. ¿Qué clase de animal eres, Daniel Corvo? ¿Qué horrible existencia la tuya? Ya eres un hombre muerto, Daniel Corvo. Todas las tardes te entierran en el bosque, Daniel Corvo. Todas las tardes.») Y Mónica, aún era una vida en blanco, con su deseo, con su amor, con su curiosidad perversa, su inocencia, su confusión. Aun con su fe. «Gerardo, cada día nos parecemos más. Los Corvo mueren borrachos y descreídos. Los Corvo mueren con el corazón roído por la indiferencia, buscando los árboles, como buscan los toros heridos la barrera.» Daniel llenó el vaso, hasta el borde. Tenía gracia. «Corazones. Latiendo siempre, bajo la corteza de la tierra, tamborileando en lo profundo de la tierra. Los corazones de los muertos, tiranizando la tierra. Poca cosa el hombre, con la carga de su corazón. Hermosas balas que los agujerean, que los parten. Hermosas balas, para clavar corazones.»

Cuando cerró la puerta de la cabaña, aquella gota absurda, rítmica, que resonaba y caía invisible tras la lluvia, golpeaba de nuevo en alguna parte. Golpeaba contra algo, obsesiva.

Daniel descolgó el rifle y salió afuera, para no oírla.

Capítulo octavo

Al bajar el viento al Valle de las Piedras se arremolinaba, giraba, formaba un embudo largo y amarillo, en el que se deslizaban los papeles sucios, las tristes y quemadas cáscaras de las chabolas apiñadas entre las ruinas. Las chabolas se apoyaban en paredes medio derruidas, entre latas oxidadas, juncos, fragmentos de uralita y viejas mantas agujereadas, resecas por el sol. Sus techumbres, de ramaje, planchas de hojalata mohosa y maderas medio podridas, se defendían del viento con piedras y ladrillos. Aún así, al soplar el viento desde Oz o de Neva, aquel mundo frágil se conmovía y temblaba, como cosa de niños.

La tarde del trece de septiembre, mientras las mujeres preparaban la cena sobre sus cocinillas de piedras y ladrillos de desecho, llegó el viento, filtrado desde Neva. Como un grito redondo, largo, levantó las cenizas y apagó las llamas primeras, arrastró las cacerolas ahumadas con un ruido opaco, sobre la tierra, y lanzó por los aires un techuelo, con alboroto de latas oxidadas al caer sobre las piedras del río. La ceniza de las cocinillas dio contra los ojos y las bocas de los niños, de las mujeres, de los perros. Llovieron sobre sus cabezas las hojas desprendidas del bosque cercano, como suspendido sobre sus cabezas. Se llevó una prenda zurcida, desteñida por mil lavadas, de las tendidas sobre los espinos, y la arrastró hacia el río, entre las lamentaciones de su dueña, fatigada y sucia. El viento avanzaba sombrío y solemne, temido, hermoso, con su polvo espeso y acre, con sus hojas arrancadas, con sus mil gritos lejanos como voces de muertos que quisieran vengar la tierra perdida. El viento, entre las chabolas, era distinto que en otras partes: un viento amargo, enemigo, que jugaba, como un niño fabuloso con la miseria y la resignación.

Pero el viento hacía reír a los niños de las chabolas. Los niños de las chabolas eran unos niños con la piel quemada y la ropa terrosa, que se confundían con las piedras, bajo la quietud del sol. Como acechantes y sabias lagartijas, como alimañas tiernas, adiestradas a la espera larga, a la vigilia. Los niños de las chabolas se reían con el viento. Con el viento, salían de sus cuevitas imaginarias, de sus buques falsos, de sus torres de polvo y sol: del agua, del barro, de las piedras. Gritaban y fingían un miedo que no sentían completamente, y se tapaban la boca con las manitas secas, renegridas, precoces, para que no les vieran reír las mujeres. A los niños de las chabolas les daba risa el viento, que deshacía sus mal ajustadas viviendas, sus cenas guisadas entre piedras, sus camas de paja húmeda, endurecida, bajo la arpillera. Les daba risa el viento porque lo cambiaba todo, y parecía que, a lo mejor, hasta el mundo entero iba a volverse del revés, como una enorme bolsa, y acaso les llevara a un lugar distinto, donde los niños tuvieran las rodillas blancas y los ojos limpios de sueños malos, de persecuciones, de mendigos con sacos al hombro, en los que maúllan los gatitos ahogados en el río por la madre de boca afilada, de palabras como pellas de barro. Los niños de las chabolas se reían con el viento, y salieron corriendo, sobre las piedras, hacia el río, descalzos, delgados, siempre demasiado delgados dentro de la ropa, con las palmas encallecidas y la sonrisa prieta, un poco fija, como secada por el sol. Uno llevaba un palo largo, enarbolado como una bandera. Se reían con una risa a golpes, confundidos con los matojos. Eran esos niños que juegan con piedras, con agua, con ranas decapitadas, con nidos descolgados, con la paciencia larga y triste de los perros.

Con el viento, Diego Herrera fue a las chabolas. Llegaba la noche y avanzaba despacio, con los ojos entrecerrados para que no le cegara el polvo, y las manos hundidas en los bolsillos del capote, el paso decidido y recto. Al verle, los niños se callaron.

Lucía estaba arrodillada junto al fuego, en su cocinilla de tres piedras. Tenía la cara cubierta de ceniza, de partículas negras, diminutas, como diablillos malignos. Levantó los ojos y le vio, cruzando el río, por el puentecillo de troncos de chopo. Era el jefe. Lucía se incorporó despacio, bajo el peso de su gran vientre. Con el revés de la mano se apartó los mechones de cabello que se le metían en los ojos, la ceniza, la arenilla que subía del río. Un sudor fino, frío, le cubría el rostro. Lucía sentía un agradecimiento manso, humilde, hacia Diego Herrera: como casi todas las mujeres de las chabolas. El jefe las permitía acampar cerca del barracón, les procuraba trabajo siempre que le era posible, y, sobre todo, confiaba en sus hombres, los de ellas, los que nadie escuchaba y de los que nadie confiaba. Lucía agradecía la fe que Diego ponía en su marido; cuando le enviaba solo, a Hegroz, con una cesta, en busca de huevos;

cuando lo mandaba a la obra, con un recado para el capataz; cuando las dejaba, a todas las pobres mujeres como ella, acercarse a sus hombres, los domingos, después de la comida, ir hacia ellos, detrás de ellos. Con Lucía, Diego era especialmente generoso. Le daba a lavar su ropa y le encomendaba mil trabajos. También a su marido lo retiró de la obra, y lo mantenía en el barracón, en la cocina. El marido de Lucía tenía veinticinco años y cumplía el tercer mes de una condena de dos años. Estaban esperando el primer hijo. Diego Herrera les hizo casar, hacía justamente tres semanas. La boda fue simple, a las cinco de la mañana, en la iglesia de Hegroz, bajo los ángeles y los corazones, los racimos y las palomas de oro, entre las sombras y el frío, el Niño Jesús de jubón de terciopelo y la reliquia de la Santa Cruz, en su pequeña urna de cristal. Lucía veía llegar a Diego Herrera y pensaba: «Es un hombre bueno».

Diego Herrera cruzó el río y pasó junto a las ruinas. Pasó silencioso, como si no les viera. Con los ojos puestos en los bosques de Neva, mirando al viento. «Es un hombre bueno.» Pasaba como si no viera la miseria, como si no oliera los guisos del hambre, en las cacerolas de barro ahumado. Como si no viese el vientre hinchado de Lucía, las pupilas redondas de los niños, las bocas prietas, mudas, de María, Eugenia, Manuela, Margarita. Como si no advirtiese su esperanza mansa, tímida. Diego Herrera pasó junto a las chabolas y apenas devolvió los saludos tímidos. Diego Herrera hablaba muy poco. Apenas alguna de ellas le oyó la voz. No se le conocía por las palabras: se le conocía por los hechos. Ellas, a su modo, lo agradecían. Porque decía: «Tú no puedes trabajar en la presa». Y el hombre no volvía, y se curaba, y trabajaba en la cocina, o en la oficina, y recibía su salario íntegro. Y el Economato de los presos funcionaba seriamente. Y las bajas y las altas eran justas. «Es un hombre justo.» Diego Herrera no hablaba porque las palabras eran insuficientes. Palabras era lo único que, hasta entonces, recibieron las mujeres. Y desconfiaban de las palabras. Lucía, sosegada, miró a aquel hombre justo, que se alejaba hacia Neva. Sonrió levemente y se volvió a María. María, gorda y deshecha, tenía tres hijos. Su marido era ladrón. Ladrón, desde niño. Y ladrones serían sus tres hijos. Cuando iban a Hegroz, las mujeres les gritaban y alguien les tiraba una piedra. De cuando en cuando, en las chabolas, se probó el gallo, o una gallina, gracias a los hijos de María. Lucía dijo:

—Mañana vendrán con paquetes...
—¿Mañana? ¿Qué es?
—Me parece que una fiesta. La del pueblo. Ha mirado, al pasar.
María sonrió, a su vez, pálidamente.
—Pues, a lo mejor... No es malo ése.
—¡Qué va a ser!
—¡Todos fueran así! —suspiró, con las manos en jarras, Eugenia.
El viento se revolvía, duro, arrastrando una leve nubecilla por el cielo amarillo de la tarde.
Amaneció el día de la Santa Cruz. Hegroz celebraba su fiesta patronal. Los presos del barracón, los oficiales, y el mismo Diego Herrera, subieron a Hegroz en tres de los camiones de la obra. Iban a Misa, peinados, uniformados, previamente restregados en el río. Detrás, les seguían las mujeres de las chabolas, con zapatos, medias y mantillas negras. Los niños avanzaban, jugueteando, corriendo, a lo largo de la cuneta, seguidos de los perros. En un recodo de la carretera apareció Hegroz, bajo el sol rojizo de septiembre. La torre de la iglesia, dorada, con el tejadillo cubierto de líquenes verdes, como esmalte, brillaba contra el cielo limpio de la mañana.
Miguel Fernández estaba de pie, en la primera fila. Los días de fiesta les subían al coro. Miguel miraba hacia abajo, a la nave oscura, que olía a moho y a frío encerrado. Sobre las tumbas negruzcas, desgastadas, se arrodillaban los hombres y las mujeres de Hegroz. Los hombres, a la derecha del altar. Las mujeres, a la izquierda. Miguel miraba fijamente, con los brazos cruzados sobre el pecho.
La Misa del día de la Santa Cruz era una Misa solemne, en Hegroz. Para oficiarla, llegaban los curas de los pueblos vecinos. El retablo de la iglesia de Hegroz era enorme, de un oro vívido, insolente, entre la oscuridad. El incienso subía despacio, recargado, hacia el coro. Miguel apretaba los brazos contra el pecho. El incienso tenía un perfume denso, a hojas muertas, a otoño. Las maderas del coro crujían de puro viejas. La cara del Niño Jesús era muy pálida y tenía los ojos azules, fijos: una mirada redonda y quieta, más allá de las sombras. El Cristo de la Victoria estaba en el centro de la nave, sobre su pedestal. Le habían cubierto de rosas de papel y atado las manos a la cruz con cintas de seda roja, azul, amarillo y blanco. El Cristo se

representaba desnudo, azotado y blanco, con las rodillas sangrantes y una corona de zarza, entre los cuatro farolillos rojos. Las mujeres viejas, vestidas de negro, cubiertas las cabezas con mantos ribeteados de terciopelo, se apiñaban a los pies del Cristo de la Victoria. El Cristo apoyaba el pie en una calavera, que se reía estúpidamente, debajo de las flores de papel. En el altar, los tres curas sudaban dentro de sus acartonadas casullas, blancas, doradas, cubiertas de flores azules y rosas, con bordados en oro. «Las casullas, el copón.» «Estoy hundido. Nunca saldré de aquí. Estoy hundido, como si pisara el fango pegajoso de un pantano. Me hundo poco a poco, sin sentirlo. Me apagaré despacio, sonreiré, diré: *es muy bueno, don Diego,* como dice Santa. Me hundiré.» Miguel Fernández miró alrededor. Los hombres del barracón estaban de pie, quietos, con los brazos cruzados sobre el pecho, o la espalda. Las cabezas descubiertas, rapadas, tenían un raro tinte gris. Las mandíbulas quietas, los ojos, como vaciados. Subían las voces del canto llano, hacia arriba. Como el incienso. Como el otoño entero. Miguel se clavó las uñas en el brazo. «Santa, estúpido Santa, canalla.» Le invadía una rabia lenta, ascendente. Como el incienso. Últimamente, intimaron, en la corta de la leña y en la oficina. «Han venido los cómicos», le dijo Santa, la víspera, oteando el horizonte. Sí; por el camino de los chopos, las ruedas de los carros se reflejaban en el río. «Cuando yo trabajaba con la compañia de...» ¡Ah, Santa! Hablaba como de otro hombre. Ahora estaba tranquilo. «Nunca fui más feliz que ahora», decía. «Don Diego y yo pasamos buenos ratos, charlando. No sé qué va a ser de mí, cuando salga de aquí. Verdaderamente, no sé qué haré.» Miguel se estremeció. Le daba horror, pensarlo. Horror y asco. El incienso se espesaba, y, por un momento, Miguel temió al *humo.* Pero apretó los dientes. Allá abajo, estaba ella. El corazón le dio un salto. La rabia, lenta, se le encrespó, en el pecho. «Esto es lo peor.» Clavó la mirada donde ella. En el tramo transversal, a la derecha el altar, estaba el banco de los Corvo, de madera tallada, con respaldares de terciopelo rojo. Isabel, de negro, con su mantilla de blonda rozando las mejillas y sus pendientes de plata labrada. Gerardo, con el cuello de terciopelo y la cabeza doblada, el labio saliente. Gerardo, con los hombros demasiado altos, la mirada oscura, quieto, como de piedra. Gerardo, con sus manos blancas, hermosas, como las de una mujer, sobre las rodillas. Los pies bien formados, calzados con antiguos zapatos de charol. Y ella: quieta, mal vestida. El pelo rubio, mojado. Quería estar endomingada y no sabía. Se mojaba el pelo, llevándoselo hacia atrás, como si supiera peinarse. El cuerpo le estallaba de sangre, de vida, dentro del corpiño estrecho. Las piernas. Miguel reseguía el contorno dorado, firme, dulce y caliente, adivinado, del cuerpo joven. «Mónica.» El nombre crujía, agonizaba, en su garganta. Pero no quería. No podía. «Mi vida es otra cosa.» Los labios de Mónica, torpes y huidizos, allí. Sus labios que no sabían besar, que se apretaban inciertos, firmes, que se buscaban con sed y con prisa, sus labios con un miedo ácido, áspero. «Mi vida es otra cosa. ¡Qué estupidez! Mi vida es otra cosa.» Miguel se apretó el codo con la mano derecha. Sentía al corazón como una piedra que cae al fondo de un pozo. «Me hundiré. Pero no. No puede ser. Yo tengo estrella. Tomás siempre lo decía. Y Lena lo decía. Yo tengo estrella.» Abajo, en aquel banco tapizado de terciopelo rojo, con el misal negro entre las manos, con el cabello húmedo y alisado pero rebelde, dorado, brillante, con la mirada fija en las letras del misal, pero con las niñas redondas, vivas inquietas como pájaros aprisionados, estaba Mónica. Le gustaba. Se sentía atraído por ella a la fuerza, contra su voluntad. No quería. «No es que no quiera. Es que no puedo. Tengo que salir de aquí, sea como sea. Tengo que marcharme.» No podía dejarse aprisionar. Nunca le había dominado nada, nadie. Ni Lena, siquiera. Lo de Lena fue otra cosa, muy distinta. Lena fue un medio, una forma de avanzar. Estaba bien, como estaba todo. Él no era como los otros, como Fernando, ni José María. Ellos tenían la vida ya hecha, podían permitirse ciertos lujos. Él, no. A él no le daban a elegir en la vida. Ellos tenían padres, familia, pasado y futuro claramente marcado. Él, no. Él era de la calle. Estaba en la calle. «Y está bien así. No me quejo. No, señor, no me quejo. Todo está bien como está.» Por eso, no podía cambiar. Ni le interesaba. Sintió un ahogo leve, pero horrible. La sensación que debe sentirse al ahorcarse. No podía pensar en los días, en los años, que le quedaban aún, allí. No podía quejarse: le trataban bien. Demasiado bien. Don Diego puso en él gran confianza. Le enviaba solo, a Hegroz, con las altas. Le acompañaba a lo de la compra, en el Ayuntamiento. Le decía: «Vete a tal sitio, y haz esto o lo otro». A veces, sentía vergüenza o rabia, por esto. Le daba un frío raro en la espalda. Y luego se desesperaba: «Caer en esto. Es horrible poder alegrarse con estas cosas». Pues sí: se alegraba. Y en la leña, cuando se acercaba al claro del bosque, cerca de Oz. Por entre los árboles divisaba, al borde del barranco, el tejado cobrizo de La Encrucijada, tras la reja de chopos. El marido de la Tanaya quemaba montones de hojas secas. Su silbido era breve, como un latigazo: Mónica sabía entender. Desde el río, subía. Hacía frío ya. Sus labios, sin embargo, ardían. Un día de lluvia trajo las mejillas mojadas. Miguel sintió un estremecimiento largo, profundo, por debajo de la piel, dentro del corazón. No: no era como las otras. «Y, total, ¿qué? ¡Si estoy haciendo el primo! ¡Si, encima, me comprometo por una estupidez! Por la vaguedad de unas palabras, de unas manos cálidas, amigas.» Amigas. La palabra brillaba de pronto, frente a Miguel, como una estrella que ascendiera, lenta, desde el fondo de la nave hasta el coro frente a los ojos. «Amiga. Bueno..., ¿y qué?» Él no tenía amigos. Amigos así, de esa clase. «Para nada.» Para nada concreto que se pudiera explicar con palabras, con razones. «Para nada.» No: no podía ser. No podían seguir aquellas entrevistas. «¿Amor?» No; no lo era. Pero le daba miedo. Tenía miedo. Si hubiera podido dejarla, sin sentir pena, ni angustia honda, ni un frío muy grande. No podía ser. «Quedan cinco años. O sea, sesenta meses. O sea, días, y días, y días. ¿Y siempre así?» Su mirada se clavó en la cabeza rubia, nimbada por la luz con un fuego rojizo, ajena a lo que dentro de su corazón nacía y moría, en cada minuto. No podía ni quería ligarse. «Y con esta clase de chicas se ata uno, por más que no se quiera.» Miguel cerró un instante los ojos, como si le llegara una luz demasiado viva. «Nunca saldré de aquí. Y, aunque salga..., tendré ya... años. Horrible. No puede ser. No puedo esperar. ¿No se dan cuenta de que no puedo esperar? ¡Es horrible lo que hacen conmigo! Mil veces, antes que esto, debieron matarme. No pueden estropearme la juventud. ¿No se dan cuenta de que yo no puedo esperar, no puedo, no puedo?» La angustia le crecía como un viento que se levantase, que se enfilara, en embudo, hacia el cielo. Y Santa estaba allí, a su lado, mirando con una sonrisa estúpida hacia el altar. Le irritaba aquella mansedumbre, aquella estupidez. «Está loco, ya.» Aquel hombre vivió fuera de allí, sintió celos, odio. Mató. Pero era como si hubiese muerto, como si fuera otro hombre: un hombre en blanco, sin sangre, sin deseos. Era horrible. Horrible. Y Santa decía: «Es un buen hombre don Diego. ¡Qué distinto de otros!

Hace mucho por nosotros». No: no podía ser. No sería. Y, además, allí estaba ella: obsesionándole, por momentos, atándole, por momentos. Y en cuanto la dejaba, y se decía: «No la volveré a ver», le parecía estar en el fondo de un pozo, en un suelo absorbente, de limo pegajoso, que le tragaba. «Y hay que ver cómo se ocupa de las familias de uno», decía Santa, de don Diego.

¡Las familias! Él no tenía familia. Ni le importaba. Ni la quería. No le sirvió de nada la familia. Cuando era niño, y tenía nueve años, le estorbó a su madre, para sus manejos, y se lo quitó de encima. Ya ni le dolía recordarlo. «No. ¿Por qué? Ya se sabe: la vida no es igual para todos.»

La guardería infantil «Rosa Luxemburgo» era una casita de color avellana, con el tejado pizarroso, rodeada de un jardín con abetos, un pequeño estanque y una pista de tenis, abandonada, con la red rota y colgante, invadida por la hierba, como por una turba vengativa.

Llegó a ella el quince de octubre de 1938. El pueblo se llamaba Viladrau. Llevaba una bolsita de cretona, donde su madre y la Aurelia le pusieron dos toallas, un peine, un frasquito de colonia, una pastilla de jabón y un cepillo de dientes. Las camisetas marcadas de encarnado, los tres pares de calcetines, el jersey y los zapatos, estaban en el viejo «cabàs» que hacía las veces de maletín. A él se le puso una cosa áspera, dura, en la garganta. A la estación fueron a despedirles muchas madres. Algunas, lloraban y todo. La suya, no. La suya, no. Él se acordaba bien de eso. La suya iba cogida del brazo de la Aurelia. No sabía por qué, le parecía que estaba enferma. Hubiera jurado que le dolía algo. Pero no decía nada. La Aurelia charlaba por todos. Los maestros y las celadoras, con una chapa redonda en la solapa, los acomodaron. Eran muy amables, y una celadora era bastante guapa. Él se alzó de puntillas, porque la Aurelia le cogió por el cuello para darle dos besos en la cara. Los labios de la Aurelia estaban fríos y mojados de una saliva repugnante. De pronto, sintió que la odiaba. Que la odiaba con toda su alma. «Cuando sea mayor, le haré algo malo», se dijo. Ya pensaría el qué. Tenía tiempo. Pero se lo juró que se lo haría. Le daba vergüenza mirar a su madre. Le parecía que su madre hacía algo malo y que él la iba a regañar. Al contrario de toda la vida, hasta entonces. La madre no decía nada; ni parecía que le iba a besar. Alzó los ojos para mirarla, delante de él, quieta. Muy quieta. Y le dio miedo. Las demás madres no eran culpables. No era por la separación; era por otra cosa que no sabía explicar. Todas las madres se separaban de sus hijos. Pero no era por eso. No era por eso. No sabía explicárselo, pero lo llevaba clavado dentro. «Adiós, madre», dijo. Más que nada por ver si no era un sueño, aquello, por ver si ella se movía. En la estación había mucho ruido y hacía frío. Un humo azul, como niebla, húmedo, salía debajo de los vagones. Olía a carbón. El suelo de la estación estaba mojado, porque en la calle llovía. La madre seguía quieta, y le miraba. Pero sus ojos no eran los de siempre. Eran unos ojos largos —¿por qué tan largos?—, daban miedo. Se le rompió dentro del corazón un juguete extraño, que tal vez no tuvo nunca, un juguete deseado largamente, pero con un deseo tan frío, como se desea cuando se sabe que nunca se poseerá lo deseado; un juguete que era como aquellos trenes eléctricos, negros y brillantes, con ruedecillas rojas; como aquella bicicleta con una red de colores y que parecía de plata; como aquel caballo vivo, enano, que vio en el cine, montado por un niño rubio, parecido a él, pero como jamás sería él nunca. Se le rompió un juguete grande, terrible, el juguete que se sueña y que da miedo por las noches, que se ve en el horizonte de humo, cuando silba largamente el tren, en la madrugada. Nunca le compró nadie aquel juguete, y pasó el tiempo, la ocasión, la vida, de tenerlo. Los ojos de la madre eran dos agujeros por donde entraba el frío: un frío largo y delgado, como un miedo antiguo, retenido demasiado tiempo. La Aurelia le dio un empujón con el codo, y medio riendo, dijo: «¡Amos, anda! ¡Miá tú si es tonta! ¡Pues no se queda ahí, como si le fueran a robar el chico!» (La playa. La arena con barcas abandonadas, con caracolas ciegas, vacías, como bocas que han perdido todas las palabras. Las cejas como plumones negros, el cuello dorado, las manos trabajadas, la voz que decía: «Hijo, ven ya a cenar». Los ojos que se reían: «Está majo el Miguelillo, ¿a que sí?») Tenía las manos frías. Le habían comprado unas alpargatas nuevas, blancas, y llevaba un jersey azul de cuello alto, doblado, abrochado sobre el hombro, con tres automáticos. Retorcía el extremo de la bolsa entre las manos. Entonces la madre le apretó: le apretó contra ella como entonces, como antes, le llenó de besos los ojos, las orejas, los labios y las manos. Y se lo quitaron, y fue precisamente la guapa, la celadora guapa, la que lo apartó y la que decía: «Pero bueno: no seáis exagerados, que no se van a la

China». Y lo empujaron arriba y lo sentaron en el vagón. Y estaba en el centro del banco, y no podía asomarse a la ventanilla. No; no podía. Miraba la bombilla encendida en el techo del vagón. Había niños, muchos niños. Como él, y mayores, y más pequeños. Y todos llevaban su maletita y su bolsa. Se apilaban los «cabàs», las cajas, sobre las redes. La ventanilla estaba abierta, para que pudieran despedirse. Pero él no llegaba a la ventanilla, porque todos querían asomarse a ella, y él era bajo, y no podía, no podía. Le dio rabia. Le dio rabia, de pronto, no poder mirar afuera. A todos los niños se les quedaron las manos tiznadas, porque el borde de las ventanillas tenía un polvo negro, espeso y húmedo. Y se llevaban las manos a la cara, porque en el último momento se ponían a llorar, y se les quedaban las mejillas llenas de churretes negruzcos.

De pronto sonó largamente el silbido de la locomotora. Se quedó encogido, quieto. Los niños se apelotonaban en las ventanillas, agitando las manos y gritando. Él no hizo ningún esfuerzo para asomarse. Se acomodó mejor en el banco, con su bolsita en la mano, y se quedó agazapado. Tenía frío, un frío húmedo que le subía por las piernas. Por dos veces, lo menos, silbó de nuevo el tren. Aquel silbido largo parecía clavarse, despacio, en algún lugar. Él no pestañeaba, mirando fijamente a sus manos. De pronto, pensó algo que no se le ocurrió hasta entonces. «Estoy solo.» Sí; estaba solo. Desde el fondo de la conciencia se alzaba este convencimiento, con clara precisión. Estaría siempre solo, y debía contar consigo mismo, únicamente, para todos los días de la vida. A los nueve años, en un vagón de tercera, entre la algarabía de los niños que lloraban, y agitaban boinas, pañuelos, apiñados en las ventanillas, reflexivo y quieto, acurrucado en el banco como un pájaro del frío, comprendía que la vida era así, para él, y que no podía tomarla de otro modo, que las lágrimas y la tristeza no resuelven nada. Y tuvo un presentimiento. «No la veré más a mi madre.» Lo sabía de un modo oscuro y profundo. No la vería. No sería, al menos, nunca ya como antes. Aquella madre, cuyas cejas resiguió con la yema de los dedos, en cuyo regazo caliente apoyó la cabeza, había muerto, la habían enterrado (en un lugar lejano, donde las barcas abandonadas parecen buques de plata y la arena es dulce y centelleante como un vivero de estrellas). No volvería nunca a verla.

El tren se movió, primero hacia adelante, y luego retrocedió unos metros. Todos se tambalearon. En el techo, la bombilla parpadeó, y sonaron mil ruiditos de cosas que entrechocaban. Por el pasillo avanzaba uno de los maestros, envuelto en un gabán azul oscuro. Daba palmaditas, y decía: «A su sitio, todos a su sitio. Fuera de las ventanillas». De la boca le salía un humo pequeño. El tren arrancó. Los niños decían: «¡Salud! ¡Salud!» Y él pensó: «Adiós», como en el pueblo. De un modo definitivo, total.

Arrancó el tren y una celadora fue cerrando las ventanillas. El cristal estaba empañado y goteaba. Una niña que estaba junto a él empezó a dibujar con el dedo. Pero los dibujos se borraban en seguida, con los grandes goterones de humedad. Tenía deseos de dibujar, también, pero estaba lejos de la ventanilla. En el compartimiento iban varios niños y niñas, aproximadamente de su edad. La mayor tendría unos catorce años y era muy morena. Llevaba una cazadora de cuadros, una falda plisada y calcetines negros, con zapatos de medio tacón. Le pareció muy fea y muy antipática, porque se las daba de mayor y les mangoneaba. En cambio, había otro niño, más bajo que él, moreno, que le recordaba a Chito. «Si estuviese aquí Chito», se dijo. Y se le apretó el corazón.

Llegaron a Viladrau al cabo de poco más de una hora. Llovía. El cielo estaba muy gris, con nubes grandes, oscuras. No tardaría en caer la noche. En la estación les hicieron esperar durante un rato. Algunos empezaron a jugar. Él no conocía a nadie y estuvo como en el tren, pensativo, quieto, sentado en un banco. Llevaba su «cabàs» bien cogido y la bolsa sobre el hombro. Luego, los llevaron a través del pueblo, en una fila de tres en fondo, pisando el barro, bajo la lluvia. Con los jerseys y las chaquetas se cubrían las cabezas. En las afueras, estaba la torre incautada, a la que iban. Sobre la puerta del jardín había un letrero: «Guardería Infantil Rosa Luxemburgo». Le gustó aquel nombre, sin saber concretamente por qué razón. Era como una rosa roja abriéndose, que vio una vez en el jardín de don Pacheco, y que creía que era sólo cosa de ricos y que cada una valía por lo menos un duro. El jardín estaba lleno de barro, y parecía que de los abetos colgasen diminutas estrellas.

Cenaron en el comedor, en unas mesas pequeñas cubiertas con hules de cuadros, de cuatro en cuatro. Había muchos carteles en las paredes, y, en el plafón central, un periódico mural, hecho para los niños mayores. Les dieron una sopa de puré oscura, muy caliente, en platos hondos de loza amarilla. Cada uno tenía su cubierto: vaso, cuchara y plato y un trozo de pan. Después tomaron un guiso de carne y patatas, que le pareció muy bueno. De postre, avellanas e higos secos. A los más pequeños les sirvieron un vaso de leche. Les servían las celadoras, que se habían puesto una bata blanca. Luego, subieron a los dormitorios, improvisados en la parte alta, y guardaron las maletas debajo de la cama. Las camas eran desiguales, distintas unas de otras. Les dieron unos camisones largos, blancos, de tela muy áspera, marcados de rojo en el cogote. Se acostaron y apagaron la luz. Por las ventanas entraba un reflejo amoratado. Se recortaban las copas de los abetos del jardín, de un negro intenso, contra el cielo. Tardó un poco en dormirse. Se acordaba otra vez de su madre, con un dolor vago, diluido: de su cabello negro desparramado sobre la almohada: «Qué bien estarán las dos sin mí. Yo les estaba estorbando mucho. Ya lo sabía yo que me mandarían lejos, que no me querían. Cuando sea mayor, le haré algo a la Aurelia. Le haré algo muy gordo. Ya lo iré pensando». Y dio media vuelta sobre el lado derecho, metiendo la mano bajo la almohada. «Si estuviera aquí Chito.» Bueno, ¿qué iba a hacérsele, si no estaba? ¿Qué iba a hacer, si no tenía ningún amigo? «Ya me haré amigos.» Y se durmió.

En cuanto despertaron los llevaron en fila a las duchas. Se metían de tres en tres y dejaban el camisón a la entrada. A él le tocó ducharse con dos chicos de doce a trece años, mucho más altos que él. El mayor, muy moreno, tenía una sombra oscura, vellosa, en los muslos y entre las piernas. El agua estaba helada. Se sintió humillado, pequeño, entre ellos dos. Medio jugando, se empujaban, forcejeaban, se echaron contra la pared. Sus espaldas mojadas hacían ruido de goma contra los mosaicos desportillados. Resbaló y cayó al suelo; el agua se le metía por los ojos, le pegaba el pelo a la frente, chorreaba. Apretó los dientes. Le daba rabia ser así: pequeño, rubio. Le daba rabia, de pronto. Al salir, se frotaron con una toalla áspera, y se vistieron. Luego, salieron otra vez al pasillo; todos vestidos, sofocados, el cabello chorreando, la mitad divertidos, la mitad llorosos. Había comenzado el primer día de la «Rosa Luxemburgo». Y fue aquél un tiempo casi feliz. («Madame, mi escuela se llamaba Rosa Luxemburgo.») ¿Había conocido otra? Sí; fue aquél un tiempo bueno. Los niños, las niñas. «Ya me haré amigos.» Sí; fueron los años de la amistad, de la arisca, acerada, tierna amistad. Allí, en aquel jardín, que levantaba polvaredas bajo la pelota. Alguna vez se enredaban por la antigua pista de tenis y él se quedaba mirando la red rota, los palos caídos. Allí crecía mala hierba. Entraban las niñas que jugaban al corro, y cantaban «los lagartos y una lagartija», o algo así. La pelota brincaba, daba saltos extraños; la recordaba como un globo polvoriento, siempre en el aire. Y el pan un poco áspero, sabroso, de la merienda, un pan siempre con sorpresa dentro, y, sobre todo, aquello: aprendió a leer y a escribir. ¿Y cómo se aprende a leer y a escribir? Esto era un grande, inexplicable misterio. De pronto, las letras. Tenían un sentido exacto, concreto, se enlazaban y descubrían cosas. Se aprendía a leer y a escribir. El director de la «Rosa Luxemburgo» era un hombre de cabello espeso y cejas muy juntas, de color gris. Cuando hablaba repetía las palabras para que le entendiesen bien. La tinta era de color morado oscuro. Hacían un periódico mural, donde él expuso algún dibujo, con soldados y banderas, con cañones, y, una vez, con el mar y barcos al fondo, leve como un recuerdo delgado, igual que un hilo. Y el sol redondo, con largos rayos. Tal vez su madre, o la Aurelia, le escribieron, entonces, alguna carta. Tal vez una celadora, o el director, se la leyó. Pero ya no se acordaba. Era el año mil novecientos treinta y nueve; de eso sí se acordaba. Y de aquel calendario clavado en la pared con tachuelas doradas. Y de aquel día invernal, gris, lleno de frío. El maestro y las celadoras estaban muy nerviosos. Pálidos. Cuando las personas mayores se ponían pálidas se les afilaba la nariz y la barbilla. Llegaron dos camiones, pero no aquella camioneta de Intendencia que les traía los víveres y vestidos. No. Eran dos camiones vacíos, grises y grandes, adonde los subieron a todos, apretados uno junto a otro, en unos bancos puestos previamente. Las celadoras se habían reducido a menos de la mitad. Y de los maestros ya no quedaba ninguno, excepto el director. El frío atenazaba sus manos, sus narices. El director subió con ellos. Cerraron las portezuelas, con un golpe seco, en el aire de la mañana. Cerraron la «Rosa Luxemburgo», con su jardín descuidado y la red rota de la pista de tenis. Los camiones arrancaron en medio de la sutil neblina que empezaba a formarse, hacia la carretera, sumergida en un azul lechoso, congelado. Levantó el cuello, estiró la cabeza y vio por última vez aquel tejado pizarroso, aquellos álamos, aquella verja. Por última vez, con su nueva carga de letras y palabras, y una leve melancolía, parecida al recuerdo de las barcas. Una niña, pequeña, empezó a llorar. Entonces le subió a la nariz el olor seco, peculiar, de la carretera. Carretera. A los niños les gustan las carreteras. A veces, sueñan con ellas por las noches –él también soñaba a veces, y conducía camiones, y otras cosas, como tanques, o casas de hierro–, y juegan y las dibujan encima de la arena, y arrastran y deslizan cosas con las manos por imaginarias, menudas, extrañas carreteras. Carreteras. Hacía frío, tenían hambre. Algún pequeño lloraba. Miraban la carretera, a los dos lados, y a veces bajaban y orinaban, en la cuneta, dando saltitos, por el frío. Y seguían. Y el olor y el humo pequeño y especial que brotaba de debajo las ruedas se les metía por los agujerillos de las narices. Y el frío les ponía las orejas encarnadas. Carreteras, al oscurecer, con árboles como hombres escondidos, como hombres en la guerra –la guerra de los niños: grande y bella, temida y deseada–. Y allí, arriba, el cielo grande, con las nubes y la niebla.

Era un pueblecito de la provincia de Gerona. No sabía su nombre. Era extraño parar, bajar. Al pisar el suelo las piernas les cosquilleaban, sentían su propio peso, de nuevo, en las plantas de los pies. Tenían sueño, hambre. Hambre, también, de refugiar el sueño en algún sitio, en algún lugar vagamente añorado, un lugar caliente que tuviese un nombre definido, que no se atrevía uno a recordar. Vago deseo de ir a esconder el propio sueño, a ampararlo, a regresarlo a ese lugar de donde llegó, de donde le despertaron, brutalmente, a la noche fría de las carreteras. Sí; todo el mundo, grande y ancho, frío, nocturno, está poblado, cruzado, atravesado, enredado de carreteras, que no son las carreteras de la infancia. Ir con el sueño de uno, a encerrarse, a ponerse cómodo, a decir, tal vez: «Ya sé leer y escribir». Pero allí sólo quedaban ya el director y un maestro mutilado. Y los metieron en las escuelas viejas del pueblo, cuadradas, con sus ventanas azules y brillantes en la noche. Y les pusieron colchonetas y mantas, entre los pupitres, y los acostaron. Se estuvo con los ojos abiertos hacia el azul luminoso, casi fosforescente, de la ventana, acostado entre el banco y los pupitres, tapado con la manta, vestido. La cabeza al lado de otra pequeña cabeza, negra y cerrada, de otros ojos que le miraban, también, redondos y fijos. Y una voz pequeña y fría, blanca voz en el silencio de la escuela sin lecciones: la escuela del miedo y del sueño que ha huido. La voz le dijo, sólo: «A lo mejor, mañana viene mi padre». Y no se acordó de nada más. De nada más, en aquellas

¿tres, cuatro, seis noches? Noches sólo, sin días, bajo el techo goteroso de las escuelas viejas, entre los mapas y el encerado desgastado, negro blancuzco en algún punto, con desdibujados números de antes, del otro tiempo, con el primer miedo de aquello que habían deseado, jugado: de la guerra. «Mañana a lo mejor viene mi padre.» Porque el padre, también, como otro sueño, se fue a la guerra.

A principios de febrero, una mañana, apenas el sol levantado, en aquellos mismos camiones —de nuevo, la carretera— cruzaron la frontera y entraron en Francia.

En el centro de la nave, la cruz grande, oscura, con el Cristo de madera vieja, color caoba. La luz de los cirios, las voces, el incienso, parecían ascender, arrollarse a aquel cuerpo quemado, azotado. «No conviene andar escudriñando hacia atrás. No conviene. Hay que olvidar.» Tenía que pasar de largo por los recuerdos. Sobre todo por aquellos que despertaban algo, tímidamente doloroso, como arañazos. «Hay que pasar de largo. Olvidar y pasar de largo.»

Porque a él le tocó una vida así, tenía que arreglarse a su modo las cosas, hasta los recuerdos. Que no era como otros, eso estaba visto. «Mi vida es otra cosa.»

III. La resaca

Capítulo primero

Allí estaba la luna de todas las noches, en aquel trozo de tierra que parecía envolverle a uno, triturarlo. La luna, con su cara beata, de recién comida, redonda, ahíta y sumida en una felicidad pastosa, abotargada. Como todo. Como todos. Sin esperanza de nada, sin recuerdos. Si acaso, alguna tristeza leve, empapada de nostalgia antigua, brotando de algún rincón ignorado, fácilmente sofocada por la paz. Esa paz extraña, oprimida contra la tierra, obturando, congestionando. Allí estaba la luna, apoyando su cara redonda y estúpida contra la montaña, asomada a las ventanas enrejadas, al río, al rancho abundante, al trabajo de la presa, al fragor de la turbina, de la trituradora, de las grúas, de las vagonetas. Un resplandor surgía de entre las montañas: el vaho tembleante y rojizo de la luz que alumbraba el trabajo nocturno. Allí, los Leoz, Navarro, López, Serrador: paletada a paletada, debajo de la luna redonda, de la paz y del silencio, del orden. Aquí, él: con la frente apoyada en la reja, con los puños apretados, hasta clavarse las uñas en las palmas. «Se me está pudriendo la vida.» La vida eran años, días, horas. Era minutos. Entonces, en aquel minuto, la piel respiraba y vivía despacio y monstruosamente de prisa: «Yo no me pudro en este valle». Y la voz de Santa, repitiendo: «Es bueno. Se está muy bien aquí. No es como *allá...*». (La cárcel. Allá, la cárcel. Allá, la cárcel. «Madrid, Barcelona, Valencia..., ¿qué importa? Los hombres de la cárcel hacen a veces cosas extrañas. En el patio de la cárcel de Barcelona caen las crías de los pájaros. Los hombres de la cárcel cogen a las crías y las alimentan con migas de pan, con restos de comida, y les ayudan a tragar, suavemente, acunándolas en la mano floja y tibia, con un palito. Los pájaros crecen, vuelan, y el año siguiente, a la vez, les traen sus crías. A los hombres de la cárcel se les posan los pájaros en los hombros, en la palma de la mano. Es extraño. Los hombres de la cárcel son otros hombres, diferentes a ellos mismos. Porque la cárcel es grande y alta, y ellos están dentro.») La frente se le cayó encima de las manos. Sintió las palmas llenas de sudor, y tuvo miedo. Un miedo brutal subiéndole desde los pies hasta el corazón. Un miedo nuevo, diferente, al que pudo sentir antes. Sí: su piel lo detectaba. Era un frío húmedo y viscoso, el frío que envolvía los ojos de Santa: conformidad, abandono, vacío. Vacío. La vida pasa, y da lo mismo que pase. «¡No la mía, no la mía!» Levantó la cabeza. Casi tuvo miedo de haberlo dicho a voces, de haberlo gritado. Pero no. También allí dentro todo seguía igual, lleno de paz. El sueño pasaba una esponja húmeda sobre las palabras y sobre el mismo rencor. Hasta sobre el odio. Los hombres dormían. Decían que iban a hacerles un campo de fútbol, en la explanada, para los días de fiesta. «¡Si estamos como queremos!» Se rió. Algo, manso, traidor, se apoderaba de las lenguas, de los corazones. Ahora dormían. Allí estaba Valenzuela, con ocho años, y Chacón, con quince, esperando indultos. ¿Sólo él, únicamente él, desvelado, veía la noche, la miraba y la sentía, aunque únicamente fuera para sentirse vivo, para no perderla, aunque fuera enterándose de su muerte? ¿Sólo él? Ratas asquerosas, podrida carroña: tenían lo que se merecían. «A ver si es verdad eso del campo de fútbol.» Tenían lo que se merecían. «Pero yo, no; a mí, no.» «A mí, no; a mí, no.» Era como un grito, primero de rabia, luego de miedo: el grito de un niño pequeño, con las manos extendidas: «A mí, no; a mí, no. Yo quiero vivir, yo quería vivir. A mí me trajeron a la vida. Yo quiero vivir. ¿Para qué me echaron a la vida? Si quiero vivir, no es mía la culpa. ¿Para qué han hecho así la vida? Si sólo es para unos cuantos, quiero ser de esos cuantos, y, si no, ¿para qué, para qué?» Daba miedo. Tenía que confesárselo. Era preferible, antes que esto, morirse, y en paz. Los muertos debían descansar. Pero que no se le pidiera a un vivo portarse como un muerto: que mire pasar la vida, y calle, y piense: «Qué hermosa debe ser», y que nada hermoso sea suyo, y que se conforme. Que no se le pidiera. A los catorce años apenas cumplidos, recién regresado de Francia, pensó que podía ser hermosa la vida...

Le pareció hermosa la vida, y hermosa la ciudad. Insospechada pero cierta, de pronto, frente a él. No sabía si mejor o peor que otras ciudades —siempre se quedaba mirando folletos de viajes, los grabados de otras ciudades, ensimismado—, pero sí, estaba seguro, una ciudad «para él». Ya sabía cómo marchaban las cosas de la vida. Empezó a formarse su idea de ellas: concreta, sin engaños. «Podría decir que empecé a formármela aquella mañana, al cruzar la frontera, con los de la Rosa Luxemburgo...» Sabía que entraba en otra tierra, aquella que la Aurelia siempre nombraba: «Francia... Cuando yo estuve en Francia...» (Y oyéndola, con la mejilla en la palma de la mano, su madre, decía después: «Cuánto ha corrido por ahí la Aurelia, y cuánto sabe de la vida. ¡Una, en cambio, no ha salido de su agujero y sus malos ratos, y todo la coge a una así, de sopetón.») Por eso él, al entrar en aquel pedazo del mundo, pensó: «Ahora voy a saber mucho de la vida, y a mí no me coge nadie de sopetón, porque todo lo que venga me lo espero, malo o bueno». Como no le cogió de sopetón, a pesar del dolor apretado en el cuello y en el pecho, que le metieran en el tren aquella tarde y lo separaran de todo lo que conocía. Miraba la ciudad, teñida por un sol pálido, alto y frío aún, y se acordó de los grabados de un cuento que había en la Rosa Luxemburgo (que miraba y remiraba, y leía, sin entenderlo mucho), que le dejaba como ensoñado y se llamaba «La flor de saúco». (Había un muchacho y una muchacha, en una calle parecida a aquellas calles; y una luz igual sobre los tejados, y aquellos tenderetes delante de las puertas.) La ciudad, sin embargo, pasó de prisa, delante de sus ojos. Apenas llegar, los metieron a todos en el Salón de Conferencias y Fiestas, de una Sociedad Recreativa y Benéfica, donde instalaron camas de tijera y unos tableros sobre caballetes. La Beneficencia les procuró leche caliente, que entraron a servirles unas señoras que hablaban de un modo extraño. Él se sentó en un extremo del tablero (junto a aquel que se llamaba un nombre tan sonoro, el único que recordaba: Anar), al lado de una de las ventanas. Y vio cómo se acercaban las señoras, todas ellas hablando en aquel idioma que ellos no entendían aún. Y de pronto, se dio cuenta; se dio perfecta cuenta de lo que le iba a suceder, y sólo por vergüenza y coraje no se cogió desesperadamente del brazo de Anar, y no gritó en el oído de Anar, que estaba silencioso, mirando al suelo, como pensando en sus cosas, o con su sueño y su cansancio. Pero él bien se daba cuenta, bien se daba cuenta. Y vio entonces la luz del sol, dorada y pálida, entrar por los cristales. La luz de la otra tierra, donde la Aurelia conoció tantas cosas de la vida, de modo que nada la podía coger de sopetón. La luz entraba a chorros por los cristales. (Era muy rara la luz, podía pasar así, en fajos dorados, como barras, por el cristal, tan ricamente.) Y puso las manos encima de la mesa, con mucha precaución, y se dijo: «Miraré a alguien muy fijo», como si así pudiera agarrarse a algo. (Y oyó la voz de Chito, otra vez, diciendo en su oído: «Ya están aquí... Ya están aquí... Ya están aquí...».) Una de aquellas señoras avanzó hacia él. Se acercaba a él con una bandeja, en la que tintineaban, entrechocando unos con otros, los vasos de leche, tan calientes que empañaban el cristal, blancos y como extraños. La mirada le resbaló por la falda abajo de la señora (porque ya ni la mirada se le podía asir a nada) y se quedó quieta, allí en las medias grises, en los zapatos negros anudados con un lazo de seda sobre el empeine. La voz de la señora sonaba allá, alta: una voz de garganta hirviendo, despacito. Tuvo fuerza y ánimo y no separó de una vez las palmas de las manos del tablero (estaban de pronto muy frías y bañadas de sudor), y no las tendió hacia aquellos pies o aquella falda, sino que las dejó desprender, despacito y por su cuenta, sin que él las pudiese dominar. Y se fueron resbalando hacia abajo, hacia abajo, hacia aquel suelo encerado que olía a madera tan buena, tan hermosa, a madera tan extraña, y que parecía que estaba tan lejos. Y llegó «el humo».

Aún entrecerrando los ojos, la luz rosada y fija de la luna se le filtraba al chico por los ojos. El frío de la reja, empañada de la humedad del río, se le clavaba en la frente y la mejilla. «Siempre dijo Tomás que yo tenía estrella. Y era verdad. También entonces, hay que ver, tuve estrella.»

La señora era alta, vestida de negro, con el pecho en forma de sopera. Se llamaba Madame Erlanger y era viuda de un comisionista de vinos, acomodada y sin hijos. Madame Erlanger debió recibir un susto muy grande cuando le vio caer a sus pies, despacio, blando, como un muñeco de trapo. Todos los vasos de leche se estrellaron contra el suelo, y él vio entonces su rostro moreno, con pobladas cejas negras, y sus labios redondeados, en forma de O. Después, nada más. Como cuando el bombardeo en la calle del Mar.

Todo el mundo dijo que tuvo una gran suerte. Madame Pierre Erlanger estaba dispuesta a adoptar provisionalmente a un niño de aquéllos. Era española, de Gerona. Su nombre de soltera fue María Arrau, pero se casó muy joven con Pierre Erlanger. Desde los dieciocho años no estuvo en España, y tenía de su tierra de origen una idea muy vaga. A Madame Erlanger la preocupaban otras cosas. (A Madame Erlanger le gustaban las novelas que acababan mal, los perros, los niños, los programas de radio y las historias de miedo.) Aquel día de febrero, imprevistamente para ambos, pasó a formar parte de la vida de Madame Erlanger, por más que ella no acabó de participar en la vida de él. Cuando recobró la conciencia, estaba echado sobre una de las camas de tijera, y notaba su mano amasada entre otras manos grandes y fuertes. Y una voz lejana, en un español gangoso, le decía: «Niño, niño». Y él, sin saber cómo, dijo (con una voz que le venía como el cabo de una soga lanzada al aire, desde otra orilla): «¡Anar! ¡Anar! ¡Anar!» Y Anar ni siquiera era amigo suyo. Luego, le pareció que a quien quería llamar de verdad era a Chito, pero había olvidado su nombre.

No sabía de cierto si fue al día siguiente, o al otro, o algunos después, cuando Madame Erlanger se lo llevó definitivamente a su casa. Todo aquel tiempo era confuso, no recordaba bien el paso de los días, todo se mezclaba de un modo extraño en el recuerdo y aun en el presente. Las horas, casi, ni contaban. Parecía que el reloj —aquel reloj de cara redonda y campanadas inolvidables de la escalera de la Rosa Luxemburgo— se paró para siempre una mañana, en la casita de Viladrau. Lo cierto es que Madame Erlanger, con su mal recordado español, su voz grave y fuerte, su sentimental corazón y su acomodada casita de la Rue du Midi, se convirtió para él, de la mañana a la noche, en un raro ejemplar de sorprendente conducta: mezcla de madre, maestra, desconocida y familiar a un tiempo. No la amó, porque su corazón parecía rodeado de una corteza prudente, previsora, que le advertía el peligro de querer. «Tampoco a madre la quiero ya», se dijo la primera noche que durmió allí, en una camita improvisada, junto a la escalerilla del desván. Él estaba a lo que viniera (porque ya iba conociendo mundo, y no quería que las cosas lo cogieran de sopetón). «A lo mejor no paro aquí ni cuatro días», pensó, apenas dio fin a la comida abundante, un poco empachosa, que le preparó la misma Madame Erlanger. Mantequilla no la comió más que una vez, cuando la guerra, en el piso requisado, de la que traían en latas los milicianos novios de las chicas. Ahora, allí, había mantequilla en un platito de cristal, ajena a su paladar, hecho a los guisos de madre, en Alcaiz (se le puso de pronto, en la lengua, una gota ácida, de gusto antiguo, que le quitaba el apetito: aunque a madre no la quería, no la quería), los guisos de la Aurelia (el pimentón, en lunas rojas resbalando de la cuchara de aluminio), y los de la Rosa Luxemburgo. La carne era también distinta: carne de un solo trozo, ocupando la mitad del plato, y no deshilada por entre las patatas, y tropezando con un hueso a cada mordisco. «A lo mejor, ni cuatro días duro», se repetía, sentado junto a Madame Erlanger, cerca del balcón con visillos de encaje recogidos con lacitos, de las plantas de invierno y la mesita. Y todo, todo, lleno de tapetitos. Tapetes para todas las cosas —qué raro todo, qué raro y de mal acomodo—: debajo de los floreros, de raso violeta; en los brazos y respaldos de los sillones orejeros, junto a la chimenea de márbol negro; debajo de los ceniceros de plata, sin cenizas, de las cajitas de filigrana y porcelana. Tapetes de esos que hacen las mujeres con ganchillos, como la Aurelia hacía, y la madre comentaba: «Esta Aurelia, que tiene unas manos que lo mismo te pone unas patatas que te hace una catedral». Qué cosas tan tontas decían las mujeres. Todas las mujeres. Porque también Madame Erlanger decía las suyas, que, si no fuera porque no tenía confianza, se hubiera reído. Allí estaba Madame Erlanger, con su traje negro que la hacía parecer tan viuda y tan rica (como las señoras aquellas que iban a misa en Alcaiz y daban dinero a los pobres). Sentada en la mecedora, junto al balconcillo, al lado de la mesa con faldas de terciopelo marrón y brasero dorado. Y él, delante, en una banqueta con sillín de tela azul suave, dándole dentera al rozarla con las uñas, y oyendo: «Cuéntame, niño...» Y él, nada: que no contaba nada. ¿Qué iba a contarle a aquella señora? Claro que esto fue al principio, y luego, sin saber cómo, se acostumbró. «Porque uno se acostumbra a todo. La cosa es que pasen días y días, y, cuando se pierde la cuenta de los días, pues ya está: ya se ha acostumbrado uno.» Esto lo pensó cuando ya apuntaba la primavera, y era ya una cosa corriente la mantequilla, la carne, la mermelada, el chocolate espumoso de la merienda, junto a Madame Carrière, Madame Lou, Madame Baumont y Mademoiselle Vialar. Hasta el lenguaje era ya cosa corriente. Poco a poco, y sin saber cómo, lo fue aprendiendo. Y también a comer como quería Madame Erlanger, y a jugar con la caja de juegos que le compró en el bazar «La Grande Armée», de la Rue Napoléon. Unos juegos un poco aburridos. Pero qué se le iba a hacer. Lo mejor fue el colegio. Madame Erlanger lo envió al cercano colegio de Saint-Louis, y allí acabó de aprender a hablar el francés, y aprendió todo lo que supo de los libros en su vida. Al principio, tuvo que soportar algunas cochinadas, sobre todo de un tal André Leboussac, que no perdía ocasión de llamarle «espagnol cochon», o «sacré tzigan». También le enseñaban fotografías de hombres tras las alambradas, y le preguntaban si allí estaban su padre o su madre. Luego, poco a poco, olvidaron estas cosas y le dejaron en paz. Hasta alguna tarde le invitó a merendar, en su casa, un tal Vincent Marais, porque su madre era amiga de Madame Erlanger. Las cosas iban bien entre Madame Erlanger y él. Él no la desobedecía y en todo momento estaba preparado a lo que viniera. Madame Erlanger pensaba que siempre le tendría con ella, y a veces se lo oía comentar con Mademoiselle Vialar (que era, por lo visto, su mejor amiga: las dos leían los mismos libros, tenían los mismos gustos y salían juntas de tiendas o al cine). Aunque parecía que no se enteraba, cuando hablaban entre ellas estaba al tanto, y la oía decir, llevándose el pañuelo a la nariz, que le quería como al hijo que no tuvo de su amado Erlanger, y que no podía pensar en que se lo quitaran. Pero él, mientras mordía una tostada cubierta de mermelada de fresa, la miraba como desde una ventanita lejana, y se decía: «Pues yo sé que me iré». Porque lo sabía, lo sabía muy bien. Por entonces, creció repentinamente, después de unos días de anginas. Creció tanto que Madame Erlanger se asustó y lo llevó a un especialista, que estuvo molestándole bastante rato y habló de cosas poco comprensibles. El caso fue que, de vuelta a casa, entraron a merendar en una pastelería, y entonces Madame Erlanger —a quien él llamaba «Madame», a secas— le dijo que lo llevaría a un pueblecillo de la costa, cerca de Nimes, donde tenía una casita junto a la playa. Él sentía dejar el colegio (por los amigos y por los libros), pero no dijo nada. Sabía que las cosas eran así y no había que darles vueltas. «Dentro de algunos años, cuando pueda valérmelas solo, ya haré lo que me dé la gana», pensó. En la pastelería hacía calor, y tras los cristales empañados se divisaba borrosamente la Rue du Conseil, con los primeros faroles encendidos. Madame Erlanger le llenó el plato de pasteles de crema, que no se pudo terminar.

Miguel se apartó de la reja y se echó en el camastro. Hasta allí llegaba el resplandor meloso, dorado, de aquella gran luna estúpida. «Mi estrella.» Bostezó. «Mi estrella. Entonces, aunque nadie me lo dijera, también creía yo que tenía suerte. No sé por qué, pero me lo figuraba. Me puso contento volver a la playa. ¡Aún ahora me pondría!... Yo creo que, si aquí hubiera mar por algún lado, no se sentiría uno tan ahogado, tan acogotado. Será porque he nacido en la playa, o por lo que sea, pero si el mar está ahí, a la vuelta, parece que me noto más a gusto...»

Saliendo de la casa, ya se pisaba la arena. Desde las ventanas se veía el fajo largo de la playa, y el mar continuo, ancho. Lo primero que le dio en la cara, en los ojos, que se les metió por la nariz, fue aquel olor inconfundible, como un golpe dentro del pecho. Madame Erlanger le oyó silbar, y le dijo: «Estás alegre, "mon petit"». Él dijo que sí, con la cabeza. Estaba alegre, era verdad. Empezaba el mes de abril, y aunque aún hacía un viento fresco, sobre todo al atardecer, el sol brillaba ya, caliente y dorado, por todas partes. La casa constaba de un solo piso y era estrecha y larga, un poco extraña. Las escaleras de madera crujían con un ruido parecido al de los barcos. En el piso alto estaba su habitación, con las ventanas orladas de cretona, dando a la playa. Madame Erlanger le colocó los libros sobre una estantería. Encima de la cama había un grabado con un velero, y, sobre la cómoda, un fanal, con un barco diminuto. «Erlanger amaba mucho al mar. Él hubiera querido ser marino», decía Madame. La casa la guardaba Marianne, gruesa, algo sorda y muy charlatana. Marianne guisaba muy bien, y la cocina olía siempre de un modo muy apetitoso y cálido. «¿Podré ir a la escuela, Madame?» «Debes ir», respondió ella. Eso acabó de ponerle contento. La escuela estaba a la entrada del pueblo. El pueblo era bonito. Se parecía a los que dibujaban en el periódico mural, cuando la Rosa Luxemburgo. Le gustaban los caminillos de viñedos, las carreteras, y, sobre todo, las barcas y las casas de los pescadores. A veces, se acercaba a ellos, a hablarles. Le parecía entonces (aunque muy diferente todo, con aquella paz tan grande y aquel viento dulce, cálido) que volvía un poco a los primeros tiempos. (Aquellos en que iba de la mano morena, áspera, de la madre, apenas siguiendo sus pasos con un trotecillo, de camino a ver las tumbas de los hermanos, más allá del pueblo. ¡Qué lejano, ya, qué perdido!) Se quedaba quieto, mirando hacia el mar, como ensimismado. Los pescadores de allí decían las mismas cosas que los pescadores de Alcaiz, sólo que en francés. Madame Erlanger era muy cristiana. Al principio se sorprendió de que no supiera nada de Jesucristo. Bueno, casi nada: lo que se acordaba de la parroquia, al principio de todo, antes de que mataran al cura. Se lo dijo y Madame Erlanger lloró un poco. Parecía que le gustase derramar lágrimas y dejarlas brillando en su cara un ratito, antes de secárselas con el pañuelo. «Mon petit, mon petit», decía. «No tanto», pensaba él. Ya tenía once años y no se sentía nada niño. Ya había pasado eso de la niñez. Sí: estaba muy pasado aquello. Se volvía hombre, día por día. Lo sentía al salir de la escuela, con los compañeros, y dirigirse a la playa, dándose antes una vuelta, charlando. Había crecido, sentía afirmarse sus piernas y sus brazos, el aire cálido les daba en la cara. Oía lo que los otros decían: «Mi padre, que hace esto...» «Yo, cuando acabe este curso, iré con mi padre a...» Todos hacían proyectos, hablaban de sus padres o de sus hermanos mayores. Él se sentía vagamente inquieto pensando en aquella mujer, poco antes desconocida, que le aguardaba en casa, con la merienda dispuesta en el mantel impecable, y que tenía miedo de que se hiriese en sus correrías. «Siempre con esa mujer», se decía. «Bueno, ya se andará todo.» Estudiaría, que era bueno. Se iría de allí. Oía hablar de París: se iría a París. Debía ser bueno, París. Algún compañero tenía postales, libros, de París. Otros tenían parientes. Se podían hacer cosas: ganar mucho dinero y todo lo demás. Era de los primeros del curso y se hizo bastante popular. Acabó llevándose con todos amistosamente. Ellos le llamaban. «Fernandès». Le parecía bien. Estaba bien así.

A mediados de junio cerró la escuela. Al principio le fastidió, pues no sabía en qué emplear el tiempo, pero no tardó en adaptarse a la nueva situación. En la playa conoció a dos chicos vecinos: Jules y Bernard, de trece y catorce años, que tenían una barca. Iban allí sólo durante el verano. Lo pasó bien en su compañía, hasta finales de agosto, en que sus amigos regresaron a París. «Volveremos a casa dentro de una semana», dijo Madame. Pero no volvieron. El tres de septiembre se declaró la guerra. Madame prefirió quedarse en el pueblo, a la expectativa. «La guerra», pensó el. Estaba en el comedor, sentado frente a Madame, que, naturalmente, lloraba. «La guerra.» Sentía como una extraña laxitud. Le parecía que la guerra era una cosa larga y triste. «También hubo guerra allí. Se murió padre y el Andaluz. Se acabó todo.» Miró a Madame y pensó: «Se acabará esto, también. La guerra, ya se sabe, acaba con todo. ¡Pues es cosa sabida! Adonde yo vaya, va la guerra. Puede que sea siempre así. Sí, seguramente. La guerra tiene que existir siempre. Si no, no sucedería». Con estas reflexiones se tranquilizó: «Las cosas son como son». Madame Erlanger y Marianne, muy asustadas, con las manos cruzadas sobre el vientre, escuchaban la radio. Él se puso a escuchar, también.

Desde aquel momento la guerra le obsesionó. Todos los días escuchaban la radio y hacían cábalas. Leía los periódicos con fruición, y se enteró de quién era Hitler. A menudo discutía con Madame Erlanger, pesimista y suspirante. Madame Erlanger acabó escuchándole. Aquella guerra, desde allí, verdaderamente, era muy distinta de la otra. Esta guerra, podía decirse, era más bien divertida, apasionante. «Ahora va a pasar algo. Veremos qué pasará.» Todos los días había una incógnita, una sospecha, algo. En junio los alemanes entraron en París, y todo el pueblo se estremeció. En la plaza hubo corros y de una casa a otra se llevaron las malas nuevas. Él se estuvo todo el día de un lado a otro, escuchando esto y aquello. Cuando volvió a casa, Madame lloraba desconsoladamente en la salita, y Marianne lo hacía en la cocina, con el delantal echado encima de la cara. «París; cuando vaya a París.»

El Gobierno se trasladó a Clermont Ferrand. La playa apareció acotada en algunas zonas y llegaron tropas al pueblo. Empezaron las prohibiciones y el ambiente del pueblo se fue pareciendo un poco al de la otra guerra. De Marsella salió la escuadra, hacia África, decían, y la vida marinera quedó casi anulada. Solamente salían a pescar las barcas costeras, con un permiso especial. Paseando, merodeando por la playa, una tarde de calor grande y pesado, se quedó mirando el mar (claro, quieto, verdoso) y le vino muy fuerte, muy extraño, el recuerdo de su padre. «Está muerto», se dijo. Y lo repitió varias veces. Al volver a casa sentía una gran sed y ningún apetito. Madame le puso la mano en la frente. «No tengo nada», le dijo. Subió la escalera, despacio, y, más que nunca, le pareció ascender por un barco como de sueños, muy alto. No se limpió bien las suelas de los zapatos y levantaba al andar un crujido leve de arenilla, que resonaba en el silencio de la casa. Abajo, el reloj de carillón dio unas campanadas. No pudo contarlas. Entró en su habitación y vio el último sol avivando el cristal de la ventana, abierta sobre la playa. El espejo de sobre la cómoda recibía también los últimos rayos. Se miró y vio su cabeza como extraña. El pelo le caía sobre la frente, húmedo, y estaba muy pálido. No tenía cara de niño, no era ningún niño. «Jules, Bernard», se dijo. «Están en París. ¿Qué harán, ahora, en París, con los alemanes? ¿Habrían muerto? ¿Cómo serán los alemanes? Siempre se entra matando, en las guerras, ¡quién sabe si matan a los chicos!» No sentía temor, sino más bien una atracción insuperable. De pronto, la luz en el cristal, enrojeciendo por momentos, le dio miedo. Se acordó de la otra luz, la del salón de fiestas de la Sociedad Benéfica, y de los pies de Madame Erlanger, y de los vasos de leche estrellándose contra el suelo encerado. «No, no pasará ahora. No pasará», se dijo. Apartó los ojos del cristal y se miró las manos, los pies. Pensó en Madame Erlanger, en Marianne, escuchando la radio, cocinando o mordiendo tostadas. Y le parecieron dos muñecas absurdas, metidas en armarios, en pequeños cajones oliendo a alcanfor. «¡Me voy!», se dijo. Era como una orden ineludible. Sacó la maleta del armario y metió su ropa, con una prisa fría y concentrada. Espió en la escalera y escuchó el silencio. De allí abajo, del living, brotó el rumor de la radio. «Madame» estaba escuchándola, junto a la pantalla de porcelana verde, con el periódico desplegado sobre las rodillas. Marianne andaría pesadamente por la cocina, entre los potes y el olor a pimienta blanca. De la ventana abierta llegaba el ruido de las olas y el primer azul de la noche. El sol había desaparecido definitivamente.

Los gendarmes le devolvieron, ya de noche cerrada, a la casita de la playa. Por las ventanas vio las luces encendidas, como en una fiesta. Sentía frío, sólo frío, y no se acordaba de nada. Madame Erlanger tenía los ojos y los labios enrojecidos y como abultados. Lo abrazó tan fuerte que se le clavó en la mejilla un medallón de oro que llevaba colgado al cuello, con un mechón de pelo dentro. «¿Por qué hiciste esto, mi pequeño, por qué? ¿No estabas bien en esta casa?» Por segunda vez, desde aquella primera en que le dijo: «Niño, niño», le habló en español. Y, a pesar del acento y de la voz, las palabras le supieron de un modo amargo, demasiado hondo, y dijo: «Quería ir a París, Madame». Madame Erlanger tuvo un gesto de sobresalto y se le quedó mirando, anonadada. Marianne también estaba allí, muy asustada, como de costumbre, con las manos sobre el vientre. Entonces, Madame Erlanger dio un grito pequeño (como aquella vez la asustó una mariposa negra, volando hacia su cara), y le abrazó más fuerte, sollozando: «Ah, Paris! Mon petit héros!...» Los gendarmes se reían y él sintió una gran vergüenza tiñéndole la cara, como un fuego apagado.

Dos días después, Madame Erlanger decidió volver a la ciudad, a la casita de la Rue du Midi. La guerra parecía, como la otra vez, larga, triste, con sabor a polvo: era la guerra de siempre.

Miguel sonrió débilmente, tendido sobre el camastro. «¡Qué idiotez! ¡Qué cosas hace uno de chaval...! Debí sentirme aquel día un poco como ahora. Sí: eso debió ser. Aunque no lo sabía, porque sólo tenía once años. Yo no soy para quemarme así, poco a poco, en un agujero.» La sonrisa le huyó y apretó los dientes con rabia. «Un agujero asqueroso para que aniden las ratas y los imbéciles. No para mí. No se puede hacer esto con mi vida. Si uno no pudiera pensar o no supiera... ¡Pero uno piensa, sabe y arde vivo!»

Capítulo segundo

Serían algo más de las seis y media de la tarde cuando Mónica enfiló por el camino de tras la chopera, hacia el Valle de las Piedras, corriendo, como de costumbre. Toda la tierra parecía esponjarse en su olor oscuro, penetrante. Junto al río, las piedras parecían barnizadas por la humedad. No se oían ni pájaros ni viento alguno. Sólo una luz espesa se prendía entre los troncos más alejados. A previsión, Mónica se echó el abrigo sobre los hombros, porque el frío llegaba de prisa.

Lucía estaba allí, como siempre. Al verla hizo un gesto con la cabeza, como diciéndole: «Sí: ya te he visto». Mónica se paró justo al borde del río, sin atravesarlo. Las chabolas se alineaban al otro lado, formando un pueblo diminuto, mísero. Al cabo de un momento, Lucía le llamó con la mano. «Ven», decía. Mónica cruzó el río, sobre las pasaderas. Las piedras, resbaladizas, entre la corriente, parecía que huyeran bajo sus pisadas.

—Hola, Lucía...

—Hola...

Era buena. Le tenía un gran cariño. Nunca olvidaría su complicidad, su rostro cubierto de pecas, sus facciones deformadas de mujer encinta.

—Te has retrasado algo...

—Sí. No he podido escaparme antes.

—¿Sigue ella espiándote?

—Ya sabes. Como siempre.

—¿No se lo imagina?

—No. Se cree otra cosa...

Lucía sonrió:

—Mejor. Que crea lo que sea, menos esto. ¡La que se iba a armar!

Cuando decía *esto* Lucía parecía una niña: «A ella le divierte ayudarnos». Lucía estaba arrodillada frente a su eterno hornillo. A su alrededor las chabolas parecían vacías. Las mujeres andaban en sus quehaceres, y se oían lejanos gritos de niños, persiguiéndose a la orilla del agua.

—Hace rato que bajaron al río. Está arriba, ya. Donde siempre.

—¡Hasta luego...!

—Si hay algo, silbaré.

—Gracias, Lucía.

Lucía hizo un gesto con los hombros, como diciendo: «¡Qué cosas!», y raspó una cerilla para prender el hornillo. Mónica miró con ternura sus manos grandes, amoratadas. Seguramente estuvo lavando.

Mónica continuó por el camino de tras las chabolas, vertiente arriba. Por el sendero rudimentario, practicado sobre las rocas, iba con prisa de alcanzar el bosque. «Tengo miedo», pensó. Era extraño, no solía tenerlo. Siempre iba allí con la zozobra de lo prohibido, de lo oculto, pero no con miedo. Aquella tarde sí. No sabía por qué. El frío ya se cernía sobre la tierra y el agua, y en las hojas apuntaba el primer rojo del otoño. Miró al cielo; sin nubes, de un color pálido, a trechos azul, o de oro transparente. Entró en la sombra de los árboles y dejó el sendero para trepar sobre la hierba, entre la negrura de los troncos. La rodeó un perfume umbrío. Distinguió el olor de los primeros hongos, el de los charcos no bebidos por el sol, cada vez más débil. Al oír el rumor del río, brotando del barranco, le dio el corazón un golpe. Él estaba allí, en el círculo de robles jóvenes. Las ramas se movieron.

—Has tardado... Hoy tenemos poco tiempo.

Mónica no dijo nada. La subida le cortaba la respiración. Miguel casi se confundía entre las ramas, con su raído uniforme de borra marrón. Sólo su cabeza brillaba, rubia, con el pelo apenas crecido.

—Sí, es tarde. Pero Isabel...

Miguel hizo un ademán, como diciéndole: «Ya me figuro. Ahorra explicaciones». Mientras algunos de los presos iban a bañarse al río, él se escondía entre los árboles, esperándola. Ése era su tiempo. Nada más. Lucía, abajo, espiaba. Su silbido era señal de alarma.

Se sentaron en la hierba. Miguel tenía la cara seria.

—Estás enfadado.

—No —dijo—. Nada de eso.

—¡No es culpa mía!...

—Ya sé. No te digo nada. Es que, ¿sabes? He estado toda la noche y todo el día pensando cosas. Malas cosas.

Mónica asintió. «Siempre que uno piensa, acaba mal», se dijo. Miguel le pasó el brazo por la cintura y la echó hacia atrás.

Tenía el rostro curtido, frío. Sus labios, también, estaban cubiertos del otoño del bosque.

—Estás helado —le dijo.

Él no respondió. Sintió sus besos, de nuevo, de un modo brusco y desapacible. En la espalda se le apretaba la tierra húmeda, la hierba aterida, como empapada de una lluvia lejana. Una piedrecilla se le hendía en la cintura. Por encima de las ramas había fragmentos, muy pequeños, de un oro vivo y centelleante, como estrellas fugaces. «Es el cielo», pensó. Y cerró los ojos.

Miguel se incorporó. Mónica, quieta, seguía con los ojos cerrados. Estaba inmóvil, como si durmiera, pero al mismo tiempo acechante, viva, sensible al más leve roce del aire, de la luz del sol que huía, ya rápidamente, bosque arriba. Sabía que estaba despierta, allí, junto a él. Tremendamente despierta. Miguel se apartó a un lado y bajó los ojos hacia la hierba. Sintió miedo. Todo estaba lleno de miedo, a su alrededor. Todo, sin saber por qué.

—Mónica —dijo, con voz muy baja.

Mónica abrió los ojos, lentamente, como impregnada, ella también, de aquel temor suyo. Como si el miedo que él emanaba cubriese la corteza de la tierra hasta allí donde llegaran sus ojos, sus oídos, su angustia. Apenas hacía un cuarto de hora que se encontraron. Y ya estaban los dos mudos, como dos animales a la escucha.

Miguel volvió el rostro y miró fijamente a Mónica.

—Te dije que he estado pensando...

Los ojos de Mónica, en la penumbra cada vez más densa, parecían negros. Sólo en el centro de las niñas temblaba una luz tenue, como un puntito blanco.

—Mónica, ¿sabes...? Te digo... Bueno: tengo algo de miedo. No sabría cómo explicártelo. No..., no es miedo de que nos descubran. Es otra cosa...

Mónica siguió echada, con la cabeza hundida entre las hojas de los helechos. Era una cabeza extraña, la suya, así, como coronada por las hojas anchas, azules, casi negras, en la sombra. Le miraba, y a Miguel se le detuvo algo en la garganta. «No me gusta que me mire así. No me gusta cuando se queda mirándome así, callada. No sé qué me recuerda. O no me recuerda nada, pero me da qué pensar. No sé si es una cosa mala todo esto nuestro, pero cuando me mira así me da en el aire que no traerá nada bueno. Y no sé por dónde soplará el mal, hacia qué lado. Pero que soplará, eso seguro.»

—Es otra cosa —repitió. Y su voz sonaba insegura—. Es un miedo de cosas grandes, que no se pueden explicar.

Mónica buscó su mano, y él se estremeció a su contacto. La apretó con fuerza, luego, como si de repente, en la gran soledad del bosque, aquella mano fuera una vela hinchada, a la deriva, arrastrándole mar adentro.

—Sí —dijo ella—. Así es.

—¿Tú también?

—También.

Miguel se pasó la mano por los ojos y por la barbilla, que se apretó luego con el puño.

—Mira, una cosa te digo, chica: yo aquí no me pudro.

Mónica bajó los párpados, y Miguel pensó: «Mejor que no le vea los ojos».

—Sé que aquí no pasaré esos años. No: no los pasaré. Hay como un olor de muerto por todos lados. Seré idiota por decirte una cosa, a lo mejor. Pero sé que tú no me vas a traicionar: me iré a Francia, otra vez. He estado pensando en Francia: allí tengo buenos amigos. Había una señora que se portó muy bien conmigo y que, cuando me repatriaron y me quitaron de ella, parecía que le daba algo de morirse.

—Te quería...

—Sí: mucho.

—Pero has de llegar allí... Es difícil.

—Llegaré: ya verás. Pero antes he de pensarlo muy bien.

Mónica se incorporó.

—Yo me iré contigo.

Miguel sonrió.

—¡Vamos, mujer! Qué cosas dices. Luego, cuando esté allá..., ya veremos. Antes, no harías más que entorpecerme las cosas.

Mónica asintió.

—Sí —dijo—: es verdad. Sólo entorpecerte las cosas...

—No te duele, ¿eh?

—No. ¿Por qué se te ocurre? ¡Cómo me va a doler! Hay que pensar bien lo que se hace...

La besó despacio, con una dulzura extraña que suavizó aquel miedo ácido que se adueñaba de ellos.

—Me gustas porque eres tan lista. ¡De lo más listo!

Mónica se puso de pie y se sacudió las hojas empapadas de relente, prendidas en el abrigo.

—Vete, es muy tarde. Vuelven ya al barracón.

—Aún no ha silbado Lucía.

—No importa. Vete.

Miguel se levantó despacio, dominado por la amarga sensación que de un tiempo a esta parte dominaba todos sus actos.

—Mónica, quisiera tenerte advertida...

Se quedó mudo, sin palabras. «Advertida, ¿de qué? ¿De qué?», le decía una voz dentro. Aún no sabía nada. Aún no se formó ningún plan. Únicamente una conciencia honda, terrible, le decía: «Va a terminar mal esto. Pero tú te irás. Te irás de aquí».

Las pupilas de Mónica, brillantes, de un azul oscuro y difícil, tenían a veces una quietud inhumana, inverosímil.

—Estoy advertida —le dijo, sencillamente—. Vete tranquilo.

—¿Mañana...?

—Bueno.

Miguel la besó. Sus labios eran ahora calientes, como una llama fija, prieta, al través del frío de la tierra, de la sombra creciente que se abría sobre ellos, como un gran borrón maligno, agorero. Volvía el miedo de nuevo. El miedo por todas las cosas. Por no se sabía qué.

Miguel echó a correr, árboles abajo. Los hombres del barracón volvían del río silbando, con las toallas al cuello.

Santa le esperaba sentado al pie de un árbol. Larváez le guiñó un ojo, al pasar, y susurró algo obsceno, señalando al bosque. Luego, oyó su risa. Los presos caminaban sobre las piedras con cuidado, al atravesar el estrecho cauce del río, en el barranco. Santa, al llegar Miguel, se levantó. Tenía el cabello aún mojado, pegado a la frente, y calzaba unas zapatillas, dobladas por detrás, sin calcetines.

—Ten cuidado, chico —le dijo—. Ten cuidado, no abuses...

Miguel no respondió, y miró sombríamente al suelo.

En silencio, juntaron sus pasos hacia el barracón. Arriba, por el camino, descendían el cabo Peláez y el número Chamoso, de la Guardia Civil. Iban despacio, cansinos, pensando en sus cosas. El sol se ponía tras la joroba de Oz. Entre las piedras, repetido por el eco, sonó el cornetín del rancho. Avivaron el paso.

—Chico —dijo Santa—. Esta hora le pone a uno algo dentro.

Miguel le miró de través. «Ya empieza con lo suyo. ¡No lo aguanto más! ¡Estoy harto de esto! Estoy harto de estas cosas. No quiero oírlas más en la vida. Siempre con sus manías...»

—Le da a uno así como una tristeza... Es buena, yo creo. Me parece que es buena la tristeza...

Sofocada por el rumor de la corriente, la voz de Santa tenía un tinte oscurecido, como sucio de hollín: «Sí: eso. Parece que todo lo que diga esté como las paredes de las carbonerías. Me acuerdo de que cuando era chico miraba las carbonerías con miedo. Aquel color negro, con puntitos que brillaban como chispas incrustadas: eso parece, este tío *cenizo*».

—Ya ves tú: nunca sentí esto, antes. ¡Qué hombre distinto puede uno volverse! Ya sabes...

Seguía hablando. «Me taponaré las orejas con el cabo de la vela y así no le oiré. No le oiré más.»

Ante ellos se abría la explanada. En una esquina, junto al barracón, humeaban las grandes perolas del rancho. Se empezaba a formar una pequeña fila, de seis u ocho hombres. En una de las ventanas bajas del barracón titilaba una luz amarilla, estrellada contra la sombra del valle. El cabo Peláez y el número Chamoso coincidieron con ellos en el entronque de los dos caminos. Traían la brida del tricornio floja, columpiándose bajo la barbilla. La correa del rifle se les hundía en el hombro, y sus botas estaban embarradas.

—¡Hala, hala...! —dijo el número Chamoso. Un punto de luz, reflejado quién sabía desde qué astro, brilló fugaz, azul, en el cañón negro del rifle.

Recogieron el plato de aluminio, la cuchara, el cuartillo. A pesar del frío que avanzaba con la estación, comían a la intemperie durante el mayor tiempo posible. Como si se resistieran a abandonar la hermosa tierra, el rumor del agua, la compañía de las montañas, allí, en torno: como unos ojos tristes y amigos, a veces, o como unos grandes ojos indiferentes, cerrándoles todo camino. Ardía una hoguera en el centro de la explanada y, a un extremo, los guardias Nicolás y Albaicín prendían otra. A su lado, los fusiles formaban un trípode, apuntando al cielo. Les llegó a la nariz el olor del rancho, en vaharadas cálidas. Santa se arrebujó en su chaqueta. Las mangas le iban largas, casi le cubrían la mitad de las manos, y por un bolsillo le asomaban los calcetines. Los sacó, se apoyó en una estaca de la empalizada y comenzó a ponérselos.

—¡Hala, hala...! —repitió la voz gallega del número Chamoso. El cabo Peláez resbaló su mirada lejana, acuosa, sobre sus cabezas. Se pasó el dorso de la palma por la boca, ensalivada. Escupió y se fue hacia la hoguera de los guardias, como si nada de aquello tuviera que ver con él.

Lentamente, como albañiles, como estibadores, como labriegos, como hombres en paz tras el trabajo (extraños e irritantes hombres, que, por minutos, se alejaban más y más de su mente, de su comprensión), los hombres se sentaban sobre las piedras, en el suelo, en el vano de la puerta, con su plato humeante sobre las rodillas y la cuchara dispuesta. Tras el vaho del plato, las bocas se abrían: pacíficas, lentas, mansas. «Es bueno el rancho —solían decir algunos—. Muy bueno es el rancho.» Y lo comparaban a otros ranchos y a otras quejas, como si estuvieran disfrutando una gran suerte. Miguel sintió deseos de tirar el plato contra la pared, o contra la cara estúpida, abotargada, de alguno. La hoguera llameaba, tiñendo con su resplandor los hombres y las paredes del barracón. La luz de la ventana se veía ahora cuadrada, rojiza.

Se sentó un poco apartado, sobre una piedra. En el plato había patatas, carne, cebollas, entre un caldo grasiento que se balanceaba hasta el borde. Lo apoyó en las rodillas, y a través de la franela del pantalón sintió el calor de aluminio. Sobre el suelo vio la sombra de Santa, alargándose hacia él. «Ya está aquí, otra vez. No lo resistiré, no podré aguantarlo. No podré. Cualquier día le romperé la cabeza.» Le miró. El fuego aureolaba de rojo su cabeza, aún húmeda del río. «Y, a pesar de todo —se dijo, con un relajamiento súbito—, a pesar de todo, sí, es mi amigo.» Y pensó: «Si no fuera por él, por lo que a veces hemos hablado y hablado, no sé si hubiese acabado por volverme loco. Al fin y al cabo, sea como sea, sólo él puede entender lo que yo digo, aquí, a alguien que no sea una piedra». Tal vez le tenía afecto y todo. Sí: tal vez sentía por él un escondido afecto de compañero. Santa era un miserable compañero, una ruina, eso era; pero únicamente por él sentía algo, allí, entre tanto ser ajeno. Santa se sentó a su lado y metió la cuchara en el plato. Comía de prisa, con voracidad. Su hambre era proverbial en el barracón. Comía lo suyo y lo que sobraba. Comía un plato, dos, tres, cuatro... Comía hasta hartarse. No era escasa la comida, eso sí. Casi siempre, los de las chabolas venían a recoger los restos. Tras la empalizada, aguardaban los chiquillos con sus perolas, descalzos, correteando. El hijo mayor de Manuela tiraba piedras a un perrillo negro. Al otro lado del río, dos mujeres reñían, feroces. Santa arrebañaba un plato con un gran trozo de pan. Tenía los carrillos hinchados y un brillo untuoso en la barbilla mal afeitada.

—Come, chico —dijo, volviéndose a él—. Come de una vez. Se te está enfriando, y luego ya no está bueno.

—¡Qué se me da a mí de esta porquería...!

Santa se levantó y fue a llenar de nuevo el plato. Miguel miró su espalda curvada, sus piernas que parecían bailar dentro de los pantalones. El cocinero se había llegado hasta la empalizada y llenaba, lenta y equitativamente, los cacharros que le tendían los niños. Al levantar los brazos, una niña pequeña enseñó sus piernas amoratadas y la desnudez de sus nalgas bajo el raído abriguillo azul.

Santa volvió con el plato lleno y otro pedazo de pan.

—Estaba pensando —dijo, dándole vueltas con la cuchara a los trozos de carne, para que se cubrieran por igual de caldo—, estaba pensando qué raro será todo cuando salga de aquí... ¿No te parece? Ya ves: tengo mi vida hecha a esto. He sido toda la vida un saltimbanqui, un pobre hombre. Ahora tengo ideas nuevas. He pensado mucho, he leído algo. No sé qué será de mí cuando esto acabe. Casi me da miedo...

Suspiró con fuerza.

—¿Y tú...? —dijo—. ¿No lo piensas tú, también?

Una rabia sorda se apoderó de Miguel. «¡Yo, yo! ¡Qué voy a hacer yo dentro de cinco años! ¡Qué sé lo que seré dentro de cinco años! Después de esta vida, de este día tras día, de este jornal, de este rancho, de este Hegroz, no puedo saber lo que seré. ¡Cómo voy a saberlo!»

—No preguntes esas cosas —dijo, con rabia. Y soltó un taco que hizo sonreír a Santa, beatíficamente.

—¿Volverás a Barcelona? —preguntó—. Puede que yo, bien pensado, me vaya a Barcelona también.

«Volver a Barcelona.» Parecía imposible. «Volver a Barcelona.» De pronto, se encendía algo delante de él. Un incendio, una montaña de fuego. Algo que le cegaba, que le abrasaba. «Volver a Barcelona.» Eran unas palabras remotas, perdidas. Perdidas, sí, definitivamente, como una vida distinta, una vida de otro, que ya nada tuviese que ver con él. Un ahogo lento le fue apagando el fuego. Un ahogo que le inundaba como un mar, espeso y amargo, y que lo arrebataba hacia una playa de donde no se vuelve jamás. «Volver a Barcelona...»

—Dicen por ahí, todos, que en Barcelona hay mucho partido. Para uno que va de buenas, como yo, también. Yo creo que a uno que va de buenas se le arreglan bien las cosas. ¿no?

—No —dijo él, como despertando de un recuerdo demasiado vivo—. No te hagas ilusiones. Barcelona es como todas las ciudades del mundo. Al que va de buenas, como tú dices, le *ciscan*. ¡Estás empapándote de sermones, Santa...! Déjate de esas cosas. ¡A veces, me parece que soy un viejo, a tu lado!

Santa sonreía, mirando el plato, vacío, sobre sus rodillas.

—De todos modos, ya te digo: en Barcelona hay mucho partido.

Miguel se sumió en sí mismo, con los ojos bajos. «También lo pensaba yo. Lo pensaba entonces y lo sigo pensando. Siempre lo dije: "Hay mucho partido". Como cuando los otros de la escuela decían: "En París se pueden hacer todas las cosas". ¡Volver a Barcelona! Primero me dio miedo, y algo más. Yo qué sé. Sí: primero tuve un gran disgusto, y no quería volver. ¡Qué sé yo si era sólo por el recuerdo que tenía de *ella*! Y si no, ¿por qué, por qué me apartó de su vida? No se tienen hijos para eso, me digo. Pero, en fin, no sé si fue eso o fue otra cosa. Me cayó mal, entonces. Ya me había acostumbrado a la otra vida...»

Había un cielo gris, transparente. Un cielo de enero tras las ramas de los árboles, desnudas y negras en la mañana. Desde el borde de la carretera, con Guy, François y Gerard, capitaneados por André Leboussac, veían atravesar rápidos los jeeps, los automóviles camuflados de verde y marrón. Junto a la cuneta, pegados a los árboles como otros árboles, en el gran silencio de la mañana gris y oro, abrían los ojos, apretadas las bocas, el costado del uno junto al otro. Pasaban los alemanes, los «colabós», todos los que aún tenían algo que perder. Huían hacia los Pirineos, hacia España. En el descampado ardía un tanque. Uno tras otro bramaban los motores, al pasar, y chispeaban fugazmente los cañones de los fusiles, de las metralletas, tras las ventanillas. Su corazón saltaba dentro del gran silencio, del barro quieto y gelatinoso de la cuneta. Su corazón expectante de catorce años, abierto a todo. Tenían los dientes apretados. Ninguno de ellos hablaba. (André les avisó, sigiloso, y abandonaron el colegio y sus casas, donde Madame Erlanger y las madres de los otros cerraban las puertas, en un silencio de espera.) Aquel enero de 1944, recién liberado París, el sur de Francia era el último refugio de una avalancha de huidos. Restos de las Panzerdivisionen cruzaban los caminos, las carreteras, las solitarias aldeas y las quietas ciudades del Midi. En la fría mañana de enero el tanque ardía en el descampado extraño y fosforescente, como una inmensa estrella caída sobre la escarcha. De las ramas de los árboles pendía algo parecido a una infinidad de cristales diminutos, que chispeaban cegadores. Volvió a casa ya tarde. Madame Erlanger le esperaba tras el balcón, pálida e impaciente. Vio su rostro apenas entrar en la Rue du Midi, enmarcado por los visillos de encaje. Subió la escalera de prisa. «Madame, la carretera está llena de alemanes...» «Madame Erlanger le miró como a un hombre, le quitó la cartera de los libros y le besó en la frente. Tenía los ojos llenos de lágrimas. De pronto, se dio cuenta de que Madame tenía el cabello absolutamente blanco. «Me parece que cuando me recogió no lo tenía así, tan blanco...» Madame Erlanger le preguntó en voz baja, como si los alemanes estuvieran al otro lado de la puerta: «¿Muchos alemanes? ¿Cuántos? ¿En tanques, en camiones, en autos?...» Comió de prisa, hablando. «Sí: muchos. Han prendido fuego a un tanque. Está allí, en el campo, al otro lado de la carretera...» Toda la ciudad parecía acechante, oculta. Por la Rue du Midi apenas transitaba nadie.

Unas semanas más tarde la ciudad celebró ruidosamente el triunfo de los ejércitos aliados. Por la Rue du Midi desfilaron los senegaleses, y Madame Erlanger, asomada al balcón, a pesar del frío, agitó al aire la bandera tricolor. André, François y Gerard le llamaron. En los árboles de la carretera, colgados de los pies había dos hombres. Las chaquetas, vueltas del revés, cubrían sus cabezas, extrañas, balanceándose al viento de la mañana. También brillaban cristales en las ramas desnudas, o lo parecían. «Colabós...», dijeron. Y echaron a correr hacia la calle. De pronto, sentía frío: un frío claro, brillante, como el borde de las ramas desnudas. «¿Qué era aquéllo? ¿Qué era?» (Como si de pronto volviera atrás, como si alguien le hubiera devuelto allí, a aquel lugar donde los hombres pendían de las puertas, con la boca llena de moscas. «Los están matando en la playa», decía Chito. Chito, Chito.) ¡Qué extraño, aquel André Leboussac! ¡Qué extraño, con su abrigo de mezclilla gris, echando la gorra al aire! ¡Qué extrañas las calles, las canciones, el ruido, el viento mismo! «Corre, corre», le decían, porque se quedaba retrasado y extraño a ellos, a todos. (Como si una voz le dijera: «¿Qué hago yo aquí, qué hago yo aquí? Yo soy de otro sitio, y me devuelven a mi sitio. Me devuelven a mi sitio.») Había algo raro en el aire, que brillaba sobre las voces de los chicos, sobre el clamor de aquel grupo de hombres que avanzaban por la calle, entonando una canción. (Algo como un eco del mar, largo, lamiendo la playa de las barracas, bajo un sol achicharrado, más allá del cementerio.) El frío era transparente como cristal. Un lúcido frío de diamante, duro. Lentamente, como un sonámbulo, regresó a la Rue du Midi. A la puerta de la casa había un coche negro, con la bandera de la Cruz Roja clavada en el guardabarros. Madame Erlanger le esperaba sentada, mirando fijamente hacia la puerta. Un hombre con un gabán de color avellana hablaba con ella. Entonces lo supo. Lo supo antes de que nadie le dijera nada. «Esto se acabó.» Madame Erlanger se levantó despacio y le abrazó. Como aquella vez que quiso escaparse a París, Madame Erlanger era de pronto una extraña mujer, vieja, débil. Una pobre mujer que le arrancaba un raro sentimiento de piedad, de protección. Le pasó la mano por el hombro, por el cuello, y notó su temblor, con una rara emoción. «La quiero —se dijo, sorprendido—. La quiero, sí; es cierto. No se puede querer. Está visto, no se puede querer.»

—Tu madre te reclama —decía Madame Erlanger—. Tu madre te llama a su lado...

Qué extraño. Todo era desquiciado, absurdo. Y, sin embargo, cierto y lógico. «Pero si yo ya lo sabía. Las cosas son como son.» Madame Erlanger, desbordada, preguntaba si no habría nada que hacer. Pero, no: no se podía hacer nada.

Quince días después salió para siempre de la Rue du Midi. Algo se le secó, dentro. Y también en el aire, en los árboles, en el color de la ciudad. Se diría que una nube de polvo, fino y calcinado, invisible, lo secaba todo. Madame Erlanger se quedó dentro de la casa, para siempre. No bajó la escalera. No dijo nada. No pudo. Estaba allí, detrás de la ventana, enmarcado su rostro por aquellos absurdos visillos de encajes. (Cerrada como una muñeca guardada en alcanfor.) Madame Erlanger era algo perdido, como todas las cosas de la vida: con su chocolate espumoso de la merienda, en el colegio de Saint-Louis Roi, con los libros, los cuadernos, las excursiones domingueras, los muchachos, los barcos miniaturas, los vasos de leche caliente antes de dormir. Entró en el coche, sereno, tranquilo. Ni siquiera miró por la ventanilla hacia el balcón, por última vez. «¿Para qué? Ya se sabe: las cosas son como son.»

Los niños de las chabolas bajaban por el margen del río con sus perolas humeantes cuidadosamente alzadas. Cruzaban el puentecillo de madera y cañas, extraños, frágiles. El perro cojo les seguía, manso y esperanzado, olfateando el humillo del guiso, que se prendía en el aire.

Mónica, sentada en la barraca de Lucía, los veía llegar, con la última luz de la tarde. Al otro lado del río, en la explanada, los presos se alineaban y arriaban la bandera. Se oía el sonido metálico del cornetín, y se apagaron todas las voces. Las aisladas y sordas voces del otro lado del río. Mónica se levantó.

—Adiós, Lucía. Vuelvo a casa.

—Que tengas suerte, muchacha. Mañana, como siempre, ¿no?

—Como siempre.

Lucía la vio partir, rápida, saltando sobre las piedras. Se quedó mirándola, triste y sonriente, con la mano en la cadera.

—¿A qué te metes en líos? —le dijo Manuela, acercándose a ella con la perola del rancho, recién recogida a su hijo—. ¡Déjala a esa puerca de señoritinga, que se las componga!

Lucía se encogió de hombros.

—Anda, mujer, si es una chavala...

Manuela le dio parte de su rancho, que trasladó con una cuchara a un plato de loza desportillada.

—A ti te iba a pagar igual, si llegara el caso... ¡Fíate! ¡Es de La Encrucijada, de los señorones de mierda! ¡Así les den a todos garrote! Y si aparece un día con la barriga como tú, ya se andarán algunas lenguas a soplar tus celestinajes...

Pero Lucía no la oía. Aventando las brasas del hornillo, tosía con el polvillo de hollín, que le subía a la cara con el humo. De rodillas, pesada, próxima ya al momento, estaba sola.

Antes de acostarse y dormir tenían un rato para arreglar sus cosas en la nave de las literas. Miguel se echó vestido con las manos bajo la nuca. Tenía el pie derecho en alto, apoyado en el soporte, y se miraba la cicatriz. Estaba sucio. La cicatriz tenía un color raro, entre morado y rojo, y se habían hinchado los bordes. Si se tocaba fuerte, aún le dolía. Tenía ganas de que se callase Santa, pero Santa no se callaba. Parecía que ya no se pudiera pasar sin él. Sentado al borde de su cama se zurcía los calcetines. La ventana enrejada encuadraba el primer resplandor de la noche. Pegado a la pared, como un insecto fosforescente, el candil se balanceaba, caprichoso.

Santa zurcía con cuidado, mientras decía sus cosas. Los calcetines, grises, parecían bolsas dentro de sus manos. Usaba una lana más oscura y una aguja gruesa.

—A veces me acuerdo de todo eso —continuaba Santa—. Sí: no voy a negarlo. ¡Tú dirás! ¿Quién será, de todos éstos, que no se acuerde de las suyas? Pero, qué le vamos a hacer. No pienso volver a aquello, aunque me gustara. Aún más: aunque fuera parte de mí mismo...

—Parte de ti mismo... —Sin saber por qué, Miguel repitió aquellas palabras, con una rabia pequeña.— ¡Parte de ti mismo...! ¡Siempre estás hablando como en escena!

—No lo puedo remediar. —Santa se encogió de hombros.— Ya te digo... Es algo más fuerte que yo. Desde niño, en Soria, cuando salía a leñar...

—¿Cómo es Soria? —preguntó, por preguntar algo. Por alejar lo que le apretaba dentro, obsesivo.

—Está bien —dijo Santa. Y se quedó pensativo, con la aguja en alto.

—Pero ¿cómo es?

—¡Pues qué voy a decirte!... Hace frío. Sí: un frío espantoso. Cuando iba a leñar..., ya sabes. Está rodeada de pinares. Allí pasa el Duero... Me acuerdo que cuando llegaban los carros de los cómicos, los veía por la orilla del río, y se me iba el corazón detrás.

—¿Por qué te hiciste *cómico*?

Santa enhebró la aguja, despacio. Sus ojos se habían encendido. Mirándole de reojo, Miguel creyó advertir en su rostro una sonrisa de secreto, reprimida, pueril.

—Así son las cosas... —dijo—. Fue cuando las Misiones Pedagógicas, allá por el 36. Representaban en la plaza piezas de teatro clásico, y me acuerdo que enseñaban reproducciones del Museo del Prado... ¡No había quien me apartara de allí! —Se calló.— Miguel notó que había entre ellos, como caída de repente, una enorme tristeza. Se notaba como algo físico, opresor, entre los dos. Miguel lo miró de frente, volviendo la cabeza. Santa se había quedado silencioso, con los ojos clavados en el suelo. A su alrededor, en la hora del descanso, del quehacer pequeño, los hombres hablaban entre sí, o pensaban, o fumaban un cigarrillo, de escondidas.

—Aviva el candil —dijo uno, a su lado. Miguel no se movió, pero Santa se alzó sobre la punta de los pies para avivar el pabilo.

—Santa... —dijo Miguel, despacio.

—¿Qué?

—Nada.

Se echó otra vez. El colchón era duro, delgado. Olía mal: a humanidad, a sudor, a respiración. Las ventanas eran muy pequeñas. La luz del candil se aclaró un tanto, como clavada en la pared rugosa. Se esparció el olor del petróleo, y vio un par de mariposas, de color amarillento, revoloteando.

—¿Sabes por qué estoy aquí? —Era Santa, inclinado hacia él, que le miraba. Qué extraño, aquello. «No se habla de esas cosas.», pensó el chico. Conocía las leyes de los presos: «No se preguntan esas cosas...»

Miguel se limitó a encogerse de hombros y a volver la cabeza hacia la pared. Pero Santa, como siempre, prescindía de su atención.

—Porque maté a un sacristán. Te juro que no quería hacerlo, pero así son las cosas... Me acuerdo que fui a robar a la sacristía. Había unos candelabros de valor y un copón. Dicen que es un sacrilegio, y yo siempre he creído en esas cosas... Allí, en Soria, somos creyentes. El sacristán me oyó, y yo le di con una barra que había detrás de la puerta. Creí que no le había matado. Me asusté mucho y salí corriendo. Pero me pescaron, y el sacristán murió después, por culpa de las heridas.

Miguel seguía mirando hacia la pared. El viento entraba con un silbido prolongado. En la sombra de la pared temblaba la llama del candil. Seguramente había algún agujero por el que el viento, al deslizarse, producía aquel raro silbido, como un grito, resbalando sobre el muro del barracón.

—Anda, déjame de tus historias...

—Estoy muy arrepentido. Y lo que más siento es que no robaba los candelabros y el copón por lo que pudieran valer, sino porque eran muy bonitos.

Miguel se volvió a mirarle, furioso. Pero se calló al ver los ojos de Santa, llenos de lágrimas. Aquellas lágrimas le producían una sensación de angustia y repugnancia a la vez, como la vista de una culebra.

—Estoy muy arrepentido —repitió Santa.

Miguel se incorporó despacio, todo él como bañado por algo incierto, dulzón, que flotaba en el aire. «Huele a muerto. Huele a muerto», pensaba.

Concluía el pequeño tiempo de holganza. Concluían las conversaciones, los cigarrillos, los pensamientos, quizá. Miguel se desnudó y se echó en la cama. Santa apagó el candil. Después, todos durmieron. Miguel no apartaba los ojos de la pared, allí, junto a sus ojos, vuelto de espaldas a la litera de Santa. «Estúpido, farsante, asqueroso.» Por la ventana entraba un rumor de voces y el resplandor anaranjado de la hoguera. Abajo, en la explanada, los guardias hablaban, jugaban a las cartas, fumaban. Era la noche del 23 de septiembre.

El 24 amaneció lluvioso, pero a eso de las once el sol brilló alto, en un cielo limpio y azul. La tierra estaba pastosa, debajo de las suelas. Hubo revisión de uniformes y, alineados, con las cabezas aún húmedas de agua, sintiendo en las orejas y en el cuello el fresco aire de la mañana, oyeron la campanada de Hegroz, traída por sobre las montañas, por entre los barracones. La campana llamaba a la misa solemne, oficiada. Era el día de la Merced, patrona y redentora de presos y cautivos.

Capítulo tercero

El sol brillaba mucho. Brillaba de un modo insólito, reverberante, terrible, encima de los platos, de los vasos, de los cuchillos. Era extraño: parecía que volviese el verano, de pronto, allí, encima de la mesa. Sacaron a la explanada unos largos tableros, que pusieron encima de caballetes, y llenaron la improvisada mesa de porrones, con un vino muy rojo, que acaparaban el sol, que reventaban de sol: un bullente sol rubí clavándose en el filo de los ojos como un enjambre de chispas. Sí: allí estaba todo el verano, de repente, agolpándose sobre la mesa de los presos. «Redentora, Dulce Señora, de presos y cautivos...» ¡Los versos! ¿Los habría inventado Santa? ¿Los recordaba, quizá?» «Ah, Señora, Reina, Estrella, Luz de presos y cautivos...» Las palabras de los versos siempre le sonaban lejanas, extrañas. Le daban rubor. De niño, en el colegio de Saint-Louis Roi, se negaba a recitar. «Dan vergüenza esas cosas que suenan así.» Y ahí estaba él, escuchando los versos que repasaba Santa, como un colegial. Porque hacían versos para el día 24 de septiembre, y los recitarían. ¿Cómo no iban a recitarlos? Aún no habían empezado a comer. Estaban alineados, delante de la improvisada, de la insólita mesa que apañaron al aire libre. Las mujeres, al otro lado de la empalizada, esperaban al sol. Con los niños, con los perros, con las grandes manos como de barro cruzadas sobre el vientre o escondidas debajo de los sobacos. Una sonrisa brillaba en los labios de Manuela, la gorda, con sus cinco hijos alrededor, como un gran puchero negro rodeado de potecillos. «Han contratado a las mujeres para que sirvan la mesa.» Qué gozosas eran las palabras: «Sí: allí, mi Manuela, mi Margarita, mi Lucía...» Miguel estaba quieto, vigilando cada uno de sus gestos para que no le traicionasen, porque dentro se le agolpaban todos los gritos (cada grito y cada insulto, y el rencor, que se guarda) como traiciones de sí mismo. Sí: debía vigilar los dedos que cogían el vaso —eran vasos de vidrio, traídos de la taberna, no los cuartillos de aluminio cotidianos—; debía vigilar la mano que cogía el cuchillo, debía vigilar los dientes, los ojos, los brazos, las palabras. «No me voy a traicionar. Hay que ir con cautela.» Pero ¿qué podía traicionar? No lo sabía aún. Sólo le avisaba un confuso sentido animal, de alimaña. Un confuso sentido de defensa. «¿De qué? ¿Por qué? ¿Qué me propongo?» Mentiría si dijese que lo sabía. No: no lo sabía. Y allí estaban, delante de la mesa, sin gorras, respirando fiesta, todos, con su verano encima de la mesa, dentro del vino, detrás de la empalizada. Y allí, también, los otros. Todos los otros, que ya llegaban sobre el puentecillo: los dos curas, el alcalde, el cabo de la Guardia Civil, los sargentos, los oficiales de prisiones, Daniel, el guardabosques de los Corvo, y los guardabosques de Lucas Enríquez, y él, él, el jefe. Allí venía con su estatura corta —«ni metro y medio tendrá»—, sin despojarse de sus botas enterizas ni aun en día de fiesta patronal, Señora de presos y cautivos. Allí estaba él, el primero, con sus ojos tristes, a los que no llegaba nunca el verano, por lo visto. Allí venía, gris y agorero, como un borrón, con sus palabras debajo del paladar, siempre dispuestas a arrancar desesperación: *«Hijo mío...»* «¡Mira, mira; aquí, a tu hijo, comiendo el arroz con pollo del día de la Merced!...» Dos eran los curas: uno, el propio párroco de Hegroz; otro, alquilado, del convento de benedictinos. Decían las viejas que también lo traían para el día de la Santa Cruz. Ya le conocía. Tenía un vientre grande, redondo, debajo de la sotana, o el hábito, o lo que fuese. Sí: sería hábito (negro, con cuello holgado y una correa a la cintura). Pero no llevaba sandalias, como cuando los pintan, sino unos zapatos negros, deslucidos. El cura alquilado les miraba sonriendo. Era jovial. Hablaba a golpes, con acento de la tierra. Pero con otra alegría que la de los campesinos. Sí: era muy llano, muy sencillo. «Eso gusta al pueblo.» El cura alquilado se puso a mirarles y levantó la mano al aire, lleno de júbilo.

—¡Hala, muchachos! ¡Buen provecho!

Se corrió un murmullo, que tal vez decía: «Igualmente», o «Gracias», o quién sabe qué cosa avergonzada y alegre. Humildemente alegre, claro. Las mujeres se acercaron más a la empalizada y un niño se puso a gritar:

—¡Madre, madre, hay arroz!

Pero la madre le puso la mano sobre la boca, y corrió una risa rápida, como un relámpago. Todos los perros habían desaparecido, reunidos en la parte de atrás, olisqueando por debajo de la puerta de la cocina, con los rabos como molinetes.

El cura alquilado se les puso enfrente y, levantando la mano, hizo una cruz grande y solemne en el aire. Todos se quedaron muy serios.

—*Benedicte Domine...*

Luego, otra vez la sonrisa, ancha, entre las mejillas encarnadas.

—¡Alegraos, hijos míos...!

«Hijos míos. Hijos míos. Siempre *hijos míos.*» Miguel tuvo ganas de reírse. De ir al río y reírse muy alto. «Padres, hijos, madres, hijos. Padres, madres, hijos. El mundo está hecho de padres, madres, hijos.» El aire de la mañana se empapaba de olor a guiso.

Curas, guardias, oficiales, alcalde, secretario, médico, oficiales, guardabosques, el encargado de las obras, dos hombres más, una corbata y traje de fiesta (tal vez el juez y el alguacil), cuatro más de la empresa... «Día grande. Don Diego se estuvo una mañana entera escribiendo las invitaciones de su puño y letra. Yo le dije de pasarlas a máquina, pero nada: de su puño y letra. ¡Así se nota cuando un hombre es cortés!...» Santa, con las comisuras llenas de saliva, se volvió hacia él. En aquel momento Miguel tuvo ganas de vomitar. Unas espantosas ganas de vomitar.

—¿Estás malo, chico?

—Sí..., no sé. Aquí, el estómago...

Salió y se fue al río. El agua brillaba verde y oro, entre las piedras. «Qué raro verano ha venido de repente...» Algo había dicho el benedictino, de eso, durante la misa. Mientras se inclinaban, le venían a los oídos trozos del sermón... «Hasta el cielo se ha puesto azul, como el manto de nuestra dulce patrona, esperanza y alegría de quienes sufren cautiverio...» Se metió, sin querer, en el agua, y se mojó las sandalias. Con el frío, le dolió vivamente la cicatriz. «No me da buena espina esa cicatriz...» Notó un vahído, una náusea. Se apoyó de bruces en las piedras de la orilla, con las manos en el suelo. La arcada le subía como a oleadas. Pero no podía vomitar. Era otra cosa. Otra cosa. Se aflojó la cuerda que llevaba arrollada a la cintura y se sentó sobre los guijarros. Frente a él se formaba una pocita, con un simulacro de oleaje hacia la orilla, como un diminuto y falso mar. Vagamente vio el contorno de su cabeza reflejado en el fondo del agua. Como aquel día, en la fuente. «Mónica. Mónica... ¡Aquí querría verte yo, aquí!» Una agria sonrisa le estremeció. Oyó rumor de voces y se puso en pie, volviendo a la explanada.

Las mujeres habían traspuesto la empalizada y, provistas de delantales, iban y venían de la cocina, con grandes lebrillos. En el suelo, a guisa de mesa y mantel, todo en una, mantas, sobre las que había los platos, porrones, cucharas. Los niños, en rueda, mientras esperaban, hacían sonar las cucharas de aluminio contra los platos. Uno, muy pequeño, que se encontró de pronto abandonado sobre la manta, levantaba los brazos al aire y lloraba a gritos. Pero nadie le oía. En las mantas, grises, había números e iniciales negras. «Conocidas iniciales, conocidas mantas», pensó. Vino, vino. Vino en abundancia, vino para beber y beber, hasta hartarse. «Y luego —se decía—, coñac y tabaco, y café. Sí: hasta café.» Así era don Diego, así era. «¡Otros, en su lugar! ¡Ay, madre, otros en su lugar!» El vino estaba allí, el vino del verano, el vino terrible y caluroso, llevando su ardor al estómago y a las sienes; allí, en la mesa, aún intacto, aún no tocado por nadie, goloso a las miradas. Vino y panza llena. «No penséis: vino y panza llena...» ¡El ideal de don Diego! «Hijos míos.» Debería decir, en lugar de: «Redimidos por el trabajo, una vida nueva se abre delante de vosotros...», debería decir: «¡Vino y panza llena, y a no pensar en nada». ¡A no pensar en nada, a no sentir, a no desear, a no recordar! «¡Vino y panza llena!» Ah, su vida. «Mi vida es otra cosa.» Pero no había blanduras para él. No podía haberlas. ¿No decían vino y panza llena? Le tendió Cristóbal el porrón y lo agarró fuerte. Lo alzó al aire y notó en la lengua, en el paladar, el chorro delgado como un hilo. Estaba frío y levantó en su piel una granulación estremecida. Oyó risas. Dejó el porrón encima de la mesa y notó el hilo mojándole el cuello, el traje. «¡Anda, torpe!», se quejó Lucas Soriano, a su lado. Y un rotundo: «¡Coño, el chico!...»

Manuela, Margarita, Feliciana, Lucía llegaban ya con el arroz, en unos lebrillos de cinc esmaltado, descascarillados, como sucios de hollín. El arroz se alzaba en montañas humeantes, con pedazos de carne, de huesos, con guisantes verdes, como caídos al plato desde una rara primavera. «¡Coño, tropezones de jamón!» Los lebrillos se vaciaban rápidamente. «Parecen palanganas», pensó Miguel. Y de nuevo le subió la arcada, pensando en el agua sucia, con pelos flotando, de las palanganas que vio de niño en las barracas de la playa.

(Las mujeres salían de la arena y, ¡zas!, lanzaban al aire el

agua amarillenta, parda, que empapaba el suelo rápidamente, debajo de un sol achicharrado. El agua era rica, preciosa, contada. El agua servía para varias lavadas.)

La Manuela puso en medio de las mantas un lebrillo lleno. Los niños se echaron encima, gritando, con las cucharas al aire. Un perro se acercó, y el hijo mayor de Manuela, que ya tenía ocho años y era tuerto, le dio una patada en los lomos. El perro, sin embargo, insistía. El hijo mayor de Manuela le puso un puñado de arroz sobre una piedra. El perro se abalanzó a él con la lengua colgando. Se oían chascar en el aire frío los lametones del perro como diminutos latigazos.

El vino estaba dentro, y bien guardado, desde que llegaba de Cenicero. Lo guardaban en pellejos arrimados a la pared, y Laureano, el cocinero, pobre viejo que mató sin querer —le dio un palo a uno que insultó a su vieja, y lo mató. Pero no quería, y todos le llamaban «el abuelo»—, le echaba un tiento, de escondidas, más de una vez. Pero ahora el vino salía y salía sin tasa, porque estaba el manto de la Dulce Señora extendido en el cielo sobre sus rapadas cabezas de cautivos, y *un día es un día, y el que lo pille pa él.* Santa no bebía mucho (no se podía decir que Santa tuviera el vicio de la bebida), pero también llenaba su vasito y lo alzaba al aire, y decía: «Por don Diego, que es el mejor de los *barandas*». Y todos se reían, todos, aunque había muchos que no le querían bien —y a él le constaba que no le querían—, y todos brindaban con el vaso en alto. El porrón lo habían acaparado unos de origen campesino, y no lo soltaban.

Las mujeres traían y traían sus lebrillos llenos de arroz. Parecía mentira que el arroz les gustara tanto. Él no comprendía, así, del todo, que les gustara tanto el arroz. Porque no concebían fiesta sin arroz con tropezones y sin vino rojo de Cenicero. Vino de la Rioja, que dicen que es bueno y calienta el alma.

Los niños y los perros estaban ya unidos, hermanados, como correspondía. ¿Acaso no les había bajado una fiesta, una rara y hermosa fiesta de alguna parte? Los niños y los perros, sobre las mantas con insignias y números de presidiarios, compartían el pan, el arroz e incluso el vino. *(Porque un día es un día, para el que lo pille.)*. «Madre, madre, hay arroz...»

El corazón le dio un brinco, dentro. «Madre, madre, hay arroz...»

En Port-Bou, la Aurelia estaba seca, morena, con sus delgados labios sin sangre.

—Muchacho..., ¡pero si eres un hombre!

Los labios de la Aurelia decían la palabra «hombre» de un modo pastoso, lento. Sintió en su mejilla la saliva de su boca sin besos.

—Alza la cara, zagalón...

Zagalón. Esa palabra era de su tierra. De la tierra de su madre, de la tierra de la Aurelia. Esa palabra traía de repente el sol, redondo y lleno de espejos, encima del mar.

Port-Bou era parecido a todo lo que conocía. Pero Port-Bou, de repente, era nuevo, distante. (Ah, Madame Erlanger, nunca fuiste tan muñeca, tan oculta, tan sueño de lejos. Pobre Madame Erlanger, no son para ti los zagales.)

Estaban solos, otra vez. Se acordó: «Cuando sea mayor, le haré algo malo a la Aurelia. Le haré algo muy gordo y muy malo».

—Ven, Miguelito. Tenemos que hablar mucho, tú y yo.

Entraron en un bar, en una plaza grande y cuadrada. En los balcones había persianas verdes. Enfrente, la enseña de una fonda. El bar tenía un toldo de color pajizo, con letras azules. Se sentaron dentro, detrás de la cristalera, mirando el triste espectáculo de la plaza, casi desierta a aquella hora. «Esto es España. Ya estamos en España.» Y pensó: «Cuando salí, apenas sabía de España más que aquel mapa de la Rosa Luxemburgo. Ahora sé cosas de España». Vagamente, pasaron por su mente las fotografías de las revistas extranjeras, con sus hombres apelotonados tras las alambradas. («¿Están aquí tu padre, tu madre, tu hermano?», decía André Leboussac.)

—Miguel, ¡cuánto hemos pasado para dar contigo!...

«Para dar conmigo. ¡Brujas, asquerosas! Mejor no haber dado conmigo. Yo vivía bien, allí. Estaban André, Guy, Louis, François... Estaba también ella. Madame Erlanger, con sus cosas, pero siempre comprendiendo. Me dio un beso, cuando llegué tarde, y me miró como a un hombre cuando dije: «Huyen los alemanes, ai de un tanque en el descampado...» ¡Brujas! Sin querer, le salía de nuevo el lenguaje de la playa, de las barracas de cal y cañas, junto al ronco lamido del mar. Le salían las palabras de Alcaiz: «Bruja, bruja, bruja». («Hijo mío, dicen que las brujas movieron el puchero porque tu tío Francisco, el de Arrabalía, pedía Padrenuestros para su otra vida...»)

—¡Qué tarde os acordáis de mí! —no pudo evitar decirle.

Parecía que a la Aurelia le picaron mil avispas. Saltó sobre la silla, erguida.

Era aún muy de mañana y el mozo bostezaba junto a la cafetera exprés. Se acercó luego, con una bandeja de metal, en la que entrechocaban dos tazas blancas de loza. El café sonaba con un pequeño barboteo, al caer en el fondo de la taza.

—¡Ay, mala raza, mala raza! —dijo la Aurelia mirando al suelo. Y se sacó un pañuelo que exprimía entre las manos.

—Tu madre, desgraciado, está muriéndose. Tu pobre madre, que se muere y te llama...

—Madre, arroz con tropezones...

El niño salía del corro, con su plato al aire. Estaba borracho y dio un traspiés. Saltó el plato en el aire. Oyó risas, por aquel lado. Miguel alzó su vaso, lleno. Lo tragó de un golpe. Sí: estaba allí el verano, milagroso, extraño, ardiendo en el fondo, con algo de bruja *(del puchero movido de sitio, del ánima del tío Francisco, que en gloria se halle)*.

Por la ventana abierta a la pieza donde se instaló el comedor de los importantes del barracón, se veían sus cabezas, moviéndose, y la espalda verdosa del cabo Peláez, con su nuca rojiza. Fumaban y reían, hartos ya de comer. El cura forastero contaba cosas graciosas de feligreses y de política, y el párroco de Hegroz, que era viejo y algo triste, estaba como apabullado, se notaba. El párroco de Hegroz no tenía jovialidad ni gustaba al pueblo: con su melancolía y su sotana verdinegra, con su palillo, para rascarse el oído de cuando en cuando, en el confesonario, y decir: «Tu alma es un jardín, muchachita, y debes cuidar las flores que el Señor puso en él...» Sí, eso contaba Mónica. «Mónica.» La vida saltaba, de pronto. Estallaba la vida, allí, sobre la mesa de los presos (en los labios de Mónica, en su voz ronca y lejana). ¡Ah, Mónica, Mónica! Tal vez le hacía sólo daño, y no bien, como imaginaba. ¿Acaso no era porque tuvo al lado su vida joven, por lo que se daba cuenta de que su propia vida se perdía?

—Santa, acerca el vino...

Fue él quien lo dijo. Él, quien lo dijo. ¡Qué raro: él! Santa le palmeó el hombro.

—Miguelito...

Qué raro, todo. Qué raro. «Pero de mi vida no se hace lo que quieran los otros... Todos, siempre, disponiendo de mi vida. La Aurelia, madre... Y éstos. Y ¿por qué no? Tomás y Lena, también. Sí: no voy a descubrirlo ahora. También ellos. De ahora en adelante mi vida será mía. Mía sólo.» Alzó el vaso y tragó el vino, que le cayó dentro como una brasa.

—Anda, que el chico empina... ¡Hora era!

El abuelo le miraba, riendo.

—Pues, ¿no decías que no era bueno para ti este vino...?

«Yo bebí en copas de cristal verde un vino de color de oro, un vino de...» Se le moría todo. Se le moría el recuerdo, la distancia crecía, las cosas huían, sin saber cómo. Monte arriba, como el sol. También el sol huía, monte arriba. Y se dio cuenta de que ya se acababa el verano falso de la comida.

Alzó la cabeza. Traían la carne, guisada y abundante, con trozos de zanahorias nadando en la salsa y un aroma espeso.

—¡Arreciar!... —decía la Margarita, riendo como una niña crecida, con su delantal a rayas, depositando el lebrillo sobre la mesa. Dos guardias civiles, sentados junto a la empalizada, se reían también. Bebían unos vasitos de coñac, con la botella entre los dos y la guerrera desabrochada. Los ojos de Miguel se clavaron en los fusiles, en las cartucheras.

De repente, Eladio Corrales se lanzó con una jota, larga y triste. Le fastidiaban las jotas, no le gustaban, hablando siempre de sus cosas, de vírgenes capitanas y de maños. Pero aquélla era una jota serrana, de cadencia tristísima:

Amor mío, no me lleves
al campo, tan de mañana...

¿Por qué se ponían a cantar, aquellos estúpidos? De buena se libraba él, con aquello de los cantares. Y llegaría la hora de los versos, que se habían aprendido y que habría que decirlos. Y la comedia. Santa había organizado una representación allí, en plena explanada, entre guardias, curas, contratistas, y aquel Daniel Corvo que vaya usted a saber para qué lado se inclinaba. «No te fíes de un cobarde que nade entre dos aguas», dijo Tomás. «No te fíes y confíale cosas...» Le dio una risa pequeña, el recuerdo. «Tomás, Tomás... Qué tiempo aquél, Tomás.» Se le clavó la nostalgia, como una sanguijuela, y le dio un escalofrío por todo el cuerpo.

Hace frío, truena y llueve,
y está lejos la cabaña...

«¡Qué pueblo tan triste! ¡Qué horrible pueblo de muertos, Hegroz!» De claudicados, de imbéciles y de caciques.

Y era cierto que había muerto el verano, definitivamente. Allí estaba la hierba, apenas alboreando en la tierra húmeda y guijarrosa, empapada de otoño, hecha limo debajo de las mantas donde los niños se tiraban a la carne, que ya, visto estaba, después del arroz, no podía sorprenderles. Las mantas se hundían en un barro descubierto detrás de la primera corteza de la tierra, falsamente seca. La Margarita se echó entre ellos, derrengada, junto a Lucía. Lucía, sentada, con los brazos cruzados, miraba a su Leandro, que ya había devorado todo lo que podía devorar y decía:

—Yo tengo un verso para don Amadeo, que es quien me alcanzó todo lo del casorio...

Se reían todos con aquello del casorio, porque se conocía bien la historia en el barracón. Leandro era un ladrón, y nada más que un ladrón sería mientras viviera. Y Lucía seguía a su ladrón allí donde él fuera, y sembrarían ladrones tierra adelante, bendecidos por el matrimonio que el bueno del párroco de Hegroz les aconsejó de buenas, porque a lo hecho, pecho.

Miguel vio a las mujeres emprenderla, al fin, con el arroz. Esgrimían también sus vasitos, y en las mejillas les salían rosetones y los ojos les brillaban, mirando al bosque y a los hombres. «Hoy es un día...» Se hacía la vista gorda. La pareja de guardias había entrado en el comedor. La explanada estaba libre, y alguna pareja buscaría el amparo de los robles, allí al lado, en la vertiente, mientras los niños lloraban o reían o perseguían a los perros.

«Mónica. Mónica. En el cerco de árboles jóvenes hay un lecho de fango y hojas muertas. Mónica, Mónica, la vida está allí detrás: no eres tú, no eres tú, pero tú has abierto el camino, lo que no debe morir, Mónica, no me alegro de ser el ayudante del *baranda,* no me alegro de ir de recados al pueblo; Mónica, me gustaría no olvidarte...» Desvariaba. ¿Pues, acaso, no daba aquello tanta vergüenza como los versos?

Capítulo cuarto

El cielo estaba de color plomo, sin una sola nube. Solamente allá lejos, sobre las crestas de Oz y de Neva, llameaba un tinte rojo vivo. En la explanada se encendieron hogueras. Algún matrimonio se perdió entre las matas y los primeros árboles, en el principio de la montaña. Los niños prendían fuego a unas aulagas, de las que brotaba un humo denso, verdoso (un raro humo de brujas), y con largos palos golpeaban el fuego.

Dentro del barracón, «los importantes» bebían rondas y rondas de coñac y anís. Debían ser ya las siete de la tarde: quizá más. Los curas ya cruzaban el puente y trepaban por el caminillo, hacia la carretera, donde les aguardaba el camión. Les acompañaba el alcalde, con paso vacilante. Dentro del barracón, aún, los de la Empresa, el médico, el secretario, Daniel Corvo... Había un denso humo de cigarros, de palabras, de copas. Por la ventana abierta se veían sus cabezas y llegaban sus risas y el resplandor de la luz. El número Quílez y el número Chamoso se hicieron fotografías en grupo, con los presos; y también el párroco y el encargado de la Compañía. Santa y otros tres representaron un fragmento de algo. Fue un éxito: les aplaudieron mucho. En el cuarto de la «Oficina», junto a la máquina de escribir y a los sacos de patatas arrimados a la pared, bailaban, sobre una mesa, Soriano, Méndez, Aquilino Paredes y Ambrosio Carrero. Su baile era algo insólito, parecían muñecos teñidos de rojo. Estaba todo teñido de rojo, allí, sin saber cómo —tal vez entraba, por algún lado, el reverberar de la montaña, con su agonizante sol, o el resplandor de la hoguera—. ¿Por qué se pintaron la cara, por qué se pusieron en la cabeza las plumas de los pollos sacrificados? No podía comprenderlo. Y se le bañaba todo el pecho de una rebeldía sorda, aguijonante, cada vez más crecida; como una espuma que subiera, subiera, al rojo vivo, dentro de él. Vagamente le venía a la memoria un tiempo perdido.

(Dentro de la barraca todos bebían con una alegría sangrienta: una alegría terrible, de rara fiesta de comer y matar. Y todos bebían. Y Chito y él estaban debajo de la mesa, y luego tuvieron que ir a vomitar a la playa.)

Miguel les miraba, apoyado en el marco de la puerta. Había bebido. Sabía que, a pesar de todo, contra su voluntad, había bebido. «Qué generoso es don Diego...» Corrió el coñac y el anís. Aquellas botellas de coñac barato, con cierto regustillo a jabón, envueltas en una red de seda amarilla, que los niños se ponían luego, como gorros. Las mujeres, en el río, fregaban y refregaban. Después, recogerían los restos. Siempre, las mujeres, recogiendo las sobras; yendo, con sus misteriosos pucheros llenos de huesos, de caldos, más allá de la empalizada, hacia las chabolas.

«¿Por qué cantarán?», se dijo, rabioso. De pronto se le hacía raro, a pesar de que ya lo sabía, de que ya lo vio. Lo llevaba clavado, quizá, dentro de su tiempo perdido. Pero no quería, no quería. No podía quererlo. Un grupo con la cara pintada de rojo bailaba encima de la mesa. Las plumas les daban un aire salvaje, carnavalesco. El rostro de Aquilino Paredes, hinchado, parecía una careta.

Salió afuera, otra vez. Necesitaba el aire en la cara: el aire frío que llegaba, sereno e indiferente, a la explanada, al río. «Se han pintado, dicen, con jugo de moras y sangre de los pollos.» No lo sabían bien: era un tinte rojo amoratado, negruzco, brutal. Un tinte de sangre, de vino, que levantaba algo dentro: un incendio lejano que le daba miedo. Miedo, sí. No podía negarlo. El corazón le pesaba, amargo.

Arriba, tras la reja de la ventana, vio una cara plomiza, una mirada oscura. Aquel tipo subió al dormitorio apenas después de comer. No se alegró, no bebió vino. Se llamaba Teodoro Fuentes Merino. Había llegado hacía un mes, apenas. No hablaba casi nunca. «¿Qué hace ése ahí arriba?», preguntó alguno. Y Santa dijo: «Dejarlo: es un mala leche». Teodoro Fuentes Merino le miraba. Estaba seguro. Sintió sus ojos, agujereando la tarde, el viento que ya soplaba a ras de la húmeda tierra. Notó aquella mirada sobre la suya, quieta. Algo se le clavó dentro, como un botón que pulsara todo su ser. Se volvió de espaldas. Las sienes le ardían. No bastaba el viento, para él.

Sin saber a ciencia cierta por qué, se fue de allí y bajó al río. Las mujeres recogían las perolas, los platos, los cubiertos, y charlaban a gritos, como si estuvieran lejos una de otra, bajo la última luz de la tarde, que se acababa. El rojo resplandor de Neva se hundía en el agua y desaparecía.

Se agachó a beber, al lado de las mujeres. Tal vez alguna le gastaba una broma, acaso aquella risa iba dirigida a él. No podía saberlo. En sus oídos sonaban, como algo ajeno, las voces y el entrechocar de los cacharros. Apoyó las manos en los guijarros, y se echó de bruces, para acercar los labios al agua. A su lado había una pila de platos, de cucharas, de tenedores, y un par de cuchillos: uno de cocina, grande, afilado; el otro, más pequeño, algo desdentado y con el mango negro. Notó un tirón, dentro. Sorbió un trago de agua, que le pareció hacerse sólida, entre el paladar y la lengua; como negándose a pasar, garganta abajo. Una mujer se metió en el río, sin querer, y dio un chillido, coreado de risas. Rápidamente, vio los tobillos mojados, las alpargatas chorreando. Quizá, por broma, le dieron las otras un empujón. Las mujeres se reían, como se reían siempre los días de fiesta. Alargó la mano, sin mirar, y tentó el mango del cuchillo de cocina, que seguía allí. Luego, ágil, con la mano como una zarpa, lo hurtó.

La mujer salió del agua, insultando a alguna, entre las risas que aún sonaban. Él no levantó la cabeza. Miró las piernas y los pies de la mujer, que, brillantes por el agua, salían de entre los guijarros salpicándole en la nuca y en las mejillas. Su mano apretaba el pequeño cuchillo y buscaba, en su cintura, la cuerda arrollada. Lo guardó allí, entre la piel y la ropa, despacio: de un modo maquinal, sin una pregunta siquiera para sí mismo, sin saberlo de un modo concreto. Y, sin embargo, estaba seguro. Estaba muy seguro de todo. Una cosa era cierta, y él la sabía: «Yo no me pudro aquí».

Se incorporó, despacio. Tenía la cabeza pesada y un fuego violento en los ojos. El sol se hundía, rápido, detrás de la montaña. Las mujeres ya terminaban de recoger y entraban los cacharros en la cocina.

—Santa, vamos a chapuzarnos... —dijo.

A Santa los ojos le brillaban extrañamente.

—¿Ahora?... —Se reía.

—Sí. Estoy que no veo. Anda, vamos allá, a la revuelta... díselo a Chamoso. No nos irá mal.

Santa se levantó y fue hacia el guardia. Algo le dijo a Chamoso, que era el único que estaba allí, sonriente, apoyado en la puerta, con la mirada perdida en la explanada. Los hombres echaban leña al fuego. Las mujeres iban y venían del río. Los niños miraban las llamas, sentados en las piedras. Aún había en el aire un resplandor dorado, dulce, como de miel. Por la ventana se veían aún las cabezas, se oían las voces, las risas. Seguían las rondas y rondas de coñac. Pronto subirían a acostarse: más tarde que otros días. Alguno ya estaba en su litera, borracho, roncando el hartazgo. «Beber, y panza llena...» Qué gran felicidad, qué gran paz, qué gran generosidad, qué gran comprensión, qué gran indulgencia: «Sois hombres redimidos...» Le subían las palabras, como fuego. Pero era un fuego helado, solidificándose dentro, alimentando un esqueleto que ya no podría destruir ni volver hacia atrás. Cada palabra le conducía inexorablemente hacia delante. No; no podía retroceder.

—Vamos: un chapuzón, rápidos... —dijo Santa. Venía de decirle algo al número Chamoso...

Enfilaron río adelante, hacia el barranco, de donde nacía, violenta, encrespada, la montaña. Hacia los bosques. Hacia la apretada maraña de las hayas, caminos de ganados, ríos, valles. Era una llamada larga, insistente, la llamada de la vida.

Santa iba delante, con pasos rápidos, y saltaba ágilmente sobre las piedras.

—Va refrescando... —dijo—. Estará el agua como puro hielo...

Él no respondió. ¿Qué iba a decir? De pronto, sólo podía pensar en una sola cosa, que iba informándose como un cuerpo extraño, allí, dentro de su cabeza. Contemplaba la espalda de Santa, delgada, frágil, dentro de la chaqueta de franela marrón.

Llegaron a la revuelta, en la que había una poza, donde solían bañarse. Era un buen lugar, rodeado de piedras y de helechos, en lo más profundo del barranco. De allí partían las dos vertientes, como murallas.

—Está uno aquí como tragado... —dijo Santa.

Casi siempre decía lo mismo. Era como si descubriese todas las tardes el mismo lugar. Pero ahora, al decirlo, tenía la voz oscura. Miguel miró hacia atrás. De pronto, todo había desaparecido. Detrás de la curva estaban los hombres, las mujeres, los guardias. Ahora, allí, simplemente unos metros de aquel enjambre hirviente, detrás de la masa de piedras, estaban absolutamente solos. «Uno, aquí, está como tragado.» Miró hacia arriba, despacio. Las sienes le dolían. «Asqueroso coñac...», pensó. En la boca tenía aún su regusto: basto, arañándole la garganta. Vio los árboles, apretados, alejándose y alejándose vertiente arriba. Le parecía que los árboles le devolvían su mirada, su ansia. «Dicen que son centenarios...» Allí estaban, pues, años y años, ladera arriba: espesos, indiferentes. Cada sombra, cada laberinto de ramas, era una llamada poderosa y cierta. «¿Dónde está Francia? Más o menos, hacia allá.» Qué locura, qué gran locura. Pero los hombres están locos. Tomás lo decía: «*Si no fuera por los locos, mal andaríamos...*» Sí; las grandes cosas las hacen los locos. «*Todo es proponérselo: no decir nunca no.*»

Se volvió despacio:

—Santa...

La voz le salió baja, distinta. Santa, que se quitaba la chaqueta, levantó la cabeza. Despaciosamente, vio aparecer su pecho frágil, desnudo, con el vello rojizo sobre la piel blanca. Las costillas de Santa destacaban con un relieve angustioso.

—Santa —repitió más firme.

—Di...

De pronto, se echó hacia atrás, saltando de espaldas, como un gazapo. Sus pies se hundieron en los altos helechos de la orilla.

—Adiós, Santa. ¡Me marcho!

Santa no entendía. Le miraba sin comprender, con la boca abierta. Miguel le explicó, precipitadamente:

—Tú, quédate aquí. Si tú te quedas, no se darán cuenta... Tú eres el hombre de confianza... Ya sabes. ¡Anda! Luego, dices que me has perdido de vista. No tiene nada de raro. ¡Tú ya sabes...!

Le salían las palabras torpes, atropelladas. Eran unas palabras que le iban descubriendo a él mismo lo que hacía.

—Me voy, por la montaña... Ya lo oyes. Tendré suerte, estoy seguro. ¡No darán conmigo fácilmente! Tengo un plan...

Santa seguía con la boca abierta. Se le desprendió del todo la chaqueta y aparecía ante él con el torso desnudo, flaco y pálido. El pelo, largo y negro, le caía en mechones lacios sobre las orejas. Sus grandes ojos tenían una fijeza de asombro, de estupidez. «¿Se habrá vuelto idiota?», pensó, irritado. Y añadió:

—Adios. ¡Suerte para ti, también...! ¡Suerte en esta cloaca!

Iba a echar a correr, montaña arriba, para no ver aquella mirada. Le daba miedo. Miedo otra vez, golpeándole el pecho, con fuerza. Ya conocía el miedo. Sabía lo que era el miedo. Lo supo varias veces en la vida.

Santa salió a la orilla. Sus pies temblaban raramente. Llegó hasta él y le cogió por los brazos, con una fuerza extraña.

—¡Estás loco! ¡Estás completamente loco!

Sintió su salivilla cayéndole en la cara como una lluvia. Su aliento, que olía a coñac, aunque apenas hubiera bebido. Se desprendió bruscamente:

—¡No me vengas con sermones, tú, ahora...! Déjame ir. Quédate ahí un rato, para darme tiempo... Luego, tú sabes: dices cualquier cosa, para darme tiempo. Es lo único que necesito.

—¡Estás loco, chico! ¡Del todo loco!

—¡Suéltame ya, imbécil...! Eres mi amigo, ¿no? ¿O no eres mi amigo? ¿Eres también de los que todo se les va en palabras...?

—Pero si no puede ser... Óyeme: te vas a perder. Vas a perder tu vida... Por lo que más quieras, quédate. No hagas eso. ¡Si no puede ser! ¡Si es imposible! Te encontrarán... ¿Por qué crees que nos dan esta libertad? ¿Es que crees que son idiotas? Nadie puede escaparse. Aquí es imposible escaparse... Dentro de un día, de dos... Dentro de unas horas, te encontrarán, igual.

—¡Eso es cuenta mía! ¡Es cuenta mía! ¿Quieres o no quieres cubrirme? ¿Eres o no eres mi amigo?...

Santa temblaba. Vio sus ojos, como llenos de lágrimas. Y parecía que su voz decía, sin decir: «Está uno aquí como tragado. ¿Es que acaso no te das cuenta de que aquí está uno como tragado...?»

Pero aquello, la conciencia de lo que Santa le decía, sólo servía para espolear más su desesperación.

—Estoy desesperado, ¿me entiendes? ¡Completamente desesperado! No puedo continuar aquí. ¡Prefiero que me larguen un tiro por la espalda...! Lo que no puedo es seguir un minuto más esta horrible vida de perro que llevamos, esta horrible libertad, que tú llamas...

Hablaba enajenado, con una pasión que no le era habitual, y, por ello, le decía una voz interna: *tú no eres tú. Ya te están cambiando. Tú no eres tú: ni siquiera razonas. Estás desmoralizado...* «Qué están haciendo con mi vida? ¡No se hace esto con una vida...!»

—Muchacho, ten calma... óyeme... También yo pensaba esto: pero él me ganó con sus razones... Escúchame: he comprendido que esto es lo mejor. Avente a conciliar las cosas. Nosotros hemos de comprender...

¿Qué decía, que decía aquel imbécil? Hablaba igual que el jefe. Sí: ya hablaba con sus palabras, con sus libros, con sus santos.

—También yo era rebelde: y mírame ahora...

«¡Mírame ahora!» Se volvió a mirarle, era cierto: estaba con las manos tendidas hacia él, como una súplica, flaco, pálido, temblando igual que una hoja. Miguel sintió de nuevo el miedo: un miedo inhumano, bestial, trepándole por la espalda. La visión de Santa, pálido, con sus huesos nimbados por la claridad azul de un cielo que por minutos se cerraba, le producía un espanto incontenible. «Mírame ahora.» Sí: le veía. Veía sus ojos mansos y brillantes, su apatía, su conformada alegría de presidiario sin rebeldía; sin esperanza, siquiera. «Está muerto. Es un muerto, aquí, delante de mí. Al volver la curva está el gran cementerio de los muertos: picando piedra, comiendo, bañándose en el río, celebrando la fiesta de los muertos. ¡No, mi vida no puede ser así! ¡Yo no puedo, no puedo!» Se estremeció de horror. Era la peor visión que se podía tener, aquella del hombre destituido, abdicado, suplicándole, pidiéndole fidelidad a una idea que no podría nunca compartir.

—No puedes defraudar la fe que ha puesto en ti, la confianza... Yo te juro que él está aquí para salvarnos. Mira, chico, he pensado tanto en estas cosas, durante todo este tiempo... Sí, créeme; he comprendido que éste es nuestro bien —decía Santa.

Miguel dio un salto atrás, nuevamente. Santa le siguió, avanzando hacia él.

—¡Déjame, Santa, déjame! ¡Esas cosas estarán bien para ti, para los otros... si quieren! ¿Pero no te das cuenta de que en mí es diferente? ¡Mi vida no puede deshacerse así! No: estoy decidido. Santa, Santa... tú eres mi amigo, ¿no?... Adiós, Santa...

Echó a correr, árboles arriba, empujado por el miedo, por el gran terror que sentía de los ojos, de las palabras de Santa. Pero Santa le seguía, trepaba tras él, con su respiración trabajosa, llamándole. Le llamaba, y su voz tenía un eco largo, que le estremeció.

—¡Miguel, Miguel, vuelve! ¡Vuelve, Miguel...!

«Le oirán, llegarán sus voces, allá...» Se detuvo paralizado de terror, de gran desesperación. Nunca jamás sintió una tan honda desesperación. Miró a Santa con odio, y su odio era el más violento que pudo sentir en la vida.

—Calla, imbécil... calla... —dijo, roncamente.

Santa, medio ahogado por la fatiga de la ascensión, le agarró de nuevo:

—¡No te dejaré ir!... No, no te dejaré ir, Miguel. Por el aprecio que te tengo...

Miguel intentó desasirse. De pronto, los brazos largos de Santa se le arrollaron al cuerpo. Intentó desprenderse de ellos zarandeándole. La cabeza de Santa se movía a un lado y a otro. Pero sus brazos seguían sujetándolo, como pegados a él, sin que pudiera deshacerse de ellos. Lo arrastró un trecho tras sí:

—¡No te irás, Miguel, no te irás...!

Aquella voz era una súplica, más que una orden. Una voz que crecía, honda y ronca, inaguantable. Miguel se sintió bañado de sudor. Algo como un velo, con el último resplandor del sol, que ya se había puesto, se le prendía en el borde de los ojos: como un enjambre de abejas de oro, encendidas, tapándole la tierra y los árboles, el río, allá a sus pies.

—Que te calles, te digo, que te calles...

Lo decía en voz baja, como si así pudiera sofocar la voz del otro. Pero Santa no se callaba ni aflojaba sus brazos:

—Miguel, Miguel, no te dejaré marchar...

Miguel metió la mano por debajo de su chaqueta. El viento que venía del bosque pasaba entre sus piernas, llenándolas de vida. Lo sintió arrastrando algo crujiente: tal vez las hojas barridas vertiente abajo. Buscó el mango del cuchillo y lo apretó entre los dedos. Notó la hoja raspándole la piel, en el estómago.

—¡Miguel, Miguel, vuelve en ti, muchacho...!

—Calla, animal, calla...

—¡No te dejo! ¡Te digo que no te dejo!...

Fue tan rápido que ni lo pudo reflexionar. Sacó la mano y le hundió el cuchillo, allí: entre las costillas que tan claramente resaltaban bajo la piel fina y pálida. Allí: en el costado izquierdo, tirando al centro del pecho, donde suponía que estaba el corazón.

Santa se quedó callado, aún con la boca abierta. Sus brazos se apretaron más, primero. Luego, poco a poco se aflojaron. Iba a decir algo, seguramente, pero no lo dijo. Retrocedió y fue a dar con la espalda en un árbol. Le miraba, muy fijo, con sus grandes ojos rodeados de sombra. De la herida le brotaba una sangre muy roja, extraña. «Qué roja y qué bonita es la sangre», pensó. La sangre le caía a borbotones: parecía mentira. «Nunca hubiera dicho que tuviera esa sangre, ahí dentro, éste, con su color y sus huesos...» La sangre le empapaba el pantalón, la cintura. Las rodillas se le doblaban. Y le miraba. No dejaba de mirarle.

Miguel notó de nuevo el viento entre las piernas. Miró al suelo. «Sí: son hojas. Pasan por entre los pies como animales o algo así. Como papeles arrugados...» Volvía el miedo. Un miedo agolpado, físico, palpable. Podría localizarse el miedo, allí: en el mismo estómago. Guardó de nuevo el cuchillo entre la cuerda y el cuerpo. Sintió el calor pegajoso de la sangre, quizá sólo una gota, vientre abajo. Echó a correr. Corría con una mezcla de alegría y de terror, vertiente arriba, árboles arriba.

No sabía cómo y había llegado la noche.

Capítulo quinto

Daniel entreabrió los ojos. Hacía rato que oía los ladridos de los perros, al través de un sueño denso, abotargante, que martilleaba sus sienes doloridas.

Por entre los párpados le entró una luz lechosa, de copa de ajenjo. La ventana abierta dejaba pasar el frío y los ladridos lejanos, como mordiscos al aire.

Volvió a cerrar los ojos. Estaba muy cansado. «La asquerosa bebida. El asqueroso vino, aquel horroroso coñac, todo: la procesión, los hombres cantando encima de la mesa...» La náusea le subía, desde el estómago. «Y yo, yo, lo peor de todo.»

Los ladridos se perdían, barranco arriba. Daniel se incorporó.

Unas hojas doradas, ya enrojecidas, se movían pausadamente, junto a la ventana. Uno de los batientes de madera también se mecía con un leve quejido en los goznes. «Ya viene el frío. Tendré que cerrar esa ventana, por las noches...» Los ladridos cesaron, y, en el silencio, sintió que despertaba totalmente.

Con un escalofrío pensó en el agua del barranco. «Tendré que prepararme un sistema de baño, aquí dentro... No será muy agradable bajar al río cuando llegue la nieve.» Bostezó largamente, estirando los brazos. Oyó crujir la maleza, junto a la cabaña. Se quedó quieto, con el oído alerta. Una sombra llenó la ventana.

—Buenos días.

Daniel emitió un gruñido apenas audible. Con los ojos entornados, centró la mirada. Vio un tricornio negro, recortándose en el marco.

—Salga, Corvo, un momento...

Se levantó, despacio, echándose la chaqueta por encima. Abrió la puerta sin prisa. La cabeza le zumbaba.

Allí estaba el cabo Peláez, con sus ojos de color indefinido, como tapados por la niebla. Tenía mala cara y le resaltaba en la barbilla la cicatriz.

—Se escapó anoche uno. Andamos buscándole... Esté usted al aviso. Ahora suben por la vertiente de Oz, y nosotros vamos hacia Neva. Puede pasar por aquí.

Se frotaba las manos. Detrás, se movió de nuevo la hojarasca y aparecieron dos números. Las hojas crujían bajo sus botas negras. Daniel sintió frío y se arropó más en la chaqueta.

—¿Qué hora es? —preguntó.

—Las seis y media...

—¿Cómo ha sido?

—Anoche, por lo visto, con la juerga... Se tardó en descubrir la cosa, por el desorden. ¡Siempre pensé que don Diego es demasiado indulgente!

—¿Quién ha sido?

—El chico. Es un mal nacido: eso se veía de lejos. Ha matado a otro, para escapar.

Sintió algo extraño dentro. Algo como una sacudida que le dejó quieto, parado. La chaqueta le resbalaba despacio por los hombros. «¿Y a ti qué te importa?», intentó preguntarse, razonarse. Pero algo había sonado, claro, siniestro, en su interior.

—¿Y cómo fue?

—Pues así: se alejaron al río, como para darse un baño. No volvieron, y a lo primero, claro, no se les echó en falta. Santa era de toda confianza...

—¿Santa?, ¿ése también?

—No debía de estar en el ajo. El bestia del chico le clavó un cuchillo de cocina, tal que aquí... Así se cubría. Claro, hasta mucho después no se descubrió todo. El pobre Santa estaba allí, desangrándose al pie de un roble. Ya ni hablar ha podido. De verdad que lo hemos sentido todos. Santa cumplía pronto... ¡mala suerte!

Al decir «tal que aquí», el cabo Peláez se pasó el pulgar, como un tajo, por el costado izquierdo. Daniel sintió frío de aquel gesto, y miró al suelo.

—¡Andando! —dijo el cabo Peláez. Daniel levantó la cabeza y miró su cara plomiza en el resplandor de la amanecida. Tenía los ojos achicados, alargados hacia las sienes. Los labios apretados: como una raya blanca, como otra cicatriz. «Está contento», pensó Daniel. No sabía por qué, pero no podía evitar este pensamiento. «Está contento de salir de caza. A todos nos pasa igual. Estamos aquí, callados, mirando para los árboles, un día, otro, otro, otro. Nos gusta la caza...»

Los guardias subieron. Iban montaña arriba, los tres, como fantasmas. Entre la niebla se recortaban afilados, negros, los cañones de los fusiles. Las hojas crujían con un chasquido que se le antojó dorado. Daniel fue a por la toalla y el jabón. En el gran silencio, bajó al río, de prisa. Sabía su camino piedra a piedra. En el fondo del barranco el agua tenía un bramido prolongado, como una garganta. Se zambulló con furia, con un gran deseo de sentir el agua, todavía llena de noche, en la cabeza, en su cuerpo entero. Estaba oscuro allí, aún. Sólo las piedras brillaban, como cabezas blancas y redondas, a su alrededor. Salió del río, despacio, empapado, con la sensación de no haber logrado aún despertar. Todo él tenía algo enajenado, que burlaba la realidad de los hombres, de los sucesos: algo aún prendido, con el vino, con el rencor, en la piel, en el aliento. Ni el agua podía limpiarle aquella sensación. Estaba como preso de los árboles, del viento, allí en su cabaña, alejado de los hombres que persiguen, que huyen, de los que celebran fiestas y cantan en las procesiones, de los que clavan cuchillos de cocina en el costado de sus amigos. «Es que no puedo, es que *no soy*. Es que estoy lejos, siempre lejos... Clavado en otro tiempo, quizá, o en ningún tiempo. No es bueno estar así, como ahora mismo: mojado y desnudo en este bosque, que parece ser lo único que de mí quede, que a mí se acerque. ¿En qué clase de ser me he convertido? ¿Qué se hizo de mí? No estoy con ellos, no. No estoy con los hombres, nada sé de ellos ni de sus preocupaciones. No puedo interesarme por nada de los hombres.» El viento le envolvía, estremeciéndole. Sus dientes castañeaban. Allá arriba, de los árboles pendían jirones de niebla blanquísima, como trozos de velo colgando, meciéndose entre las sombras. «Fantasmas. Sólo eso hay en mí: fantasmas.»

Se frotó con la toalla hasta que su piel enrojeció. Se vistió, rápido, y se calzó las botas, apoyando la espalda en un árbol. Arriba, entre las piedras, el trozo de cielo visible, estrecho y largo, perdía lentamente las últimas estrellas.

Caminó despacio, en recuesto. Barranco arriba los helechos aparecían blancos aún, lunares. Los troncos negruzcos de los robles miraban en silencio, sobre su cabeza, y el viento silbaba de un modo extraño, como por dos agujeros a un tiempo. La niebla se espesaba. «Mal día para búsquedas. Y tal vez, también, para huidas», se dijo. Se le vino a la memoria, de golpe, la cara de Santa. «Ha matado a Santa. ¿Para qué? Para huir. Es natural, se comprende. Hay muchos que matan para huir. Huir es necesario. Esto no lo comprenderá nunca el cabo Peláez, ni Herrera, ni el mismo Santa...»

Entró en la cabaña y apiló leña en el hogar. Las llamas brotaron, vivas, hermosas. Buscó el café, que guardaba en una lata. Era un café molido, grueso, de color claro, sin aroma, que le cedía el Moro, de su racionamiento. Empezó a triturarlo más fino, con una botella a modo de rodillo, sobre una piedra lisa. Lo sentía pulverizarse, y pensaba: «De modo que el pequeño malaleche se ha fugado. De modo, que al fin, lo ha hecho». El día anterior fue malo. Muy malo para él. Creía que no lo iba a poder resistir. Primero, la procesión. Todos los presos iban en la procesión con un cirio en la mano, uno detrás de otro. Y, delante, el cura con la imagen; y detrás todas las mujeres, con sus pañuelos negros anudados debajo de la barbilla; y las niñas con la cinta azul de la Purísima Concepción alrededor del cuello, y la medalla de aluminio brillando al sol de la mañana. Los hombres cantaban algo. Algo que no era, pero que a él se lo parecía, sin poderlo remediar, aquello de: «*Quien como Dios, nadie contra Dios, San Miguel Arcángel, gran batallador...*» La sombra de Pascual Dominico se extendía ante él, sobre la húmeda tierra de septiembre. Las llamas de los cirios temblaban. Algunas se apagaban al frío aire de la mañana. Luego, la comida en el barracón. Comió en un ángulo de la mesa, entre los guardas de Lucas Enríquez. El benedictino era jovial, bebía vino en abundancia y contaba chistes. Diego Herrera comía poco, a su lado, con la cabeza gacha. Tras los cristales de las gafas los ojos se le adivinaban menudos, como perdidos. De cuando en cuando, sonreía, maquinal. Y él no quería volver la cabeza y mirar afuera, a la explanada, de donde llegaban los gritos de los otros. «Nunca debí venir», se decía. «Nunca debí venir. ¿Qué hago yo aquí, en esta mesa, entre estos hombres?» No: ninguno de aquéllos era de su especie, siquiera. Ninguno de ellos pertenecía a su universo... Nunca estuvo con ellos y de repente se veía así: sentado codo con codo, comiendo aquellos horribles platos de arroz con pollo que servían las mujeres, Manuela, Margarita, y los presos de la cocina. El vino estaba allí, delante de su plato. Sólo el vino, amigo de la infancia y de la vida, estaba allí para decirle algo: algo que pudiera disculparle, o amonestarle, aunque fuera, de estar sentado a aquella mesa. Bebió, lenta y concienzudamente, porque aquello sí era conocido. Bebió mucho, mucho. Todos se levantaron, después del café, y salieron, con una sonrisa, a contemplar la gran pantomima de allá afuera. Él no. Él estuvo allí, de espaldas a la ventana, bebiendo. Como un borrón en la alegría, que fue siempre. (Y aquel Santa había representado algo, de Lope, quizá. Porque Diego Herrera levantaba la cabeza y escuchaba, con la boca un poco abierta, y en su mirada algo parecía decir: «Alto todos, callad, escuchad: esto es muy hermoso...»)

Se marchó poco antes de atardecer. Cruzó el puentecillo sin despedirse de nadie. Aún quedaban allí algunos, con sus rondas de coñac y anís mezclado. Aún cantaban, otros, encima de la mesa. (Quiénes eran los presos, quiénes los guardianes, casi daba lo mismo.) Se acordaba del chico. A él sí lo vio. Estaba echado junto al río, mirando al agua, con las manos apoyadas contra los guijarros. Y se dijo: «Ahí está otro para el que tampoco deben ser las fiestas». Hubiera querido retroceder, ponerle la mano en el hombro, decirle algo. Pero sabía que nada se le podía decir, excepto: «Márchate, eres libre». Y se iría corriendo, y tampoco contestaría nada.

Era casi noche cuando entró en la cabaña. Con o sin sed, no lo sabía, siguió bebiendo. No dejaba de beber para no pensar. Hubiera pensado y no era aconsejable pensar. No se debía pensar. Eso era clara, estaba en el aire.

Tal vez, durante la noche, pasaron junto a su cabaña. Pero nadie le llamó. La búsqueda debió empezar pronto. Él no oyó nada. Se había acostado temprano, con la cabeza dándole latidos, como un gran tumor. Ahora le dolía aún y tenía la boca seca. «Qué resaca estúpida, irritante.»

Puso al fuego un pote de aluminio con agua. Recogió con cuidado el polvo de café y lo vertió en una taza. Se arregló la cama y la cubrió con la gruesa manta de grandes cuadros, que aún tenía grabadas las iniciales de Elías Corvo.

El viento levantaba la arena, que crujía entre los dientes como polvo de vidrio, en nubes amarillentas, grisáceas, blanquecinas, con un fugaz brillo entremezclado. Arremolinada, se estrellaba contra la boca y los ojos, entraba en los oídos con un ruido caliente, reseco, en contraste con el gran frío de la playa. El crujido de la arena tenía dentro de los tímpanos como un lejano batir de cobre, de alas grises de pájaros, de lluvia menuda contra el cemento. Un gran viento azotaba la mañana de marzo o de abril. Ya no sabía exactamente en qué mes vivía. Toda la playa (aquel fajo de playa de tres kilómetros quizá) se levantaba en nubes de arena, como surgidas de extraños reventones brotados de todos los puntos. Enfrente, el mar se alejaba. Era una oscura masa gris, revuelta, con las olas alargándose hacia la arena, donde brillaba lívidamente el último sol. Por un lado este mar lento y siniestro, con su lengua despaciosa y cruel avanzando y retrocediendo, igual que un gran animal goloso. Por el otro, apenas doscientos o trescientos metros apartada del mar, la alambrada. Se oía, constante, el romperse de las olas, muy profundo, y el rumor del viento. Costaba andar. Al principio no se daba uno cuenta. Luego, poco a poco, se sentía aquel tirón debajo de las plantas: la traición socavada de la arena, que se pega, que se hunde. Para avanzar había que despegar los pies de la arena a cada paso. La arena, en aquel largo fajo entre el mar y la alambrada, cubierta por una muchedumbre que iba despegando los pies del suelo, primero uno, luego otro. Las chabolas rudimentarias se alargaban hacia la lejanía, con sus raras insignias prendidas en la punta de un palo: un calcetín, un gorro, un pañuelo.

Se unieron a aquella masa gris, confundidos en ella, tragados por el tono uniforme ventoso, torpe. Una hora después llegaron camiones cargados de pan. Apenas sus pies se hundieron en la arena se sintieron del todo masa, conjunto, pequeños animales sin voluntad ni deseo, excepto aquella idea obsesiva: cruzar la alambrada, volver al otro lado del límite de espino. El tacto de la arena absorbiendo los pies producía la misma sensación en el corazón: como si algo lo absorbiera, lo hundiera, en alguna parte, fuera de uno. Al oír los camiones la muchedumbre corrió hacia ellos. Había como un grito que intentaba detenerlos: pero, sin embargo, corrían hacia los camiones. Corrían extrañamente, levantando los pies como las grullas, envueltos en sus abrigos, capotes, mantas, con las manos debajo de los sobacos, como alas plegadas. Desde los camiones empezaron a arrojarles el pan, por encima de las cabezas y las manos alzadas. Eran panes redondos, de «boule», con un número grabado en lo alto. Se tiraban sobre el pan, agolpados, ansiosos. Entre las voces de algunos, que decían: «¡Qué espectáculo estamos dando! ¡Como las fieras!» Luego, de igual forma, les arrojaron latas de sardinas. La Garde Mobile les gritaba que se ordenasen, que había para todos. Tuvo, al fin, su pan, y lo guardó debajo del brazo. Se levantó las solapas de la chaqueta, cruzándosela lo más posible sobre el pecho, y se sentó en la arena, acercándose al mar, dando, de intento, la espalda a la alambrada. Un muchacho, a su lado, abría una lata de sardinas. Sacó las sardinas con los dedos y las fue comiendo. Las gotas de aceite resbalaban por la mano, hacia la muñeca. Era un chico de unos dieciocho años. En una manta vieja, que le cubría como una chilaba, había abierto un agujero por el que sacaba la cabeza. El pelo, negro y lustroso, le caía por las orejas y el cogote. Tenía aspecto de gitano, con sus brillantes ojos azules en la cara cetrina. Pero hablaba un español claro, arrabalero. Le miró sonriendo y dijo algo. Desvió los ojos hacia el mar, sin responderle. (Empezaba a adueñarse de él aquella extraña sensación de alejamiento, de distancia. Era una traición. Era como el principio de una traición.)

Un grupo de mujeres se acercó al borde del agua. Se tapaban unas a otras, como podían: con los abrigos, con alguna manta, para evacuar sus excrementos. Parecían avergonzadas y doloridas. Los hombres, más desvergonzados, se alejaban apenas para hacer lo mismo, indiferentes. Había al borde del agua un reguero sanguinolento y hediondo, que, a trechos, las olas recogían y devolvían. El muchacho que comía las sardinas seguía su mirada, y lanzó una risotada:

—Eso, ya te acostumbrarás... Aquí, todo es rojo, todo «colorao»: ¿Sabes? Las latas de tomate, las judías coloradas y la diarrea: todo con el mismo color. Diarrea por todas partes. Mira: eso tiene la culpa.

Señaló con el dedo atrás, a las bombas del agua afondadas en la arena. Por medio de aquellas bombas se convertía en potable el agua del mar. De allí, según el chico, procedía la diarrea colectiva del campo.

—Tiene un gusto salado, pero ya te acostumbrarás. Eso sí: la diarrea es contagiosa. Muy contagiosa.

Le notó en los ojos la sonrisa que las malas nuevas hacen nacer en quienes las padecen de largo tiempo. Se levantó, y se alejó.

Se acercó más al mar. No podía remediarlo. El mar, ante él, era como un abismo ciego, espeso. («Peligroso mar, aquí: delante de nuestros ojos. ¿Acaso no piensan muchos en el mar como una huida?») Alguna vez habló el Patinito del mar como si fuera un camino. También Graciano, el hijo del herrero, lo imaginaba, allí, tras la tapia. «Peligroso mar, aquí. No es una alambrada este mar.» Fue andando, despacio, levantando los pies a cada paso. Se fatigaba en seguida. Las rudimentarias chabolas se alargaban, cada vez más, de un modo anodino, terrible. En las chabolas, apenas un albergue de estacas y mantas, se apiñaban familias, grupos de gentes más unidos y feroces que familias, en su queja sorda, callada. Allí se habían acabado los lamentos. Sólo los ojos, el gesto, la mirada huidiza y hosca, denotaba la desgracia. Sólo aquellas absurdas enseñas, en lo alto de los palos: los calcetines, los gorros, los pañuelos. (Y aquella extrañísima chabola, de una familia con tantos niños, aquella rara chabola, hecha con una piel de burro, con sus grandes orejas muertas cara al cielo gris.)

Había empezado a lloviznar, muy débilmente. Dos hombres, bajos y morenos, con los ojos absortos, que entraron con él hacía apenas dos horas, se acercaban al mar, recelosos, y lo miraban. Miraban al mar ceñudos, concentrados en un pasmo lleno de malos presagios. «Nunca lo vieron antes», se dijo. Eran dos hermanos murcianos. «Qué pensarán, aquí, delante de este mar gris, abierto y cerrado para ellos.»

Hacia el final del campo se levantaban unas toscas barracas de madera.

El agua hervía. Daniel se levantó despacio y se acercó a la lumbre. Coló el café con lentitud: su aroma invadía la estancia. Lo vertió en la taza y salió a la puerta de la cabaña, con el rifle. Se sentó en el rellano y apoyó el arma contra el quicio. Lentamente, sorbió la infusión mirando hacia el barranco.

La niebla se había espesado y no se distinguían los árboles más allá de tres metros. Daniel clavaba sus ojos en ella, como si esperara que surgiese de la masa intáctil e informe alguna cosa concreta, palpable.

—Te favorece la niebla —dijo.

Se dio cuenta de que hablaba en voz alta y que estaba solo. «De todos modos, yo sé con quien hablo.» El café, sin azúcar, amargaba agradablemente su paladar aún pastoso por la resaca.

—Te favorece, o, tal vez, te perjudique —siguió. Instintivamente, bajó el tono, y se puso a mirar el fondo de su taza. El líquido negro y humeante temblaba. Últimamente, el pulso le fallaba más a menudo.

—Lo malo —prosiguió— es que no te va a servir. Hay que tener la cabeza en su sitio y las ideas claras. Hay que saber jugar las cartas que uno tiene. Acaso el mundo es de los locos. O acaso lo fue. Ahora, no. Mañana, no.

Sintió en las sienes el pulso acelerado. Apretó los dientes. Le venía una náusea grande, angustiosa. Se levantó y se fue al árbol más cercano. Apoyó la frente y vomitó. «La comida del día de la Merced ahí va», se dijo. Se secó los ojos con el revés de la mano, y volvió a sentarse en el rellano de la puerta. Aún quedaba un poco de café en la taza, ya tibio. Lo tragó y se echó el rifle al hombro.

—Daniel —oyó, a su espalda.

Se disponía a tomar el caminillo de las cabras, vertiente arriba. La palabra «Daniel» vibró en su nuca como un impacto. Sintió una oleada de irritación. «Ahí estás. Cómo no ibas a estar tú.»

—Buenos días, Daniel —repitió la voz.

Daniel se volvió con un gesto brusco y se quedó mirándole. Allí estaba, con su impermeable negro, brillante en la niebla. Daniel volvió sobre sus pasos, y sin decir nada abrió la puerta de la cabaña. Esperó a que el otro pasase delante. La niebla entraba por la ventana, lenta y difusa. Aún ardían los leños.

Diego Herrera se sentó junto a la mesa. Miraba al suelo. Daniel puso en la mesa dos tazas y acercó la damajuana del orujo. Seguidamente quedóse quieto, mirándole.

—No, gracias —dijo el jefe—. No tengo ganas de beber.

—Beba, beba —dijo Daniel. Y sirvió. El orujo, al caer, sonaba cristalino contra el fondo de la taza.

Daniel se sentó y buscó los cigarrillos.

—¿Tiene fuego? —preguntó.

Diego Herrera buscó distraído el encendedor. La llama brilló menuda, azul, y Daniel dio dos chupadas grandes al cigarrillo. Luego miró las volutas de humo, que se iban, como otra niebla delgada, hacia la ventana.

Diego seguía en silencio. Le miró de reojo. Estaba muy pálido: más bien verdoso, se diría. Detrás de los cristales de las gafas sus ojos parecían dos agujeros. El pelo, blando y gris, le resbalaba sobre la frente, dándole un raro aire juvenil que casi le hizo sonreír. Daniel tuvo un malvado sentimiento de alegría. «Ahí tienes», se dijo. «Ahí tienes tus buenos sistemas, querido carcelero.»

—Bueno —dijo Daniel. Y no pudo evitar una rara jovialidad en la voz—. Hay novedades. Pasó por aquí el cabo, con dos números, y me enteró. ¿Desde cuándo le andan buscando?

Diego Herrera seguía mirando hacia el suelo. Dijo:

—Desde ayer noche.

Daniel no tenía ganas de beber. Es más: le volvía la náusea

sólo de pensar en el orujo. Sin embargo, acercó su taza a los labios, aspiró el aroma ácido, rasposo, y se mojó el borde de los labios. Luego, tragó el líquido de un golpe, echando atrás la cabeza. «Aunque vomite aquí, encima de la mesa: adentro», se dijo.

De nuevo sobresaltaron el aire los ladridos de los perros.

—¿Es que andan con perros? —preguntó Daniel, con delectación. Le gustaba oír su voz, y le gustaba ver allí a Diego: como aplastado. «Sí: por qué negarlo.» Era como un pequeño y ruin triunfo de no sabía qué. «No, mío —se dijo—. No mío, desde luego.»

—Sí; van con perros... Los ha prestado Lucas Enríquez —contestó Diego Herrera. Y añadió, precipitadamente:

—Nosotros no tenemos perros de ésos. Nunca hemos tenido.

—Claro, ¿para qué? No hacen alta —dijo. Y seguía paladeando su voz, sus palabras. El orujo le subía a la garganta, en una sucesión de burbujas repugnantes. Apretó los dientes.

—Los ha prestado Lucas Enríquez —prosiguió—. Naturalmente, ¿cómo no iba a prestarlos? Siempre tuvo buenos perros, de esos que buscan las piernas, la garganta. Es un buen modo de estar tranquilo aquí, en esta tierra de hambrientos y de ladrones. Yo también pensé en comprarme un perro. Un perro no digo yo que sea un amigo, pero siempre va bien...

Diego Herrera levantó la cabeza bruscamente. Vio sus ojos negros, fijos, y calló.

—Daniel —dijo Herrera con voz baja, despaciosa—. Por favor, Daniel, he venido aquí como siempre: a buscar un amigo. Usted lo sabe.

Le dio vergüenza oírle aquello. «Nunca ha hablado así conmigo», se dijo. Le avergonzaba oírle. No lo podía remediar. «Por qué dirá esas cosas, con esa cara», pensó, con cierta rabia.

—Ya lo sé —le contestó, procurando desviar la mirada. Y por hacer algo se echó dentro el resto del orujo. Luego, añadió, limpiándose la boca con el revés de la mano—: Usted siempre viene así.

Diego Herrera se levantó y empezó a pasearse. Iba de la mesa a la chimenea y de la chimenea a la mesa. Daniel lo miraba, reposado, escuchando el crujido de sus botas contra las tablas carcomidas del suelo. Al fin, Diego se paró, cogió un leño de la pila que había junto a la chimenea y lo echó al fuego. Las llamas lo prendieron y crecieron a su alrededor. Luego volvió a sentarse, con la cabeza gacha, al lado de la mesa.

—Beba un trago —insistió Daniel—. Un trago siempre cae bien.

El jefe alargó sus dedos huesudos hacia la taza de orujo. No temblaba, quizá incapaz de ello, pero se advertía que aquella mano estaba helada, que era una mano sin amigos.

—Daniel —dijo, mirando el orujo fijamente—. Ha sido una calamidad. Una espantosa calamidad. Ya le digo: lo peor. Lo peor que me podía suceder.

Daniel desvió los ojos con cierto rubor. «Siempre con sus confesiones. No comprendo a la gente que va con sus cosas a los otros.»

—Yo le hubiera salvado, ¿sabe usted? —prosiguió el jefe—. En fin: era absolutamente necesario... Y ya ve: yo tuve la culpa. No supe hacerlo.

Diego alzó el orujo y bebió un trago pequeño, como solía. Luego, volvió a dejar la taza sobre la mesa, y añadió:

—Me ha hundido.

Daniel le miró con el rabillo de los ojos. «Pues, sí, es verdad: le ha hundido», se dijo. Y sintió hacia él aquella especie de atracción de otros momentos. Aquel deseo acuciante de hablar, hablar, de decir todo aquello que desechaba dentro de sí, en soledad, si venía a importunarle. «Ata la lengua», se recomendó. Porque luego le dolían aquellas cosas y no conseguían más que turbarle. Dijo:

—No es culpa suya. Usted hizo lo que le parecía bien. ¡Qué se le va a hacer, el chico era de otra corteza! No va uno a acertar siempre. Todos, más o menos, andamos equivocados. ¡No vamos a descubrirlo ahora, usted o yo! Esas cosas son como son. Si tuviéramos el poder de convencer, todo marcharía diferente. ¡Antes deberíamos convencernos a nosotros mismos!

Hablaba por hablar, porque alguien dijera cosas, allí, en el silencio y la soledad acrecida entre los dos. No decía más que tonterías, lo sabía. Vulgaridades, cosas que no se deberían decir en momentos así. Pero ¿qué quería, que le llevara la contraria, que le soltara sermones, al modo suyo? No, no. Se acabaron los mítines, las ideas. Todo se había acabado ya, hacía mucho tiempo.

—Usted sabe, amigo, que me ha hundido —repitió Diego,

mirándole ahora de frente, muy fijo. Daniel le mantuvo la mirada, en silencio. El jefe prosiguió:

—Últimamente, andaba muy seguro de él. Creía que había logrado encontrar su buena fe.

—Lo de escapar es lo de menos —dijo Daniel—. Eso es fácil de comprender. Pero, claro, está lo de Santa por en medio. ¿Creía usted de verdad que no era capaz de hacerlo?

Ahora fue Herrera el que se quedó callado y desvió los ojos. Se encogió levemente de hombros. Tan levemente que Daniel se dijo si aquel gesto no habría sido sólo imaginación suya.

—En fin —dijo Daniel—. No sé qué puedo decirle. Estoy al aviso, en todo caso. Me conozco mejor que ninguno estas montañas. Mas, no sé qué puedo hacer por usted.

Diego Herrera apretó los dientes. «Le ha caído como un tiro», se dijo Daniel. «A lo mejor le había tomado cariño al chico. Bueno: ¿pues qué esperaba que yo le dijera? ¿Qué esperaba?

—Gracias —dijo en aquel momento Diego Herrera—. Eso esperaba de usted, desde luego. Tengo confianza en usted. ¡No sé por qué, pensé desde el primer momento que sería usted el que nos lo traería!

Algo se le agarró a Daniel, pecho adentro. Se quedó parado, mirando al jefe, que ya se levantaba y abrochaba los botones de su impermeable negro. «Pajarraco. Nunca se te verá de frente, pajarraco», pensó con rabia.

Diego Herrera levantó una mano, pequeña y dura, hacia la frente. Luego se fue hacia la puerta, la abrió y salió afuera. En seguida, se perdió entre la niebla.

Daniel vertió el orujo en las llamas, que se avivaron un instante, como un relámpago. Cogió el rifle, de nuevo, y salió afuera.

Junto al barranco los troncos parecían postes negros, perdiéndose hacia una claridad lechosa, espesa, como humo de aulagas encendidas. «No se ven ni las copas», se dijo. La humedad se le adhería y le dejaba la cara llena de gotas menudas, pegajosas. Se levantó las solapas de la chaqueta, hundió la cabeza entre los hombros, y echó a andar, vertiente arriba.

Capítulo sexto

A eso de las diez de la mañana se levantó un viento que empezó a despejar la niebla. Aún así, seguía la cortina blanca desgarrándose entre las ramas, flotando en jirones mecidos de un lado a otro. Daniel estaba cansado. Anduvo de prisa, como en los tiempos lejanos de La Encrucijada, y ya no tenía quince años.

Caminó seguido de lejos por el ladrido de los perros y el paso de los guardias, entre las dos vertientes. «Hemos entrado en terreno de lobos», se dijo. Ya por la cumbre andaban los dañinos, vigilando. «Sí: aquí ya ha empezado el hambre de los lobos. No tardarán en acercarse al pueblo. Me acuerdo que una vez, a primeros de octubre, se arrimó uno hasta Cueva Regalada y atacó a un niño.» Hacía muchos años. Cuántos años, de aquello. «Hacen daño los lobos. Sí: son mala cosa. Y oírlos, por la noche, da vértigo. Pronto, cuando llegue la nieve, empezaré a oírlos todas las noches, y no me va a gustar. Nunca me gustó oírlos, de lejos, con sus aullidos. Se oían desde el desván, y yo a veces me tapaba los oídos. Tampoco a Verónica le gustaba. Una vez, se vino a mí con los ojos llenos de lágrimas, a pesar de que ella no solía llorar, y dijo: «No debían aullar los lobos». Tenía razón, y se lo dije: «Debería hacerse algo para que no aullasen: no es cómodo taparse los oídos». Y ella me contestó: «Aunque sea exterminarlos». «Eso es muy Corvo», le dije. Sonrió con melancolía. «Muy Corvo, todo: buscar la muerte por el bosque, también.»

Daniel se detuvo. Estaba en lo alto de Neva. Llevaba horas andando, trepando, como una cabra. Le dolía un pie: algo se le clavaba entre los dedos del pie derecho. Abrió el fusil y miró el fulminante de la bala. Lo cerró, escuchando el ruidito: ¡clac!, con una rara complacencia.

En la cumbre de Neva los árboles se apiñaban en corros, dejando espacios libres, como calvas de la montaña. Salió a uno de los claros y miró en torno hacia las otras cimas. Todo abajo aún cubierto por la niebla. A su alrededor la hierba azul oscuro, profundo, cubría la tierra. Entre ella apuntaban unas flores moradas, tenues, como extraños lirios salvajes, que llamaban en Hegroz «Despachapastores». Aquellas últimas flores anunciaban el otoño, el frío, la cercanía de la nieve. Las hojas de los robles, de un verde casi negro, brillaban recortadas sobre el cielo azul plateado: muy lejano, vago, grande. «Tiempo y tiempo sin llegarme a la cumbre», se dijo. Y se sentó, con la espalda contra el tronco de un roble. Respiraba acompasadamente, pero con cierta fatiga. Dentro, empezó a dolerle el pecho. Tenía las manos entumecidas.

«Sí: ya estamos en terreno de lobos», se dijo, por segunda vez. «Sería bueno atrapar a uno de ésos.» Allí aún no llegaban ni ladridos ni se advertía la proximidad de hombres. Pero no había que engañarse. Quizá andaban, con gran cautela, por algún contorno. «Fácilmente están engañando al chico, como en las cacerías, con el ladrido de los perros.» Sonrió. Eran las viejas artimañas del cazador de jabalíes, de hombres, de lo que fuera. «Aquí, todos cazadores. Todos.» Parecía no haber alternativa. «Lo dará la tierra, seguro. Hasta los que no son de aquí se contagian.» Buscó los cigarrillos, pero había olvidado los fósforos y los volvió a guardar. Acarició el cañón del rifle, con gran suavidad. «Habrá que andar a por uno de ésos...»

Y entonces le volvió. Lo temía desde el mismo momento en que oyó, medio en sueños, los ladridos de los perros de Lucas Enríquez estrellándose contra el silencio del bosque. Lo sintió allí, de un modo claro, físico, dentro del pecho. Justo allí: entre las costillas, donde indicó el cabo Peláez, con su dedo pulgar, diciendo: «Tal que aquí».

El miedo. El miedo sin remedio. El miedo de lo que vendría, de lo que tenía que ser, sin remedio. «Y que no tengan las cosas remedio...» Hubiera deseado irritarse consigo mismo, que le cegara la ira, la rabia, o el dolor. Pero no: el miedo, sólo el miedo de lo que se avecinaba. De lo que llegaría a cada paso que diera, a cada minuto que pasara.

Algo le tapaba los ojos, como una nube o un pedazo de niebla, metiéndosele dentro. Se levantó despacio, pero con el corazón latiéndole rápido, parecía que a la altura de los labios. No podía evitar el irse así, lento, cauteloso. Enfrente, a su espalda, a sus costados, estaban las otras cumbres: Oz, Cuatro Cruces, los agudos colmillos de Sagrado, Vientoduro. Más allá, la lejanía del Negromonte. Casi transparente, más allá de los pinares y las hayas, se adivinaba la ingrata zona de las Artámilas, con su hambre y su miseria. Pero todo, desde allí, desde aquel trozo de tierra tapado por una hierba oscura florecida de

«Despachapastores», parecía insignificante y perdido. Los hombres míseros de las Artámilas, los lobos de Oz y Cuatro Cruces, las tierras pedregosas del Negromonte, con sus pozas pantanosas, los ríos de la trucha de oro, ¡qué importaba, qué podían importar, a la gran tierra total, desde allí arriba! Y sin embargo, allá iba él, con su mezquino corazón de cazador, cobarde y tramposo. Allá iba él, cauteloso, con su rifle viejo; vertiente abajo, otra vez, en busca del cauce del río. «Muy conocido tengo al río», pensó. Y se dijo, en voz alta:

—Malo será que en esta tierra de lobos no ande alguna cría, aunque sea por «Los Nacimientos»...

Volvió de través, árboles abajo. Era más costoso descender que subir por aquella escarpada vertiente. Ponía los pies de lado, como escalones, para detener el peso de su cuerpo. Le dolían los tobillos, y la piedrecilla que se le metió en el zapato se le clavaba más y más entre los dedos.

El pálido sol que en un principio pareció que iba a salir había huido. Al descender, la niebla se espesaba otra vez a su alrededor. «Siguiendo por aquí, barranco abajo, se va a dar al cementerio de caballos.»

Anduvo tiempo. Los helechos le empaparon el pantalón hasta cerca de la rodilla. El viento soplaba fuerte y la niebla se iba adelgazando, otra vez. Tenía los oídos llenos del viento monótono, irritante, que no dejaba oír otra cosa. Si acaso se detenía, al amparo de algún tronco, y se tapaba la cabeza y las orejas con la chaqueta alzada, seguía oyéndolo. «Cuánto "Despachapastor". Me acuerdo que al nacer por allá abajo, entre los surcos, la Tanaya les daba con el talón y los machacaba, y decía: "ya llega el mal tiempo de los padres".»

Al fin se acercó al nacimiento del río. El viento se había sosegado y el rumor del agua le sonó dulce y extraño en los oídos. Detrás de los árboles aparecieron las peñas rojizas, arcillosas, de «Los Nacimientos». El musgo negro y el liquen, como una nevada verde pálido; los helechos gigantes y el rumor del agua, entre los juncos. Luego, la gruta. De la gruta nacía una poza menuda, que se alargaba y caía por entre la hendidura de la roca, despeñándose hacia el barranco con una espuma blanca, casi azul de tan blanca. Se acercó muy despacio. Todo lo despacio que sabía.

Allí estaba la segunda gruta, más pequeña, medio cegada por los helechos gigantes. Brotaba el segundo manantial, más delgado, que se unía al cuerpo del río, allá abajo. (Alguna vez, hacía mucho tiempo, fue allí, a la escondida gruta pequeña. Quedaba dentro un trozo de tierra seca, junto al manantial. Un escondido lugar al que Verónica no pudo llegar nunca. Sólo él, con sus pensamientos, para huir de allá abajo: del mundo egoísta y cerril.)

Llegaba a la segunda gruta cuando vio, entre las raíces de un enorme roble, un primitivo chozo de pastor, hecho de barro y ramaje, donde sólo se podía entrar echado. Conocía aquellos chozos, su olor acre a tierra y ropas sucias. A veces, servían de guarida, los días de mucho frío o viento. El suelo estaba cubierto de hojas secas, como un colchón. Le dio un golpe a la corteza de barro con la culata del fusil, y escuchó su ruido hueco, sordo. Siguió avanzando, despacio.

La entrada de la gruta estaba totalmente tapada por los helechos y las altas hierbas. Entre el barro se encauzaba el delgado fluir del manantial, aún apenas formado. Las rocas altas formaban como una plataforma asomada al barranco. Siguió acercándose, y asomó la cabeza entre las piedras, con el rifle a punto. «A veces, los lobos o las crías bajan a beber ahí.» Lo sabía de verlo, escondido en la gruta, hacía mucho tiempo. Afirmó los pies en la plataforma y se asomó al río.

El chico estaba debajo de las rocas, en el principio del barranco, tal como había presentido: bebiendo de la poza, echado en el suelo, medio oculto entre las jaras. El corazón le dio un golpe, lento y duro. Algo le subió a los ojos, cegándolos casi, como cuando el viento le daba de cara. Y sintió un malestar grande, físico. Otra vez, como ganas de vomitar: unas terribles ganas de vomitar el vino, el orujo, el asqueroso anís y el coñac de la víspera y de la mañana. Apretó los dedos contra el rifle, hasta sentir dolor. «Pero si yo no tenía ganas de cazar», le decía algo, dentro. «Pero si en realidad yo no quería cazarlo.» Y, sin embargo, allí estaba: a sus pies, a su merced. Y el cañón del rifle se levantaba cauteloso, negro y reluciente en la claridad brumosa del bosque.

Descendió, sin roce apenas. Como él sabía: como *entonces*. El chico estaba quieto, olvidado: inocente de él, de sus pasos que iban directos, sin remedio. Echado de bruces, tal como lo vio la última vez, en la explanada, la tarde del día de la Merced, bebiendo: «Tendrá sed y hambre.» Sí: tendría sed y hambre. Siempre, en estos casos, en la huida, se tenía sed y hambre. Estaba allí: incauto, espantosamente joven e indefenso, con su uniforme de franela marrón, quizá aterido de frío. Contempló su nuca rapada, rubia, brillando pálidamente. No le vería reflejado en el agua, no le daría tiempo. El extremo del cañón debió chocar duro, frío, contra la nuca.

—Anda, de pie —le dijo.

En el arma notó el estremecimiento del chico. Lo notó como si le hubiera puesto la mano, plana, contra el cuello. Los hombros del chico se encogieron más, hacia arriba. No volvió la cabeza: sólo la levantó un poco del agua. Y oyó caer unas gotas, despacio, en el silencio de la poza. Esas gotas que, seguramente, le caían barbilla abajo, como a los animales que beben en el río.

—Arriba —dijo, otra vez.

El chico apoyó las manos en la orilla, y, muy despacio, se levantó. Era más bajo que él y en aquella posición lo vio infinitamente más pequeño. De espaldas, con su cabeza de oro y el hoyuelo en el cogote, parecía un niño. (Un niño como aquellos que pescaban truchas, a los que un día despojó de la pesca. «Qué asco, aquel día. Qué asco, lo que hice aquel día.»)

—Levanta los brazos —dijo.

El chico obedeció. Levantó los brazos y las mangas le bajaron hasta cerca del codo. Entre la neblina, sus brazos parecieron fuertes, morenos: las manos abiertas, como dos pájaros absurdos. («Dos pájaros sin nombre.»)

—Vuélvete de frente.

El chico se volvió, y al verle, se quedó inmóvil, con una palabra a medio brotarle de los labios. «Está hecho polvo. Nunca sospechó que fuera yo», se dijo. Y el rubor le cubría la frente. Lo notaba como un calor pequeño y vergonzoso, allí, encima de las cejas.

El chico le seguía mirando, con la boca entreabierta. Tenía los labios y la barbilla mojados. Su barba apenas crecida destacaba lívidamente. Tenía en la boca un gesto infantil, declaradamente infantil. Quizá de miedo reprimido, o una como media sonrisa de dolor. Como cuando los niños aguantan sin llorar un castigo.

Miguel sentía en la nuca el frío del cañón, como si ya no se lo pudiera despegar nunca. Duro y frío, allí.

(Chito levantó los brazos para protegerse la cabeza, pero su madre le había alcanzado, allí en la playa, y sobre la arena le

daba con la correa una y otra vez, una y otra vez. Y él y dos más de la barraca de la Cristina fueron corriendo a ver cómo su madre le pegaba a Chito por haber robado la carne del plato, que era para el padre. Chito aún tenía los labios llenos de grasa, brillando, y la madre le daba, le daba, llorando de rabia debajo del sol. Y Chito se ponía los brazos así, como un arco, arrodillado en la arena. Con sus brazos oscuros al aire, como un arco.)

Pero aquí no había sol. Aquí hacía frío y niebla, y un cañón negro le apuntaba al pecho, a la altura del corazón, seguramente. «Qué frío, qué humedad. Todo está empapado de agua.»

Por debajo de la chaqueta marrón, ancha y floja, aparecía el cabo de una cuerda. Daniel avanzó la mano y dio un tirón de ella. La cuerda cedió, y él fue arrollándola a su mano, mientras el chico se bamboleaba de un lado para otro. Pero tenía bien firmes los pies contra el suelo, y no se caía. Daniel le miró de frente, y encontró aquella mirada de pupilas como vaciadas, de color de miel muy pálida. «Tiene ojos de lobo», pensó.

—Vuélvete de espaldas y echa atrás las manos.

Con el brazo izquierdo mantenía el fusil apuntándole el pecho, el dedo en el gatillo. El chico obedeció y le tendió las manos. Desenrolló la cuerda y las ató a la altura de las muñecas. Aquel gesto le despertó un rencor pequeño. «Toda mi gran cobardía aquí está», pensó, con fruición. Le ataba las muñecas fuertemente, con cierta saña. La soga se hundía en la carne y las muñecas enrojecían y palidecían. Agarró el extremo de la cuerda, como quien se dispone a llevar una res.

—Anda —le dijo.

Dio un tirón, y el chico arrancó a andar.

—Pasa delante —le dijo.

El chico obedeció y pasó delante; las manos a la espalda, con el dorso pegado. Pensó: «Está débil. Parece que está débil.» Todavía no le había oído la voz.

Pero de pronto el chico volvió la cabeza, y le dijo:

—Tengo hambre. Ahora que me has cazado, dame algo de comer.

Lo decía sin amargura, casi con frialdad. Había en todo él algo tranquilo, serenado, como si se dijera: «Bueno, esto se acabó». Daniel sintió de nuevo irritación, y cierta amargura. «Ni siquiera hay pasión. Nada. Ni siquiera es capaz de apasionarse por algo.» Quizá, bien mirado, tenía aún esperanza. Sí:

podía ser que aún tuviera la esperanza de escapar. «Esta clase de animalitos nunca pierden la esperanza, contra lo que imagina Diego Herrera. Quién sabe. Quién sabe.» Quizá era eso lo que pensaba el chico. «Sí: es posible que piense, también: *quién sabe*. Siempre piensan eso.»

Daniel estaba quieto. El chico aguardaba. Tal vez pensaba que llevaba pan o alguna cosa de comer, en el zurrón. No llevaba nada, salvo tabaco. («Está esperando ahí, con ese gesto de "qué se le va a hacer". Quizá no sea conformidad. No: no la tuvo para aguantar los sermones de Diego Herrera. Es lo más que va a sacar, de este mal trago. Pensará, seguramente: "al menos, que me dé algo de comer".»)

Entonces, el chico dijo:

—O un trago.

Daniel dio un tirón de la cuerda, y el chico estuvo a punto de caer.

—Anda para alante. Y con cuidado.

El chico inició el ascenso, trabajosamente, por las rocas. Aún dijo, otra vez:

—Vamos, un trago. Hace frío.

Daniel no contestó. El chico siguió andando, y no dijo nada más. Ya no se notaba aquel frío mordiente entre las costillas. «Tal vez está pensando. ¿Qué puede pensar?» Sólo veía su nuca, su cabello corto e hirsuto, de apenas un centímetro de largo, brillando frente a él.

«Pero si yo fui a por el lobo. Sólo a por el lobo. A éste no quería encontrarlo.»

Capítulo séptimo

Qué cosa más rara pasó con el viento y la niebla. Todo quieto a su alrededor. Sólo oía las pisadas del chico, tropezando con las piedras. Seguía mirando su nuca, sus manos amarradas: parecía que empezaban a hinchársele las muñecas. Debía tener frío. Se le notaba en el color de las manos y de los pies, calzados con sandalias negras, sin calcetines: un color amoratado. «Mejor que no le vea los ojos.» Daniel apretaba algo entre los dientes. Algo que le recordaba un olvidado crujir como de vidrio triturado, de arena fina y traidora, contra el paladar.

Algunos se acostaban entre la arena. En el extraño pueblo gris, algunos, como en una tumba, se metían debajo de la manta ahuecada, semienterrados. Extraño pueblo de mantas a ras de la arena, apenas levantadas con estacas, con mortajas. Buscaban el sol, con las manos debajo de los sobacos, dando pequeños saltitos, luchando con el frío. De alguna parte sacó una manta, él también. Una vieja manta parda, no muy gruesa: una manta de campaña, de soldado. Como vio a otros, le hizo un agujero en el centro, para sacar la cabeza. Así quedaba envuelto como en una chilaba, y al ocultar los brazos parecía un enorme pañuelo puesto a secar. Todo el campo estaba lleno de grandes pañuelos así, grises y pardos, colgados de alguna parte. Aún no estaban organizadas las cocinas, y venían los camiones con el pan de «boule» y las latas de sardinas. Apoyado contra la pared de madera de aquellas únicas barracas que se alzaban al final del campo, sentía alrededor, y enfrente, y al borde del mar, las miradas cerradas, acorraladas, de bestia acechada. Por el otro lado de las alambradas se acercaba gente. Gente que venía a fotografiarles, que ofrecía dinero por hacer una fotografía de sus miradas ensimismadas, de sus regresadas miradas hacia dentro: unas sin comprender, otras comprendiendo demasiado. En el amanecer, llegaron aquéllos, en camiones y coches particulares. Aquellos que se aproximaban a las alambradas con su sello especial, con su aire inconfundible. Allí estaban, muy cerca, hablando de prisa, con vocecillas como de pájaros u opacas voces de alfombra; allí estaban ellos, gruesos o delgados, jóvenes o viejos, con las bocas llenas de saliva, alargando sus géneros a través de las alambradas; allí estaban los de siempre, ofreciendo sus condicionados paquetes de galletas, de chocolate, sus ropas, cigarrillos, latas en conserva... Allí estaban, cómo no, los buitres picoteando en el hambre, en la desgracia: los mercaderes. Cargados con sus géneros, en sus pequeños Renault «Primaquatre» descapotables, desde los que exhibían sus ropas, sus medicinas, sus alimentos, exactamente como desde el otro lado del mostrador; allí estaban con sus bufandas, sus boinas o sus flexibles grises o marrones, los guantes de lana y la sonrisa de dientes dorados; allí, cómo no, ellos, avanzando sus manos frías y menudas, rápidas. Expertas manos que examinaban, rechazaban o guardaban los billetes «de según qué serie», que acaparaban las monedas de plata, los duros, las pesetas. Aquellas manos devolvían un billete de cien o de mil pesetas, y sus lenguas, como pequeños látigos ensalivados, chascaban en el aire: «Pas bon!» Ah, sí: no podían confundirse nunca. Allí estaban los mercaderes. Y la arena subía, empujada por el viento, y entraba en los oídos y en los ojos. Entraba también allí, dentro de la cabeza. Sí: él lo vio cómo entraba en las cabezas. Y entonces las miradas cerradas, los ojos ensimismados, se llenaban de otra luz. Quizá llegaba la sonrisa o el llanto. Se hablaba de cosas normales y cotidianas, o de fantasías, o de sueños. Entonces, alguna mujer suspiraba de compasión, y alguno se llevaba el dedo índice a la sien y lo atornillaba suavemente, y decía: «Pobre, le atacó la "arenitis"». Al borde del mar, contra el cielo gris pasaban los spahies a caballo, con sus rojas capas al viento.

Daniel miraba la nuca de Miguel como si quisiera horadarla, descubrir, entrar en su cerrada cabeza. «Estuvo loco. Sí: yo sé lo que es estar loco, encerrado. Ha tenido, también su momento de "arenitis"».

Iba ahora vertiente abajo, siguiendo el río ya crecido. Procuraba ocultarse entre los árboles. Algo, como un zarpazo, le alcanzó, allí dentro. «Y si acaso yo pudiera...», le decía una voz. Luego, sonrió, con tristeza: «A nosotros nadie nos continuará. Hemos pasado el tiempo perdido».

El chico cojeaba. De pronto, se dio cuenta de que iba cojeando, con fatiga, delante de él.

—Párate —le dijo.

El chico obedeció. Estaba pálido, con los ojos bordeados de una sombra azulada. A pesar del tono dorado de su piel había en él algo traslúcido, frágil. «Es un lobezno. Es de una fuerza envidiable», se dijo, para tapar una sensación de naciente piedad.

—Bueno, ¿qué es lo que te pasa en el pie?

El chico seguía en silencio. Daniel miró su pie desnudo, entre las tiras de su sandalia. La vieja herida se había abierto de nuevo y, aunque no sangraba vivamente, exudaba un jugo rojizo.

—¿Qué porquería llevas ahí? ¿Cuándo te has hecho eso? —Se encogió de hombros—. Bueno, sigue.

Echaron a andar. Daniel oía su respiración agitada.

«Está hecho polvo. No puede más.»

Entre la niebla, los troncos parecían acercarse a ellos, a medida que avanzaban. Surgían poco a poco, negros y altos, como tras un velo de pesadilla. «Hay algo trágico en los árboles», pensó.

Súbitamente les llegó el aullido de los perros. Era un aullar especial, unos ladridos que cortaban el aire. Llegaban traídos por el eco del barranco, prolongados de una vertiente a la otra. El chico se paró en seco.

Daniel tuvo también un sobresalto. Fue algo brusco, revelador, quizá. Aquel aullar, aquellos ladridos lejanos, dañinos, le despertaron algo, quizá dormido y olvidado. Se encogió. El chico, lentamente, se volvió a mirarle.

Le dolía todo: el cuello, los brazos, las piernas. También el pecho y la cintura. Le dolían los músculos, y, sobre todo, le dolía el pie, del que volvió a abrírsele la herida. «Esa herida no me dio nunca buena espina...» Ahora llegaban aquellos ladridos. Se paró en seco. Tuvo una sensación de vértigo.

(«Ya vienen», decía Chito: «Ya están aquí». Chito decía, con su oscura voz: «Ya vienen». Y él sabía que era a por él, que venían a por él. Y llegaba «el humo».)

Despacio, se volvió a mirar a Daniel, deteniéndose. «Daniel, qué raro. Daniel Corvo, el guardabosques de los Corvo, qué raro. Es todo muy extraño, como un sueño, o una pesadilla: yo aquí, cojeando delante de él y de su rifle negro, entre la niebla.» Se aferró a mirarle.

Daniel Corvo también se detuvo. Le miraba muy fijo, con sus grandes ojos azules. Tenía unos ojos muy pálidos, en la cara morena: unos ojos de animal solitario. Y se había quedado encogido, allí, detrás de él, sujetando el extremo de la cuerda con una mano; el rifle en la otra, con la culata apoyada en la cadera. Y de nuevo sintió el miedo. El espantoso miedo de la víspera, cuando escapó del barracón.

Daniel Corvo parecía como si acabara de recibir un latigazo. Tenía los hombros encogidos y la boca apretada, como para sofocar un grito.

Claros, allá por la cima de la otra vertiente, se aproximaban los ladridos, traídos por el viento. Daniel Corvo levantó la cabeza.

—¡Vamos, rápido! ¡Todo lo rápido que puedas, muchacho!

Miguel seguía parado, sin entender. Tenía frío y miedo: nada más. Frío y miedo, y no entendía nada. Daniel le empujó con el extremo del rifle, por la espalda. Sintió de nuevo el cañón, clavándosele entre los omoplatos.

—¡De prisa, idiota! ¡Vamos! ¡No les oyes: andan por ahí arriba, por la vertiente de Oz!

«La vertiente de Oz», se dijo a sí mismo Miguel. Y se repitió aún: «La vertiente de Oz». Pero no sabía nada. Echó a andar de prisa, de un modo mecánico. El pie le dolía más y más. Estaba todo él aterido: casi ni sentía la presión de la soga en las muñecas. Sólo la herida del pie, como una llama tenaz; sólo la herida, como la única preocupación del mundo: «Esa herida no marcha bien...».

Daniel le conducía ahora por un sendero empinado, estrechísimo. Grandes helechos les cubrían casi hasta el hombro. Los árboles eran allí más apretados, más espesos y oscuros. «Cómo se conoce este bosque —se dijo Miguel—. Se lo conoce como un lobo.»

Entre la niebla se dibujó la techumbre y las paredes de una cabaña. Miguel tuvo un leve sobresalto. «Es su cabaña.» Deseó volver la cabeza y mirarle, pero no lo hizo. Sentía un gran temor de hacerlo. Otra vez, el cañón le empujaba por la espalda, lo sentía clavársele a través de la tela.

A empujones, tropezando, le obligó a traspasar la puerta. Luego, Miguel oyó el ruido de su gran cerrojo.

Viniendo de la niebla, con los ojos cegados y con la garganta irritada, el olor a humo de la cabaña resultaba casi asfixiante. Miguel vio el resplandor de las brasas rojas del hogar, entre la ceniza. Luego se quedó mirando al suelo, ganado por una enorme apatía.

Daniel anduvo de acá para allá. Había soltado el extremo de la cuerda, que cayó a sus pies. Miguel la notaba a lo largo de las piernas. Daniel ahora avivaba el fuego. Brotaron unas llamas más altas, y sintió su calor, poco a poco. Daniel llenó una taza de aquella horrible especie de aguardiente que le dio otra vez. Recordó la taza: azul, de loza. Daniel se la acercó a los labios y él bebió con avidez. Aquella espantosa bebida le entró como fuego. Sintió un calor nuevo empapándole las orejas, el cuello, las mejillas. Cerró los ojos, porque unas nubes se los cubrían. No durmió en toda la noche, no cerró los ojos una sola vez, desde hacía ya cerca de veinte horas, suponía. No sabía la hora que podía ser: quizá las doce o la una. El cielo seguía tapado por la niebla y la luz no indicaba nada. Daniel volvió a darle de beber. Él no rechazó. «Pero podía soltarme las manos —se dijo—. No se puede beber así.» Le caían gotas por el cuello, con un frío pequeño y pegajoso, desagradable. «Bueno, ¿y por qué me iba a soltar?»

Daniel Corvo le cacheó y le quitó el cuchillo, aún manchado por la sangre de Santa. «Cómo ha cambiado el color —se dijo Miguel—. Qué asquerosa se vuelve la sangre muerta.» Daniel miraba el cuchillo, algo desdentado, cubierto de aquella mancha oscura, como orín.

—Con esto... —dijo, despacio.

Miguel se sintió ganado lentamente por el sopor, por el cansancio. Por el calor del fuego, que se alza vivo y alto, rojo, en el hueco de la chimenea. Por el alcohol. Algo desfallecía, se desmoronaba, dentro de él. Pero fue en aquel mismo momento que se avisó, una vez más: «He de estar alerta. He de mantenerme alerta... A ver qué querrá este loco».

Daniel le miró de frente. Estaba muy pálido.

—Te voy a esconder aquí —le dijo, con su voz lenta, profunda—. ¿Oyes bien? Voy a hacer por ti lo que pueda.

Miguel notó que el calor crecía. Que el calor, allí en la chimenea, o dentro, por dónde pasó el asqueroso aguardiente aquel, levantaba un sopor grande, un humo confuso y extraño. Sus ojos se nublaban: no veía bien. Seguía, dentro de la cabaña, viendo las cosas como a través de la niebla.

—No sé si es inútil esto —continuó Daniel. Y de pronto su voz se parecía a aquella odiosa, aborrecida, voz de allá abajo. Parecía la voz del jefe. Miguel volvió a cerrar los ojos y apretó los dientes.

—Me da igual —decía Daniel—. No sé si es una estupidez. Es muy posible que no lo haga por ti, sino por mí. ¡Pero tú qué vas a saber de estas cosas...!

Miguel buscó palabras. Alguna palabra, algún gesto, que decir o hacer. Sólo se le ocurrió:

—Pero, aquí... me van a encontrar en seguida...

—No sé qué decirte. Ya he dicho: lo intentaré. Sólo lo intentaré.

Entonces, le desató las manos. Miguel miró sus muñecas: estaban hinchadas, y al desanudarle la soga sintió que le abrasaban. «Podía no haber apretado tanto», pensó.

Se sentó donde el otro le indicaba. Recelosamente miró hacia la puerta, cerrada con el pesado cerrojo. Daniel debió seguir su mirada, porque casi le gritó:

—¡Sal, si te place! Anda: sal ahí fuera, a los perros, a los guardias. ¡Sal, imbécil, si te place...! ¡No te voy a esconder, como un tesoro! Todavía no te han puesto precio, estúpido.

Miguel bajó los ojos al suelo.

El extraño guardabosques de los Corvo se puso a apartar la pila de leños que había en el suelo a la derecha de la chimenea: una partida de tocones, la provisión para el invierno. «Allá abajo también había la provisión para el invierno, de esta misma leña. Nosotros la cortábamos...» Y le pareció que de aquello hacía mucho, muchísimo tiempo. Que aquello era ya un sueño, como casi todas las cosas.

«Bueno, se acabó otra etapa —se dijo—. Veremos qué empieza ahora.» Y de pronto le vino como una llamita azul, hermosa, flotando en la oscuridad: «Tú tienes estrella. Sí, estrella; tengo estrella».

Daniel Corvo colocó la leña al otro lado. Luego se inclinó y empezó a tirar de algo, del suelo hacia arriba. Al fin, con una nube de polvo, levantó una trampa. Un vaho mohoso se extendió por la cabaña.

—Ven aquí —le dijo.

Miguel obedeció.

—Mira ahí abajo —dijo Daniel. Subía olor negro, a tierra, a moho. Daniel enfocó su linterna. Miguel se asomó con un vago temor.

—Es como una tumba —dijo. Y en seguida se arrepintió de haberlo dicho. Daniel se encogió de hombros.

—Puede... —dijo—. Pero nadie conoce este agujero. Ni el mismo Gerardo lo sabe, por supuesto. El otro guardaba ahí sus herramientas. Ahí abajo estarás seguro.

—Pero... —Se calló. No sabía qué decir. Le horrorizaba bajar a aquel agujero, como un enterrado. Le horrorizaba. No podía ni decir nada.

Daniel dejó caer la tapa, que sonó de un modo hueco, lúgubre. Se había encendido su frente y los dientes le brillaron al decir:

—¡Como quieras! ¿Prefieres los perros de Lucas Enríquez... o las caricias del cabo Peláez?

Miguel estaba callado, con la cabeza gacha. «Pero tengo estrella. Tengo mi buena estrella: todo el mundo lo sabe.» Estaba rendido, agotado. No podía más. Nunca anduvo tanto. Nunca vio una noche más espesa, más dura. Ya no podía volver a aquel espantoso bosque, empinado, cruel. No: no era una alimaña, como Daniel Corvo, que se pasaba la vida escondiéndose entre las piedras y los troncos, como los lobos.

—Te advierto —dijo Daniel— que si esperas algo del jefe estás lucido. Has hecho lo peor que podías contra ti. No lo tienes a buenas. Le has hecho mucho daño, mucho: por ti ha perdido la propia estimación. Eso has hecho con él. Ya ves: te has cortado las amarras y hay temporal.

Las llamas esparcían un calor espeso, sensual. Dentro de la cabaña se había filtrado la niebla, que, al calor, resbalaba con centelleo paredes abajo. La atmósfera estaba cargada, húmeda y caliente a un tiempo. El chico levantó los ojos y le miró de frente. Daniel vio sus ojos redondos: unos ojos de niño, al fin y al cabo. «Es un chiquillo, ¡Sí, es una criatura! No tendrá ni veinte años...» Le daban ganas de abofetearle por su estupidez, por su falta de sentido. «Ahí está: una vida en falso. Una vida en falso.» Era como si una antigua indignación le volviera. «Cómo habrá llegado hasta aquí con esos ojos, aun, a pesar de todo, limpios. Qué culpa habremos cometido, qué inmensa culpa, todos, trayéndole hasta aquí.» Parecía que en aquel momento le hubiese crecido la barba rubia. La frente, las sienes se le perlaron de gotitas de sudor.

—Anda, muchacho —dijo, lo más suavemente que pudo—. Anda: vamos a hacer lo que se pueda.

Abrió de nuevo la trampa. Los goznes emitieron un débil quejido y los hombros del muchacho se estremecieron.

—¡Vamos, ten ánimo!... Te digo que te voy a ayudar. No me preguntes por qué, pero te voy a ayudar. Escúchame ahora: estarás ahí escondido el tiempo que sea preciso... Antes de que sospechen de mí, saldrás. Yo te guiaré por la montaña. Nadie conoce esto como yo. Ahora sólo tienes que estar callado, muy callado...

Quitó de la cama una manta parda, colocada bajo la de cuadros escoceses, y se la dio.

—Toma, abrígate como puedas. Anda, baja. Te dejaré un resquicio abierto, muy pequeño. Pondré una rama en la tranquilla para que no cierre del todo. Y encima apilaré otra vez la leña. Bueno, supongo que tendremos suerte.

Hablaba con una animación extraña. Estaba excitado, y él se daba cuenta. Algo brillaba, sí: algo brillaba. No sabía aún qué, pero algo brillaba. No era alegría, pero tampoco era dolor. Daniel sentía a su corazón, como un animal ajeno, allí dentro.

—Bebe otro trago, si quieres.

El chico obedeció. Cogió la manta. Tenía ojos de animal acosado, receloso. Apretaba los labios.

Daniel le ayudó a bajar iluminándole con la linterna. Oyó el golpe de los pies, al caer. El chico extendía la manta en el suelo. No se atrevía a mirar hacia arriba. El haz amarillento de la linterna le daba otra vez en la nuca, en aquella nuca tan conocida, ya, para él.

—Te echaré algo de comer —le dijo—. Tendrás hambre.

El chico se había tumbado de bruces sobre la manta. No levantó la cabeza, no se movió. «Parece que esté bebiendo del río —se dijo—. Es como si siempre tuviera sed, éste.»

Buscó pan y un trozo de carne asada, que guardaba en la alacena.

—Ahí va —le dijo. Lo echó y le dio vergüenza aquel gesto. Cayeron el pan y la carne al lado del chico. «Es como dar de comer a un animal. Como dar de comer a un perro.» Sintió que la vergüenza le bañaba.

Se apartó para no verle, porque verle así, de espaldas, cara al suelo, le hacía daño.

(Era un pan de «boule», con un número encima. Se echaban a él como bestias, disputándoselo, entre la arena empujada por el viento.)

Tal como dijo, se puso a buscar una rama delgada, para dejar un respiro a la trampilla. Cuando cerró, dijo:

—Quieto y callado, chico.

Luego, fue colocando otra vez la leña encima. No podía remediarlo: tenía la sensación de enterrar a alguien, a algo.

Capítulo octavo

Daniel Corvo fue hacia la ventana y la abrió. Siempre a aquella hora la tenía abierta, y no se debía cambiar la costumbre. Esto estaba claro dentro de él, entre tanta confusión como le dominaba. Esto y el saber «son ahora, aproximadamente, las dos de la tarde», y el comprender «no será fácil esto: van a venir aquí en seguida, a hurgar, como dure la cosa». «Hablando de amigos: aquél, allá abajo. No hay amigos, no existen amigos: ni para él ni para mí.» Todo lo otro, lo que le quemaba y exaltaba era tan confuso, tan incomprensible.

Abrió la ventana. La niebla se había adelgazado. Sólo un tenue velo desdibujaba los contornos. Del barranco subía un resplandor anaranjado. «Ha salido el sol, por fin.» Pero era un sol frío, que no calentaba. Y la hierba y los troncos, y aquellas hojas de oro que rozaban la ventana, brillaban como después de la lluvia.

Daniel Corvo se quedó quieto delante de la ventana. «Quisiera saber, quisiera comprender. Pero no sé, no comprendo. Cuando salí esta mañana para las cumbres de Neva quizá ni siquiera pensaba en el lobo. Aún no es, lógicamente, época de lobos. Aunque aquella vez se acercara uno, a principios del otoño, hasta las puertas de Hegroz, lógicamente éste no es tiempo de lobos.» Daniel Corvo respiró fuerte. Deseaba que el aire frío y húmedo del bosque le entrara dentro, como otras veces. Allí: a su pulmón enfermo, a sus cicatrices, al centro de su miedo, a la vida que le quedase allí dentro, en el pecho. «Dijo aquél: *un año, a lo sumo*. Pasará más. Yo creo que pasará algo más...» Lógicamente, debía desear la muerte, Pero no la deseaba. Le pasaba igual que con la vida. «Nada, nada. Bien, ¿será acaso, esto que hice, solamente para salir de la nada?» Daniel Corvo cerró los ojos. «O quizá es así porque sólo vivo mirando atrás. A pesar de lo seguro que estoy, de lo convencido que estoy de que no miro atrás. Lo cierto es que el tiempo pasado está retenido en mí, como una trampa: mis viejas trampas de cazador. Sí: nos creemos hombres y sólo somos unas grandes o minúsculas trampas para detener cosas que se pierden, para que se nos pudran entre los dientes las viejas cosas que queremos detener.» Daniel Corvo abrió lentamente los párpados. Brotaba del bosque un gran resplandor, un inmenso y radiante resplandor verde que le inundó. «Qué pocas veces el bosque se pone así», se dijo, acobardado por la belleza que le invadía, ojos adentro. Unas mariposas blancas empezaban a volar delante de la ventana, jugando con los haces delgados de la luz verde. «Puede que ni siquiera lo fuese a esconder, cuando le llevaba por el camino, al borde del río, dándole en la espalda con el cañón del rifle. Sí: había algo mezquino, por aquí dentro, cuando lo empujaba. No era bueno lo que sentía, porque no somos buenos los cazadores. Sentía rabia hacia él. Pensaba que a su edad se debe perder uno por otras cosas, no por cualquier lío de estupefacientes o de trata de blancas, como este perro. Sí: a su edad hay que llevar dentro otras cosas. Pero era ruin, porque pensaba en mí. Sería espantoso descubrir de pronto que, al fin y al cabo, siempre he estado pensando en mí.» La luz se había ensanchado y parecía emanar del suelo, de los árboles. No era una luz recibida de arriba: era una luz propia, escondida, revelada de pronto, deslumbrando. «Qué pocas veces el bosque se pone así.»

Sacó un cigarrillo y fue a encenderlo en la lumbre. Se sentía tranquilo: muy tranquilo. Cogió un tizón encendido, de un bello color escarlata, transparente, y lo aproximó al cigarrillo. Por la ventana entraba un fuerte olor a tierra mojada, a raíces y hojas podridas. «El agua levanta todos los olores, todas las carroñas —se dijo—. De cuando en cuando, es preciso que salgan al aire todas esas cosas.» Dando bocanadas al cigarrillo volvió a la ventana. Aún duraba la luz hermosa, aunque iba palideciendo.

«Y, quizá, empiece a arrepentirme de lo hecho. ¿Acaso estoy convencido? No: no lo estoy. No puedo estar convencido de que salga bien. No creo en el chico. No creo en él. No me va a mí el papel de Diego Herrera. Pero me gustaría mucho salvarme.» Dijo «salvarme» a conciencia, y lo repitió. Aunque le invadió cierto rubor por la palabra. «Pues, entonces, ¿por qué lo hago? ¿Sólo por el recuerdo de todo aquello? ¿Por el recuerdo de mí mismo en este bosque? No: no es por eso. ¿Acaso por aquéllos? No; no pesó tanto. He olvidado, incluso. Todo resulta bastante confuso, al fin. Las cosas, buenas o malas, se borran. Yo dije un día, allá abajo: «Amigo, yo bien sé lo que hacen los hombres con los vencidos». Y no era más que una frase. Nada más. ¿Qué sé yo de lo que hacen los hombres con los vencidos...? ¿Quiénes son, al fin y al cabo, los vencidos? ¿Me creí yo acaso, entonces, vencido? No: no lo pensé siquiera. Yo mantenía mi esperanza. Estoy bien seguro: seguía en pie, con mi esperanza. ¡Podría jurarlo, ahora, que entonces aún no había traición!»

El sol doraba las tablas de la barraca, volviéndolas resplandecientes, encendiendo los nudos de un tono escarlata, como viejas monedas o diminutos soles en poniente. Antes de levantarse miraba un rato aquellos nudos insólitos: tres, exactamente, frente a él. Envuelto en su manta, sobre el suelo de arena, los miraba antes de salir, aún envuelto en aquella especie de chilaba, al sol verdadero de allá afuera. A despiojarse, a desentumecer la humedad de sus huesos.

Habían instalado un altavoz, por el que se oía una música voceadora de feria. Y llegaba aquel hombre viejo, del trajecillo negro.

—Adiós, adiós; por fin me han reclamado. Adiós, amigos, adios...

Daba la mano a todos, uno por uno. Era de la barraca de al lado, lo recordaba bien. Se llamaba Amadeo Ruiz Elialde. Decían si era funcionario público y llevaba unos lentes de alambre, sobre la nariz. Todos los días, desde el primero de la arena, tenía su pequeña maleta hecha, dispuesta; su raído sombrero gris calado; temblando todo él en su traje negro, ya tan deslucido. Todos los días, desde el primero, estuvo diciendo:

—Mañana me llamarán a mí. Seguro: es cuestión de horas.

Todos escuchaban, cuando el micrófono llamaba nombres y nombres. Habían rellenado todos sus tarjetas, repetidas por los Organismos de allá afuera. (Organismos extraños ya, desde allí dentro, cuyos nombres podían significar la libertad o nada.) Escuchaban todos la voz del micrófono, instalado en el centro de la ancha «avenida» de arena, entre las dos hileras de barracas, que, en grupos de cien, construyeron ellos mismos. El extraño pueblo crecido casi milagrosamente, el abigarrado mundo que ya empezaba a ser, sin embargo, real y cotidiano, normal, escuchaba atentamente, cesando en su bullicio. (¿Por qué no bullicio, si lo había? En los ocho campos formados a cordón, con sus cementerios y hasta su Barrio Chino, donde entraban misteriosamente el alcohol, las barajas, las noches de amor a tanto la hora. ¿Por qué no había de ser un pueblo, con sus jardines, formados con judías y piedrecillas, en las esquinas de las barracas, con sus esculturas y bibelots amasados con arena y jabón amarillento de Marsella?) El mundo estrecho, con sus policías, sus «enchufados», sus pillos, sus inocentes (¿cómo no, por qué no, si andaban los hombres y había víctimas?), escuchaba atentamente. En el abigarrado mundo de la arena, entre la diarrea roja, las judías rojas, el bacalao con tomate, rojo, las alambradas y el mar, sonaba la llamaba del micrófono en la «avenida», y el silencio marcaba el aire, el vaivén de las olas que ya se tenía olvidado, y sonaban los nombres: «...que se presenten en los mandos». Generalmente, salían. Llamaban obreros para las fábricas de guerra, mineros para Carmaux, también reclamados. Gentes que tenían contactos allí fuera; que tenían alguien que recordaba que eran seres con un nombre y un apellido, una cabeza pensante, un corazón. Amadeo Ruiz Elialde, todos los días tenía dispuesta su ropa, en la maleta, y decía:

—Ahora me llamarán. Es inconcebible que no lo hayan hecho antes, porque a mí me tienen que reclamar mis parientes de...

La «arenitis» era una cosa corriente. De Amadeo Ruiz Elialde, decían Máximo Lucas y Pancracio Amador: «A ése lo atacó la arenitis», mientras al sol, el gran amigo, se despiojaban junto al mar. Lo veían pasar al pobre Amadeo, con su raído trajecillo de tela delgada y negra verdeando a un sol que desnudaba dentro de la ropa, esperando la llamada. Amadeo tendría ya sesenta o más años y levantaba los pies en la arena, para avanzar. Al parecer, le había llegado el día, al fin. Fue barraca por barraca, donde sus amigos, a estrecharles la mano. Se la dieron todos.

—Suerte, amigos —decía. Sonreía plácidamente, y él se dio cuenta de que nunca antes le vio sonreír. Llevaba su maleta bien agarrada y se quedaron allí: buscándose los piojos en el sobaco y en las costuras, oyendo el ruidito entre las uñas, pensando en el sol. Porque sólo se pensaba en el gran sol de allá arriba, encima de los piojos, de la carne y del mar: el redondo sol hermoso y puro, como un baño donde purificarse. «Los piojos y el sol —se pensaba—, los piojos y el sol.» Y en pocas cosas más. De vez en cuando, el aire traía un olor dulzón y conocido del cementerio de la arena, a un extremo del campo, junto a la zanja y el riachuelo, donde instalaron hacía poco las letrinas, al borde del mar. Eran como torrecillas, a las que se subía por una escalera adosada. Debajo estaban los grandes recipientes donde caía el excremento. De tiempo en tiempo, unos hombres los vaciaban.

—Es para abonar el campo —decía pensativamente Bernardo López, campesino de las barracas de los de Murcia. (Bernardo formaba hermosas flores sobre la arena, con judías encarnadas, blancas y rosadas. Con amor y paciencia, sus dedos, ennegrecidos por la tierra y las piedras, formaban un jardín caprichoso, de extraños mosaicos vegetales, en la arena movediza que un día se lo tragaría todo.) Allí al lado estaba Efrén, tumbado en su manta mirando al cielo y a la puerta de la barraca, leyendo siempre el mismo libro a la luz de la llama de aceite que temblaba en una lata de sardinas. El poeta Guillermo Santos veía pasar los hombres de las inmundicia, y decía:

—Hasta la mierda nos aprovechan.

Por el borde del mar, entre las letrinas, hermosos y gallardos como en un cuento de niños, pasaban los spahies: las capas rojas al viento, contra el cielo y el mar.

Alguien vino corriendo, a decir:

—¿No sabéis? Don Amadeo se ha ido al mar. Se metió poco a poco, fue avanzando mar adentro y...

Lo traían mojado, hinchado como un grajo muerto (como aquel grajo que bajó una vez de las rocas de Sagrado, al que le dio con la carabina). En el mar quedó flotando su sombrero y se perdió su maleta, con la muda doblada para el viaje de la libertad.

Los obreros y los campesinos siguieron trazando sus jardines con judías y piedrecillas, los zapateros haciendo sus zapatos para vender fuera de las alambradas, los carpinteros, los artesanos, todos trabajando bajo el sol. A Amadeo lo enterraron al final del campo, entre la arena de donde el viento bebía su podrido olor, según soplaba. Los obreros y los campesinos levantaron la cabeza al ver pasar el cadáver de Amadeo Ruiz Elialde y continuaron su trabajo. (Allí estaban ellos. Y aún debajo del gran sol, despiojándose, los miraba: «Sois vosotros, sois vosotros. Ahí estáis, arraigados y desarraigados. Sois vosotros: lavándose todas las mañanas, comiendo, adornando vuestro pueblo reciente y frágil, sin pensar en mañana, y, sin embargo, estando siempre en mañana. Sois vosotros, los de la tierra».)

Estaban agrupados por regiones, por afinidades políticas, por profesiones. Cuando resonaban en la noche los coros, lloraban en silencio mirando hacia el mar, hacia las alambradas. Los coros entonaban canciones de su tierra, y nunca música alguna llegó en la noche con tal calor y lejanía. Era la distancia de la tierra lo que llegaba hasta ellos. «Ahí estáis, los hombres de la tierra. La vida brota igual, eterna, en cualquier lado. Os hieren, os siegan, y vosotros, como la hierba salvaje, brotáis de nuevo, os agarráis al suelo: acostumbrados, doloridos, a veces alegres o indiferentes. Nacen vuestros hijos y vuestros nietos, y se agarran de nuevo a la tierra. Matan a vuestros hijos, siegan a vuestros nietos, y otros hijos os nacen y continúan vuestra paciencia, vuestro arraigado sentido de la tierra.» El más sucio, el más abandonado, el más desmoralizado, era el hombre del asfalto, de la ciudad. Dejándose comer por los piojos y la sarna, por la ociosidad y la desesperanza. Con piedrecillas de colores, con judías, con lentejas, los «parterres» de las barracas le entraban, allí donde el corazón latía y esperaba –¿hasta dónde llegará la esperanza?–, un aire cálido, dulce y triste, de tierra perdida. Los parterres lucían hermosos en medio de las alambradas, las letrinas y el hedor que traía el viento. Los hombres escuchaban la música del altavoz, que tenía un raro aire de feria. La música cesaba, y cesaba todo, menos el mar.

–Atención: que se presenten en los mandos...

La «arenitis» volvía con la música. La depresión del campo, el desequilibrio. Y la esperanza, tal vez. Sí: seguramente, también, la esperanza. «Se mete la arena en la cabeza y...» La arena se encontraba en la comida, en los zapatos, en el cuerpo. La arena se tenía siempre crujiendo, como vidrio triturado, entre los dientes.

Daniel Corvo sintió frío. Un frío que le recorría la espalda, lentamente. «Aquí tenemos al otoño.» «Otoño breve, puerta de la nieve», decía la Tanaya. El cigarrillo se había consumido entre sus dedos. Vio la ceniza gris. Lo echó a la lumbre y se levantó. Tenía hambre. Quedaba aún un trozo de carne, cecina y algo de pan. Lo puso todo sobre la mesa, con el cuchillo. «Es como si no hubiera nadie ahí debajo. Igual que si estuviera muerto. No me gusta esta sensación.» De nuevo el frío le estremeció los hombros, y miró hacia la ventana, por donde entraba un débil resplandor. «La luz verde se fue ya. Dura muy poco.»

Daniel Corvo se sentó y cortó el pan. Puso la carne encima y se dispuso a cortarla. Dio un vistazo a la damajuana. A lo mejor no bebía, pero le gustaba tenerla al alcance de la mano.

–Óyeme, chico –dijo. Lo dijo sin querer, sin pensarlo

siquiera. Le subió fuego a la cara. No miraba al montón de leña: no se atrevía. Se apresuró a añadir:

—¡No, no me contestes! ¡Tú quédate callado!

¿A qué venía aquello? ¿Por qué aquel estúpido deseo de hablar, de confesar cosas, quizá? «No, eso no», se dijo. Tenía miedo; un gran miedo, otra vez. De volver a mirarse, de oírse, como se oyó aquella tarde en el barracón, junto a Diego Herrera. Sin embargo, dijo:

—Deberíamos hablar, decirnos algo. Casi no sé nada de ti,y no sé qué estoy haciendo con todo esto. Pero tú no contestes, tú no digas nada. Escúchame, si puedes.

Por un momento tuvo la sensación de que nadie le podía oír, de que hablaba en voz alta, como algunos locos. «Pero él está ahí abajo, yo mismo le he enterrado.» Le angustiaba decirlo, pero ésa era la sensación que le producía.

—Has hecho una estupidez —dijo—. Una cosa idiota. Te creía más listo.

Miró furtivamente al ángulo, junto a la chimenea. Los tocones se apilaban sobre la trampilla. Parecía que no había ocurrido nada. «Es posible que ni siquiera me oiga.» Pero había un gran silencio a su alrededor y su voz sonaba clara, entre las paredes.

—No creas que no te comprendo. Claro está que te comprendo —dijo. Se sintió más tranquilo, al hablar. Cortó el primer trozo de carne y empezó a mascarlo, despacio. La carne estaba fría y un tanto cruda. La sentía crujir entre los dientes.

—Nadie te puede comprender como yo. Un hombre encerrado es algo que sólo puede comprender otro hombre encerrado. Ya me figuro lo que te pasó.

Buscó el orujo y vertió un poco en la taza. Pero lo dejó intacto, frente a él.

—No es cuestión de que le traten a uno bien o mal. Uno acaba acostumbrándose a todo, o no se acostumbra a nada. No hay términos medios. No; no hay términos medios. A veces me acuerdo de entonces: de las alambradas, de los guardias, de la arena... Sí: me acuerdo muchas veces.

Daniel abandonó las manos sobre la mesa. Se quedó mirándolas: alargadas, de un moreno pálido, con las palmas endurecidas.

—No creas, uno va sobreviviendo..., a pesar de todo. Allí estábamos, deseando no pensar en nada. Y ya vez: hasta barberías, hasta «Barrio Chino» tuvimos: me acuerdo que era el campo número uno... Y trabajaban. Todos trabajaban. Se hacían zapatos, objetos de madera. Se vendía cosas... La Garde Mobile compraba y vendía. Y hasta teníamos «enchufados» que salían fuera del campo y comían del rancho de los franceses... ¿No eras tú también, al fin y al cabo, un «enchufado»? Debías haber tenido paciencia. Claro que algunos se escaparon. O por lo menos se quisieron escapar... Sí: hubo muchos conatos de evasiones. Los senegaleses disparaban. Los senegaleses eran como animales ciegos, miedosos. (Los campesinos odiaban a los senegaleses, a lo mejor porque nunca vieron negros antes.) Tenían los ojos salientes, fijos y brillantes. Disparaban en la noche a los que huían. Si les alcanzaban, les enterraban en el cementerio, más allá del riachuelo. Los apresados iban al «cuadrilátero», el campo de castigo. Durante tres o cuatro días estaban a pan y agua y sin manta. Los honderos del campo les echaban comida en sus hondas. Se organizaban evasiones. Casi siempre eran en la noche las evasiones...

Daniel se quedó mirando algo flotante, misterioso, frente a él. Dijo:

—Me acuerdo que un estudiante andaluz organizó conferencias. También un teatro, de madera, donde se representaban piezas cortas de Lope, de Cervantes... Pero ¿sabes tú acaso quiénes son Lope ni Cervantes?

Daniel lanzó una risotada. Cortó más carne, y la mordió con saña, con rabia. Hundía los dientes, poderosos, hasta sentir como entrechocaban. Bebió orujo, sin tragar la carne, y sintió deseos de escupir.

—Un capitán francés nos ayudó mucho, en eso del teatro... Creo que en Cadaqués conoció a Dalí, a Lorca... Pero ¿acaso sabes tú...?

Daniel Corvo escupió, allí mismo, en el suelo. Un gusto amargo le subía a la garganta. Nadie contestaba, nadie. Nadie le oía, seguramente. Y sin embargo, allí dentro, en sus sienes, en su garganta, le martilleaban, le hacían daño. La boca se le llenó de un gusto de hierro.

—Y hasta hacían una revista, en la barraca que llamábamos de los «intelectuales»... Claro que estaba prohibido darle un carácter político. Se supone, ¿no?

Decía «¿no?», y le había prohibido hablar. Y escuchaba a ver si le oía decir: «sí» o «comprendo», o «es natural».

—Tuvimos muchos suscriptores fuera del campo... ¡Ah, y teníamos también buenos coros! Coros vascos y catalanes... Le llenaba a uno de nostalgia oírles. Bueno: éramos un pueblo, todo un pueblo. Yo creo que no nos faltaba casi nada...

«No nos faltaba casi nada, casi nada, casi nada.» («¿Y qué te faltaba a ti, cachorro estúpido? ¿Qué te faltaba?») Allí dentro, quizá en el estómago, algo le dolía. Algo ácido, clavado, horrible. «Y aquí, en este bosque, ¿qué te puede faltar a ti, Daniel Corvo?»

—Una cosa, sí, había mala: los niños y las mujeres. Pero eso era al principio. Luego, se llevaron las mujeres. Sólo dejaron a los matrimonios. Hicieron un campo aparte para matrimonios.

¿A quién le contaba aquello? ¿Con quién hablaba? Y si el chico estuviera allí delante, ¿acaso se lo diría? ¿Acaso se acordaría, siquiera, si no fuera porque le vio beber de bruces contra las piedras del río, entre los juncos, como un pequeño lobo? ¿Acaso lo recordaba todo? No: no lo recordaba. Tenía que estrujarse la memoria. Y, sin embargo...

—Sí: lo de los niños era una mala cosa. Esos niños perdidos, como perros... Esos niños que llaman y llaman, vete a saber a quién, con los pies envueltos en trapos.

(¿Dónde vio niños perdidos? ¿Dónde vio niños perdidos? ¿Dónde oyó sus gritos en la noche, dónde vio sus bocas pálidas llenándose de viento y de arena, sus ojos bordeados de negro?)

—Pero, claro, pronto se llevaron a los niños...

Las llamas de la chimenea habían disminuido otra vez. «Hay que ver la atención que necesita un buen fuego. No se le puede descuidar.» Pero miraba al fuego y no podía levantarse. Era como si algo le atara a la silla: unas manos absurdas y extrañas que le retuviesen allí, frente a aquel pan y aquella carne que no podía, de pronto, pasarle garganta abajo. «Y se me ha levantado un espantoso dolor de estómago», se dijo. Entonces le vino una frase desagradable: «*Usted lleva, como si dijéramos, un feto muerto en el estómago*».

—Iban dejándonos solos a los hombres. Era fácil de comprender: deseaban organizar con nosotros un ejército. Sí: éramos carne de cañón, de cara a una guerra mundial...

(«¿A una guerra mundial? Qué estupideces estoy diciendo. A una guerra mundial. Estamos aquí, enterrados en paz.

Estamos hundidos en una inmensa paz, ése y yo: aquí, los dos, en este bosque donde no se oye nada. Acaso, si saliera afuera, me llegarían los ladridos de los perros. Sí. Y Lucas Enríquez, allá abajo, igual que antes. Y Gerardo, y todos, como antes: como si nada hubiera ocurrido. Y éste, allá abajo, era carne de cañón, también. ¿Para qué?, ¿para qué guerra?, ¿para qué paz?»)

De pronto, se levantó, y se acercó a la pila de leña.

—¿Pero acaso sabes de qué te estoy hablando? ¿Pero sabes siquiera de qué encierro te hablo, de qué año, de qué hombres? No, no: no puedes saberlo... ¡No me contestes, no digas una sola palabra! ¡Tienes que estar callado, absolutamente callado!

Le ardía la frente, el cuello. Notó que el sudor le empapaba. Pero la espalda y los hombros se le estremecían de nuevo, con el frío. («Otoño breve, puerta de la nieve», decía la Tanaya.)

Daniel Corvo se llevó las manos a la frente y la notó húmeda. Otra vez, volvió el miedo. «El miedo anda rondando por ahí, por el bosque. Entra por la ventana. También éste tuvo miedo. Sí: estoy seguro de que a éste le empujó el miedo...» Pero al miedo, había que ahuyentarlo, que taparlo con palabras, con recuerdos, con frases idiotas y sin sentido, ya, después de tanto tiempo.

—Y ya ves, un día..., un día que llovía, entraron los soldados en el campo. Rodearon las barracas y nos obligaron a salir. Entonces lo destruyeron todo: los jardines de piedras y judías, las estatuillas de jabón, los enseres. Prendieron fuego a las barracas. Todos mirábamos cómo ardía nuestro pueblo, y, lo que son las cosas: lo mirábamos con pena. Sí: con dolor. ¡Ya ves si uno se acostumbra a todo! Sí, chico: hiciste una gran estupidez. Una gran estupidez.

Daniel se quedó quieto, esperando. Esperando algo que no sabía. («Y yo también. Yo también hice, y hago, una gran estupidez. ¿Adónde voy a parar con todo esto? ¿Qué pretendo? Ni siquiera sé por qué estaba allá abajo. Ni siquiera sé qué puede pensar. Yo sí que hago una gran estupidez.»)

Cogió el rifle y salió a la puerta. La niebla apenas se notaba ya. Sólo quedaba un ensueño, un vaho dulce, huyendo hacia algún lado. Y sintió una gran tristeza.

Estaba muy oscuro y olía espantosamente. Era un olor horrible. No podía soportarlo. Olía a zanja, a tierra cruda. Sí: eso era. Olía a aquellas zanjas donde caían los hombres, de un balazo, con la cara o el pecho sangrando. Él, subido a la tapia, lo había visto. Y se acordaba bien del olor de la tierra escondida, socavada. Era un olor feroz.

Estuvo mucho rato de bruces sobre la manta. Luego, fue desentumeciéndose. Todo el cuerpo le dolía. Se notaba la espalda rígida. También en la frente, sobre los ojos, sentía una tirantez dolorosa. La humedad le penetraba hasta los huesos. Quería centrar sus pensamientos, pero no podía. Algo huía, escapaba, en su cabeza. Era inútil que quisiera retenerlo, que quisiera ordenar sus ideas. «Bueno: lo primero, descansar», se dijo. Algo fallaba, no marchaba bien, alrededor. No es que las cosas le hubieran andado siempre a derechas, pero, por lo menos, supo siempre a qué atenerse. Ahora no. Ahora fallaban las cosas por la base. No entendía nada de lo que estaba pasando. Aquel loco, o lo que fuese, era, quizá, el culpable de tanta confusión. ¿Qué quería de él? Varias veces desechó ideas. ¿Pero cómo iba a acabar aquello? «Casi mejor hubiera sido caer con el cabo Peláez.» Bien mirado, no era nuevo: estaba hecho a esas cosas. Pero aquel insensato se había mezclado, desorientándole. Sí, eso era: desorientándole, desmoralizándole. ¿Qué le ocurrió? «Bien, de momento, descanso. Necesito descanso.» Sabía que se centraría. ¿Acaso no se había centrado siempre? Y no porque hubieran marchado bien las cosas, precisamente. No, desde luego, no siempre fueron bien.

Cerró los ojos, a pesar de que tenía miedo de hacerlo. «Procuraré no dormirme del todo.» Sabía estar alerta, aun en el sueño. Pero el gran cansancio de las últimas horas le pesaba en los ojos, precisamente allí, sobre los párpados. Se apoyó con fuerza en los codos. Debajo sintió la tierra que le empavorecía, la gran tierra de la que, sin saber cómo, sin saber por qué, deseaba violentamente huir. Nunca temió tanto a la tierra como en aquellos momentos. «Es horrible esto», se confesó. Lo dijo, incluso, en voz muy baja. Un sudor frío le bañaba. Se movió un poco. Bajo el vientre y los muslos notó la viscosidad de la tierra, resbaladiza. Abrió los ojos con espanto y apartó las manos. Luego, las volvió a dejar caer, con un gran desaliento. Allá arriba, una rama se interponía en la trampa, como dijo el guardabosques, para que entrara un poco de aire. De arriba llegaba un pequeño resplandor, como una llamada. Miguel dejó caer la cabeza contra la manta. A pesar de su terror, era como si deseara escuchar a la tierra. Como si algo hubiera de oír de aquella oscuridad húmeda y enorme. Pero no oía nada.

La Aurelia le condujo pasillo adelante. Parecía que la casa de la calle del Mar había empequeñecido. Tropezó con uno de los mosaicos del suelo, frente a la habitación.

—Entra —dijo la Aurelia.

La habitación estaba muy oscura y no se veía nada. Tuvo miedo. O, más bien, un gran escalofrío. Olía a encerrado, a atmósfera cargada de respiraciones.

La Aurelia le cogió la mano y él la retiró bruscamente. La mano de la Aurelia era húmeda y fría. No le gustaba que le tocaran, y mucho menos aquellas manos.

—Anda, Miguelito... —dijo la Aurelia. Hablaba en voz muy baja, allí, en la habitación oscura.

Lo primero que vio fue la mancha clara de las sábanas, y en el centro aquella cabeza. «Es madre», se dijo. Se lo repitió: «Es madre». Qué raro. Algo se le había secado dentro. Sí: tenía un cuerpo extraño dentro del pecho. Como un pedazo de hierro que obturaba cualquier sensación. Sólo una cosa le pasaba, en el centro, y nada más.

Se acercó a la cama. Le daba náuseas la atmósfera. La oscuridad se había vuelto gris, verdosa. También era aquél un color malo.

—Anda, Miguel, dile algo... —repitió la Aurelia.

«¿Qué le voy a decir?», pensó. Buscó alguna palabra, pero no se le ocurrió ninguna. Nada. Su madre era aquella cabeza inmóvil, que lo mismo podía ser una cabeza de madera. Llegó un silbido largo, a través de los muros. «Es un tren que se va...» El silbido se repitió, huyendo, adelgazándose en la lejanía.

—Madre —dijo. Su voz le sonó extraña, como si fuera otro el que hablase. Era como un sueño, como si fuera a despertar, de un momento a otro, en la playa. (¿Por qué en la playa? No lo sabía. Tal vez, porque le gustaba tanto.)

La Aurelia se fue hacia el ventanuco y abrió un poco el postigo. La claridad entró, amarillenta. Miguel vio la cara terrosa y el cabello negro, desparramado por la almohada. Algo le subió al pecho, a la garganta. («¿A qué me has apartado?

No sé qué decirte, madre, no sé qué decirte. Aquel día llovía mucho, cuando el tren se fue. Después, todo pasó. Todo pasó, madre.»)

—Está «mu» malita —dijo la Aurelia, y le salió el acento del pueblo, que siempre procuraba disimular.

«Sí, lo está», pensó él. Porque madre miraba al techo, a algún lugar que no se podía adivinar, y no movía los ojos.

La Aurelia cerró el postigo, y le envolvió de nuevo la oscuridad, la cerrada atmósfera viscosa. Y el miedo.

Todo el tiempo estuvo así, a su lado, en aquella sombra, en aquella gran respiración recargada y oscura. Porque la Aurelia le decía:

—Quédate ahí, al lado, por si te reconoce...

Miguel buscó el pan, a tientas. Palpó la corteza, áspera y rugosa. Estaba duro, era un pan de miga prieta. Tenía un gran vacío en el estómago y le clavó los dientes con voracidad. «Es que no hay que perder el dominio de las cosas. Bueno: lo primero, no dejarse debilitar en tonto. No sé si es hambre esto que me muerde aquí dentro, pero hay que llenar el estómago.» Comiendo supo que sí era hambre. La carne tenía un gusto fuerte, pero era buena. «Muy buena es esta carne», se dijo. Luego le invadió otra vez el sopor. Se sentó, apoyando la espalda, con las rodillas dobladas. Miró hacia arriba. Se distinguía con más claridad la rendija y la luz. Escuchó: algo hablaba aquél, arriba. A lo mejor había alguien más con él. El corazón empezó a latirle de prisa.

Pero no oyó otra voz que respondiera a la de Daniel Corvo. Prestó atención. «Pues es a mí a quien habla.» Le invadía un sueño pesado, irresistible. Procuraba escuchar, pero las palabras de Daniel huían, se perdían allá arriba.

«Habla de sus cosas —se dijo, al cabo de unos instantes—. Eso es lo único que saben hacer ésos. Hablar y hablar de sus cosas. Como si uno tuviera algo que ver con ellas. Están enfermos, todos. Siempre andando a vueltas con lo que les pasó, y que si esto y que si aquello, como si uno tuviera algo que ver. ¡En buenas manos caí!» Pero no quería perder la confianza, no podía perderla. Daniel decía algo de cuando anduvo encerrado, por algún lado. *«Ya sé lo que te ha pasado...»*, decía. Miguel, en la oscuridad, sonrió. *«Un hombre encerrado a otro hombre encerrado...»* Bueno, ¿y qué sacaba de su comprensión, si es que la había? ¿Iban a salir bien las cosas por eso? ¿O es que necesitaba vaciar sus recuerdos y por eso lo tenía encerrado? «Qué tropa de chiflados, ésos.» Y, sin embargo, aquella voz le daba cierta esperanza. Sí: aquella voz le hacía pensar en su estrella. «Todo irá bien. Todo marchará bien, al fin y al cabo. Casi estoy por creer que las cosas empiezan a enderezarse.» Tomás decía que los locos, a veces, dan buen resultado.

Capítulo noveno

Hacia las seis de la tarde el cielo pareció cubrirse por una cortina casi negra, de color de pólvora. No se adivinaba el contorno de las nubes y apenas una difusa claridad de plata iluminaba los bordes de Cuatro Cruces, Sagrado y Oz. Daniel comprendió que se cernía la lluvia. Una lluvia opresiva que podía durar días enteros y dejar el bosque empapado, el suelo resbaladizo, gelatinosas las hojas que lo cubrían todo como una alfombra de oro. A Daniel Corvo le gustaba la lluvia, pero no aquella lluvia negra, azotando los árboles como un castigo. Algo flotaba en el aire, denso y cargado. Y, sin embargo, no habría ni relámpagos ni truenos: sería una lluvia sorda, clavándose en el gran silencio del bosque. Daniel estuvo mirando al cielo largo rato, hasta que sintió dolor en la nuca. «Mal les irá a los de las batidas.» Podía ser un consuelo pensarlo, pero aquel cielo y el olor de la tierra, que ya anunciaba el agua, traían un lejano olor a muerte.

Vio huir a una ardilla, luego a un pájaro. Su carrera y su vuelo eran de huida, no cabía duda: no eran una simple carrera o un vuelo corto. Si huían los animales, algo ajeno al bosque había en el aire.

Volvían los ladridos, que por unas horas dejaron de oírse, rompiendo el silencio grande del bosque. «La presencia de Lucas Enríquez y de Gerardo Corvo, traen esos ladridos», se dijo, con una sonrisa dolorida. (Allá abajo estaba La Encrucijada, el muro largo de piedras tras cuya puerta carcomida esperaban los criados con los periódicos para el invierno.) Los ladridos de los perros de Lucas Enríquez sonaban cercanos. «Andan ahora, otra vez, por la vertiente de Oz.» Sí: iban por la vertiente de Oz, fácil era adivinarlo. «Vuelven para acá.» Pero él sabía que los perros intentaban confundir al chico, como en las cacerías. Eran perros ojeadores. «No es tan tonto el chaval, tampoco.» Era raro: no sentía inquietud. Podía ser muy bien que entraran en la cabaña sencillamente, directamente, y levantaran la trampilla. «Sí, ¿quién me asegura que no puede suceder?» Como en un sueño, los veía entrar, despacio, inexorables, directos, al escondite del chico. Y, sin embargo, no sentía inquietud. (Su miedo era otro, venía de otro lugar, quizá distante, de un muy lejano tiempo.)

En el cielo parecían batir unas alas grandes. Incluso, había algo que semejaba un aleteo manso y traidor: como un ancho e imperceptible parpadeo. Se internó más en la espesura, para no ver el cielo. Las ramas altas, negras, perdían ya la luz entre sus hojas. «Se acercan a mí otra vez. Acaso sea bueno que me aproxime a ellos.» Salió de los árboles y fue hacia el barranco. Llevaba en el bolsillo la llave de la cabaña y la apretó entre los dedos. El frío del hierro le comunicaba cierta seguridad. Le dolía la cabeza. Tenía un dolor extraño, como una gota de mercurio que rodara entre sus cejas y se extendiera y apelotonara a intermitencias. Lo sentía rodar dentro, de sien a sien, bordeando los ojos, deslizándose hacia la nuca.

Llegó al camino. Desde allí la pendiente era aún más empinada y abrupta. Las rocas parecían cortadas a pico, sobre el Valle de las Piedras. Abajo, en la ancha sombra que iba acreciendo, titilaban dos luces amarillas. Al otro lado del río se prendía la primera hoguera, con un resplandor anaranjado. En lo hondo del barranco sonaba el río.

Esta vez sí le sorprendió. «Casi ni pensaba en él», se dijo. Entre los troncos se dibujaba la silueta de Diego Herrera sobre su caballo. Quizá bajaba del bosque. No lo sabía. Estaba allí, otra vez. (Otra vez, como tantas, en el polvo ceniciento del verano, en el húmedo atardecer del otoño, silencioso y repentino como un fantasma.)

—Buenas tardes —dijo.

Diego bajó del caballo y se acercó llevándolo de la brida.

—¿No hay novedades? —preguntó Daniel. Suponía que la voz no le traicionaría como le traicionaba el corazón, con sus golpes.

Hasta que estuvo a su lado no respondió el jefe.

—Ninguna, todavía.

La palabra «todavía» le sonó lúgubre. Quizá se precipitó en decir:

—Venga, tome un trago. Parece usted cansado.

—Sí —dijo Herrera, despaciosamente—. Muy cansado.

«Quizá esté hablando con intención, quizá no. Lo mejor es no enterarse.»

—En la cabaña habrá buen fuego. Venga para allá.

—Pero usted iba...

—No, no importa. Venga para allá. Además, el tiempo anda maligno.

Diego le siguió, casi tocando sus talones. Al llegar a la cabaña Daniel sacó la llave del bolsillo, y se dio cuenta de que durante todo el tiempo la llevó apretada entre los dedos. La introdujo en la cerradura, y en silencio se oyó su roce claro y pequeño. Empujó la puerta.

Dentro, en el hogar, sólo quedaban rescoldos. Daniel encendió la lámpara de petróleo, que dejó sobre la mesa.

—En un momento arde eso —dijo, dirigiéndose a la chimenea. Se sorprendía de su gran tranquilidad. También su corazón parecía recobrar una extraña paz. «Tal vez estoy deseando que diga: *Abra usted la trampa, Daniel Corvo*. Sí: tal vez es lo que deseo. Soy un cobarde. Sólo quiero tranquilizarme, cumplir a medias: que él abra la trampa y que toda la culpa caiga sobre él. De este modo yo me creeré salvado. Sí: acaso es otra prueba más de cobardía.» Daniel escogió un par de leños, examinándolos cuidadosamente antes de colocarlos en la chimenea. Luego, atizó las brasas. Cuando las llamas prendieron, se incorporó y miró a Diego Herrera.

El jefe estaba ya sentado junto a la mesa. Se había quitado las gafas y, por primera vez, vio sus ojos, con los párpados bajos. Diego limpiaba los cristales con su pañuelo. «No parece que tenga esas cejas delgadas, esos ojos apagados, cuando mira a través de los cristales. Este hombre es un hombre viejo y cansado, verdaderamente.»

—Si no tiene usted otra cosa que decir —dijo Herrera, con voz pálida y como distraída—, preferiría que tomáramos un sorbo de coñac.

Sacó un frasco plano, que llevaba siempre en el bolsillo. Daniel se encogió de hombros.

—Como usted quiera.

Diego sirvió el coñac, midiéndolo y mirándolo con sus ojillos miopes. Era minucioso, tacaño y ecuánime. Tomó el vaso entre los dedos y le dio un sorbito. Daniel, de pie, bebió el suyo de un trago. Luego se sentó, a su vez, frente a él. «Siempre así los dos, separados por una mesa. Es curioso: siempre nos sentamos uno frente a otro, nunca uno al lado del otro. Siempre ponemos algo entre los dos: una mesa, una piedra, un pedazo de tierra. Caminamos también uno delante del otro. Estas cosas le saltan a uno de pronto, como ahora a mí, y dan qué pensar.»

Diego Herrera dio otro sorbito al coñac. Luego se ajustó las gafas y le miró.

—Y, al fin, ¿salió usted al bosque?

—¿Al bosque?... ¡Ah, sí! No sé si le dije: me entró la manía del lobo, y fui a por él. Aún no es tiempo, pero por allá arriba ya empiezan a inquietarse.

Diego Herrera sonrió. Daniel le miró de reojo. «No sé qué querrá decir con sus sonrisas. Supongo que no creerá que comprendo sus sonrisas», pensó.

—Ah, el lobo... —dijo Herrera. Le habían quedado húmedos los labios, que brillaban a la luz de la lámpara.

—¿Y lo encontró?

—Se me escapó.

—¡Qué me dice! ¿Dónde andaba? ¿Qué hacía?

—Bueno, sólo era un cachorro... La verdad, creo que le dejé ir: me dio lástima. No sé. A lo mejor, si hubiera podido cogerlo vivo, para mí... No sé si le dije un día que a veces pienso en comprarme un perro. Pues verá: no sé qué idea me dio de quedármelo vivo. Pero, claro, se escapó.

—¿Para tenerlo como perro? —dijo el jefe. Volvió a beber, y esta vez, cosa rara, acabó el coñac de un trago. Lo hizo con un gesto violento, casi brutal, que Daniel no le conocía.

—Es una cosa estúpida ésa, Daniel —le dijo—. No, no se lo aconsejo. ¡Como un perro! Hay un gran diferencia: crecen, hacen destrozos... No: no valen la pena, son mala casta. La próxima vez dispare, amigo. Somos cazadores, no domadores de circo.

Se miraron en silencio. Al fin, Daniel levantó la mano y señaló hacia la vertiente de Oz.

—¿Siguen buscando al chico?

—No escapará —dijo Herrera—. No puede escapar. Nadie pudo escapar de aquí, nunca.

Miraba al suelo, otra vez. Sus lentes brillaban a la luz amarilla de la lámpara y no se le veían los ojos. Añadió:

—Fue un insensato. Lástima que no tuviera paciencia. Hubiera salido pronto, tal vez de aquí a tres años... Ya sabe: indultos, buena conducta... ¡Sí, qué gran insensato! Lástima de vida, así, en tonto. Ya ve usted, lleva un cuchillo, un mal cuchillo de cocina, y una cuerda a la cintura. Sólo con eso, perdido en las montañas. Y se acabó esa vida. Se acabó.

Su voz sonaba como cuando le dijo: «Me ha hundido».

—Una lástima —dijo Daniel, asintiendo. Y una voz que no podía impedir le gritaba: «Cabrón, abre la trampa; cabrón, descúbreme». Pero allí estaba Diego, vertiendo otro dedo de coñac en los vasos: su horrible coñac que sabía a jabón. «Cuánto dispendio», pensó Daniel con ironía, y lo tragó.

—¡Los muchachos! —dijo Diego Herrera, con su voz más triste—. ¡Los muchachos! Podían habernos salvado los muchachos. Ya ve usted, y, sin embargo...

(Ah, si usted le hubiera oído: no por lo que decía, sino por el modo como lo decía...)

—Me vuelvo allá abajo —dijo el jefe, levantándose.

—Vamos, descanse un rato, no se vaya.

—No, no. He de volver. Gracias, amigo.

Se fue a la puerta y salió. Su caballo temblaba, atado al árbol. «Con el relente todo será que no le pille algo», pensó vagamente Daniel. Y le gritó, desde la puerta:

—¡Espere usted, quizá le coja la lluvia en el camino!

—No, no. Muchas gracias. Adiós, amigo.

Montó de un salto, ágil como un chico. Le estremeció verle, menudo, bajando hacia el camino. Quiso decirle algo, pero se contuvo. («Cobarde, cobarde. Eso es lo que eres tú, Daniel Corvo: sólo un gran cobarde.») Y, sin embargo, algo se había ensanchado, precisamente, en su corazón.

Qué raro: Diego Herrera se olvidó sobre la mesa su absurdo frasco de petaca, con un resto de coñac.

Hasta él llegó el brusco golpe de la lluvia torrencial. Hasta su escondite, en la tierra cruda, llegó el ruido espeso, casi animal, del agua cayendo a raudales contra el bosque. «Menudo aguacero —pensó Miguel—. Bueno, por lo menos de eso me libro.» Siempre había algo que servía de consuelo, en todas partes. «De algún modo hay que pasar los malos tragos.» Otras cosas se podían decir de él; pero en malos tragos era maestro. Y salía siempre con buen aire, que podría decirse. Con bastante buen aire, después de todo. Bien mirado, lo que peor le sentaba era el agujero aquel, húmedo y oscuro. Peor que lo que se avecinara. Porque lo que iba a venir, mejor era no pensarlo: tiempo hay siempre para lo que sea. De momento, estar allí, en aquel agujero de topos, como una rata asquerosa, era lo más reventado. «Y sin un mal cigarrillo.» Daniel Corvo estuvo en todo: comida y bebida. Pero olvidó ese detalle, el más importante. «Hay que ver lo que puede hacer por uno un cigarrillo.»

El agua caía duro. Era como un bramido azotante. Incluso allí debajo se notaba como un crujido, como un barboteo extraño, vivo. «Todo está como temblando», pensó, admirado. Escuchó con más atención: la lluvia no cesaba; iba en aumento, si cabía. «Pues a los que me buscan no les irá bien, que digamos.» Sonrió imaginando la cólera del cabo Peláez y del número Chamoso, jurando y blasfemando, barranco abajo. «Mucha gracia les hará el agua.»

Oyó las pisadas de Daniel Corvo, sus recias botas contra el suelo de madera, de un lado a otro. Luego, arrastró la mesa, o una silla. «¿Qué hora será ya?» Le desasosegaba no poder medir el paso del tiempo. Cuando le encontró el guardabosques la niebla tapaba el sol. Ahora, no sabía si había llegado la oscuridad o aún brillaba la luz. «Qué raro, parece que haya pasado tiempo, mucho tiempo.» Acaso estuvo durmiendo. Sí: tal vez se durmió. Recordaba que entró alguien, arriba, que estuvo hablando con el guardabosques. «Debía ser algún guardia, o alguno de los guardas de Lucas Enríquez...» Sin embargo, bien podía ser que fuera el mismo jefe. Pero le molestó la idea: pensarlo le daba un regusto de mal agüero. «No: ése no ha podido ser.» Y se apresuró a apartar el pensamiento.

En aquel instante Daniel andaba encima de la trampilla. Parecía que apartara la leña, o algo sí. El corazón empezó a latirle de prisa. «¿Qué irá a hacer ahora...?»

—Chico —llamó el guardabosques—. Chico...

Levantó la trampilla y oyó los goznes gemir levemente, como un maullido. Alzó la cabeza y le hirió en los ojos la luz de la linterna.

—Anda, respira un poco —dijo Daniel—. He atrancado la puerta y la ventana. ¿Tienes hambre?

Daniel Corvo enfocaba su linterna. El chico levantó la cara hacia él y entrecerró los párpados, cegado por la luz. Estaba pálido, sentado sobre la manta, con los brazos alrededor de las piernas. A su lado había unos huesos roídos. «Los restos de la comida. Es como si ahí abajo tuviera una fiera alimentándose.» El frío extraño que le llegó por primera vez aquella tarde le recorrió la espalda, como una culebra. *(«No se lo aconsejo: hacen destrozos. Somos cazadores, no domadores de circo.»)*

—¿Quieres subir?

El chico se incorporó, despacio. Parecía que le costara hacer movimientos. «Da la sensación de estar mohoso, como un engranaje cubierto de orín.» Se arrodilló y le tendió una mano. El chico trepó y salió afuera. Todo él emanaba aquel horrible olor a cueva. Todo él despedía frío. El cabello, tan corto, estaba húmedo, y unos mechones se le pegaban a la frente.

—Estira las piernas, anda —le repitió.

El chico avanzó unos pasos, torpemente. Cojeaba más que por la mañana. Se paró otra vez. Parecía como atontado.

—¿Te sientes enfermo? —dijo.

—No —respondió el chico—. Oiga: quisiera otro trago...

Le tendió el orujo y el chico bebió. Luego se sentó pesadamente en la silla. La lámpara le daba de lleno en la cara. «Y es guapote», pensó Daniel.

—¿Oíste al jefe? —preguntó Daniel, mirándole fijamente a los ojos.

El chico mantuvo su mirada. Sus pupilas amarillas lucían al haz de la lámpara, fosforescentes. «No me gustan esos ojos fríos, fijos, desapasionados. Se parecen a las palabras de Mónica. No me gustan, ni aquella voz que decía *"sois viejos"*, ni estos ojos que me miran. Tal vez no entiendo estos ojos ni aquella voz.»

—No —dijo Miguel—. No he oído... Bueno: sí he oído. Pero no sabía que era él.

—Pues aquí estuvo —repitió Daniel. Le tendió los cigarrillos y el chico cogió uno. Mientras le acercaba la llama de la cerilla, insistió:

—¿Me extraña que no le oyeses. ¿Y a mí, cuando te hablé?

—No, no —dijo el chico—. Nada. Es que no se distinguen casi las palabras desde ahí abajo.

Dio unas chupadas ávidas al cigarrillo. Echó la cabeza hacia atrás y respiró fuerte. En aquel gesto había años. Muchos más años de los que pudiera contar el chico. Años de fatiga, de un cansancio frío, impalpable. Daniel apretó los puños.

—Oiga —dijo el chico—. Usted ha cerrado bien, pero... ¿acaso no pueden entrar, de repente? ¿No pueden venir a golpear la puerta, de un momento a otro, y entrar...?

Daniel sonrió.

—Sí, pueden —dijo.

El chico sostenía el cigarrillo entre los labios y le miraba al través de la columnilla de humo, con los ojos entornados.

—¿Qué quiere hacer usted conmigo? Hábleme claro, de una vez —dijo. Su voz era dura. Su cara parecía de cartón.

«No es una cara de chico de veinte años. Ni siquiera es una cara de hombre», pensó Daniel.

—¿Es que nadie te hizo nunca algo bueno? —le increpó—. ¿Y tú tampoco lo hiciste por nadie?

El chico se quitó el cigarrillo de la boca.

—¿No se te ocurre que alguien puede hacer bien, sólo por el bien? —insistió Daniel.

—Por favor —dijo el chico—. No me largue ahora un sermón. Hágase cargo.

—Pues si quieres que te diga la verdad, no sé qué quiero hacer contigo —dijo Daniel—. No sé si es por lo indignado que me siento de verte, o por todo lo que me recuerdas. Pero me lo pregunto desde esta mañana, cuando te pillé bebiendo. Quizá sea que, viéndote, quiera retroceder hasta mí, a lo que ya no soy. Pero no puedo.

El chico le miraba fijo y callado. Volvió a fumar. Despacio, con delectación.

—Tú no puedes comprender nada de todo esto —prosiguió Daniel. Y sabía que sus palabras caían en un vacío como el de aquellas pupilas; que sus palabras eran como el viento, como la lluvia que azota los muros y la techumbre de la cabaña—. Tú ya no eres de mi tiempo.

El chico se encogió de hombros.

—De algún tiempo hay que ser, me digo yo.

—¿Por qué estabas allá abajo? ¿Qué bellaquerías hiciste para que te encerraran?

Daniel sentía que la indignación le iba dominando. Pero no podía evitarlo. *(«Ya no se pierden los chicos por sus sueños, por su fe, por su rebeldía. Ya no se pierden los chicos por su esperanza...»)*

—Oiga —dijo Miguel—: no creerá que voy a contarle mi vida.

La lluvia arreciaba. Empezaba a calar y oyeron el ruido de las primeras gotas contra el suelo. «Otra vez las goteras. Aunque las esté arreglando todo el año, siempre habrá nuevas goteras en esta pocilga», pensó Daniel. Se volvió al chico, y dijo:

—Bueno, vuelve abajo.

—¿Me puedo bajar eso? —El chico señaló la damajuana del orujo.

—No.

El chico hizo un gesto con la mano, casi alegre. Cojeando volvió al agujero. Pero antes de bajar se volvió.

—Oiga, ¿dónde puede uno...?

Le indicó la puertecilla que daba a la letrina.

El chico entró, y cuando volvió a salir dijo:

—Está hecho un mar. Entra el agua por todas partes. ¡Vive usted a lo grande!

No le respondió. Se levantó y le ayudó a bajar al agujero. Luego, cerró la trampa, colocó la rama para que no ajustase y se dio a apilar la leña encima, pacientemente.

«Otra vez aquí.» ¡Si supiera aquel loco el terror que sentía! Pero no lo iba a demostrar. No: eso sí que no. Era peor ahora el agujero, después de estar unos minutos arriba, con la luz y el cigarrillo, con el alcohol. Y con las palabras, también. «Nunca creí que pudieran necesitarse de esta forma las palabras de otro. Claro que a veces lo pensé: pero no como ahora. Aunque sean palabras de locos chiflados, de gente anormal, como ése. Pero, vaya, le acompañan a uno. Sabe uno algo, alguna cosa.» Miguel cerró los ojos y apoyó la frente en sus rodillas dobladas. Estaba acurrucado, el frío le llenaba: un frío pegajoso, de zanja. Sin embargo, la cabeza le ardía. «Me pregunta si me siento enfermo. Pues sí: me siento enfermo. Será la fiebre, me digo yo. Algo me duele aquí, en el pecho. En cambio, el pie no me duele si no lo apoyo en el suelo. No: ya no me duele. Pero lo noto insensible, como si no fuera mío.» Se frotó las manos. «Esta humedad qué mala es.» Las paredes de tierra estaban mojadas, como cubiertas de un sudor viscoso, que le estremecía. «Mira que no dejarme ese jarabe matarratas que tiene...» Por lo menos, algo le hubiera aliviado. Pero lo querría tener él. «Sí: ahora me acuerdo, tenía fama de borracho. Me parece que fue Santa quien lo dijo una vez: *Ese guardabosques de los Corvo se pilla cada tajada que tiembla el cielo.*» Un escalofrío le recorrió. «Santa, Santa. Qué raro: está muerto.» Hasta aquel momento, en todas las horas que transcurrieron desde el suceso del río, la tarde de la Merced (¿cuánto tiempo hacía ya?), no le vino el nombre, la idea, el rostro, del que fue su amigo. «Bueno, pues sí: está muerto. Las cosas con como son. Son como son y no de otra manera...» Pero algo, de pronto, fallaba, allí dentro. Algo no marchaba bien, allí dentro. El corazón le latía fuerte y apretó las manos. «Muerto. Lo habrán metido en la tierra. Estará así, como yo, en la tierra.» Sofocó un grito. No podía negarlo: tuvo ganas de gritar. Algo le quemaba en la cara, en la frente. Apretó más los párpados, como cuando se espera o se teme un golpe. «Pero, bueno: él está muerto porque se lo buscó. Yo no podía hacer otra cosa...» Intentó no pensar. No pensar en nada era lo que convenía. Pero los pensamientos, a veces, no pueden dominarse. «Aquí dentro, como un enterrado, claro, no puedo más que pensar. ¡Alto, alto: hay que estar alerta! No me vaya a ablandar ahora. ¡Ahora, menos que nunca!» La tierra olía, olía, olía. Era espantoso el olor aquel. Se le metía a uno en los sesos aquel olor. Y estaría toda la tierra llena de jugos, de grasas, de gusanos, de hombres muertos. «Claro, si la tierra es eso: muertos y muertos. Sólo capas de muertos convertidos en piedras, en arena, en agua: nada más que muertos...» Qué horror. Estaba todo él rodeado de una masa gelatinosa de muertos hechos tierra. «Pues, qué: ¿acaso no me había dado cuenta nunca de que vivimos sobre capas y capas de muertos? Eso es una cosa natural.» Y aquel imbécil: no sabía si debía agradecerle lo que estaba haciendo o si tenía que odiarle. Si era para bien o para mal, cualquiera podía saberlo. «Tenía una sangre muy bonita, Santa. Encarnada clara, preciosa. Luego se puso de un color negruzco, pero cuando salía...» Algo se le erizaba en la cabeza. Quizá era el cabello. «Menuda idea meterme aquí. Aquí se muere uno como si nada.» Pues ¿qué podía esperar? ¿Qué podía esperar? «Tomás decía: de los locos se puede esperar todo...» Sí: lo que Tomás dijera o no dijera, ahora, de poco iba a servirle. Y el loco le dijo: «*¿Es que nadie te hizo bien nunca?...*». Miguel apretó los dientes. «Qué cosas dicen ésos, qué cosas. Cuando yo digo que se parece algo al «baranda», con sus sentencias y sus rollos, y sus sermones... Bueno, ¿iba yo a contarle mi vida? ¿Qué idea tendrán de uno, de lo que es uno?» Le subía un golpe de rabia, como un golpe de sangre. «Mi vida, mi vida... ¡Qué sabrán ellos de mi vida! ¡Qué raro: allí, en el dorso de la mano, donde tenía apoyados los ojos, había una cosa húmeda, caliente.

No le reconocía. No: no le reconocía. Se pasó las horas a su lado, y nada: como si fuera una silla. «Y aquí yo dormía con ella, antes de mandarme a la Rosa Luxemburgo. Me acuerdo de su pelo negro, así como ahora, desparramado encima de la almohada. Y a veces, de noche, tenía yo miedo de algún ruido o alguna cosa que soñaba, y me ponía muy pegado a ella; y ella o se enfadaba porque la despertaba, o se reía y me pasaba la mano por la cabeza...» Pero, en fin, la vida era así. Tanto como lloró el día del tren, cuando se lo llevaron a la Rosa Luxemburgo, y, en cambio, allí le tenía, ya crecido, ya hecho un hombre, como decía la Aurelia, hablando francés y todo, y con estudios, y nada: como si no estuviera.

La Aurelia le entró de comer, en una bandeja. Sintió el gusto del aceite fuerte, verde, contra el paladar, y le vino una oleada de otro tiempo, que le puso un nudo en la garganta.

—Oye, tú —le dijo entonces a la Aurelia—. Hasta ahora, que se ha puesto así, no os acordasteis de mí, ¿eh? Hasta ahora. ¿eh? Pues anda: que yo vivía muy bien sin vosotras, y no te creas que me voy a quedar aquí.

Entonces la Aurelia le puso la mano en el hombro y le zarandeó de modo que la cabeza le fue para atrás y para adelante, y le dijo:

—Oye tú, bicho: bastante he hecho yo por vosotros. ¿A ver qué te has creído? Muy bonito será andar por el mundo comiendo la sopa boba, y a tu madre que la cuide la Aurelia, ¿no? Eso es lo que traéis los paisanos, a los que nos preocupamos como idiotas por vosotros. Mira lo que te digo, angelito: a ver si tú crees que voy a cargar yo siempre con vuestros asuntos. ¿Que se ha puesto ella así de mal? ¡De golfa que fue! ¡De golfa! Y no será porque no la aconsejé yo bien. Que si me hubiera hecho caso otra le andaría muy distinta. Pero a ésta siempre le perdió su mala cabeza: que se creía que el mundo era suyo. Pues ahí la tienes: del hospital la saqué y me la traje acá. Y que si no fuera don Crispín el santo que es, y yo una idiota, ya me dirás dónde estaría esta desgraciada. ¡Bastante hago que os tengo en el piso! ¡Bastante que os he recogido, con que encima no te me pongas chulo! —La Aurelia se pasó la lengua por los labios, como cuando comía.— Tú, quieras o no quieras, eres su hijo. Catorce años tienes, bien cumplidos, si no me falla la memoria. Buena edad para empezar a trabajar y ayudar a sostener el gasto de tu madre. Hasta ahora, todo fue de rositas para el niño: ya te toca arrimar el hombro. Lo que te digo: quieras o no quieras, tu madre es.

Don Crispín, el capitán retirado, estaba sentado en su mismo sillón, en la misma salita, entre los mismos cuadros y grabados de barcos, los catalejos, el viejo gramófono. Tampoco había cambiado don Crispín en aquellos años: quizá su cabello era más blanco, pero no parecía más viejo. Don Crispín en seguida le recordó, y tuvo al verle una alegría enorme. Parecía que se iba a poner a aplaudir como un niño, y eso le resultaba raro y le daba como vergüenza y angustia. Pero en seguida pensó que era bueno que le recordara, pues señal de que le tomó afecto cuando era pequeño. Le abrazó, le acarició la cabeza, y le dijo:

–Tienes la misma cara de entonces, tienes la misma cara. –Y le pellizcaba las mejillas. La Aurelia, que los miraba desde la puerta con las manos cruzadas sobre su delantal negro, tableado, dijo:

–Anda, y que puedes besarle las manos, Miguelín, que es un santo, que su casa se puede decir que es la casa de los pobres.

Y aunque a él le parecía que don Crispín sólo se enteraba a medias de lo que pasaba en su casa, y que la única que allí mandaba y mandó siempre era la Aurelia, sintió agradecimiento hacia don Crispín, y pensó: «Me acuerdo que ya decían los de Alcaiz que la Aurelia vivía liada con un capitán que era fácil que al morir le dejara sus ahorros». Y sintió odio por la Aurelia, un odio muy grande, como el día que partió el tren: aquella tarde de lluvia, en la estación.

Salió un personaje nuevo, que se llamaba Manolo. El Manolo era un camarero bajito, muy moreno, con los ojos grandes, bordeados de pestañas largas y rizadas, y bigote recortado. El Manolo solía ir por casa de la Aurelia algunas noches, o a primeras horas de la mañana. Traía café de estraperlo, y azúcar, y tabaco. La Aurelia le tenía muchas atenciones, y aunque el Manolo era mucho más joven que ella los vio en la cocina, muy arrimados. Cuando él entró, como no hizo ruido, la Aurelia se arregló el pelo con la mano, y le dijo:

–Mira, tú, ven acá, que éste te va a hablar de lo que te conviene.

El Manolo le miraba muy de arriba abajo, y aunque tenía la voz fina y un poco aplastada, de rana o así, le trataba muy duro (porque no se eran simpáticos, eso estaba claro). Y fue ese día que le habló de la sala de fiestas donde trabajaba. Y fue por el Manolo que entró de botones.

Lo de la sala de fiestas fue el principio. Él adivinaba que todo empezaba, que la vida empezaba. Había que olvidarse de todo lo de antes, y poner la cara a lo que viniera. Bien mirado, no estaba mal la cosa. Claro que tenía que soportar la tiranía del Manolo, que la tenía tomada con él, y que como se creía que era su protector o algo así le traía frito con sus exigencias y su mala uva. Porque eso era claro: que no se caían simpáticos. «El tío macarra ese, como le pillara yo un día», pensaba, a veces, rumiándose venganzas. Se acostaba con dolor de pies, de todo el día servir de recadero a todos, mandado por todos, desde el encargado al Manolo, que tenían sus tinglados de tabaco y más cosas misteriosas, y que si «vete a tal sitio, que te darán esto y lo otro...» Y, luego, el dinero era para ellos y a él, sólo, si acaso, alguna propina de mierda, y gracias. Bueno: así era al principio. Tuvo que aguantar bastante, pero aprendió mucho. ¡Ah, sí, lo que aprendió! Eso no se podía negar. Al fin y al cabo, había que reconocer que él aún era como un pájaro bobo y que aquello le sirvió de mucho.

El uniforme era de paño azul, muy ajustado, con el gorro a tono y cosas doradas. Primero le dio algo de vergüenza, pero en seguida se acostumbró. Y, además, no le caía mal. La Aurelia, cuando le vio, dijo: «Anda, lo que no se puede negar es que eres guapo. Lo mejor de tu padre y de tu madre sacaste, ladrón... ¡Lástima que no tengas una cuarta más de estatura!» Cuando libraba se estaba muchos ratos con don Crispín, que le enseñó a jugar al ajedrez. Y eso empezó a poner celosa a la Aurelia, y todo se le hacía decir: «Mucho le haces tú la rosca a don Crispín, pero te advierto que pierdes el tiempo, que si algo ha de hacer hecho está, con teneros en su casa a ti y al peso muerto de tu madre».

La sala de fiestas estaba emplazada al comienzo del ensanche. «De lujo era.» Sí: no estaba nada mal. Tenía una especie de pecera, por la parte delantera, que era café. Allí daba el sol, y en invierno se ponía de bote en bote, a eso de las cuatro de la tarde, lleno todo de humo. A él le gustaba el olor de los habanos, del tabaco rubio, el rumor de las conversaciones y el ruido de las cucharillas, el suelo alfombrado y el sol. Sobre todo el sol: aquel extraño y radiante sol de invierno, entrando a raudales por las anchas cristaleras. La puerta de la pecera era giratoria, y no entraba el frío de la calle. Afuera, como un grabado pálido de los que tenía en la salita don Crispín, se veían los árboles desnudos, las ramas finas y grises contra el cielo, las palomas, los coches, las luces rojas y verdes de los semáforos. A veces, estando allí dentro, parado, las manos enguantadas y cruzadas, como un soldadito (qué raro: recordaba un soldadito de madera que había de muestra en el bazar «La Grande Armée», de la Rue Napoleón), entrecerraba los párpados, por los que se filtraba el sol a cuchilladas de color rubí, esmeralda y oro. Y pensaba. Pensaba que el mundo era fantástico, insospechado; que el mundo y la vida eran algo misterioso y hasta aquel momento desconocido. «A pesar de lo que decía madre, de que la Aurelia estuvo por Francia y sabía mucho del mundo, también estuve yo, y nada sabía. Nada, hasta ahora, que empiezo a darme cuenta.» Una cosa había, ciertamente, que regía el mundo: el dinero. El dinero crecía a su entendimiento, tomaba un sentido concreto, comprendido. «Hay que tener dinero —se dijo—. No se puede andar de pobre por el mundo. Hay que tener dinero.» Pero los cauces del dinero eran insospechados, extraños, cautelosos. «Eso del dinero trabajando, no. Hay otro dinero.» Sí: había otro dinero. Aún era pronto, pero los ojos se le abrían, despacio y a conciencia. Descubrió el mundo de la propina, a veces imprevista y fabulosa (fabulosa, entonces, para él), el mundo de los encargos secretos sobre los que no se pregunta, pero que dan qué pensar. Y el dinero fácil, deslumbrante, sorprendente, entrando en los bolsillos de los otros. «Ya me llegará a mí el turno...»

La noche apareció ante él. Las cosas brillaban de pronto, en la noche. Desde sus catorce años, con su uniforme azul pizarra, sus guantes blancos, su sonrisa fija («Gracias, señor»), la noche tenía un brillo extraño y fascinante. Aun cuando el sueño, el cansancio, el encargado o el Manolo, o quien fuera, fuesen una sucesión de improperios y palabras duras, de exigencias, de amenazas. También estaban allí, por primera vez, ellas. (Y la música, y los primeros cigarrillos, y todo lo demás.) Ellas, también: recién descubiertas, de pronto. Con un sentido nuevo, como la noche. El humo de los cigarrillos rubios ponía una niebla dulce y empalagosa en la pista de baile.

Desde el café, con sus cristaleras bañadas de sol o de rosada penumbra vespertina, se pasaba a la barra del bar. De la barra del bar a las escaleras, las cortinas de terciopelo rojo. Y la noche, con su pista de baile, sus mesas atiborradas, el entarimado de la orquesta, las columnas cubiertas de vidrio en polvo, como empapadas de diminutas estrellas. Allá afuera, en la entrada, estaban las fotografías y los rótulos, anunciando el espectáculo. «A veces, no es malo.» Era fatigante la noche. Muchas veces se acostaba rendido, de madrugada. Pero le atraía la noche, con su falso brillo. Ya sabía que aquello era falso, que al sol todo palidecía, pero no le importaba. ¿Cómo iba a importarle? «La vida: eso es la vida.» A veces, llegaba un momento en que pensaba despacio, profundamente. Sí: a veces, llegaba un momento bueno para quedarse así, contra la pared, antes de marcharse a casa, lleno de sueño o espabilado como un ratón. «Hay que tener dinero. No se puede andar por ahí, de pobre.» Manolo le decía que si sabía mantenerse, en la casa había porvenir. Pero él pensaba en lo suyo. En lo que veía, en todo lo que repentinamente se desvelaba ante sus ojos. Lo pensaba al llegar aquella hora silenciosa, de madrugada, con la pista vacía y casi a oscuras. Ayudaba a amontonar las sillas, una encima de otra, sobre las mesas ya sin mantel. En la tarima de la orquesta se echaban de menos los instrumentos y el piano parecía un gran animal dormido o muerto. Los atriles estaban plegados y parecía absurdo el brillo de las columnas, con su adherido polvo de cristal. Una a una, a golpes secos, se apagaban las luces, y la oscuridad caía en la sala. Era aquélla una hora como llena de cosas, todas las cosas, quizá, que habían ocurrido allí durante el día, y era, sin embargo, una hora como expectante, como acobardada, ante lo que aún no había sucedido. Él no sabía si era una hora desagradable o no. Una vocecilla gangosa le martilleaba una canción pegadiza, oídos adentro. A veces, sin querer, silbaba, tenuemente, una melodía fácil, dulzona. Veía salir a Marian, envuelta en aquel abrigo de piel de leopardo, o de pantera, o de lo que fuese, que le daba un aire salvaje. Él estaba aplastado materialmente contra la pared, ya dispuesto a irse hacia las dependencias del servicio, a cambiarse, y Marian, al pasar, le daba un cachete o le decía algo, o le sonreía. (A veces, entró en el diminuto camerino, y vio una muñeca de trapo deslucido. Ella decía que era su mascota y que le traía suerte. «¿Cómo podrá creer en esas cosas?») Pero para él, Marian era también algo recién descubierto, algo que daba mucho que pensar. Y las otras, que eran como ella o no lo eran, y ellos, y los que venían a las mesas y bebían, los de vitola buena y los de vitola rancia, y los de sólo una noche y los de siempre, y los de por casualidad, a quienes pronto, muy pronto, se les veía de lejos y se les conocía y se sabía qué le iban a encargar y qué le iban a dar a uno, y lo que le iban a decir: «Un paquete de Chester». Sí, se conocía ya todo, o casi todo, de lo de allí dentro. Marian era simpática, que de todo había, y más bien le deseaba él a ella, con su muñeca desteñida, toda la suerte que le cupiera. «¿Por qué no?» Pues aquélla, aquélla era su hora de pensar y calibrar y medir. Cuando llegaba a casa, al cuartito donde la madre seguía mirando al techo o quejándose de un modo automático, y se echaba en el jergón que la Aurelia le puso al lado de la enferma —«ésta se puede decir que es la casa de los pobres» —él daba vueltas y más vueltas a las experiencias del día y de la noche, y se iba formando, bien clara, su idea de las cosas, y de la vida. «No, de pobre no.» Y bien claro estaba, que si uno no lo remediaba, no se lo iban a remediar los otros. La madre, allí a su lado, estaba, con su parálisis progresiva. «Por lo golfa que fue», según la Aurelia, pero hecha, al fin y al cabo, sólo un amasijo de carne pobre, desde que nació. «Y la Aurelia y todo, con tanto humo, ¿qué es?» Nada, era la vieja Aurelia. La vida era otra cosa, que se le estaba desplegando, poco a poco. Otros seres, otro lenguaje, otras costumbres, otros problemas diferentes, que allí, en el sórdido cuartito interior, ni se podían sospechar. Era cada día más asquerosa la casa, con la madre enferma y la Aurelia dándole coba al viejo, y sus escenas con el Manolo, entre celos y mimos, y el Manolo tratándole como a cosa suya. «Saldré de esto, y sé yo muy bien adónde voy.» Pero la vida también le enseñaba que hay que ir despacio, despacio, para llegar lejos, y aguantaba. Porque, después de todo, sólo tenía catorce años, y estaba aún abriendo los ojos y tenía mucho aún que aprender. «Mi vida es otra cosa.» Alguna noche se despertó sobresaltado, después de acostarse de madrugada, con los pies doloridos y la cabeza revuelta. Se despertaba aún no amanecido y oía el silbido de un tren, que se iba o que llegaba. Y se daba la vuelta, y se tapaba la cabeza con la sábana, y pensaba: «A cuántos sitios puede ir uno...» Desde la ventana de la salita de don Crispín, los días claros y sin bruma, se veían mástiles y banderines, sobre el cielo azul pálido de la mañana. A veces, llegaba un vaho salino, cuando salía a la calle, y se acordaba, con cierta añoranza, de la playa. Pero sabía que allí, a unos metros, estaba el puerto, el mar. Y le gustaba. Tomaba su café caliente y se sentía alegre, lleno de brío, calle arriba, hacia la parada del tranvía que lo llevaba a su trabajo. A veces, los cristales del chiringuito de la Plaza de

Palacio donde tomaba el café, estaban empañados. «Me gusta el invierno», pensaba.

Miguel levantó la cabeza, despacio. Con los dedos borró la cálida humedad de sus ojos. Se apoyó sobre el lado derecho, echándose sobre la manta. Sentía los miembros entumecidos y un extraño latido en las sienes, como golpes de sangre. «Qué sabrán esos cabrones, de la vida de uno..., con su asquerosa vida de resentidos, de fracasados.»

Lorenzo Lebrín tenía veinticuatro años y era más resabiado y más largo que el hambre. Llevaba una casaca de color burdeos, con su correspondiente gorra de plato y trenzados de oro por el pecho y sus botones también de oro. Era el portero y estaba siempre allí, muy levantado de hombros. Aunque a primera vista le pareció un bruto y como pasmado, la verdad sea dicha que era el más listo de todos, y al fin y al cabo, con él, fue quien mejor se portó. Le tomó buena ley, desde un principio, desde los primeros días en que anduvo como un pato mareado de acá para allá, ganándose mil reprimendas y hasta algún pescozón del odioso Manolo. Pero Lorenzo le entró con bromas y veras, y al poco tiempo eran bastante amigos.

Además, Lorenzo tenía una prudencia muy grande y una lengua muy medida. Casi se podía decir que él fue el primer amigo que se echó, a pesar de la diferencia de edad. Porque aunque la verdadera amistad no empezó hasta lo menos dos años después, ya cumplidos sus dieciséis, desde el primer momento hubo entre ellos simpatía. De más de una le libró Lorenzo, con su experiencia y su amistad, en un principio, porque hay muy mala uva por el mundo, y en aquellos tiempos él era un recién nacido en la casa, como si dijéramos. Claro que luego se puso al corriente y estaba al aire que daba gloria. Lorenzo le enseñó mil trucos y resabios, que bien pronto comprendió necesarios como el pan y el agua. Mucho, mucho le debía a Lorenzo, a su confianza y a su buen corazón. Porque era de muy buen corazón, no se podía negar. Al Manolo lo tenía también atravesado, y fue el primero en decirle: «Con ése ni al infierno. Andate con ojo, que de ése sólo sacarás los pies hinchados y mala leche». Pero fue con buen tiento, y duró en la casa, que era, de momento, lo mejor que podía ocurrirle.

Se espigó algo pero no acababa de tener la talla que por su edad merecía, lo que empezaba a amargarle, pero en el oficio no le perjudicaba, antes al contrario: «Así, cuanto más chaval parezcas, mejor», le dijo Lorenzo. Puede que tuviera razón, pero era una cosa muy relativa. También estaba el otro botones, Ángel, que tenía unas piernas como zancos, lo que le era muy útil. Con Lorenzo se tenían sus buenas parrafadas, y por Lorenzo se le afirmó la idea que ya tiempo atrás le venía rondando: «si tuviera unas pesetas para empezar...» Lorenzo, sí, tenía unos ahorros. Conocía muchos camareros de barco y marineros, y se sacaba sus pesetas con asuntos de contrabando, en pequeñísima escala. «Claro, si tienes suerte», decía Lorenzo. «A veces, viene una mala racha, pero en general no es mal asunto.» Él ya sabía lo que se ganaba el Manolo, y todos los demás. «Y yo, como un memo, haciendo de recadero de ésos, y a lo más que llega uno es a una propina.» Con Lorenzo por medio podía lanzarse al asunto, pero tenía que empezar a ahorrar algo, para montar las cosas bien. Sí, pensaba mucho, pensaba mucho, aquellos días. «Si no fuera por la sangría de madre...» Porque allí estaba, igual. Parecía que iba a morirse de un momento a otro, pero no se moría. Dos años largos llevaba así. Y todo lo que llevaba a casa, menos alguna cosa que podía escamotear de sus asuntillos particulares, se lo quitaba la Aurelia, como una garra: «Y anda, que no creas que eres más que un estorbo». A él empezaba a parecerle que la Aurelia ya estaba más que harta de ellos, y de buena gana les hubiera dejado en la calle. Pero era don Crispín el que los quería tener allí, y estaba siempre el momento de la partida de ajedrez y de la charla, y si se hubiera ido menuda se habría armado, y la Aurelia no le quería molestar ni contrariar al viejo por nada del mundo, como era natural, con las esperanzas que tenía. A su madre alguna vez la miraba, y le costaba creer que fuera su madre. «Madre, era otra. Madre no es ésta.» (No, madre se había quedado allí, lejos, en la playa, mirando hacia la noche por la ventana de la barraca, con las manos apoyadas en las caderas.) ¿Qué tenía que ver con aquel cuerpo seco y acartonado, con aquellos ojos huecos, húmedos? Alguna vez, en aquellos dos años, se le quedó mirando, y dijo algo. Dijo: «Tú, Manuel...» creyéndose que era él su padre. Y una vez, sólo una vez, le cogió la mano, cuando le daba un vaso a beber, y dijo: «Miguel, ande te fuiste, ande te fuiste, ya te dije que no te escaparas...» (Y aquella voz le sonó a infancia perdida, a infancia huyendo playa adelante, con el ruido del mar y el viento contra la arena y las voces de Chito.) Y como le puso algo dentro, como un puño, lo apartó. Y a la madre se le quedaron unas lágrimas en los bordes de las pestañas. Pero desde entonces, nada, nada más. «Mejor es así. ¿Para qué? ¿Para que sufra?» Las cosas son como son, y nada más. Al salir de allí estaba lo otro: el lujo de los brillos, la música, los primeros cigarrillos, las mujeres entrevistas, por primera vez reales, las primeras copas, el dinero. Las mujeres de los otros, aquellas que a veces venían por la noche, o a última hora de la tarde, al aperitivo: aquellas mujeres distintas, nuevas. Luego, las profesionales, y las mágicas, encantadas, de la pista, con los focos arrancando un brillo azul, oro, plata, de sus trajes de lentejuelas, con sus canciones dichas con una voz ronca, envenenada, y él con las manos cruzadas, enguantadas de blanco, la mirada alerta a la voz: «Chico, oye...» y los oídos alerta, y la postura de soldadito de juguete, y la sonrisa, y el guiño de complicidad, «Gracias, señor», «Sí, señor», «Comprendido, señor». Todo se comprendía, se adivinaba, se suponía, todo se silenciaba con una sonrisa. Y la mano de soldadito de juguete, extendida, y la propina insólita: «Qué tío, veinte duros» o «El roña ése...» Pero la sonrisa, la sonrisa siempre. (A veces se sorprendía la sonrisa en los lavabos, bajo la bombilla blanca, la sonrisa rubia. Y sabía: «qué sonrisa tiene ese chico». Y el mechón de pelo sobre la frente.) Y aquel señor gordo, de ojos tristes, de manos blandas: «Oye, chico...», con sus húmedos ojos que parecían dejar baba de caracol. Pero había que sonreír y salirse por donde se podía, sin desplantes. (Porque Lorenzo dijo: «Andate con ojo, que sin comprometerte, puedes sacarle algo...») Y aquel otro viejo, que cuando lo sacaban borracho, a última hora, le invitaba a beber champaña en su pisito. Y Lolotte, que lloraba siempre en su camerino, porque Lulú estaba con el de los estraperlos de harina, y ella lloraba y luego salía a la pista con los ojos sombreados de azul y cantaba con su voz oscura y profunda. Y sus copas, más y más copas, hasta que Erio, el barman, que le tenía ley, le decía: «Anda, Lolotte, basta. Vete a casa, sé buena chica...» Pero entonces Lolotte le llamaba a él y a Angel, o a los que estuvieran de turno, y les abrazaba y les besaba en la boca y les decía: «Beber todos conmigo...» Y Lolotte se había ido ya, y andaba creía que por allá abajo, en algún cabaret de poco pelo según dijo el Manolo. Y era pena, era una buena artista. «Ves, tú: el corazón hay que gobernarlo, que si no le juega a uno cada pasada...» Sí, por el lado del corazón se caía la gente. Por eso él se defendería bien. Sí, ya sabía él que había que defenderse de uno, lo primero, y no dejarse liar por nada. Ni por ellas, ni por el alcohol, ni por el dinero de los otros, porque luego las cosas se torcían. Allí estaba su madre, que bien claro lo dijo la Aurelia: «A ésta la perdió su mala cabeza, que si me hubiera hecho caso...» Sí: a madre la había engatusado un chulo asqueroso, que la arrastró a lo último, a lo peor, y le sacó los cuartos, y allí estaba, al fin, como con sesenta años y con un sifilazo que la tenía como un muerto viviendo, mirando al techo, sin conocerle siquiera... (Sólo aquel: «Miguel, Miguelito, ande te fuiste...» que mejor era no pensarlo, ni acordarse más porque seguro que ni sabía lo que se decía, y lo mismo hubiera podido decir otra cosa.) Y si hubiera hecho caso a las razones de la Aurelia y hubiera ido con tiento y por donde ella le indicaba, puede que otro gallo le cantase en aquel momento; y él, o estaría en Francia o estaría bien situado, sin tener que irse abriendo los caminos a fuerza de picardía, como tenía que hacer. «Pero no me quejo. Bien mirado, si la vida es esto, mejor el plantarle cara a la vida.» El capitán retirado, don Crispín, le esperaba cada día con más impaciencia. Le gustaba mucho tenerle allí delante, jugando su partida de ajedrez, y le preguntaba siempre cosas del oficio, y él le contaba lo que le parecía, o se lo inventaba, pero don Crispín se reía mucho, como un niño, oyéndole, y él se daba cuenta de que era verdad lo que decía la Aurelia, que el viejo puso en él mucho cariño, y bien pensado, era natural, pues no tenía nadie en el mundo y él era ya un poco como su nieto o cosa parecida, y a veces, sin saber por qué, según como le hablaba o le escuchaba, le recordaba vagamente a madame Erlanger, y como la Aurelia era la única que le podía hacer compañía y bien sabido es que era bastante seca y aburrida, era natural que él, que le contaba tantas cosas y que jugaba al ajedrez, y que hasta a veces, algún día que libró, si hizo bueno, lo sacó a pasear al sol, al borde del mar, por el puerto, en su sillón de ruedas, fuera la locura del viejo, que seguía contándole sus pesadas andanzas por el mar, que él, aunque pensaba en otra cosa, hacía como que le escuchaba, porque la Aurelia, con sus celos y sus indirectas, le había abierto los ojos. Una vez que la Aurelia tuvo una trifulca con él, por cosas de dinero —que nunca le parecía que le entregaba bastante, la muy bruja—, pues se puso como una desaforada y se fue con quejas al viejo, y amenazándole con echarle: «A la calle, golfo sinvergüen-

za, que es lo que eres, y tu madre al hospital, que no tengo yo hijos». Pero entonces el viejo sí que la armó. Parecía que quisiera levantarse del sillón y todo, estaba congestionado, y golpeaba el suelo con la vara que tenía al lado para llamarles de noche, y le caían lágrimas por la cara y decía: «¡A la calle te irás tú antes, Aurelia, que el muchacho! ¡Antes tú! ¡Aún no me he muerto, bruja, que bien te conozco! ¡Aún no me he muerto! ¿Pues qué te creías? Aún es ésta mi casa, y aquí se quedan la María Reyes y el niño, hasta que a mí me dé la gana. Y si no, tú te vas a la calle con ellos. Que no creas que soy yo idiota y no sé bien lo que andas buscando...» La Aurelia se quedó verde y no supo ni qué decir. Todo el día anduvo con portazos, pero no se atrevió a decir nada. Sólo después, con su chulo Manolo, que fue a llevarle el café de estraperlo, tuvo sus cuchicheos en la cocina y se estuvieron mucho dale que dale a la lengua. La Aurelia le miró a él con ojos de basilisco, desde entonces, y le tenía el morro torcido y casi ni le hablaba, y desde aquel día, también, no le lavaba a su madre, y tenía él que hacerlo de madrugada, cuando volvía, mordiéndose las ganas de vomitar. Pero notó que si la Aurelia le tenía más odio que nunca le tenía también miedo. Y se fue a ella, y como ya andaba muy bregado por la vida y sabía bien poner los pies donde conviene, pues se fue a ella muy gallito y con una sonrisa y le dijo: «Oye, tú, que cuides a mi madre, si no quieres que te vayan peor las cosas. Porque si a mí me da la gana ni un céntimo del viejo vas a ver, mientras que si te portas bien, las cosas no te irán mal». La Aurelia le insultó hasta cansarse, pero él se bebió su café sin pestañear y silbando bajito aquello de «Toda la vida, me estaría contigo», que cantaba tan bien Marian por aquellos días. Y la Aurelia, al fin, se echó a llorar, y le dijo: «Cría cuervos y te sacarán los ojos... Miguelito, ¿cómo te has vuelto así de descastado? ¿Qué te han hecho por esos mundos, que te has vuelto así, si eras un angelito cuando te mandamos para allá?» Él se echó a reír y le dio una palmada en las nalgas, que la dejó con los ojos abiertos. Se secó las lágrimas y se frotó el moquillo, y le miró de un modo raro, muy raro, pero que para él ya no era desconocido, y pensó: «Marcha bien, la cosa». Y el Manolo ya no le podía fastidiar, porque hacía un mes que ya no estaba en la casa, pues se había ido a una «boîte» de las afueras, que se llamaba «El Trébol», o cosa así, en la que ganaba más. Por lo que tenía el terreno limpio, encima que quitarse la sanguijuela del Manolo no era cosa mala. Cuando volvió, aquella madrugada, la Aurelia había lavado y hasta peinado a su madre, pero él, mientras se desnudaba, pensó: «Esta horrible casa, esto, hay que olvidarlo pronto: con viejos paralíticos, y madre, que no es madre, ni es nada, ya». Sí, se le caía encima el piso, con su pasillo largo, sus paredes cubiertas de papel floreado, sus grabados de barcos, sus urnas, su salita con el balcón asomado a los tejados y, al fondo, el mar. Pero, sobre todo, la atmósfera del piso: su aire, su olor, sus voces. El viejo le llamaba en cuanto le oía: «Miguelito, Miguelito...» Él entraba, y le gastaba alguna broma: «Miguel, ya te esperaba, porque...» Siempre tenía algo que decirle, algo que preguntarle. A veces, a él le hormigueaban los pies: la calle, la ciudad, el mundo, le llamaban. Pero sabía, que Lorenzo siempre se lo decía, con su extraña cara de joven-viejo y su frente llena de arrugas: «Ándate despacio...» Y se andaba despacio.

Un día —ya estaba mediado el año 1945 y él había cumplido los diecisiete—, al llegar, de madrugada, la Aurelia, muy nerviosa, al abrirle la puerta, le dijo: «Don Crispín, que se ha puesto muy malo». Habían llamado al médico y estaba en el cuarto. Él se quedó fuera, por prudencia. Pero, al cabo, la Aurelia le llamó, y le dijo: «Que entres, que te llama...» Y le clavó una mirada negra, larga, que le hizo pensar: «Me apuñalaría ésa, si pudiera. Pues que se ande con ojo». Le daba algo raro entrar. Sí, la muerte, así, en paz y en la cama, le daba algo como vértigo. (Otra cosa eran los hombres de la zanja, los ahogados, los hombres como el de la tienda, colgados de los pies. Porque la muerte era violenta, sangre, fuego, un fulgor en la noche o un humo negro en la tarde, pero algo que se conseguía por la fuerza, rápido y feroz.) La muerte, así, en la cama, de madrugada, con la habitación llena de la última respiración y las luces del mar en el puerto, y las tabernas abiertas en el malecón, y las voces de la noche, esas voces espaciadas y largas, como alfombradas, de la calle de la noche, y allá fuera toda la vida, en las copas temblando aún el líquido vertido, en la barra de los bares, de Sanlúcar, de la Barca, del Cosmos, con las radios apagadas ya, pero con una música extraña, esa muerte era extraña, así, desconocida y pavorosa. Le erizaba a uno algo en el alma, en la piel, en el cogote. Entró, pues, despacio, en la habitación del viejo capitán, donde olía fuertemente a específicos. Tenía una lucecita en la mesilla, velada por una pantalla amarilla, y se marcaba en el papel de la pared un fajo de luz, ensanchándose hacia el techo y empujando las sombras contra el muro. Se puso a su lado y el viejo le miró, entre almohadas, con sus ojos azules, que de pronto eran muy claros, como dos esmeraldas, eso pensó: «son dos esmeraldas». Como las del collar falso de Lolotte. Y el viejo le habló, con una voz que se apagaba, con un jadeo extraño. «Miguel, Miguel, estáte aquí a mi lado». Y se volvió al médico, que estaba tomándole el pulso, y le dijo: «Es mi nieto, Miguel». Y el médico: «Bueno, bueno, calle...» Y ya a él: «Mejor que no se impresione». Y, después, añadió: «Habrá que ponerle una enfermera, es algo delicado...» La Aurelia, asomando su cabeza por entre las cortinas, le interrumpió: «Eso será caro». Y el médico se encogió de hombros: «No le incorporen, no le incorporen, por nada del mundo».

A la Aurelia le brillaban los ojos. Por lo bajo, le explicó: «Es fatal, ha dicho el médico que es fatal: se morirá de un momento a otro». ¡Quién lo diría! Viéndole, realmente, no parecía tan enfermo.

Al día siguiente libraba. Por la mañana era el turno de Ángel, y estuvo al lado del capitán todo el tiempo, mirándole. Don Crispín dormitó un rato, y de cuando en cuando bostezaba. Por las cortinas, aún cerradas, entraba un oro encendido: «Es el sol, ahí afuera», pensó él. Oyó vocear periódicos, y la sirena de un barco, súbita y terrible, llenándolo todo, que le sobresaltó. Tuvo ganas de asomarse afuera, pero no lo hizo.

Don Crispín se murió hacia el mediodía.

Algo, quizá una piedrecilla se le clavaba en la mejilla, al través de la manta. Pero aquel dolor casi lo agradecía, como una compañía. De nuevo algo caliente mojaba la manta. Quiso decirse: «No es hora de ablandarse...». Pero estas palabras, como los recuerdos, nada resolvían. Nada podía volverse atrás, o trasladarle a un futuro, por malo que fuese, conocido. No, sólo allí, en el agujero, dándose cuenta de que la vida se cerraba, de que la vida se le estaba enredando en algún lado, como había oído que las algas se enredan, a veces, en los pies de los nadadores, y les hunden en el mar. «Qué raro tiempo ha venido. Nunca sentí esta sensación, esta falta de aire, de movimientos. Tal vez no debí hacerle caso, a este loco. Sí, quizá era mejor salir corriendo, cuando cerró la puerta con el cerrojo, aunque me hubiera largado un tiro por la espalda. Por lo menos, no estaría aquí hundido, enterrado, con la cabeza llena de cosas.» Miguel apretó la manta entre sus dedos, estrujó un pedazo de aquella manta, que ya empezaba a empaparse de humedad, como un frío sudor. «Nunca te hizo bien nadie, dice ese loco, nunca hiciste bien a nadie, nunca te hizo bien nadie. Sí: alguien me hizo bien. Supongo que alguien me hizo bien, alguna vez.»

El capitán no le dejó los cuartos, como recelaba la Aurelia. El viejo, aparte de su pensión, tenía una cartilla de ahorros, algunos bienes personales y una finquita en un pueblo vecino. Pero a él, al que llamó su nieto, le dejó, redondas y contantes, derechos reales aparte, veinte mil pesetillas. Veinte mil pesetas que, en aquel momento, le abrieron el cielo. El resto —en total, él se suponía, unas cuarenta mil, aparte de la terruña aquella— fue para la Aurelia, que refunfuñó de lo lindo, pero a quien se le acabaron las agonías de la incertidumbre. Eso sí, el piso se lo dejó a condición de que pudieran disfrutarlo ellos. Nadie podía echarles, a él ni a su madre, del piso que ya empezaba a aborrecer. Pero él no quería aquel piso, con su cuartito interior, que tenía clavado, como una sanguijuela, dentro. La Aurelia se instaló como una reina, en el cuarto del viejo, con su alta cama de madera negra y su cómoda panzuda con el mármol blanco, con sus sillas recias y pesadas, arrimadas a la pared, y sus banquetas tapizadas de damasco azul. La Aurelia se llevó sus trapos y sus vestidos al armario de luna, cuyas puertas gemían, y sacó los trajes del viejo, los cepilló y se los llevó al prendero. Los zapatos les metió en un saco y se los dio al Manolo, que calzaba el mismo número, igual que las cajas de tabaco, las pipas, el viejo encendedor y la brújula. «Esa brújula, para mí», dijo él. No sabía por qué le tenía cariño. (Tal vez el cariño del tiempo en que madre le llevaba de la mano, por la extraña ciudad grande, aún los dos con el acento de Alcaiz pegado al paladar, como el olor de la playa.) Pero la Aurelia le dio de narices con su risa burlona: «Anda, rico, en eso pensamos todos: en el niñito». Y le hizo un corte de manga, que ni Lorenzo lo hacía mejor. Manolo estuvo hurgando con la Aurelia, todo lo que quiso, por armarios y cajones. A él le daba cierto asco verlos, a los dos, en esa faena de cuervos, a la vez que metiéndose mano con desvergüenza, entre bromas y risas, cuando aún olía a muerto la habitación de don Crispín. El sillón de ruedas el Manolo lo liquidó en seguida, donde él sabía bien. Y a él, con el gozo de las veinte mil pesetas, estas cosas se le iban, como la indignación, como el asco, en cuanto le daba el aire de la calle, el frío aire de un febrero húmedo, con sol en las mañanas y viento en las tardes, apenas puesto el sol por San Pedro Mártir. Y aún más: el Manolo se quedó muchas noches, ya como un rey, en el cuarto que fue de don Crispín y que ya parecía de la Aurelia, como desde siempre. Con ella se pasaban la noche allí, donde el viejo le dijo: «Es Miguel, mi nieto...» Y algo le rondaba a él por la espalda, como que se lo contó a Lorenzo, y Lorenzo le dijo, riéndose: «Dan ganas de vomitar. Ese Manolo tiene carne de macarra, sólo así irá subiendo, el tío pestañas». Y él estaba de acuerdo con eso, y por la mañana lo veía a Manolo desayunándose en la cama, el café que ella le traía, vestida con una bata de terciopelo verde que se había comprado. El delantal negro, que llevaba antes, ya no se le vio más. «A madre sacarla del cuarto interior», le dijo él, y la Aurelia se encogió de hombros, y contestó: «Habrá que desinfectar bien ese colchón, que hasta gusanos tendrá». Y entonces notó que la Aurelia olía a un perfume muy malo, que él ya iba conociendo los perfumes buenos y malos, porque de esas cosas ya se estaba enterando mucho. Y sin saber por qué, de pronto se acordó de aquel tiempo en que viniendo de Alcaiz se habían metido en el piso requisado de la calle de Gerona. Y se acordó del gozo de su madre y de todas las mujeres con las cosas nuevas que de una vez se les venían a las manos, antes de que les mataran a los hombres y les llegaran las penas. Y se acordó de la Monga, que se fue, porque decía: «No acabará bien esto, no». Y le dio un tirón el corazón y sintió un dolor que le llenó de rabia. A su madre la pasaron al antiguo cuarto de la Aurelia, que tenía una ventana al patio, y en el que había algo más de qué respirar, pero de todos modos, estaba muy abandonada y ya toda ella como hundida en un mundo de miseria, inmundicias, soledad. Alguna vez, sin saber cómo, entre un recado y otro, llevando de una mesa a otra, en una bandejita, un paquete de tabaco, o recibiendo una propina, mientras el reflector arrancaba luces como diamantes del traje ceñido de Marga, le venía de repente la visión de aquel cuarto, y algo como una nube se interponía entre él y la música, y el aire de los cigarrillos y de los mezclados perfumes —unos buenos, otros no tanto—, y más aún, más que nunca y que nada, le espoleaba eso en su decisión. Y, al fin Lorenzo y él se pusieron de acuerdo, y con los ahorros de uno y las pesetas del otro, se lanzaron a lo que tenían pensado. Se lanzaron bien, aunque con cautela. «Yo dejo esto», le dijo a Lorenzo. «Las cosas, hay que hacerlas bien.» Primero Lorenzo no estuvo de acuerdo: «No, esto no lo dejes. Siempre es algo seguro y te estás situando bien en la casa. Hablando francés y todo, y con lo listo que eres, estás bien colocado, te lo aseguro...» Pero él le convenció: «Mira, el mundo no es de los indecisos, tú lo sabes, Lorenzo. Nada de aguas tintas y que si un poco de esto y un poco de lo otro. Si me decido a algo, lo he de hacer bien, y si no, pues nada. Para terminar en esto, siempre puedo volver». Lorenzo acabó convencido, y empezó la otra vida. Lo primero, salir del piso de la calle del Mar. Sólo lo pisaría lo imprescindible, por madre, para darle a la Aurelia el dinero que madre necesitara, y echar de paso un vistazo que conviniera, pues no se fiaba de la socia del Manolo. Necesitaba un local, un lugar, que les sirviera de almacén y vivienda a la vez, para empezar en grande, como ellos querían. Con los conocimientos, amistades y veteranía del Lorenzo, no podía irles mal. «Si tenemos suerte...», decía el Lorenzo. Bueno, había que contar con ella. Siempre hubo que contar con la suerte. Si luego fallaba, mal asunto. Pero había que contar. Lorenzo estuvo, pues, conforme. «Lanzao, sí eres. Ya veremos.» Le gustó que le dijera eso Lorenzo, porque a Lorenzo le tenía mucho respeto, por lo listo y bien medido que era.

Alquilaron un ático, pequeño pero suficiente. Tenía un balcón, como colgado sobre la Plaza del Teatro. Puso mucha ilusión en aquello. Era su casa. Sí: por primera vez, su casa. Estaba a nombre de Lorenzo, porque él aún era menor de edad. Pero de Lorenzo se fiaba. Lorenzo dejó su pensión y él el piso de la calle del Mar, con el asombro y la secreta alegría de la Aurelia: «Pero ten presente que vendré todos los días, a ver cómo tratas a madre», dijo. La Aurelia estaba sentada, mirándole, junto a la mesa del comedor, que antes no se utilizaba nunca. «Mira que ahora van a cambiar las cosas, y voy a manejar pesetas. Si te portas como debes, todo irá bien.» La Aurelia le miraba con admiración. Sí, estaba seguro. Ahora se pintaba los labios, de un horrible color rojo que los desbordaba, delgados que eran, y parecía más vieja que antes. El Manolo le daba bastantes disgustos, con lo chulo que se ponía. «Hay que tener estómago, también, para entendérselas con esta vieja asquerosa», se dijo. La Aurelia recogió los platos de la mesa, y dijo: «Miguelito, hay que ver, y parece que era ayer mismo que te veía de la mano de la María Reyes, ceceando...» «Bueno», la cortó él, «ya sabes lo que te he dicho». Siempre se estaba asombrando de que hubiera crecido. ¡A ver si se creía que iba a quedarse toda la vida igual! Mucha gente, se daba cuenta, vivía sin enterarse de que el tiempo pasaba.

El ático consistía en una pieza grande, un aseo y una cocinita pequeña, que utilizaba de almacén. El Lorenzo funcionaba bien. En seguida estuvo al corriente de todo, a su lado. Lorenzo no dejó el trabajo, pero le quedaba tiempo para todo. Con la nueva instalación, empezó para él una vida libre, distinta. Nadie le pedía cuentas, a nadie tenía que dar explicaciones. «Esto es vivir», se decía. Estaba muy animado, muy contento. El tiempo lo distribuía a su antojo, y empezó a frecuentar toda la zona de Atarazanas, puerto y Escudellers. Bares, cafés, cabarets de última categoría, eran su ambiente. Pronto lo conoció como la palma de su mano. Estaba bien allí, le gustaba. El negocio, si iba bien, era bueno. Lo malo era que estaba en el aire, en manos siempre de la suerte. «Y lo bueno, también.» Se encogía de hombros. Al fin y al cabo, ¿qué? ¿Acaso se podían hacer planes en la vida? ¿Acaso alguien podía estar seguro de que no iban a venir los vientos de costado, y llevarse todos los planes? Lo mejor era eso: el dinero caliente, al día, el presente. Mañana, ¡ya se vería! Mañana era nunca, mañana era tarde. No se sabía nada de mañana. El dinero se hacía sentado en los cafetines del puerto, en las barras de «La Barca», de «Sanlúcar», en «Tabú»... Se reunían con los camareros, los marineros, los mediadores de Lorenzo. Tabaco, perfumes, medias, relojes, estilográficas, encendedores... Todo. Todo servía, todo era bueno. Iba bien. Alguna vez no se presentaba el tipo esperado. Había tenido un tropiezo con la «bofia»... Ya se sabía. Mala suerte, y se perdía el dinero. A la próxima, se ganaba, otra vez. Y se gastaba. Sí: se podía gastar. El dinero entraba bien y salía bien. A madre, la cuidaba con esmero la Aurelia, desde que no le regateó una peseta. Ya sabía él que la Aurelia hacía sus componendas, pero mejor era no discutirle nada, y así marcharía todo. Ya lo sabía: todo tiene un precio en este mundo, todo vale algo, todo se ha de pagar... Así, casi llegó a creer que la Aurelia les quería un poco, de verdad. Hasta le hizo a madre una especie de capita de lana gris, con sus propias manos. Últimamente, la Aurelia se puso muy flaca, con las jugadas del Manolo, que andaba en tratos, también, con una rubia teñida, de lo menos sesenta años, casada con un aduanero que se estaba haciendo de oro. Más vieja que nunca, el berrinche, a veces le miraba y le decía: «Ay, Miguelillo, si casi te miro como a hijo mío...» A lo mejor andaba buscando un pedacito de cariño, por alguna parte. Mejor era así, le daba tranquilidad. «El dinero todo lo puede. La vida, sin dinero, no es posible. Nada, lo que se dice nada. No quiero pasar más miserias, no quiero ser pobre, como lo fui de niño. No quiero volver a tener hambre, como la tuve de niño. Colgaron al de la tienda, boca abajo, y a mí puede que me cuelguen igual. Pero no quiero pasar hambre, no quiero ser de los que cuelgan a los otros un día, porque esos días tardan en llegar, y, al fin, no se saca nada.» Y por la noche, en las barras de los bares de siempre, bebía, aprendía nombres nuevos, marcas, palabras, hechos y fracasos. Gustaba a las mujeres, sobre todo a las algo mayores. Ya sabía algo de eso, de cuando la sala de fiestas. Ahora, en aquel año y pico que llevaba libre y a sus anchas, supo más. Tenía hasta un pequeño piso colgado sobre la Plaza del Teatro, para más facilidades. Y llegó a pensar, alguna vez: «Un poco macarra, sí que soy... Bueno, si yo quisiera, me iría mejor que al Manolo, en ese oficio». Y se reía para sus adentros. De momento, no le iba mal como le iba. Tenía aún mucho, mucho tiempo, mucha, mucha vida por delante. Hasta era, incluso, en según qué zonas, bastante popular. Tanto que le sacaron un nombre y todo: «el Lindo», las chicas de la Rosario. Con el Lorenzo no tuvo ni un pique, ni una desconfianza, ni un tropiezo. Era mucho más serio que él, más ahorrativo, más «centrado», como decía él mismo. Pero se llevaban muy bien, y lo que el uno ponía en sabiduría y experiencia, el otro lo ponía en audacia y dinamismo. Sí: iba bien todo, no se podían quejar. «Para empezar... Ya veremos, cuando me canse, lo que se me ocurre.» Lo único que pasaba era que cada día tenía más gastos, más necesidades. «Porque la vida, cuesta muy cara, muy cara.» Eso se echaba a la vista por momentos. «Y aún hay tantas cosas buenas en la vida...»

Miguel se echó boca arriba, bruscamente. Quería estar así, mirando hacia la trampilla oscura, sólo con su filtrado rayito de un lívido color de oro, que parecía en la pared de tierra un zigzag extraño. Así, con la espalda contra la manta, sintiendo la dureza del suelo, creía respirar mejor. Tenía frío, mucho frío. Pero no se quería envolver en la manta, empapada de humedad. Algo exudaban las paredes de tierra, algo viscoso, repelente. Sintió en los omoplatos un estremecido dolor, como una descarga eléctrica, «Que si hay cosas buenas en la vida... que si las hay. ¡Qué sabía yo, entonces, aún, la de cosas que podían sacarse de la vida! ¡Si era un inocente, entonces...!»

Si algo le ponía en la espalda como un escalofrío, no sabía bien si de alegría muy afilada o de ácida tristeza, como agolpándosele en la nuca, detrás de él, a escondidas de su mismo pensamiento, era el amanecer, visto desde su balconcillo alto sobre la Plaza del Teatro. Alguna vez, con más copas de las justas —como le decía Lorenzo, que era parco en eso, como en casi todo—, llegó casi a la amanecida, con la llave un tanto torpe en la mano, luchando con la cerradura, y entró y se fue sin saber por qué al balcón abierto, y se asomó allá abajo y vio entrar lentamente la luz del sol —un sol aún azul, o de plata— que desnudaba la suciedad de la calle, donde un viento ligero barría del suelo trozos de carteles de colores. Aún estaban encendidos los faroles de gas y la estatua de Pitarra, a la doble luz, era de un blanco de hueso, luminoso y extraño. La Plaza del Teatro estaba desierta, o casi. Subía un tranvía ruidoso, como aquejado de mil dolores de hierro, vía arriba, hacia la ciudad alta, de espaldas a su ciudad. Alguna mujer, algún hombre, algún perro triste y perdido, cruzaban la calzada, abrigándose al arrimo de las paredes. Había un silencio cargado de voces que ya no eran, y se notaba como el hueco, la huella de esas voces, barridas también por el viento, como un cartel de toros, de cine, de anuncio de un aperitivo. «Es bonita esta plaza...», se decía, apoyado en la barandilla del balcón. Al comenzar la primavera, alguna vez, estando echado en la cama turca donde dormía, con el balcón abierto, le despertó, con el amanecer, un aleteo que le parecía furioso, y por entre los ojos semicerrados veía una pareja de palomas, como enredadas en los hierros del balcón, o unos vencejos que huían cielo arriba, negros y agudos como flechas, gritando. Algo se le agolpaba en el corazón, entonces, como un surtidor de sangre, y una extraña voz le decía algo confusamente temido, raramente esperado, quizá, sin que él mismo lo supiera del todo: «Ya están aquí...» (Y, sin saber por qué, se acordaba de Chito, y se ponía las manos en las sienes, y le venía el gusto de las copas de la noche, y la resaca, y tenía un mareo leve, y daba media vuelta, tapándose la cabeza con la almohada.)

Fue en un amanecer de primavera, precisamente, cuando conoció a Fernando y a toda aquella tropa de imbéciles. En el amanecer de un día de abril, o quizá mayo, en el que aún hacía frío y estaba la calle azul. Él se encontraba en «El Tiburón», en la parte de abajo. Aquella noche para él, no era de juego, que estaba tratando de un asunto bueno con un marinero sueco. Era algo de whisky, precisamente, que se pagaba muy bien entonces, pues casi no había. Andaba en sus tratos, cuando oyó gritos, arriba, y subió a ver. El dueño del «Tiburón» ya había cerrado, hacía rato, y los dejó estar dentro, por las buenas con el cierre echado, pero los idiotas aquellos se pusieron a armar escándalo, y estaba agriándose la cosa. Él en seguida les vio la cara que tenían, y le subió algo así como una cosa agria, de verles. Porque alguna noche ya se los había tropezado, desde hacía un tiempo. Eran un grupito casi invariable, de cuatro o seis, pero los más contumaces eran aquéllos: dos chicos y una chica. Y eran jóvenes, tendrían apenas dieciocho años, todos, y eran de clase. Bueno, de clase de allá arriba: él lo notaba en seguida. La chica estaba muy bien. Sí, que muy bien, con su pelo liso, fino y suave, de color de azúcar tostado, y aquellos ojos grises alargados, y su boca sin pintar, ancha y como doblada hacia arriba, en los bordes. Le gustaba la chica, delgada y fina, con su abrigo bien cortado, tan sencillo, que le caía sobremanera. Y había que ver lo que empinaba. Se tragaba las copas de lo que fuera —ni paladar tenían, el caso era beber, se veía claro— y agarraba cada turca que cantaba el credo, como sus amigos. «Son de esos que se vienen a divertir por aquí abajo y se las dan de demócratas», le dijo Lorenzo, la primera vez que los vieron. Eran bastante tontos, los pobres, y se dejaban timar que era un placer. Pero la chica estaba bien, muy bien. Vaya si estaba bien. Debía ser muy joven, a lo mejor no tenía ni diecisiete años. Bien mirado puede que sí los tuviera, pero parecía una niña, según como se la mirase, por más que una niña de cuidado. Tenía un aire que le gustaba. No era como aquellas pobrecillas de allí abajo, no. Era como las de arriba, y las del cine, y las que él se sabía. Alguno puede que la encontrase flaca, pero a él le gustaba así, precisamente así, porque él ya iba teniendo el gusto más refinado y sabía bastante de aquellas cosas. Pues allí estaban, y como andaban con palabras, él terció, aunque el camarero, que era Polo, le dijo: «No te metas, Miguel, son "turistas"». Pero él se metió, porque estaba muy raro aquella noche.

En la oscuridad, Miguel sonrió al vacío. Su sonrisa era como una inconsciente manifestación de dolor, como una rebeldía, contra la oscuridad, contra la tierra que le rodeaba de un modo opresivo, viscoso. «Aquí los querría yo ver, al Fernandito y la compañía... Menuda panda de golfos.» Sí, eran unos golfos, pero unos golfos inocentes, en medio de todo. Se les podía poner boca abajo, si se quería. «Mai, hay que ver, Mai...» Ni siquiera podían sospechar dónde estaba. A lo mejor, alguna vez, Mai pensaría en él. Sí, casi estaba seguro de que Mai, y el mismo Fernandito, y José María, pensarían en él. «Porque me fui de ellos como vine... Bueno, me hice el misterioso, y me salí bien. Así fue mejor, no iban a adivinar...» Algo brillaba en la oscuridad. Algo como una rara fosforescencia. Le daba un vago temor aquella extraña luz, y cerró los ojos. «Puede que sean pedacitos de mineral, o huesecillos... o qué sé yo. He oído decir, a veces que en la tierra hay muchas cosas que brillan, escondidas.»

Capítulo décimo

La lluvia, violenta y dura, caía sobre la tierra. Mónica, con la frente apoyada en el cristal, veía caer el agua sobre la hierba del prado, y formar charcos rojizos en las hoyas. Más allá, tras la pared de piedras, el río bajaba crecido, espeso, salpicando de espuma las rocas. Los juncos aparecían azotados, brillantes, a la última luz de la tarde. Era un brillo malva, rutilante, prendiéndose en el vaivén. «Los juncos de gitano... Dice la Tanaya que se hacen cestas con esos juncos, cuando son tiernos, y que ella sabe hacerlas, pero no tiene tiempo.» Mónica, apoyada contra el cristal vio borrarse el prado y la luz, tras el vaho de su respiración.

—Quita de la ventana —dijo Isabel—. Acércate, he encendido la luz.

Mónica se acercó, despacio.

—Sin medias, a estas fechas ya del otoño —añadió Isabel, con una mirada reprobativa—. Te dije que no quiero verte sin medias. Ni las de la aldea van sin ellas, ya, a tus años. Bien claro lo dijo el párroco, desde el púlpito. Tú, una señorita, debes dar el ejemplo.

—Me molestan —contestó Mónica—. Se rompen, con las matas. Me molestan mucho.

—No tienes nada que hacer entre las matas —le replicó Isabel, mirándola fijamente.

Sobre la mesa camilla, cubierta con tapete de terciopelo, brillaba una lámpara de porcelana verde. El cestillo de la labor, las tijeras, el dedal, los hilos... En su sillón, Isabel repasaba la ropa. También estaban allí, encima de la mesa, las prendas destinadas a ella. Los zurcidos, los cosidos, el olor a ropa recién lavada, aún tiesa y helada, en el cesto. Mónica sentía algo extraño en el estómago. Algo que tiraba de él hacia abajo, de un modo raro. «No acudió ayer. Ni siquiera vi a Lucía. Nadie vino a mí, nadie me dijo nada...» Era tarde, y volvió deprisa. No había visto a nadie, nadie le había dicho nada. «A lo mejor no vuelve nunca.» Esta idea le obsesionaba.

Estuvo todo el día en casa, ayudando a Isabel. Luego, a su hora, empezó a llover, y el aguacero la retenía allí, otro día más. «No habrán salido a la leña, ni al río. No hay nada que hacer...»

Sin embargo, con fuerza, le atraía la tierra. La tierra empapada, salvaje, bajo la lluvia, con sus hierbas y sus juncos, le gritaba algo. Desde niña, sabía lo que era la ansiosa llamada de la tierra. Salir corriendo descalza, súbita como un grito, sin poderlo remediar. Ni palabras duras, ni castigos, ni amenazas. Se salía a la tierra de pronto, sin saber ciertamente por qué, una tarde de lluvia o de tormenta; y se quedaba al fin parada, empapada de agua, estremecida por los relámpagos y el gran silencio de allá afuera. Se quedaba sobrecogida, temblorosa, amenazada y atraída por la tierra ancha, dominante, y no podía regresar. Acaso, la iban a buscar o Damián o Marta, con un viejo paraguas y mil reprimendas anticipadas: «Ay, mocita, la que te espera. Ay, ay, la señorita Isabel... Ay, mocita loca, la que te espera...» Así era, lo sabía ella. Y aquella tarde aún más. La llamaban voces allá afuera, porque había un gran vacío, de pronto, no sabía dónde, que no podía llenar. «Algo ha pasado. Algo ha pasado.»

—Anda, siéntate —dijo Isabel—. Siéntate y pon mayor atención a lo que haces... ¡Fíjate qué repulgos, qué trazas! ¡Qué manos, Señor, qué manos de mujer! Tú naciste para el arado, está visto.

«Mula campesina... hija de mula campesina.» Las palabras vagaban allí, debajo de su frente, como una extraña procesión de sombras huidas, pasadas. Una gran tristeza, una gran monotonía, iba descendiendo hasta la pieza donde cosían Isabel y ella. «La tristeza de todas las tardes. Y ahora vendrá el frío, y la nieve después, y los días serán cortos, y negros, y no sé si podré volver a verle, ni cómo ni cuándo...» Algo danzaba en la pared, ahora. Eran las manos de Isabel, recortadas en su sombra, sobre la cal. La luz verdosa de la lámpara de porcelana hacía como de pantalla a las sombras, y las manos de Isabel parecían dos enormes mariposas que subían y bajaban al compás sobre la labor. «Cómo llueve. Cómo golpea la lluvia. Hacía mucho tiempo que no caía así el agua.»

Llamaron a la puerta y entró Marta, con otro cesto de ropa. Marta venía muy peinada, siempre, a aquella hora, con las sienes aún húmedas de agua.

—¿A qué no sabe, señorita Isabel, lo que ha pasado?

Isabel siempre fingía que no quería saber, y escuchaba con un silencio entre benigno y desdeñoso.

—Se escapó un preso, por las montañas. Ya ve usted, señora.

Esta noche, bueno será cerrar bien puertas y ventanas... Fíjese usted, señorita: dicen si mató a otro y a un guardia. Creo que lleva una pistola o un fusil, no he entendido muy bien...

La lluvia arreciaba, furiosa, clavando sus agujas contra el suelo, y la luz había muerto, definitivamente, en el horizonte. El cielo era de un tono gris oscuro, casi negro, sin nubes. La lluvia caía, caía. Mónica se levantó bruscamente y se fue hacia la ventana. Isabel la miró, irritada:

—¡Mónica, ten cuidado! ¡Mira, has tirado todo al suelo...! ¡Mónica!, ¿no me oyes?...

La lluvia convertía en pequeños ríos los senderos que bajaban por los costados del sembrado, hacia la carretera. La tierra se alejaba, como una bruma húmeda, hollada, empapada, ante sus ojos. Allá lejos estaban el río, la carretera y el principio de la montaña, otra vez. Montañas, montañas, por todas partes. Mónica levantó la cabeza. Cristales abajo resbalaban las gotas de lluvia, brillantes, como líquidos caminillos de una luz extraña. Oyó el ruido de la puerta, al cerrarse de nuevo, tras la espalda de Marta.

—Isabel, voy a mi cuarto. No me encuentro bien.

Isabel se le acercó y le cogió la cabeza entre las manos. No quería mirarla, pero sentía sus ojos sobre sí, en las mejillas, en los párpados obstinadamente bajos:

—No me encuentro bien, Isabel. Me duele mucho la cabeza.

Notó que la voz de Isabel vacilaba:

—Mónica, estás pálida, criatura... Anda, vete y échate un rato. Ya te llamaré a la hora de cenar.

Su voz, al hablar ahora, se parecía a la voz de hacía tiempo, cuando estuvo alguna vez enferma, de niña. Sólo en aquellas ocasiones la voz de Isabel se volvía raramente dulce. «Así, hay que ponerse malo para que ésta se ponga a buenas...», pensó Mónica, vagamente. La cabeza, de pronto, se le había quedado vacía, mientras que en todo el cuerpo comenzaba a sentir frío. Creyó que debía decir:

—Si me das una aspirina...

Últimamente estaba aprendiendo a disimular muy bien. Miguel le advirtió que era lo mejor portarse de modo que nadie supiera lo que uno pensaba, y le dijo, además, que no debía nunca perder el dominio de las cosas. «Eso dice, y cuesta. Cuesta mucho.» Ahora, sabía que en aquel momento era conveniente decir lo de la aspirina.

—Sí, sí. Mira: entra en mi cuarto, y en la mesilla, en el cajón, ya verás... Oye, Mónica, ¿quieres que suba a acompañarte?

—No, Isabel. No es nada... Sólo que hace rato me duele la cabeza.

—Sí, este tiempo.

De repente le hablaba como a una mujer. No como a una niña, como tenía por costumbre. La miró con el rabillo del ojo, y la encontró vieja, cansada. «Mundo asqueroso éste, de viejos cansados por todas partes, dejándonos morir a nosotros, así, a su lado.» La rabia le subía, despaciosa y fría, otra vez. Empezaba a conocer el odio.

Salió despacio. Tenía algo raro en las manos, en las rodillas, como si se le hubieran vuelto rígidas. Cerró la puerta con cuidado, a su espalda; y cruzó la sala contigua. En la oscuridad, los muebles pesados, oscuros, se recortaban como extrañas jorobas de animales. Entraba una pálida claridad por las ventanas. Salió a la escalera. Aún no habían encendido las luces. Sólo dudó un instante. Echó a correr, sigilosa, como sabía. Sus sandalias no hacían ruido y tenía el paso ligero, aprendido en la montaña, tras Goyo y Pedrito. Bajó por la escalera de la cocina, hacia la parte de atrás de la casa. Ya conocía la huida, silenciosa y rápida. «Está lloviendo. Es una tontería lo que hago.» En la cocina había un gran resplandor rojizo. La puerta estaba medio abierta. Se acercó y vio a Marta sentada junto al fuego, pelando patatas. Enfrente, en el suelo, inundado por el resplandor de las llamas, estaba el niño de Marta, con sus largos rizos negros, como una niña. Marta le cantaba bajito. *«soldadito, soldadito, ¿de dónde viene usté? De la guerra extranjería, que se le ofrece a usté...»* Mónica entrecerró los párpados. (Le vino en la voz de Marta una vieja oleada de ternura. El pabellón de la Tanaya, un gran sol, y la infancia, de pronto, delante de ella, con el río verde y oro, brillando entre los juncos.) Mónica empujó la puerta, y entró. Marta levantó la cabeza y el niño corrió a ocultarse detrás de su madre. Marta sonrió:

—Ay, señorita Mónica...

Ya sabía: «No quiere la señorita Isabel que venga usted a la cocina». Ya sabía, lo de siempre.

—Marta, ¿cuál de ellos fue?

Marta la miraba, con sus pupilas verdes y estúpidas, sin entender.

—¿El cuál...? —dijo, con el lento aire de la tierra.

—De los presos. Ese que dijiste que se escapó.

—Ay, ¡qué sé yo! Uno, dijeron.

—¿Quién te lo dijo?

—Por allá, en la aldea, lo dicen. No tenga miedo, señorita Mónica. Cierre bien la ventana, y nada más.

Mónica se acercó, despacio. El niño asomaba un ojo tras la espalda de Marta, que continuó:

—Óyeme, Cristobalito: «*¿ha visto usté a mi marido, que a la guerra se me fue? No, señora, no lo he visto, ni sé de qué señas es...*»

Mónica se acercó al fuego. Las llamas se trenzaban, azules y rojas, altas, contra la chapa negra. La gran campana recogía el humo, lo tragaba allá arriba, en sus negras alturas, que de niña le hablaban de brujas, huidas, de almas escapadas, de duendes. Le recorrió un escalofrío.

—«*Mi marido es alto y rubio, caballero aragonés...*» Marta continuaba su melodía tristona, melancólica.

El niño, asomando la cabeza tras el hombro de su madre, le sacaba la lengua.

Tenía frío. No podía calentarse, por más que se aproximaba al fuego. Quería pensar en algo, en algo que presentía, y no le era posible. Sólo: «Esa canción es muy antigua. La cantaba la Tanaya, y a ella se la cantaba su madre... Sí, sí: hace cien, doscientos años, la cantaban a los niños, o quien fuera... Y ahora siguen igual, igual que entonces. Todo así. Y ese niño descalzo, como un animalito, como yo misma a su edad, así, por la casa esta tan grande, pensando en duendes y brujas. Y dicen que hubo una guerra, y que pasaron tantas cosas: pero nosotros nada, igual, igual que antes y que siempre. Ya lo decía Miguel: la vida no se tiene más que una vez, y no se puede perder, no se puede quemar... Aquí, todos, queman su vida, estúpidamente, mirando a su alrededor, sin saber nada ni querer saber nada. Todos viejos, todos, hasta los niños, como de otro tiempo, todos...» El frío le subía cuerpo arriba a las piernas, los brazos, la frente. Sí, había un gran frío allí. Cristobalito salió, despacio, de tras su madre.

—*...Condes, duques y marqueses, todos lloraron por él...* —continuaba Marta. Cantaba con la cabeza gacha: el moño prieto y brillante, recién hecho, de un color leonado y bello, espeso, a la luz de las llamas. Cristobalito movía la cabeza atrás y adelante, y los rizos negros se levantaban y caían sobre sus ojos. La miraba con malicia: sus niñas húmedas, parecían dos granos de uva negra. Cristobalito temía a los de la casa, huía de ellos, porque sabía que a Isabel no le agradaba encontrarle (no en balde era hijo del pecado).

La lluvia arreciaba ahora, contra la ventana. Marta enmudeció un momento, y se santiguó:

—Ay, señorita, mal les irá a los que anden por la montaña...

Mónica la miró con el corazón como suspendido. Nunca sabía si Marta hablaba con malicia, o era simple como una vaca. No, nunca lo sabría. Marta se levantó y colocó el cuenco de las patatas peladas debajo del chorro del agua.

—Sigue, madre sigue... —dijo Cristobalito. Marta se secó las manos en el delantal y se quedó mirando la lumbre.

—*«Siete años he esperado, otros siete esperaré: si a los catorce no ha vuelto, religiosa me entraré...»*

Mónica sintió algo como un puyazo, allí dentro, en el corazón. La voz de Marta fluía lenta, como el agua de la acequia, en el verano, mansa y adormilada. Algo se le agolpó en la garganta. «No, no», se dijo con rebeldía. Los cristales estaban cubiertos de ríos diminutos, deslizándose hacia abajo. Detrás, una luz gris, oscura, resplandecía extrañamente. Mónica se fue hacia la puerta, rápida. Antes de salir miró hacia la cocina. Marta la miraba con el rabillo del ojo:

—Ah, señorita, ahora que pienso: me creo que dijeron si era uno jovencillo... Uno rubio, muy majo, que llamaban el *chico*. ¡Dios le tenga con Él! ¡Pronto será un muerto más!

Mónica salió de la cocina. Fue al zaguán y se quedó quieta, con la espalda apoyada en la pared. Estaba a oscuras. Apenas llegaba una claridad lívida, macilenta, por las ventanas. La lluvia azotaba la casa.

Capítulo undécimo

Estuvo lloviendo hasta las once de la noche poco más o menos. Luego, lentamente, el agua cedió, y sólo un golpeteo de gotas caía sobre algo tenuemente sonoro. Al final, únicamente se oía aquella gota, extraña e insistente, que parecía arrancar su sonido de algún metal. «Tengo que dar con eso —pensó Daniel Corvo—. Esta gota dura rato y rato, después de la lluvia. Es algo que no me gusta oír.»

Estuvo limpiando el fusil, lentamente. Dos veces creyó que llamaban a la puerta y por dos veces el frío mojado de la noche entró a la cabaña. Volvió a atrancar la puerta con la barra de hierro, y cerró la ventana. Se quitó las botas y extendió los pies ante el fuego, descalzos. Le dolían ligeramente los riñones.

Se volvió hacia la trampilla y levantó la voz:

—¿Quieres comer algo?

No oyó la respuesta. Quizá el chico no dijo nada. Preparó la cena y puso dos cuencos sobre la mesa. «Hay que arriesgarse», pensó. Había algo malsano, sin embargo, en aquella audacia. Se daba cuenta de que había algo malsano. Y volvió a dejar uno de los cuencos en el vasar.

Esta vez sí que oyó los golpes, claros, contra la madera de la puerta. Tres golpes duros que resonaron como aldabonazos.

Daniel fue hacia la puerta, despacio. En las plantas de sus pies descalzos sentía la rugosidad de las tablas del suelo. No hacía ruido. Corrió el cerrojo y quitó la barra de hierro. Abrió la puerta.

El bosque, ya negro, estaba como invadido de luces verdosas y huidizas. «Siempre hay alguna luz que baja al bosque, quién sabe desde dónde, a arrrancar brillo del rocío, de la lluvia reciente...» No hacía viento, y sólo un frío grande y mojado penetraba con los mil aromas de la tierra, las raíces, las hojas muertas.

—Daniel, déjame entrar... Por favor, déjame entrar.

Bruscamente la vio. Estaba agazapada contra la pared y salió de pronto, allí ante sus ojos, como una pequeña bruja.

—¡Mónica! ¿Qué haces aquí?

Ella se coló dentro como el frío, sin poderlo él evitar. (Como el sol, apenas amanecido, por entre todas las rendijas de la cabaña.) «Era inevitable. No sé cómo no lo pensé antes. Era inevitable...»

Cerró la puerta, sin echar el cerrojo:

—¿A qué vienes aquí? ¿Cómo se te ocurre? Isabel...

Mónica levantó la cabeza. Estaba pálida, pero su palidez no era debilidad. Tenía algo colérico, casi perverso, en su pequeño rostro.

—¡Isabel! ¡Sí que importa, ahora, ella! No he venido para hablarte de Isabel.

Como a tirones, se quitó una especie de capote que llevaba. Los cabellos rubios brillaron extraños allí dentro. A Daniel le daban una gran amargura aquellos rizos dorados, brillando a la encontrada luz de la lámpara y del fuego. «No es una niña. No, no es ninguna niña», pensó, un poco estúpidamente.

—Me he escapado otra vez, de allí abajo... Necesitaba hablar con alguien que supiera..., ¿sabes? Estuve donde las chabolas, pero era mejor no hablarles de nada: estaban inundadas. El agua se les llevaba todo. Con azadas, encauzaban el agua, hacia el río... Entonces me acordé de ti. Tú también sabes lo mío...

Daniel la miró. Tenía los pies llenos de barro.

—Bueno, ¿qué es lo que yo sé...?

Mónica se acercó y le tendió la mano, que él no recogió.

—Tú sabes lo de Miguel... Te conté, ¿no? ¿No te acuerdas, acaso?

—Bueno. ¿Y qué...?

—Dicen que se escapó.

Daniel se encogió de hombros.

—Sí. Eso dicen.

Mónica bajó los ojos. De pronto había dolor en su rostro. Un dolor auténtico, parecía. Tuvo un momento de piedad:

—No puedo remediarlo, Mónica. No fui yo el que se lo aconsejó.

—Lo único que quería —dijo ella— es saber si tú... si tú sabías algo más. No puedo hablar con nadie, con nadie... ¡Es horrible vivir allá abajo!

Se dejó caer sobre una silla, con gesto derrumbado, vencido. Sintió de pronto una irritación grande hacia ella, un deseo de azotarla como a un niño, y de decirle: «Vuelve a casa, antes de que te lleve yo».

—¿Se puede saber qué piensas hacer aquí? —le dijo, con dureza—. ¿Qué planes tienes, si se puede saber?

Mónica le miró largamente. Tenía los ojos grandes y bellos, de un azul casi negro. No se parecía a Verónica (pero, de pronto, su gesto, su mirada, le volvió a un tiempo en que ella le miraba y le seguía; cuando él, con la mano, le indicaba el camino: «Vuélvete a la casa, pesada, no me sigas... ¿a qué me sigues...?»).

—Daniel, me escapé de allá abajo. Dije que tenía dolor de cabeza y me fui a mi habitación; cuando Isabel me hizo subir la cena dije a Marta: «Dile que me voy a acostar, que tengo ganas de dormir mucho rato». Pero me escapé, la verdad es que me fui...

—¿Por dónde? —dijo él, sin querer. (Porque se acordaba, porque conocía la escalera de atrás, la que salía a la huerta, al prado, al bosque, a los caminos de la huida.) Casi ni sabía lo que había preguntado. Sólo la oía a ella, que le decía:

—Salí con las sandalias en la mano, por la escalera de atrás, la que va desde el cuarto de las escopetas hasta el huerto...

Daniel cerró los ojos. Mónica seguía hablando. No sabía lo que Mónica decía. ¿Qué importaba, ya, lo que dijera? Sólo había una voz dentro de él, que le repetía: «Nunca será igual, nunca será como entonces. Nada se puede salvar, todo está perdido. No eres tú ni son ellos los que cambian la vida. No sabes nada, Daniel Corvo. La vida se te escapó de las manos: no sabes lo que son éstos, no sabes lo que harán. No sabes dónde están los que vendrán después: a ti nadie te continuará. Tú no eres nadie. Tú eres el pasado, tú estás muerto...».

—Bueno, bueno —dijo—. Ya sé que te escapaste. Pues vuelve allá abajo, antes de que te obligue a hacerlo yo. No me compliques la vida. Si Isabel se entera...

—¡Qué me importa, si se entera! ¡Ahora, ya no me importa nada! —dijo—. Lo único que quiero es irme, marchar de La Encrucijada. No les soporto más.

—No digas majaderías.

—No son majaderías —dijo ella. De nuevo parecía segura de sí, fría y lejana—. Me iré. Un día u otro, me iré. Claro que no soy tonta, y sabré hacer las cosas bien... Ahora, si ella sabe que estoy aquí, creerá que he venido a buscarte. ¡Y no me importa! No me puede perjudicar. Al contrario, me sacará de Hegroz..., me mandará a cualquier parte, con tal de que no te vea.

—¿Adónde te enviará?

—Pues no sé... César siempre me quiere llevar con él. Ella no quería ni oír hablar de eso. Pero ahora...

—¿Y Miguel? —Le daba cierta repulsión hablar de aquello mirándola a los ojos.

—Miguel escapará. Es seguro. Siempre hace lo que quiere, siempre lo hizo. Después, ya nos encontraremos.

—Estás muy segura.

—Sí, muy segura —sonrió débilmente—. No hay más remedio que estar segura: si no, se va una al agua.

Se parecía a Miguel, diciendo aquello. Sí, se parecía. Hasta tenía, de pronto, su mismo aire de golfillo resabiado.

—Daniel —dijo—. Déjame pasar la noche aquí.

Daniel la miraba, duramente.

—¿Y en mí? —dijo—. ¿No piensas en mí? Puedes perjudicarme. Sí, puedes perjudicarme mucho.

—A ti nadie te va a perjudicar —dijo ella, encogiéndose de hombros—. No te puede perjudicar esto... Vamos: nadie te va a echar de tu propia casa. ¡Se le llenaba la boca a Isabel, últimamente, diciendo, a todo el que le pregunta, que ésta es tu casa, igual que de ellos!

Daniel sonrió de un modo extraño:

—Pero no es eso, sólo. Ya sabes: Hegroz, los escándalos. Esas cosas son malas. Tú eres una niña, para ellos.

—¡Bah, tonterías! Ya se cuidará Isabel de que no se sepa... Cuenta le tiene, enterarse sólo ella. Y me enviará fuera, con César. Estoy segura: me iré a Madrid, con él. Y, con César, las cosas serán muy diferentes de aquí... ¿Sabes? Es un hombre muy despegado de todo esto, y me quiere. ¡No voy a ser una carga para él, y nos entenderemos bien! Después, Miguel...

—Miguel, ¿qué?

—Ya me encontrará. Cuidaré de que me encuentre. ¡Lo importante es salir de allá abajo!

Daniel se sentó frente a la chimenea. En las plantas desnudas sintió el calor de la madera recalentada, junto al fuego. Se pasó la mano por el cabello.

—Bueno —dijo—. Haz lo que quieras.

«Para ella, como si no fuera nadie. Para ella, como si fuera un viejo muñeco, lleno de polvo, sin cuerpo, sin corazón. Qué absurdo todo. Sí, qué absurdo. Bien: que sucedan las cosas como tengan que suceder. Ya no tengo ganas de luchar con lo que está marcado, quizá, en algún lugar. Tampoco para el chico soy más que un fracaso, un tiempo perdido, un extraño superviviente en un gran desastre.» No sentía dolor. Sólo una gran laxitud, un gran cansancio. «Y no es que crea en mí, en mi amistad, o en mi lealtad: es que no soy nadie para ella, es que no soy nada para ellos.»

Mónica se acercó al fuego, y le pasó el brazo por los hombros.

—Gracias, Daniel —dijo—. Eres lo único bueno, de allá abajo.

Daniel se desprendió del brazo, suave y cálido, en torno a su cuello. Lo hizo con un gesto lento, pero firme.

—Puedes utilizar la cama —le dijo—. Yo me echaré en una manta, en el suelo.

Mónica no protestó y se sentó a su lado, sobre las tablas del suelo, con las piernas cruzadas. La miró de reojo. «Es un animalito. Igual que un animalito.»

Miguel sentía dolores en el cuello, quizá por la tensión de los músculos. Se esforzaba en escuchar, en oír hasta la respiración de los de arriba. Era ella, sin duda. Sí, era ella. No podía ser de otra aquella voz levemente ronca, dulce, que se le metía piel adentro. «Es valiente esta chica. Es valiente.» Algo, como un inexplicable orgullo, le subía pecho arriba. Algo brillaba en la oscuridad, al oír aquella voz, allí sobre su cabeza. «Ha venido, y pregunta por mí.» Su nombre sonaba claro, tajante. Escuchó. Oía a medias, y a medias adivinaba. Deseaba adivinar que ella preguntaba por él, que estaba impaciente por él. «Nadie me quiso así, nunca», empezó a decirse. Pero en seguida se llamó alerta: «Nada de blandenguerías, o me voy al pozo». Tenía la cabeza levantada y, de rodillas sobre la manta, estiraba el cuello. Escuchaba con ansia, con dolor. «Mónica», se decía. Y le invadía una alegría extraña. «Mónica, chica...» Era grande. Era un fenómeno, la chica. No: si por algo él se había enredado. Por algo... «Si tengo estrella hasta en esto. Ya lo decía Tomás: tengo estrella.» Era muy distinta Mónica de las otras. De Lena, no digamos. De Mai. «¡De Mai! ¡Vaya cosa distinta, Mai!»

La broma acabó a buenas: bebieron juntos rondas de coñac en la barra del «Tiburón», ya con la madrugada entrando por los resquicios del cierre metálico. Paco, el dueño, con el cigarrillo en la comisura de los labios, le guiñó un ojo. Mai estaba estupenda, aquella noche. Cuando se reía le brillaban unos dientes grandes, un poco salientes, y sus ojos alargados tenían un punto verdoso, ácido, en el centro (como dos bolitas de jugar al «guá», de aquellas que en Alcaiz tenía sólo Ramoncito, el de la tienda, y se pegaban de morradas por jugar con ellas, hasta Chito y él, incluso). Pues sí: de aquellas bolitas de cristal, a veces un poco turbias, con miles de rayitas verdes danzando dentro, así eran aquella noche las pupilas de Mai, iluminadas por las luces de la barra, mientras sacaba el humo por su naricilla chata y miraba hacia el techo y decía tantas estupideces, pero daba lo mismo. En seguida se dio cuenta de que lo tomaban por uno «bien», como ellos. Bueno, él no iba mal. Le encantaba ir a la última, y la Aurelia le había dicho que parecía un duque. Se fijaba mucho en los gestos y en las cosas que se decían y que no, y cuando dudaba se callaba, que siempre se quedaba mejor que diciendo memeces. Además, el Fernandito y la compañía eran una panda de alelados. La Mai incluida. Se creían muy vividos y muy de vuelta de todo y muy protestando de sus papaítos, y de todo lo que tenían, pero en el fondo eran unos idiotas de tomo y lomo, y en seguida se lo echó de ver, y pensó: «A por ellos». Porque le convenían. Le interesaba su trato, su roce, y las cosas vendrían después. Además de que la Mai se le daba muy bien, que en seguida lo notó. Esas cosas saltan a la vista. A pesar de lo interesante que se quería poner, que entraba en el juego, ya sabía él de qué punto se caían las cosas. ¡Pues sí que era un novato, ja, ja, ja! La cosa acabó con una trompa feroz. Hasta a él le danzaban por la cabeza nubes y carros. Ya nacía el sol cuando Paco los echó, diciendo: «Anda, Miguel, que ya no puede ser. Anda, vamos, que ya está bien. No me comprometas...» Y entonces él se sacó la idea que se estaba guardando, desde que los vio metidos en harina, y dijo: «¿Queréis veniros a mi estudio, a terminar con unas copas? Tengo un whisky estupendo». Dijo «mi estudio» y, a pesar de las copas, le dio vergüenza. Como si hubiera dicho: «mamá» a madre, por ejemplo. Y mentalmente oyó la voz de Lorenzo, diciendo: «El almacén...» Pero él sabía con quién se las estaba gastando. A pesar de lo democráticos que querían ponerse, él ya les conocía el flaco, y lo del «estudio» —ya sabía él que ellos le llamaban así a estos sitios—, cayó bien. Mai, primero, puso reparos, pero dijo el Fernandito: «Anda, no seas pesada. Si ya sabes que no están...» Se refería a sus papitos, por lo visto, que hacía una temporada que andaban fuera, según se entendió, por lo que ellos se corrían sus juerguecitas idiotas.

Bueno, mejor que no anduvieran por medio los papis, a reventar la perra, como decía el Lorenzo, cuando algo se torcía. La cosa resultó estupenda. Cayó muy bien el «estudio». En seguida sacó las copas y una de las botellas de whisky, del mejor, del más caro (aunque sabía que el Lorenzo iba a torcer el gesto y decirle: «Pa tus juergas bebe coñac, hombre»). Pero qué más daba. Al fin y al cabo había que quedar bien. Mai estuvo muy a tono, y, todos, pero sobre todo José María (en seguida notó que era el más listo y el más vivido, y el demonio de todos ellos, el que los empujaba de aquí para allá). Que eso tampoco se le escapó. El whisky rodó bien, y una cosa sí tenían aquéllos, y era que aguantaban mucho y con buen gesto. Y Mai estuvo a la altura, estupendamente, y eso que se pegó latigazo tras latigazo. Aunque ya nadie podía tenerse casi de pie, se habló de todo lo humano, y él procuró quedar a tono, y no lo hizo mal, que para algo tenía sus estudios, y cuando convino echó mano de su francés, que no fue mal, como tampoco le venían mal las lecturas que un poco de aquí, poco de allá, se echaba al coleto de cuando en cuando, para no despistarse del todo, a pesar de que el Lorenzo le dijera: «Eso no produce, chico». Pero ya sabía él que así, a dosis y bien distribuido a la larga, sí producía. «Yo, a hacerme el misterioso», decidió, como lo mejor. «Eres un tío estupendo», le dijo el Fernandito. (Y parecía ser verdad, pues lo que él decía siempre se notaba que caía bien, que para algo le valían sus artes, y por eso le decía el Lorenzo: «Tienes el diablo en el cuerpo».) Pues bueno: se acabaron la botella. Y al fin bajaron la escalera, en un rato larguísimo, un rato enorme, con cien mil paradas, lo que aprovechó para arreglárselas con Mai, en un rellano, al que daba una claridad azul por la claraboya. La besó en la boca, y ella estuvo que muy bien. La cosa marchaba estupenda, pero el José María, que no era tonto, los llamó en seguida. Se conoce que le gustaba la chica. Pero no por eso fue a mal con él, sino que siguió como el más simpático. En la Plaza del Teatro no había ni un taxi, pero Fernandito tenía su coche en la bocacalle. Era un «Balilla» pequeño, de color crema, aún aparente pero ya anticuado, por más que para él lo quisiera, y en él se fueron. «Vente», le dijeron. Pero él creyó mejor decir: «No, mañana. Mañana, ya veremos...» «Llámame», decía el Fernandito, que estaba muy pesado y repetía todo mil veces, y que con la mano temblorosa le quería escribir números que no le salían, en su agenda. Al fin Mai le apuntó el teléfono, más claro, en una tarjeta. Y entonces el José María se quedó medio tendido en el asiento de atrás, con sus ojos negros achinados y mirándole un poco de través. Pero estaba ya muy borracho y se notaba que no se podía casi mover, y él se guardó la tarjeta, y dijo: «Bueno, bueno...». Y al arrancar parecía que se fuesen contra un farol, pero no, tomaron hacia arriba, por Las Ramblas, y él se volvió a su «estudio» —le daba risa, de pronto— con ganas de vomitar, pero bastante digno, en medio de todo.

Así fue como empezó su amistad con ellos. Al día siguiente se despertó muy tarde, tardísimo, lo menos serían ya las cuatro, y con un dolor de cabeza espantoso. Había perdido una cita que tenía a las tres, con un tipo, para algo de unas radios, y se puso de mal humor. Cuando se duchaba, llamaron a la puerta. Se echó encima un batín, creyendo que sería el tipo aquel, y se encontró con Fernandito. «Hola, chico, qué haces», le dijo sin más, y entró, y se sentó allí, en aquel diván que crujía, que estaba manchado y que servía un poco para todo, con las sábanas revueltas y sin cubrir. Entraba el sol de lleno, y Fernandito, que estaba muy pálido y con muchas ojeras, se tendió todo lo largo, y dijo: «Qué bien se está aquí». Bueno, él prefería no asombrarse, y contestó: «Espérate, que me ducho, y ya salgo. Ahí tienes una copa si quieres». Pero el Fernandito no estaba para ésas. «No, copas no; café, si tienes, mejor, ¿sabes?, me he venido aquí porque en casa no hay quien aguante. Hoy no he comido allí.» «Ah, bueno —dijo él—. Pues espera, que haremos algo de café. O, si te parece, nos vamos a comer por ahí.» El Fernandito no dijo nada. Casi nunca decía nada. Era bastante callado, y se ponía a fumar y a mirar para arriba, como si siempre pensara cosas (pero no pensaba en nada, estaba él seguro que no pensaba en nada). Se fueron juntos a Casa Juan, y como tenía hambre se achuchó sus dos platos, postre y vino, pero el Fernandito estaba de salida de trompa y sólo pidió una tortilla y aún se la dejó a mitad. Sólo hizo que hablar, casi, cosa rara en él, y dijo que estaba harto de su vida, que no se podía vivir así, que su padre era un tirano y su madre una pesada, y que ya se estaba cansando de todo. «Papá quiere que vaya a la fábrica y a mí no me da la gana. Yo quiero hacer mis cosas.» Había empezado a estudiar —tenía dieciocho años—, pero iba a dejarlo, porque aquello no le gustaba. Lo que él quería era marcharse fuera y ver mundo, antes de pensar en algo, y su hermana Mai —que tenía diecisiete años— le decía que tenía razón, aunque a veces se ponía de parte de papá. Pero como a ella también la chinchaban, pues tomaba partido por él, muy a menudo. «Lo único bueno, cuando se van fuera de Barcelona —dijo—. Eso es lo único bueno.» Y luego: «¿Sabes?, Mai es una chica estupenda. Todo lo comprende, no es como esas tontas de por ahí, no. Es muy inteligente. José María dice que no hay otra como Mai, que parece mentira, que otra, en su lugar, sería una de esas memas, y que ella tiene mucho valor. Por eso se viene conmigo, no molesta. Además, cuando ellos están fuera, armamos unas en casa que resultan muy bien. Ya, lástima, pronto vuelven: dentro de un par de días». Hablaba despacio, y siempre mirando con sus ojos azules, de niño de parque. «Bueno —dijo él—. Tengo unas cosas que hacer. Ya nos veremos.» «Oye, te acompaño.» Parecía que Fernandito no supiera estar solo. «No, no.» Pero Fernandito repitió: «Sí, tú: te acompaño adonde vayas». Él se quedó un poco perplejo, mirándole a sus ojos, llenos de inocencia, y pensó: «Qué tío éste, más mierda». Pero no dijo nada y pagó, y el Fernandito se dejó invitar. A la salida no se le despegaba y cortó: «Bueno, hombre, ya te llamaré». «Sí, esta noche, llámame.» El Fernandito estaba de plomo. Aún le repitió: «Donde vayas, te acompaño. Estoy muy aburrido, chico». Pero a él le rondaba por la cabeza Mai, y sólo Mai. Se había encaprichado. Era para él algo nuevo aquella chica, entonces, y sólo estaba para ella. «Mira, ahora me dejas», le dijo al pelma de su hermano. Y le plantó, sin más. Y el Fernandito subió a su coche, y desde la ventanilla abierta aún le dijo: «Llámame esta noche, tú, que tengo una idea». Asintió con la cabeza y se fue al bar de la esquina, donde pidió una ficha y buscó la tarjeta de Mai, con su número. Estuvo un rato indeciso. «Tengo cosas que hacer... Ya perdí la cita con el Mandarín, y ahora me espera Lorenzo, en La Barca.» Pero se justificó en seguida: «Bueno, la ocasión es la ocasión». Y fue y llamó. Primero se puso una doncella, o cosa así, que le hizo repetir su nombre dos veces, acaso porque la primera lo dijo muy precipitado. La doncella o quien fuera, dijo: «Sí, señor. Un momento, tenga la bondad...» Y a él le dio cierto cosquilleo de bienestar en la espalda y a poco la oyó a ella. «Mai, soy yo», dijo él, muy seguro, y Mai: «Hola», porque le conoció en seguida. Él se notó una cosa en la garganta, pero dijo: «Tienes algo que hacer». Y ella le contestó, con su voz delgada, perezosa: «Pues no, estoy fastidiada, ¿sabes? Me he peleado con Fernandito y con José María: están inaguantables». Y él: «Oye, si quieres nos vemos». Mai tardó un poco en responder, pero al fin, dijo: «Bueno». Él miraba un desconchado de la cabina, y sin querer sonrió a la pared, y carraspeó un poco: «Pues dime. Donde te vaya bien, te paso a buscar...» Mai volvió a tomarse tiempo para contestar: «Oye, mira: lo mejor, ven a casa. No tengo ganas de salir, estoy de mal humor. Si quieres, ven. Oiremos unos discos y tomaremos una copa». A él le pareció muy bien. «Pues cuando quieras...» Y ella: «Cuando quieras tú, yo no voy a salir». Colgó el auricular y no sabía si estaba contento, pero sí, desde luego, muy divertido. Cogió un taxi, y, sin querer, se puso a silbar, levemente, una cancioncilla. Mai le había dado una dirección de allá arriba. «No viven mal, estos hijos...», pensó. Y un cierto rencor se le despertó (un raro rencor que quizá llevaba clavado sin saberlo, desde hacía años, que se le despertaba a medida que subía al coche por la calle ancha, silenciosa, con el sol de la tarde enredándose en las hojas de los árboles). «Son barrios tranquilos, buenos...», pensaba. El taxi subió por Ganduxer y dobló la Vía Augusta para enfilar por Escuelas Pías. Las torres se sucedían, una tras otra. La calle de Mai era corta y totalmente silenciosa. «Aquí es...» La torre era antigua, pero bastante grande, rodeada de un jardín cuidado. Una verja pintada de blanco y las copas de unos eucaliptos fue lo primero que vio. Mientras pagaba el taxi le invadió un destemplado piar de pájaros. «No parece la misma ciudad. No, no parece la misma.» Casi nunca iba por allá arriba. «Bueno, será cosa de empezar a probar...» Notó que algo empezaba, para él, sólo para él. Como el principio de algo secretamente esperado, hacía tiempo. Oyó el motor del taxi, al irse, y de nuevo el silencio de la tarde, aún fría y soleada, de primavera reciente. Pulsó el timbre, situado a la derecha, junto a la verja. Una doncella muy peripuesta vino a abrirle. Él la miró impávido, dispuesto a no traicionarse por nada. Los pies de la doncella y los suyos hacían crujir las piedrecillas rosadas, azules y blancas del jardín. La doncella le tomó el abrigo y le condujo a una salita pequeña, con una cristalera en semicírculo, asomada al jardín. La salita tenía una chimenea encendida y el suelo estaba cubierto de una gruesa alfombra, que fue lo primero que paró su atención. Junto al diván adosado a la cristalera estaba Mai, indolente, sentada en el suelo, hablando. El corazón le dio un golpe, un golpe de rabia: José María se acercó a saludarle: «Hola, qué tal». Tuvo que hacer un esfuerzo para sonreír. Sintió rencor, contra Mai. Ganas de darle un cachete, de marcharse. «No, cuidado. Ándate con cuidado...», se dijo. Bien mirado, aún tenía mucho que aprender. Sí, mucho que aprender. Mai estaba simpatiquísima y más guapa que la noche anterior. Llevaba unos pantalones negros, muy ceñidos, y un suéter. Iba algo desaliñada, con el cabello recogido descuidadamente en la nuca. «Me gusta», pensó. No se pintaba los labios, y sus ojos, su boca, tenían una pureza difícil, extraña y dulce. «Menuda pájara», pensó. Y se sintió otra vez tranquilo, confiado. José María le preguntó: «Qué quieres, ¿coñac, ginebra? No hay nada más. Mira: ginebra queda muy poca. Mejor será coñac». «Bueno —dijo él—. Lo que sea.» Y se sentó. Mai fumaba despacito, y le miraba al través del humo, con sus claros ojos inexpresivos. «Cómo se parece ahora a Fernandito», se dijo. José María era muy entendido en música, le gustaba mucho. Pusieron discos y discos, y se echaron al suelo para oír mejor. Mai decía que la música se oye mejor tendido uno en el suelo, y bueno, para qué desentonar, a él no le pareció mal. Era buena música aquella música, sí. Era música de la que Lorenzo llamaba «música gorda», y le envolvía a uno como en humo. Sobre todo tendido al lado de Mai. Como esperándole, encontró su mano, y la apretó. Tenían las cabezas juntas. Se volvió y vio su perfil blanco y puro, como extasiado, y al otro lado el perfil moreno de José María: ella entre los dos. José María no se volvía a mirarles, estaba como de piedra, y él pensó: «Es raro, el tipo éste. No es como Fernandito». Y cuando José María se levantó del suelo y fue a rebuscar entre los discos, a la habitación de al lado, él se volvió a Mai y la besó, muy largamente, y ella devolvió su beso. Sintió su lengua, la caliente humedad de su boca, algo así como el peso de sus ojos cerrados, y le dijo entonces: «¿No decías que te habías peleado con ése?» Y ella le sonrió, con sus dientes como en primer plano, pero que le parecieron tan bellos, y explicó: «Sí: era verdad. Pero ha vuelto. Siempre vuelve, qué le voy a hacer. Él es así». Entonces volvió a besarla, rodeándola, casi encima de ella, y dijo: «Lo comprendo». Era una tontería decir esto, pero ya estaba dicho, por más vergüenza que le diera. Cuando oyó venir a José María se apartó de Mai, pero en la cara algo se les debía notar, y la miró a ella. Junto a sus labios, anchos y prominentes, había unas manchas rojizas. José María, si algo vio, se hizo el sueco, y dijo: «¿Qué os parece si vamos por ahí, a algún lado? Anda, Mai, aprovéchate, que pronto vienen los viejos a fastidiarte». Mai se puso en pie, ágilmente, estirándose el suéter, de forma que se marcaron más sus pequeños senos: «No, Josema, yo no voy». José María se rió: «Bueno, como quieras. Tú siempre igual». Él no entendía qué decían, a veces, pero escuchaba. Entró la doncella con el carrito del té. Sólo té y unas tostadas con mantequilla. Sentía hambre, pero no dijo nada, y se bebió el té, que no le gustaba. No encendieron la luz grande, del techo, y sólo les alumbraba el resplandor de los leños, y el haz de una pantalla baja, junto a la radiogramola. Dijo Mai: «Si vosotros queréis, os vais. Pero yo me quedo». Y Josema dijo: «Bueno. Si tú quieres, Miguel vamos a algún lado». Él no sabía qué decir, pero al fin asintió con la cabeza. «Fernando me ha dicho que para esta noche tenía una idea...», recordó. Pero Mai, doblando los labios le cortó, desdeñosa: «No sé qué idea puede ser, sin un céntimo que andamos. Estoy asqueada, siempre sin dinero, sin dinero. Ya no puedo más: es lo de siempre». Josema era más conformista: «Ya lo sabes, que no tenemos dinero, mujer. ¡Para qué darle vueltas! Si son unos tacaños, ya lo sabes. No es una cosa nueva». Y se pusieron a hablar de sus apuros económicos, hasta aburrirle. Alrededor de las ocho y media, no pudo más y se marchó. Aquello se estaba poniendo insoportable. Josema le dijo, al despedirle: «Oye, ¿qué te parece? A las once, por ejemplo, en el "Tabú"». Ni le apetecía ni dejaba de apetecerle, pero: «¡Bueno! Conforme, a las once». Y se fue a ver a Lorenzo, que se la armó por no haber acudido con tiempo a la cita. Él le dijo algo de Mai. «Déjate de memeces», concluyó el Lorenzo: «no te veo, con esos gilipuertas.» Él, serio, no replicó. Tenía metida entre las cejas a Mai, recordaba sus labios abultados, su cuerpo fino y sensual, sus ojos inexpresivos y fijos, de repente llenos de luz, entrecerrados. Acudió al «Tabú», a las once, y la corazonada que tuvo fue cierta: Mai había ido, estaba allí, entre Fernandito y Josema, fumando despacio, muy arropada en su abrigo azul, como una niña buena. Le sonrió y le dijo, casi al oído: «No sabía cómo despegarme de ése, ¿comprendes? No había más remedio...» Él no respondió, pero estaba contento, muy contento. «Mai», le dijo a poco. «¿Qué?», le ayudó ella. «Si quieres, mañana...» «Bueno. Mañana, ya veremos. Hay tiempo.» A él le gustó aquello, y sonrió: «Sí, ya veremos». Naturalmente, agarraron otra vez la gran trompa. Y acabaron de nuevo en el «estudio». Mai estuvo de maravilla. Sin llegar a nada concreto, como ella sabía. Pero, en fin, de maravilla.

Miguel sintió dolor en las rodillas y se dejó caer de nuevo contra la manta. «Vamos: mira que ni un cigarrillo», pensó. Algo le dolía, también, en el corazón. «No me gusta que se quede ahí Mónica.» Le pareció oír a Daniel: «Puedes utilizar la cama...» No creía que al guardabosques le gustara la chica. Era viejo para ella, aunque, claro, eso no tenía que ver, bien mirado. Se sorprendió pensando: «Anda, ¿si serán celos...?» Pero no, no podían serlo. «Nunca los tuve. Ni que se acostaran ésos, ahora, creo que los tendría. Celos no. Puede que me diera rabia, que me molestara. Pero celos no. Eso sí que no. Al fin y al cabo, la chica es dueña de hacer lo que le plazca. Naturalmente, no le voy a impedir yo nada de eso. Que haga lo que le convenga.» Que todo el mundo hiciese lo que más le conviniera. Se guardaría él mucho de irle con exigencias de ésas a nadie. «Eso no se puede hacer. Cada uno sabe lo que le conviene.» Sin embargo, se le despertó un dolor extraño, desasosegante. Tuvo un relámpago de rabia: «Aquí metido uno, como un muerto. ¿Qué querrá hacer ése conmigo? ¿Qué irá a hacer? Si pasa más tiempo, me voy. Salgo a la montaña, solo, a verme la cara con esos hijos de perra...» Se pasó la mano por la frente. «Estar así, como atado...» No había derecho. No, no había derecho. No estaba seguro de poderlo resistir durante mucho rato. «Por lo menos que me diga algo: si tiene algún plan... ¡No me va a tener aquí toda la vida! Algo dijo de que me conduciría por el bosque... No sé, no puedo comprenderlo. Es un tío raro, ése. ¡Cualquiera sabe lo que piensa!» Había una gran confusión en su cabeza. Era lo que más temía: la confusión. «Hay que calcular tan bien las cosas...» No fue listo, escapando. Ya lo sabía que se pasó de listo. Fallaba. Estaba fallando, totalmente, los últimos tiempos. «Pero ahora, por lo menos, debo conservar una idea clara de las cosas...» No había ideas claras, no había planes, no había nada. Nada más que un creciente desbarajuste, un creciente y pavoroso amasijo, allí, dentro, detrás de los ojos que le dolían.

Miguel levantó la cabeza, de nuevo, tensa. Escuchaba. Sólo sentía, de pronto, un enorme, angustioso, deseo de escuchar.

—Así —dijo Daniel— lo que quieres, precisamente es que Isabel se entere de que has venido.

Mónica le miró, un poco asombrada.

—Lo he dicho bien claro —respondió.

Daniel se pasó la mano por la frente:

—Es ya tarde. Si quieres, puedes acostarte.

—No tengo sueño.

—De todos modos, mejor será que te acuestes.

Mónica obedeció, dócilmente. Se volvió a él:

—No mires, un momento.

—No miro.

Pasaron unos minutos.

—Ya puedes mirar.

Tampoco miró, pero supuso que estaba acostada. Allí, sobre la silla, había quedado aquel abrigo, o lo que fuese, que parecía un capote.

—Eso es de soldado —dijo, por decir algo.

—Era un capote de César. Me lo arregló Isabel. Dice César que estuvo en la guerra. Hasta tenía un agujero, de un balazo. Isabel lo zurció.

Ahora, Miguel oía con mayor claridad que antes. Claro que quizá había más calma, allá afuera. Hacía rato que el ruido de la lluvia cesó, y no soplaba viento, siquiera, que alterase el silencio. Quizá hablasen más alto, también, o quizá él ponía mayor atención. «La chica ya se ha acostado», pensó. Envidió vagamente el colchón, la manta. Todos los huesos le dolían. Algo volvía a él, de nuevo. Un sentimiento raro, de rebeldía o de dolor, quizá. Algo así como una vieja ofensa —no sabía cuál— no vengada. Un sentimiento que solamente se le reveló en el curso de su amistad con Fernandito, Mai, José María. La rabia callada, fría y cautelosa que le inspiraron ellos, en aquel tiempo, volvía a él de nuevo, allí, dentro de su agujero.

Estaba intimando mucho con el Fernandito y compañía. Lorenzo, a veces, le decía: «Déjate de ésos, que no son de los tuyos. Mira que estás perdiendo el tiempo con esas virguerías».

Sí, él ya lo sabía. Pero también aprendía cosas, se asomaba a un mundo hasta entonces únicamente presentido, sentía curiosidad, y luego, una cierta rabia. Porque con ellos, que eran unos vagos que no daban golpe, sólo hacía que perder el tiempo, que quemar horas y horas en sus borracheras y tontadas. Muy a menudo se le abrían los ojos, y pensaba: «Quisiera barrerlos del mundo. Sí: barrerlos, con su estupidez... No se merecen nada de lo que tienen. Uno, al menos, se lo hace todo. ¡Si estuviera yo en su lugar!» Sí: si él hubiera tenido la vida montada como ellos, a buenas horas hubiese arrastrado los libros malamente, jugando al incomprendido, hablando de vaguedades, de utopías. Se creían muy inteligentes, se creían muy avanzados: «Son una banda de estúpidos y de viciosos, para más señas». Sí: eso eran. Quizá el mejor era Josema, pero tampoco, Josema —a quien también llamaban Chema— vivía en un piso de la calle Muntaner. Su padre, funcionario de un Consulado de España en el extranjero, siempre estaba fuera, y le veía poco. Él vivía con su abuela paterna, que era muy rica y muy tacaña, según decía. Los padres de Josema estaban separados hacía años, desde que él tenía cinco, o cosa así, y la madre residía en Portugal, donde se casó con otro. Josema decía querer mucho a su madre, lo que parecía verdad, y ella de cuando en cuando le mandaba algún dinero, para que se divirtiese, seguramente por aquello de que su familia paterna era tacaña, lo que ella sabía bien. Josema tenía el retrato de su madre encima de la mesilla de noche. El piso de Josema era oscuro, antiguo y triste: todo olía a viejo allí. Josema, que tenía diecinueve años, hacía segundo de Derecho, pero no estudiaba. Decía que no le gustaba, pero que su padre era un cargante y se empeñaba. Él, lo que quería era ser escritor. Leía mucho, eso era verdad. Tenía montañas y montañas de libros. A veces, le dejaba algunos, y por Josema él se iba enterando de muchas cosas. Todos le trataban de igual, ni sospechaban que era muy diferente a ellos, y como siempre se rodeaba de un clima de misterio, los otros le tenían su pizca de admiración. Él lo notaba. Era fácil darles la bola a aquéllos, que para algunas cosas eran listísimos —incluso el mismo Fernandito—, pero que para otras eran unos memos de campeonato. También estaba Mai, claro. Con Mai lo pasó bastante bien, y, a veces, un poco mal. A menudo sentía rabia hacia ella. Era hacia ella por quien más rabia sentía. Al oírles, siempre, a todos, poco más o menos: «Papá, que es un tacaño... Parece mentira, desde la guerra, desde que los rojos le quitaron a papá todo, que se ha vuelto así, desconfiado... Antes no lo era, ¿sabes? Pero la guerra dice que le ha enseñado mucho, y se ha vuelto agarradísimo», él pensaba: «No le quitarían tanto, ya que aún le ha quedado mucho». Porque para él era mucho, muchísimo, lo que ellos tenían. «Es espantoso: estos viejos no le dejan a uno vivir...» Siempre se quejaban de lo mismo: de que no tenían dinero. El dinero que les daban era poquísimo para ellos. «Puede que sí, que un poco tacaños sean», pensaba él. Por eso nunca hablaba de dinero con ellos, nunca. Él era rumboso, y ellos le tenían respeto. Iba abandonando el negocio, y Lorenzo a veces le ponía mala cara, y eso le daba amargura, como el pensar que perdía el tiempo, de verdad, por ir con ellos. Luego, lo que no quería decirse del todo, era que los odiaba un poco, que nunca sintió aquella especie de rencor que sentía por ellos, pero que iba más allá de sus personas. Alguna vez, estando con el grupo —si estaba Mai, sobre todo—, en alguna de sus reuniones con media docena más de estúpidos que hasta ellos despreciaban, se puso a pensar, mientras miraba el temblor del coñac en el fondo de su copa. (Recordaba una noche, ya de verano. Fernandito y Mai estaban en vísperas de irse fuera, a la costa.) Hacía calor. Le venían imágenes de su infancia, vivas y fugaces, que le dejaban una rara amargura dentro. Mai estaba muy guapa, pero como distante. Últimamente tuvieron sus piques, y ella era muy ducha en mantener las cosas en equilibrio. Sintió una gran irritación. Fue una irritación fría, sorda, contra ella. Estaba la ventana abierta y llegaba el aire de la noche —serían las ocho, poco más o menos—. Miraba los árboles azul oscuro, allá en el jardín (y le vino a la memoria Alcaiz y aquella tarde en que su padre estaba con la muchedumbre, cuando ahogaron a unos hombres en el mar). Algo se le clavó en el estómago, no sabía qué. Apretó la copa entre las manos y le subió algo a los dientes, algo como un grito, y se dijo: «Fuera. Fuera...», con una rabia que le trepaba pecho arriba. Sintió deseos de aplastar algo, como cuando se tiene una colilla debajo del pie, y se dijo: «Se acabó. Estoy hartándome, hartándome». Mai llevaba un vestido ceñido, que la hacía mayor. Estaba muy guapa con la piel tostada por el sol —iba a la playa desde el mes de mayo— y sonreía con sus dientes grandes. Le dijo: «Mai, ven conmigo. Vámonos los dos: esto está espantoso». Mai no aceptó en seguida, pero él vio en sus ojos que no le parecía mal. «Anda, no seas pesada: vámonos al estudio.» Lo dijo de un modo natural. Alguna vez, antes, se lo insinuó, pero ella siempre se negaba. Sin embargo, aquella tarde estaba decidido. Sabía lo que quería. Bien claro, lo sabía. «Vamos, Mai. Estaremos los dos solos, sin estos idiotas.» A Mai le gustaba mucho que llamara idiotas a los demás, quizá por creer que ella era la excepción, y le miró complacida, a su favor: «Bueno. Espérame fuera. Veré si me despisto». Era aún pronto: tenían tiempo. «Sí, estarás aquí temprano. Te lo prometo.» La tarde fue muy calurosa, pero a aquella hora ya empezaba a refrescar. Mai le atraía poderosamente, con su pelo lacio y dorado, oscuro, y sus largos ojos: «Mai, piensa que en seguida te marchas y que no nos veremos en mucho tiempo». «Bueno —dijo ella—, eso dices tú. Si no nos vemos será porque no querrás. Ya sabes donde estamos. Además me ha dicho Fernandito que vendrías unos días... Chema también vendrá, y Ernesto. Tú, ¿por qué no? Siempre has de ser el raro.» Y torció el gesto. Él la miró con frialdad. En aquel momento ni siquiera deseaba besarla, a pesar de que le atraía más, quizá, que todas las otras que conoció. Sin embargo, procuró que su voz fuera suave y persuasiva, y, quitándole de la mano la copa, le dijo: «O vienes o me voy solo». Mai le miró seria, de pronto. Tenía las orejas siempre un poco marcadas, y los ojos le brillaban mucho. Se mordió los labios y contestó: «Bueno, voy. No sé cómo te lo tomas así. A lo mejor crees que tengo miedo». Él apretó su muñeca. Deseaba hacerle daño, no sabía por qué, pero deseaba hacerle daño. Mai fue a buscar una chaqueta azul —parecía un muchachito, con ella— y salieron juntos, dejando a los otros bailando y besuqueándose por los rincones, en honor al cumpleaños de Fernandito. Al salir, el aire les dio en la cara, refrescante. El cielo estaba de un tono rosa-dorado, encendido, y él notaba que dentro de sí había algo duro y frío, como una rabia callada, creciéndole. (Memorias extrañas, memorias de una playa larga, con el mar golpeando la arena y la voz de una mujer que voceaba algo.) El calor arrancó de algún lugar, quizá de un solar cercano, un olor de cosas estancadas, de cosas sucias y fermentadas (y le vino fuerte, violento, el recuerdo del hombre de la tienda, colgado boca abajo, con la sangre empapada de moscas, y los perros ladrando y huyendo carretera adelante). Volvió a mirar a Mai, y algo debió ella notar, pues le dijo: «No te pongas así, Miguel. No me mires así...» Y él sonrió y la cogió del brazo. En cuanto vio la lucecilla verde de un taxi lo paró, y subieron en silencio. Mai estaba un poco rara y él se le acercó. Y su cuerpo, a pesar de ser tan cálido y tan deseado, lo sintió como un cuerpo ajeno, indiferente casi.

El estudio a aquella hora estaba bañado por una última y suave luz dorada. Al abrir la puerta, la cortinilla del balcón tembló, hinchándose como una vela. «Tengo sed —dijo Mai—. Tengo una sed espantosa.» Fue a buscar un par de copas. Mai conocía bien el estudio y, sin más se dejó caer encima de la cama-diván, donde él dormía, cubierta por una manta de colores. Luego se quitó los zapatos. «No tendrás hielo... —dijo—. ¡Qué lástima!» «Bueno, lo pediremos» —dijo él. Y pensó: «Me voy a comprar, en cuanto pueda, una nevera. Sí: hay que pensar en eso». «No, no mandes a nadie —dijo ella—. ¿A quién ibas a mandar? Déjalo...» Le echaron agua al whisky, dejándola correr un rato, para que se enfriara. Se sentó en el diván, al lado de Mai, que seguía tendida. Ella le acarició el cabello, la nuca, con su mano larga, suave, de uñas cortas y rosadas. «Qué bien estamos, aquí los dos, solos —dijo—. Eres muy listo, Miguel. Dejó el vaso en el suelo y se inclinó a besarla. Mai respondió, primero con lentitud, un tanto lejana, luego cada vez más insistente. Mai sabía besar muy bien. A él le gustaba Mai, sí. Olía a perfume fresco, ligero. «Miguel —decía ella—. Cuánto te quiero, Miguel.» Parecía decirlo de verdad. Pero él estaba inquieto. Algo extraño le ocurría: se sentía distante, desafectivo, brutal. «¡Mai! —dijo entonces, desde lo hondo de su angustia. La tenía apretada contra sí, tanto que sentía el corazón de ella contra su pecho—. ¡Mai, hoy no será como otras veces...!» Mai le miraba con los ojos entrecerrados. Miraba así muchas veces, pero, sin saber por qué, aquella mirada le empapó de todo el calor de la tarde, del verano que empezaba, del polvo sobre las aceras, del sol que les dejaba su último resplandor en el brillo dorado de los hierros del balcón. «Mai —repitió—. No. Como otras veces, no... Es barato, ¿sabes?» Dijo aquello porque suponía que a ella le hacían impresión esas cosas: «es barato... es vulgar... No es propio de ti...» Mai seguía sin responder. Sintió de nuevo sus labios, calientes y pegados a los suyos, dóciles, sus dientes agresivos. No dijo nada. Él, claro, lo tomó por asentimiento. Pero en seguida comenzó ella con sus juegos de siempre, con sus limitadas audacias. Le invadió una cólera despaciosa, un deseo grande de hacerle daño, otra vez. Un daño grande, sin contornos, impalpable. «¡Mai!», la llamó, con una voz que se notó distinta, opaca. Pero Mai se estaba poniendo los pendientes. Le sonreía.

Al irse el sol sintieron frío. Debió pasar bastante tiempo. Estaban a oscuras. El resplandor del cielo, de un cielo, de un azul muy claro, llegaba casi hasta ellos marcando las sombras de las contraventanas en el suelo de mosaicos blancos y negros. «Será tarde» —dijo Mai. Había algo de miedo, o de cobardía, en su voz. «Sí, ¡para ti!» —le contestó él y se rió, cortante. «¿Por qué te ríes así? —dijo ella—. ¡No me gustas, cuando te pones tonto!... Ya sabes en casa cómo son de antipáticos. No puedo tardar más...» Miró el reloj. Dos horas largas hacía que entraron. La cólera se le estancó dentro: la sentía como un peso. De pronto, la odiaba. O le aburría, tal vez. O ya estaba harto de ella, de ellos. «Los barrería a todos, si pudiera... Si pudiera, acabaría con ellos, les quitaría todo, les dejaría desnudos y me quedaría tan ancho. ¡Quién sabe! El mundo es largo y extraño. Uno ve muchas cosas, a lo largo de la vida. Éstas no están en la vida de uno.» «Tengo que irme, ¿sabes? —dijo ella—. Mamá...» «Bueno. Adiós.» Le gustaba sentirse grosero. Mai le miró seria. Había algo desolado en sus ojos, en sus ojeras suaves, en su boca de niña. Cogió la chaqueta y se fue hacia la puerta. «Adiós, Miguel —dijo—. No creo que nos veamos antes del jueves...» El jueves se iban a la playa. Lo sabía, pero no se movió, para ir con ella, como hubiera sido natural. La dejó irse sola y se quedó con la rara satisfacción de portarse mal, imaginando su extrañeza porque no la acompañaba ni siquiera a la puerta. «Porque no lo comprenderá. No tendrá ni idea.» Luego pensaría, como alguna vez, antes: «Miguel, qué raro eres. No te entiendo... ¿Es que estás enfadado?» Miguel tiró el cigarrillo al suelo. Su punta encendida brillaba como el ojo de un animal. La oscuridad azulada del atardecer le refrescaba. Se sentía ahíto, lento, como invadido por algo extraño, que quizá era tristeza. «¿Tristeza? ¿De qué? ¿Por qué?» Se levantó y se fue a la ducha. El agua salía tibia y no le quitaba de la piel aquello extraño, impalpable, que parecía adherírsele con el calor. Se vistió, bebió un trago directo de la botella —«Luego Lorenzo se quejará, y con razón. Es un buen tipo, el Lorenzo»— y salió del estudio.

Serían algo más de las diez de la noche. La Plaza del Teatro estaba animada. El «Cosmos» estaba de bote en bote. Sin saber por qué, sin saber cómo, sus pies le guiaban hacia la calle del Mar. Hacía lo menos ocho días que no iba a ver a su madre, ni a la Aurelia. Últimamente, espaciaba demasiado las visitas. «Es que ese mundo le pone a uno amargao», pensó disculpándose. Sí, era su mundo, era un mundo escondido, como pus: el mundo que no se enseña a los otros. «El Fernandito, el Chema, ¡qué sabrán de uno...!» Ni tenían por qué. Cada cosa en su lugar.

Subió la escalera despacio. La Aurelia le abrió la puerta, estaba pálida, despeinada. «Miguel...», le dijo. Él en seguida notó algo. Algo le vio en los ojos. Era algo que venía de lejos, de muy lejos. Sí: él lo sabía. (Algo como un olor o un viento o una nube de polvo, a lo largo de la carretera. Algo como el ronco bramido de las olas, en la noche, con los perros aullando. Él lo sabía. Y la voz de Chito, quizá, llamándole desde lejos, desde muy lejos, en la playa. Y las tumbas de los hermanos muertos, y las descargas allá afuera, en la arena, y la voz que decía: «los están matando...» Sí: en seguida notó aquel viento, allí, dentro del pecho, y una voz que le decía: «Ande te fuiste, Miguel...») Continuó la Aurelia: «Fue, sabes, poco después de las siete... Yo había bajado no más que ahí, a la tienda, y cuando volví... Mira, buscándote, no sabía ni dónde... cogí y llamé a la portera, y al Manolo...»

No la escuchaba. ¿Para qué? Enfiló pasillo adelante y entró en el cuartito. Era verdad: allí estaba. Era verdad: madre, después de tanto tiempo, después de tantas cosas, sin saber cómo, era verdad, se había muerto.

Miguel se frotó los brazos, que estaban quedándosele fríos, rígidos. «¡Muertos, muertos...! ¿Es que no se puede pensar en cosas que no sean muertos? Estoy poniéndome muy raro. Hay que ir con pies de plomo.» Pero tenía la tierra, allí, rodeándole, tan cerca. «El día que me muera, que sea rápido», se dijo. Algo le estremeció, tembló dentro de él como un relámpago. «Que no sea despacio, que no me haga sufrir... Madre se estuvo muriendo durante siete años... Siete años, así, como una muerta, como un trozo de barro... Todos creían que se moriría pronto, y tardó años... No quisiera yo eso. Si ha de venir, que venga de frente y cuanto antes. No es para mí eso de morir poco a poco...» Volvía el terror. Instintivamente, sus manos, sus dedos buscaron la pared de tierra. Pero se apartó a su contacto, como si hubiera tocado un reptil. Se mordió los labios, con rabia: «¿Qué pienso? ¿Qué tonterías estoy pensando...? No: aún tengo vida, aún tengo la vida entera, para mí.

Yo sé que la vida es mía, aún. Todavía tengo mucho que vivir...»

Quizá fue entonces cuando sintió más vivo, más feroz, el amor a la vida. Sí: fue entonces, después de enterrar a madre, volviendo del cementerio, en la tarde del verano caluroso, que sintió algo como una liberación, como un respiro hondo. No lloró cuando madre se fue de su vista, para siempre, porque quizá ya se tuvo que tragar aquel llanto tardío, una vez, siendo niño, mientras arrancaba el tren que lo llevaba lejos. Volviendo del cementerio, arregló sus asuntos con la Aurelia, por la cuestión del piso. Se lo quedó ella sola, al fin, a cambio de unas pesetas, que a él no le vinieron nada mal. Últimamente tenía los negocios algo abandonados y el Lorenzo le ponía cara larga. Hasta tenía alguna trampilla que otra. Era cuestión de enderezarse y de suprimir gastos. Su «estudio» —qué raro: ya no le sabía llamar de otra manera—, de momento, le bastaba para vivir y para todo lo demás. «Se acabó la preocupación de madre», se dijo, al entrar de nuevo en su ático. Sí: había acabado aquello. Era como desprenderse de algo físico, palpable. Una mezcla de dolor y de alivio le llenaba. Por el balcón abierto sobre la Plaza del Teatro entraban las voces, los frenazos, la noche recién abierta.

Continuaron los días, los afanes de todos los días. Se puso otra vez a tono, con la ausencia de Mai y Fernandito. A Chema le veía de tarde en tarde, y, además, también acabó yéndose con su abuela, a la finca. Al cabo de un mes y medio estaba metido otra vez en su mundo, en sus apuros y en sus buenos momentos, en estrecha compañía del Lorenzo. No tenía noticias de ninguno de los tres. «Mejor. Me estaban robando el tiempo y dinero: y lo que es peor, a punto han estado de quitarme la confianza del Lorenzo.» Una tras otra, liquidó sus deudas, a las que se aficionó demasiado en los últimos tiempos. «En fin, que me "centro", como dice el Lorenzo.» Volvió a divertirse, pero a su manera. Alguna noche se llevó a una chica al ático. Con una botella de coñac lo pasaban estupendo, y al día siguiente se sentía feliz y pimpante. El Lorenzo también participaba de vez en cuando de esas cosas. «Nada de amarguras, de tira y afloja, y de precauciones...» Sólo que de cuando en cuando, aún le venía algo así como un deseo acuciante de salir de todo aquello. Tal vez tenían la culpa Mai y los otros. No podía saberlo. Lo cierto es que era menos fácil de conformar que antes. Sabía que había muchas cosas, aún, por delante de él. «Dieciocho años, libre de engorros y con un tinglado bastante bien montado: no me puedo quejar», se decía.

Era ya mediado agosto y hacía mucho calor. Nacía la noche, allá abajo, y el día fue movido. Recién cobradas unas pesetas se fue al estudio y se dejó caer en la cama turca. Miraba al techo, donde ya se reflejaban las luces de los faroles, el vaivén de las sombras de la calle; oía los ruidos, las pisadas, las voces, el chirriar de los tranvías. Luces y sombras cruzaban el techo y resbalaban a lo largo de la pared. Estaba cansado y, sin embargo, lleno de vida, de fuerza. «Dieciocho años y la vida por delante...», pensaba. Algo le bullía dentro. Algo le empujaba. «Bien mirado, el Lorenzo, con todo lo que sabe, se ha quedado un poco estancado. Es comodón, vamos, poco ambicioso. Se cree que la vida acaba en esto.» Pero no sería para él. Él sabía que la vida no acababa allí. Que ni siquiera había empezado. Con la muerte de su madre, tenía la impresión de haber acabado con una etapa de su vida. Iba a empezar otra. Sí: lo notaba, dentro de él, y él ya sabía de esas cosas. Iba a salir cuando llamaron a la puerta. Al abrir se sorprendió: en el rellano estaba Chema, que le sonreía con sus dientes blancos y sus negros ojillos achinados. «¡Hola, chico! —dijo—. ¿Qué hay?» «Hola» —contestó. Y pensaba: «Otra vez, no. Empezar otra vez, con éstos, no. Le mandaré a hacer puñetas, como sea cosa de Mai.» «Me escapé de allí arriba —dijo Chema—. No puedes figurarte: era algo horroroso. Llevo aquí desde el jueves. Vine a verte dos veces, pero no estabas.» «He tenido trabajo —se explicó— ¡Bueno, pasa! No te quedes ahí.» José María entró despacio, indolente, como él era. Iba con un traje azul, veraniego, sin corbata. Su pelo negro y rizado, su tez oscura, le hicieron pensar: «Parece uno de esos de las películas del trópico». «Pues te venía a buscar» —dijo Chema, sentándose en el diván—. «Porque, chico, lo estoy pasando estupendo. Ya te contaré. Dime, primero: ¿tienes plan para esta noche?» Le miró con recelo: «Hombre, según» —dijo. No se quería comprometer, no fuera cosa de Mai. A Mai no quería verla. No quería, de ninguna manera. «Pues verás: es sencillo —dijo Chema—. Si quieres, vamos a tomarnos una cerveza, y te lo cuento.» «Bien», asintió. Eso no le comprometía a nada. Fueron al «Glaciar», y se sentaron bajo los pórticos de la parte asomada a la Plaza Real. La noche era calurosa. Había algo en el aire, que hormigueaba, que cosqui-

lleaba la sangre. Entrecerró los ojos, escuchando por igual la voz indolente y cálida de Chema, el surtidor de la fuente, las pisadas. «Mira, chico, es algo fenómeno —le decía Chema—. He conocido a unos tipos estupendos. Dan fiestas, o lo que sea, en su casa. Son gente, ¿sabes?, sin tonterías. ¿Comprendes? Muy como nosotros.» Chema siempre decía: ¿comprendes?, ¿sabes?, ¿te das cuenta?, y hablaba con un ligero siseo. Oyéndole le volvía otra vez el recuerdo de Mai, y de todo lo de ellos. «Verás, quieren gente joven, con ellos... Se pasa estupendo. Son un poco raros. Mejor es no averiguar... Allá ellos. Verás, creo que son filipinos. O por lo menos, vivían en Filipinas. Tenían allí plantaciones de algo... no sé qué. Ya te puedes figurar: esas cosas... Bueno: creo que con lo de los japoneses lo pasaron feroces. Ahora están aquí, porque con la guerra y la ocupación, habían abandonado sus asuntos de acá. Eso dicen, vamos. Quieren olvidar y procurar divertirse. Oye: se pasa bien. Ya verás.» Chema se reía bajito. Hacía un ruido extraño Chema al reírse. Le miró de reojo y vio sus párpados bajos, con las pestañas largas, que le daban un aire un poco estúpido. «¿Y qué?» —dijo—. «Si te parece, te vienes esta noche. Siempre buscan gente joven, ¿sabes? Joven y divertida.» «¿Quiénes iremos?» «Tú y yo... ¡No: de Fernando y Mai, ni hablar! ¡Están aún en Lloret! Oye: a Fernando, si le ves, ni una palabra de esto, ¿sabes? Sólo cosa nuestra.» La cerveza estaba helada. Algo zumbaba extrañamente en el aire. Las pisadas crujían en el silencio de la Plaza Real. Pidió otra cerveza. Chema dejó de hablar, y estuvieron un rato así, bebiendo, mirando hacia el techo de los pórticos. «¿Qué hora es? —preguntó Chema, al cabo de un rato—. Me empeñé el reloj, ¿sabes? Ando muy mal. Le metí a la abuela un cuento de dentista, y por eso estoy aquí. ¡Pero sin blanca!» Él miró su reloj: marcaba las diez y cuarto. Se lo dijo, y Chema le miró. «Qué, ¿te vienes?» «Bueno» —le dijo. Fueron.

«Tú tienes estrella.» Esto decía Tomás: «Tú tienes estrella». Así empezó todo: al oírlo, por primera vez. Pero ya lo sabía: «Yo tengo estrella».

Miguel, entrecerrados los ojos, miraba la oscuridad, frente a él, en torno a él. «Tomás y Lena. Eso empezó aquella noche. Todo, en fin. Me parece que hace años, muchos años. Pero no hace tanto tiempo. Lo que no comprendo es no haber tenido noticias suyas. Ninguna noticia. ¿Cómo puede ser? Él me aseguró que esto no iría para largo. Bueno: él decía tantas cosas...» Dijo que le mandaría a su abogado. Y nada. Ni lo vio. Se cansó de esperar. Después... Ya estaba hecho. Ya había dado el salto al vacío. ¿Alcanzaría la otra orilla? «Puede ser. Siempre me libré bien... ¿por qué no ahora? Él lo decía siempre, y Lena también: «Tú tienes estrella, chico...»

La torre estaba en la parte alta de la Avenida del Tibidabo. El aire de la noche era cálido, ya repleto de un aroma a pinos, a montaña. Llegaron un poco cargados —Chema y él estuvieron bebiendo hasta las once y media, que cogieron un taxi— pero dignos. La torre estaba un poco aislada de las otras, rodeada de una verja y de un jardín salvaje, descuidado, con bancos de azulejos. Por la parte delantera parecía de dos plantas, pero por la de atrás daba a la hondanada, con una serie de terracillas superpuestas. «Es raro esto», pensó, al pronto. Les recibieron estupendamente. La fiesta había empezado hacía rato, pero en seguida se encontró como el pez en el agua. Chema tenía con todos amistad, parecía. Había mucha gente, montones de gente. Se bebía bien, fuerte. «Esto va bien», pensó. El whisky rodaba (cada día le gustaba más el whisky, qué diablo). Sí: aquello era lo suyo. (No las fiestecitas idiotas de Fernandito, en los billares: «Mamá no quiere dejarnos arriba, dice que lo manchamos todo. Pero mejor: aquí estamos más libres».) Aquello era gente de verdad, gente mayor, de otra clase. «Más en mi manera...», se dijo. Chema le presentó a Tomás. Al pronto, Tomás le pareció un gran señor. Tenía algo impresionante, con sus sienes plateadas, su traje impecable, sus ojos azules de «casa real» (como veía a veces en las revistas inglesas). Sí: era uno de aquellos tipos tan bien plantados. Ella, Lena, le gustó menos. Quizá porque estuviera ya completamente borracha, aunque se mantenía en forma. Lena tendría ya sus cuarenta, o más, pero de tipo estaba aún enorme. La cara, peor, quizá debido al pelo teñido excesivamente de color de cobre, que decían estaba muy de moda. Lena llevaba un traje muy bonito, escotado. Sí: de cuerpo estaba muy visible. Al principio parecía que no le hizo mucho caso —estaba entretenida con unos y con otros—, pero luego notó su mirada fija, y algo familiar empezó a rondarle por la cabeza. «Pues no me resulta desconocida», pensaba. La gente, en general, era divertida. La cosa se animaba. Los hombres, eran en mayoría jóvenes. Las mujeres no tanto, pero muy bien. Chema le dijo:

«¿Qué tal?», y él sonrió: «Bien, por ahora». Había dos doncellas muy monas, con su cofia rizada. Los muebles eran cómodos, aunque un poco viejos. La casa, en general, olía a dinero. «Sí: dinero deben tener, estos fulanos», pensó. Le gustaba fijarse en las cosas. «Se aprende, siempre...», se decía. Hacía calor y salió fuera, con el vaso en la mano. Las cristaleras, abiertas, daban al jardín. Se notaba bastante cargado, y se asomó a la terracilla, sobre la negra hondonada. Abajo estaba la ciudad. Las miles y miles de lucecillas amarillas, rojas o verdes que veía, parpadeando como estrellas empañadas, eran la ciudad. Estaba contento. De pronto estaba muy contento. No sabía por qué pero lo estaba. Entonces oyó la voz de Lena —aquella voz melosa, dulce, con un leve ceceo— que le dijo: «¿No te acuerdas de mí?» Él se volvió, sacudido por algo molesto. Estaban solos. Por las cristaleras abiertas llegaban hasta ellos la música y las voces. Alguien, incansable, seguía poniendo disco tras disco. Sonó algo de música de jaz —le justaba mucho el jazz, a él— y entonces ella le cogió del brazo, mirándole a los ojos y sonrió y le dijo: «Sí, hombre, ¿no te acuerdas...? Tú estabas en... ¿no te acuerdas? Sí, con tu trajecito azul: una monada... Una noche, ¿no te acuerdas?» De pronto, Lena le vino a la memoria como un golpe: «Anda, ¡si éstos son aquellos dos pájaros de la sala de fiestas!... ¡Arrea! Sí: me acuerdo. Ya me decía el Manolo que eran filipinos o algo así: y que se quedaron muy jorobados por los japoneses y que se divertían para olvidar...» Los recordaba bien: ella con sus joyas, que eran de las de verdad, y él siempre tan elegante, como un poco cansado, y siempre acompañados por otras personas. Sí, y gastaban horrores: «champán bien "frappé"», ¡arrea! Ya se acordaba. Y ella siempre le pedía tabaco y le miraba con sus ojos dulces de borrachera, sí. Y el Ángel le tomaba el pelo, y le decía: «la tienes loca a la vieja». Y él aún era bastante inocente y no se lo creía. Pues sí: eran ellos. Claro que eran ellos. Le dio rabia. «Ésta me conoce de botones.» Nunca, hasta aquel momento, se le ocurrió avergonzarse de haber sido botones. Nunca. Quizá lo llevaba escondido dentro, pero no se había dado cuenta. Y de pronto se le vino encima la vergüenza, el miedo de que Chema se enterara, al propio tiempo que le daba asco de sí mismo por avergonzarse de aquello. Pero no lo podía remediar. Se quedó mirándola, serio, muy serio. Seguramente Lena le notó algo en la cara, porque le puso la mano sobre los ojos —una mano larga y muy hermosa— y le dijo: «No mires así,

querido. No mires así. Es un bonito secreto nuestro». Él fue a decir algo, pero la mano de ella bajó hasta sus labios y se los apretó suavemente. Entonces él, claro, hizo lo único que se puede hacer en estos casos: le dio un beso suave y lento, en la palma de la mano. Ella se rió muy alegre y lo entró en la casa, de nuevo, casi arrastrándole. «Ven, querido. Vamos a celebrarlo», dijo. Él sintió un cierto alivio, aunque no mucho. Se apartaron de los otros, en una salita pequeña que daba sobre el jardín, y llenaron sus copas y brindaron. Lena estaba muy cariñosa y bastante borracha, a qué negarlo. Se notaba en sus ojos espesos, de un verde oscuro muy brillante, y en la repetición de sus palabras. Pero estaba estupenda, también. Ya tenía ganas de vérselas con una mujer así. Era una mujer de verdad. Una mujer, vamos, de una vez. ¡Qué lejos quedaban de ellas las chiquitas de la calle Escudellers, y Mai!¡Qué lejos, de pronto, de aquella Lena, tan sabia y tan inteligente! Lena era alta, más alta que él, pero vaya, ¡qué le iba a hacer! Se perfumaba suavemente, aunque con un perfume demasiado intenso, pero de los caros —eso lo sabía bien él— y aunque tenía arrugas por el cuello, con no mirárselas —había otras muchas cosas buenas que ver en ella— asunto acabado. Se sentaron muy juntos, en un pequeño diván, mirando hacia el jardín, a las lejanas luces de la ciudad. Lena le acarició la cabeza, y le dijo: «Cuéntame... desde entonces». No le contó nada, naturalmente, ¿para qué? Lena pasaba de una cosa a otra con mucha gracia, y era ella la que más hablaba. Estaba muy contenta de volver a España --ellos, decía, eran españoles— y deseaba olvidar lo que había sufrido en Manila. España le parecía cada día más adorable, más hermosa. La fiesta, con todo eso se ponía estupenda, terrible. Era ya bastante tarde y el alcohol seguía corriendo. En fin: acabaron todos borrachos. Vagamente vio a Chema, muy amartelado con una señora rubia, menuda; Tomás había desaparecido. A Tomás, de pronto, no se le veía por ninguna parte. Sin saber cómo, la fiesta se había reducido a unas cuantas parejas, sabiamente distribuidas por la casa. Estaba ya amaneciendo. Levemente, se alzaba una bruma azulada, sobre el contorno gris de la ciudad: «A veces es una pena que acabe la noche», comentó. Lena dijo que estaba inspiradísimo, ¡qué risa! «No me gusta ver cómo aparece por allá todo eso: las fábricas, las casas sucias...» Lena le besó suavemente, y le dijo: «Ven, querido. No pierdas tu noche, que tanto te gusta.» Le cogió del brazo y lo llevó con ella. Subieron —casi entre nubes como perdido: no recordaba haberla cogido tan gorda desde hacía mucho tiempo— por la escalerita de madera que crujía bajo sus pies— cada escalón parecía hincharse bajo su peso—, y entraron en un cuartito pequeño, confortable, íntimo.

Se despertó al mediodía, con un dolor de cabeza espantoso. Recordaba vagamente la noche, que tan emperrado se puso en no perder. Se tapó la cabeza con la almohada. Las manos de Lena, cariñosas, comprensivas —casi maternales, vaya— le acariciaron como a un niño pequeño.

Desde aquel día, las cosas se agolparon, crecieron, cambiaron. Sí, parecía mentira: en unas horas le cambió la vida. No sabía, casi, cómo. Todo se confundía un poco entre sí. Muchas veces, ya luego, se paró a pensar en todo aquello, y se dijo, con extrañeza: «¿Cómo empezó todo, cómo fue...?» Quizá sí era verdad que las cosas de uno están escritas allá arriba, en las estrellas. Lena lo decía. Lena le cogía la barbilla, le levantaba la cabeza al cielo, y le decía: «Mira las estrellas, querido: allí está tu porvenir escrito...» Lena veía una gran estrella para él, allá arriba. No sabía cómo, Lena, no le dejó. Al principio, quizá, se sintió un poco agobiado. Chema y él, por aquellos días, iban mucho juntos. Chema le decía, riéndose: «Oye, tú, no la vi nunca una chifladura igual... A mí me despachó en seguida. Le has caído, chico.» Luego, cuando Chema se tuvo que volver a la finca —sería cosa de una semana después, quizá—, él lo sintió, y le fue a despedir y todo, a la estación. Se dieron grandes golpes, en la espalda, y Chema dijo: «Oye, escríbeme, tú. Tenme al corriente. Y a ver si me puedo largar para dentro de unos días, otra vez... Te mandaré recado, en seguida.» «Sí, sí», dijo él, que sentía de veras dejarle, pues lo estaban pasando bárbaro. Chema, que no era cualquier cosa, se entendía muy bien con su rubia, lo que a él le hacía más cómoda su situación con Lena. «No dejes de llamarme», le gritó, ya al irse el tren. Y bueno, no sabía cómo, en cuanto Chema se fue Lena le robó todo el día. Lo más chocante era que Tomás se lo tomaba a bien. Al principio, Lena guardó un tanto las apariencias, y todo iba medio de tapadillo, pero luego, poco a poco todo, fue haciéndose la cosa más natural, y hasta a él acabó pareciéndoselo. «Bueno, esto es gente civilizada, y lo demás mierda», se decía. Claro que Lena era absorbente, agobiante. Al cabo de una semana estaba hecho polvo. Pero se le hacía difícil dejarla. Algo pasaba, entre ellos, que no se explicaba ni quería. «¿Para qué, si en el fondo, marcho bien?» Lena le atraía como un pantano, de esos que devoraban a la gente, como leyó alguna vez. Lena, la verdad, le gustaba; era una mujer de órdago, eso sí. Poco a poco iba conociendo a la pareja, claro. Tomás no era tan gran señor como le pareció al principio, pero sí muy inteligente, muy culto, y manejaba el dinero que daba mareos, lo que le intrigaba: «Deben ser muy ricos, porque con la vida que se pegan, sin dar golpe, que yo sepa...», pensaba. Eran juerguistas, alegres, y bebían a ríos o a mares, mejor. Y eran generosos, solícitos, por lo que resultaba difícil deshacerse de ellos. Sí; se vivía, a su lado. Vaya si se vivía. Y qué esplendidez, la suya, con él. Les había caído de maravilla. Porque con Tomás se tenía sus parrafadas. Ya no tenía que disimular nada, pero que nada, de su vida. Y Tomás siempre le contaba cosas interesantes, y le daba consejos y todo: casi como a un hijo, vamos. A veces se pasaron la tarde mano a mano, sentados en la sala, con la cristalera abierta a la hondonada, hablando de cosas de la vida. ¡Vaya si sabía el Tomás de la vida! Él era un pobre pardillo, y nada más. Le daban unas ganas furiosas de vivir, de viajar, de conocer, oyendo a Tomás. ¡Vaya un tío el Tomás, vaya un tío! Había corrido medio mundo y nada le pillaba de nuevas, ya. Y le parecía muy bien su actitud respecto a los asuntos amorosos de Lena: «Ella es joven, aún, como una niña...», le explicó Tomás una vez, entre sorbo y sorbo de coñac. «Yo la quiero bien, soy ya como un padre para ella, y comprendo su naturaleza sensible. Ya ves cómo nos llevamos.» Y él estuvo muy conforme, porque era la verdad. ¿A qué amargarse la vida, cuando todo el mundo puede componérselas a gusto? «La verdad: éstos son lo que se dice un matrimonio bien avenido.» Eso suponiendo que fueran un matrimonio, pero, para el caso, daba igual. Así, daba gusto vivir. Eso era entender la vida.

Fueron pasando los días, las semanas. No sabía cómo. Las cosas empezaron a ir mal con el Lorenzo. Claro; el Lorenzo tenía razón. El caso era que no se ocupaba de nada, como medio loco con las cosas de Lena. No tenía la cabeza para el negocio. Ni pensar, casi, podía. Un día tuvo un disgusto gordo, con el Lorenzo, que le dijo que lo de su sociedad, de seguir así, tenía que acabarse y que ya estaba bien de deudas y trampas. Hacía dos meses que no pagaba su parte de alquiler del estudio, tras abandonar los asuntos. Estaba descentrado, vaya. Él lo comprendía, sabía que el Lorenzo tenía razón, y se quedó un poco mustio. Lena se lo notó en seguida, y él le habló claro. Con ella, eso sí, daba gusto: se podía llamar a las cosas por su nombre. Lena estuvo bien, comprensiva. Él, en los últimos tiempos, empezó a olerse algo, del tinglado de la pareja. «Aquí hay gato encerrado», pensó. A medida que intimaba, observaba (que para eso se pintaba solo). Poco a poco, fue dándose cuenta de cosas. Dedujo que tenían dólares en Manila, ya que con ellos compraban cosas: medicinas, antibióticos, y hasta drogas más delicadas, de contrabando. Bueno: claro que eso se figuraba él, por cosas que oía y veía. Pero sus manejos, y gordos, los tenían. «Menuda inocencia, los chanchullos del Lorenzo y míos», se dijo. «Éstos van a lo grande, y así viven ellos.» Le insinuó algo a Lena, poniendo ojos de ingenuo (que él ya sabía cómo y cuándo hay que hacer estas cosas). Lena recogió el cable. Y muy bien, por cierto, porque poco después, Tomás le llamó una tarde a solas y, mirando hacia las terracillas —era el atardecer, parpadeaban ya las primeras luces allí abajo, en la ciudad—, le habló: «Miguel, te hemos tomado cariño. Tú eres ya como nosotros...» Él escuchaba, en silencio, y el corazón le hacía pam, pam, pam, de secreta alegría. Sí: eso era. Ya lo suponía. Claro que el Tomás no habló claro: eso era de cajón. El Tomás sabía revestir las cosas de dignidad, de inocencia, de naturalidad: «Necesitamos alguien de confianza, alguien que sea para nosoros como el mejor amigo...», dijo, mirando a la lejanía con sus ojos azules y tranquilos. «...Un chico como tú, listo, con iniciativa, con capacidad de riesgo....» Sí, la vida era bonita. La vida era bonita, qué duda cabía.

Los trabajos encomendados a primera vista eran bien fáciles. Sólo a primera vista, claro, porque él no era un lerdo. Su cometido era simple. Acudía a citas, a lugares señalados: bares, cafés, vestíbulos de cines... Alguien le esperaba allí. Se reconocían por medio de una contraseña: un pañuelo, un periódico doblado, un sombrero. Ese alguien le entregaba un paquete, que él llevaba a cierto almacén de tejidos de la derecha del ensanche, a nombre de un tal Eduardo Praga, seguramente el encargado del almacén. Nunca, jamás, llevó paquete alguno a la torre de la Avenida del Tibidabo. La cosa era fácil. No preguntaba nada, y todo marchaba bien. Tenía olfato, era listo, eso no se podía negar. Era prudente y audaz, como convenía. Ya tenía su cierto entrenamiento en esas cosas. «El peligro se huele, de lejos... Sí: se huele, se nota en la piel, de lejos...» Algo de verdad habría de eso.

Las cosas marchaban bien. Tomás y Lena manejaban dinero. Mucho dinero. Y a él, claro, no le faltaba de nada. No tenía sueldo, pero no le faltaba de nada, absolutamente nada. Tomás y Lena eran los de siempre: generosos, divertidos, alegres. Tomás y Lena tenían además un Stromberg, que arreaba muy bien, y Lena le enseñó a conducir, y vestía mejor que nunca. «¿Qué diría la Aurelia, si me viera? Qué duque: ¡rey, parezco!», se decía a veces. Un día les habló de dejar el estudio. Estaba incómodo allí. No le iba, ya, aquella habitación sencilla, con su cama turca, con la cocina llena de paquetes del Lorenzo. Lena le buscó una pensión, que estaba muy bien, en la calle Muntaner, esquina París, con balcón a la calle, y a ella se fue. Amistosamente dejó al Lorenzo. Para despedirse como socios, aunque quedaron en ser amigos, se tomaron unas cañas en Baviera. El Lorenzo se quedó un poco triste, o quizá pensativo, y le dijo: «Bueno, Miguel, que tengas sucrte y no seas primo.» «No hay cuidado», le contestó. Sí, era un buen tipo, el Lorenzo. Ojalá tuviera suerte. Pero ya, desde entonces, poco le vio.

¿Cómo pasó aquel tiempo? No lo sabía, no podría decirlo. La vida era una cosa hermosa, aturdida, violenta. La vida pasaba, rápida, nueva. Cada día, la vida traía cosas, que no se sabían, y él las echaba al saco de la experiencia. Alguna vez, sí, no podía negarlo, tuvo una vaga sensación de algo extraño. (Quizá fue al atardecer, oyendo un disco de Armstrong —su trompeta, allí, en el aire de la tarde— entrecerrados los ojos, un cigarrillo en los labios. O, a veces, al dejar a Lena. O de madrugada, al despertarse con la primera luz que entraba por la persiana echada y Lena a su lado, ajena, distante.) Sí: algo raro le pasaba, que le hacía sentir un escalofrío de melancolía en la espina dorsal. Y se decía: «Estoy un poco como secuestrado...» De hecho, Lena le tenía como cosa propia. Lena decía: «Esa corbata no, niño.» Lena decía: «No cojas así el tenedor, criatura.» Lena decía: «Anda, repite eso. Repítelo, me gusta como lo dices.» Lena siempre, Lena a todas horas, Lena inspeccionando el armario, la ropa, los zapatos, la colonia, la pasta de los dientes... «Miguel, cariño, no uses más esta loción: te ha irritado la piel.» Bueno, y no era sólo eso. No era sólo eso. ¿Qué era? No lo sabía. Quizá algo extraño, como un vacío, delante de él. No quería pensar. No: mejor era no pensar.

Una vez vio a Mai. Era ya entrado septiembre, una tarde encendida. Venía él de entregar un recado al almacén de tejidos.

Subía despacio por el Paseo de Gracia, estirando las piernas. Las hojas de los plátanos se quemaban, cubiertas como de oro, crujientes, hermosas. «Parecen de mentiras», pensaba. Una luz rosada bañaba las aceras centrales. Al fondo, el cielo anaranjado llameaba. Los tejados se recortaban, lejanos. Empezaban a encenderse las luces de los escaparates y el aire tenía un olor penetrante, quizá de lluvia. No lo sabía. El caso era que le gustaba andar así, despacio; sentirse vivo, limpio, raramente tranquilo. Y entonces la vio. Venía frente a él, con un trajecito sastre, gris. Una monada, la chica. Se quedaron parados, mirándose, un poco atontados, no se sabía si de la luz o de qué. Mai se sofocó ligeramente: «Miguel», dijo. Y él sonrió: «¡Mai, tú! ¡cuánto tiempo!» «Sí —dijo ella—, una barbaridad... ¿Qué es de tu vida?» Echaron a andar juntos, sin decirse hacia dónde. Entraron en un bar a tomarse una copa. «Bueno, una sólo, oye, que no me puedo entretener...», dijo ella. Se sentaron al fondo. Mai habló y repitió las cosas de siempre. Él no la escuchaba: sólo miraba sus labios pintados —se pintaba: qué raro, antes no— y sus ojos claros. Sin pensarlo, le dijo: «Mai, estás guapísima». Ella le devolvió el piropo: «Tú también, chico. Estás mejor que antes». Total: se bebieron otra copa, y otra, y ella perdió la noción del tiempo, otra vez. Entonces a él le entraron unas ganas locas de tener su estudio, para llevársela, pero qué rabia, ya no lo tenía, y no se le ocurría nada. (Según qué, no le iba a proponer.) Ya sabía él que ella era amiga de guardar las formas, por lo menos. Y se puso serio y como rabioso. «¿Qué te pasa? —le preguntó Mai—. Ya estás poniéndote raro, otra vez...» «No —dijo él, decidido—. Es que querría estar contigo a solas, y no sé dónde.» Ella le miró muy fijamente. Tenía las mejillas enrojecidas y estaba un poco animada, pero de pronto se quedó seria, como triste, y dijo: «Déjalo. Es mejor así». No sabía qué, pero algo le parecía que se había roto. Él, de pronto, pensó: «Si Lena me viera...» Y en un instante se le rompió todo, la vida entera que llevaba, en fin: sus cosas, su camino. «No, esto no puede ser.» Se levantó y pagó. Salieron en silencio. Miró el reloj: eran las nueve y media. Sentía inquietud. «Si Lena me viera...» Mai estaba como triste, y él, de pronto, no sabía qué decirle. Le hubiera gustado decirle algo que la hiciera sonreír; verla sonreír le hubiera gustado, no sabía por qué. Pero no se le ocurría y sólo dijo: «Y Fernando, ¿qué hace?» «¿Está estudiando en Madrid...» Y siguió preguntando: «Y de José Mari, ¿qué hay?» «A veces le veo, pero poco, ¿sabes? Tengo otro grupo, ahora.» No había manera de llegar a algo más profundo, más suyo. Estaban distantes. Él no quiso mirarla, y mientras se iba, notó algo raro, como decepción y angustia, y se dijo: «Bueno, al fin y al cabo, ¿por qué no podré hacer lo que me dé la gana? ¿Y si me quiero llevar a una chica, por qué no...? Lena es comprensiva.» Aunque, claro, no se podía arriesgar.

El otoño entró de lleno en la ciudad. Las cosas se combinaban bien. Claro que aún, con Lena, no tenía tiempo de aburrirse. Eran gente animada, se podía ir con ellos por el mundo. Estuvieron en Madrid una semana, y luego fueron a pasar unos días en un albergue de Gredos. Lo pasó bárbaro, estupendo de veras. Le encantaba cambiar de clima. Lena se portó de maravilla: incluso le dejó hacer un poco el oso con unos «bombones» que había en el albergue. No se lo tuvo en cuenta, casi le hizo gracia. De vuelta a Barcelona estaba contento, y pensaba: «Poco a poco, ¡quién sabe!» Claro que le asustaba la idea de que ella se hartase y se acabase la cosa. Pero no. Bien mirado, ella no se hartaba. ¡Qué va! Menuda era.

Así, se plantó en los diecinueve. Dieron una fiesta bárbara, el día de su cumpleaños. Creyó que se acababa todo el alcohol del mundo, aquel día. Fue memorable. Acabaron a las ocho de la mañana, tomando «carajillos» en el quiosco de Canaletas, con la luz del día dañándoles los ojos y niebla por dentro. Por entonces, entraron en escena los italianos. A él los italianos, sin saber por qué, no le cayeron bien desde el principio. Claro que no tenía motivos. Pero era algo físico, que él se decía. Como si la piel detectase el peligro. Sí: los italianos le cayeron mal. Eran tres, y antiguos amigos, al parecer, de Tomás y Lena. Bueno: ya se supuso que no era cosa inocente —como todo en aquella casa— y a poco se cercioró de que no andaba equivocado, por más que siguiera sin preguntar, que era lo mejor. El mes de octubre estaba ya más que mediado. A él le encantaba aquel tiempo: el jardín de la torre de Lena y Tomás se llenaba de una luz rojiza, húmeda y hermosa. Allá abajo, la ciudad recobraba su ritmo, poco a poco, tras el adormecimiento del verano. Sí: octubre era un tiempo que le gustaba. Había un olor espeso y dulce en el aire, y él se sentía lleno de proyectos, de ideas. Los italianos iban y venían. Luego, unos marinos aparecieron fugazmente. Después... lo de siempre. Pero esta vez era más delicado. Él lo sabía. No hacía falta que se lo dijera Tomás: «Miguel, eso es muy delicado. Tú has demostrado hasta ahora ser un chico listo.» Y lo era. Ya lo sabía que lo era. Quizá Tomás le halagaba demasiado, pero, en fin, todo en Tomás era exagerado: era la amabilidad pura. «Ése, el día que se enfade, será de cuidado.» Ya sabía, un poco por intuición, otro poco por experiencia, cómo las gastaban las aguas mansas. Pero él sabía nadar muy bien, y guardar la ropa. A él no le iba a fastidiar. Eso estaba claro. Desde los italianos, fue frecuente el «reparto» por lugares sórdidos, de la parte baja. Cafetines del barrio chino, cabarets de mala muerte, bares oscuros y sucios, pisos desconchados, equívocos. Subía escaleras negras y pringosas, junto al Arco del Teatro, y entregaba los paquetes pequeños pero valiosos, o a cambio de unos sobres, o de nada, otras veces. Ya suponía él de qué se trataba —no era ningún lerdo— y la importancia que eso tenía. Pero no pasaba miedo, sin embargo. Se sentía más seguro que nunca, más lleno de vida. «La "nieve", mira tú, ¡qué gran cosa!», se decía. Tomás y Lena, y él, claro, de rechazo, vivían como nunca. «Estas cosas, hay que ver, lo que pueden dar.» Abría los ojos, aguzaba el oído, pensaba: «De momento voy bien... Más adelante... ya veremos. La vida es mía: tengo muchos años por delante. Éste es mi tiempo de aprender, de conocer...» Sí: era valiente, listo, prudente. «Es una joya, mi chico», le decía Lena, entre besos. Todo marchaba bien. Muy bien, sí señor. No podía sospechar con qué rapidez, con qué facilidad, se rompería todo, de la noche a la mañana. («Qué bárbaro: así de golpe, en unas horas, todo terminado.») En fin, ya se sabía: las cosas son como son. La vida era así de perra.

Miguel sentía crecerle la rabia dentro, el desasosiego. Una bullente rebeldía hacia todos, hacia todo. Hacia lo que se extendía allí, sobre su cabeza: seres y cosas, sucesos, palabras. «Qué asco; todo igual», se dijo, con los dientes apretados. De pronto, se sentía engañado, estafado. Se sentía como un muñeco entre unas manos grandes, poderosas... «De mandadero, es lo que yo hice... Eso: de mandadero. ¡Maldito sea! Hicieron de mí de recadero, ni más ni menos... ¡Tanto halagarme, tanto darme importancia! Y: ¿qué era yo? Nada más, al fin y al cabo, que el chico de los recados...» Claro que, reconocía, se lo doraron muy bien. «Demasiado: me dejé atrapar por ellos... ¡demasiado! Quién sabe si, a estas horas, ellos ya han salido y están en Venezuela, o en cualquier parte del mundo...

Siempre hablando de Venezuela. Sí: siempre decían eso y lo otro, de cuando fuéramos a Venezuela... ¡Perros! ¡A mí, en la estacada!» Miguel sentía crujir los dientes de rabia. Le dolían los brazos, las piernas, el cuello. Le dolía algo, también —no sabía qué, no podía localizarlo— allí dentro, que no le dejaba respirar a gusto.

Fue una tarde ya fría, pero aún llena de una luz dorada. Se acordaba muy bien. Sí: se acordaba muy bien de aquella tarde. Quizá era el veinte o veintidós de octubre del cuarenta y siete. Todo fue muy sencillo, muy simple. («Casi, como todos los días. Esas cosas son así.») Fue como siempre. Esta vez, tocaba ir a un bar de la calle de Santa Madrona, frente a los puestos de libros. Al pasar por delante de la muralla, daba el último sol de tarde. Había un grupo de mujeres obreras, o cosa así, pero en descanso, pegadas a la pared, con algunos niños. Tomaban el sol, y recordaba que una comía una naranja y le daba de sus gajos a un pequeño. Algo, sí, le dio al verla. De pronto, se acordó de madre. Pero en seguida se olvidó. Sólo aquel pequeño soplo frío. («Quizá sí sea verdad que hay presentimientos, como dice Lena.») Lena creía en presentimientos, en telepatías, en llamadas al través del espacio, y en cosas así. Menudas latas le daba con aquello. Pero, a veces, era divertido escucharla. Pensando en esto, llegó al café, como siempre. Entregó el encargo, al dueño —era un hombre bajito, muy moreno, con una chaqueta blanca algo sucia—, y recibió un sobre. Salió. No notó nada, no, en verdad. Bien cierto es que no notó nada anormal. Aquel día falló, sí. Y aquel día se acabó todo.

Le siguieron. Estuvo bebiendo unas cañas en «La Barca». Luego, anduvo un rato, Ramblas arriba, porque le gustaban mucho Las Ramblas, las llevaba metidas dentro. ¡Qué se le iba a hacer! A la altura del Liceo, tomó un taxi. Fue a la Avenida del Tibidabo, donde Lena le esperaba. No se dio cuenta de que le seguían.

Parecía mentira. Sólo de pensarlo se daba de cabeza. ¡Tanto como se fiaba él de su instinto, de su piel, que le valieron, antes, tantas veces! Pero aquella tarde, no sabía por qué, no comprendía por qué, no vio nada en el aire: ni un aviso, ni un mal agüero, ni un silencio, ni una paloma negra. Así son las cosas. Total: les detuvieron a todos. Quedaron unos agentes, registrando el piso. En coche, les llevaron a la Jefatura.

De camino, se sentía vacío por dentro. Como ausente. Como si lo que pasaba no fuese con él. Sólo pensaba, sin poder explicárselo, en aquella mujer mal vestida y en aquel niño que, apoyados contra la muralla de Atarazanas, se comían una naranja, mano a mano.

Capítulo decimotercero

Se habían consumido los leños, casi enteramente. Entre las cenizas, brillaban tizones menudos, como cristales rojos. Sólo quedaba el resplandor amarillento de la lámpara de petróleo, encima de la mesa. Por algún lado entró una mariposa —quizá se había quedado pegada en un ángulo de la pared—, y ahora revoloteaba en torno al tubo de cristal, proyectando su sombra movediza y agigantada en la pared.

Sonaba de cuando en cuando un levísimo crepitar, allí, en los rescoldos. No sabía cuánto rato había pasado, desde que Mónica se acostó. Él había dicho: «Me echaré en el suelo, con la manta.» Pero no lo hizo. No, se había quedado allí, en la silla, con los pies descalzos extendidos hacia la lumbre, sin decir nada. Ahora, ella estaría dormida, o quizá pensando. Seguramente estaba pensando en el chico, porque le amaba. «Eso dice, por lo menos. Dice que le ama. ¿Sabrá ella, ciertamente, lo que es amor? Puede ser. Sí, puede ser que ella lo sepa, que ellos lo sepan. Yo soy el único que puede dudar de esas cosas.» No había querido mirarla, desde que ella se acostó. Pero ahora hacía mucho rato que estaba así, en silencio, mirando hacia las llamas, que poco a poco fueron apagándose, muriendo ya, definitivamente, en su nicho de piedras. Escuchó, con cierta desazón, el rumor de la respiración de Mónica. Suave, uniforme, apenas perceptible a otros oídos que no fueran sus oídos de cazador. «Está dormida. O por lo menos, quiere estar dormida.»

Volvió la cabeza, a mirarla. Sobre la manta descansaba un brazo de la chica, con su brillo terso, a la claridad de la lámpara. Entre la almohada, destacaba el oro encendido de su cabeza, de sus rizos alborotados. «Cabeza de niña», se dijo. Se levantó, despacio. Sus pies descalzos no hacían ruido, y se acercó al lecho. Mónica tenía la cara vuelta hacia la pared. Apenas distinguía su perfil: la nariz corta, el contorno del pómulo, enérgico y suave a un tiempo. Se inclinó y la oyó respirar, despacio, tranquila. «Es extraño, está dormida. Realmente dormida. Qué cosa rara, la juventud. Podría creer, oyéndola, que está desesperada. Y sin embargo, aquí está, ahora, dormida y olvidada de todo.» Él no podía ya dormir así. No, sus sueños se volvieron pesados, turbios, o entrecortados, o súbitamente rotos por algo como el roce de un abismo. «Cosa rara y lejana, la juventud.» Está lejos, sí, desproporcionalmente lejos, el tiempo en que Isabel le requería veces y veces para que bajara a desayunar. «El tiempo es algo que no podemos comprender.»

Le dolía el pecho. «El aire libre...», dijo el médico, allá. Sentía un pulmón seco, mineral, como un peso. Sofocó un golpe de tos. «Sería bueno convertirse en un trozo de mineral. Sería bueno, amanecer como un bloque de duro y hermoso mineral, reluciendo al sol.» Con suavidad, volvió la cabeza de Mónica, hacia él. La chica seguía durmiendo. «El sueño pesado de los primeros años. Yo tuve también, una vez, este sueño grande, total, animal.» La tomó por la barbilla, le volvió la cabeza hacia él, y ella siguió durmiendo. Tenía pestañas largas, suaves, dando sombra a las mejillas. Los labios, entreabiertos. No era hermosa, y sin embargo nada había tan bello, en aquel momento, ni allá afuera en el bosque, ni en sus recuerdos. Soltó la barbilla, y se apartó.

Avivó la luz de la lámpara. El corazón había empezado a latirle, de un modo extraño. Algo como un ahogo le subía. «Malditos. Malditos, éstos, ignorantes, necios.» Había un temblor extraño, en sus manos. «Ahí debajo, ese perro, sólo un perro... Aquí está, durmiendo. Feliz, ausente: no saben nada, no quieren nada. ¿Qué estás haciendo tú, Daniel Corvo? ¿Qué pretendes hacer?» Algo había, en su garganta, que le oprimía, como un nudo. «*Nos han nacido los hijos muertos*. Sí, eso dijo, el zorro de allá abajo. Eso dijo, el muy zorro.» La luz se avivó, entre sus manos. La mariposa se pegaba a la lámpara, temblaba, borracha de luz. «Nada queda por hacer. Nada. Es inútil, nada se puede salvar. Nada puedes salvar tú, Daniel Corvo.» Súbito, se volvió de espaldas a la lámpara. Algo le había dado de lleno allí dentro del pecho. Algo luminoso, doliente. «Tú, nada, Daniel Corvo. Déjales a ellos. Déjales a ellos. Ellos solos. Que se salven ellos solos. Tú, has acabado.» Sí, bien claro lo dijo, Diego Herrera, y no había forma, modo de eludirlo: *«Nosotros, Daniel, hemos pasado el tiempo perdido. No quiera labrarse la eternidad, Daniel Corvo...»*

Algo despertaba. Algo. Las sienes le dolían, la frente. «Mi cabeza es una cerrada cabeza de hombre, y nada más», pensó. Se fue, sin tino, como un sonámbulo, a la ventana, y la abrió de par en par. La luz de la lámpara tembló, a la ráfaga del aire.

El bosque estaba negro. «No sé cómo puedo ver luces, en la noche del bosque. No hay luces, no hay reflejos, no se ven ni estrellas siquiera, desde aquí.» El frío de la noche entraba, a raudales, y un viento fino que se despertó allá afuera. Oyó aquella gota otra vez. La gota que parecía chocar contra algo metálico. Le dio el aire en la frente, y la notó cubierta de sudor. Un sudor frío, desagradable. «Bebo demasiado.» Despertaba. Estaba despertando. Acababa la resaca. «Una resaca que empezó desde la tarde de ayer.» Se palpó el pecho, con la mano. «Mineral. Es hermoso, el mineral. Me gusta el mineral negro, verde, amarillo, gris. Reluciente. Todo así, por dentro, me gustaría.» Despertaba. El aire le traía un despertar frío, bienhechor. Sentía las piernas firmes contra el suelo, el corazón duro. «Como un hombre joven», se dijo. Allá, en la oscuridad, al otro lado de la ventana, se definían poco a poco los contornos, los troncos de los robles y las hayas, las piedras, las ramas altas, contra el cielo. «No vayas adonde nadie te necesita. Nadie te pidió nada. Nadie espera nada de ti. Ellos, tienen su mundo. El mundo es para ellos. Son distintos de ti. Ellos piensan de otra manera.» Sí, estaba tranquilo. De pronto, estaba muy tranquilo.

Se sentó despacio junto a la lámpara. «¿Qué hora será?...» Había pasado el tiempo. Mucho tiempo. Casi parecía que pasaron años. Miró el cuadrado negro de la ventana. No había luz. «Quizá las tres, quizá las cuatro...» Estaba abriéndose la madrugada, se sentía la madrugada en el aire. «Tú eres un hombre del bosque. Sólo un hombre del bosque. Hasta que acabes, un hombre del bosque...» Se estaba abriendo, sí, la madrugada. «Hasta las seis, lo menos, no empezará la luz...»

Mónica seguía durmiendo, profundamente, con su soñar tranquilo y sano, vigoroso. Daniel se levantó como decidido. Hacía muchas horas que no sentía aquella seguridad, aquella certidumbre de sus hechos. Era ya, otra vez, como cuando iba marcando de blanco los troncos de leña.

Se calzó, abrochándose fuerte los cordones. Se echó agua por los ojos, se alisó el pelo. Buscó el rifle, y lo cargó. Estuvo un rato buscando la munición, escogiéndola con cuidado. Aquélla, la fabricada por él, la mejor. Echó un vistazo a la cabeza rubia, el brazo tranquilo, que reposaba confiado sobre la manta. «Sin novedad. Mejor será que no despierte la chica», se dijo. Estaba ya tranquilo. Muy tranquilo. Dejó el rifle cargado, contra la pared, y empezó a apartar el montón de leña.

Procuró hacer el menor ruido posible. Fue colocando los leños, con cuidado, en el suelo, hasta que la trampa quedó libre otra vez. «No sé cuántas veces he hecho esta operación», se dijo. Levantó la trampilla y enfocó la linterna.

Allí seguía. Como siempre, como un lobezno. Al lado de los huesos de la carne devorada. De rodillas, con la espalda apoyada en la pared de tierra. Levantó la cabeza y vio su rostro pálido, sus profundas ojeras. «Se le ha puesto cara de muerto», pensó. Algo le dobló, al verle. Algo, dentro. Pero no iba a dudar más. Estaba cansado, muy cansado. «La vida es tuya, chico —se dijo—. La vida es tuya, sálvala tú, o piérdela. Yo nada tengo que hacer en tu vida.»

—Sal —dijo, secamente. No lo podía remediar, la voz le salía agresiva, como un trallazo.

El chico pareció dudar un momento.

—¡Qué salgas! —repitió.

El chico se puso de pie, despacio. Parecía que le costara mucho hacer cualquier movimiento. Casi creyó oír el crujido de sus huesos. Los ojos amarillos del chico —sus ojos de lobo, fijos, inhumanos— le miraban de un modo centrado, hiriente, como puntas agudas. Levantó el brazo con la mano extendida hacia él. Había algo desamparado, en aquel gesto. Le ayudó a salir.

El chico se quedó como encogido. Debía dolerle algo. «También me duele a mí. También me duele el cuerpo entero y algo más que el cuerpo, quizá», se dijo.

—Te vas —le dijo, en voz apagada. Seguía mirándole a los ojos.

Pero el chico no le entendió.

—Que te vayas —repitió. Y hablaba despacio, bajito, como un susurro. El chico, instintivamente, le contestó en igual tono.

—¿Adónde? —preguntó, casi como un niño.

Daniel sonrió. («Igual que aquel día, como los pequeños pescadores. Sí, igual que aquel día. Qué asco, un hombre haciendo estas cosas, cumpliendo estos deberes. Así son, al fin y al cabo, los deberes de los hombres.»)

—Adonde pensabas cuando le hundiste el cuchillo a Santa. Tú sabrás.

El chico seguía mirándole, fijo. De pronto, sus ojos parecían de cristal.

—Tú dijiste... —empezó a decir. Pero se calló, y desvió los ojos, mirando al suelo.

Daniel contempló su rostro, pálido, descompuesto. «Ha perdido toda la fanfarronería. Sí, se acabó el gallito.» El chico tenía los párpados bajos, la boca apretada.

—Sal —dijo Daniel—. Sal al bosque..., adonde quieras, en fin. Tú sabrás adónde pensabas ir. Ya no puedo hacer nada por ti.

El chico levantó la cabeza. Sus ojos brillaban, otra vez. Tal vez de cólera, o de desesperación. Le hubiera gustado saberlo y esperaba oírle decir: «Entonces, loco idiota, ¿a qué me has entretenido?» Sí, era muy natural que lo dijese. Pero no lo decía. En las mandíbulas un levísimo temblor denotaba la presión de los dientes.

Daniel cogió el rifle. Luego le tendió el orujo.

—Toma, si quieres, puedes echar un último trago.

El chico tardó unos segundos en tomarlo. Pero, al fin, lo cogió. Con un imperceptible encogimiento de los hombros, como diciendo: «Al fin y al cabo, es lo único que puedo hacer.» Bebió. Un trago, por cierto, bastante largo.

—Si me indicaras... —dijo, después. Se limpió la boca con el dorso de la mano, como hacían casi todos los presos del barracón. Era la primera vez que le veía hacer a él aquel gesto.

—No te puedo indicar nada —le dijo—. Nada. No sé dónde andan. Ni a los perros se les oye, ya. Puede que estén cansados. Puede que vengan para acá. No sé, quizás han sospechado, ya, de mí...

—¿Por eso me echas? —dijo el chico.

Y él respondió, despacio y claro:

—No. No es por eso.

Entonces el chico sonrió. No esperaba, verdaderamente, verle aquella sonrisa. Era una clara, palpable expresión de dolor. De dolor físico, se diría.

El chico volvió la cabeza y miró hacia el lecho. No pareció sorprendido por la presencia de Mónica, que seguía durmiendo. «La habrá oído —pensó Daniel—. Habrá estado escuchando, seguramente, ahí abajo.»

Miguel se aproximó al lecho. Parecía que le costara un gran esfuerzo avanzar. Cojeaba más que por la mañana. Casi podría decir que iba arrastrando su pie.

—Tú, deja a la chica —le dijo con dureza. No podía remediarlo, al hablarle la voz le salía hosca—. ¡Que no se despierte!

Miguel se detuvo. Estaba de espaldas a él. «Desde esta mañana, que vengo contemplando esa espalda, esa nuca. Obsesiva, ya, esa espalda. ¿Acaso deben morir los hombres por la espalda? Puede que algunos hombres nazcan marcados por la espalda.» El chico, sin embargo, avanzó más, y él no le dijo nada. Vio cómo se inclinaba hacia Mónica, mirándola. Sólo mirándola, igual que él, hacía unos minutos.

—Vamos, sal —le dijo—. No pierdas tiempo. ¡Vamos!

Se le acercó, y, como en la mañana, le apoyó el cañón del rifle en los riñones. Miguel se volvió, un poco. Quedaban los dos allí, quietos y callados, junto al lecho de la muchacha, que seguía durmiendo. Hablaron muy bajo. Sus voces casi eran un susurro.

—Tengo hambre —dijo el chico. No le miraba, lo decía con los ojos bajos.

Daniel miró hacia la alacena. Quedaba aún un trozo de carne asada, algo de pan. Lo señaló con un gesto de la cabeza.

—Cógelo —dijo.

Miguel se acercó a la alacena. Le dolía verlo cojear de aquel modo. Sí, le dolía verlo así, de pronto, indefenso. Ni más ni menos, como un niño solitario, perdido en la inmensa corteza de la tierra. «Pero ésta es la justicia de los hombres. Éste es el camino de los hombres.» El chico cogió el pan y el trozo de carne. Estaba frío, con la grasa blanquecina y dura. Lo miró un instante, y luego lo mordió. Vio la avidez de sus dientes, clavándose. Las manos morenas, ásperas, los labios abultados y la blancura extraña de los dientes.

—¡No hay tiempo ahora! —dijo—. ¡Vete!

Miguel se guardó la carne en un bolsillo, y el pan, en otro. Se notaba el bulto a través de la ropa. Miró otra vez.

—Dame la cuerda. La mía.

Notó rencor en su voz. La cuerda estaba allí, en el cajón de la mesa. Lo abrió, y se la echó. El chico la cogió en el aire y se la arrolló lentamente a la cintura. «Siempre con esa cuerda.» De pronto, se acordó del cuchillo. Lo sacó: estaba manchado, oscuro y siniestro. Lo echó y cayó a los pies del muchacho, que dudó un momento en recogerlo. Al fin, trabajosamente, se inclinó y lo tomó. Se lo metió entre la cuerda y el cuerpo, con gesto rápido.

Fue hacia la puerta. «No andará mucho, con ese pie. No podrá caminar durante mucho rato. No sé qué diablos tiene ahí, está infectado. Mal curado, mal cerrado...» Miguel arrastraba el pie por el suelo de madera. Vio cómo alzaba la barra de hierro, cómo descorría el cerrojo. La puerta se abrió sola, girando sobre sus goznes. Él seguía quieto, el rifle entre las manos, apretándolo. Les entró el frío de la noche, la humedad. La puerta era como una boca, grande e ineludible. El muchacho se quedó parado, contra la oscuridad, como vacilando. Se le acercó despacio. Miguel no se movía. Volvió a apoyarle el cañón en la espalda. Miguel, a su contacto, avanzó. Salió hacia afuera. Él se quedó en el umbral, escudriñando la noche con sus pupilas de cazador.

Miguel avanzó, entre la hierba mojada. «Sentirá el frío del agua, empapándose los pies, metiéndose en las sandalias. Se quedará empapado hasta las rodillas, sentirá el frío viscoso de la tierra, trepándole cuerpo arriba. Esperará y temerá la luz del amanecer. No sabrá por dónde va. No conoce adónde va.»

El cuerpo de Miguel se oscurecía, como fundiéndose en las sombras. Daniel alzó la cabeza y miró al cielo, apenas presentido entre la enramada, ya casi desnuda. Una palidez azul nacía lentamente, allá arriba. «Quizá sean las cinco. Quizá...» Volvió a mirar hacia el sendero. No le veía: sólo oía el ruido de las ramas, el crujido de la hierba, de los helechos. De pronto, algo le recorrió la espalda. Algo que no era frío ni miedo. Algo que venía de algún lugar perdido, desconocido u olvidado. El paisaje, la noche con sus árboles y su silencio, sus hoyas de agua estancada, podrida, sus altas hierbas protectores de culebra y tímidas flores malva del otoño, sus rocas, y, allá abajo, el río fluyendo indiferente, en lo hondo del barranco, crecían, crecían. Se ensanchaba la tierra, poderosa, total.

Crecía la tierra, con sus árboles, su viento, su indiferente renacer. Todo crecía, todo era grande y absoluto, irremediable. Y el muchacho era sólo un confuso rumor de pisadas torpes, inexpertas, entre la hojarasca. Algo había en el aire, quieto y en silencio. Algo temblaba en el aire y dentro de sí, de sus tímpanos que podían oír: «Mónica, Mónica». No la llamaba. Ni la había nombrado, siquiera. Y, sin embargo, aquel nombre, como una llamada desesperada, estaba entre los troncos y las altas hierbas, en la lejanía de unas estrellas frías y ocultas, sobre su cabeza. Tuvo un impulso, que reprimió: ir a por él, llamarle y decirle: «Vuelve acá, muchacho. Vuelve acá y habla. Dime algo, convénceme de algo. Vuelve, muchacho. Háblame de la vida, de los hombres, del tiempo que vendrá después de ti...» Pero se pasó la mano por la frente húmeda, quizá por los residuos de la niebla, quizá por un sudor enfermo, repugnante, que le invadía. Bajó la cabeza, se miró las botas negras y toscas, contra el suelo. Entró en la cabaña.

Mónica estaba sentada sobre el lecho, mirándole. Sus hombros desnudos, sus brazos, brillaban a la luz de la lámpara.

—Daniel... —dijo.

Él se acercó. No podía hablar. Algo se interponía entre su lengua y su corazón, sus pensamientos.

—Daniel —repitió Mónica. Tenía aún prendido de sus ojos limpios el sueño de la juventud, extraño, total. Su cuerpo emanaba fuerza.

—Daniel —repitió, de nuevo. Quizá le llamaba para algo: no podía saberlo. Avanzó la mano y le acarició el cabello, rubio y espeso, arracimado. En la palma sentía el calor de aquel ser, de aquella vida, a la vez que una tibia, sensual y amarga desesperanza.

—Mónica —dijo—. Has dormido demasiado.

Ahora lo sentía. «Siempre, mi gran cobardía. Mi gran cobardía hasta el fin. Bien: al menos soy consecuente.» Mónica le cogió la mano y la retuvo entre las suyas. Era un gesto inocente y confiado. Un gesto lleno de pureza, que le remordía. Retiró su mano, bruscamente, como si algo le hubiera mordido. Ella le miró, asombrada. Daniel se humedeció los labios con la lengua. Sentía la garganta reseca, un regusto ácido de polvo, dentro de todo él. Aferró el fusil con ambas manos y dio un paso atrás.

—Lo mejor es que te vayas —dijo—. Vamos, de prisa: vístete...

Mónica abrió la boca como para decir algo. Pero él no le dio tiempo.

—He estado pensando algunas cosas. Lo mejor es que te vayas. Vete a las chabolas y aguarda. Aguarda allá, si dices que tienes amigos... Ya tendrás noticias de él.

Mónica bajó los párpados. De pronto, algo le sorprendió. Unas lágrimas brillantes, lentas, le rodaron por las mejillas.

—No vengas con lloriqueos —dijo Daniel—. ¡Nada de lloriqueos, vamos! ¿Qué quieres que haga yo? Andan ahora cercando al chico. Sí: le están acorralando. Si escuchas mucho rato, te volverás loca. ¿Oyes? Loca. En el bosque la gente se vuelve o animal del todo o loca. Ya sabes. ¡Vete, Mónica! ¡De prisa!

Mónica saltó al suelo. Daniel apartó la vista, cogió el capote que había a los pies de la cama y se lo echó.

—No pierdas tiempo. Pronto sabrás algo...

Se volvió de espaldas y miró las cenizas de la chimenea. Por la ventana entraba una claridad muy tenue, apenas visible. Sólo él podía advertir aquel pálido resplandor. «Pronto se dibujarán los troncos, pronto las ramas, pronto aparecerá la hierba blanca, como nevada; los bordes luminosos, plateados, de las ramas, el suave brillo de las hojas...»

Las pisadas de Mónica sonaron a su espalda. Se volvió y la vio arropada en su capote que estuvo en la guerra. Le cogió la cabeza entre las manos y la besó, lentamente. Ella recibió el beso inmóvil, sin pestañear. Cerca estaban sus pupilas azules, redondas y fijas. Era como besar un niño. Apartó sus labios, con un frío ensanchándose dentro de él.

—Gracias por todo, Daniel —dijo ella—. Gracias por todo. Tú sí eres bueno.

Él se pasó la mano por los labios.

—¡Vete! —dijo—. Vete, y no vuelvas más.

Sacó la linterna del cajón y se la dio.

—Toma —dijo, sin mirarla—. Está oscuro. Procura seguir el sendero y...

—Ya sé. Conozco el bosque, Daniel —le cortó ella.

Cogió la linterna y salió, con sus pasos ligeros, suaves, de gacela. Se fue a la noche, como él. Como ellos. «Desconocidos. No entiendo nada. Todo desconocido, lejano. Has perdido, Daniel.» Se sentó, sin soltar el rifle. Se aseguró otra vez de que estaba cargado. Eran una obsesión las balas.

Se sirvió orujo. Todo el orujo que quedaba: apenas una taza, mediada. Encendió un cigarrillo y miró a la trampa, abierta. Olía a tierra mojada. Mucho.

Bebió a sorbitos menudos, fumando. Un cigarrillo, dos, tres, cuatro. Acabó el paquete. El frío entraba libremente por la ventana y por la puerta entornada. De cuando en cuando, el viento hacía gruñir sus goznes, y la hoja se mecía.

Cuando vació la taza amanecía. Entraba un día blanco, sin niebla. Un día luminoso y triste, de otoño. Comenzaba el agresivo, terrible piar de los pájaros del alba. «Quizá haya arco iris sobre Neva.»

Se levantó. Le dolían los dedos del frío, agarrotados, sujetando el rifle. Pasó la palma abierta por la culata y resiguió el cañón con los dedos. Sentía la saliva espesa y la garganta irritada. Le picaba en el rostro la barba crecida, el insomnio, el sudor. «Cada día más sucio», se dijo. El piar de los pájaros se hacía ensordecedor, irritante, allá afuera, en la enramada. Aquella gota volvía, volvía. Quizá no había cesado, pero ahora la oía otra vez. «Sonará, la condenada. Sonará horas y horas...» Sentía hambre, un hambre espantosa, pero no quedaba en la alacena más que un pedazo de queso, duro como piedra, de olor rancio. La claridad del día avanzaba. Se había levantado un viento frío que agitaba las ramas de las hayas.

Daniel Corvo fue hacia la puerta. Iba con la cabeza gacha, pensativo. «Es día de lobos, hoy. Por allá arriba, día de lobos.»

Salió. La hierba estaba inundada y la tierra parecía hundirse, a trechos, bajo los pies. Relucían en la penumbra del bosque los helechos, con un fulgor fosforescente, azulado. El viento le daba de lleno en la cara. Le dolían los ojos.

«Otra vez este camino. Siempre este camino.» Lo recorría en sueños y despierto: siempre el senderillo empinado, entre los árboles, abrupto y delgado. «Camino para pezuñas delgadas», se dijo. Trepaba, por su vertiente. Al otro lado del barranco, la mole negruzca de Oz aparecía poco a poco, se alzaba como una enorme joroba, entre la bruma de las primeras luces. De cuando en cuando, miraba hacia la otra vertiente. Primero con cierta timidez, luego con ansia. Con una ansia incontenible, que no se quería confesar. «Oz —se decía—. Ésa es la vertiente de Oz.» Delante de él, la espesura negra, continuada, obsesiva, de los troncos y las malezas. («Esos corros de árboles, con su espacio redondo y la humedad de las hojas, por donde el sol entra apenas, como hilos de oro. El oro y verde de las hojas, en la sombra del corro, el suelo de hierba suave y húmeda, el verano ancho, creciendo en el cielo sin nubes...») No quería pensar. No quería pensar. Él estaba en el bosque para morirse, bella, apaciblemente, sin rencor, sin recuerdos. Para eso estaba él en el bosque: para acabar sin sueños, sin deseos, sin esperanzas. La respiración se le agolpaba, dolorosa, fatigante. «El pulmón, poco a poco, se vuelve mineral. El cuerpo y los ojos, mineral.» Se detuvo, jadeante. Algo le oprimía la garganta, le apretaba, como una argolla, el pecho, el cuello. «El lobo, allá arriba. El lobo, allá arriba. El lobo. Hay que acabar con él. Aún es temprano, para lobos... Pero aquí tienen hambre. Bajan en octubre, incluso en septiembre, alguna vez, hasta las puertas de Hegroz. Sí: hay que matar al lobo para no oírlo. Para que no atormente con sus aullidos, con su hambre. *Es muy Corvo, eso,* dije yo, una vez. Gerardo Corvo, Elías Corvo, Daniel Corvo... Son nombres de la tierra. Hombres de esta tierra, los Corvo. Gustan de morir junto a los árboles.» Echó de nuevo a andar. Estaba temblando. Temblaba como un perro. «No tendré la suerte de encontrarlo. No. Aún es temprano para lobos.»

El día avanzaba inexorable, como siempre. «Nada puede alterar el día. Tampoco el hombre.»

No tuvo que llegar a «Los Nacimientos» siquiera. No esperaba sorprenderlo, ni tan sólo llegar a rastrearlo. Realmente no esperaba nada, nada más que sus fantasías de cazador. Pero antes, mucho antes de llegar a las grutas, lo presintió. Su olfato, su oído, aún antes que su conciencia. Algo había en el aire, algo estremecía su piel, de pronto: las matas, el temblor de las gotas en las últimas hojas encendidas, transparentes, quizá. Iba pisando hojas muertas, resbalaba en algo viscoso. En un instante, sintió en la nuca un soplo leve, conocido. Apretó los dientes y avanzó con sigilo. Por allá iba, por el margen de las matas altas, pasando por entre las encinas jóvenes, moviendo los helechos. Allí iba. Allí estaba su rastro, su olor, su presencia. Bordeó hacia el barranco, bajando algo, para salirle al encuentro. Iría a beber. De pronto lo vio. Allí estaba, a sus ojos: la cabeza alta, la boca entreabierta, brillando la baba a la luz cenicienta del amanecer. Negro y grande, quieto y hermoso, los ojos lucientes. Quieto, sólo un instante. Un instante, no más. Se echó el rifle a la cara.

¡Qué extraño! Algo había pasado. Algo que le estremecía, con un temblor incontenible. Dejó caer los brazos. El cañón, aún caliente, humeaba. Algo raro había ocurrido: no había disparado él. Es decir: no sólo había disparado él. No. Algo había, en el eco, que repetía su disparo, de montaña a montaña, turbio y triste. Había como otro fuego, como otra bala, quizá, atravesando al silencio, repitiéndose de piedra en piedra, roncamente. Y estaba solo, solo. Las sienes llenas de sudor, los ojos acercándose en la luz de la primera mañana, el corazón golpeando: pero solo, absolutamente. Y el eco de su disparo, repitiéndose aún, hasta perderse en la lejanía.

Fue despacio. Llegó. Allí estaba el lobo con un balazo cierto, genial, entre los ojos. Un balazo que podía llenarle de orgullo. Un tiro maestro. No era ninguna cría: era un macho, oscuro, con los dientes ensalivados y aún vivos, parecía; aún a punto de morder, en la mañana que iba creciendo, allá arriba, más allá de los árboles. Le dio con la culata.

Estuvo un rato allí, sentado en el suelo, con el rifle entre las piernas, mirando al lobo. (Los lobos atemorizaban a los niños. Siempre los lobos, aunque no les hubieran visto jamás. También los niños de las ciudades tenían miedo de los lobos. La palabra lobo atemorizaba a todos los niños del mundo, en todas las lenguas del mundo: «Sin haberlo visto jamás».) Todo estaba quieto, allá arriba. Oía el rumor del agua, a su izquierda. Al otro lado del barranco, Oz se despertaba en sus colores siena, gris, verde bronceado. Los troncos de Oz, en la mañana, iban dibujándose, negros y apretados, empapados de silencio. «Oz, la otra vertiente. Ésa es Oz, la otra vertiente.»

De pronto, parecía que hubiera llegado una gran calma a la tierra. El sol, que ya había salido, empezaba a brillar entre las ramas, y se sentía ya su peso, aún leve. Sacó del zurrón unos cordeles. «Siempre hay que llevar estas cosas. Me tranquiliza llevar cosas así», se dijo. Le ató las patas traseras. La boca del animal estaba roja, y su sangre manchaba la hierba. Con los dientes ensangrentados, parecía que acabara de comer. («Como le hincó el diente, el chico, a la carne...») Apartó la idea. La apartó con asco, con rabia. Quizá con terror.

Tenía prisa. De repente, algo le empujaba, algo le llamaba. «Buena pieza. Pieza buena, y la bala maestra...» Cuando lo tuvo bien atado lo empezó a arrastrar. Mientras caminaba, oía el crisparse de las hojas secas, bajo el cuerpo de la bestia.

Bajó despacio, con cuidado. Escogía con tiento el camino, por el gran peso que arrastraba. «La muerte, cómo pesa», se dijo.

Se acercó al camino bajo, el que iba junto al barranco. Así no perdía la vista de la otra vertiente. «Si me alejo, los árboles la taparán.» No quería dejar de mirar a Oz. Quería caminar así, junto a Oz, sólo separado por el río, por el barranco. Iba mirando a la vertiente, la veía. El lobo parecía pesar más, cada vez.

Cuando llegó abajo, lucía el sol de pleno. El Valle de las Piedras, se abría, poco a poco, a sus ojos. El sol reverberaba sobre el río, sobre las latas de las chabolas, al otro lado.

Como por última vez, miró hacia la base de la vertiente de Oz. Para hacerlo, se detuvo y se puso la mano sobre las cejas. En el cielo, ya libre, ya ancho, se dibujaban unas pardas nubecillas.

Por la vertiente de Oz, hacia el Valle, bordeando el camino de las chabolas, vinieron ellos. Primero vio al cabo Peláez. Luego, a los otros. Los uniformes verdes se despegaban del verde de la montaña. Y los tricornios negros, opacos, como hollín. Detrás, entre los dos números, lo traían. Le habían hecho, con ramas, una especie de parihuela. Olerían a recién cortadas, las ramas. Olerían a savia verde. A él no le veía. Le habían tapado con un capote.

Bajaban despacio, les pesaba el cuerpo del chico. «Porque la muerte pesa.» Iban con cuidado, para no tropezar. Sería desagradable, tropezar, y que bajara el cuerpo rodando, así, por las piedras. Sería de mal ver, eso. Delante iba Peláez, con el rostro de quien ha cumplido, el fusil al hombro, gacha la cabeza. «Ya sé sus palabras: *"Se le dio el alto. Se le dieron las voces reglamentarias, y él..."* Sí, algo así. Ya sé. Lo demás sobra. Lo demás se comprende. Están hartos, están cansados. Nadie cree en muchachos así.» El lobo pesaba. Sus dientes brillantes, sanguinolentos, bajo el sol. Una mosca gorda, verdosa, se posó en el lagrimal de la bestia. La espantó con furia, mascullando una blasfemia.

No estaban aún a la altura de las chabolas, pero ya había llegado la voz. De las chabolas salían las mujeres, fatigadas de la riada que se les llevó los enseres al río. Salían, primero la Manuela, luego la Margarita, embarradas aún, despeinadas, pálidas, a la luz de la primera mañana. A Mónica no la hubiera querido ver, pero allí estaba, también, sin remedio. «No la debí mandar ahí. Otra equivocación.» De la chabola de Lucía surgió la chica. «Con su capote que estuvo en la guerra.» No la quería ver, pero la vio. La vio subir hacia el sendero, quedarse quieta, inmóvil. «Su espalda. También ella con su espalda así, como herida.» La veía: su cuerpecillo de pronto frágil, hundido, perdido en la tierra inmensa. Estaba quieta, de espaldas: los hombros débiles, adivinados allí, dentro del capote acortado para ella, las piernas como de oro, luciendo en la mañana. Quiso apartar la mirada de ella, pero no pudo. Lucía trepó, torpe, hasta Mónica. Vio cómo la rodeaba los hombros, con un brazo.

Los guardias bajaron hasta el borde del río. Les vio pasar,

desde la otra orilla. Iban hacia el barracón, con seguridad. Mónica les siguió, unos metros detrás. Desde lejos, veía la blancura de su rostro. Sus pasos lentos, como arrastrados. Unos pasos extraños, fatales. De pronto, era una mujer. Sólo una mujer, avanzando sobre la tierra. Al pasar las parihuelas, contempló con ansia el bulto del cuerpo, bajo el capote. Se veían sólo los pies, unos pies desoladamente desnudos, dentro de las sandalias. «Y aquella herida, qué mala espina me daba...» Se detuvo en su pensamiento. Ya no era útil, ni lógico, era estúpido, pensar esas cosas. Del centro de las parihuelas, hacia el suelo, colgaba la cuerda que el chico llevaba siempre atada a la cintura.

Agarró de nuevo la atadura del lobo, y echó a andar, de prisa. Quería irse hacia Hegroz, todo lo aprisa que pudiese.

Iba ya a tomar la carretera cuando le sorprendió el alboroto. «Es como la algarabía de los pájaros, al amanecer...» Volvió la cabeza. Los niños de las chabolas le seguían, gritando: desharrapados, despeinados, descalzos, alzando las manos hacia el aire de la mañana. «Han visto al lobo. Les llama la atención el lobo. Quieren ver al lobo muerto, de cerca. Es el lobo de la infancia, el que aterra sus sueños en la noche de invierno...»

Le siguieron así, hasta el pueblo. «Igual que la algarabía de los pájaros.» Iban prudentemente a distancia. Pero le seguían. Por las calles de cantos erizados, donde el sol rechinaba en el verano y el barro ahora resbalaba, rojo y viscoso, fue arrastrando a la bestia. A su paso, dejaba un reguero de sangre que encrespaba a los muchachos. Alguien salía a las puertas, aquí y allí, al oír la marea creciente de los chavales. Algo decían, pero él no los escuchaba. Tal vez le felicitaban, acaso le admirasen.

Dejó al lobo en el Ayuntamiento. Le dijo a Matías Caldeano, el alguacil: «Vendré mañana a por el premio... ¿No dais un premio?» Matías Caldeano palpó a la bestia con su mano ancha y deformada, cubierta de callos. «Aún está caliente –dijo, lleno de una satisfacción un tanto melancólica–. Aún está humeando.»

Se volvió, despacio. Cogió el camino del otro lado del río. Un camino que, a propósito, no había cogido nunca, nunca, desde hacía muchos años. Era un camino que llevaba a la chopera de atrás, donde el pabellón de la Tanaya. «Nunca quise volver a verla», se dijo. Pero sólo cuando el tejado apareció entre los troncos.

Era temprano, todavía. Justamente la hora en que salía ella, en otro tiempo, hacia sus tareas. Saltó la pared de piedras, torpemente, sin la agilidad de entonces. Avanzó hacia la casa, despacio, escuchando el roce de sus pisadas entre la hierba. «Sólo me acercaré a mirar. Sí, sólo a mirar. No sé, siquiera, si ha muerto. A nadie pregunté por ella, de intento. Porque es lo mismo que esté muerta o que vaya arrastrando por ahí sus años, encima de la tierra.»

La Tanaya estaba allí, precisamente, en la tierra. Junto a los surcos del primer sembrado de los Corvo, con mirada pensativa, vigilante, quizá. Allí estaba ella. Se paró a mirarla. De pronto, el corazón le dio un crujido, algo como el quebrarse de una rama seca, en el verano, al ser pisada.

La Tanaya tenía el pelo gris, opaco. Ya no brillaba la trenza negra, en su nuca vigorosa. Estaba quieta, con las manos caídas a lo largo del cuerpo. A su lado, en el suelo, había una azada y un capazo de rafia, con basura. «Viene de por basura.» Era la época de la basura, se acordaba bien. De la basura.

No quería decirle nada. Sólo quería mirarla, recuperar su recuerdo, así. O matarlo, quizá. Matarlo, también, como todo. La Tanaya se inclinó, tomó la azada y el capazo y se volvió hacia él. Avanzó un trecho, mirándole, fijamente. Luego, se detuvo.

Daniel arrancó hacia ella, sin poderlo evitar. La Tanaya, lentamente, dejó en el suelo la azada y la carga de fiemo.

—¡Ay, Danielito! —dijo, solamente—. Danielito.

Daniel Corvo se paró, sólo a dos pasos de ella. Se miraban sin decirse nada. En los labios anchos de la Tanaya temblaba algo tenue que no era sonrisa, ni tampoco dolor. Daniel avanzó su mano, y la Tanaya la cogió entre las suyas.

—Entra, muchacho, entra —le dijo.

Otra vez, le indicaba la puerta. (La Tanaya había nacido, quizá, para abrir la puerta carcomida de su casa, para abrir las ventanas mal ajustadas de su casa, para indicar el fuego de su cocina con la mano y decir: «Siéntate ahí, muchacho; algo quedará para ti...»)

La siguió despacio, sin voluntad, como un niño. La Tanaya se sentó allí mismo, a la puerta, en el banco de piedras. Aquel banco donde ella ponía sal, al atardecer, para que la lamieran los rebaños que bajaban de la montaña. Daniel se sentó a su lado. Miraban los dos a la tierra roja, repleta ya de simiente, bajo el cielo gris azulado de la mañana.

—Ya supe de ti —dijo ella. Su voz lenta, antigua, renacía allí, en sus oídos, con los ladridos de los perros, los gritos de los niños, el rumor del río saltando entre las piedras—. Ya pregunté por ti... ¡Tantas veces, pregunté por ti!

Daniel tragó saliva. Tenía la garganta prieta y no podía hablar.

—Aquí —dijo la Tanaya— todo igual. Ya sabes, aquí, cómo es la vida.

Él la miró. Su perfil oscuro se recordaba contra las piedras.

—Tanaya —dijo—. ¿Tuviste más hijos?

—Sí —dijo ella—. Tuve muchos hijos... Y alguno se me murió. Ya recuerdas, mi Gabriela... Otro, que se llamó Marino, también. Luego, vinieron otros... Y aún pueden llegar más. Así es la vida.

Daniel la miraba fijamente: sus ojos perdidos hacia la tierra, su voz, sus palabras. Se levantó.

—Adiós, Tanaya.

La Tanaya alzó los ojos hacia él.

—Adiós. Me alegra mucho que al fin hayas venido.

Se fue, despacio. Sabía que no volvería, pero no importaba. No importaba. Sentía un descanso extraño, apacible: no el descanso de los cementerios. «Luego vinieron otros. Vinieron otros. Así es la vida.» Se lo iba repitiendo. Saltó el muro, de nuevo. Iba seguro, sin pensamientos. Sólo con el eco de la voz de la Tanaya, que se aproximó a las piedras del muro para verle marchar.

El sol ya estaba alto, redondo, cuando llegó a la cabaña. Se había levantado viento y la puerta, abierta, golpeaba contra el muro. La cerró con cuidado. Encendió el fuego, y se sentó a descansar. El cuerpo entero le dolía. Sí: el cuerpo entero. «Mañana iré a por la recompensa —se dijo—. Mañana... Bueno, aún falta tiempo para mañana. Los días son largos, en el bosque.»

Miró hacia la ventana. «Tal vez suba Herrera, luego.» Pero en seguida pensó: «No. No subirá nunca más. No tenemos ya nada que hablar, Herrera y yo. Nada que hablar.» No subirá nunca. No hablarían nunca. Nunca más. «Quizá —se dijo Daniel Corvo— me compre un perro. Sí: es posible que me compre un perro.»

Levantó la cabeza: aquella gota de lluvia caía y caía en alguna parte, arrancando un raro sonido de metal.

Índice